剑桥中国文学史

孙康宜 宇文所安 主编

刘倩 等译

下卷
1375—1949

孙康宜 主编

生活·讀書·新知 三联书店

Simplified Chinese Copyright © 2013 by SDX Joint Publishing Company.
All Rights Reserved.
本作品中文简体版权由生活·读书·新知三联书店所有。
未经许可，不得翻印。

图书在版编目（CIP）数据

剑桥中国文学史．下卷，1375～1949 ／（美）孙康宜，（美）宇文所安主编；刘倩等译．—北京：生活·读书·新知三联书店，2013.6 （2022.3 重印）
ISBN 978－7－108－04467－9

Ⅰ．①剑…　Ⅱ．①孙…②宇…③刘…　Ⅲ．①中国文学－文学史－1375～1949　Ⅳ．① I209

中国版本图书馆 CIP 数据核字（2013）第 052708 号

The Cambridge History of Chinese Literature
Editcd by Kang-I Sun Chang, Stephen Owen
© Cambridge University Press, 2010
ISBN 9780521116770

责任编辑	冯金红
装帧设计	蔡立国
责任印制	董　欢

出版发行	生活·讀書·新知 三联书店	
	（北京市东城区美术馆东街 22 号）	
邮　编	100010	
网　址	www.sdxjpc.com	
图　字	01－2010－7355	
经　销	新华书店	
印　刷	河北松源印刷有限公司	
版　次	2013 年 6 月北京第 1 版	
	2022 年 3 月北京第 7 次印刷	
开　本	635 毫米 ×965 毫米 1/16 印张 46	
字　数	556 千字	
印　数	31,001－34,000 册	
定　价	88.00 元	

（印装查询 01064002715　邮购查询 01084010542）

目 录

本卷作者简介 …… 1
中文版序言　孙康宜 …… 1
英文版序言　孙康宜　宇文所安 …… 6

致谢　孙康宜 …… 11

下卷导言　孙康宜 …… 13

第一章　明代前中期文学（1375—1572）　孙康宜 …… 22

引言 …… 22
Ⅰ　明初至 1450 年的文学 …… 24
　　政治迫害和文字审查 …… 24
　　宫廷戏曲和其它文学形式 …… 32
　　永乐朝的台阁体文学 …… 36
Ⅱ　1450—1520：永乐朝之后的文学新变 …… 38
　　旧地点，新视野 …… 39
　　戏曲和民歌 …… 41
　　八股文 …… 44
　　1450 年之后：台阁体文学的新变 …… 46

　　　　复古运动 …… 48
　　　　苏州的复兴 …… 55
　　Ⅲ　1520—1572：中晚明之际的文学 …… 62
　　　　贬谪文学 …… 62
　　　　女性形象之重建 …… 66
　　　　小说中英雄主义之改造 …… 70
　　　　戏曲的改写与创新 …… 76
　　　　后期复古派：后七子 …… 78

第二章　晚明文学文化（1573—1644）　吕立亭 …… 83

　　引言：晚明与书籍史 …… 83
　　Ⅰ　精英形式 …… 93
　　　　文社 …… 93
　　　　李贽：职业作家 …… 99
　　　　诗歌与诗歌理论 …… 102
　　　　诗歌与职业文人 …… 109
　　　　非正式写作 …… 113
　　Ⅱ　小说与商业精英 …… 120
　　　　引言 …… 120
　　　　《金瓶梅》…… 126
　　　　小说评注 …… 134
　　　　叙事生态 …… 139
　　　　冯梦龙与凌濛初 …… 145
　　Ⅲ　戏曲 …… 151
　　　　南方戏曲的兴起 …… 151
　　　　《牡丹亭》与"情教" …… 164
　　　　作伪与崇尚真实 …… 168

尾声 …… 176

第三章　清初文学（1644—1723） 李惠仪 …… 178

Ⅰ　物换星移 …… 178
　　从晚明到清初 …… 178
　　清初人对晚明文化的回顾与反思 …… 184
　　文学的社会根基 …… 190

Ⅱ　清初文学的历史与记忆 …… 196
　　面对历史 …… 196
　　记忆文学 …… 212
　　风流云散 …… 222

Ⅲ　新旧之间 …… 227
　　翻案与圆融 …… 227
　　夺胎换骨：评点、续书、传承 …… 237
　　新典范、新正宗 …… 249

Ⅳ　别有天地 …… 259
　　幻界 …… 259
　　戏剧的总结与高峰 …… 266
　　1723年的文学景观 …… 276

第四章　文人的时代及其终结（1723—1840） 商伟 …… 278

引言 …… 278

Ⅰ　漫长的乾隆时期：文学与思想成就 …… 280
　　知识生活与文学流派 …… 282
　　　王朝与文人 …… 282
　　　典雅得体与通俗戏谑 …… 290
　　文人小说的形成 …… 300

白话章回小说与商业出版 …… 301
　　　十八世纪早期：闪回 …… 307
　　　《儒林外史》 …… 311
　　　《石头记》 …… 321
　　　其它文人小说 …… 333
　　文人剧与地方戏 …… 340
　　　传奇与杂剧 …… 342
　　　重释汤显祖的遗产 …… 348
　　　蒋士铨和他的《临川梦》 …… 350
　　　表演与出版 …… 355
　　　戏曲写作的新方向 …… 358
　　　重绘版图：十八世纪的地方戏及其未来 …… 365
　Ⅱ 失去了确定性的时代：1796—1840 …… 370
　　拓宽的视野 …… 373
　　闺秀与文学 …… 378
　　巩固文人文化：前景与挣扎 …… 383

第五章　说唱文学　伊维德 …… 391

　引言 …… 391
　Ⅰ 早期的叙事诗、变文和诸宫调 …… 394
　Ⅱ 早期的宝卷和道情 …… 398
　Ⅲ 词话和俚曲 …… 402
　Ⅳ 表演与文本 …… 409
　Ⅴ 鼓词、子弟书及其它北方说唱类型 …… 416
　　鼓词 …… 416
　　子弟书 …… 418
　　其它类型 …… 421

- VI 弹词和江南地区其它说唱类型 …… 422
  - 白蛇和小青 …… 423
  - 弹词表演 …… 426
  - 女性弹词创作 …… 430
  - 清曲和山歌 …… 436
- VII 南方传统说唱 …… 438
  - 木鱼书 …… 438
  - 竹板歌和传仔 …… 442
  - 潮州歌册和台湾歌仔册 …… 443
  - 女书文学 …… 446
- VIII 宝卷（续）…… 447
- IX 四大著名传说 …… 450
  - 董永和织女 …… 451
  - 孟姜女和长城 …… 452
  - 梁山伯与祝英台 …… 457
- 结语 …… 461

第六章 1841—1937 年的中国文学　王德威 …… 462

- I 1841—1894：文学写作与阅读的新论争 …… 464
  - 从龚自珍到黄遵宪：诗学的启示 …… 464
  - 文的复兴：桐城派的悖论 …… 472
  - 颓废与侠义：早期现代小说的兴起 …… 477
  - 早期现代文人的形成 …… 485
- II 1895—1919：文学的改革与重建 …… 491
  - 文学改良的论争 …… 491
  - 晚清文学生产 …… 496
  - 小说的多重轨迹 …… 499

革命（revolution）与回旋（involution）…… 507

III **1919—1937：现代文学时期** …… 517

五四运动与文学革命 …… 517

现代初期：1920年代的文学和文人文化 …… 523

鸳鸯蝴蝶派 …… 537

从文学革命到革命文学 …… 542

与现实主义对话 …… 551

抒情中国 …… 566

现代主义：上海、北京及其它地方 …… 576

IV **翻译文学、印刷文化和文学团体** …… 582

西方文学和话语之翻译　石静远 …… 582

　合作者，知识机构，中西翻译者 …… 584

　严复、林纾与晚清文学景观 …… 587

　意识形态、国家建设与翻译世界 …… 592

印刷文化与文学社团　贺麦晓 …… 596

　印刷文化与文学期刊，1872—1902 …… 596

　小说期刊，1902—1920 …… 597

　南社，1909—1922 …… 599

　《小说月报》与文学研究会 …… 600

　小型新文学团体及其刊物 …… 602

　战前的1930年代 …… 604

　战时及战后 …… 607

　报纸副刊 …… 607

　期刊文学：结束语 …… 608

V **尾声：现代性与历史性** …… 609

第七章　1937—1949年的中国文学　奚密 …… 619

引言 …… 619
Ⅰ　抗战文艺 …… 620
Ⅱ　统一战线：重庆 …… 623
Ⅲ　日趋成熟的现代主义：昆明与桂林 …… 628
Ⅳ　沦陷北京的文坛 …… 635
Ⅴ　上海孤岛 …… 639
Ⅵ　香港避难所 …… 646
Ⅶ　延安与整风运动 …… 649
Ⅷ　台湾 …… 652

英文版参考书目 …… 656
索引 …… 690

上卷目录

致谢　宇文所安 …… 11

上卷导言　宇文所安 …… 12

第一章　早期中国文学：开端至西汉　柯马丁 …… 27

第二章　东汉至西晋（25—317）　康达维 …… 149

第三章　从东晋到初唐（317—649）　田晓菲 …… 232

第四章　文化唐朝（650—1020）　宇文所安 …… 325

第五章　北宋（1020—1126）　艾朗诺 …… 427

第六章　北与南：十二与十三世纪　傅君劢　林顺夫 …… 518

第七章　金末至明初文学（约1230—约1375）　奚如谷 …… 605

英文版参考书目 …… 695

索引 …… 709

本卷作者简介

（按姓氏的汉语拼音排序）

贺麦晓（Michel Hockx），伦敦大学亚非学院中文系教授。研究集中于现当代中国文学的创作机制和传播媒介，以及现代诗和诗论。代表作是《文体问题：现代中国的文学社团和文学杂志（1911—1937）》(*Questions of Style: Literary Societies and Literary Journals in Modern China, 1911-1937*, Leiden, 2003)。

李惠仪（Wai-yee Li），哈佛大学中国文学教授。主要著作包括《谈情说幻》(*Enchantment and Disenchantment: Love and Illusion in Chinese Literature*, Princeton, 1993)和《历史的解读与书写》(*The Readability of the Past in Early Chinese Historiography*, Haravard, 2007)。她与伊维德及魏爱莲合作主编了《清初文学中的创伤与超越》(*Trauma and Transcendence in Early Qing Literature*, Harvard, 2006)，并与杜润特（Stephen Durrant）和史嘉伯（David Schaberg）合作翻译了《左传》(University of Washington, 即将出版)。新作《明清文学的女子与国难》(*Women and National Trauma in Late Imperial Chinese Literature*, Harvard, 2014) 即将出版。

吕立亭（Tina Lu），耶鲁大学中国文学教授。主要著作包括《人、身、心：〈牡丹亭〉和〈桃花扇〉中的身份认同》(*Persons, Roles, and Minds: Identity in Peony Pavilion and Peach Blossom Fan*, Stanford,

2001），《明清文学中的意外乱伦、割骨疗亲以及其它奇遇》（*Accidental Incest, Filial Cannibalism, and Other Peculiar Encounters in Late Imperial Chinese Literature*，Harvard, 2008）。

商伟（Shang Wei），哥伦比亚大学杜氏中国文化讲座教授。研究兴趣包括印刷文化、书籍史、思想史以及中国明清时期的小说和戏剧。著作《礼与十八世纪的文化转折：〈儒林外史〉研究》（*Rulin waishi and Cultural Transformation in Late Imperial China*，Harvard, 2003）由生活·读书·新知三联书店2012年出版中译本。其它研究主要关注《金瓶梅词话》、晚明文化以及明清时期的小说评点。此外还合编过几种论文集，包括与王德威合编的《王朝危机与文化创新：晚明至晚清以降》（*Dynastic Crisis and Cultural Innovation from the Late Ming to the Late Qing and Beyond*，Harvard, 2005）。

石静远（Jing Tsu），耶鲁大学中国文学教授。研究集中于中国现当代文学以及思想文化史，包括十九世纪至今的科学主义与大众文化、种族、民族、方言以及离散（diaspora）问题。著作包括《失败、民族主义与文学：现代中国身份的建构》（*Failure, Nationalism, and Literature: The Making of Modern Chinese Identity, 1895–1937*，Stanford, 2005），《中国移民文学中的声与文》（*Literary Governance: Sound and Script in Chinese Diaspora*，Harvard, 2010）。

孙康宜（Kang-i Sun Chang），耶鲁大学首任Malcolm G. Chace'56东亚语言文学讲座教授。主要研究领域是中国古典文学、抒情诗、性别研究以及文化理论和美学。主要英文著作包括《词与文类研究》（*The Evolution of Chinese Tz'u Poetry*，Princeton, 1980），《抒情与描写：六朝诗歌概论》（*Six Dynasties Poetry*，Princeton,

1986),《情与忠:陈子龙、柳如是诗词因缘》(*The Late Ming Poet Ch'en Tzu-lung: Crises of Love and Loyalism*,Yale, 1991)。除了与宇文所安(Stephen Owen)合编的《剑桥中国文学史》(Cambridge, 2010)以外,还与魏爱莲(Ellen Widmer)合作主编《明清女作家》(*Writing Women in Late Imperial China*, Stanford, 1997),与苏源熙(Haun Saussy)合作主编《历代女作家选集:诗歌与评论》(*Women Writers of Traditional China: An Anthology of Poetry and Criticism*, Stanford, 1999)。此外,还用中文出版了多部关于美国文化、女性主义、文学及电影的著作。自传《走出白色恐怖》(增补本)由生活·读书·新知三联书店 2012 年出版。

王德威(David Der-wei Wang),哈佛大学 Edward C. Henderson 中国文学讲座教授。研究集中于中国现当代文学、晚清小说戏剧以及比较文学理论。主要著作包括《茅盾,老舍,沈从文:写实主义与现代中国小说》(*Fictional Realism in 20th-Century China: Mao Dun, Lao She, Shen Congwen*,Columbia, 1992),《被压抑的现代性》(*Fin-de-siècle Splendor: Repressed Modernities of Late Qing Fiction, 1849–1911*,Stanford, 1997),《历史与怪兽:历史,暴力,叙事》(*The Monster that Is History: Violence, History, and Fictional Writing in 20th-Century China*,Berkeley, 2004)等等。

奚密(Michelle Yeh),美国加州大学戴维斯分校东亚语言与文化教授。研究领域集中于中国现代诗、比较诗学和翻译。主要著作有《现代汉诗:1917 年以来的理论与实践》(*Modern Chinese Poetry: Theory and Practice since 1917*,Yale, 1991),她还编译了《中国现代诗歌选集》(*Anthology of Modern Chinese Poetry*,Yale, 1992),合作编译了《杨牧诗选》(*No Trace of the Gardener: Poems of Yang Mu*,Yale, 1998),《台湾现代诗选》(*Frontier Taiwan: An Anthology of Modern Chinese Poetry*,

Columbia, 2001）以及《今生有约：黄翔诗选》（*A Lifetime Is a Promise to Keep: Poems of Huang Xiang*, Berkeley, 2009）。中文著作有《现当代诗文录》（1998），《从边缘出发：现代汉诗的另类传统》（2000），《芳香诗学》（2005），《台湾现代诗论》（2009）等。

伊维德（Wilt L. Idema），先后在荷兰莱顿大学、日本及香港学习中国语言文化，1970至1999年任教于莱顿大学，2000年起在哈佛大学教授中国文学。用英文和荷兰文发表了大量关于中国宋代至清代通俗文学的研究作品，英文近作包括与管佩达（Beata Grant）合编的《彤管：中华帝国的女性书写》（*The Red Brush: Writing Women of Imperial China*, Harvard, 2004），《孝道与救赎：两种观音宝卷》（*Personal Salvation and Filial Piety: Two Precious Scroll Narratives on Guanyin and Her Acolytes*, University of Hawai'i Press, 2008），《孟姜女哭长城：十个版本译介》（*Meng Jiangnü Brings Down the Great Wall: Ten Versions of a Chinese Legend*, University of Washington, 2008），以及《包公与法治：1250-1450年代词话八种》（*Judge Bao and the Rule of Law: Eight Ballad Stories from the Period 1250-1450*, World Scientific, 2010）等。

（王国军译）

中文版序言

孙康宜

《剑桥中国文学史》的简体中译本即将出版。首先我们要感谢各位作者的努力，同时必须感谢几位细致严谨的翻译者：刘倩、李芳、王国军、唐卫萍、唐巧美、赵颖之、彭怀栋、康正果、张辉、张健、熊璐、陈恺俊。他们的译文大都经过了作者本人的审核校订。此外，对于两位在百忙中努力坚持自译的作者——李惠仪和奚密——我们也要献上谢忱。当然还要感谢三联书店，是他们的精心筹划使得本书得以顺利在中国大陆出版。

必须说明的是，当初英文版《剑桥中国文学史》的编撰和写作是完全针对西方读者的；而且我们请来的这些作者大多受到了东西方思想文化的双重影响，因此本书的观点和角度与目前国内学者对文学史写作的主流思考与方法有所不同。下面我将把《剑桥中国文学史》的主要出版构想和编撰原则简单介绍给中国读者。

《剑桥中国文学史》(*The Cambridge History of Chinese Literature*)的最初构想是由英国剑桥大学出版社（CUP）文学部主编Linda Bree于2003年年底直接向我和哈佛大学的宇文所安教授提出的。在西方的中国文学研究的发展史上，这是一个非同寻常的时刻。当时美国的哥伦比亚大学出版社刚（2001年）出版了一部大部头的、以文类为基础的中国文学史。同时，荷兰的布瑞尔公司（Brill）也正在计划出版一部更庞大的多卷本。就在这个时候，剑桥大学出版社邀请我们编撰一部具有"特殊性"的《剑桥中国文学史》。正巧我们当时也正在考虑着手重写中国文学史，所以我们的研究方向与剑桥大学出版社的理想和目标不谋而合。

《剑桥中国文学史》乃是剑桥世界文学史的系列之一。与该系列已经出版的《剑桥俄国文学史》、《剑桥意大利文学史》、《剑桥德国文学史》相同，其主要对象是受过教育的普通英文读者。（当然，研究文学的学者专家们也自然会是该书的读者。）然而，剑桥文学史的"欧洲卷"均各为一卷本，唯独《剑桥中国文学史》破例为两卷本，这是因为中国历史文化特别悠久的缘故。巧合的是，第二卷的《剑桥中国文学史》在年代上大致与剑桥世界文学史的欧洲卷相同，且具有可比性。

与一些学界的文学史不同，《剑桥中国文学史》的主要目的不是作为参考书，而是当作一部专书来阅读。因此该书尽力做到叙述连贯谐调，有利于英文读者从头至尾地通读。这不仅需要形式与目标的一贯性，而且也要求撰稿人在写作过程中不断地互相参照，尤其是相邻各章的作者们。这两卷的组织方式，是要使它们既方便于连续阅读，也方便于独立阅读。第一卷和第二卷的导论就是按照这一思路设计的。

所以，除了配合在西方研究中国文学的读者需要之外，《剑桥中国文学史》的目标之一就是要面对研究领域之外的那些读者，为他们提供一个基本的叙述背景，让他们在读完本书之后，还希望进一步获得更多的有关中国文学和文化的知识。换言之，《剑桥中国文学史》的主要目的之一是要质疑那些长久以来习惯性的范畴，并撰写出一部既富创新性又有说服力的新的文学史。

此外，《剑桥中国文学史》还有以下一些与众不同的特点。首先，它尽量脱离那种将该领域机械地分割为文类（genres）的做法，而采取更具整体性的文化史方法：即一种文学文化史（history of literary culture）。这种叙述方法，在古代部分和汉魏六朝以及唐宋元等时期还是比较容易进行的，但是，到了明清和现代时期则变得愈益困难起来。为此，需要对文化史（有时候还包括政治史）的总体有一个清晰的框架。当然，文类是绝对需要正确对待的，但是，文类的出现及其演变的历史语境将成为文化讨论的重点，而这在传统一般以文类为中心的文学史中是难以做到的。

分期是必要的，但也是问题重重。《剑桥中国文学史》并非为反对标准的惯例而刻意求新。最近许多中国学者、日本学者和西方学者也已经认识到，传统按照朝代分期的做法有着根本的缺陷。但习惯常常会胜出，而学者们也继续按朝代来分期（就像欧洲学者按照世纪分期一样）。在此，《剑桥中国文学史》尝试了一些不同的分期方法，并且以不同的方式去追踪不同时期思想所造成的结果和影响。例如，初唐在文化上是南北朝的延伸，因此《剑桥中国文学史》把初唐与唐朝其它阶段分开处理。此外，本书不将"现代性"的开端设置于"五四"时期，而是把它放在一个更长的历史进程中。近些年的思想学术成果致力于重新阐述"传统"中国文化在遭遇西方时的复杂转化过程，我们对此多所参考与借鉴。在上、下两卷的导论中，我们都对分期的理由做了说明。

另一个随着文学文化的大框架自然出现的特点是：《剑桥中国文学史》较多关注过去的文学是如何被后世过滤并重建的。这当然要求各章撰稿人相互之间进行很多合作。重要的是，过去的文学遗产其实就是后来文学非常活跃的一部分。只有如此，文学史叙述才会拥有一种丰厚性和连贯性。当然，将"文学文化"看作是一个有机的整体，这不仅要包括批评（常常是针对过去的文本），也包括多种文学研究成就、文学社团和选集编纂。这是一种比较新的思索文学史的方法。其中一个关键的问题是：为什么有些作品（即使是在印刷文化之前的作品）能长久存留下来，甚至成为经典之作，而其它大量的作品却经常流失,或早已被世人遗忘?

有关过去如何被后世重建的现象,还可从明清通俗小说的接受史中清楚看出。例如,现代的读者总以为明朝流行的主要文类是长篇通俗小说,如《三国志演义》、《水浒传》、《西游记》、《金瓶梅》等等,但事实上,如果我们去认真阅读那个时代各种文学文化的作品就会发现,当时小说并不那么重要(至少还没变得那么重要),诗文依然是最主流的文类。这些小说的盛名,很大程度上得益于后来喜欢该文体的读者们的提携。有关这一点,北师大的郭英德教授也大致同意我的意见,他认为至少在明代前中期,文人最注重的还是诗文的写作。

还有一个有趣的问题,是有关文学的改写。人们通常认为,《汉宫秋》、《梧桐雨》是元朝作品。但很少有人知道,这些作品的大部分定稿并不在元朝。根据伊维德的研究,许多现在的元杂剧版本乃是明朝人"改写"的。至于改写了多少,很难确定,因为我们没有原本可以参照。当然,西方文学也有同样的情况,比如有人认为莎士比亚的成就,主要来自他能把前人枯燥乏味的剧本改写得生动传神,其实他自己并没有什么新的创造发明。对于这种所谓创新的"改写"(rewriting)跟作者权的问题,我们自然会想问:到底谁是真正的作者?后来改写者的贡献有多大?版本之间的互文关系又如何?这一类的问题,可以适用于不同国家、不同时代的文学。

此外,必须向读者解释的是:我们这部文学史后面所列出的"参考书目"只包括英文的资料,并未开列任何中文文献。首先,如前所述,本书乃是一个特殊情况的产物,是剑桥大学出版社的约稿,所以有关读者对象(即非专业英语读者)有其特殊的规定,同时出版社对我们的写作也有特别的要求。所以我们所编写的"英文参考书目"是为非专业英语读者而准备,其目的也只是为了帮助有兴趣的读者将来能继续阅读一些其它相关的英文书籍。同时,我们要强调的是：写作文学史首先要参考的是原始文献，其次才是二手文献。当然这并不表示我们这部文学史的写作没有受到二手中文文献的影响。事实上，在撰写每一章节的过程中，我们的作者都曾经参考了很多中文（以及其它许多语文）的研究成果，如果要一一列出所有的"参考"书目，篇幅将"浩如烟海"，会无限增大，所以剑桥大学出版社完全支持我们的做法，即只列出有选择性的英文书目。但在准备中译本的过程中，三联书店的编辑曾建议是否考虑增加一部分比较重要的中文研究文献（包括文章和专著），以方便于中文读者的查考。不用说，我和宇文所安先生都慎重考虑了这个建议，但最终还是决定放弃。因为我们觉得中文版的《剑桥中国文学史》应当反映英文原版的面貌——我们这部书是为非专业英语读者而写的。现在我们既然没有为中文读者重写这部文学史，也就没有必要为中文版的读者加添一个新的中文参考书目。我们很感激三联书店的理解，也希望得到中文读者的谅解。

总之，《剑桥中国文学史》的宗旨和理想是既要保持叙述的整体连贯性，又要涵盖多种多样的文学方向。希望中译本能够传达出我们真诚的努力。最后有两点需要有所交代，一是本书由十余位作者合作而成，中译本又经过了多位译者的参与工作，故而每一章的学术与表达方式不尽相同，必然带有各自作者和译者各异其趣的风格印迹；第二，由于各种原因，我们这个简体中译本的下限时间只能截至1949年，故英文版中所涉及的1949年之后中国的文学文化状况，本书只得割爱了。这是需要请读者体谅的。（中文版"下卷导言"中保留了我对英文版中1949—2008年间的文学史编撰情况的介绍，以聊备读者了解概貌。）好在台湾的联经出版公司不久将出版"全译本"，这会是对本书的很好补充。

2012年12月13日

英文版序言

孙康宜　宇文所安

这部两卷本《剑桥中国文学史》横跨三千载，从上古时代的钟鼎铭文到二十世纪的移民创作*，追溯了中国文学发展的久远历程。在全书编写过程中，作者们通力合作，对主题相关或时段交叠的章节予以特别的关注，力求提供一个首尾连贯、可读性强的文学史叙述。我们亦认真考虑了每个章节的结构和写作目标，并斟酌在何处分卷以便于读者的理解。

当代中国的文学史写作浸润于两种传统之中：其一为中国古典学术范畴，其二为十九世纪的欧洲文学史书写。出于对学术习惯的尊重，当代西方学者在介绍中国文学时往往袭用中国学界术语，对西方读者而言这些语汇常常难于理解。本书试图解决这些问题，采用更为综合的文化史或文学文化史视角，特别避免囿于文体分类的藩篱。对中国早期和中古文学而言这种方法较为适用，但应用于明清和现代文学则多有困难。虽然如此，通过清晰地架构总体文化史或政治史，我们还是有可能实现最初的目标。例如，上卷的唐代文学一章没有采用"唐诗"、"唐代散文"、"唐代小说"、"唐代词"等标准范畴，而是用"武后时期"、"玄宗时

---

*　简体中译本《剑桥中国文学史》的下卷截止时间为1949年。故英文版中涉及的二十世纪后半叶的文学文化史，包括移民文学、网络文学、新媒体创作等等，在本书付之阙如，特此说明。——编者

期"等主题,叙述作为整体历史有机组成部分的诗文、笔记小说等作品。与此相似,下卷关于明代前中期文学的一章分为"明初至1450年"、"1450—1520年"及"1520—1572年",分别关注诸如"政治迫害和文字审查"、"对空间的新视角"、"贬谪文学"等文化主题。文体问题当然值得注意,但是相对于以文体本身作为主题的叙述,文体产生发展的历史语境更能体现其文学及社会角色。这种方法面临的一个问题是,有些作品经过了漫长的发展历程,因而不属于某个特定的历史时期。这样的作品主要是属于流行文化的通俗文学,就文本流传而言它们出现较晚,但是却拥有更久远的渊源。伊维德在下卷第五章处理了这个问题,将他自己的写作与其它章节的历史叙述融合起来。

由于这项工程的规模和复杂性,我们决定不提供冗长的情节概括,只在必要的时候对作品进行简短介绍。中国学术界的文学史写作通常围绕作家个体展开,其它剑桥文学史作品同样如此。这部文学史不可避免地也会讨论不同时代的伟大作家,但是我们在大多数情况下更关注历史语境和写作方式而非作家个人,除非作家的生平(不管真实与否)已经与其作品的接受融为一体。

随着文学作品本身及其传播途径的多样化,明清和现代文学更难以用统一的方式叙述。篇幅所限,我们决定暂不讨论当前中国境内的少数民族语言文学。同时,基于我们的历史维度,我们也不得不排除韩国、越南以及日本境内的汉文作品。但如果这些国家与中国之间的文学交流已经成为中国文化的一部分,则适当予以关注。

除了作品本身,文学史写作无疑还会受到一个民族国家的学术传统和标准范畴的约束。就中国文学而言,年号、人名、文体以及中文语汇的传统汉学翻译方式都可能对欧美读者造成阅读障碍。鉴于此,我们努力保持术语翻译的一致,尽管我们要求作者根据各自时代的需要选择最恰当的英文译文。每部作品首次出现时都给出英文译名，并在括号中注出汉语拼音，汉字原文则收入书后词汇表。除特别说明外，本书所引中文资料的英语译文均为作者自译。同样由于篇幅所限，引文出处一般随文提及，未以脚注形式标出。本书的《书目》所列出的英文参考文献也只选择性地收入了部分著作，尤其鉴于中文出版物数量之庞大，作者们所参考的中文文献一律未予列出。不必说，我们对中国学者的研究成果所给予的启发是永远充满感激的。

（王国军译）

下 卷

1375—1949

致谢

孙康宜

《剑桥中国文学史》的编写获得了很多人的帮助，我首先感谢我的合作编者宇文所安，他对于整本书的编辑整理，特别是上下卷风格的统一作出了极大的贡献。我感谢剑桥大学出版社的Linda Bree邀请我们发起这项工作，同时感谢耶鲁大学的Edward Kamens将我们推荐给这家出版社。耶鲁大学东亚研究理事会于2004年慷慨资助了本书的编写研讨会，并在此后继续提供基金，我们对该理事会的Mimi Yiengpruksawan，苏源熙（Haun Saussy）及Abbey Newman的持续支持深表谢意。

我要特别感谢编辑顾问Alice Cheang，她对本书初稿的很多内容进行了细心编辑，直接影响了最终定稿的形式。另一位需要特别感谢的是顾爱玲（Eleanor Goodman），她的编辑工作大大增加了本书的可读性，此外她还为本书编制了部分索引。我同样感谢Pauline Lin和唐文俊（Matthew Towns）对本书初稿的宝贵意见。

很多友人和学者以不同方式提供了慷慨的帮助，李纪祥（Lee Chi-hsiang）、朱浩毅（Chu Hao-i）、吴承学、刘尊举、薛海燕、黄婉娩提供了中文文献及参考意见；已故历史学家牟复礼（Frederick W. Mote）教授提供了富有洞见的指导；余英时（Yu Ying-shih）、陈淑平（Monica Yu）、黄进兴（Chin-shing Huang）、王瑷玲（Ayling Wang）、魏爱莲（Ellen Widmer）、黄丽娜（Lena

Huang)、张宏生、邱卓凡（Jwo-Farn Chiou）、孙康成（K. C. Sun）和王国军在不同阶段提供了鼓励、支持和实际的帮助；郭英德、陈赟沅（Tian Yuan Tan）、陈国球（Leonard Chan）、古柏（Paize Keulemans）、朱鸿林（Hung-lam Chu）及已故陈学霖（Hok-lam Chan）教授提醒我注意明清文学中的一些史实；张辉、张健、康正果、生安锋和申正秀（Jeongsoo Shin）帮助完成了翻译；John Treat、Marshall Brown、王宁、Lena Rydholm、王成勉（Peter Chen-main Wang）、郑毓瑜（Cheng Yu-yu）、Olga Lomová、范铭如（Fan Ming-ju）、崔溶澈（Choe Yong Chul）及陈平原就文学史写作提供了他们的见解；Ellen Hammond、Sarah Elman、杨光辉、陈志华（Chi-wah Chan）、杨涛（Tao Yang）、江文苇（David Sensabaugh）、马泰来（Tai-loi Ma）、黄丽秋（Lie-Chiou Huang）和安平秋帮助查找图书馆和博物馆文献；王敖常常在最后时刻提供帮助信息，张钦次（C. C. Chang）则在电脑操作、参考文献和词汇表编辑等方面提供了持续的帮助。

毋庸置言，我感谢本书的所有作者，他们都花费了大量时间完成内容极为广泛的各个章节。其中，我要特别感谢王德威和伊维德，他们在各自的写作之外还慷慨地为本书其它章节的完成提供了宝贵的意见和帮助。

最后，我感谢剑桥大学出版社的文字编辑 John Gaunt，文学编辑 Maartje Scheltens，以及制作经理 Jodie Barnes，感谢他们为这个项目的完成作出的贡献。

（王国军译）

下卷导言*

孙康宜

《剑桥中国文学史》共分两卷，仅就下卷所跨越的年代而言，即相当于剑桥世界文学史系列中的欧洲文学史任何一卷的长度。迄今为止，几乎所有的中国文学史都采用按朝代分期的方式，本书自然也难能免俗。若按照常规，本应以明朝的开国年1368年（明洪武元年）划分上下两卷，但本书选择了1375年。这是因为相比之下，1375年更引人注目，更有历史意义。截至1375年，像杨维桢（1296—1370）、倪瓒（1301—1374）和刘基（1311—1375）等出生在元朝的著名文人均已相继去世。更为重要的是，这一年朱元璋处决了大诗人高启（1336—1374），开启了文禁森严、残酷诛杀的洪武年代，从元朝遗留下来的一代文人基本上被剪除殆尽。

直到永乐年间，明成祖开始奖掖才俊，重振宏业，明朝文学才在一度禁锢后有了起色。这样看来，以1375年作为本书下卷的开端，不只显得分期明确，而且也确立了一个具有本书特色的分期原则，可作为沿用于其后的惯例。比如，在第六章王德威所编写的现代文学部分，"现代"的开始便定于1841年，而非通常所

---

* 英文版《剑桥中国文学史》的下限讫于2008年；因各种原因，中译本的下限则截止到1949年。为方便读者了解英文版的全貌，"下卷导论"保留了作者对1949—2008年间文学文化史写作的介绍。——编者

采用的1919年五四运动。我们写的是文学史,而非政治史,一个时期的文学自有其盛衰通变的时间表,不必完全局限对应于朝代的更迭。

本卷的编写特别重视从明清直到今日的文学演变。在目前常见的大多数文学史著作中,往往表现出重唐宋而轻明清的倾向,而对于现当代文学,则一概另行处理,从未与古代文学衔接起来,汇为一编。中国的传统文评大都重继承和崇往古,因而晚近年代的作家多受到忽视。本卷的编写一反往常,在作家的选择及其作品的评析上,力图突出晚近未必就陷于因袭这一事实,让读者在晚近作家的优秀作品中看到他们如何在继承传统的同时有所创新和突破。读完了本卷各章,你将会看出,从明清到现在,文学创作的种类更加丰富多彩,晚近的文学已远远超出了诗词歌赋等有限的传统文类。

与上卷的原则一样,本卷的着重点不以个别作家或人物为主,而是偏于讨论当时写作形式和风格的产生和发展,特别是对文学多样性的追求。当然,我们仍然坚持叙述方式要按时代先后来决定各章的先后顺序。唯一的一个例外是伊维德(Wilt Idema)所写的有关弹词宝卷那一章,其中所收多为通俗文学的材料,时间跨度较长,有些作品很难判定属于哪一个具体的历史时期。此类作品较晚才出现在文献记载中,且多数均无明确的作者,即使极少数有作者署名的作品也难以断定创作和出版的时间和地点。基于这个理由,伊维德所写的那一章并不按时代先后顺序来排列。但由于伊维德很照顾到其它各章的内容与其相互间的关联,所以在很大程度上,他的那章对其它章节起了相辅相成的作用。

此外,凡在日本、韩国和越南出版的中文作品,一般均不予讨论。一因受限于本书的编写体例,二因已有其它书籍——如《哥伦比亚中国文学史》——提及相关的信息,无须本编再作重复。但我们的《剑桥中国文学史》下卷的第一章（由我本人执笔）则有所例外。从明初到明中叶，某些作品在中国本土与东亚各国间流传甚为频繁。这与当时的文禁及作者本人的有意回避有一定的关系。也只是在此一特殊情况下，中国与邻近各国的相互影响才成为中国文学史应予关注的一个问题。例如瞿佑的《剪灯新话》曾被明朝政府查禁，但该书却在韩国、日本、越南广泛流行，并引起很深刻的跨国界文化影响。借研究此一文学交流的现象，可看出作家的生花妙笔的确有跨越国界的感染力。也就是在这一时期，随着中国与东亚各国交往增多，不少作家写起了异域游记之类的作品。直至清代中叶，如商伟在他所写的"文人的时代及其终结（1723—1841）"一章中所述，中国及其邻国在书籍的出版和流通上仍维持着密切的关系。

地缘文学（regionalization）的现象也饶有兴味，但本书所谓"地缘文学"的内容则大都只限于中国本土的范围之内。在本卷的每一章中，均讨论到重要的地域性文学团体或流派，特别是那些在全国范围内深具影响的团体或流派。例如在我所执笔的那一章指出，原来在明代中叶，文坛由李东阳和号称"复古派"的"前七子"（即李梦阳、何景明等人）统领，其文学活动范围主要集中在北方，但到了十六世纪初期，文学中心则渐渐转至江南一带。这一转变是随着江南地区早在十五世纪末就成为经济文化中心的情况而突现出现的。尤其值得关注的是，与北方的复古派文人都在朝廷位居高官的情况完全不同，江南——特别是苏州——的诗人和艺术家则多半是靠卖诗文和书画为生的。此后，苏州更以女诗人辈出和文人扶持才女的持久传统而著称于世。苏州文化的阴柔气质体现了风流唯美的特征，与北方文学的阳刚风格形成迥然不同的对比。

印刷文化也是本卷另一个特别关注的内容，诸如文本制作与流传的方式，乃至读者群的复杂成分，均在各章的讨论范围之内。特别是吕立亭（Tina Lu）所写的"晚明文学文化"一章，对万历年间印刷业飞速的商业化发展做出了专门的描述。仅在此一时期，所印制的商业印刷品比前五十年就要多六倍。因此，文学作品的读者在当时不只人数剧增，而且成分多样。正如吕立亭所述，墨卷、曲本和内训等出版物前所未有地充斥书肆。也正是在这一时期，大量的青楼女子赋诗填词，与文人聚会酬唱。与此同时，像臧懋循（1550—1620）《元曲选》之类重新编排的元杂剧也大量出版，尽管在此前剧作家李开先（1502—1568）改编的很多元杂剧文本已出版问世。由这些晚明的事例即可看出先前的文学作品在后来被赋予新解和加以创新的情况。

虽然本书基本上不采取严格的朝代分期，但明清之际的改朝换代不同已往，在此应予以特别的关注，因为清初的文学深受世变的影响，而且具有浓厚的晚明遗风。在这一江山易主期间，涌现了很多悼念前朝的作品。因而尽管有关清朝起始之年的记载众说纷纭，本卷还是以1644年，即顺治元年作为第二章和第三章的划分。按照李惠仪（Wai-yee Li）在第三章"清初文学（1644—1723）"的说法，"晚明"这一标签基本上是个"清人话语"，如果说清初的作家"发明"了晚明，那正是因为他们一直要"确认他们所遭遇的历史时刻"。在这一重新确认身份的压力下，清初作家常常面对着以明遗民自居还是归顺新王朝的艰难抉择，尽管两个阵营之间的区划尚有诸多含混不清之处。因此，这一时期以政治和地区归属为取向的文学团体空前繁多，从而也导致了文学形式的新变。比如曾作为复社名流大本营的江南地区，后来就成为清代戏剧文化——特别是政治性的戏剧——的中心。

晚明的名媛传记——特别是其逸事多与朝代兴衰相关的名妓——同样盛传于清代。从余怀《板桥杂记》和冒襄《影梅庵忆语》等作品的流传不但可以看出晚明风流佳话入清后的流风余韵，而且通过艳传风尘女子的本事，文人也寄托了他们对先朝的怀念之情。与之相反，像李渔（1611—1680）这样的作家则致力于创新，不再以怀念晚明为主。可以说，在其标新立异的小说中，李渔大多以"明哲保身和世俗的实用自利"为主题，即李惠仪所谓的"妥协，实效和私利"。

在满清统治下的汉人特别面临着文禁森严的问题，从康熙年间（1662—1722）开始，严酷的文字狱一直威胁着舞文弄墨之士。在这一时期，忠于先朝的诗人只好以婉转幽深的比兴手法寄托自己的怀抱，以免招惹文祸。然而，即使如此曲笔隐晦，也未必能避过文祸，比如两位《明史》编修即因触犯禁条而在康熙初年被判处了死刑。在康熙末年，戴名世因《南山集》语涉违碍而遭到满门抄斩一案更为骇人听闻，成为清代文字狱最血腥的案例。

乾隆（1736—1796 年在位）年间的文字狱甚至更为惨烈，讽刺的是，这位制造文字狱的皇帝同时又最热心于编纂图书，中国最大的图书集成工程——《四库全书》的编纂——就是他在位期间完成的。漫长的乾隆盛世尽管文采斐然，却也不无矛盾冲突。商伟所写的1723至1840年的一章重点讨论了吴敬梓《儒林外史》和曹雪芹《红楼梦》的成书及相关问题。与成书于明朝的《三国演义》、《水浒传》、《西游记》和《金瓶梅》的商业赢利取向截然不同，这两部在乾隆年间那种特殊环境中成书的文学名著则完全与出版赢利无关。当然，这一现象并不意味着商业性的出版在清朝不重要，而是表明像吴敬梓和曹雪芹这样的边缘文人既远在官场之外，又与当时的书肆和地方戏曲文化无缘，因而他们在世时寂寞无闻，他们的作品埋没多年后才为世人所知，只是十九世纪以降才产生了巨大的影响，经过现代读者的推崇，这些成书于十八世纪的文人小说才成为经典之作。这一有趣的接受史个案不只涉及接受美学的问题,也关系到文化和社会的变迁。

在十八世纪后半叶,女作家人才辈出,在文坛上群星灿烂,成为中国文学史上引人瞩目的景观,被视为妇女文学史中的第二次高潮。与十七世纪的第一次高潮相比,十八世纪的女作家在写作种类上更加多样,除了传统的诗词创作,还有不少人从事叙事性弹词和剧本的创作。她们大都出身仕宦人家,与晚明时期青楼才女独领风骚的情况已有所不同,及至十八世纪末,所谓的"名妓"在文坛上已声价大减。

但这并不意味着青楼才媛此后便永离文坛,再也与文人无缘。在王德威所写的"1841—1937年间的中国文学"一章中,我们可以看到,歌伎在现代文学作品中依然是一个常见的人物原型,很多晚清作家的小说都大写特写这些花街柳巷里卖笑的尤物。其中最有代表性的作品就是韩邦庆的《海上花列传》,该书先是由张爱玲译为英文,后来又经 Eva Hung 修订,已于2005年由哥伦比亚大学出版社出版。据王德威所见,晚清时期有关妓女的叙事作品与前此的同类作品有着根本的区别:晚明文人写风尘香艳,多含有象征意味,而清朝的狭邪小说则实写嫖客与妓女的调笑狎昵之私,标志了现实主义文学新方向的滥觞。

诚如王德威所说,现实主义的实践和话语构成了"现代中国文学主体最引人注目的特征之一"。因为反映现实的需求已被提上了议事日程,特别是在那个国难当头,而文人群体也面临生存危机的年代,像《官场现形记》之类的谴责小说已预示了鲁迅、老舍和张天翼等作家在他们的新小说中写实传真的追求。正是在这一方向上,现实主义为这些现代作家提供了观察生活的新角度,而与此同时,随着女作家走上新文坛,更以她们女性的新声扩展了现实主义的领域。需要强调的是,除了现实主义的范式,现代中国作家还尝试了各种各样的体裁和风格,诸如表现主义、自然主义和抒情主义，在不同作家的作品中都有所涉猎，蔚为大观。即使是在现实主义的旗号下，不同的作家也风格各异，均以各自独特的声音而取胜。正是这一众声喧嚣的动力在晚清到五四后几十年间促使了中国文学的现代化发展。

中国文学有一个生生不息的特征，那就是现在与过去始终保持着回应和联系。即使在现代文学创作中，作家也没有切断他们与已往文学的关联。从某种意义上说，中国的"现代性"就是从重新读解汉魏乐府、唐诗宋词和古文开始的。正如王德威所说，中国人今日所理解的"文学史"是直到晚清才出现的一个新的概念。1904年，随着第一部中国文学史的出现，文学史的研究和编写才被列入学术的范畴。正因建立了文学史这一新的学科，在现代作家和读者的眼中，文学的源流才如一江春水滚滚而下，将往古的生命输送到了未来。

现代中国文学另有一必须一提的方面，那就是十九世纪至今对西方文学及其话语的译介。之所以特别要提说这一方面，是因为这一诱人的课题一直为文学史编写者所忽略，我们有意要填补这个学术空白。随着各种翻译作品——从基督教经文到文学作品——的重新发现，不仅修正了我们对现代中国文学规模的理解，也增进了我们对印刷文化的认识。正如贺麦晓（Michel Hockx）在其《印刷文化和文学社会》一文（见第六章第Ⅳ节）中所说，最早的现代印刷出版是由传教士从西方带入中国的，而且首先是用于出版翻译作品的，其出版物的内容以宗教和文学为主。只是到后来，中国的商业性书局才采用了洋人带来的新技术。为迎合城市中新读者群日益增长的需求，正是此类文化交流的新方式丰富了世纪末的文化景观。

最后必须一提的是，与大多数常见的中国文学史不同，本书的编写更偏重文学文化的概览和综述，而不严格局限于文学体裁的既定分类。体裁的分类固然很重要，但应置于文学文化宏大的系统中予以通观。因此，奚密（Michelle Yeh）在其所写的一章中并未沿用"现当代小说"和"现当代诗歌"这类通行的分类，而是以"抗战（1937—1945）及内战"和"战后和新时期（1949—1977）"这样的标题统领全章的内容，将各种文学景观按不同的地域分别介绍和讨论。按地域分述的方式显然更为生动，有助于读者理解当时的文学景观，由于战争造成的分割——如国统区与解放区或沦陷区之分，以及大陆与港台之分，中国文学再也难以笼而统之地讲解给读者了。战争造成的分裂使中国作家陷于日益离散的复杂境地，同时也催发了新的文学形式。在这一过程中，各种政治危机致使不同区域的作家在政治上做出了各不相同的选择，特别是在中国大陆的文革期间和台湾的白色恐怖期间。

本书最后一部分综述了1978年至今的文学。就如奚密所述，这一时段标志着中国文学研究领域的新方向。这一时期所关注的一个重大问题是作家们在对区域和全球的政治文化的变化做出反应时如何界定他们自身以及他们的创作。在这一时期，由于中国作家——如诺贝尔奖获得者高行健和著名小说家哈金——越来越多地移居国外，因而出现了作家国籍归属的问题（见石静远［Jing Tsu］为本卷所撰写的"后记"部分）。此外，台湾的"二二八"事件后，更出现了身份认同的分化现象，如有人被视为"外省人"，有人则以"本省人"自居，更有人高举反殖民旗号。香港的身份归属则更为复杂，在外国人眼中，香港乃中国人的天下，但在某些中国人的眼中，那里不啻为外国。诸如此类的问题使得我们在论及新文学时不能不考虑到如何划界和归类的纷争。

最近十多年来更有网络文学的兴起。正如贺麦晓在他所写的章节"印刷文化最近的变化和新媒介的来临"（见第七章第Ⅳ节）中所述，由于互联网登陆中国大陆为时略晚，最早的中文网络文学是在大陆以外制作的,台湾的网络文学就比大陆领先十年之多。早在九十年代中期,在美国和其它西方国家,就已出现了各种中文的网络文学作品,由此也导致文学网站于1997年左右在大陆出现。中国政府立即通过审查手段,力图控制网络文学的蔓延,但这一控制不只收效甚微,还常常引起反弹,产生了适得其反的禁书效应。胡发云的小说《如焉@sars.come》一书愈禁愈流传的现象就是一个极为有趣的案例。尽管审查机构给作者制造了一定的麻烦,但结果却促使该书成为2006年最畅销的小说。诚如贺麦晓所云:"要控制网络文学,得在很大的程度上依靠作家的自我审查,并假定那些发表文学作品的网站因怕招惹麻烦而履行严格的管理。"

时至今日,尚无任何通行的中国文学史讨论网络文学,本书可谓早鸟先鸣,开启了此一最新的研究领域。我们的首要目标是对中国文学史做出包罗万象的综述,在当今日益全球化的年代,为具有文化教养的普通读者提供对口的读物。

(康正果译)

第一章
明代前中期文学（1375—1572）

孙康宜

引言

在目前已有的文学史书写中，明代前中期往往是被忽略的。这种失衡的文学史叙述通常强调1550年之后的晚明文学多么重要，而在此前的近二百年似乎都无足称道。实际上，很多晚明的重要思潮都渊源有自。例如，正是在明代初期——特别是永乐年间（1403—1424），文学开始在宫廷中繁荣，明初文臣颇令人联想到欧洲的宫廷侍臣。

为叙述方便，我们可以将明代前中期文学分为三期：1368—1450年为第一期，1450—1520年为第二期，1520—1572年为第三期。第一期远非一个文化复兴的阶段，洪武大帝朱元璋的疑心近乎偏执狂，他对文学的态度亦反复无常，并且以野蛮的方式惩罚那些他怀疑批评自己的作者。他出身贫贱，早先率红巾军造反起家，最后削平群雄，夺得了江山。正因为有过那段不太光彩的经历，对饱学的鸿儒他总是心怀猜忌，唯恐受到轻视和冒犯。因此这位偏执狂的太祖自从当上皇帝，一直都存心在臣民的诗文中搜求大逆不道的罪证，无数文士因此而遭到杀戮和贬谪。虽然如此，中国古代帝王中朱元璋的画像保存得最为完好，这不能不说具有讽刺意味。目前，台湾故宫博物院收藏了十二幅朱元璋画像，北京故宫博物院藏有一幅。

明成祖永乐皇帝在位期间，士人们逐渐摆脱了几十年的政治恐怖。他们渐渐在政务上组成团体，就儒学经典和朝廷政策为皇帝提供建议。朱元璋动辄滥杀文臣，永乐皇帝则仅仅将他们投入狱中。永乐年间的文学总体而言以颂扬新王朝的确立为主。以朱熹之学为主体的理学被奠定为"八股文"的基础，尽管到成化年间（1465—1487）八股文才成为成熟的文体。

第二期始于著名的土木之变，在这个英宗被俘后的不幸年代，朝廷明显暴露出自己的弱势，随着压迫和控制衰减，第一期存在的恐怖与沉默日渐消除，文学创作相应地繁荣起来。在这七十年中，作家们不只得到了充分表达思想感情的机会，他们还敢于把批评的锋芒指向腐败的宦官和其他高级官员，指斥他们误导了皇上。部分地由于这种批判之风，1450年之后的中国文学异常繁荣。

第三期主要集中在嘉靖年间（1522—1566）。世宗皇帝在位的四十五年中，不仅沿海地区长期受倭寇骚扰，而且北京还再次遭蒙古进犯。为国家安全计，朝廷及时采取了通商议和的政策。在此期间，不断有正直的官员冒死进谏，批评昏乱的朝政，而拒不纳谏的世宗则对谏诤者严酷打击，致使不少大臣都倒毙在臭名昭著的廷杖之下。堂堂的朝廷命臣被打得皮开肉绽的情景常出现在通俗小说中，小说书写历史的时代由此开始了。与此同时，印刷业也有了飞速的发展，很多长篇小说和各种文体的作品由坊间大量推出，就某些文化产品的广泛传播而言，明代中期文学的盛况并不比欧洲的文艺复兴逊色。

I 明初至1450年的文学

政治迫害和文字审查

本章的讨论将从明初的几年开始，很多人认为这一过渡时期对中国文人而言是最黑暗的时代之一。首先需要指出的是，在整个元代（1234—，1271或1276—1368），中国文人享有一定的自由（元代的开始时间仍在讨论中，或始于金灭亡的1234年，或是忽必烈可汗改国号为"大元"的1271年，或为南宋灭亡的1276年）。正如奚如谷在本书上卷所指出的，有元一代并无文字审查，这是因为蒙古皇帝"对汉族文臣的写作根本就不感兴趣"。1368年驱逐了蒙古人之后，朱元璋重新开始了对文学的控制，以儒家意识形态作为政权合法性的基础。如前所述，明初的很多文人成为"暴君"朱元璋的受害者。刘基（1311—1375）长期忠诚地担任朱元璋的谋士，他不仅是杰出的思想家和作家，更以治国能力闻名，但即便是刘基最终也触怒了朱元璋而遭免职。境遇更危险的是宋濂（1310—1381），他同为朱元璋的文臣，一直为朱元璋所敬重，受命担任《元史》编纂总裁官。然而，他的孙子牵连了一桩谋反案，他几乎因此被处决。马皇后亲自介入营救宋濂，才使他免死流放。而宋濂的家人，包括父母、孙子和一个叔叔都被处死。在朱元璋清洗想象的"异己"的过程中，有数字称一万五千人被逮捕并处决。在所有的受害者之中，最著名的一个就是历元而入明的高启（1336—1374）。

高启和英国诗人乔叟（Geoffrey Chaucer，约1340—1400）同代而生，乔叟一辈子太平无事，高启却不幸生活在中国历史上最悲惨的年代。元末天下大乱，兵祸加天灾，干旱后紧跟着瘟疫流行，正如薄伽丘《十日谈》中描写的瘟疫。高启幸好生长在富庶繁华

第一章 明代前中期文学（1375—1572）

的苏州，在十四世纪的大动乱年代，苏州不仅是骚人墨客避乱的安乐窝，就是对比当时的欧洲，亦很难找出一个在各方面都优于苏州的城市。也正是在苏州，从未应考和出仕的高启成就了他的诗才，结交了一批文友。早在十六七岁，他便与张羽、杨基和徐贲号称"吴中四杰"，再往后，他与这三个能诗善画的文友又被纳入"北郭十友"的团体，且位居十人之首。这些年轻的诗人和书画家经常在姑苏城中雅集，诗酒酬唱，咏遍了城内外的风景名胜，其中咏狮子林的组诗在园林题咏中至今仍属脍炙人口的名作。所谓"国家不幸诗人幸"，身处动乱的年代，这群文友却在苏州城求得了庇护。

无奈好景不长，1356年，出身盐贩子的张士诚率叛军攻占苏州，从此在这里割据长达十二年。张羽、杨基和徐贲均在胁迫下供职张氏小朝廷。高启则可能考虑到全身远祸，举家迁至附近一个名叫青邱的小山下居住。在创作于当时的名作《青邱子歌》中，诗人以"闲居无事、终日苦吟"的隐者自居。后来他离开青邱，漫游吴越达两三年之久。这次出游显然是在躲避来自张氏小朝廷的压力，从写于此间的托喻之作《南宫生传》即可看出，在这一充满危机的时期，诗人在漫漫旅途中进退维谷。《南宫生传》描写一个"藩府"屡次要把南宫生招到自己的幕下，但终于"不能得"，因为南宫生凭着机智脱逃了。而就在此时，接二连三的内斗和残杀终于敲响了苏州小朝廷的丧钟。尽管在张士诚的割据下，该城曾一度出现小小的文化复兴，但1367年，朱元璋大军兵临城下，很多文人学士相继逃亡，苏州城随即一片萧条，接着便在强攻下陷落。城破后，成千上万的当地士绅，包括杨基、徐贲等诗人均被发配到边远地区。出于仇视强敌张士诚的心理，朱元璋对占领后的苏州特别残酷无情。处此动乱中，高启旦夕自危，后来他赴南京，短期参加《元史》的编纂工作，但最终还是因文字招惹了杀身之祸，没能逃脱灭顶之灾。

魏观新任苏州长官，他在张士诚旧官署的基础上重建了新官署，高启以诗文庆贺，结果构成了罪名。平心而论，高的贺词纯系应景酬和之作，因为魏观本人也以诗名，谁也想不到，就是如此普通的唱和之作，竟导致了高启、魏观和另一个地方诗人的腰斩示众。另有论者认为，如此残酷处置的真实原因是朱元璋对高启长期怀有仇恨，因为1369年，高启在完成《元史》的编纂工作之后，他曾拒绝过朝廷的再次征召。尽管如此，高在临刑前仍不废吟哦，慨然赋诗，呼唤江神来见证他的冤情，留下"自知清澈原无愧，盍倩长江鉴此心"之句。高死后迫害进一步扩大，他的朋友，包括徐贲在内，都相继死于全面的政治迫害。其中杨基和张羽死得更惨，杨死于苦役，张则在流放途中因恐惧而投水自杀。短短的几年内，苏州的文人墨客就这样被诛杀殆尽了。

通过上述苏州诗人的惨况，即可见明初文化场景恐怖与伤痛之一斑。朱元璋的暴虐及其压制异议的残酷手段显然震慑了当时的文人学士，从高启的一首诗作中即可看出，他对自己笔下那些口无遮拦的表述深怀担忧，只怕有朝一日，会危及他的生命。尽管如此，他一直都在诗篇中执著地记录当时的社会和政治现实，对他来说，这样的见证要比声韵辞藻的运用重要多了。放在其他人身上，可能会全然忽视或避而不谈的事情，在他身上却会激发感怀。通读他的诗作，我们往往会沉吟于其中的兴亡感慨和个人情怀。比如在那首题为《见花忆亡女书》的诗中，诗人就向我们呈现了战争的惨状和个人的不幸遭遇。该诗显然描述了朱元璋大军围困苏州的情景，他的次女即死于此一时期。

通过个人的写作以及对古代典籍的涵咏，高启确实得到了慰藉。他的作品显示出他对唐宋诸大家的师承关系，但也可以看出，他在继承和复兴传统的同时也在努力进行着创新。高诗明显有杂融各体的多样风格，它既脱胎于传统的形式，又展现出一种有意糅合俚俗用语的新变，从而创造出他特有的抒情性。只可惜他英年早逝，未能在明诗的发展上造成更大的影响，而且在文学史上一直都受到不应有的忽视。他死后，只有苏州的个别好友敢写诗哀悼，后来连地方志提到他的诗作，都显得非常慎重。早在1370年，高启即自编出十二卷诗集，但直至他去世三十年后，他的侄子才将遗稿整理出版。当时，大多数文人都因惧怕文祸而不敢在自己的文字中提到高启的名字。由于缺乏讣闻性的文字和详尽的传记资料，高启死后几乎为世所忘，直到一百年后，苏州诗人兼画家沈周才注意到由高启建立的诗歌传统。此外，李东阳和王世贞等明代诗人也极度称赞高启的诗作。后来到清代，高启虽位居明代的优秀诗人之列，但由于明诗整体上仍受忽视，高启其人及其著作依旧晦暗不彰。直到十八世纪，赵翼才把高启抬举到典范的位置。女诗人汪端随后再加揄扬，在她所编的《明三十家诗选》中，将高启誉为最杰出的诗人。及至二十世纪，牟复礼（F.W. Mote）教授出版了有关高启的专著（1962），给这位冤死的明代大诗人做出有意义的"平反"，至此，我们才得以知人论世地评价他的文学成就。正如齐皎瀚（Jonathan Chaves）在《哥伦比亚中国晚期诗歌选集》（*Columbia Book of Later Chinese Poetry*）中所言，正是牟复礼教授的著作使得高启成为"西方最知名的中国明代诗人"。

历史地回顾，朱元璋对高启的惩处显然造成了很坏的后果，对后世文学的发展产生了深远的影响。但后来新朝渐定，为进一步巩固其合法地位，朱元璋则开始大力宣扬起儒家传统，把四书及其它儒家经典规定为基本读物。这位缺乏文化教养的皇帝现在俨然以君师自居，他向士人宣谕儒家的简朴美德，严禁任何细小的奢华和放纵的行为。正因如此，指斥富裕的苏州居民曾受到奢华的腐蚀，便成了他对强敌张士诚进行谴责的一大口实。1370年确立的科举制度即以这些经典取士，通过新型的考试方式，在君主与年轻的士人间维系了一条道德的纽带。按照朱元璋的要求，新王朝的臣民一言一行都应符合他所严厉规定的儒家纲常，正是这些强加的道德规范，再加上伴君如伴虎的危险，明初的文人都被迫地韬光养晦，噤若寒蝉。在惧怕文祸而自行审查的众多作者中，值得一提的是以传奇小说《剪灯新话》而闻名后世的瞿佑（1347—1433）。他写完《剪灯新话》时，已是明朝建立十年以后。在该书的序言（1378年自序）中，他自称其说"怪异"而语近于"秽"，故一直"藏稿于箧"。虽该书于1378年前后就已完稿，但很可能出于谨慎，怕触犯文网，书稿仅在好友中传阅，直到1400年前后才出版。后来此书传之四方，也就出现了各种不同的抄本和刻本。

讽刺的是，尽管瞿佑一直谨小慎微，到头来还是难逃法网。成祖朱棣篡位登基的第六年，他即被捕入狱，随后服苦役达十七年之久。但这一系列遭遇均与他的笔记小说毫无关系。他曾给朱棣之弟周定王朱橚做过"长史"，因定王不轨而受到牵连。定王显然得罪了他的皇兄，而按明律规定，藩王犯罪，"长史"等官吏得跟着受罚。众所周知，朱棣的皇位是从建文帝手中夺来的，在他皇位尚未坐稳之日，借惩处他兄弟及其僚佐，正好可巩固他窃来的权力。尽量扩大打击面，对确立他的合法性总归是有利无弊的。1428年，当瞿佑终于获释回家时，他已八十有余，他的妻子和最小的儿子都过世很久了。

与高启一样，瞿佑也是在早年即以文才著称。他十三岁便写出文辞华美的诗作，被元代的名诗人杨维桢誉为天纵之才。假使瞿佑生逢其时，他仕途上肯定前程似锦。可叹他生当乱世，为避战乱，年幼时即随家人离开老家杭州，四处迁徙。与明初即殒命的高启不同，瞿佑虽吃尽苦头，却有幸长寿，故能身历五朝，目睹了朝廷中翻云覆雨的变化。在明代前期的文人中,也许就数他多产。他一生著书二十多种,从诗词文赋到文论、传记和小说,众体兼备,无所不包。他的《剪灯新话》文辞典雅,笔调流畅,充分显示了他的文学功力和他继承发扬唐传奇小说传统的开创性地位。"新话"特别诱人的一个特点就是其叙事上的当代背景,也就是说,其中的故事多发生在元末,而对战乱造成的伤亡尤多纪实的描写。读这些故事,你可以明显地读出他反对穷兵黩武的声音,以及那直率而生动的文字所传达的凛然正义。为掩饰他对明政府的批评,瞿佑在故事中创造了冥界和龙宫的镜像,这些幻境显然影射了他洞悉其弊病的官府,当他在《令狐生冥梦录》中描写罪人被打入阴曹地府遭受刑罚的场景时,寓意当然是再明显不过了。在另一个名为《永州野庙记》的故事中,一条邪恶的赤顶白蛇祸乱一县数年之久,最终被阎王捕获并予以惩罚。如果说明代读者会由此联想到开国皇帝朱元璋并非牵强,"朱"的意思是红,且朱元璋早年参加了红巾之乱。很可能由于这些故事本身的敏感性,瞿佑才致力于自我审查。

　　读到故事中那些毫不留情的教诲,明初的读者想必会有相当的愉悦感,因为那一切都针对着他们所熟知的残暴和不义。此类道德教训多穿插于梦中情境,瞿佑似乎特别热衷于书写这些生动而奇幻的插曲。最有趣的是作者对爱情与性的开放态度,在这方面瞿佑显然受了杨维桢香艳诗作的影响。瞿佑对男欢女爱的描写大都以写实的笔法和情色之趣见长,文字的运用既呈现出藻饰之美,也富有香艳气息。此类情爱多发生在男人与女鬼之间,其色授魂与的情景都写得颇有身临其境之感。还有些故事描写了男女的狎昵裸裼之私,比如《联芳楼记》便讲述一对姐妹和一个年轻男子夜夜云雨,交换情诗,直到女方父亲发觉了他们的情事,最后将二女嫁给那个有齐人之福的男子。该主人公是个商人,他从不像当时的其他年轻人那么留意功名,只一味情系他所恋的女人。像这样的故事,对太祖一直尽力倡导的礼教和科举当然是明显的挑战了。

尽管瞿佑后来受到政治迫害,他的《剪灯新话》在永乐朝一直受读者欢迎。有个文人名叫李昌祺,为与瞿书争胜,创作了题为《剪灯余话》的续作,书出后立即风行书肆,与"新话"并获公众的赞许。直到1442年(瞿佑死后九年),英宗皇帝的重臣李时勉(1374—1450)担忧此类书籍败坏人心,才将两书予以禁毁。此次查禁使得《剪灯新话》在中国境内的传播受挫,然而它后来在朝鲜、日本和越南却广为传阅,不少作家都竞相效仿,写出了类似的故事。这个例子证明了政治审查和印刷文化共同促进了文学的跨国传播。虽然往往是以不公开的方式流传,中国读者却从未停止过阅读《剪灯新话》。

1466年左右,书禁告解,瞿书重印,再度风行达百年之久。瞿书中的故事极大地影响了《聊斋志异》之类的小说以及晚明的通俗文学,后者常从瞿书中获取素材。比如冯梦龙和凌濛初这些作家,他们在取材瞿书时从不作致谢的说明,这不只因古代的作家无此惯例,应该说也与瞿书长期受忽视有一定的关系。当然,这里必须指出的是,当初冯梦龙出版他的"三言"白话小说时,并未具名。

与瞿佑同时代的其他文人情况又如何呢?似乎只有极少数文人学士有幸全身而远祸,特别是当他们身处边远地区时。这些幸运儿中,包括林鸿(约1340—1400)和高棅(1350—1423)这两个主要诗人在内的"闽中十才子"最为杰出。林鸿未至不惑便及早辞官归田,写诗以消磨余生,特别以他与才女张红桥的诗文酬唱而著称。张红桥据说死于相思,其逸事的真实性一直受到近代学者的怀疑。至于高棅,他最受称道的作品是其编选的《唐诗品汇》。在这部选集中，他把唐诗分为初、盛、中、晚四个时期，而特别奉盛唐为正声和极致。该集选入唐代一百二十个诗人的作品，计收各体诗作5769首，并从头到尾插入他的评语。高棅特别提到他从林鸿那里受到的教益，他说，是林首先建议他以盛唐——开元天宝年间——诗作为编选典范，只是到后来，他才读到严羽的《沧浪诗话》。严羽将盛唐诗作为诗歌的典范，但是这种观点直到明代中期以后才得到广泛认可。高对盛唐诗的看法也明显受到元代批评家杨士宏的影响，杨所编选的《唐音》自1344年问世以来一直广为传播。高棅尽管赞同杨士宏有关唐诗的主要观点，但却批评杨在选诗上偏颇不均，特别是将李白、杜甫排除在外。因此，高棅自信他的新诗选以系统和全面取胜，可为后世的吟咏者提供更有益的指导。随后，他又从原来的5769首诗中精选1010首，汇为新编一册，名曰《唐诗正声》，似乎专用以挑战杨士宏那部"过时"的诗选。可惜这两部高选的唐诗在明初影响甚微，反倒是他有所不满的杨选唐诗统领着当时的风骚。其所以如此，是因为《唐诗品汇》虽早在1384年编定，但在编者去世数十年后才由一地方官于成化年间出资在福建刊出。更由于刊印该书的福建地处偏远，即使后来诗选问世，也没有引起文坛的注意。由此可见，处地偏远有时也会对作者的地位构成类似于政治审查的危害。高棅就这样一直沉寂到十六世纪才获得了死后的声名。最先产生影响的是较早刊印的《唐诗正声》，随后出版的《唐诗品汇》则更受欢迎，在十六世纪中期以后竟重印过多次。与他同时代的文人相比，高棅有幸避免了政治迫害与文字审查，永乐年间，他曾在翰林院供职，随后即全身而退。与林鸿的情调相同，他似乎更乐于在故里优游岁月：退避到那个天高皇帝远的地方多交些骚人墨客，过着与瞿佑完全不同的生活。

宫廷戏曲和其它文学形式

如果说瞿佑的文言笔记小说表达了对明初社会高压的抗议，并烘托出当时专制暴虐的政治氛围，那么由朝廷赞助的宫廷戏曲发出的声音则有所不同，对于新王朝的荣耀，后者明显表现出十足的欢庆。在这一领域，两个出身皇家的剧作家——朱权和朱有燉——堪称代表。他们的剧作别出新声，给人以完全异样的时代感触。比如，朱元璋十七子宁献王朱权在其《太和正音谱》卷首序中即大言不惭地宣称："猗欤盛哉，天下之治也久矣。礼乐之盛，声教之美，薄海内外，莫不咸被仁风于帝泽也。于今三十有余载矣。"该序写于1398年，正当洪武末年。不难想象，如此歌功颂德的文字肯定甚讨老皇上的欢心，满足了他在文治武功上的自豪。

朱元璋向来以驱逐蒙古人建立明朝而自豪。1389年，他命令一个艺术家绘制《大明混一图》，其中明朝疆域远至日本和西欧，以显示朱元璋的皇权威仪。其他艺术家也以各自的方式颂扬新王朝。

周宪王朱有燉是朱权的侄子，在戏曲创作和演出上他另有思路。比如，配置上花团锦簇的布景，再辅之以抑扬婉转的唱腔，整个舞台设计都反映出他那个新藩国的富丽堂皇。与先前的元杂剧相比，朱有燉的戏曲富贵气十足，尤以渲染王室的排场取胜。他生性喜爱铺采摛文，其剧作最擅长以典丽的描述传达帝王的气派和雍容的情调。此外，动人的舞姿，销魂的音乐，华美的剧装，所有这些铺陈都旨在创造出一种普天同庆的舞台盛况。在他的"牡丹"戏中，这一追求表现得特别典型。

从各方面看，朱有燉都是明初最杰出的剧作家。他通晓音律，感受灵敏，被公认为明朝最佳的韵文能手，一生共创作出版了三十二本杂剧。他融合多样的语言风格，剧作中用俗语所写的道白尤其生动。那些包罗甚广的写实内容总会给观众带来极大乐趣。即使在一百年后，诗人李梦阳仍有诗云："齐唱宪王新乐府，金梁桥外月如霜。"朱有燉在戏曲上的独特成就也与他特殊的家庭背景有关，他父亲朱橚就是成祖朱棣的亲兄弟。如上所述，瞿佑即因朱橚的过失受连累遭到囚禁和流放。朱橚也极有才华，好读书，善诗文，曾以《元宫词》一书知名。朱有燉终生从事词曲戏剧的创作，无疑从他博学的父亲那里受到了很大的影响，进而影响他周围的人群。比如在其封地开封王府中，有不少宫嫔都受到吟诗度曲的教习。后来朱有燉元配夫人卒后，为他掌管内政的才女夏云英便来自那群多才多艺的宫嫔。此外，对皇室中的晚辈，朱有燉也有过一定的影响，其中能诗善画的朱瞻基就是后来的宣宗皇帝。

古人常说，诗穷而后工。这一命运的戏弄连皇室成员也不放过，比如朱有燉和他叔父朱权。从某种程度上说，叔侄俩在诗文上的成就与中央集权的明朝廷一再削弱藩国王权的政策有直接的关系。特别在燕王朱棣篡建文之位自立为帝后，这位做贼心虚的窃国者便系统地削去每个藩王手中的兵权，从而增强他自己的权力。他纵容诸王沉湎声色犬马，只要他们泯灭政治野心。朱权和朱有燉均拥有资源丰富的封地，但在这样的情势下，那些优势反促成了他们的窘境。朱权的封地位于大宁（今内蒙古境内），他拥有将士卫队八万之众，军事实力本来是很优越的。但成祖逼他交出兵权，从此他只好以戏曲文字消磨余生。除了他那部《太和正音谱》，他还写过十二本杂剧，但仅有两种传世。朱有燉在政事上无足称道，而以戏剧上的才能著称。1425年，他继承了父亲的封地，好像为表明自己无心过问朝政，终其一生，他都在编演戏曲中打发日子。不用说，父亲所受的政坛煎熬当然影响了他的人生道路。

明乎此，就不难理解朱有燉为什么在剧作中一味歌功颂德和粉饰太平了。正如伊维德在其《朱有燉的杂剧》一书中所说，忠君乃是朱剧的主题。他和他的叔父朱权其实都忠实地拥抱当朝所提倡的儒家伦理。在他的剧作中，朱权重述了司马相如和卓文君的故事，将那位新寡描绘成勤劳的"贤妇人"，在私奔途中，她甚至被安排帮相如驱车赶马。在《继母大贤》、《团圆梦》和《复落娼》等几本剧作中，朱有燉表彰"贤母"和"贞妇"规矩的行为，对"荡妇"则予以鞭笞。这一道德观基本上遵循了明太祖的信条，那位残暴的开国之君似乎特别欣赏高抬教化的剧目，比如对《琵琶记》就尤其偏爱。按照朱元璋一手确定的《大明律》，通行的戏曲只宜宣扬"义夫节妇，孝子顺孙"，以及"劝人为善"等观念。这当然并不意味着像《西厢记》之类的爱情喜剧完全禁演。当时确实有不少人指责这部元杂剧"轻艳"，朱有燉与另一个明初剧作家贾仲明对《西厢记》却很推崇。但比较而言，朱有燉毕竟更喜欢宣扬从一而终的爱情主题，其中一个典型的剧目就是《香囊怨》，剧中的女主角把她的情书藏入香囊，最后以自杀表明了她"之死矢靡他"的心迹。在这一方面，朱有燉与他的同时代作家、杂剧《娇红记》作者刘东生共享了相同的道德价值。刘剧讲述了一对表兄妹的爱情，本取材元代作家宋梅洞的小说，但把原作的悲剧改编成了喜剧。

自明初以降，朱熹版的理学风行朝野，科场上的八股文多援引朱学以代圣立言。虽说它那起承转合的格式直至十五世纪中叶尚未定型，但因受科举取士制度的影响，明初的道德体系明显地变得比历代更加保守森严。而最有趣的就是，所有的"时文"都众口一词地颂圣，对当朝君主的颂扬与当时舞台上的宫廷戏一唱一和，形成了异口同声的呼应。有个举子名叫黄子澄，他在1385年的科举考试中名列前茅，在他所写的八股试卷中，便对当朝天子的功德和治国才具大加赞扬。

此外，成祖登基后发起了不少文化工程，正是通过这些手段为他的新王朝确立了儒家的道德体系。他相信教育的功效，大力支持四书五经和其它教化读物的出版，以促进新的道德教育。首先，他命令编印理学基础读物《性理大全》、《五经大全》和朱熹集注的《四书大全》，并明确宣谕以这些儒家经典作为文职官员和应试举子的必备读物。这一道德教育并不只限于男人，1404年，当朝徐皇后还颁布她的《内训》，向内庭宫嫔提出类似四书的教导。为进一步促使新朝廷政通人和，成祖还指令翰林院编纂出大部头的类书《永乐大典》。该书总计22937卷，装订成11095册，收书多达7000多种。其门类包罗万象，征引的文本可谓无奇不有。为推动此一工程，曾动用两千多学者，至1408年，大功始告完成。由于卷帙过于浩繁，这部五千万字的类书从未付印，仅以抄本存世。可惜原本早在明末以前失传，抄本至嘉靖年间亦残缺不全。如今仅有五十一册收藏在大英图书馆内，其余部分则散存于日本、韩国和中国大陆。尽管该书仅余残卷，其中仍保存了不少稀世珍本，包括数种孤本剧作。

除上述文采斐然的业绩，成祖还一心要发展帝国的海上威力。从他登基之初直至他在位末期，他多次派郑和统领庞大的舰队远下西洋，遍访东南亚各国，甚至远抵非洲东岸。郑和统率的远航并未完成任何实际的商务，这位三宝太监一死，远航便告终结，舰队巡游仅仅在海外诸国留下了中华天子神武富强的印象。不管怎么说，对于一直囿于大陆的中华帝国，那毕竟是个光荣的记忆，因此在郑和去世一百多年后，他远航的光辉业绩还在舞台上持续地搬演。同时，1597年出版的百回小说《三宝太监西洋记通俗演义》一直颇受大众读者的欢迎。

永乐朝的台阁体文学

尽管永乐朝的文化工程意在增加文人的学识,但它并未带来诗歌的繁荣。抒情性是高启那一代人的诗作特征,而现在它显然已经式微。诗歌不再是自由表达情感或驰骋想象的途径,转而逐渐受阶层因素决定。一般只有享有崇高声望的翰林院士大夫才被尊崇为有地位的诗人,他们的诗则被称为"台阁体"。这些诗并非因语言新奇而著称,而是因为它们更集中赞颂了明朝皇帝的圣德。这些诗表达了儒家思想在文化上的优越性,并褒扬了治道所带来的民族复兴。从一定意义上说,其诗歌主题通常与同时代宫廷戏剧家的主题遥相呼应,但二者写作风格殊为不同。多数情况下,台阁体诗看起来平白、单调且经常重复,缺乏朱有燉在戏剧唱词中表现出的丰富感性。对现代读者而言,如此"无趣"的诗最终成为数十年中的主要诗歌形式,未免奇怪,但要解释个中原因却不难。由于永乐皇帝对文职官员的提拔,诗歌写作渐渐以文人的仕途经历为中心。同时,官场的一统化,儒家的忠义观,以及维护社会秩序的共同愿望都导致了士大夫们去培养一种在政治上正确、在情感上令人满意的诗歌风格。这些士大夫多少与欧洲意义上的侍臣相类似,因为他们最重要的职责就是取悦他们的"主人"。但是与十六世纪卡斯蒂利奥内(Baldassare Castiglione)所说的侍臣有所不同,永乐朝廷的中国士大夫们并不需要具有使用武器的技艺,也不需要展现绘画与音乐才能,只需要在官僚体系中工作的能力和效忠皇帝的热情。他们的诗歌仅仅用于叙说官府的德行,并没有中国诗歌在此之前通常所具有的抒情活力。事虽如此,有一些台阁体诗所使用的风格化的修辞依然值得关注。首先,明初台阁体的代表诗人是"三杨"——杨士奇(1365—1444)、杨荣(1371—1440)、杨溥(1372—1446)。他们最好的诗歌多作于仁宗（1425）和宣宗（1426—1435）朝。这两位皇帝的仁政与永乐皇帝的暴政形成鲜明的对比，杨溥前后的遭际最能说明这一点。在永乐朝，他因居狱中长达十年，仁宗登基即大赦杨溥等官员，并在朝中委以重任。在这种情况下，以颂扬为主的台阁体成为杨溥等文臣表达情感的方便工具。尽管仁宗在位不足一年就病逝，他的儿子宣宗继承了他的宽柔政策，明朝的文臣第一次经历了真正的和平时代。

杨士奇是台阁体的代表诗人，他的诗作据称具有"正"的精髓——而这是台阁体的精髓。在诗人圈子中杨士奇颇受尊重，所以应邀为新版《唐音》作序，而《唐音》则是由元代的批评家杨士宏所编辑的权威的唐诗选本。在其诗作中杨士奇特别激赏春天的意象，因为春天为四季之首，象征了德性卓越、为世垂范的朝廷。这一类比对现代读者来说似乎做作而老套，但是其高蹈的调子和华而不实的庆贺之词，或许正反映了明初新一代士人的真实感受。无疑，他们释然地看到，国家已不再遭受蒙古人治下的羞辱。

这种庆贺的态度与另一种文学形式即都邑赋的复兴相呼应，这一文学形式的复兴似乎与永乐皇帝1420年迁都北京相呼应。北京是永乐皇帝先前做藩王时的封地，同时也曾是元大都。或许为了努力使自己的篡权合法化，永乐皇帝才怂恿他的廷臣们写作源自汉代的都邑赋以颂扬新都北京。无论出于什么原因，我们发现永乐朝廷的许多高官——比如李时勉、陈敬宗（1377—1459）、杨荣以及金幼孜都写了长篇的赋，如《北京赋》、《皇都大一统赋》等。这些作品有两个主题：都城之美以及明廷的富丽辉煌。这些作品与汉赋的风格很接近，但区别也很显著。明初的这些赋充满着溢美之辞，用一再重复的仪典赞歌颂扬新王朝的仁德。尽管更为冗长重复，在许多方面这些赋还是使我们联想到台阁体诗。这些作品未必都出于永乐皇帝本人的授意，士大夫们或许仅仅希望赞颂新都而创作了那些赋，或者将其作为一种写作训练，因为永乐朝科举考试时偶尔需要这样的作品。明初台阁体诗歌与都邑赋都流行了相当长的时间，这足以说明二者的政治意义。在这种风格的文学创作上精益求精至少会有益于仕途的成功。

II 1450—1520：永乐朝之后的文学新变

永乐朝之后的几十年中，中国人继续将北京作为王朝声名与权威的象征。这一时期的赋所写的内容同样具有世纪初那种溢美的特征。金幼孜（1368—1431）、胡启先等赋作者以为宏伟北京的出现代表了大明所秉承的天命，因为他们相信中国又一次成为宇宙的中心，而帝国则会"千秋万代"延续下去。

但是，1449年，二十一岁的明英宗身陷蒙古人的囹圄，明初文人的这种自信受到彻底的打击。这位被俘的皇帝在一年之后又回到了北京，但是他发现自己的弟弟已取代了他的帝位。英宗最终于1457年回到皇帝的宝座，但是已然无法摆脱复杂朝政的纠缠。八年后他去世，年仅三十七岁，他十六岁的儿子继承了王位，是为明宪宗成化皇帝。与此同时，中国朝廷越来越担忧来自北方蒙古人的袭击，因此开始花费大量的人力、物力修筑长城防线，这就是今天保存较为完整的明长城。

值得我们注意的是，中央政府的软弱却在一定程度上导致了文学的繁荣发展。1450年之后，中国在军事上的弱势似乎并没有对文学发展造成消极影响，反而激发了史无前例的创造性。英宗被俘之后，中国的文人士大夫开始有了更多政治批评的勇气，虽然这种批评可能给他们带来生命危险。作为士人，他们确实相信自己对国家的未来负有责任，因而大胆地表达自己的思想和感情，不再像先前那样处于胆怯和沉默的氛围中。这并不是因为当时他们完全摆脱了政治迫害，事实上他们中的许多人受到惨无人道的"廷杖"并一再被流放，但是他们并不因此而胆怯。随着时间的推移，他们的批评矛头日益指向腐败的宦官和高层官僚，并认为是那些人误导了皇帝。基于这些变化，文学的权力中心逐渐从朝廷转向了作家个体。这也是因为明代中叶的大多数皇帝都对文化与教育活动给予了极大支持，尽管他们并非出色的统治者。突出的例子就是复位的皇帝明英宗，他尽管人品上臭名昭著，却在学校体制上做了不少政策变动，特别是安排了提学官，并扩大了学校体系。这一重要变化导致地方学校中学生人数的急剧增加，以至于到十六世纪初期，学校中的学生数已达到史无前例的244300人。这种文化氛围也使得识字率有所增加。与此同时，明代中叶许多士大夫将多才多艺作为自己的理想，坚信文学家必须具有宽广的知识基础。明初《永乐大典》的编写或许促发了这种思潮，但直到明代中期这种思潮才进入文学领域并影响了文学创作的发展。

旧地点，新视野

1450年之后发生重要变化的文化表达形式之一就是赋。前文我们已经论及明初士大夫如何创作了关于北京的赋。而到明代中期，"都邑赋"则愈益变化多端、种类繁多。例如，黄佐（1490—1566）的《北京赋》就不再一味歌颂，而是用了狐狸、老鼠等意象来讽刺京城中的腐败官僚。他的《粤会赋》文体又有所不同，将注重视觉想象的汉代古典风格与对广东地域风物的描写结合了起来。其中骈散结合的句法依然基本遵循惯例，但是它描写全新的、具有异域情调的地方风物,这与描写地点的传统赋作已经不同。另一个值得注意的例子是丘浚(1421—1495)。丘浚是著名的儒家学者和文人,他的《南溟奇甸赋》描绘了海南岛之"奇",以复沓的句式表现了动人心魄的风景带给人的视觉快感。这则赋同时描写了当地居民的风俗与礼仪,并总结说,海南岛并非仙境,但却比人间的任何地方都更美丽。与此前的赋相比,明代中叶的赋更具表现力,描述的意象也更加色彩丰富。不仅如此,这些赋更真实、可信,风格上也更崇高。

以地域为描写对象的另一创新形式就是用赋描写海外之行。董越(1480年在世)的《朝鲜赋》是显著的例子。1487年8月,就在弘治皇帝登基之后,董越受朝廷委派到朝鲜恢复两国的外交关系。回国后不久,董就写作了这篇赋,它成了在地理与社会话语中最引人入胜的篇章。赋非常具体地描述了山川形胜,都城的位置,以及朝鲜丰富多彩的农作物;同时也叙述了朝鲜与中国之间长期的贸易史。当然,明代中国与周边国家的贸易从来没有被看作平等贸易,因为中国将这种贸易置于朝贡体系之中,外国以贡品来表达对中国的臣服。不过,与位于北方不断袭击中国的蒙古不同,朝鲜被视为文明之邦,与中国交好。正因为此,董越在赋中详细描述了朝鲜的社会风俗,特别是朝鲜妇女在德行上所受到的中国文化圣德的影响。董越从各方面肯定了传统中国文化的优越性。同样的思想也表现在湛若水(1466—1560)的《交南赋》中,在这篇赋里,中国对教化安南(今越南)的"蛮人"责无旁贷。湛若水写作这篇赋的时间大概1512年,恰好是在他参加完安南的新君登基仪式之后。作为一代大儒,湛若水对安南的神秘历史非常感兴趣。他将中国对安南的影响一直追溯到朱鸟、祝融以及伏羲。从修辞风格来说,湛若水关于安南的赋似乎要逊色于董越那篇优雅的朝鲜赋。但即使如此,湛若水的赋也是一篇很重要的文学作品,表达了明代中叶人们发现新世界的愿望。这些赋作所反映的中国与其它东亚国家的相互影响值得特别关注。

明中期以地域为主题的赋与当时新兴的"日记"文体密切相关,后者同样意在表达对多样的地域文化的感受。明中期的文人将一切事物纳入文字,特别是将他们的日常经验变成可供阅读的文学作品。叶盛(1420—1474)的《水东日记》就是一个很好的例子,尽管这个日记读起来更像"笔记"。这部日记以三十八卷本的形式初版于弘治年间(1488—1505),1553年的印本增加了两卷。在该书中,作者收入了表达旅途体验的随笔,内容无所不包:从作者目睹的土木之战到时下图书的质量,从唐诗赏鉴到对女性的品评。它还记述了作者看到的品酒仪式以及中国南方的热带水果。叶盛历仕三朝,迁徙不定,他似乎想要尽可能地用文字把握丰富多样的外在世界。他希望读者理解自己的感受,并特别关心后人对他的褒贬。继这种全景式的日记写作之后,明清文人用更为广泛的视角记录现实生活的各种细节。

戏曲和民歌

这一时期,皇帝对戏曲和民歌的支持是一个有趣的现象。除了弘治皇帝,此时期的其他皇帝大多治国无术,每每受制于太监专权。他们对通俗歌曲的支持却为文学的新发展奠定了基础,最终歌曲与口头及书面文学一样成为当时社会文化的重要组成部分。晚明文人卓人月(1606—1636年前后在世)盛赞"吴歌"、"挂枝儿"等民歌为明代文学"一绝",比肩唐诗、宋词、元曲,此语并非虚妄。

早在成化年间(1465—1487)流行小调选集就已经开始刊行,如北京金台鲁氏刊行的《新编四季五更驻云飞》、《新编寡妇烈女诗曲》等四种集子。当时的流行音乐——"时曲"无疑影响了文人的"散曲"和"剧曲"创作,特别是这些不同的艺术形式都是基于同样的剧目而作。散曲和时曲一般在私人家中或茶楼宴会上演唱,剧曲则在舞台上呈现。这些不同场合的演出都赢得了大量观众。康海(1475—1540)和王九思(1468—1551)擅长北曲,陈铎(约1488—1521)和王磐(约1470—1530)等文人则擅长南曲。明代中叶是散曲最盛的时代,目前可知至少约有三百三十人精于此道。散曲发源于元,明初曲家汤氏(1400年前后在世)及朱有燉都以此闻名。明中期散曲的刊行日益增多,表明了其读者群的扩大。成化皇帝本人就是散曲的热忱读者,据说他会用尽一切办法获取所有刊行的戏曲文本。声名狼藉的正德皇帝同样爱听各种戏曲小调,并躬身致力于词曲编辑。他在位期间(1506—1521)以及随后的嘉靖时代(1522—1566)散曲集数量大增也就不足为怪了。

伴随着散曲的流行,戏曲表演也逐渐复兴。1498年,北京金台岳家刊印了《新刊奇妙全相注释西厢记》,该刻本雕印精美,兼供演出和阅读。通本用黑底阴文标示曲牌并提示评点文字,正文加圈点以利阅读。书后牌记宣称:"大字魁本,唱与图合,使寓于客邸,行于舟中,闲游坐客,得此一览始终,歌唱了然,爽人心意。"出版者在牌记中还指出当时的流行歌曲多模仿《西厢记》,以至"闾阎小巷"中人都将其曲词默记于心,并熟悉其舞台演出。牌记同时称"今之歌曲"恰如"古之歌诗",主要目的都是"吟咏性情、荡涤心志",从而"关于世道不浅"。可见,明中期的文人不仅听曲、读曲,还试图用儒家价值观为其正名。当时的流行歌曲多仿《西厢记》也正是因为人们喜欢模仿前人的作品。成化间金台鲁氏刊印了《新编题西厢记咏十二月赛驻云飞》,此后刊印的散曲、传奇集中亦多收入西厢选段,如《雍熙乐府》(1566年序刻本)、《风月锦囊》(1553年刻本)。毫无疑问,明代中叶的歌唱文化是雅俗融合的产物。

除了与流行歌曲联系密切,1498年本《西厢记》还透露了该剧诞生二百年后的接受情况。奚如谷(Stephen West)和伊维德指出,自十五世纪初开始,作为爱情"圣典"的《西厢记》就饱受争议,但是1498年刊本却对此采取了极为开放的态度。该本卷首有很多前言性的内容,其中之一是一组戏曲唱词,赞颂王实甫(约1250—1300)以诗才创作了这一爱情故事,结尾呼吁读者道:"五陵人告我知,囊中钱休爱惜,尽平生饱玩这部《西厢记》,至死也做个风流浪子鬼。"接下来的内容包括八支曲子《满庭芳》,批评"狂荡"的作者有悖于朱熹的道德训诫,因而永远"上不得庙堂";将崔莺莺严斥为"鬼精",玷污了自己和家族的名声。然而正是这些亦庄亦谐的批判文字更加激发了明代读者的阅读兴趣。

这些前言中的内容是否作于1498年之前我们现在还难于知晓,在此之前只有一个1400年前后的《西厢记》残卷存世,有插图无评点。但是朱有燉在他的诗中提到,评点《西厢记》的传统至迟在十五世纪初已经建立。在1498年本《西厢记》刊刻的时代,舞台表演和流行歌曲文化日益交融,宋明理学逐渐受到其它思潮的挑战,这些背景都是值得我们注意的。

这一时期刊行的戏曲作品并非都师法北曲《西厢记》,南曲关注的主题就大不相同。在传奇作品《香囊记》中,邵灿(1465—1505年前后在世)将儒家伦理关系作为主题,与《西厢记》的旨趣大相径庭。丘浚的《五伦全备记》同样如此(该剧作者是谁尚存争议)。明中期戏曲作品丰富的主题和迥异的处理方式折射了这个时代的文化多样性。

24 八股文

明代中期文学中的八股文深深影响了当时文人的生活。八股文又名"制艺",也被称为"时文",因与当时的社会有所联系。现代学者常常认为八股文残害了明人的想象力,但是这一判断并不完全公平。更准确地说,八股文只是明代中国人需要掌握的许多文类之一。这是一种青年人为获取功名而需要学习的文类,而青年人通常也擅长于此。八股文在成化年间发展为成熟的形式,其基本格式已然定型。从现代观点看,八股文形式,特别是其对对偶的苛刻要求看来的确是过于限制人,过于单调乏味了。但是任何熟悉早期中国文学(例如赋、骈文)修辞技巧的人都会理解,八股文不过部分反映了中国人所服膺的"对称"思维模式。而且,八股文中至关重要的不仅是对称,还有骈散的结合。这种原则是受文化决定的,因为中国文学的句法一贯讲究骈散句的交替组合。

自然,这要年轻人花很多工夫去掌握,因为学习八股文的过程包含许多重复且无休止的句型训练。特别是随着时间推移,形式变得越来越复杂时,更是如此。但是,与一般人的设想相反,对程式的严格要求并不总是抑制人的创造性。事实上,对风格愈发严格的限制常常会激发全新的主题。王鏊(1450—1524)是这方面一个很好的例子。他的八股文受到很高评价,以至于人们将之与杜诗及《史记》相提并论。王鏊在乡试与会试中均拔头筹,在一则经常被征引的文章《百姓足,君孰与不足》中,他详细阐明了治道,具体涉及重税问题,用类比方法阐明自己的观点。这篇文章的题目取自《论语》(《颜渊第十二》),根据朱熹的解释,这一章主要关注统治者如何体恤民情这一德行。但王鏊则另有新意,他集中关注的是藏富于民的重要性。王鏊对《论语》的新解释反映了时代的变化,因为 1450 年之后中国社会越来越趋向商业化了。在此,王鏊所集中关注的不再是统治者的德行,而是人民的福祉。而且,无论是在对偶还是非对偶句子中作者典雅的语言表述都增强了其论证的力量。王鏊准确地把握了八股文这种文体的要求,以充分发挥他的修辞技巧。

当然,时人对八股文并非没有批评。事实上,最激烈的批评者就是王鏊自己。1507 年王鏊上书给正德皇帝,劝他通过增加辅助性的考试招募更多的青年才俊,如博学鸿辞科考试等。这样,许多其它科目如诗、赋、经、史等均可以包括在内。根据王鏊的看法,八股文对选拔官府所需要的高级人才来说,是一种过于局限的方式。但不幸的是,当时的朝政被臭名昭著的宦官刘瑾把持,而王鏊也很快离开翰林院,所以他的上书并未得到应有的重视。十年之后,刘瑾受惩罚被处死,王鏊又一次向皇帝上书,以更强烈的措辞建议增加诗赋考试。这一建议也遭到了拒绝。但需要指出的是,正是由于王鏊以及其他批评者的努力,明代后来乡试和会试都纳入了八股文之外的文章。

总体而言,八股文在这一时期更加普及。印刷文化的发展导致了许多八股文选本的出版,各省考中者的花名册也在成化年间出版。也许可以说,明代中叶的考试市场可以与如今美国蓬勃发展的考试产业相媲美。八股文的形式在此后的几个世纪中经历了多次变化,十八世纪之后开始被视为有问题的、退化的形式。到二十世纪初年,清政府决定废除这一制度。尽管它存在诸多局限,我们必须记得,对明清两代的中国人来说,八股文曾经是重要的文化表达形式,人们的确从中获得了信心和力量。

1450年之后：台阁体文学的新变

除了八股文，明代文人还需要学习写作散文与诗歌，特别是那些有志于仕途的人。对明代的文人官员而言，翰林院是最负声名的职位，也只有在科举考试中名列前茅的人才能进入。当某人进入翰林院，他就加入了为朝廷服务的高层文人团体，用大部分时间来研读经典和写作诗歌。满怀抱负的年轻人都把供奉翰林作为自己追求的最高目标，因为这意味着闲适和荣耀。那些在科举考试中名次较低的士人则只能被派到地方政府机构负责更辛苦的行政职务。翰林院中的士人当然都饱读诗书，尽管每个人的兴趣不同，但他们一般都会阅读所有重要的经典，包括经史和诗文。其中一些同时是多产的作家，能够在任期内出版自己的作品，这些作品往往被称为台阁文学或馆阁文学。

但"台阁"的定义曾在明代中叶经历过一些变化。由于翰林院的士人兴趣越来越广，他们所出版的作品并不都被称为台阁文学。一般而言，"台阁"在明代中叶变成了一个文体概念，特指那些在官方公开场合写作的颂祝之作。根据这个新的定义，在这期间许多翰林院士人的作品并不属于台阁文学。例如大学士王鏊不仅以八股文知名，也以其在翰林院任内所写的诗歌闻名。但是，当他五十岁因宦官专权从翰林院退休之后，他的文学风格就发生了根本性变化，令人想起六朝的隐逸诗人陶渊明。像数百年前归去来兮的陶渊明一样，王鏊为回到自己的故乡苏州而吟唱。王鏊将他的诗题名为《己巳五月东归三首》，显然是追摹陶渊明的《归园田居》。他对苏州风物格外青睐，使他在这方面的禀赋更加引人注目。正是在苏州他写作了大量山水诗，关于虎丘的那首尤其令人动容，以最富想象力的方式表现了山顶千人石给作者的印象。在诗中，王鏊想象自己在月光里站在巨石上，与苍穹对饮，醉后倾听竹林中传来的萧萧风声。这首诗将生动的想象与细致的感官描写结合起来——这确实与他早期的"台阁体"诗恰成对照。

另一个翰林院诗人吴宽（1435—1504）也来自苏州，他用不同的方式拓展自己的写作主题。与退休较早的王鏊不同，吴宽为官达三十年之久。但作为一个严肃的作家，他总是意识到台阁体的局限性，知道一个真正的诗人必须具有自由的视野。作为典型的苏州文人，吴宽从一开始就融文学与艺术于一炉，这反映在他题材宽广的山水诗、叙事诗及题画诗中。他的《游东园》因其生动的意象和视觉细节而受到时人的激赏。吴宽还创作了其它类型的诗，其中描写中国南方洪水的诗作不仅表达了他对农人的关怀，而且体现了他试图结合口语与文言的努力。总之，吴宽更为宽广的文学取向表达了台阁体诗人中所发生的诸多变化。

不过，翰林院重臣李东阳才是这一时期精英文学的执牛耳者。对许多人而言，李东阳是文学之力量的象征，因为他是为朝廷选择馆臣的主要人物。李东阳也因其诗而闻名于世，创作了大量台阁体作品。但是他的作品混合多种风格，表明了翰林文人创作的新趋势。作为一名馆阁重臣，李东阳也强调宏富知识的重要性。他特别赞赏宋代的诗人和学者欧阳修，将其视为士大夫的代表，因为他兼擅事功与文学，作品中正而静雅。在《怀麓堂诗话》中，李东阳广泛评述了唐、宋、元和明初的许多诗人。从中可以看出，尽管更偏爱宋朝的诗人欧阳修和苏轼，他总体的诗歌趣味是比较开放的。李东阳在培养明代中叶年轻士人方面发挥了重要作用。他经常邀请年轻同事参加他的东园诗会，在诗会上每个参加者都要写诗、吟诗并评赏绘画。很可能正是在这样的场合，李东阳的挚友吴宽创作了他的《游东园》。李东阳访问吴宽在苏州的田园时写了一篇长文《东庄记》。该文充满了感观意象和细致描写，此类散文也说明了李东阳所提倡的台阁文学与明初的确有了很大不同。

复古运动

虽然李东阳在很长一段时间是文化权力中心的代表，但他的权力并非没有遭到挑战。最引人注目的是，1496—1505年间一批名为复古派的年轻士人对李东阳的地位形成了挑战，学者们一般称他们为"前七子"，也就是李梦阳（1473—1530）、何景明（1483—1521）、康海（1475—1540）、王九思（1468—1551）、王廷相（1474—1544）、边贡（1476—1532）以及徐祯卿（1479—1511）。但这个说法却是多年后才追认的。"七子"大多是北方人，只有徐祯卿来自南方，是苏州人。事实上，复古派由更多人组成，而这一文学运动也比人们所设想的要更变化多端、分布广泛。有些学者认为，由于复古派中的一些成员比如李梦阳、何景明被拒绝进入翰林院，所以这个派别的建立是出于个人的恩怨。但事实上，"七子"中的两个人康海、王九思就是翰林院学士，所以真实的原因似乎远为复杂。

一般说来，复古派的目的是建立一种新的诗歌观念。在李梦阳和他的朋友们看来，真正的抒情诗已经消失很久了。根据他们的观点，诗表达情，但是他们认为同时代人大多"出于情寡，而工于词多"。康海、王九思特别批评了台阁体诗，认为其"诗学靡丽、文体萎弱"，甚至陷入"流靡"。因此，他们主张取法古人回到抒情诗的"本"，学习盛唐，特别是学习杜甫。从一定意义上说，他们关于盛唐诗歌具有典范意义的观点，呼应了南宋批评家严羽，也与明初批评家高棅的观点一致，但他们似乎对高棅的理论并不十分熟悉。这一时期的诗人中只有福建人桑悦（1447—1503）提及高棅。

现代人一般认为复古派的理想典范是秦汉文，但是复古派文人对此的意见并不一致。例如，复古派通常将赋作为文的一个分

第一章 明代前中期文学（1375—1572）

支,但是他们所写的赋却追摹魏晋与六朝,篇幅较短,这与篇幅更长、辞藻华丽的汉赋不同。这可能是由于复古派不满意台阁体作家冗长而乏味的赋,因而愿意写更短、更抒情的篇章。从这方面看,康海的《梦游太白山赋》就是一个典型例子。在这篇赋中康海传达了以表现自我的真实风格来写作的愿望,这与充满道德教诲和华丽辞藻的古代赋作形成对照。康海的短赋似乎拥有南朝赋的某些特征,如将抒情性作为至关重要的原则。不过,并不是所有复古派都赞成六朝风格,在《织女赋》中何景明就以批评六朝作者谢朓开头,一些明代中叶的作者如黄佐和丘浚也都以汉赋为典范。但是,从一般情况来看,复古派在写作赋的时候并不严格地追摹秦汉典范,"文必秦汉,诗必盛唐"这个口号将明代复古派简单化了。

就诗歌而言,复古派同样不像现代学者所设想的那样总是追摹盛唐,他们的典范也包括《诗经》和两汉魏晋时代的古诗。复古派就与台阁体诗有很大不同,后者从来没有把《诗经》作为典范。复古派相信将诗与声律,特别是与吟唱艺术相联系,才能完满地传达感情。因此追溯诗的源头《诗经》就很重要,因为《诗经》中诗和音乐是一体的。明代复古派的观点使我们想到了西方的抒情诗,它将音乐视为诗歌内在的成分。从这方面看,我们就比较容易理解"法"、"格调"这些概念的完整意思了,这些概念不仅指涉文学风格而且指声律类型。当复古派的重要人物李梦阳宣称他学习杜甫的"格调"时,他也在有意识地模仿唐代大师的音调。李梦阳等人都坚信诗是特殊的艺术,需经长期"锻炼"才能掌握。李梦阳关于"锻炼"的概念与欧洲新古典主义的理想相呼应,特别是后者对于永恒法则（norm）的信念,对辞藻的把握,对语言瑕疵的注意,以及对得体的追求等。

但并非复古派的成员都同意李梦阳对"法"的解释,更多人对学习过程采取更自由的看法。例如，何景明就认为学习古人，就像借筏登岸，登岸则需舍筏。尽管复古派内部观点各有不同，但在下列至关重要的问题上他们趋于一致：（1）反对台阁体陈旧的文学形式；（2）激烈拒斥朱熹理学；（3）与王阳明（1472—1529）的心学同气相求，认同后者对"良知"和"悟"的强调；（4）认为诗主情，而非主理；（5）把握经典，从中定位自我，借以复兴抒情传统；（6）主动介入政治与文化领域；（7）激赏当时的通俗歌谣。

复古派对通俗歌谣展现了特别的兴趣，因为他们坚信这些作品表达了真正的情感。李梦阳在1525年的诗集自序中这样写道："今真诗乃在民间。"在另一个场合，李梦阳和他的友人何景明赞赏通俗歌谣采用了"锁南枝"的曲调，指出如果诗人学这样的调子，将大有益于诗文质量的提高。晚明作家徐渭（1521—1593）说，李梦阳最早将《西厢记》经典化，与《离骚》并称。复古派对通俗歌谣的普遍兴趣无疑促使他们在写作中尝试新的主题。例如，在一首关于捕鱼的诗中，何景明描写了渔者捕鱼、卖鱼的体验，以及附近村庄中其他人的日常生活。其中包括一个妇女从鱼市上买回鱼却不敢杀鱼的经历。李梦阳还写了不少生动的散文，记录商人的生活。这些作品有些是墓志铭，有些是短篇传记，有些则是闲适的小品文。李梦阳来自商贾之家，也许这是为什么他对这个主题特别感兴趣。复古派的另两名成员康海和王九思因其散曲闻名，这些散曲自由使用口语，也受到了通俗歌谣的影响。

复古派希望为全社会培养一种文化责任感，这就使得他们在文学作品中更多地批评官方政策。在这方面，李梦阳的经历最引人注意。他不断遭遇政治挫折，以致身陷囹圄达四次之多。1494年通过科举考试后，李梦阳任户部主事，并升迁为郎中。在压力下他一直表现出非同寻常的勇气以及领导才能，并被尊为"七子"的领袖,但他的政治灾难却始于1505年。这一年他应诏上书,谴责了一位外戚的劣迹,而这人却正巧是孝宗宠爱的张皇后之弟,结果李梦阳被羁下狱。在十七首的组诗《述愤》中,李梦阳讲述了自己深受创伤的牢狱生活,包括在狱中所受到的肉体折磨,从而表达了他对不公正遭遇的极大义愤。他并不惮于揭露权贵的罪恶,在诗题的注释中,他这样写道:"弘治乙丑年四月,坐劾寿宁侯,逮诏狱。"他后期的作品延续了这种直言的风格,明确表达了对政治迫害的愤慨,如《离愤》、《叫天歌》等。其后不久,正德皇帝即位,宦官刘瑾把持朝政。李梦阳又由于自己的放胆直言得罪了权倾一世的刘瑾,再次下狱。他被判死刑,是朋友康海居间斡旋才救了他。后来,同样的事情再次发生,李梦阳不得不完全退隐。但作为一个作家,他依然拒绝保持沉默。

前面我们提到,著名哲学家王阳明的思想对复古运动有很大影响。许多现代学者只记得王阳明是个哲学家,而事实上他也是知名诗人。王阳明的老家在浙江,但他却在北京长大。他周围有许多诗人、作家和官员,因为他的父亲在翰林院中地位显赫。早在年轻时,他的诗就在京城颇受青睐,读者也纷纷写信向他索诗。而他后期的诗则将山水与哲学沉思结合了起来,比如《山中示诸生五首》。在北京时,王阳明最好的朋友之一是李梦阳,这就使他有机会与复古派的成员互相唱和,并分享了他们的趣味。王阳明对内心直觉(intuitive mind)的强调也激发了复古派去追寻诗的抒情性。甚至即使从政治关系上说,王阳明和李梦阳也有共同的处境。1506年,王阳明因为替两位上书谴责刘瑾的官员辩护而下狱,并被毒打。此后,他受到进一步的惩罚,被流放到蛮荒之地贵州。直到刘瑾于1510年被处死,王阳明才回到北京。正是在他受难的日子里,王阳明经历了精神的觉醒,开创了新的哲学。李梦阳晚年隐居于自己偏远的故乡甘肃研究心学，显然也是受王阳明影响。

除了李梦阳，复古派的其他人在刘瑾当权时也体验了政治危机所带来的痛苦后果。但与通常的看法不同，刘瑾并不是复古派所有成员的敌人。康海1505年自愿为危难中的李梦阳居间斡旋，他之所以能够如此，乃是由于他与宦官刘瑾是陕西同乡。不过当1510年刘瑾失势被杀时，康海和另一个来自陕西的复古派成员王九思却因为与刘瑾的交往被逐出翰林院。这当然对康海和王九思是不公平的，因为他们与刘瑾的联系非常有限。但在同乡关系被看成最重要的个人联系纽带的时代，康海和王九思被视为刘瑾的"盟友"并受到惩罚却也并不难理解。

正是由于长期隐逸于陕西故乡，康海和王九思才致力于创作散曲和杂剧，并且成为擅长北曲的著名戏剧家。由于对自己的政治生涯非常失望，他们往往通过写作来宣泄自己的挫败感。康海一共出版了大约四百首小令及一百多篇套数。王九思的作品数量大概是康海的一半，但王九思的散曲更被后人看重。康海许多描写山水的曲子因其生动的技巧和抒情性而独树一帜，如《满庭芳·晴望》、《普天乐·秋碧》等。康海和王九思的散曲诉诸直率的表达，并时常插入问句和感叹，给人自然如话和豪迈不羁的印象。

王九思和康海常常在他们的戏剧作品中运用讽刺和托喻的手法，间接指涉政治。在杂剧《杜甫游春》中，王九思借用杜甫的生平故事，但显然有意要让读者产生现实联想。该剧描写了唐代诗人杜甫在"官应老病休"的日子里，典当春衣，外出买酒。看到长安周遭荒凉的景象，杜甫将朝廷的失败归咎于权臣李林甫滥用权力。在路上，杜甫刚好遇见岑参兄弟，并与他们一起游历了渼陂。其后，新宰相房琯答应给杜甫翰林院的职位，诗人却毅然决然地拒绝了："让与他威风气概，我只要沽酒再游春，乘桴去过海。"该剧的主要情节取自杜甫的两首诗《曲江对酒》和《哀江头》,王九思显然是用杜甫的故事来隐喻自己遭遇政治挫折后的处境。他退休后称自己为王渼陂,并移家杜甫在公元754年前后曾经游历过的渼陂。时人称此戏是专门嘲讽大学士李东阳的,后者在刘瑾被杀后权力陡增。不过,很难说这是作者的原意,但如果考虑到王九思曾经供奉翰林,并对李东阳的台阁体颇有微辞,那么这种解释就并非毫无道理了。这部戏是王九思多年劳作的成果,最初只是为自己的家班所作,但由于其有争议的内容,后来在全国其它地域也很流行。

师承马中锡(1446—1512),王九思和康海还瞩意讽刺寓言。马中锡是个正直的名士,受刘瑾迫害屈死狱中。他以传奇小说《中山狼传》而知名。在此寓言中,不知感恩的狼要吃掉曾从猎人手上救下自己的书生东郭先生。这个故事可能取自宋代谢良或唐代姚合的小说,但是,是马中锡使这个主题流行于明初(该剧的作者是否马中锡仍存争论)。在派系斗争和政治结盟日益复杂的情况下,不难理解这个关于负恩的故事是多么吸引一般读者。王九思与康海被背叛的经历与中山狼的故事不无契合之处。一些学者质疑康海创作了杂剧《中山狼》,但是明代作家如李开先(1502—1568)、祁彪佳(1602—1645)、沈德符(1578—1642)等都相信其真实性。在此我借用"被指认的作者"(attributed authorship)一词指称这种作者不确定的情况。

王九思的剧作《中山狼》是只有一折的杂剧。也许是为了增加舞台效果,马中锡的经典故事里出现的判官"杖藜老人"在这里变成了土地神。当狼、牛以及杏树都作为角色出现在舞台上时,王九思的这部戏对观众来说,一定具有更激烈、更普遍也更可感知的滑稽效果。喜剧情节实际上反映了当时政治生活的现实——在混乱的派系纷争中,人的作为开始像动物一样。当然,这一时期许多其他作家也深入地描写这个主题。董玘（1487—1546）在其传奇小说《东游记异》中，将宦官刘瑾比作白额虎，将刘瑾之兄比作看管狐狸洞的老狐狸。这些动物寓言与明代中叶的社会现实密切相关，因为据说正德皇帝正是日夜沉迷"豹房"，纵欲享乐，而让擅权的刘瑾把持朝政。

康海的剧作《中山狼》更长，四折之中有大量对话和情节起伏。同时，他将土地神这个角色改回老人角色。尽管观众已经熟悉故事情节，但是康海所细心处理的忘恩负义主题仍令人震惊。康海抓住了时代的道德缺陷，并让老人用令人感动的独白说出来："那世上负恩的好不多也。那负君的，受了朝廷大俸大禄，不干得一些儿事。……那负亲的，受了爹娘抚养，不能报答……那负师的，大模大样，把个师傅做陌路人相看……"这些话使我们瞥见康海早年的官场生活，那时他目睹了许多人在政治危机的压力下互相背叛的事实。康海让老人在戏的结尾说："那负朋友的，……稍觉冷落，却便别处去趋炎赶热，把那穷交故友撇在脑后。"最使人吃惊的是，这些句子让人想起赋中所常用的对偶和排比手法，而赋是康海所特别擅长的文类。不过，康海在戏剧中所使用的修辞技巧与他在赋中所使用的又有所不同，因为他混合了口语和成语，为杂剧创造了一种新的、严肃的风格。这使得晚明批评家祁彪佳判定康海的戏剧为"雅品"。同样需要指出的是，通过创造一个儒者代言人（即杖藜老人）的形象，康海让他的戏变成了一个道德剧，尤其还在道德剧的结尾加入了快乐的因素，让邪恶的狼被救了它命的东郭先生刺死。这个结尾更接近马中锡原来的故事，而与王九思的短剧非常不同，在王九思的剧中狼是被土地神派来的小鬼杀死的。

但故事还没结束。王九思、康海创作了这些戏剧之后，读者还要猜想谁是中山狼。在读者的想象中，特别是康海的戏是直接针对复古派领袖李梦阳的。因为据传言，在康海陷入刘瑾事件并在1510年被逐时，李梦阳从未伸出援手去帮助他，尽管康海曾是李梦阳的救命恩人。很多人认为正是因为李的原因康海才首先与刘瑾有了瓜葛。因此，一些读者宣称康海写作关于中山狼的戏剧正是为了讽刺不知报恩的李梦阳，因为他背叛了朋友。当然，很难说戏剧的内容与历史事实有什么直接联系，但这种解读却已非常流行，以致明代后期人们已经毫无批判地接受了这种看法。沈德符在评述《中山狼》时就认为康海是用寓言嘲讽李梦阳。从现代人的观点看，这种评价降低了康海戏剧的艺术价值。不过，在明代中叶的文化氛围中，康海戏剧的流行恰恰正是由于这种没有根据的解释。这还刺激了很多模仿之作，甚至同名剧作，很快整个文学圈子也对重写狼的故事情有独钟。中国文学中改写前人作品的例子很多，但这并不是一个普通的改写之作，狼在这里成为邪恶的公共象征。在十八世纪的小说《红楼梦》中（第五回），曹雪芹（约1715—约1763）用中山狼作为典故指代人性之恶。

尽管康海创作了许多戏剧，如王兰卿的爱情悲剧等，但最终他还是因《中山狼》而知名。这一现象值得注意，因为这表明了文学接受是如何使士大夫间已经很复杂的派别关系进一步复杂化的。这也表明了复古派的文学主张与他们的文学实践之间有多大差距，而他们的观点又是怎么随人生阶段的不同和政治环境的影响而发生变化。复古派文人之间的共同点也许仅仅是他们的教育背景以及他们的仕途理想。

苏州的复兴

苏州从明代开国者的大规模破坏中复原，花了相当长时间。十六世纪初，中国的经济文化中心逐渐转移到江南地区，苏州最终成为富庶的长江三角洲地区的文化中心。这座城市曾经养育了许多伟大诗人，如元末明初的高启，现在它又养育了新一代诗人。明代中叶的几个主要苏州诗人同时也是著名的书画家，如沈周（1427—1509）、祝允明（1460—1526）、文徵明（1470—1559）和唐寅（1470—1523）等。这些文人从小就受到诗画同源的教育，因此唐寅在他的一首诗中这样写道："生涯画笔兼诗笔。"确实，对苏州人来说，诗画本同源。现代人对工作与娱乐所做的区分似乎也不适合苏州文人，写作和绘画恰恰是他们的两种最好的娱乐。这就是苏州诗人兼书画家在中国艺术史和中国文学中具有重要位置的原因。由于艺术史家的努力，如今沈周、文徵明、唐寅以及祝允明在西方已很著名。不过研究文学的西方汉学家们却大大忽视了他们作为诗人的重要性。忽视这一点，对这些重要作家的特殊造诣是不公平的。

另一个值得我们注意的重要事实是明代中叶苏州的城市氛围，它对我们理解这个地域的文人至关重要。明中叶以降，商人在城市的兴起中发挥着越来越重要的作用，而他们也极大地改变了苏州城市生活的形象。根据莫旦的《苏州赋》，苏州总是充满了"远土巨商"，而到明中叶苏州则已成为十分繁荣的城市："坊市棋列，桥梁栉比，梵宫莲宇，高门甲第；货财所居，珍异所聚，歌台舞榭，春船夜市。"文徵明和唐寅的诗对当时的苏州也多有描述，商业区阊门的富裕和奢华得到特别的强调。唐寅本人即是一个商人的儿子，他的例子表明那时商人的社会角色与精英文人逐渐融合。

不过，苏州最显著的变化还是在当时文化氛围中所形成的新的金钱观。与北方那些出生官宦的复古派文人不同，苏州文人常常靠卖画鬻文为生。其中很多人获赠官职，在大多情况下是他们拒绝了那些职位或者提前致仕。这些诗人和艺术家需要维持生计，正是由于这个原因，我们在这些人的诗歌中发现了前所未有的关于金钱的作品。例如，在《言怀》中，唐寅感叹道："漫劳海内传名字，谁论腰间缺酒钱。"他同时为自己努力画画赚钱感到骄傲："闲来就写青山卖，不使人间造业钱。"但是，诗人兼书法家祝允明则认为金钱是极端有害的："无端举向人间用，从此人间无好人。"（《戏咏金银》）不过关于金钱的最有趣的说法则来自沈周。在著名的《咏钱五首》中，沈周写出了金钱的意义和实质。他首先详细说明了金钱的力量——它可以购买任何东西，"有堪使鬼原非谬。"接着他讨论钱币的形状、重量和使用方式。最后，因其流动不居和绵延不息的特点，他将钱与河流相比。在四大诗人艺术家中，沈周似乎是唯一一个不以卖画为生的人，这一点他后来似乎有些懊悔。其实在当时的苏州，不仅卖画价格不低，文字的"润笔"也很高。可想而知，文徵明为人所写的许多墓志铭一类的文章也必定收费不少。据叶盛《水东日记》所载，1449年土木之变后"文价顿高"。杨循吉在《苏谈》中又提及苏州文人如何卖文度日，有时每篇所得，"多或银一两，少则钱一二百文。"无论如何，在中国文学史上这或许是第一次有文人公开表达对金钱的迷恋与关注。

但也正是由于他们对金钱的"迷恋"，使得苏州诗人和艺术家得以相当程度上摆脱官场的桎梏。首先，这些诗人艺术家均不喜欢八股文。沈周甚至从未操心去参加科举考试。当他成名后被人推举做官时，他真诚地拒绝了。而唐寅则因科场舞弊干脆退出官场。在一首诗中，唐寅清楚地表达了自己的愿望："但愿老死花酒间，不愿鞠躬车马前。"文徵明和祝允明直到五十岁也没有出仕，后来短暂为官后迅速辞归。所有这一切似乎表明了一种"苏州精神"：将个人自由看得重于一切。不过，说苏州人对官场完全不感兴趣也言过其实。明代中叶苏州举子的数量居全国之冠，进士及第者也多出苏州。著名的士大夫王鏊（以八股文知名）、吴宽（翰林院大学士）都来自苏州。这都说明苏州人有志于从事公共事务，而且一般在科举考试中成绩不俗。但另一方面，他们也很尊重那些放弃仕途的人。王鏊是个很好的例子。他从翰林院退休回到自己的家乡后甚至赢得了更多尊重。也许正是对仕途的双重态度使苏州人具有特别的自由和尊严。

也正是由于这种双重态度，苏州文人拥有一种普遍的家乡认同。像他们明初的先辈高启那样，姑苏的这些诗人艺术家把更多精力集中在文学艺术上。"吴中诗派"年龄最长者沈周将该诗派追溯到高启，因为正是高启首先建立了稳固的苏州抒情传统。不过沈周以为，一个多世纪以来，苏州的诗歌传统已经式微："吴中诗派自高太史季迪后，学者不能造诣，故多流于肤近生涩，殊失为诗之性情。"沈周因此建议，为了发扬苏州诗派的精神，他的同时代人必须重新找回"诗之性情"。在一定程度上，这一说法回应了复古派关于复兴古代抒情理想的主张。不过与复古派泥古的倾向不同，沈周与他的苏州朋友们并不拘于古代模式。当然，在不同的派别之间也有交叉，如"吴中四才子"之一的徐祯卿后来属于复古派，但他出身苏州，与当地的艺术家来往甚密。"吴中四才子"另外三位是祝允明、唐寅、文徵明，他们与明代吴门画派"明四家"又有交叠，后者包括沈周、文徵明、唐寅、仇英（约1510—1552）。

从一开始，沈周就号召一种新的诗歌抒情观念：纯粹、鲜活而又不加渲染。虽然他在诗中经常把自己刻画成"独倚杖藜舒眺望"的隐者形象，但沈周并不真正是个"隐士"。历史上的沈周事实上很喜欢住在闹市，是个十足的"市隐"。在《市隐》一诗中，他写道："莫言嘉遯独终南，即此城中住亦甘。"沈周非常关心普通人的日常生活，他的佳作之一描写洪水期间居民受难的情形。《周孝妇歌》描写一个可怜的寡妇将自己的婆婆背在背上，企图在洪水中求生；《十八邻》则讲述易子而食的故事。出自诗人的本能，沈周直书现实以达到自然表达的效果，他认为这正是当时的诗坛所缺乏的。正是这些诗继承了高启以诗证史的风格。在台阁体依然风行的时代,沈周的风格一定带来了新鲜的空气。台阁体领袖李东阳褒扬元末明初苏州诗人高启的"才力声调",称"百余年来,亦未见卓然有以过之者",他很可能从沈周那里获得了启发。沈周是吴宽的挚友,而吴宽又是翰林院中李东阳的重要同僚,这些事实足以证明我们的推测并非虚妄。苏州诗派很可能触发了台阁体诗歌的许多新变。

另一方面,书法家祝允明所代表的放荡不羁的精神象征了苏州文化无拘无束、批判经典的一面。他公开批评朱熹,服膺王阳明的心学。在文学上他创造了一种"狂狷"的风格。在其著名的"口号"组诗中,祝允明将自己描绘为"狂人":"不裳不袂不梳头,百遍回廊独步游。"这样的描述呈现了一种新的自我意识,随着苏州文化在明中叶的成熟,这种自我意识具备了复杂性、精巧性,特别还有主体性(subjectivity)。在一部著名的文集中,祝允明还批判了中国传统价值观的诸多方面,这与今天的文化批判多有类似之处。

在诗人和画家文徵明身上我们还看到了苏州文化保守的一面,也就是所谓的苏州主流文化。就主题的广度和风格的多样性而言,文徵明或许是姑苏诗人中最有才气的一个。八十九岁的高寿使得他创作了大量文学作品,其中题画诗最为著名。他不仅成功地将诗歌与绘画艺术结合了起来,而且也将自然与艺术结合起来。这种思想反复出现在他的诗作中,特别是题于画上的诗作,如"风融触眼总新诗","斜阳总是诗","树杪芙蓉列画屏","不知身在画中行"。有一回,文徵明在他的老师沈周的画上题了一个联句:"轻风淡日总诗情,疏树平皋俱画笔。"(《题石田先生画》)可见,在文徵明的想象中,大自然变成了一组画,其中同时有一组诗,将所有的画串联起来,形成和谐统一的美。对生命、艺术、自然之间密切联系的追寻是苏州生活方式的典型特征。

文徵明另一方面的贡献是园林文学。当然,园林诗早在高启时代就已很知名,这从高启和友人在《狮子林十二咏并序》的相互唱和中可以看出。明代中叶的园林文学获得了前所未有的发展。前文我们已经提到,王鏊辞官后居住在他的私家园林,并发展出与其早期台阁体作品完全不同的田园诗作。他的友人文徵明经常造访他的园林,饮酒酬唱。王鏊的《徵明饮怡老园次韵》描写了园内水边的美好景色,但令人感伤地联想到唐朝宰相裴度——像王鏊一样,由于遭遇宦官所导致的政治危机,退休后他回到了自己的故乡洛阳。与王鏊的诗相比,文徵明的作品更重视觉和感官,通常将理想的园林视为自成一体的空间。文徵明关于园林的篇什包含了细致的绘画和诗篇,包括著名的《文待诏拙政园图》,其中包括三十一幅画和诗,描绘了园林的不同景色。苏州最大的园林名为拙政园,为弘治进士、御史王献臣弃官回乡后所筑。今天该园依然是苏州最大的园林、最著名的游览胜地。而拙政园的出名,似乎最早正是由于文徵明的诗画,其中一个联句经常被人们征引:"绝怜人境无车马,信有山林在市城。"此诗显然受到陶渊明《饮酒》第五首中的名句"结庐在人境,而无车马喧"的启发,不过文徵明的组诗是为了赞美苏州的独特性,因为具体而微的"山林"确实可以在苏州闹市中存在。

著名诗人和画家唐寅就生活在这样的园林之中。唐寅称自己的园林为"桃花庵",并终日作画、写诗、饮酒于其中。那里也是唐寅和他的友人文徵明、祝允明雅集的地方。但与历史上的艺术家文徵明有所不同,在通俗文学中,唐寅的公众形象是怪异而浪漫的。早在十多岁,唐寅就以诗画闻名,并拥有了"江南第一才子"的美称。《桃花庵歌》最为脍炙人口,其中不断重复使用了"桃花"一词:

> 桃花坞里桃花庵，
> 桃花庵里桃花仙。
> 桃花仙人种桃树，
> 又摘桃花卖酒钱。
> …………

在这首诗中，花开花落，年复一年，唐寅将自己看成半醉半醒的花神。诗中表达了唐寅的主题：迷人的桃花象征着短暂易逝的人生。落花意象总在苏州人心中萦绕，但只有在唐寅的笔下，花的意象才在文学中卓尔不凡。许多传记上都说，唐寅对花总是充满热情，他爱花，欣赏花，并在花丛中作画。花谢的时候，他为之哭泣，并在园林中将之埋葬。后世的学者认为唐寅正是《红楼梦》中那个多愁善感的黛玉的原型（《红楼梦》第二十七回"埋香冢飞燕泣残红"）。

从一定意义上说，正是唐寅作为作家和画家的独特天赋为苏州传统开辟了新天地。他特别以仕女图以及关于仕女的题画诗而闻名，而在唐寅之前，有关仕女图的诗多半是由女作者自己写的，如十五世纪女诗人孟淑卿的《题观莲美人图》。正是唐寅的诗最终呈现了一个纤柔而感性的苏州，这与北方复古派的追求大相径庭，也有别于台阁文学那种歌颂朝廷的文体。这几种不同的文学流派能在同一时期（1450—1520年前后）存在并繁荣，这足以证明当时"多元文化"的特殊性了。值得注意的是，这段时间也正是欧洲文艺复兴开始的时代，明朝中叶的文学确实是比较文学研究的绝佳素材。就此而言，苏州不仅是江南的一个地点，也是一种心灵的境界，最重要的还是诗与艺术的蓬莱胜境。

III 1520—1572：中晚明之际的文学

正德十六年（1521），二十九岁的正德皇帝驾崩，无子可嗣皇位，其从弟入继大统，此即年仅十四岁的嘉靖皇帝朱厚熜。从一开始，嘉靖帝就不愿纳廷臣之谏，终致成为一代独裁之君。他后来崇信方术，罔顾朝政，渐致宦官擅权，朝纲废弛。当时，中国屡屡受到倭寇和蒙古人的威胁。嘉靖帝在位四十余年，朝臣不断冒死犯颜直谏。其最著者，当属海瑞（约1513—1587）。他因上书而被逮入狱，惨遭锦衣卫的杖刑。海瑞后来成为一些文学作品中的主人公，甚至在1960年代的"文化大革命"前夕，新编历史剧《海瑞罢官》被认为影射毛泽东并因而受到审查。

杨慎（1488—1559）也是几死于廷杖者之一。杨慎乃大学士杨廷和（1459—1529）之子，正德六年（1511）廷试第一，至嘉靖帝即位时，已是翰林院显官。此人后来被推为"有明第一博学者"，著作风靡当时。但嘉靖三年（1524），"大礼议"起，其人生乃彻底改变。嘉靖帝不循尊崇先帝之旧制，而特尊其生父，激起群臣抗争。其间，杨慎等百余人被逮捕、廷杖，死者竟有十七人之多。大半因杨慎率朝臣抗争之故，杨慎虽幸免于死，却为皇帝所嫉恨，被贬为军籍，谪戍辽远的边陲云南。根据《大明律》，降为军籍乃是被贬谪者所受到的最严厉惩罚。其他一百八十名朝臣虽也被贬谪，但杨慎所受的惩罚却最为严厉。是年，杨慎三十七岁。他人生的后三十五年是在放逐中度过的，直至嘉靖三十八年（1559）卒时，也未能像其他官员那样得到赦免。

贬谪文学

正是因为有被贬谪的不幸经历，杨慎其后乃得成为文坛上一

第一章　明代前中期文学（1375—1572）

位真正重要的人物。在云南期间，他几乎对每种文学类型精心研究，诸体兼长，成为一个"全能"的作家。其作品到处传诵，无远不届，当时有人说："吃井水处皆唱柳词；今也不吃井水处亦唱杨词矣。"（见《升庵长短句》，杨南今序，1537年）杨慎在时人心目中地位之高，固然与中华民族传统的重才观念有关，而与人们同情其才高如此却遭受暴戾皇帝之迫害，尤有关系。明代由中入晚，有一重要的过渡时代，杨慎正是这一时代之特别见证人。而且正是通过杨慎刊行的众多著作，明代读者才渐渐欣赏云南文化。事实上这个边远的地区是在洪武十五年（1382）才正式成为中国一省的。

　　杨慎初至云南，其诗风还相当传统。在他的一些作品中，全是隐然自比屈原。屈原《离骚》是中国贬谪文学之第一部杰作。与屈原一样，杨慎也哀叹被逐之命运，抒写去国之悲情，如《军次书感》《戎旅赋》等。可以想象，杨慎在云南的生活一定艰难异常，周遭皆是蛮夷，而妻子家人远在千里之外。但是，当他知道被赦无望时，便对云南渐生好感。实际上，他在云南的生活相当富足，因为他的妻子黄峨（1498—1569）回到四川家中经营田产，以定期给他寄钱。他常在边境游历，著述不辍，刊行不绝，文名也随之日盛。被贬的数十年竟成为其一生中成果最为丰富的时期。同时，他在云南放浪不羁的生活也招致了很多批评。女诗人叶小鸾（1616—1632）的舅父沈自徵曾特别创作一则短剧，其中杨慎着女装与侍女出游。并非所有的文人学者都批判杨慎的特立独行。祁彪佳等文人视之为以滑稽的方式表达流放的悲哀和挫败感。与此相似，牟复礼认为杨慎有意如此以避祸，因为他一直处在伺机报复的嘉靖皇帝的监视之下。

　　尽管仕途失意，杨慎或许是明代著述最丰之人，如果算上他所编集的各种选本，刊行的著作达一百余种。同时，云南巡抚及其他官员对他皆礼敬有加，他也渐获生活自由，不必履行其谪戍之役职。自由的生活与荒远的景象，对于杨慎来说似乎别有魅力，因而唤醒其一种新精神。其新诗奇景迭出，如《禽言》诗写道："铁桥铜柱灵山道，僰云爨雾连晴昊。""灵山"指的是昆仑山，"僰"与"爨"则是指云南地区的两个少数民族。诗中新奇的意象、特殊的景色都是以前所不曾有的。在其一系列游记中，奇山异水，呈现于笔下，读来令人颇生敬畏之感。

尤其值得重视的是，杨慎乃是一个词学大家。词盛于宋，元以后渐衰，杨慎则在很大程度上为词体带来了活力。首先，他评点了宋代词选《草堂诗余》；其次，作为重振词体的先驱，他还编选了两部重要词选，选录唐以来之作品。他的这些行为或引发时人步趋其后，编刻词选，其中包括张綎（1487—？）编《诗余图谱》（编成于1536年）。杨慎本人的词作极富云南地方色彩，而寓目兴感，其内在世界，亦在在处处隐然可见（如《渔家傲·滇南月节》）。在《莺啼序·高峣海庄十二景》中，他称，云南贬所之胜景强过王维隐居之辋川。杨慎在云南期间共写了三百多首词，他还撰有一部词学著作《词品》，讨论词体的起源、评价及其与音乐之关系。杨慎词名藉甚，乃至于在其卒后百年，小说评点家毛宗岗新刊《三国演义》还以其词开场。这首《临江仙》出自杨慎《廿一史弹词》："滚滚长江东逝水，浪花淘尽英雄。是非成败转头空。"直至今日，通行本《三国演义》之开场词仍是这首词作。

在明代读者心目中，杨慎最是一位多情郎君。他时常寄上情诗、情词，给远在四川老家的才女夫人黄峨。路遥情长，互寄情诗以通衷怀，这对明代读者来说极具吸引力。黄峨乃是著名学者黄珂（1449—1522）之女，为杨慎继室，其诗才及学识，也著称于当时。黄峨初随杨慎赴云南，度过了三年。但在杨慎父亲卒（1529）后，黄氏即回到四川新都，操持家务。黄峨未能生

第一章　明代前中期文学（1375—1572）

子，但她视庶子如己出，养之教之。到杨慎卒（1559）时，大约三十年间，他们的唱和诗传遍海内，为人称赏。著名作家王世贞（1526—1590）在其《艺苑卮言》附录中，列举黄峨诗《寄夫》、词《黄莺儿》各一首，以显示女诗人的才情。王氏特别指出，杨慎和《黄莺儿》三首不及夫人黄氏，黄氏的词艺优于其夫。"后七子"领袖王世贞是当时重要的批评家，黄峨一旦为其称赏，诗名词名便迅速确立。不过，尽管黄氏寄夫词流传文苑，播于众口，但其诗作却传世甚少。其所以如此者，大概是因为黄氏也像其时代多数大家闺秀一样，以为作诗乃闺中私密之事，不欲其流布于外也。相反，杨慎之作品却频频刊行，引人注目。杨氏平生刊刻著作众多，重要的有嘉靖十九年（1540）刊刻的词七卷（续刻于嘉靖二十二年［1543］），嘉靖三十年（1551）所刻的词曲集。但就我们所知，黄峨的诗作生前却从未刊刻过。

在黄氏卒之次年（1570），由一位无名氏书商编集的《杨状元妻诗集》一卷突然刊行。此后，黄氏的诗作在各地陆续发现，数量也不断增加。万历三十六年（1608），大型词曲合集《杨升庵夫妇乐府词余》刊行，其中很多散曲被称是黄峨的作品，包括一些艳曲及调笑之作。特别引人注目的是，此本卷首有一篇短序，题为徐渭所撰。编者杨禹声自称，杨夫人词余原无刻本，仅有其"手录"，"藏之帐中十五年矣"；后来他终于"谋而梓之，以公诸赏音者"。其中备受争议的是一首著名散曲《雁儿落》，当代各种选本，包括为人所重的《元明清散曲三百首》（羊春秋编选），都选了此曲。这篇作品表达的是妒妇之怨怒，她指责丈夫与他人"笑吟吟相和鱼水乡"，而自己"冷清清独守莺花寨"，又大叫"难当小贱才假莺莺的娇模样"，声称"老虔婆恶狠狠做一场"（此曲由美国著名诗人 Kenneth Rexroth 和钟玲合译成英文，见《中国女诗人》一书）。对现代读者来说，此类作品给黄峨带来口无遮拦之

46

名,但事实上,早在明朝就有人(如《采笔情词》的编者)认为,像《雁儿落》之类作品乃是出自当时流行的词曲集子,有些甚至就是杨慎所作。

才女诗人时常寄诗词给远谪的丈夫:黄峨在人心目中的这种形象,或许真的是出自书商们的创造。事实上,才子、才女之间互寄情诗,在当时的传奇小说中,确乎已是流行的题材。典型的例子是南方作家杨仪(1488—1558)所撰的爱情传奇《娟娟传》。在这篇小说中,男女以诗相和,终成眷属,整个爱情故事即由往复和诗构成。如果我们再往前溯的话,早在瞿佑的文言小说《剪灯新话》和李昌祺(1376—1452)的《剪灯余话》中,这类互寄情诗的爱情故事即已出现了。十六世纪有一股编刊新旧小说的热潮,而这类爱情故事尤其能激发当时读者的兴味。黄峨和杨慎后来也成为小说的题材,而最值得注意的是,他们在冯梦龙(1574—1646)文言传奇集《情史类略》中,竟成为有至情者的典范。

女性形象之重建

巧合的是,约在十六世纪中期,学者们开始积极致力于文学中女性形象的重建。康万民("前七子"成员康海之孙)倾力注释女诗人苏蕙的《织锦回文诗》,编订《璇玑图诗读法》一书,可谓典型的例子。苏蕙为三世纪时人,据载,此人才貌双美,却被其丈夫窦涛所厌弃,因而创作了织锦回文诗(由八百四十一字构成)。此诗以五色巧织而成,纵横都可阅读。据说,其远谪敦煌的丈夫读到此诗,感其悱恻之情,终于放弃新欢,重修旧好。苏蕙故事之广为人知大约在晋代(265—420)。她既有织锦之技巧,又有文学之才能,被视为淑女的典范。数百年之后,其诗有题武则天皇帝所撰的序文一篇,称其"才情之妙,超今迈古",苏蕙之地位遂大大提高。此八百四十一字究竟能组成多少首诗,苏蕙本人或许也未曾尝试过。宋、元时代,偶尔有人试图提出阅读此诗的新方法。不过,直至明嘉靖时代,主要由于康万民的宣扬,此诗才骤然流行。康万民在《凡例》中称,宋代起宗道人读至三千余首,而他又增加至四千余首。

当时,读者的注意力日益为刻书业所支配。在这种文化氛围中,像康万民之类的学者,转而关注才女这样的新话题,尤其是那些一直被边缘化的才女,似乎是自然而然的事情。在明代,即便像宋代著名女词人李清照,其作品也因保存不善,多半亡佚。其一些词作之真伪,明代学者亦难以确定,因而须进行某种"考古学的"重建。当明之世,李清照手稿多已亡佚,最后仅有二十三首词作被认为真出李清照之手,而直至今日,其一些作品的真实性也还存在争议。

明中期学者对于女性作品兴趣浓厚,女性作家也因之逐渐被经典化。这些男性文士所以尊重女性,或许是意识到自身之边缘化处境正有类于那些被边缘化的才女。可惜的是,对于康万民的生平著作,因为传记资料缺乏,除了其《璇玑图诗读法》之外,我们难知其详。不过,我们还是可以有把握地推测,其所以注释苏蕙的这部已被遗忘的作品,应是出于对才女的普遍同情,因为这些才女在此前的选本及传统的文苑传中多被摈弃不录。正是由于认识到女性之文学地位鲜被承认,故而明代很多男性学者开始编辑女性作品。有些编者醉心于女性作品的搜集编选,甚至视之为一种人生理想。十六世纪中期的田艺蘅可谓先驱,他自称要献身于女性作品之搜集。他所编的《诗女史》是一部女性诗选,《诗女史叙》说,自古以来,女子之以文鸣者代不乏人,原本并不逊于男性,然而这些女性作家与男性作家显晦顿殊者，乃是由于采观者阙而不载之故。他希望通过编刊女性作品，为女性文学之悠久而光荣的传统伸张正义。《诗女史》刊于嘉靖时期，正是这部诗选发凡起例，首次为女性选集奠定了义例之基础。此后约经百年，这种选本传统遂得以发扬光大，而真正走向繁荣。万历四十六年（1618），蓬觉生编刊了规模宏大的选本《女骚》，共有九卷。编者强调女性文学不朽的观念，并将女性作品与儒家经典作品诸如屈原《离骚》相提并论。实际上，明代女作家确乎时常模仿屈原。十六世纪陕西女诗人文氏，寡居而作《九骚》，就是自比屈原，抒其悲苦。其《九骚》中所体现出之博学多识，有类乎《离骚》及苏蕙之作。文氏之才，当时以为罕有其匹，其诗也被编入方志之中。文氏的生活状况罕有人晓，甚至其名亦不为人知，其所以不朽者，主要是由其作品。她可谓是女性为文不朽之典型。

编选女性诗作的学者日益增多。更有甚者，竟将其编选女性作品与孔子删诗相比。起初，男性文士们编选女性选集多半还是出于闲情逸致或者排遣郁闷，但到后来，他们竟把传布女性作品当成终生的使命。随着参与其事者的日益增加，发现的作品也随之俱增。编选者创造出一种专收女性作品的新型选本形式，这种选本在体例上与以往不同。以往的选本通常将女性作家置于书末，与方外、异域相邻，体例创自五代诗人和选家韦庄。而明代的新编选体例，则主要反映女性创作领域中之多元格局。这种新体例为保存女性作品提供了非常适宜的机制，而这种机制对于繁荣女性诗歌创作来说也是必需的。

但是，明代女性选本也存在一些问题。其一便是选择不严。清代学者对许多女性作品包括明人选本中所选作品之真实性，每有质疑，其因盖在于此。当编选女性作品风气益盛之时，书贾在刊刻时有所增补，应不出人意外。值得注意的是，自十六世纪中期开始,整个刻书业似乎都热衷于"女性选本"这一新类型。在这种情形之下,作者、真伪等问题已不再重要,关键的是选本中的女性形象必须显得佳淑可人,要能吸引读者。也许正是在这种氛围中,传说中的林鸿外室张红桥之情诗才会出现。历史上,张红桥可能实无其人,只是因为林鸿情词中每有"红桥"一语,后来的读者便虚构出一女诗人与之相配。比如晚明作家兼选家冯梦龙,其《情史》中即有"红桥"一目,言其为福建之良家女。久之,红桥的诗作也开始出现并流传开来。结果,后来的选本,如王端淑所编《名媛诗纬初编》、顾璟芳《兰皋明词汇选》等,便收录了张红桥的诗作。王娇鸾之《长恨歌》,最早出现在冯梦龙《情史》中,或许也是基于一个虚构故事,但此诗却被收入题为钟惺(1574—1624)所编的《名媛诗归》中。根据编者注,王娇鸾的未婚夫移情别恋,另娶他人,王氏便写了《长恨歌》。王氏在将此诗寄给吴江县令之后,自缢而死,而其未婚夫则受到了法律的严惩。据说,其事发生在英宗天顺年间(1457—1464)。明代读者喜读女性之趣事逸闻,而刻书者便蜂拥而上,迎合其趣味。

不过,若说此类故事全都虚假不实,亦自不可。偶尔确有其文出于虚构,其事本乎真实者,并且其真实性可证之于当时的官方文献。在冯梦龙所编通俗小说集中,有一个故事,即属此例。一个年轻女子李玉英,因继母诬告其所作二诗涉于淫情,便被下锦衣卫,要处以极刑。玉英自狱中投书嘉靖皇帝,这位年轻皇帝素以无情著称,但在此事中却扮演了一个仁慈角色,玉英遂得以侥幸全命。据汉学家王安(Ann Waltner)考证,历史上,李玉英确曾于嘉靖三年(1524)上书皇帝,其书见于明代法律档案中。冯梦龙小说中所载其书确乎与官方档案中所存相似,唯其第二部分为小说所不载。显而易见,小说中所写李玉英之事,确实是个真实的故事。但就各种形式之奇闻轶事而言,其内容必有某些真假难辨，不可尽信。

不过，大多中国读者业已习知，文史之作常有几分脱离事实。"假到真时真亦假，无为有处有还无"，十八世纪小说《红楼梦》所言真假难辨之状，正道出传统中国读者此种复杂有趣之态度。明代读者似乎最为明白，他们生活在一个小说的时代，历史常常被改写成小说，反之亦然。正是在这个时代，瞿佑撰于十五世纪初年的文言传奇《剪灯新话》又重新刊刻，再度流行。作家们群起摹仿，创作了各种文言故事，既富传奇色彩，又寓说教意味。尤其是邵景詹（生平不详，生活于1560年左右）以《觅灯因话》名其集，继踵瞿佑之意，至为明显。然而，与两百年前的瞿佑相比，邵景詹之兴趣尤在于旧事重写。如《贞烈墓记》，所述乃烈妇舍生赎夫、溺水救子之事，而其故事所本，乃一元代女子之旧事，最早见于元人陶宗仪《辍耕录》卷十二。当然，邵氏书中故事，亦并非都是史事的复述，如其《姚公子传》即纯属虚构，后来为小说家凌濛初重新演述，成为一篇通俗小说。以上所说都表明，明代文士是如何醉心于重写，主要以其幻想与想象将老故事翻旧出新，演绎成自己的故事。这些故事之情节与主题大多雷同。这些男性作者反复编辑讲述此类奇闻逸事，着眼不同，形式各异，其热衷之程度，实在令人吃惊。

小说中英雄主义之改造

明代改定小说名著之成就，可谓无与伦比。《三国志演义》、《水浒传》、《西游记》三书的改定，尤其如此。这三部小说都经历了长期的民间口头流传以及文字成熟的过程。但是，正如浦安迪（Andrew H. Plaks）在其论著中所说，十六世纪的文本乃是这些著作的最完美的形式，本质上与今天所读到的面貌相同。换言之，正是由于明代的改写，才使得早期的叙述和材料最终成为"小说"。

与这一时期传奇小说中的爱情故事相比，上述长篇小说以语言通俗著称。《三国志演义》最早出，其语言仍是文白相杂，但书名却冠以"俗"字（《三国志通俗演义》），显然是意在提醒人们注意其语言之通俗。总体而言，这些明代小说的语言已与现代汉语差别不大。然而最令人感兴趣的是，这些小说的作者在将已有素材加工改造成一部精美通俗小说的过程中，创造了一种新的英雄主义。依照这种英雄观，善恶的分界变得日益模糊不清。

先说《三国志演义》。嘉靖元年（1522）本乃是现存最早版本。很多资料皆称罗贯中（约生活在十四世纪）为此书作者，然在嘉靖元年版本中作者仍然不明。万历年间（1573—1620），一个托名为作家和思想家李贽（1527—1602）的评点本得以刊行。到清代毛宗岗（1632—1709）修订评点此书，这部小说于是变得最为流行。《三国志演义》所讲述的乃是中国历史上一个重要时期即三国时代的故事，此时天下三分而成魏、蜀、吴。作者在改编过程中，既采用了正史的资料，也汲取了民间流行的素材，甚至包括兵法之类的书籍。此书在生动描绘战争方面，可谓前无古人。小说中所写的战争场景，计有百余次之多。当时汉室衰落，天下分裂，蜀之刘备、魏之曹操与吴之孙权，莫不欲争正统，一天下，导致战事不绝。本书的焦点即在于此。故而英雄主义观念贯穿小说的始终。在某种意义上说，正是由于明代读者心目中缺乏"现代"英雄，使得他们转而钦慕过去的英雄。但是，作者并没有因循前代三国故事，创造新的英雄崇拜。我们知道，明代之前，讲述三国故事时，听者"闻刘玄德败，颦蹙眉，有出涕者；闻曹操败，即喜唱快"，这种"尊刘抑曹"态度或许反映出部分普通观众的过于单一化的英雄观。嘉靖元年本的贡献之一，即是试图打破这种单一的英雄观（1522年恰好也是十几岁的嘉靖皇帝登基的时间）。

但是，英雄观念乃是一个复杂的问题。在史书当中，蜀国并非都被视为正统。在陈寿（233—297）所撰《三国志》中，魏乃是正统。此后数百年间，这种观点一直被史家所秉承。直到宋代，新儒家朱熹乃彻底改变之。朱熹在其《资治通鉴纲目》中，以为蜀国当继汉祚，为正统。这种观点影响深远。在宋以后人的心目中，蜀国的刘备为"仁"之代表，而魏之曹操则为"残暴"的象征。嘉靖元年本的作者总体上继承了朱熹的正统观，但是，为了使其人物更加令人信服，作者在很大程度上改变了原来流行的单一化性格类型。我们注意到，此书中几乎所有人物都是既强又弱。足智多谋的蜀相诸葛亮，作为小说中的主要英雄，既无所不能，又忠诚贤良，或可谓是唯一近乎完美的形象。但即便是他，也犯战略上的错误，最终也是天命难逃，在病榻上接受了上苍安排的悲剧命运。

这部小说的明代作者对于人物性格兴趣浓厚。在七十五万字的小说中，共有四百个以上的人物。不仅如此，他还喜欢将代表不同性格类型的人物并列对照，尤其是那些性格中带有矛盾和缺陷的英雄。事实上，这部小说时时流露出来的矛盾感正是嘉靖版不同于早期版本的所在。例如，尽管作者对刘备表现出极大的同情，但刘备却又总是被描绘成一个弱者，一打败仗，便痛哭流涕，垂头丧气。相反，充满自信的曹操即便是吃了败仗，却能谈笑以对。不过，读者们很快就会发现，正是曹操的过于自信，导致其在赤壁之战中落败。这次落败也终给曹操上了一课，使他知道，英雄的能力和弱点往往并存。总体上说，刘备是仁慈之主，能够爱恤下民；相反，曹操则被称作"奸雄"——"治世之能臣，乱世之奸雄"。他是一个冷酷无情的杀人者，他曾忘恩负义，杀了吕伯奢全家。他又是一个精于权谋之人，为了达到目的，可以无所

第一章　明代前中期文学（1375—1572）

不为——如他谋划如何赢得人心。另一方面，曹操的某些慷慨义举也最令人钦佩，如他因爱才而不杀陈琳，因敬重英雄而放了关羽（后来关羽同样"义释"曹操）。相比之下，另外一个"奸雄"袁绍，却缺少曹操这种狮子般的英雄气概。可以说，曹操英雄形象之重塑，是嘉靖本的伟大成就之一。

在另一部明代小说《水浒传》里，英雄之观念更加矛盾，更有争议性。《水浒传》文本形成的历史极为复杂，甚至超过《三国演义》，其故事既本于历史，也来自民间的想象。小说讲述的是北宋末年宋江和一帮绿林好汉在梁山建立政权之事。这些绿林之徒后来不仅投降了朝廷，还帮助朝廷征讨方腊。一些学者认为，施耐庵是这部小说的最初作者，罗贯中则是这部小说的编定者。但作者问题目前还有争议。到十六世纪中叶，水泊梁山的主要故事对于当时读者来说已经是耳熟能详了。《水浒传》现存最早版本是大约刊行于嘉靖二十九年（1550）的一百回本，为武定侯郭勋主持刊刻。此后，有万历十七年（1589）重印本、万历三十八年（1610）容与堂刊行的李卓吾评本（现代学者认为此评点为叶昼所作），以及金圣叹（1608—1661）改定的崇祯十七年（1644）本。此外，尚有其它的一百回及一百二十回本，同时还流传有简本。[54]这部小说在当时大受欢迎，广为流传，据说万历皇帝也喜读此书。直至今天，此书仍继续流行。

在《三国演义》中，几乎所有人物都是历史人物，《水浒传》则与之不同。其一百零八个英雄，除了首领宋江和另一个主要成员杨志之外，都是出于虚构。作者描写这些英雄，也采用了不同的英雄观。这些英雄人物身上，往往兼有矛盾之特征。他们大多反抗贪官，坚守兄弟之义，相信"四海之内皆兄弟"；他们大都武艺高强，见有不平，拔刀相助。但同时，他们又杀人施暴，冷酷残忍。很少有读者会忘记鸳鸯楼中滥杀无辜的可怕场景：武松为复仇,不分青红皂白,连杀十数人(第三十一回)。在整部小说中,人们自相残杀,杀戮妇女。这样的情节反复出现,也大大困扰着现代读者。事实上,正如夏志清评论《水浒》时所言,"英雄之于恶魔,有时难以区分。"然而在十六世纪,批评家们似乎对英雄法则背后的"忠"、"义"观念更有兴趣。在晚明读者看来,尽管绿林之徒对朝廷不满,但如果朝廷用之,他们就会为国尽忠。相比之下,那些朝中的贪官,如高俅、蔡京之流,则是不忠不义的坏人。因此,当所有"忠义"的英雄死于奸臣之手时,这样的悲剧结局对于明代读者来说就显得特别悲惨。很显然,正是为了纪念这些悲剧英雄(尽管他们是出于虚构),在十六世纪,这部小说的所有版本,其书名都被冠以"忠义"二字。直到明末,当金圣叹对这部小说有了不同的解读,"忠义"二字才被从书名中删去。正如王尔德(Oscar Wilde)所言:"生活之摹仿艺术,远胜于艺术摹仿生活。"《水浒传》对中国民众思想之影响巨大。自万历十四年(1586)以后,造反者大多喜欢把《水浒传》中的话当作口号,如"替天行道"等等。一些造反首领还使用《水浒传》中人物的名号,如宋江、李逵等等。正是为此,《水浒传》屡被列为禁书。

如果说在《水浒传》中,英雄们武艺高强,逞强称雄于大道野径,那么在《西游记》中,路途则是悟道之象征。《西游记》讲述的是唐三藏带领孙悟空、猪八戒、沙僧去西天取经的故事。此书在西方知名始于1940年代。著名的翻译家亚瑟·威利(Arthur Waley)节译此书,书名《猴子》。1970年代末,又有余国藩(Anthony Yu)教授的四册全译本。与上述两部小说一样,明代《西游记》的素材也多是渊源有自。早在南宋时代,便有讲述高僧前往西土取经的《大唐三藏取经诗话》。大约在元末明初,戏剧家杨景贤创作了这一题材的杂剧(六本二十四折)。这一时期,

第一章 明代前中期文学（1375—1572）

还有一本规模似乎更大的《西游记平话》问世，现存《永乐大典》（成书于1403年）中还载有某些内容，刊行于1423年的朝鲜教科书《朴通事谚解》亦载有若干情节。到十六世纪，《西游记》终于以小说形式出现，共一百回。据可靠资料，嘉靖时期至少有两个本子刊行（即鲁府刊本、登州刊本，见《古今书刻》卷上），现存最早的刊本是万历二十年（1592）刊于南京的本子。关于这部小说的作者，有些学者认为是以诗词著称当时的吴承恩（1500？—1582？），但直到今天，作者问题仍有疑问。要之，作者将小说原有之取经人物及故事加以创造性改造，其出色的艺术技巧数百年来一直受到读者的赞誉。尤其是在对孙悟空形象的再创造中，作者加入了新的英雄观，使得小说更加富有艺术生命力。

孙悟空是个超级英雄，他有千变万化的神通，常常拯救取经的同伴。在他的眼里，没有不能逾越的险阻，没有不能降伏的妖魔。取经途中，为降妖伏魔，他常要变身，或为虫子，或成女人，或做丈夫，如此等等。师徒四人共经历八十一难，终达彼岸。而每次劫难，都是悟空的神通和智慧挽救了同伴的性命。具有讽刺意味的是，唐僧，这个在历史上只身从印度取回数百卷佛经的唐代圣僧，在小说中却成了普通人，总是显得懦弱，一遇险阻，辄感不安。正是悟空，每每帮助其师傅明白，各种劫难都只不过是悟道的津梁。但是，悟空之超悟如此，并非没有代价。他早在进入取经征程之前就已历经诸多磨难，有过许多教训。悟空原本是个石猴，在祖师的教导下学得了神通，但后来大闹天宫，被佛祖压在了五行山下。自他加入了取经队伍，才学会修心，使心猿归正。他踏上取经之途后所做的第一件事，就是消除六根，以便可以自我修持。用寓言的术语说，悟空代表心，其主要职责在于提醒师傅修心之重要性。如在第八十五回，三藏又心神不安，悟空以《多心经》提醒师傅："佛在灵山莫远求，灵山只在汝心头。"因而整部小说可以视为关于心灵历程的寓言，即通过八十一难，最终达到觉悟之境。

这部小说兼综释、道、儒，突出强调心之地位，因而一些现代中国学者便将之与王阳明心学思想联系起来。尤其值得注意的是，"心猿"之说也出现于王阳明本人的著作中。王氏曾说："初学时心猿意马，拴缚不定，其所思虑多是人欲一边，故且教之静坐、息思虑……无事时将好色好货好名等私逐一追究，搜寻出来，定要拔去病根，永不复起，方始为快。"故而明人改写孙悟空故事，与王阳明之"向己心内求"观念可能确实有直接的关系。尽管王学为嘉靖帝所禁几近二十年（自1529年王阳明卒至1547年），但事实上，即便有官方审查，终明之世，王学思想之流布也从未止息。李卓吾是晚明时代王阳明心学最热情的鼓吹者，现代学者相信他曾为《水浒传》做评点，此后还出现了托名李卓吾评点的《西游记》和《三国演义》刻本，这是值得我们特别关注的。他说，《西游记》中所有的妖魔都充满了"世上人情"，并说小说作者不过"借妖魔来画个影子耳"。李氏的评论对于后人诠释这部小说无疑起了极为关键的作用。

戏曲的改写与创新

与小说领域里一样，在戏曲领域里，十六世纪的作家们广泛吸取思想资源，将其转变成不同的文学形式，其才能之卓越，也同样给人留下深刻印象。"嘉靖八才子"之一李开先正是这样一位作家（"八才子"中另有两位著名作家是唐顺之［1507—1560］和王慎中［1509—1559］，他们文名更著）。李氏三十九岁时即以上疏弹劾权宦夏言（1482—1548）而被罢官。在其归里之后的漫长生涯中，他为文学和戏曲竭尽心力。他尤其究心于民歌、戏曲和小说，所藏此类图书之富堪称当时之冠，故以"词山曲海"名闻天下。他特别赞赏民歌中所表现的"真情"，谓其"直出肺肝"，皆为至作。然而，李氏之最大贡献，恐怕还是在其兴复了南、北戏曲的传统。首先，李开先改定刊刻了元杂剧，有《改定元贤传奇》。这部杂剧集包括十六种作品，都经李开先改定，其中六部杂剧尚存（见《续修四库全书》，上海古籍出版社，据南京图书馆藏明嘉靖刻本影印）。我们现在所熟知的一些杂剧，包括白朴（1226—1306）的《梧桐雨》和马致远（约生于1251年）的《青衫泪》，都经过李开先的改写。因而，在某种意义上说，李氏是这些元杂剧的共同作者。当然，李氏究竟在多大程度上改写了原作，现在已经难以确知，不过，就这些作品的流传过程而言，李氏的改定本乃是重要的里程碑。

李开先虽为北方人，却同样擅长写作南方风格的传奇。其家蓄有戏班，歌姬多长于这种唱腔。《宝剑记》被认为是其传奇的代表作品。这部作品的故事出自《水浒传》，而经过了作者的再创造。作品完成于嘉靖二十六年（1547），即其被削职后的二三年。从作品中可以看出，他有意批评时政。李氏何以有感并取材于《水浒传》？如果从其所处的时代文化政治背景看，这一问题就不难理解。因为《水浒传》的主题之一就是揭示本分守法之人如何被逼上梁山、成为绿林之徒的。李氏《宝剑记》的主要情节基于《水浒传》第七至十二回。按照原书的情节，权奸高俅之子迷上林冲美妻，便想夺取她。本书的英雄之一林冲，一个清白无辜的平民，便与权奸陷入了对立。这个故事原本讲的是朝廷高官如何滥用职权对待下民，但在《宝剑记》中，李开先却将林冲变成一个耿直之臣。他因数次上疏弹劾奸臣而被发配到荒远之地。奸臣之子欲诱娶林妻张氏，张氏冒死拒绝。与此同时，奸臣又数次谋害林冲，林冲被逼上梁山。但林冲毕竟是个忠义之人，最终投降朝廷，继续在朝为官。剧末，林冲与其忠贞之妻重又团圆，而奸臣父子则被处死。《宝剑记》语言通俗流畅，上百首曲辞优美动人，总体而言，其艺术成就巨大。李开先的改写令人称奇，耳目一新。它激发读者在一种新的体裁样式中阅读林冲的故事，而且让读者理解其对当代朝政之微妙的暗讽。应该指出的是，明人戏曲剧本并非只供演出，也供案头阅读。从各种相关资料看，李氏的剧本在当时深受读者青睐。八十一岁的戏曲家王九思称赞此剧曲调卓绝，技巧高超，乃古今之绝唱。惟一的批评来自南方人王世贞，他觉得李氏不谙南方声韵，不过，他的这种批评并不为时人所普遍认同。

李开先的创作中还有一个更为重要的方面，乃是即兴而成的散曲。学者们多谓热爱俗曲是李开先的一大特点。李氏散曲颇为率直，令人联想到俗曲。但是，其遣词造语却非常独特，呈现出多数俗曲所缺乏的感性的雅致。当时，李氏尤以其百首《中麓小令》著名，这些作品大都冲口而出，独抒性情，亦不乏说理议论，个性鲜明。其散曲套数《四时悼内》最动人心弦，因而也为人所熟记。另外，其病中所撰《卧病江皋》一百一十首南曲小令也颇著名。李开先与王九思、康海等前辈作家关系甚为密切，正是他们明显地影响了李氏的审美思考。所有这些都显示出，李氏尝试以新文学形式创作，在当时影响巨大，勾画出明代文学的新方向。其时致力于此种尝试者绝非李开先一人，著名曲家冯惟敏（1511—约1580）就是另一个先锋文人。李开先和他的朋友们是最后一代精于北曲的文人，此后十年就是南曲的天下了。

后期复古派：后七子

明诗，尤其是十六世纪中期以后的诗歌，一直为当今学者所忽视，这是不公平的。其实在当时，诗人们极受尊崇。著名作家如杨慎、文徵明，以及王世贞，都是作品甚丰的诗人，同时也都兼擅其它文体。

在文学史上，这一时期的文学活动也以后期复古派而著称。这一运动由李攀龙（1514—1570）主盟的"后七子"（显与"前七子"并列）发起，力图重振盛唐诗风。"前七子"基本上都是北方人，而"后七子"除李攀龙外皆为南方人。其成员除李攀龙之外还有不少著名作家，如王世贞、谢榛（1495—1575）、宗臣（1525—1560）等。他们几乎都是嘉靖二十九年（1550）前后成进士，而"新古典"运动之发动也是在他们始仕北京之时。"后七子"之称最初出于何时，现已难以考知。他们最初只是自称"五子"或"六子"，其成员无论如何不像某些现代史家所认为的那么固定。

这些"后"复古派作家最终以不同于"前七子"的方式主导了嘉靖文坛。文学史家们通常以"诗必盛唐"来概括前后七子。但是，"前七子"虽尊盛唐如杜甫等，但是他们亦尊《诗经》与汉魏。而"后七子"则认为，惟有盛唐可堪摹拟。而更准确地说，"后七子"中，只有李攀龙一人主张严格摹拟盛唐诗。

李攀龙的诗歌在当时并未获得好评，其真正贡献在于编诗，由此空前提高了盛唐诗的地位。李氏之致力于编选盛唐诗，无疑受到重刊高棅《唐诗品汇》、《唐诗正声》的直接影响。高棅一生身名不显，故其诗选在当时文坛流传不广，知者未多。直至高棅卒后百年之际，即嘉靖时代，其诗选才得以重刊。而此后情形乃有根本改观。按照当时作家黄佐等人的说法，高氏唐诗选本重刊后大为流行，很快成为家弦户诵的唐诗标准教科书。这也自然引发当时人重新选编唐诗。正是在这种背景之下，拟古者李攀龙编选了他的两个唐诗选本：《古今诗删》和《唐诗选》。总体而言，李氏之选本与高棅选本更为接近，而不赞成高棅选本者，则自行另编。其典型例子便是杨慎。杨氏编选了

《五言律祖》，以纠正高氏选本的偏失。杨氏虽本质上同意高棅四唐之分，但他认为高棅失于辨体。杨慎将五律之源上溯至六朝，不用说，此一观点自不能获复古派之赞同。

在当时，大多数诗人，无论是否属于复古派，都非常关心选本与经典观念的关系。这些诗人似乎都急欲与经典建立新型关系。尤其是在李攀龙看来，唐诗作为纯粹的诗自成一体。惟其如此，李攀龙仅想选那些最典型体现"唐体"精神、格法的作品，其《选唐诗序》云："后之君子本兹集以尽唐诗，而唐诗尽于此。"这里应该指出的是，李攀龙所谓"唐诗"乃是指盛唐诗。根据陈国球对明代复古诗论的研究，《古今诗删》所选唐诗中盛唐诗超过百分之六十，而中晚唐诗仅占不到百分之二十。李氏选本大大改变了高棅选本的基本格局。在高棅《唐诗正声》中，盛唐诗仅占百分之三十二，而中唐诗几占百分之三十五。李氏对诗歌之重新解读虽然有益于确立盛唐诗人如杜甫、王维之典范地位，然而在当时也引起了激烈的争议与反弹。李氏摹拟盛唐，陷入弊端，致使其诗作陈腐而缺乏新意。可以说，后七子中只有李攀龙在模仿对象上过于拘泥，他同时代的文人则采取了更为多元和灵活的态度。多年以后，钱谦益（1582—1664）将前后复古派统而言之，并对明代的整个复古运动简单指斥。这种笼统的否定对前期复古派是不公平的，他们是真正的创新者，敢于反对统治文坛的台阁体，复归古典抒情主义。不幸的是，钱谦益的文豪地位使他的偏见广为接受。与复古派同时，苏州诗人也在创造其自己的文学传统，而他们基本上未受复古派的影响。著名的皇甫兄弟，即皇甫冲（1490—1558）、皇甫涍（1497—1546）、皇甫汸（1498—1589）和皇甫濂（1508—1564），即在其列。老画家、诗人文徵明作为文学艺术方面的权威继续发挥影响，而其门生弟子亦成为下一代之著名作家、艺术家及学者。像文氏这样一些大家族，在苏州也渐成重要的文学和文化群体，而且随着时间之推移，其重要性也与日俱增。

李攀龙隆庆四年（1570）卒后，诗人王世贞作为"后七子"领袖声名日显。尽管王氏的文学观念与李攀龙有明显不同，但他最终还是成为复古运动的代表人物。

对于王世贞来说，作为复古派之偶像颇有些不幸。在十六世纪中后期，有一股非常强烈的反复古潮流。由于对复古运动的强烈不满，王世贞常常成为其攻击的目标。有明一代，不同文学流派之间互相攻讦不已，这固然有个人关系、派别归属乃至年辈关系等方面的原因，而观念方面的差异也是重要原因之一。例如，著名散文家归有光（1506—1571），显然不喜复古派。他抨击复古派，言辞间充满敌意："今世之所谓文者，难言矣。未始为古人之学，而苟得一二妄庸人为之巨子，争附和之，以诋排前人。"（《项思尧文集序》）"一二妄庸人"明显指年轻一代作家如王世贞等。归、王之争，非常尖锐地显示出不同文学阵营之间结怨之深。但事实上，王世贞并非如人们对复古派所作的一般描绘那样。尽管王世贞早年确实倾向于复古派之文学观，但他的创作却有多样化风格特征，从乐府诗到宋诗，从庙堂之歌到田园之吟，他都尝试。这种多样化倾向乃是李攀龙所不能赞同的。

王世贞还是著名的词作家。作为作家，王氏是个典型的个人主义者。他希望创作一种自我本真的诗歌，其《邹黄州鹪鹩集序》谓："盖有真我，而后有真诗。"他常批评李攀龙作品之摹拟，讥其缺乏新变。尤其值得称道的是，王世贞作为一个严肃的批评家，能够随着年龄的增长而不断修正其批评见解。这体现在其各种文学批评著作中，包括完成于四十岁的名著《艺苑卮言》。王世贞是一个具有多种趣味的批评家，他对不同文学领域的众多作家都非常尊重，甚至包括对立流派的作家。王世贞对李开先非常友善，尽管李开先强烈反对"后"复古派。嘉靖三十六年

（1557），他在山东访问了李氏，并为其组诗《雪赋》作序（应该指出，尽管李开先声言反对李攀龙所代表的"后"复古派，但他非常赞赏"前七子"，赞同其"情"与"理"对立的观点）。王世贞与李开先一样喜读曲作，他对元曲《琵琶记》之评论，为后人熟知。同样，他对《西厢记》的评点至今仍为现代学者所称引。他说"北曲当以《西厢》压卷"，为其它剧本所"不能及"。此外，王氏也喜欢搜集文言及通俗小说作品，编有《艳异编》，当时流行的几个文言传奇即是出自此书。其中最著名的是举子刘尧举与船家女的爱情故事，这个故事后来被凌濛初改编成通俗小说（《初刻拍案惊奇》卷三十二《乔兑换胡子宣淫，显报施卧师入定》）。最有意思的是，王世贞还藏有划时代小说《金瓶梅》的抄本，远远早于刊本。所有这些都显示出王世贞之文学影响是多么广泛，而将其定义为"复古派"则是非常狭隘的。

在许多方面，王世贞都令我们想起杨慎。他们都历经政治迫害时代的巨大磨难，却都享有崇高的文学声望。杨慎久罹谪戍之苦，却酝酿出新的文学人生。与杨慎一样，王世贞也遭逢大难，其父为权奸构陷，论死系狱，他自己被迫解官奔赴。即便如此，他也能重塑自我，而成为其时代的最重要作家之一。这两位作家都见证了嘉靖统治时代独特的政治与文化。在这个时代中，政治迫害并没能使人沉默，而是造就了一种更新型的文学表达方式。嘉靖时代的读者睿智而好奇，时时有求知之欲、猎奇之心；也引发我们思考这一时期文人最大的弊病：为了满足读者的阅读欲求，明代文人总是写得太多，而且在太多不同的文类中耗散了他们的才力。

（第Ⅰ部分：康正果、王国军译，
第Ⅱ部分：张辉、王国军译，第Ⅲ部分：张健译）

第二章
晚明文学文化（1573—1644）

吕立亭

引言：晚明与书籍史

在这两卷"文学史"中，人们通常称为文学的书面材料在现存全部书写文献当中的比重逐渐减少。此前各章涉及的材料实际上包括了各个时期流传下来的全部书写文献，本章所涉及的素材占全部书写文献的比重直线下降，因为晚明时期绝大多数供阅读的印刷文本都逸出了文学史的观照范围。

凭着直觉，历代学者已经意识到晚明商业与文学相结合的方式与过去迥然有别。近年来，学术界已经能够量化研究这一时期的出版印刷以及文学自身所经历的巨大变化，而这一时期正是商业出版开始出现爆炸性增长的时期。我们在各种史料中随处都能看到，城市读者大众正以惊人的比例消费阅读文本。近年来的研究已经表明，只是到了十六世纪初，印刷才成为文本流通的主要模式，因此我们甚至可以将印刷文化取代抄本文化的源头追溯至这一时期。尽管如此，整个晚明的抄本文化依然十分活跃，这一时期以及后世一些重要的文学文本主要仍以抄本的形式流传。

商业印刷已有数百年的历史，虽然并没有在晚明取得任何重大技术进步，但这一时期它的发展势头异常迅猛。试将万历（1573—1620）朝与此前嘉靖、隆庆（1521—1572）朝出版物的数量做一比较。嘉靖、隆庆两朝五十一年间，南京、建阳这两个主要的商业出版中心共有225种印本流传下来；而在万历朝统治的四十七年时间中，商业出版物数量惊人，达到了1185种。以年份计算，万历年间平均每年出版书籍的数量为嘉靖、隆庆五十一年间的六倍之多。

同一时期，欧洲书籍制作因纸张价格昂贵而受到抑制，明代中国的纸张则以各种不同的纤维制作而成，价格低廉、产量甚高。地方志记录了随处可以购买到的各种各样的纸制品：盒子、雨伞、毯子、折扇、窗纸、灯笼，甚至还有厕纸。与此同时，与活字印刷相比，雕版印刷本身只需要很低的一次性投资。有明一代，随着书籍制作成本不断下降，生产效率越来越高，书籍本身的形制、字体，还有注释与文本之间的关系，都日趋标准化。随着工人大量涌入雕版印刷行业成为刻工、印刷工，书籍价格也有所下降。

文本繁增，改变的不仅是精英成员的生活，也改变了居住在城市中的每一个人的生活。随着商业印刷业的发展，私人印刷也开始繁荣起来。地方官员往往发现自己卷入各种形象工程，有时甚至需要自掏腰包，资助与地方宣传有关的书籍的出版。在几代人的时间内，城市面貌发生了改变。书写的痕迹在城市中无处不在。不仅书籍随处可见，其它各种印刷品也同样随处可见：纸币、宗教出版物、取材于戏曲小说故事的图画、政府文告、用于焚化的仪式用纸。

消费者究竟购买哪些书籍？对古代中国的读者而言，"文学"这一总称实际上并不存在。书面材料被分为四大类，即所谓的"四库"：经（经典）、史（历史）、子（哲学）、集（诗文集）。其中最后一类"集"，与文学研究和本章的讨论关系最为密切，但也不尽如此。

首先，本章所论的文本还包括针对其它三大类作品的少数评论作品。其它三大类作品约占商业出版的三分之二，官方出版

"四书"等儒家经典，意在倡导儒家价值观念；商业出版人却没有出版这类作品的经济动力，他们关注的是考试资料（详见下文），尤其是经典评注、著名作家关于经典的著述、八股文选等。这一时期的商业出版中，历史书籍仅占百分之十左右，地理著作、野史著作占据的份额最大。

传统的"子"部（哲学书籍），包括了某些晚明时期传布较广的阅读材料，如医书与类书。类书通常含有文学成分，无论是写作指南、文学作品选段，还是诗歌创作手册。这些材料通常按主题分类编纂，而不是像在选本中那样以作者为序编排，因为类书的读者希望便捷地获取相关信息。在这一时期可以看到两股相互竞争的力量：某些文类、文本不断突显作者，其它文类、文本则将所有的书面材料转化为信息的替代物。

其它文学文类的流行，说明这一时期读者数量的增长以及读者群体的日益多样化。印本为消费者写作，并推销给消费者，这些消费者不是精英成员，也与科举考试文化无关。在一个宗派主义盛行的年代，很多书籍的流通不是为了牟利，不是为了娱乐，而是由宗教团体或某些热衷于拯救灵魂的慈善家制作出版。这一时期传播最广的一类文本或许是"宝卷"，是传播大众信仰的主要媒介。同样，尽管"善书"在宋代就已开始流通，但在这一时期才出现了前所未有的繁荣，它们既为高等文化程度的人而作，也为低等文化程度的人而作。

其它教化类作品也反映了晚明读者群体的变化，尤其是具备读写能力的女性数量激增。指导女性行为的手册和女性典范（以贞节、孝顺、忠诚为特点）的传记盛极一时。这些书籍大多制作精良，且配有很多插图。很显然，这一时期的一些家庭已经有能力支付一定数量的银两，供家中的女性成员接受教育。

除了上述这些书籍，剩下的那些文本（其在现存印本中的数量不足三分之一）及其作者，便是本章讨论的主题。这类作品中，迄今为止数量最多的是戏曲与曲词，包括戏曲全本、戏曲选、唱段、唱词选等，其数量超过了虚构叙事与作家文集。显然，即便对于明代读者、作者而言，传统四部分类法已不足以囊括晚明制作的大量形形色色的作品。晚明是文类研究的黄金时期之一，很多思想家试图弄清楚那些从前被人忽视的文学形式的独特性与重要性。他们所做的努力，在与戏曲有关的作品中表现得尤为明显，但也见于其它文类。文学批评家、藏书家胡应麟（1551—1602），曾把小说当做一种文类而详加讨论，他意识到书目文献中小说著录的明显不足，认为小说题材最近于四部分类法架构中的"子"部，尽管它也具有纯文学的某些特征。

这一时期制作的书籍，看起来是什么样子呢？占主导地位的技术，依然是雕版印刷而非活字印刷。雕版印刷已经存在了数百年，并且还会一直延续到二十世纪初，但不能说书籍制作工艺没有发生任何变化。文本材料的巨大发展表明，诞生了一群新型读者，他们醉心于快速阅读，并通过市场与文本建立联系。

有刻工、印刷工、合适的工具，再加上一段枣木，书页很容易就能印制出来。但印刷业者依然面临如何装订文本的问题。早期书籍往往有两种装订方式，而每种方式都会面临各自的困难。一种装订方法是，页面对折、文字朝里，读者每翻阅两页文字后，就会看到两张空白页面。另一种装订方法是，空白页朝里、文字朝外对折，然后粘连页面边缘，形成书脊。第一种形制，不便于阅读；第二种形制，书脊容易散架。当然，无论哪种形制，准备在书籍中流连、记诵的读者都不会觉得麻烦。万历末年，避免了上述两种问题的线装书开始盛行，并成为古籍最常见的印刷形制。何谷理（Robert Hegel）指出，有助于快速阅读的印刷工艺广泛盛行的这一时期，正是鼓励读者快速阅读的文类即戏曲、小说开始流行的同一时期,这绝非偶然。当然,"线装"对于其它那些大获成功的形式来说同样重要,例如类书,读者需要快速浏览内容以获取信息。

尽管存在某些争议,近年来的学术研究认为,这一时期的书籍价格越来越可以承受,甚至对于那些出身社会底层的人来说也不例外。例如,一些印刷品,如历书、1580年代销售的廉价本《三字经》,只是体力劳动者日薪的一小部分。与其说所有人都能购买书籍,不如更准确地说,到了1600年左右,出版商积极致力于定位营销。福建的商业出版人专营通俗插图本,便宜得可以看过即丢,其版面狭窄拥挤,用纸也很廉价。与此同时,其他出版商,以苏州出版商为主,印制的传奇全本开本阔大,在书首及丰富的序言材料之后,还配有雕版插图。这类书籍的售价,有可能是那些薄薄的曲词小册子的一百倍,唯有富人才买得起。

其它方面的变革,也以高端市场为中心。福建商人忙于炮制大量书籍,其它地区的刻工则在书内留下自己的姓名,表明这些人并不是生产线上的无名螺丝钉,而是有价值的技工,他们为自己的作品感到骄傲。为高端市场制作的书籍,也以另一种方式拒绝千篇一律。甚至在这些书籍日趋标准化时,也把更多的精力与成本花在序言材料和批注的制作上,使之看起来如同手迹。宋末失传的雕版彩印工艺在明代重现的例子可以追溯到十六、十七世纪之交。此后,多色套印书籍相继问世。(这两种趋势往往交会在一起,如出版商闵齐伋刊刻的杜甫诗,其中,郭正域手写的夹批与旁注分别以红蓝二色印制而成,正文则是标准的黑色印刷字体。)其他一些出版商,则专门营销收藏家所藏古籍的复制本。

正是在这一时期,众多藏书家开始将自己的藏书称为"万卷藏书楼"。万历以前,即使藏书数十卷也会给人留下深刻印象(以一部书平均十卷计算,藏书最多也不过几百卷)。到了十七世纪初，精英士人开始记录他们的藏书，其数量足以让之前的收藏者相形见绌。那些富裕的、受过良好教育的人，有可能会在藏书上花掉大把银子。宦门弟子、批评家胡应麟积聚了42384卷。某位扬州藏书家拥有一万部（不是"卷"）书籍。出版商毛晋（1599—1659）曾以每页二百两银子的高价收购宋版书，他的藏书总计多达八万四千卷。在两代人的时间内，"万卷藏书楼"从指称藏书量令人难以置信，变成了指称一般收藏规模，就像"百万富翁"一词在今天也已贬值了一样。

毫无疑问，这些年间写下来的作品比过去更多，但出版与藏书的爆炸性增长，或许与重新包装、重新编辑的关系更为直接。一些出版商精心印制少数几类作品；对另一些出版商而言，出版业则是一宗大生意。毛晋生来就是新生代富人中的一员，这些富人的财富在江南城市繁荣的商业生活中积累而成。毛晋继承了几家当铺，同时还继承了庞大的乡下田产，雇人耕种。他转而又投资仅仅一代人之前还难以想象的规模庞大的出版业。他的印刷工场，始建于1628年，以这些印刷工场中的建筑之一"汲古阁"命名，最后出版书籍超过六百种；他雇用了一百多位工人，其中至少有四十名全职刻工，还为他们提供食宿。在这个集体中，与这些工人一起工作的还有很多学者，他们在另一幢建筑中校订那些准备付印的文本。十二年间，毛晋出版了整套"十三经"、整套正史，以及一套收录有一百四十部作品、共计七百四十六卷的丛书。

从前，一位作家的作品，可能身后才会由其后代、门生出版。而在过渡时期，诗人、批评家王世贞（1526—1590），在世时就亲自出版了自己那些卷帙浩繁的作品中的一部分，他的儿子则在他死后刊出了剩下的其它作品。然而，到了明末，那些最著名的作家，在世时就已零敲碎打地出版自己的作品，获取利润。在市场

第二章　晚明文学文化（1573—1644）

的语境中，作家很难不为自己考虑。这种对于市场性的清醒意识，如应该出售什么、如何包装旧作以吸引买家，丰富了人们对过去、现在的感知。这一时期，对往昔经典的重新评价，想必一定程度上也是为了应对为书籍市场生产新选本的压力。万历年间的其它一些现象，也与出版世界密切相关。例如，为了应对同样的市场压力，很多专题文言叙事作品集应运而生，它们围绕特定的主题编纂，如妓女、鬼神、侠客等等，以满足细分的、不同爱好者的需要。

在清人的想象中，明王朝的整个生活都发生在"江南"。这里有城市市场，有成熟的消费者，美丽的妓女与艺术家、作家酬唱往还。例如，薛素素（1572—1620），明代著名的秦淮八艳之一，结识了众多的江南文坛名士，尤其是著名画家董其昌（1555—1636），对她的艺术作品评价甚高。那些伤悼之作——如散文名家张岱（1597—1689）追忆他失去的故园杭州，也以这一地区如何独特地主导了晚明文化为中心。传奇，或曰南方戏曲，这一时期最典型的戏曲形式，便是以昆山一地的唱腔命名的形式进行表演。但是，"江南"究竟是什么呢？这一古称，字面意思是"长江以南"或"南部地区"，让人联想到丰富、愉悦、感性。不过，到了明代最后一百年间，"江南"被广泛应用于最平淡无奇的语境中，只是一个简单的地名。它指今天的江苏、浙江一带，并不是一个正式的地理区划，甚至居民也没有共同的方言（尽管大多数人讲吴方言，扬州人的语言却更接近于官话）。"江南"指的是长江三角洲的富饶城镇，其最大的城市之一扬州，坐落于长江北岸。晚明，"江南"的主要城市还有苏州、杭州、南京，以及其它一些繁华的市镇与小城。

在大多数现代历史学家看来，江南代表了晚明最突出的那些特征。即使我们意识到推动江南发生转变的原因，一定程度上是由于中国白银供应不足所致。新世界的白银大量流入中国,交换纺织品、瓷器等精美手工制品,输出到欧洲。白银所推动的经济革命的中心位于南京。奢侈品在这里被生产出来,然后被换成白银(常常在马尼拉交易),财富回流到江南。

甚至这一地区的乡村也被金钱所改变。江南丰饶多产,农民种植稻谷作为食物的同时,也能种植其它作物换取金钱。整个江南乡村的农民,步入了现金经济,帝国其它地区现金经济的程度则有限得多。江南农民的妻子和女儿们生产纺织品,带来更多的金钱,家庭越来越依赖她们的劳作。

城市中的人们最能强烈感受到这些社会变化。晚明时期,苏州集中体现了这些变化趋势。十六、十七世纪,几乎全世界所有的大城市,包括伦敦、巴黎、北京,都是首府所在地。苏州是一个例外,它的影响与重要性无关乎是否为首府,而在于它与文化、商业的紧密互动关系。苏州既是文化的生产地,也是最大文化焦虑的生产地。这里,书籍被大量制作出来。它既以私人园林闻名于世,又因书法、绘画而声名广播。在苏州,初级的时尚体系已经开始运转:新发型、服饰、配饰、鞋子,从苏州扩散到帝国其它地区,甚至皇室也对苏州风尚亦步亦趋。时人对这些变化爱恨交加:有人视之为奢侈、愉悦,有人视之为腐化、堕落。

胡应麟曾以一种典型的江南沙文主义的姿态声称,帝国各地的读者所读之书全都出自苏州、南京,但苏州、南京的本地人却瞧不起其它地区出产的书籍。书籍制作的另一主要地区——北京不在此例,胡应麟解释说,因为北京纸张的价格高出江南三倍。胡应麟的评论更多与地区偏好有关,而非书籍制作本身。

为富人服务的出版中心,不用说,正是杭州、苏州、南京。但其它同时兴起的出版中心,则出现在各种出人意料的地方,不

第二章 晚明文学文化（1573—1644）

只是安徽、福建，还有更偏远的陕西、广东、湖南，甚至还有乡村居多的河北。近年来的历史研究已经表明，帝国不同地区之间存在着复杂的经济联系，而且不同地区都在书籍制作市场当中占据一席之地。苏州、南京以印刷质量而著称，福建则以出版商的多产著称。安徽或许是商业出版赢利最丰厚的地区，也是很多技艺精湛的雕版插图作者的故乡。这些地区的印刷工场，既有竞争也有合作。这些网络展现出极强的地域流动性，因为出版工业中的工人是具有特殊技能、流动性极高的从业者。无论是抄写员、刻字工等技工，还是拥有分店的业主，出版行业的从业者常常在南京进进出出，或许，他们在南京的收益更丰。

胡应麟的评论，不是暗示一地独大的格局，而是一种对遍及整个帝国的经济的意识，对建立覆盖帝国最发达地区的广泛联系的意识。很多历史学家已经观察到，有明一代，帝国事实上变得小多了：不仅商人出外经商、富人出门旅游，而且由于邮政系统、"书船"（航行在河道上的移动书铺）的利用日益频繁，人们对帝国其它地区有了新的意识。帝国，尽管庞大无比，却在想象中紧密联系在一起。正如读者所见之书刻自远方，书中讲述的又是其它地方、甚至更远之处所发生的故事一样。

如本章所述，出版迅速发展、庞大的多样化的读者群的出现，既影响了诗歌等传统文学形式，也影响了白话短篇小说、南方戏曲等新兴文学样式。商品化不仅改变了书籍工业的轮廓面貌，而且对文学内容产生了深刻影响。关于富人与文化地位的关系，关于界定、获取地位本身的方式，过去的观念已经不再有效；甚至那些最常见、最庄重的文学主题，如文学能使人明确有力地表达真实自我，都被这一新的文化语境所改变。例如，趣味与鉴赏力的问题，突然在这一时期的文学中随处可见，不可能脱离社会语境去认识这一问题：当越来越多的人获得了地位的外在标志时，一首趣味高雅的诗歌、一幅高妙的书法作品的制作（或曰直接购买），标准本身已经发生了位移。

本章分为三个部分，每一部分大致与晚明民众的不同成分保持对应。第一部分讨论传统与精英有关的文学形式的发展，即诗歌、非正式散文、八股文。此外还概述了这一时期的政治简史。第二部分讨论为新阶层制作、同时也是新阶层制作的文本。这一突出的新阶层，历史学家余英时称之为"士商"，或曰新精英阶层。他们的财富以商业为基础，文化则立足于江南都市。这一部分讨论了长篇、短篇小说，既有文言，也有白话。最后一部分以戏曲为中心，比起其它文类来，戏曲支配了晚明的想象。围绕戏曲，社会地位高低不同的成员混杂在一起，形成了某种近似于先锋艺术的现象。

这是根据人群的不同构成部分做出的一种尝试性的划分。出身于富商家庭的汪道昆（1525—1593），是一名作家，也是一名高官。他注意到，投入传统精英文化的同一批人，也以商业活动为生。与此同时，晚明社会最显著的特征之一，便是对阶级地位的持久关注，以及对精英、民间、城市这些不同文化元素混合方式的持久关注。

在文学中，这些关注通常表现为对语言域、文化域的高度敏感。作为最负盛名的几部晚明作品集之一的《国色天香》（1587年首次刊刻），以双行或三行的形式将不同文类的文本置于同一页中。缩略本的小说可能出现在流行戏曲选段的上一行，小说、戏曲又都置于饮酒歌的上方。正是在这种欢快的、不协调的拼凑中，混合的语体——高与低、雅与俗，展现出这个时代的特色，并见于所有的文学文类之中。所以，从一个更宽泛的层面看，本章讨论的是高雅与低俗、台上与台下、精英与大众的混合。

第二章　晚明文学文化（1573—1644）

I 精英形式

文社

前现代中国体现了一个悖论：以现代标准视之，尽管薄弱、初级、人手不敷，中央政府依然维持了一种不可能对之评价过高的想象。这在很大程度上与科举考试体系成功定义了整个阶层的人群有关，即被称作"士"的士大夫阶层。他们通过参加科举考试、进入政府机构而定义自己。接下来的这一部分内容，我们将关注与这类精英士人相关的文学文类，亦即与朝政相关的文学文类。一般说来，文学形式越正统，其主题、关怀越与朝政密不可分。这一时期最畅销、阅读最广的八股文选，以及对"四书"、经书的评论，国家意识形态明显灌注其间。甚至传统的抒情诗——它的抱负是将个人的声音与宇宙视角合而为一，历史上曾是文官考试制度的一部分——也揭示出文学文类和政府是如何羁縻精英的。

从清朝的视角来看，明朝最后这几十年间，有大量迹象表明王朝正在走向衰落：政府税收如此低效无能，既不能支付军费，也不足以捍卫自己的边疆，文化似乎也变得放任自流。本章所论的这一时期涉及三任皇帝，各有各的不幸霉运（实际上还有另一任皇帝，继位三周，旋即驾崩，或许被人毒杀），没有哪一任皇帝能够施行有效统治。第一位万历皇帝（1573—1620年在位），近乎病态地冷漠无情，整整三十年间拒绝见任何大臣一面；第二位天启皇帝（1620—1627年在位），半文盲，或许还有点弱智，将行政大权转交给宦官；第三任统治，命运不济的崇祯皇帝（1627—1644年在位），效率如此低下，七年时间内更换了近五十位首辅。这三朝统治，均以激烈的党争为标志，有人图谋一己之私利，但也有很多人却是为心中理想所驱动。

政治动荡对文学文化产生了极大影响。一方面，文学主题反映政治动荡，这一时期众多戏曲、小说作品，以宫廷政治剧变为主要内容。除此之外，文学文化的样貌，也由政治党争所决定。到了王朝末年，文学文化与政治党争几乎难解难分。文学表现、地方反应，有可能都会对宫廷斗争产生直接影响。青年时代的陈子龙（1608—1647）——后来或许是这一时期最著名的诗人——曾与诗社的其他成员一道，在家乡松江附近（今上海附近）扎了一个稻草人当做射箭的靶子，上面写着宦官魏忠贤的名字。幸运的是，他在此事件中逃过一劫。几年后，依然活跃的陈子龙与另一位年长的学者在经典典范的问题上产生分歧，由此引发了一场激烈的争论。在另一起事件中，崇祯时期首辅温体仁的兄长温育仁，在一部传奇中恶意讽刺自己的反对派——著名的"复社"，一位地方官员采取了报复措施，他先是宣布禁演此戏，继而又下令地方书铺销毁印本。

以党派之争为特点的晚明政治，与当时最富特色的文化景观密切相关，即各种文社的流行。文社的重要性，一直持续到王朝结束。读书会文的社团、诗歌流派、党派斗争，这三者密不可分，它们是明代最后几十年间精英生活的中心。成为文社一员，是自我认同的有效手段，同样也是政治立场、文化定位的组成部分。明王朝的最后统治期间，这些社团规模越来越大、也更有力量，团体的身份感也越来越强烈。明代大多数时间中，这类松散的团体——其中绝大部分如今已被人遗忘——聚散离合都相当随意；成员如果顺利通过科举考试、离家赴任，或是遣任他处后，社团可能就面临解散。然而，到了明末，这些社团中最重要的"复社"，其成员几乎遍及帝国各地，包括超过百分之十五来自最富裕的省份的中试成员。

第二章　晚明文学文化（1573—1644）

1570年代，文社成员一般不超过十余人，往往是住地相距不远的朋友或家庭成员。到了1590年代，江南地区的社团开始拥有自己的社名，有的文社名称显得充满抱负。到了1620年代，尤其是江南，某些社团的成员已经多达百人。（不过，有些社团依然规模较小；1628年，诗人陈子龙成立的"几社"，包括他自己在内总共只有六人。）自然，这些社团集中在精英荟萃的江南一地，但其它地区也有社团出现，如河南的"端社"、山东的"邑社"。

万历末的1604年，顾宪成（1550—1612）兄弟及他们的朋友高攀龙（1562—1626），在江南无锡附近重建了废弃已久的宋代东林书院。东林书院是一家地方书院，它提倡讲学，听众多达数千人。但与此同时，"东林"一词，也宽泛乃至于含糊地指称一系列政治主张。持有这些政治观点的人，也在其它城市成立了松散的团体。天启年间，大权在握的宦官魏忠贤（1568—1627）残酷迫害东林党人，监禁、拷打、处决自己的政治对手。他的打击清楚表明东林是一个政治党派。很多列入黑名单的人，实际上从未去过无锡的东林书院；他们之间的联系，完全是通过认识党人的熟人或朋友。

既然面临显而易见的危险，为什么还要加入文社？明代大多数时候，还有整个清朝，通过科举考试都极其困难。尽管明朝职官数量保持了相对稳定，考生人数却大幅度增加。与此同时，繁荣的长江三角洲地区的录取名额被人为压低，这一地区的考生一定会特别敏锐地感受到加入文社的压力。在任何优势条件都可能成为决定性因素的时候，文社除了提供结识同道的机会之外，还能增加一个人写出好文章的机会。

尽管现代中国认为八股文美学上矫揉造作、智识上僵化停滞，但明朝人并不这么看。根据指定的"四书"中的某段引文，作者须以对仗文体精巧地作出极为程式化的论证。万历初年，八股文才只有一百年左右的历史。很多作者认为，这一文体不是死记硬背的表达，而是极富创造性的挑战，存在风格多样化的可能。其中，批评家李贽（1527—1602）、袁宏道（1568—1610）二人都以支持文学标新立异而著称。他们认为八股文不仅是文学才能的公平测试，也是当时一种重要的文学形式。批评家金圣叹（1608—1661）——他认为《水浒传》乃中国传统中的才子之作之一——则将小说比作八股文，以这种方式来称赞小说结构的精巧。

成功的八股文，依赖于某些特定的权威信息，这要求写作者不能孤立地掌握某种写作形式，这便是众多成功者都出自同样富裕的城市、乡镇的原因之一。内地考生不知道哪种风格的文体更受欢迎，也不知道应该追随哪种思想潮流。某一年可能会使用哪些字、哪些词，或许会预先透露给考生。考生获取这类信息的最好办法，便是加入文社，因为这些社团中的一些成员本身就是这套考试体制中的佼佼者。通过这种方式，成员或许能够互相帮助通过科考。这些便利不会被视为作弊——防止作弊的手段，包括重新誊录所有试卷（誊录）、遮盖考生姓名（糊名）等。

加入文社的第二大好处，便是精熟众多文社自1570年代便开始刊刻的八股文选。万历以前，考试资料主要由政府支持出版。自万历至明末，出版附有详细批注的八股范文，成为文社的主要特色。有些学者认为这些八股选本是书商的最大支柱。学者、作家方以智1630年曾记载说，认真的考生不得不背诵数百篇范文，每年还要背诵那些代表了新趋势的新范文。这种学习模式之所以成为可能，乃是因为文学工业收集、编辑、出版、发行这些文章。与此同时，随着考试竞争越来越激烈，文学工业也蓬勃发展。

这些选本逐渐成为文社活动的重要特色。学者、哲学家黄宗義（1610—1695）的明代文章选，其中以多达八卷的篇幅收录了八股文选本的序言，约略可以说明这类材料的数量如何庞大。同时，也有证据表明，很多读者研究考试资料，不是因为他们不得不这么做，而是因为他们很喜欢这些文章。

现代史学家周启荣指出，像"复社"这样的团体，作为明代最重要的文社和政治党派，明末之前不可能存在。"复社"成立于崇祯初年，是一个独立的规模空前的全国性组织，其运作不仅受到出版的深刻影响，而且还受到交流方式改进的影响。同样，协同合作的繁复网络体现在这一时期其它各种文类的活动中，所有这些都仰仗于邮政服务的改善以及更加便捷的出游。

1632年，"复社"成员出版了一种八股文选，按照省、府、县的顺序编排作品。究其实，这是文社发展的逻辑结果，以自己微缩的层次结构模仿帝国结构。（事实上，几乎百分之九十的成员，都是帝国这一狭长地带上的居民：浙江、江西、福建、湖广、南直隶，南京属于其中的南直隶。）自1630年至明末，"复社"成员在科举考试中取得了显著成功。竞争从未这样激烈过：据估计，只有十五分之一的会试举人能够通过殿试，但1637年"复社"成员包揽了殿试前三甲，考取功名者占录取总人数的百分之十八。

随意浏览成员名单即可发现，这些成员荟萃了政治、文学精英。如同在考场上取得的成功一样，他们几乎主宰了当时的文化场。这一时期最杰出的知识分子、作家，也算是"复社"成员，如陈子龙、黄宗羲、诗人及剧作家吴伟业（1609—1672）、学者及作家顾炎武（1613—1682）。至于"复社"的重要性，其成员的文化影响远比王朝本身更为长久。清朝的第一个十年间，实际上所有杰出的遗民——这些人声称他们忠于旧朝、拒绝效忠新朝，都是前"复社"成员。这些遗民，很多人都成为朴学先驱，这一文献学研究新路数,在十七世纪末改变了学术风气。

尽管常与早期的东林党人联系在一起,"复社"成员思想观念更为多样化;有的人持东林党人的保守主义立场,另外一些人则支持新儒家改革者王阳明的观点,甚至支持王学左派李贽、王艮等人的观点。此外,"复社"的组织方式与东林党人完全不同,不是定义模糊的朋友、亲戚、政治同盟网络,他们出版自己的成员名录,加入社团成了一种公开的记录。"复社"清楚意识到自己不仅是一个血脉相连的熟人团体,如以无锡一地为基础的东林书院或更早的"后七子",而且还是一个以出版为媒介而形成的团体,是印刷世界的一部分。其团体身份的强化,一定程度上是因为成员需要集中资源并出版流通自己的作品。

到了明末,所有这些因素——文社传递给成员的强烈身份感、多数考生几乎不可能通过科举考试、越来越活跃的书籍市场——共同催生出某种奇特的效应。中试难得一见,而八股选本的具体工作,从选择文章,到编辑、评论,大多由那些几十年间在科场屡屡失利的士人承担。王世贞的儿子王士骕,本人一直未能中试,但他是在他所编选的八股文中添加批注的第一人。同样,被批评家、选家艾南英(1583—1646)浓墨重彩批注过的八股选本,流传广泛,备受推崇,成为其后几代人的写作样板,但艾南英本人却屡试不第。

是什么让这些人有权选择文章典范、权威地裁断文章优劣?通过选文、评文,他们自己扮演了官方阅卷人的角色。但他们也非常清楚,这些八股文如同任何其它艺术品一样,可以作为美学对象而进行独立评价。文学世界在政治世界之外取得了独立性,它有自己的标准和自己的评判者。艾南英将选家、评论家的权力比之于皇帝的权力。以一种机敏的方式写作一篇漂亮的八股文章就具有了双重目的:通过科举考试,最终获得官职;让自己的文章进入选本，获得同行的批评赞誉。

李贽：职业作家

初看上去，晚明文学最有影响的人物之一李贽，像很多人一样，不过是散文作家、纯文学作家而已。但是，他的整个事业生涯，却为十六世纪中期的作家们提供了某些新的可能性。在思想史上，李贽也占据突出地位，他是泰州学派的追随者，这一学派是阳明学中较为激进的一支。他曾出仕为官，五十岁左右致仕，后又断发而为居士。李贽临死前一年，地方官员与精英士大夫招募流氓地痞，将他居住的寺庙焚为平地，其声名之狼藉，于此可见一斑。大约与此同时，一位礼部官员，似乎更多是出于恼怒而非政治利益，以异端的罪名逮捕了李贽。这一指控非比寻常，明朝几乎还从未执行过反异端的法律。等待审判期间，李贽割喉自杀。

究竟是什么使得李贽成为某些官员的眼中钉，同时却又感染了如此众多的读者呢？十六世纪初，哲学家王阳明发展了孟子思想，认为所有人天生就具有道德良知。如果每个人的良知都是天赋的，那么，传统儒家教育或许就并不是自我修养的唯一途径。毫不意外，王阳明的追随者与崇拜者，都为佛教的思想和实践所吸引。按照这一逻辑，人们甚至可以说未受教育者、小孩甚至女性，都能拥有知识和美德。的确，李贽曾暗示应颠覆传统的等级制度，或许不应该是父教子、男教女、受过教育者教文盲，而是应颠倒过来。李贽写道："谓见有长短则可，谓男子之见尽长，女子之见尽短，又岂可乎？"

在某些方面，李贽信奉的很多观念与道家思想比较接近，如原始人更有吸引力、更真实，这些并不能通过教化教养而获得。这里，李贽还加上了对"假"的强烈谴责。他最著名的一篇散文，

是对"童心"的颂歌,他认为"童心"代表了真心、本心:

> 夫童心者,绝假纯真,最初一念之本心也。若失却童心,便失却真心;失却真心,便失却真人。……夫既以闻见道理为心矣,则所言者皆闻见道理之言,非童心自出之言也,言虽工,于我何与?岂非以假人言假言,而事假事、文假文乎!盖其人既假,则无所不假矣。……然则虽有天下之至文,其湮灭于假人而不尽见于后世者,又岂少哉!何也?天下之至文,未有不出于童心焉者也。

李贽所推崇的简单、真实,与矫饰造作截然对立,在明中叶以后产生了巨大的文化影响。

在晚明语境中,这套观念以特殊却又密切相关的方式表现出来。它们最初表现在对士大夫关怀以及文学形式匮乏的失望,后来又表现为对民间文学的顶礼膜拜。甚至当李贽等人宣称精英文化的传统形式不再具有往昔绝对的权威之时,他们也并未将大众文化的优势与活力视为软弱失败的精英文化之外的孤立存在。换句话说,大众文化意味着精英文化的缺席。到了1620年代,像冯梦龙(1574—1645)这样的作家,当他为自己对愚夫愚妇的卑微情歌的兴趣进行辩护时,正是以这些歌曲不是精英诗歌为辩词:"山歌不与诗文争名,故不屑假。"注意,这句话中并没有提到"山歌"本身的任何内在特质。仅仅是因为"真实"、"真情",这些非精英的文类,被那个时代最有教养的思想家们赋予了真实、真情的性质。

后世史学家、批评家,尤其是政治上扰攘纷争的二十世纪,为李贽贴上了时代错置的标签,说他是反传统社会的悲剧性叛徒、个人权利的鼓吹者、被压迫民众的代言人。李贽的确乖张之论甚多,但他从未对整个帝国体系、整个传统社会发起攻击。事实上,无论是他号召忠于万历皇帝,还是支持寡妇被迫再婚时选择自杀,他的观点大多都是那个时代的观点,当然,这并不是否认他的很多观点具有煽动性。例如,他认为唐代的武则天——中国历史上的"大反派"——是明君。

那么,该如何理解李贽招牌式的好辩姿态?他为何故意挑起卫道者的辩驳呢?他真的相信自己笔下的所有一切吗?我们不得而知。但是,我们的确知道他清楚意识到自己的辩论家身份,他的谋生之道便是颠覆正统观点。他不受传统羁绊的人格角色具有高度的自我意识,所以他才将自己的散文集命名为《焚书》。

李贽的经历突显了晚明文学文化的某些显著特征。致仕以后,他凭着成为公众人物而谋取生活,其名望通过出版界建立起来。与他在体制内的处境相比,李贽通过大张旗鼓地抨击官方体制过上了更好的生活。在求学与为官期间,李贽的生活一直很窘迫。据说他的几个孩子都死于营养不良,而他在福建的家族也只是中等收入家庭。然而,致仕以后,无数崇拜者——有很多高级官员,甚至还有一位尊贵的藩王——几年、甚至几十年地为他提供资助。对于这位准和尚而言,甚至他某些方面的性格怪癖也表明他拥有相当舒适的物质条件:李贽素有洁癖,据说他雇用了好几位仆人全天候清扫庭院,"数人缚帚不给"。

此前,明朝没有任何人的名望可与李贽相比。他是文人,不专攻某一文类;在职业生涯的鼎盛期,他远近闻名,因为他是名人,或者说臭名昭著——这在晚年尤为明显。身为文字市场中的一员,李贽比同时代其他人涉足的文类更广。在很多其它的文学活动中,他出版有经典评论、"四书"评点。他的作品,既有长篇、短篇的历史与哲学著作,也有各种各样的杂著、文集,每一种著作都通过出版获利。他也整理前人的诗歌、散文选集,还有无数影响较大、利润较丰的小说戏曲评论。所有这些写作，首先都是为出版商而作，然后是为市场而作。

在这些作品中，被商品化的不仅是某些观点与作品本身，还有李贽的独特人格：标新立异、玩世不恭、喜好辩论。李贽如此关注本真性，他的声音却常常是假的，而某些系于他名下的作品，其真正作者或许永远无从得知。这些文类各异的作品，包括经典评论、小说戏曲评点，某些或许确属李贽所为。但几乎可以肯定的是，其中某些作品是那些看到市场商机、企图以假充好的人所作。李贽对本真性的关注，与塑造这一时期文学的市场力量密不可分。一个如此执著于本真性的人，一定会意识到自己容易成为他人作伪的靶子。李贽自命为反传统的牛虻，这一人格角色如果不能复制、不能获取商业利益，就什么也不是。

诗歌与诗歌理论

对现代读者而言，理解晚明诗歌最大的困难之一，便是文学史应该回答、而不是刻意回避的那些问题。谁是晚明最伟大的诗人？他们最好的诗歌有哪些？是什么将这些诗作与同时代的其它诗作区分开来？所有这些问题，都不可能得到直接答案。明代批评家知道，唐代、甚至宋代要回答这些问题都比较容易，但在自己的时代却不可能找到答案。

首先，他们有数量庞大的诗歌需要阅读。《全唐诗》（编于1705—1707年间）十二册，共收诗歌四万八千首。目前，上海正在编辑的《全明诗》，已经收录了四十多万首诗歌，该书完成之后将超过两百册。晚明每一位受过教育的人，大约都能背诵数百首唐代著名诗人的诗歌。人们对唐代诗歌、诗人的地位存在共识。但是，没有哪一位明代诗人能够支配人们的想象，并以同样的方

第二章　晚明文学文化（1573—1644）

式跻身经典行列。

清朝第一个十年间，黄宗羲在谈到文本过剩时曾说：

> 试观三百年来集之行世藏家者，不下千家，每家少者数卷，多者至于百卷。其间岂无一二情至之语？而埋没于应酬讹杂之类，堆积几案，何人发视？即视之，而陈言一律，旋复弃去。

他之所以认为唐诗"更好"，一个显著的原因便是唐诗数量相对较少，每首诗歌都能得到更好的欣赏。一般的爱好者很少能够通读《全明诗》，更别说把握其中的所有要点。唐代大诗人杜甫百分之九十的诗作已经佚失，而仅王世贞一人就留下了三百八十一卷作品，而且很多作品王世贞在世时就已刊刻出版。换句话说，一旦涉及晚明文化的其它部分，如出版工业的活跃、写作与出版的急遽增长，我们所称赏的那些特色便改变了诗歌写作本身的参数。

后来的帝国批评家意识到诗歌不再像过去那样重要，他们便开始为诗歌的衰落寻找各种理由。诗歌在唐代之所以伟大，或许因为它曾是科举考试制度的一部分；后世不以诗赋取士，故不重诗歌。又或者，诗歌在社会生活中的普遍运用，令它身价倍减。甚至在每首诗歌、每位诗人贬值的同时，诗歌本身却成为日常生活越来越重要的一部分。每逢聚会，人们便提笔写诗，在个人、社会各种值得纪念的场合，远亲近朋也相互交换诗作。与此同时，受教育的人数，受过写诗训练的人，无论男女，在明代急遽增长。

无论是哪种原因，晚明都没有出现诗歌经典。任取十部明诗选便会发现，尽管所有这些选本都选入了非常优秀的单篇诗作，但各本之间显然少有重合。没有经典诗歌，只有一些经典诗人。甚至就这些经典诗人而言，比起过去来，人们的意见也很难达成一致。相反，经典的诗歌理论正在勃兴——这些诗歌理论都见于序跋，它们对晚明诗歌的讨论，更关注诗人与诗学，而非诗歌本身。

正是这几代人的影响，一定程度上也奠定了唐及唐以前诗歌的经典地位。中晚明的诗歌选本很容易给人以这种印象：盛唐是中国诗歌最伟大的时代。同时，万历以降，印刷工业的发展使得"古"有利可图。这两个方面因素的结合，使晚明成为很多文类经典化的最重要的时期。

直到明代中叶，无论是唐诗经典，还是唐代著名诗人榜，人们都还没有明确的共识。十六世纪中期，李攀龙的《古今诗删》认为李白、杜甫、王维是唐代最伟大的三位诗人，自然也是古今最伟大的诗人。三位诗人并驾齐驱，并超越其他所有诗人，但这一排序并不是作为唐代共识传之后世，而是在印本流通的数百年间创造出来的经典。李攀龙《古今诗删》之后，很快就出现了唐汝询的《唐诗解》五十卷，于1615年出版。不同于此前的其它选本，这些诗选从一开始就以商业印刷本的形式流通传播，它们被广泛购买、阅读，流入多出往日数倍的文学读者之手，从而创造了经典。到明朝结束，关于伟大经典的共识得以确立，并一直延续到今天。如今，整个华语世界中小学、大学学习的唐诗经典，都可追溯到十六世纪。

很多晚明诗人，将自己塑造为诗化人物或著名的文学形象。就唐代诗人而言，甚至李白的高调人格，似乎除了以诗歌表现之外别无他途。但是，我们对袁宏道人格个性的了解，首先是通过他谈论自己诗歌的作品，然后是时人的记载，最后才是通过他自己的诗歌。

在二十世纪初的学者看来，晚明诗歌的激烈冲突，是提倡个人主义的自由思想家（尤其是公安三袁，特别是袁宏道）与墨守古代诗歌及其形式陈规的顽固守旧派之间的交锋。而当时的实际

第二章 晚明文学文化（1573—1644）

情形要复杂得多。他们的论争不是讨论文学先例的重要性，而是倾向于讨论诸如苏轼的诗歌是高妙自然还是枯燥乏味、应该如何理解宋代理论家严羽的"妙悟说"等问题。换句话说，争论双方往往更关心他们所赞同的方面，而非意见分歧之处。

万历初年，王世贞为诗坛盟主，他是"后七子"中最重要的成员。王世贞的观点，预示了后来公安三袁的某些创新之处，尤其是他以开放的态度对待盛唐以外的诗歌典范，还有他屡屡强调诗歌的表达潜力。尽管王世贞本人与"复古主义"关系密切，但他主张扩大经典的范围，将中唐和宋代诗人如白居易、苏轼等包括在内。这些诗人都为公安三袁所推崇，但大多数复古派却嗤之以鼻。王世贞喜欢使用的"性灵"一词，后来也成为三袁"公安派"的标志。

袁宏道在三兄弟中排行第二，声名最著。与他一样，他的兄弟袁宗道（1560—1600）、袁中道（1570—1630）都是著名诗人，都通过了科举考试，也都曾出仕为官。三兄弟的这一"诗派"以其家乡湖北省公安县命名，并不是一个随意组织的社团。青年时代，三兄弟便组建了这一社团，除了他们之外，还包括了少数家庭成员；成年以后，他们在北京又成立了"蒲桃社"。公安三袁强调自然、强调个人情感，他们以提倡张扬个性的主张而非作为学术团体引起人们注意。他们对白话形式的推崇，很大程度上来自于离经叛道的李贽。三袁非常推崇李贽，袁中道甚至还为这位老人写过一篇传记。

在下面这篇序言中，袁宏道对弟弟袁中道的诗作表现出一种奇怪的有保留意见的认同态度：

> 其间有佳处，亦有疵处，佳处自不必言，即疵处亦多本色独造语。然予则极喜其疵处，而所谓佳者，尚不能不以粉

饰蹈袭为恨，以为未能尽脱近代文人气习故也。

袁宏道撰写这篇序言时，解释押韵与对仗规律、阐明各种美学守则的诗歌指南是当时类书中最为流行的内容之一。袁宏道意在反对这种四平八稳的诗学带来的同质与单调的诗风。在他看来，袁中道的好诗，恰恰就是那些坏诗。这些缺点真诚地展现出来：它们来自自我而非模仿，是真实无欺的自我表达。不过，这位兄长的赞语也有其冷峻的一面。一旦文化发展到了只有坏诗才是好诗的程度，作为共同追求和个人表达手段的诗歌本身，显然已经步入了死胡同。

在这篇序言中，袁宏道还谈到了应该如何写诗的问题，他说："独抒性灵，不拘格套，非从自己胸臆流出，不肯下笔。"袁宏道的诗歌理论流传至今，依然影响深远，但这些理论所提出的要求是晚明诗歌所无法达到的。

袁宏道本人的诗作，特色鲜明，强调自然、平易，一如其偶像白居易、苏轼等人的诗风。袁宏道的诗歌，还有他那些相当个人化的小品文，一直都被人广泛阅读。但他在文学批评领域的影响更大。他的一些观点，到了明末已成为老生常谈。袁宗道与袁宏道主张以历史主义者的眼光看待文学，既不贬低过去，也认识到当时复古者的局限：那些不能以当代语言进行创作的作者，并不能完全真诚地表达自我。推而广之，甚至文类本身，只是在它们所属的特定时代繁荣。（袁中道，三兄弟中唯一一位较为长寿者，态度更为温和。）无论是公安三袁，还是此前的李贽，尽管他们没有对小说、戏曲批评做出过重大贡献，但都为抬高这些白话创作形式的地位开辟了空间，奠定了它们发展的基础。

明朝末年，没有哪位批评家像金圣叹那样积极地捍卫白话的尊严。在他看来，白话并不是简单地填补诗歌留出的空间。

他在自己的个人经典《六才子书》中，鲜明地表达过自己的感受，即诗歌已经变得陈腐过时。而那些具有创造性、个性的作品，按照编年顺序分别是：《离骚》、庄子的作品、司马迁《史记》、杜甫诗、《西厢记》、《水浒传》。金圣叹认为，在他所处的时代，自我表达的精神已经无法在诗歌中看到，而是存在于小说、戏曲这些白话形式的作品之中。天才的诗歌与卓越的自我表达，不过是往日的遗迹，像《离骚》这样的文本，已经过去了两千多年。

从某个层面而言，在所有的文学样式以及相当多的社会事业中，诗歌仍然占据着绝对的中心地位。《全明诗》的篇幅正说明诗歌在明代生活中无处不在。类书中出现的各种诗歌指南表明，诗歌语言不仅一如既往地对社会地位最高的士大夫来说非常重要，而且对于那些身份卑微之人也日渐重要，甚至对女性来说也是如此。本章接下来将要讨论的每个人物都写作诗歌，诗歌甚至还出现在这一时期每部戏曲、每篇叙事文的每一页之中。在这种情境下，无论是从文学还是社会的层面展开讨论，诗歌都会在本章的写作中不断被提及。

诗歌变得更为重要的另一原因，很大程度上是因为它不再是唯一的文化权威。到了晚明，诗歌的经典承诺，即它能以一种真诚而又权威的方式来表达诗人的志向，已经部分地由其它文类实现了。这一时期的文学史可以被简化为小说、戏曲史，这一事实反映了诗歌文化中心地位的丧失。不过，诗歌在社会交往中的位置以及它在精英生活中的角色，依然由通过为政府服务来界定。从某种意义上说，诗歌非常重要，它有能力弥合私人与公共生活之间从未被恢复过的裂缝。

到了十六世纪末，名望已经完全商品化，少有作家能够完全脱离围绕诗歌编织起来的个人名利之网。精英作家常常感受到为商业目的写作带来的冲突。甚至当越来越多的人靠写作、出售墓志铭、序跋、以及其它零散的诗歌、散文作品为生时，很多人都尽力抹掉其中商业交换的痕迹。例如，在出版个人全集时删掉那些为获利而创作的作品。涉及金钱交换时，两位士大夫之间的礼仪套路究竟达致何种程度？礼物交换实为金钱交易，想要弄清这套礼仪的程度，需要重建每一次写作行为的社会背景。时间已经过去了四百多年，这几乎不可能办到。

也有一些诗人的写作未沾染任何商业气息：不同于男性诗人，那些出身良好的女性诗人创作诗歌，与个人名利并无密切关系。晚明对女性教育、女性写作的兴趣与日俱增，学者对此已有所研究。毫无疑问，如同整个文学发展的情形一样，晚明女性文学变得更为广泛。而且，在某种程度上，明代对女性写作的关注，更多与男性的焦虑有关，而非对女性本身的关注。一些男性对女性写作的兴趣源于对精英形式的失望。同样是这种失望，使得他们推崇白话文学。其它文类的情形也是如此，其中最重要的是词，孙康宜对此已有所揭示。过去的写作是男性为女性代言，如今女性作家成为词体复兴的核心。理解这些女性作家的出现，特别需要在结构上将生物学上的女性与文体风格上的女性气质统一起来。

学者胡文楷编写了一个庞大的女性著作目录，列举了这一时期的大量选本，包括四部主要的女性诗选。其中以深刻影响了其它三部选本的《名媛诗归》（1626年后出版）最为重要，而明代女诗人共占了十二卷的篇幅。此书序言宣称，对女性诗歌的欣赏，是以一种迂曲的方式表达对精英士人创作的主流诗歌的失望。所有归结到女性诗歌上的特点，都反映出时人对主流诗歌文化的焦虑与失落：女性诗歌质近自然，个人化，纯粹（纯粹尤被视为女性特质）。女性诗歌也能逃脱个人名利（无论是地位、资本，还是事业成就）的污染，没有传统的陈词滥调。质朴而纯洁的女性，恢复了在男性手中丧失的诗歌自我表达的本质。这篇序言的关怀，正是一个姗姗来迟的时代的关怀。

诗歌与职业文人

《名媛诗归》与"竟陵派"两位重要人物之一——钟惺（1574—1624）的关系密切。钟惺参与编选此书的实际情形，已经很难确定。如前所述，托名是这一时期的普遍现象。"竟陵派"，以钟惺、谭元春（1586—1637）家乡湖广竟陵（今湖北省）命名，常常与袁氏兄弟的"公安派"联系在一起。这两大文学流派之所以关系密切，不仅在于它们的诗歌理论，还牵涉各种各样的社会关系。钟惺崇敬袁宏道，二人同在北京为官时，他也是袁宏道这位长者社交圈中的一员；谭元春则是袁宏道长兄袁宗道的好朋友。这是明末作家间常见的关系模式，这些社会联系同样也带有商业色彩。钟惺编辑了袁宏道全集手稿，谭元春则负责将之在杭州出版。钟、谭二人都以写作、编辑、出版为生。

将如此众多的晚明知识分子联结在一起的社会交往与合作关系，并不是一个孤立的现象。钟惺与谭元春常常被相提并论，但他们各自独立从事各种文学活动。即便两人合作编选了最重要的一部明代唐诗选集，但身为"冶城社"成员的钟惺还编选了其它几部唐诗选。"冶城社"以研习举业为主。

本章所述的所有作家的社交圈几乎都有重叠。除了朋友关系，以及常见的姻亲、家族关系外，他们还因政治同盟与职业兴趣而产生联系。不过，这些人或是彼此熟识，或是通过二三友朋间接相识，他们只是与整个阅读大众有关的冰山一角，其生计依赖于一个日益发展的、多样化的匿名买方市场。据学者估计，明代中国人口从明初至1600年间翻了一番，第一轮考试（也是最容易的一关）"童子试"录取人数则提高了二十倍，亦即从最初的约三万人增加到六十万人左右。通过"童子试"成为秀才的这些人，埋头苦读多年，只代表了受过教育的读者数量的很少比例。我们有理由认为，无论是广义还是狭义的阅读大众，在数量上至少都有大幅度的增长，大约多达数百万，而非数十万。

谭元春与钟惺在他们的批评著作中认为，表达性灵的冲动，必须以古代形式的法则加以匡救，以免诗歌流于俚俗肤浅。自然不比谨慎更重要。钟惺注重培养自己性格中超离的幽情孤绪，他同样也看重诗歌中的这种特质，后来人们将这种特质称为"深幽冷峭"。

总的说来，钟、谭二人的诗歌影响并不大。"竟陵派"的诗歌实践，偏于艰涩、隐晦。他们的诗歌时有佶屈笨拙的措辞与用字，最终在很大程度上只能依赖于那些诡异险怪的形象，与陈词滥调只有一步之遥：古藤，枯萎的松树，凋谢的梅花，幽暗的沟壑，孤独的野鹤。

这些诗歌的冲击力，以及他们对"艰涩"、"隐晦"的明码推崇——简言之，一种可以量化的独特性——很难完全与商业维度区分开来。比钟、谭二人的诗歌影响更大的，是二人合作编选、评点的两部诗歌选本，即《古诗归》、《唐诗归》，分别完成于1614年和1617年。这两部诗歌选本，为当代写作树立了典范。谭元春解释自己的编选动机：不仅关注选择的独特性，而且还关注选家本身，即"略人所选，选人所略"。他力图表明，在一个后诗歌的时代，作品的选择与批评并不是被动的，其本身便是一种创造性的行为："选书者非后人选古人之书，而后人自著书之道也。"

在晚明市场，商品价值的独特视角与印刷技术出现了合流。借助印刷技术，商品价值能够以真实的文本形式彰显出来。正如有学者所言，如果说"竟陵派"的影响远远超过"公安派"，其缘

第二章　晚明文学文化（1573—1644）

由便在于这两部诗歌选本，尽管谭元春、钟惺二人缺乏袁氏兄弟作为诗人的晓畅平易与诗歌才华。这两部选集形制独特，为三色套印，由擅长套印技术的出版商闵齐伋出版。两位选家的评点分别以两种颜色印成，这种书籍印刷形式突出了编选者的贡献。这种形式清楚表明，持有《唐诗归》在手的晚明读者，购买的不仅是唐代诗人的作品，还包括两位批评家对这些作品的独特见解。

这两部选本获得巨大成功后，钟惺的名字至少与《诗经》的四种本子联系在了一起，这些本子都出自南京的商业印刷。钟惺不太可能与所有这些作品有关；正像很多文类中的著名作家一样，他的名字只是作为一个卖点与这些文本联系在一起。他的文学声名可以量化为价值，书商、出版商都清楚这一点。文学史家已经注意到，个人的批评声音出现在晚明的各个文类之中，不仅仅是诗歌。如果市场力量在某种程度上解释了这一时期的文本何以多为重印本、选本，那么它也能表明这些批评的声音业已成为了一种高利润的商品。

商业印刷扩张的烙印如此之深，它的影响很难不被高估。检视明朝最后几十年间诗人的生活，我们发现，在某种程度上，构成诗歌流派的那些因素也发生了变化。明代前中期的诗人多为著名官员，他们在年轻时代就已获得科举功名，成年以后的大部分时间都在任上度过（或是在解职之后，叹息自己被迫隐退）。他们的诗人名声，似乎至少部分源自于他们身为重要地方文官的名声。这些诗人，很多都是亲密朋友。"前七子"是这种模式，"后七子"亦然，如王世贞、李攀龙先后登进士第，在北京结识。比较起来，正如"复社"一样，钟惺与谭元春之间的友谊，似乎主要是因为出版。

在这个帝国中，既然获得权位是通过书面考试，而衡文标准一定程度上又取决于文风，写作的艺术便成为了一个政治问题。

直到万历年间,趣味的裁断者大多是高级官员。与此相反,明代最后几十年间的著名诗人,主要都是因其文坛成就而声驰海内。这些人如果最终能够参加"殿试",通常都已步入中年,甚或更晚,但他们作为作家的名声早已确立。如前所述,李贽退休之前,曾经出仕为官。公安三袁,尽管都曾获得过功名,但主要还是因作家而著名,且做官时间都不太长。钟惺中过进士,但从未身任要职。比他年少的合作者谭元春,甚至一直都未能通过科举考试的最后一关"会试"。像谭元春这样,青年时代便以文学才华崭露头角,但最终未能获得官方功名,在明末是常见现象。

清朝官员通常为官数十载,或是因个人原因而致仕隐退;比较而言,晚明官员的为官生涯几乎都在动荡不宁中度过,绝少例外。那些青年时代便幸运地通过科举考试的人,发现自己几乎不太可能完全避开政治动荡。本章所讨论的这七十年间,类似的例子不胜枚举。有些人,如袁宏道,年轻时干脆就辞官归里。著名剧作家汤显祖(1550—1616)曾在礼部担任要职,其后贬调外任、官复原职,最后永久罢官,这一切都发生在短短的十五年间。只是到了退休之后,他才将大部分时间用来创作戏曲。诗人、批评家钱谦益(1582—1664),是崇祯宫廷最大政治纷争之一的中心人物,后因降清而饱受争议。他在某次党争后重返宫廷,却又发现自己成为了反对东林党人运动的靶子。钱谦益升迁无望,同时还受到腐败的指控,只得屈辱地退回到私人生活的领域。

明前期诗人的文学精力,似乎主要都用于写作,但这一模式不适用于万历、万历以后的诗人们,他们的活动更商业化,也更芜杂。公安三袁谈论诗歌的作品,比他们的诗歌影响更大。吸引作伪者注意的,是作为编辑者、评点者的钟惺,而不是作为诗人的钟惺。钱谦益不再卷入政治斗争后,编辑了影响深远的唐诗选、明诗选。这些人,既精通各类文学,同时还从事写作、编辑、评论等各种文学活动,他们是十八世纪那些博学多识的巨人的先驱,但他们的各种努力已与商业出版的世界完全融为一体。

非正式写作

晚明非正式写作,即所谓"小品",通常被视为一种文类,是明朝最后几十年的特色之一。近年来,中国大陆、台湾的一些主要学术机构出版了这些作品的无数选本。数百年来,非正式写作都是中国文学的一个重要部分。的确,正是明代中叶作家如归有光、唐顺之等人确立了"唐宋八大家"的经典地位。直到今天,这些经典的地位依然毋庸置疑。

自四世纪末诗人陶潜以降,散文写作便已触及私人事务。究竟是什么使得明代的这类写作如此引人注目呢?晚明的"小品"一词,同样也泛泛地用于指称诗歌。顾名思义,主要通过是其所不是,才界定了"小品"概念。这一排除法的定义,将这些作品置于其它那些为帝国服务的正统文学的对立面。

我们现在称为"小品"的这些晚明散文,形式上并无任何革命性。晚明是文类理论(供研究传统之用)的黄金时代,出现了涉及各种文类形式的批评著作,尤其是一直以来被人忽视的小说戏曲也开始受到关注。将大量的批评力量投入到文类形式的研究,这在晚明并不多见。胡应麟、金圣叹实际上在这些形式中创建了小说批评的领域。南方剧作家创造了韵律规则,创造了一整套话语来谈论南方戏曲的新形式。但所有这些批评都从未论及"小品",何以"小品"能被视为一种新文类呢?

非正式写作,很难以常规方式对之做出界定。这些散文形式各异,有时只有短短几行、几页,有的独立成篇,有的则是其它作品的序跋。从内容上看,其狂想曲式的描写对象,包括了风景名胜、哲学问题、墓志铭、题画、回忆。其内容与形式如此丰富多样，似乎毫无任何共同之处。"小品"这一文类的成立是被追认的，这也是1920年代新文化运动的一部分。"五四"运动的一些著名人物，如周作人、林语堂，曾返回古典传统为某些理想寻找辩护，他们认为，不这么做的话，这些理想就会消失。与晚明诗歌不同，"小品"经典是在后世少数几位极有影响的读者的推动下逐渐形成的。由此小品文最终确立了自己的经典，并得到广泛认同。

如同诗歌一样，有明一代关于散文的很多争论都以应该效法哪些历史典范为中心，无论这些典范是唐代作家、汉代作家，甚或更早时期的作家。散文与诗歌一样具有重大的理论意义，特别是那些不讲究对偶的"古文"。既然新儒家本身源自于古文运动，散文文体就不仅仅是一个装点门面的问题。散文写作面临的问题，是它应如何表达、如何成为"道"的胜任载体。

因此，历史上的那些著名散文作家，如韩愈、柳宗元、欧阳修等人，他们既是深深卷入政治的政治家，同时还在当时的哲学论争中发出了重要声音。往昔这些最杰出的知识分子，在其写作中将个性、哲学、政治三者合而为一。到了晚明最后几十年间，无论是诗歌还是散文，经典传统的某些期许，似乎已经不可能实现。或者说，诗歌所期许的自我表达能力，已经交付给了散文；而散文自身所承担的政治、哲学意义，却又遭到了破坏。或许，这便是晚明散文长于表达失落感的原因之所在。

晚明散文写作与早期散文写作之间的区别，部分在于诗歌数量庞大。另一不同之处，则在于为官方服务的环境已经发生了变化。唐宋名家的非正式散文，写于官场生涯，这种写作与他们的公务写作大相径庭。很多唐宋散文名篇，关注的是实际行政事务中的重大问题。这些作家写作散文，或许是受到事业心的驱动，不可能出自财政动机。相反，晚明散文作家陈继儒（1568—

第二章 晚明文学文化（1573—1644）

1639），没有出仕经历，一定程度上通过出售序跋、墓志铭等其它文章谋生。入仕之途困难重重，自然也不太可能获取一官半职，再加上读者大众的增长，所有这些因素使得非正式写作出现前所未有的增长。

非正式写作也见于各种经典文类之中，它与诗歌形成了一种有趣的对比。这部分是因为其作者同样都来自从事各种文学活动的精英文人圈，尽管他们依然置身于科举考试与正统精英文化之中。这些人与文字市场的关系十分复杂。不过，就多数人而言，非正式写作并不是为了出售作品；尽管其中一些作品，如传记、墓志铭，酬金与谢礼之间的界限往往模糊难辨。

我们在一些小品选本中看到的某些名字，本章的读者都已相当熟悉，他们是批评家、诗人，如公安三袁、钟惺、谭元春。这一文类的其他著名作家，还有归有光曾孙归庄（1613—1673）、以伤逝悼昔著称的张岱。张岱最杰出的作品，详细记录了他在明朝覆亡前的生活记忆，清初几十年间曾风行一时。

非正式写作，不是为了实现政治、哲学、文体三者合而为一的"古文"的古老抱负。这些"小品"，表面上是一种自我贬损的名称，却对个人生活经历的小小欢愉津津乐道。虽然形式各异，它们却共有一种否定性的姿态，安于自己"小"的地位：这些精英士人的作品，根本就不关注科举考试、政府事务、政治问题。甚至在具有政治担当悠久历史传统的"古文"中，政府事务的中心地位也被取而代之。

没有哪一位作家刻意置身于非正式写作这一文类之外：正像所有士大夫一样，这些作家也写作诗歌，写作他们自孩提时代就开始学习的八股文。与当时的诗人一样，具有散文作家名气的这些人，往往也是广泛从事各种事业的著名文人，如编者、选家、收藏家。有些人还涉足白话诗歌、散曲等等文类。例如屠隆

（1542—1605），他同时也撰写传奇；公安三袁，是著名的诗人、批评家；命运多舛、多才多艺的徐渭（1521—1593），不仅是著名的散文作家、画家，而且最广为人知的是，他还创作了明代最负盛名的四部杂剧。

由于非正式写作涵盖了私人生活领域，它也提供了一个绝佳窗口，可以观察士大夫在这个成熟复杂的时代中的趣味。有的作品是对文学文本、历史人物的奇谈怪论。很多作品则是展示作者的鉴赏力。如果将这些作品与过去的散文，如韩愈、柳宗元等人的"古文"名篇做一比较，它们有时也记录了作家心目中的时代对比。晚明时代，旨在引导读者收藏、赏玩各种奢侈品的指南与著述非常流行。这些作品，明显面向当时的富人，以及越来越多的拥有可支配收入的人群；但与此同时，它们也面向一个日益流动的社会，人们需要这类书籍作为自己的购物指南。这转而又说明了人们对于社会地位的焦虑，富人与权贵也不例外。绝非巧合的是，尽管数百年来"古董"一直被视为传家宝、收藏品，但"古董"一词的用法却应追溯到这一历史时期。这一时期不仅出现了收藏热，而且还出现了古董交易与赝品古董。

这类指南涉及的话题相当广泛，既有各种司空见惯的日常生活用品如食物、香、茶、酒，也有今天藏于博物馆中的昂贵珍品，如高级的家居用品、书画等。有些指南关注文房用具，如砚、笔、纸，或是美化居室的各种装饰品，如假山、花瓶、花卉。总的说来，这些指南无所不包，而非正式写作却关注具体事件、个人历史。指南往往是非个人化的，强调的是任何有钱、有闲、有力的人都能得到的东西；非正式写作，则关注个人经历，他人无从染指。这两种写作之间的区别，是类型上的区别。有很多作家涉足两种写作，例子可以随手拈来，如袁宏道、屠隆、陈继儒。

非正式写作常常谈及这个时代最主要的文学形式——戏曲。

它们不像吕天成（1573—1619）的《曲品》一样评价剧本优劣，而是重在品味具体的表演，或是对某些演员的推崇。有的作家描写喜欢的食物，不是因为这些食物珍稀、新鲜、配料独特，而是因为它们对个人而言别有意味，要么是特殊的经历，要么是过去的记忆。其他一些作家描写自己喜欢的藏品或某一物件，因为它们让个人的历史变得独一无二。

如果以金钱价值为基础赞美某件物品，便会违背各种心照不宣的规则。这是这些作家为了对抗新兴阶层金钱万能的自负，用来定义真正的贵族品位与眼力的手段之一。作家或许不是夸耀物品的价值，恰恰相反，他们会炫耀它的无价值。物品之所以珍贵，只是因为作家对它的过分热爱。小品文作家陆树声（1509—1565）写道："如余之嗜砚，不移于珍玩殊品，则砚之托于余而见嗜者，安知不因以为重乎？"这篇文章的真正主题不是砚石，而是作者对砚石的迷恋。甚至对于那些非常昂贵的物件，也须遵守同样的潜在规则，例如园林，其设计、维护是这一时期的流行追求。

即便在那些不甚关注物件的作品中，我们也能发现鉴赏家的痕迹。例如，袁宏道为家中四位"钝仆"撰写的传记，便以他是否能够欣赏事物表面之下的东西为中心，这与收藏家在他人视为丑陋畸形的石头中发现美，并没有什么不同。慧眼识货，表明了鉴赏家与物品之间的亲密关系，这种关系对其他人来说则是藏而不露的。

由于强调个性、强调怪诞，非正式写作几乎无法与思考自我的方式区分开来。当时，旧有的自我认同方式显然已经软弱无力，很多士大夫怪诞的人格个性，便以各种方式表现出来，有些则是文学性的方式。例如，文言短篇小说作家宋懋澄（1569—1622）是著名的宝剑爱好者。据陈子龙记载，宋懋澄佩带一柄日本宝剑，与结识的其他剑客一道举行了一个古怪的仪式。他们在户外野餐时,以一个盛满了酒的骷髅头行酒;酒毕之后,朋友们又轮流歃血,鲜血滴满骷髅头后,将之埋葬,象征他们的忠贞不渝。与今日相比,晚明并不觉得这类行为值得大惊小怪。

小品文的另一个流行主题,是为愉悦而旅行。旅行这种娱乐消遣形式,在有钱人中越来越常见。例如,扬州名妓王微(1600?—1647),也是游记作家、选家,她称自己"性嗜山水"。在她的游记中,自然景观的描写只是第二位的。最主要的,那些充满怀旧之情的景观表明了她作为旅行爱好者的身份。地形地貌本身与作家独特的认知与经历密不可分。王微笔下的好几次游历,还有其他的旅行爱好者,往往只行走了几公里,便止步于一些著名游乐地。到了1620年代,一些远近驰名的旅游胜地,如黄山,每年有八十多万名游客(还有繁忙的酒铺与餐馆)。大多数旅行,常常都不是孤身只影的;而且,很多作家都忙于将自己的经历与其他出行者的经历区分开来。

张岱,或许是杭州最著名的居民之一,而杭州也是当时最繁华的都市之一。张岱记录了某个月圆之夜游览这个城市的西湖的经历。首先,他详细描写了西湖上的所有其他人:很多游乐者甚至都懒得抬头看月;有些人看月,但同时又希望别人看见其看月;有些人则看那些看月者。最后,所有这些人离开后,才能为那些真正欣赏西湖月夜之美的少数人腾出位置来:

> 吾辈始舣舟近岸……向之浅斟低唱者出,匿影树下者亦出。吾辈往通声气,拉与同坐。韵友来,名妓至,杯箸安,竹肉发。月色苍凉,东方将白,客方散去。

张岱以优美的笔触描写了这次快乐的经历。这篇游记的大半篇幅都用于将个人的经历与他人的经历区分开来,并在中国著名的风景胜地西湖赏月这一共有的经历中，突出自己的个性。

可以将这类远足与徐弘祖（1587—1641，"徐霞客"一名更为人所知）的著名远游做一比较。明末，徐霞客有过好几次长途旅行，其中一次长达三年。他从长江口岸的家中出发，穿越帝国一直到达云南。与那些穿梭于帝国各地、追逐利润的商人不同，徐霞客的旅行，以获取客观知识为目的。旅行途中，徐霞客撰写了六十多万字的长篇日记，既有地理学、民族志的内容，也有风景描写。在日记中，徐霞客走过不知名的景区，这些景区的价值正在于它们不能被转化为私人空间。每到一处，徐霞客都记录下当地的著名景点，记录穿越这一地区的各种困难；晚明的游历者通常只去自己心目中的理想之地，徐霞客与此不同，他没有提及童年记忆，没有试图将自我与风景融为一体，也没有幻想种种奇遇。这里几乎没有非正式写作的主要目的，即以独一无二的声音贯注其间。恰恰相反，在这些游记中，作者的声音被纳入更广阔的探索精神之中。显然，这一目的并非为人人所有。

如果将非正式写作与那些公务写作做一对比，它们同样都不是为了牟利而写作。被迫出售作品——大多是为了赚钱谋生，也从另一个角度清楚表明，非正式写作的中心动力乃是将自我与其写作联系起来。

徐渭屡困场屋，后来接受了一份幕僚工作——说得更准确些，被一位地方长官聘为捉刀手。后来，徐渭将这些捉刀作品结集出版，其中包括写给皇帝的贺信。这封贺信曾让他的雇主得到了皇帝本人的欣赏。这些书信属于谁？徐渭，还是付钱聘请他的那位官员？徐渭最后也为这个问题感到困惑。在编辑这类捉刀之作时，徐渭对自己与这些作品的关系深感烦恼，怀疑收回这些作品的著作权是否会令自己遭到别人的讥讽。

具有自我痕迹的题赠作品，也以其它方式表现出来。袁宏道曾为徐渭写过一篇传记,徐渭似乎是交游甚广的袁宏道所不知道的少数几个同时代人之一;袁宏道并不认识他,也没有通过朋友结识他。袁宏道笔下的徐渭,是一个将自己受挫的雄心壮志转化为艺术的人。他试图将徐渭置于以屈原为开端的谱系之中,这似乎首先也是一种陈词滥调。在一个沉迷于做戏、因而也对做戏特别敏感的时代,这篇个人传记(非正式写作的主要内容)尽量让其主角免于装腔作势的指控。但是,如何才能将真诚注入怀才不遇这一陈词滥调中呢?袁宏道如此描写徐渭表达自己的挫折与绝望:

> 或自持斧,击破其头,血流被面,头骨皆折,揉之有声;或以利锥锥其两耳,深入寸余,竟不得死。

这些行为,无论在哪个时代均属病态;但在这里,它们具有了不同的意义:将某个人的经历,转化为你自己无疑也会觉得痛苦、严肃的事件。

II 小说与商业精英

引言

上一部分关注精英文学形式。这里则转向长篇小说与短篇小说。无论文言还是白话,小说这一文学形式与新阶层密切相关。余英时认为,明代最后几十年间,"士商"的文化影响达到了顶峰。所谓"士商",是指过去那些以科举考试制度为基础的士大夫与新兴的富商阶级的结合体。与其它文类相比较,无论小说的地

第二章　晚明文学文化（1573—1644）

位如何复杂，这一文学形式都是最为彻底的商业市场的一部分。而与此同时，人们对待市场本身的态度又极其矛盾。二十世纪初的学者认为，小说文本的匿名现象意味着作者们的羞愧感，他们视小说为商业性作品，其社会地位相当低下。事实上，小说与市场的关系，精英作者与民间形式的关系，都极为复杂。

历史学家早已注意到，尤其是江南地区，晚明时期的某些家族通过制造业与贸易活动实际上积累了空前的财富。尽管过去绝大多数财富都以土地所有权为基础，这些新财富的持有者却以城镇为根基。这种财富是晚明各种文化追求的基础，例如，如果没有这些财富，园林设计简直难以想象。

商业财富也带来了各种微妙的变化，包括打破了由科举精英所垄断的道德、社会地位。"士商"新阶层的很多成员，对将士人地位置于商人之上的道德等级观念不屑一顾，尽管一千多年来这一观念已是传统思想的组成部分。汪道昆在谈到自己家乡徽州时说："大江以南，新都以文物著。其俗不儒则贾，相代若践更。要之，良贾岂负闳儒？"汪道昆质疑的不仅仅是士大夫精英的特权地位，而是他们与商人之间的区别。如果一个人的商业收入能够资助他的兄弟研习举业，那么，士大夫与商人之间，往往就只剩语义学上的区别了。

论及晚明小说创作惊人的增长速度时，我们也面临了在其它文类中所见到的那些同样的趋势。融合了编选、编辑、创造性写作的文学活动，使得小说能够独立发展。没有其它文类的这些活动，小说不可能兴旺发达。从这个意义说，小说的兴起是二次开发的结果。1566年，致仕官员、藏书家谈恺以前所未有的壮举，编辑、整理、出版了《太平广记》，这部卷帙浩繁的宋初类书，包括了大量唐代及唐前文献。《太平广记》的出版，为晚明众多著名故事、传说提供了素材，讲述浪漫爱情、神秘故事的唐传奇也重新得到广泛传播，为文言小说、白话小说的创作注入了新的活力。《太平广记》还激发了按主题重新编纂文言故事选本的兴盛，从前那些罕见的材料进而能够被人广泛阅读。一些与"公安派"有关的士人，包括袁中道、江盈科，编辑了各种笑话集、故事集，部分内容便是取材于《太平广记》。冯梦龙的笑话集，取材于早前的二十多种选本，其中包括《太平广记》与其它明代选本。

其它文类发展趋势对小说的另一影响，便是很多文本的"著作"身份越来越明显。从前，很多小说作品的传播，未曾提及作者或编者；如今，则逐渐与某一个人联系起来。从某种意义上说，这意味着从前那些或是匿名、或是集体创作产物的小说，如今为某一个人所有，并被打上了个人情感的烙印。这些人可能是作者、编者甚至出版商。将作品与某个人联系起来的强烈意识，长期以来是与诗歌、散文甚至经书等地位较高的文类关联在一起的；如今，不登大雅之堂的文类也具有了这种特点。令人感到悖谬的是，书籍的市场营销似乎加速了这一过程。正如我们在其它文类中所看到的那样，书籍通常署上假名以吸引更多的买家。小说文本与作者联系起来，也对阅读实践产生了强烈冲击。例如，它滋养了小说评注的发展。尽管市场机制加强了小说文本与作者之间的联系，但小说创作同样也存在不以射利为目的的倾向。

本章这一部分将会详细论述两个人：一是《金瓶梅》的匿名作者，一是冯梦龙。冯梦龙是孜孜不倦的整理者、编辑者，是白话短篇小说史上具有开创性的人物。当代学者陈大康认为，白话小说的繁荣始于1590年。在此之前的七十年间，只有八部小说出版；而此后的五十年间，即自1590年至明朝灭亡，有案可稽的小说达到五十多部。《金瓶梅》或许也是在1590年左右完稿并开始流传。冯梦龙的事业始于1620年代，直到明朝灭亡他都相当高产。这一部分将关注这两位精英阶层成员在白话小说创作中取得

第二章 晚明文学文化（1573—1644）

的成就，关注为什么是小说、而不是其它文类使得他们二人获此成就。

由于省略了很多被人广泛阅读的文本，这里我并不打算对这些小说作品进行详细讨论，而只是略作概述。绝大多数明代小说、故事，不是被人遗忘，就是彻底失传；有的作品，则仅存孤本，藏于某所图书馆。有时候，某一类型的小说，在流行短短几十年后便乏人问津。例如公案小说，曾在十六世纪的最后十年、十七世纪的第一个十年风行一时，但直到整整两百年后，才有更多的公案小说出版。

"Novel"一词，用于某些小说类型时会变得问题重重，这足以说明将中国与欧洲的长篇小说进行对比存在诸多缺陷。例如，很多文本奇特地徘徊在迷信实践与文学之间。1605年，某位身份不详的学者出版了《封神演义》，他显然曾为这部作品费尽心力。几百年来，这部通俗小说屡屡被人重新创作，存在无数不同版本，还有大量的戏曲改编（最近还被改编为视频游戏）。它从神话的视角看待周王朝的建立，将人类历史与男女诸神的行为混为一谈。这里，神话故事被作者的精湛技巧转化为小说。

在其它的一些例子中，神话的效果反不如小说。一位出版商整理了《四游记》——以四个方位命名的四部小说合集，包括了《西游记》（详见前章）的一个版本。其中的《北游记》（1602年左右首次出版）讲述了玄天上帝如何修成正果的故事。作品明显对宗教实践情有独钟，并且与宗教实践关系复杂，这些都表明小说结构的松散。曾有现代学者甚至认为这部小说的作者是一位灵媒。

有时候，甚至一些极为重要的小说类型也得不到足够的批评重视。藏于中国国内及海外的历史小说，除了肯定其历史准确性之外，大多没有得到深入研究。历史小说，作为少有的从晚明一直到今天都相当流行的小说类型，或许是晚期中华帝国最为盛行的读物。有的历史小说极不现实，充斥着取材于其它更为迷幻类型的各种材料。例如《三宝太监西洋记通俗演义》，既有对十五世纪宦官郑和出海航行的历史兴趣，又有对超自然追求的狂热。

其它历史小说，描绘的则是更加平淡无奇的现实世界。王朝濒临灭亡，这一时期的小说日益侵入当下生活。崇祯年间，小说开始描写最近的历史，例如，腐败堕落的宦官魏忠贤的兴衰，就是一个重要话题。在一个深刻政治化的时代，精英士大夫的生活因党争而永无宁日，这些小说或许可以用来弥补报纸的空缺。历史小说避免虚构的惯例，有助于将当下现实表现为一种高度仿真的版本。而且，一部小说能够以真实历史所无法采用的方式，对当前现实暗暗做出尖锐批评：在《隋炀帝艳史》一书中，七世纪的昏君隋炀帝便是暗喻万历皇帝。早期几代现代学者认为，大多数小说作者匿名，表明小说遭受广泛蔑视。那些纯为牟利写作小说的作家，希望能与自己的作品撇清关系。但在这里，小说与很多文言野史著作关系密切。这些野史著作包含了潜在的煽动性内容，很多读者正是借助野史才知悉宫廷斗争。匿名出版这类作品有着更为强烈的动机，而并非仅仅是觉得难为情而已。

有些小说作品的编纂显然是为了敛财。自宋代以来，福建建阳便是最大的商业出版中心之一，尤以余氏、刘氏两大家族最为著名。万历年间，余氏拥有三十多家独立的出版作坊。这个家族的成员之一，即出版商余象斗（1560—1637），出版了约二十种小说作品，包括前述的《四游记》，还有很多历史、哲学著作。除了雇用刻工与印刷工，余象斗似乎还与很多文本的编辑、重写有关。而且，他出版的书籍与他本人有着紧密的联系，有些作品出售时曾印有他的肖像与姓名。在推销某书时，作为出版商的余象斗所起到的作用，比此书作者的身份更为重要。

第二章 晚明文学文化（1573—1644）

对二十世纪初的小说史而言，小说的特殊价值正在于其粗糙性，这尤其表现在作者与文本之间的松散关系上。在早期批评家看来，晚明白话小说代表了民间传统的活力。白话文学简明有力，因没有受到他们认为具有腐蚀性的精英价值观念的影响而显得十分清新。这些批评家深信，小说以白话写成，主要是为了吸引普通民众，他们既没有受过足够的教育，也没有财力参与精英文化。最近几代人的学术论著已经否定了上述这些假设。或者更确切地说，民间文学与白话形式之间的联系，远比人们想象的复杂。

关于白话小说的某些假设，如称普通民众是白话小说的主要读者的说法，只需通过调查现存的小说版本就能轻易将其推翻。例如，百回本《封神演义》，1620年代售价二两，价格是某部一百二十五卷类书的两倍。这个例子算不上十分独特，大多数现存小说的早期刊本都有一些特征，表明其读者是特定的、有特权的那些人。事实上，所有流传下来的晚明白话小说版本，制作精良，插图华美，印刷版式留白甚多。明朝最后几十年间，评注常常印在小说正文的字里行间，或是置于页眉，这一定会增加制作成本。最后，这些小说每次印刷都只有少数几个刊本能够流传至今，这说明它们从未被大规模地印刷过。

实际上，读者不太可能在阅读任何一部小说文本时，都能自动置换为代表了精英关怀的视角。浦安迪（Andrew Plaks）曾经指出，中华帝国晚期的所有艺术，其意识形态都认同精英文化。很显然，在晚明，无论谁创作了小说，精英士大夫无疑是读者中最为活跃的一部分。从精英士人的书信与笔记可知，很多精英成员都是各种各样印刷制品的热心消费者，尽管这些印刷制品看起来十分卑微。

二十世纪初的批评家们虽然犯了一些细节错误，但却准确地把握了大方向。无论是长篇还是短篇形式，无论是戏曲还是叙事文学，白话文学表达能力的获得，大多不是来自过去那些与精英有关的形式。所以，白话文学能够表现这个日趋复杂的社会，而善于表达情感的诗歌与古典散文，已经无力担负此任了。

《金瓶梅》

尽管诸多学者付出了辛勤劳动，《金瓶梅》这部明代最伟大小说的具体写作时间、作者身份，依然不得而知。不过《金瓶梅》早期传播的历史，却也清楚地表明了十六世纪末期流行的文类形式与精英士人之间的复杂关系。

数年来，已有超过二十多位的万历时期文人被提名为该小说的可能作者，其中最著名的有王世贞、汤显祖、李开先、徐渭。学者们未能彻底确认这部小说的著作权，一定程度上是由于作者的匿名乃刻意为之。有些学者推测小说写作时间相对较早，因为作品没有提及传奇这一南方戏曲形式；有些学者则认为小说中的某些事件可能与万历时期的政治丑闻相互吻合；甚至还有人认为整部小说应被读为政治寓言，但这种诠释不足深信。

很多证据以及当今的学术观点都倾向于小说成于万历中期。这部小说首次被提及是在1590年代，但并未谈到1606年之前就存在全本。因此，提及小说的创作时间，我们指的是大约数十年的跨度，这也是长篇白话小说常见的成书模式。

一部小说不太可能流传已久却无人提及，直到1596年后才又被人反复称述。1596年秋，袁宏道致信著名画家董其昌（1555—1636），称自己病中以此书消遣大为惬意："后段在何处，抄竟当于何处倒换？幸一的示。"或许，小说未完成之前便已开始流传，读者抄录所见段落后，再将原本奉还。当时，董其昌在京中为官，我们或可推测说手稿曾邮寄了数百公里。次年，袁中道在日记中提到部分手稿。后来,袁氏兄弟二人又都提到自己抄录了一份全本。大约十年之内,几个著名人物,包括沈德符(1578—1610)、冯梦龙,都提到了这部小说,他们都与公安三袁有关。

鉴于我们一再目睹这一时期联系紧密的社交圈,再加上谈及这部小说的所有这些早期资料均来自与公安三袁有关的士人,学术界认为小说乃某位精英成员所作,他在这些社交圈中游历,于1596年前不久才开始提笔创作。如果可以确认此人身份,一定能够发掘出他的不少生平信息。但是,对这一时期的研究不得不面对一个悖论,尽管越来越广泛的因素影响了写作的动机和内容,但本章所论的大多数作品都由不多几个文人圈子里的成员创作而成。

当时那些著名的读者对这部小说评价甚高,是否同时代人通常也予它以同样的尊重呢?文本的文化权威以各种方式彰显出来。一些小说作品如《西游记》,以各种形式、各种文类改头换面。这说明出版商、编者可以随心所欲地对之进行校订和改写。但《金瓶梅》却受到了出版界的高度尊重。这部小说的各种编校工作都表明对其改动的幅度相对较小,而它也并没有被随意编辑或删改。干预读者如何接近这部小说的这些后期工作,采用了仿作与续写的形式,而非直接介入与重写该书。

晚明时期,即使刊本变得越来越普遍,手抄本依然是书籍流通的重要途径。稿本变成了书籍购买的一个勃兴的领域。何谷理认为,以稿本形式流传的小说——换句话说,直接脱离印刷工业的市场经济,以有限的数量激发读者的阅读兴趣——通常都出自精英之手。著名艺术家之间的书信来往清楚表明,稿本具有与众不同的魅力。甚至连交游甚广的袁宏道,也渴望了解获得更多稿本的途径。

没有理由认为最终付梓前只有一个手稿本在朋友间流传,被人抄写、转抄。前文提到的这些资料,其记录者所读的是否为同一部书，或同一部书的同一个段落，我们无从辨别。事实上，即便他们提到了同样的书名，也有证据表明其内容有可能完全不同。此外，刊本并未立即取代手抄本。1618年这部小说出版之后，手抄本仍在继续流通。

手抄本的流通动摇了关于文本的某些老生常谈，也揭穿了文学史家串通一气的谎言。学者们谈论某个文本时，就好像真的存在一个完美体现了作者意图的权威定本一样。深入研究《圣经》乃至莎士比亚的人都知道，通常并不存在这样的定本：权威版本这一观念往往是各种偶然因素合力下的产物，包括商业印刷、法律，以及制约文本发行的各种实践。

尽管《金瓶梅》貌似出自一人之手，各种现存版本却没有哪一种算是定本，并且都留下了相当多的编辑痕迹。目前的两大重要版本同为百回本，讲述的都是同样错综复杂的故事，但它们依然存在很多重大不同，尤其是第五十三回和第五十七回。很多现代学者认为篇幅较长的"词话本"更胜一筹，"绣像本"（又称"崇祯本"）则在晚期中华帝国流传更广，这也是清初重要的小说评点家张竹坡所使用的本子。现代读者可以选择"更胜一筹"的"词话本"，也可以选择影响更大的"绣像本"。无论如何，现存的这两个版本与其它那些已经佚失的版本之间存在复杂关系，这些佚本将来或许会重见天日。

一些学者在将"词话本"的地位置于"绣像本"之上时，认为"绣像本"对"词话本"的删减从一开始就有谋求更大商业利润的动机。这一推测的缺陷在于它完全不清楚这部小说能否真正获利。即便小说作者关心金钱、关心商人生计，但他似乎从未期待过金钱收益，也肯定几乎从未意识到会有金钱收益。此时，一个悖论就出现了，传统上更受人尊敬的那些文类，容易更早置身市场环境之中。我们从书信以及其它记录可知精英士大夫撰写序言、墓志铭、各种杂文的收费情况,但关于《金瓶梅》的这类信息,恐怕永远都付之阙如。

《金瓶梅》这部小说在很多方面都取得了突破性的进展,它是小说传统中第一部不以既有的民间传说故事为基础的作品,如《水浒传》、《西游记》等,而是以一个较早的文本为基础发展而成。与公安三袁、李贽一样,这部小说的作者无疑很推重《水浒传》,因为《金瓶梅》第一回重新讲述的就是《水浒传》中的一段故事。淫荡的潘金莲是《水浒传》中好汉武松的嫂子,她谋杀了自己那位五短身材、面貌丑陋的丈夫,与情人西门庆私奔。在《水浒传》中,武松不久就为兄长之死报了仇,而《金瓶梅》的大部分情节则发生在武松抓住潘金莲之前的数年时间。换句话说,整部小说将自我意识植入了先前的小说之中。

这一"著作"性再次表明,《金瓶梅》是相当晚期的出版物。由此而言,比起其它前期小说作品来,它与董说(1620—1686)的《西游补》等续作、与金圣叹等人的评点存在更多共同之处。完成于1640年的《西游补》,是第一部小说续作。小说续作兴盛于清初,当时所有重要的小说作品都有形形色色的续写。《西游补》不是从原本结束之处开始续写,而是插入在原本第六十一至六十二回之间,所有情节都发生在孙猴王的脑海之中。

《金瓶梅》被嵌入一个文本的世界,不仅仅因为它与《水浒传》的关系,还因为这部小说显而易见、且非常巧妙地指涉了晚明文学生活的丰富多样性。此前,没有其它哪部作品曾如此借重于其它文本:白话故事、色情作品、历史、戏曲、流行歌曲、笑话、散韵结合的叙事,甚至还有很多文学范畴之外的文本,如官方邸报、契约、菜单等等。小说对这些文本的引用不像口头传播那样取其大概,而是精确地引用,并且总是以反讽的态度对待它们。这部最初以抄本形式流传的小说,也是对印刷文化中所有文本可替换性的深刻反思。

《金瓶梅》——还有《红楼梦》，二者无疑都是最伟大的作品——是第一部几乎只以家庭领域为关注重心的小说。居于小说中心的是富商西门庆与他的六位妻妾，以及他们的孩子、家中的奴仆。小说细致详尽地描写了这个家庭的实际环境，同时也以前所未有的心理写实主义描写了人物之间的互动。在这个家庭中，妻妾们为不能占有丈夫而争风吃醋，每个人都企图在家中占据上风，所有生殖能力全都浪费于感官享受而不是养育后代。在很多现代学者眼中，这个家庭的形象成为了晚期帝国颓废堕落的象征。但是，这一印象应归因于《金瓶梅》。

在中国传统中，家庭观念承载了巨大的政治意义：家庭与国家，都是以家长为首的等级制，二者互为镜像。与此同时，家庭也是政权的基础构件。一个陷于乱伦、通奸的家庭，不仅仅是个人行为不端的集合，它也代表了其它内容。所以，小说中家庭功能的失调，被视为万历宫廷的化身；西门庆与他那些放纵的妻妾，代表了皇帝与他那些争宠献媚的内阁大臣。或许正是西门庆等人的堕落败德，正是整个帝国其它类似家庭的堕落败德，招致了小说结尾所描写的王朝覆亡。

《金瓶梅》将故事背景设置在北宋末年，全书以王朝覆亡、皇帝被女真人俘虏而告终。既然家庭的衰落与王朝历史并行发展，历史背景就十分重要。不过，小说无意描写除了自己所处的万历时期之外的任何现实。人们在繁荣的晚明市镇上所能购买到的一切，都在小说中得到了描写：衣服、食物、家居装饰的所有物品，当然，还有性。小说的全部焦点，都着眼于城市生活。所有乡村生活的痕迹——传统儒家思想视之为社会的道德基础，消失得一干二净。同样，科举考试、官场生活也都退居边缘。

小说最为重大的创新之处，在于其写实笔法与精心结构的情节。实际上，不仅仅是潘金莲，其他人物的命运，似乎从头到尾都经过了精心设计。小说最后几页还暗示说，续集打算描写这些死去的人物转世投胎后的奇遇。《水浒传》、《西游记》很容易拆解成情节段落，可用于表演、说书，或阅读消遣,《金瓶梅》却坚决拒绝这种节选。这也从另一个角度表明，从一开始《金瓶梅》就是明确作为书面文本而构思的。小说发展以十回为一段落，每十回中都有一个主要情节，如第十至十九回描写第六位小妾李瓶儿进门，还有若干次要情节要素。因此，不同于此前的文本，除了长篇小说，几乎很难想象还有其它更好的表现形式。小说书名（无论中文还是英译，都别具一格），只有在读完第十三回后才能够理解："金"指潘金莲，西门庆淫荡的第五位小妾；"梅"指庞春梅，潘金莲的女仆和帮凶；"瓶"指李瓶儿，西门庆最宠爱的小妾。

《金瓶梅》或是完全预料到了晚明的批评癖好，或是以作者心目中的这种癖好撰写而成。小说最早的刊本之一（约略在天启或崇祯初年）便已附有李贽风格的评点，并屡屡谈及小说错综复杂的结构。叙事结构是晚明批评家关注的重心，其中尤以金圣叹最为著名。金圣叹之前或之后的其他评点者也不例外。正如《金瓶梅》早期刊本中的这位托名评点者，批评家寻找各种重复模式，或是人物之间的相似模式，或是那些预兆了其它事件的事件。批评家为发现后来事件的早前投影（"伏笔"，可称之为铺垫、预兆）与后期反响（"照应"，对早期事件的回响）而高兴不已。这样的例子在《金瓶梅》中不胜枚举。晚明与现代的批评家们同样都注意到这部小说乃以精心设计的重复模式结撰而成，或是借用浦安迪的术语来说，即"形象迭见"。

尽管如此，对于这样一部篇幅浩繁、错综复杂的作品而言，存在某些明显的前后矛盾之处，并不让人觉得意外。而且，小说最后几回的节奏，明显不同于中间部分。这些问题，一定程度上与小说写作、传播的方式有关。但更重要的是，那些现代读者视为纰漏缺陷之处，不过是因为当时读者的阅读期待与今时今日迥然有别。《金瓶梅》、《红楼梦》等名著的现代读者清楚知道，即使是这类由非常高妙的作者创作的、其艺术性毋庸置疑的小说，某种程度的"不完整性"实属预料之中，有待完善。应该说，白话小说，不是以完成品的形式流通，而是刻意为读者、编者、评点者留出空间，以贡献他们自己的想法。文学批评家可能称之为开放的话语空间，二十一世纪的电脑用户则可能将之比作留有空间供人评论的互联网站。

写作《金瓶梅》这样一部小说，需要高超的凝练技巧。《金瓶梅》从《水浒传》中的少数几个人物开始写起，描写他们的家庭，然后跟随这些人物，描写他们的熟人，逐渐建造出数百个人物，他们的地位有高有低，创造出一幅社会全景的拟像：高级官员、富商、艰难谋生的店主、小厮、歌伎、医生，自然，还有身份不同、年龄各异的女性。在描写这些以各种错综复杂的方式相互勾连的人物的命运时，任何松散的线索大多都被一丝不苟地穿插接榫为一个整体。

儒家的"反乌托邦"，便是小说中的这个世界。各色人物走到一起，不是因为孝顺、贞洁、忠诚，而是通过各种行为不端与乱伦活动的网络联系起来。这一时期的文学，通常以道德行为的模范为中心，特别是孩子为父母牺牲自己、妻子竭尽全力地保守自己的贞节。而《金瓶梅》中的人物所展现的恶行，却是这些美德的反面：淫荡、贪婪、好色、背叛、乱伦，甚至还有谋杀。

本部分剩下的篇幅，有必要用来讨论大多数中国读者将之与这部小说等同起来的一个特征，即它对性行为的露骨描写。一些批评家认为，小说对性的态度，与小说对家庭生活其它方面的描写并没有什么不同。如果小说以前所未有的写实笔法描写了性及其社会语境，它也同样描写了西门庆各种见不得光的金钱交易。鉴于性在文化中的特殊地位，这种比较无疑存在缺陷。几百年来，针对这部小说的批评话语，都以读者如何看待小说中的性内容为中心。《金瓶梅》纯粹是一部淫书，还是它的性内容有着反对道德败坏的强烈的儒家含义？小说的基调是宣扬淫秽，还是反对淫秽？

性，是小说处理儒家伦理的核心。尽管西门庆妻妾成群，却没有后嗣。小说开篇，他只有一位成年的女儿；后来，与李瓶儿所生之子夭折；小说结尾，他留下了一个遗腹子。无后的性——与一群争风吃醋、好色淫荡的女人性交——偏离了性的自然目的，是小说社会批判的核心。小说的数百个人物，没有谁完全无辜，这在一定程度上是因为他们的生活交织在一起。一旦与其中任何人有所关联，都意味着陷入罪孽之网。例如林太太，出现在小说后半部分的一个相对次要的人物，当时很多主要人物已经死亡。甫一登场，她便立即与其他人物发生关联。这位高官的富有遗孀与西门庆结交，表面上是为自己的儿子寻求道德指引。西门庆与她有过一次完全无爱的性交关系后，认她的儿子为干儿子。林太太的这位儿子，本身又与李桂姐有性关系，李桂姐又是西门庆梳拢过的妓女，同时还是西门庆正妻吴月娘的干女儿。

回想一下儒家道德主义如何重视家庭关系：如果孩子尊敬父母，妻子忠实于丈夫，遵循这种主流思想，人类社会就有希望达致某种完美。《金瓶梅》描写的这个世界，别说完美社会，就连家庭关系也不可能维持。回到林太太，我们发现，以他们母子二人为中介，西门庆成了父亲、岳父、李桂姐的丈夫。这些人物之间的每层关系都变成了肮脏的乱伦。

仔细想来，情形甚至更糟。多年以前，年幼的潘金莲曾是林太太家的女仆，在那里，她变成了一个荡妇。鼓励丈夫深陷各种恶习，为的是防止他对别的妻妾投入感情。换句话说，林太太将潘金莲变成了一头情感的野兽，潘金莲又打发自己的丈夫与林太太这样的女人发生性关系。在这种环境里，无丝毫纯洁可言；小说中的每一个人，都不能游离于这个网络之外。

小说结尾，这个腐化堕落的社会也走向了灭亡。到女真入侵时，所有主要人物都已经死亡，成为自身贪欲的牺牲品：潘金莲为武松所杀，因为她谋杀了武松的兄长；李瓶儿被一种莫名其妙的妇科病折磨而死，因为她曾在经期行房事；西门庆则在一场性事中精尽人亡，这无疑是世界文学所有性场景中最为怪诞的一幕。

小说评注

本章所论的这一段时期，不仅产生了一部伟大的小说《金瓶梅》，而且还出现了一个新的文化工作领域，即小说评注。小说评注的兴起，主要是受到出版业某些趋势的鼓舞，尤其是作者越来越重要、与白话文学有关的精英士人的地位越来越复杂。明代读者如何接近小说？绝不是现代读者在书中常见的那样，除了少数注解，长篇小说或短篇故事便是唯一的文本。实际上，所有前现代时期的小说本子，都包括了评论与无数插图。尤其是这些插图，颇令读者"垂涎"，广受欢迎。

对出版商而言，附有评论的圈点本（"评点"）是一种较为容易的赚钱方式，只需增加少量额外工作，就可制作出不同的版本。评注本，最早见于经书与著名的历史著作，然后是八股文、戏曲，最后才进入小说领域。当我们注意到很多小说的早期评注本，都是由评点过其它文类的出版商制作而成时，不同文类的评注之间的关系就变得更为明显。小说评注的先驱，尤其是金圣叹、毛宗岗(约 1632—1709 年后),也都撰写过重要的戏曲评论。

无论哪种文类,评注格式基本相同。评注是刊本的一个特征,几乎从未见于手稿本。如同序言部分的版式有时模仿手迹一样,评论被视为匿名的刊本的一种补偿方式,它复制了专家的阅读体验,这位专家也是耽奇好癖之人。

文本正文以大字印刷,评点人在文字右边加上圈点表示强调或赞同。我们可以将这种方式比作爵士乐鉴赏行家手打节拍,除了表示认同,还指导其他听众如何欣赏表演。评论以双行小字印刷,位于其所评论的文字后面。有时候,额外的评论还出现在正文上方的页眉处,或是添写在两行文字之间。

从万历年间到崇祯末期,评注日趋重要,表明白话小说越来越与精英文化融为一体。陆大伟(David Rolston)曾将这些评注的起源追溯至万历初年。当时的评注略具雏形,通常由出版商本人撰写。到了万历中后期,评注主要关注文本的道德问题,而非其文学性。这些评论常常托名李贽,李贽介入小说评点的程度,以及这些评论是否实际上主要乃叶昼所作,学者们对此仍然争论不休。李贽的确赞赏过《水浒传》,但将《西厢记》、《琵琶记》这些戏曲的评论系于他名下,理由却十分牵强。甚至时人也认为这些评点可能是投机的出版商的伪作,他们试图利用李贽的名气敛财。其他名人,如钟惺、袁宏道,也有一些评点系于他们名下,当然这更不可信。

无论作者是谁、有何动机,这些评论表明了人们对待小说观念的转变。小说获得了普遍尊重,开始有了作者,代表了作者的真诚表达(在评注者看来)。在谈到伟大的艺术家、谈到激发他们提笔写作的灵感时,李贽这样写道:

> 不愤而作,譬如不寒而颤,不病而呻吟也。虽作何观

乎？《水浒传》者，发愤之所作也。

随着时间推移，白话小说的确有了精英作者，他们以编者、评者的身份介入白话小说。与小说有关的工作，越来越为人所接受。《水浒传》的编辑，汪道昆仅仅是参与其中的知名人士之一。对于这一时期的很多重要人士来说——其中最著名的是冯梦龙——编辑、编选与我们通常视为更具创造性的写作等活动密不可分。金圣叹也是如此，如果称他为"编者"，显然低估了他介入文本的实际程度。

明显与一位有名有姓的作者联系在一起、以传承自经典评论的形式撰写的小说评点，很大程度上成为精英文化权威的一部分。但小说作者本身却通常匿名或托名，尽管到了明末，小说也越来越多地与某位作者联系在一起。根据两种文类各自的局限性，金圣叹将自己的名字与评论联系在一起，同时却声称自己的增编是对施耐庵原本的"恢复"；他的增编几乎见于小说的每一页，实际上重塑了整部作品。

出版于明代最后几年的金圣叹评论，无论从何种意义上看都是一种创造性的写作。金圣叹是断言存在《水浒传》真本的第一人，也是将著作权归于施耐庵的第一人。对于施耐庵，我们基本上一无所知。这部作品不再被视为编纂之作，而是由一位清楚知道自己想要什么的作者煞费苦心创作的、具有自我意识的作品。金批《水浒》的确如此，但这部作品的作者不是施耐庵而是金圣叹本人，他声称自己发现了一个权威性的"古本"，这纯属虚设之词。序言中金圣叹所"发现"的施耐庵的声音，显然更不真实。

直到今天，金批《水浒》也是这部小说最常被人阅读的一个本子，它不仅"腰斩"了文本，以处死所有叛乱者结束全文，同

第二章　晚明文学文化（1573—1644）

时还赋予整部小说以一种截然不同的道德观。金圣叹的改动，特别影响了读者如何面对小说中那些令人不快的暴力情节。例如宋江杀惜，金圣叹的评论，是迄今为止小说中最长的一段评论；有时候，评论文字与"原文"一样长。

为什么评注必不可少？对于那些存在诸多语言学难点的经典文本而言，答案显而易见，但评论在白话小说中却有着不同功能。像金圣叹这样的批评家，首先需要创造出读者对评论的需求。他们声称，这些文本是容易被人误解的天才之作，书中到处是隐微的线索，普通读者容易忽略错过。评论可以帮助读者将自己与那些凡胎俗骨区别开来，能够探究文本的深意。这意味着这些白话文本，表面上通俗晓畅、令人愉悦，却内蕴深度。如果没有那些与作者深刻共鸣的评论家的帮助，便无从索解。

对于评论家干预、塑造读者接触小说文本的方式的这些不懈努力，我们应作何理解？一种学术观点认为，这些评注表明了他们对于社会地位由来已久的焦虑，这种焦虑只能在晚明社会变迁的语境中才能得到充分理解。每个人，无论是精英还是商人，都可以购买同样的书籍，甚至阅读它们，但只有某些人才真正懂得这些书籍。如果没有评论，读者或许只能在最粗浅浮泛的层面上理解一部小说作品。清初批评家刘廷玑说："读此书（《金瓶梅》）而生怜悯心者，菩萨也；读此书而生效法心者，禽兽也。"便是对这种观点的精辟概括。小说评论具有双重目的：指出文本理解上的难点，准许某些人而非所有人加入真正读者的行列。

精英文人接管文本，还有别的手段。如《平妖传》所示，其早期历史碰巧有文献可征。某份早期书目曾提及此书，小说大概在十六世纪中期便已开始流传；万历中期出版了几种二十回本，其中包括一部世德堂本，世德堂是南京最活跃的书坊之一。1620

年,一种四十回的编订本问世,其序言声称此本乃原本。到了1630年代,这种说法不再为人所重,经过冯梦龙编校的重写本开始公开发售。冯梦龙对小说的介入反映了典型的精英取向:他重塑了叙事,总的说来民间传说更少、重复之处也更少;他还通过增加十五回,将各种松散的线索与前后矛盾之处安顿妥善。特别值得一提的是,直到1620年,这部小说的前后矛盾之处还不是一个值得关注的问题,但此后十五年中,这部混合了民间传说与宗教活动(可能也源自民间)的匿名小说,就有了自己的作者——当时最为活跃的文人之一。

二十世纪初,文学史家曾普遍轻视晚期帝国小说的传统评注,主要是因为它所体现的千篇一律的正统价值观,同时还因为这些评注侵入了小说文本。也正是在这一时期,没有评注的标准本开始发行。今天的学术观点则开始偏向另一端,人们越来越意识到这些编者、评者并不是独立自主的民间话语不受欢迎的入侵者。而且,评者、编者、修订者,现代时期曾因其保守性以及明显的精英价值观念而备受轻视,如今则成为小说事业的中心,而不是民间进程的入侵者。

简言之,传统中国小说对于重写的开放态度,明亡之后历年来对于续作的开放态度,还有对评注的接受度,均与小说作者的地位关系不大,而是源于小说本身是一个迥异于西方小说伟大经典的话语空间。十六、十七世纪,中国与欧洲面临着诸多同样问题,其中最重要的,或许便是商业印刷普及时代中所有权与著作权之间的关系问题。不过金圣叹声称,晚明的小说阅读体验,不仅仅像是在聆听一位天才作者的声音,更像是在一个亲密小圈子中聆听作者、评者、编者的所有声音。心有共鸣的读者被邀请加入这一合奏,贡献自己的点滴所长,无论是撰写评论还是续作。当金圣叹提倡自由介入文本时,下面这番话在一定程度上代表了他的心声：

> 《西厢记》不是姓王字实甫此一人所造。但自平心敛气读之，便是我适来自造。亲见其一字一句，都是我心里恰正欲如此写，《西厢记》便如此写。

当然，金圣叹的说法并不仅仅是出于一己之私，他要为《水浒传》《西厢记》中的诸多改变负责（而且，既然金批本成为标准本，他的阐释必然影响后世读者的阐释）。无论是好是坏，这种开放的态度似乎是晚明读者接近所有文本的特有方式，而不仅是小说。所谓明代出版商、编者对文本完整性的漠视，甚至连经典文本也随意篡改，清代学者常为之扼腕叹息，但这种指责是后世才有的态度。

叙事生态

对二十世纪初白话短篇小说的读者而言，文本与民间传统的关联似乎显而易见。不过，即使是白话短篇小说，如果仔细加以审视，书面文本与民间形式的联系也会荡然无存。各种不同文类的书面叙事之间，反而更容易重建出稳定的联系。

白话短篇小说通常将自身置于职业说书的语境中，摹拟说书人表演底本的效果。有时候，叙述人明显采用了说书人的口吻。例如，冯梦龙第一部白话短篇小说集中的第一篇故事，在介绍自己的主题时说："看官，则今日听我说《珍珠衫》这套词话，可见果报不爽，好教少年子弟做个榜样。"像这样直接面对听众说话，前辈学者视之为真实性无可争议的标志：显然，这些故事直接转录自市场表演，或许还曾被职业说书人用作自己表演时的底本或提示。无论如何,在学者看来,这些故事表明了其与民间文学、与不识字的说书人、与未受文人关怀玷污的世界的直接关联。

无论表面上看起来如何,职业说书人与白话短篇小说的关联并不是显而易见的。这些表明其说书起源的标记,并不见于学者洪楩1560年左右出版的《六十家小说》。这说明这些标记只是冯梦龙所为,他的三部重要的白话短篇小说集,实际上创造了这一文类。

如何才能确认这些白话短篇小说不是转录自民间说书人的工作呢?我们所知的晚明说书人的情况——一些非正式写作曾谈及他们——似乎表明说书人的惯用手段不是以反讽性故事破坏听众的期待,而是将精彩情节惟妙惟肖地表演出来。例如,说书人柳敬亭,便以讲说《水浒传》中的著名情节"武松打虎"故事而闻名于世。

更重要的是,从一开始,冯梦龙在这些小说集的序言中就清楚表明,这些故事并不朴实天真,而是具有高度的自我意识,是精英关怀调节后的结果。冯梦龙认为有必要对短篇小说与长篇小说之间的区别做出解释,证明短篇小说具有自己的独立形式,"天许斋"《古今小说》封面识语说:"小说如《三国志》、《水浒传》,称巨观矣。其有一人一事,可资谈笑者,犹杂剧之于传奇,不可偏废也。"这里,我们再次看到了这一时期典型的常见模式,一种新文类界定自身,总是需要承袭旧有文类的地位及其整套批评手法。

或许可以将所有不同的叙事类型,无论小说还是戏曲,想象为一种生态系统。一般说来,它们素材来源相同,叙事层次相同。很多同样的情节要素与人物类型,见于这一时期所有的小说戏曲:独生女、漂亮妓女、豪放不羁的勇敢剑客、渴望飞黄腾达的穷困书生,这些还只是其中少数几例。这一时期的文化活力,大多来自这些叙事。对爱情、英雄主义的膜拜,似乎也源自文学,而不是相反。读者模仿文本,生活模仿艺术。

长篇小说通常是口头传说的变体,如《西游记》,或是取材于一些不甚知名的神话故事。戏曲传奇的情节,则大多出自著名历史故事。例如,梁辰鱼(约1521—约1594)的《浣纱记》,第一部以昆腔演唱的传奇,讲述的则是战国时期的一段故事,吴王为美女西施神魂颠倒,最终身死国灭。《鸣凤记》(1570)讲述的政治事件,距离剧本写作仅仅十五年时间。相传《鸣凤记》乃王世贞所作,但这部具有政治敏感性的剧作,其作者依然身份不详。

有的戏曲作品取材于文言小说,如孟称舜(1600—1682)的《娇红记》便是改编自同名的元代文言作品。一般说来,挪用是戏曲创作的惯例。几乎这一时期的每一部剧作,都能找到某些出处,这说明戏曲的目的不在于故事结局,而是情感表达。浸淫于传统叙事的读者,大多能够猜到戏曲的结局。《娇红记》的读者或观众,不是为了发现聪慧美丽的娇娘难逃一死、不能与表兄申纯结婚,而是为了再次被那些表达二人目挑心许、表达爱情悲剧的曲词所感动。

白话短篇小说与文言小说常常讲述同样的情节故事,但这些故事几乎都不是取材于经典著作中的经典叙事,而是取材于那些因其出人意表、新颖别致而被人记录下来的材料。文言作品与市场的关系越密切,越不大可能与作者联系在一起;相反,那些与市场关联最少的作品,与某位作者的关系则最密切,甚至与作者的生活环境联系在一起——至少表面看起来,或是来源于偶尔听到的谈话内容,或是取材于另一位精英成员讲述的故事。

如果不同文类的作品出现同样的情节,那么,白话短篇小说几乎总是取材于文言小说或戏曲作品,而不是相反。当然,也有例外。如通常被视为明代最伟大的戏曲作品的《牡丹亭》,或许便是取材于先前的白话故事。从一种形式转换为另一种形式，也突显了文类之间的其它区别。白话短篇小说描写的人物往往来自社会底层，且大多笔调幽默。与文言小说相比，白话短篇小说的情节多由人物所推动。那些最出色的白话小说，特别是冯梦龙第三部小说集《醒世恒言》中的一些作品，其对城市生活、对穷人生活实际境况的关注程度，可谓前所未有。最后，与戏曲（尤其是传奇）往往正面处理帝国的重大事务不同，白话小说通常以曲笔、反讽的方式予以表现。

或许可以说，白话短篇小说并非社会地位最低，而是处于传播链的最末端。前辈学者认为白话故事是元杂剧的素材来源，他们错误地颠倒了时代先后顺序。即便不同文类处理相同的情节，叙事也具有不同的面貌。《古今小说》最著名的两篇白话小说，即《蒋兴哥重会珍珠衫》、《杜十娘怒沉百宝箱》，均改编自文言小说家宋懋澄于1612年出版的文言小说集，此时距离冯梦龙出版这两个故事的白话版仅仅只有十年多一点时间。后来，"百宝箱"故事也启发了某部传奇创作。

"珍珠衫"的两种版本，其故事情节几乎毫无二致。当时，女性偷情不仅仅是诽谤中伤的靶子，甚至还是一种犯罪。但王三巧这个人物非同寻常，她是令人同情的通奸者。这位年轻妻子在丈夫出外经商期间为人所诱奸，丈夫发现实情后将她休弃。王三巧悔恨不已，但最终还是嫁与某位官员为妾，后来还劝说这位官员救了前夫一命。王三巧与前夫最终复合，从此过上了幸福的生活。宋懋澄的文言版，注意力集中于错综复杂的因果报应；而细节丰富的白话版，则将故事变成了对夫妻情意的探究，即使在夫妻关系合法解除之后，这种情意依然留存。

"百宝箱"的两个版本，讲述的则是一位年轻美丽的妓女与一位富有的名门之后的爱情悲剧。当这对爱侣千辛万苦从鸨母处赎得女孩的人身自由后,年轻男子背叛了她,将她转让给另一位商人。而这位妓女的激烈反应,便是将一匣又一匣盛满无价珍宝的盒子(此前她对情郎隐瞒了这些珍宝)抛掷江中,最后自沉。或许,这个故事具有真实事件的内核,青楼妓女与精英士人的复杂关系,无疑是当时文化的重要组成部分。

宋懋澄的文言版本,在结尾处讲述了自己得到这个故事的经过。1600年,他偶然从朋友那里听到这个故事,于是决定将它写下来,但当晚女孩梦中造访,警告他不要将自己的故事公之于众。一年后,宋懋澄恳请女孩的精魂原谅自己,然后完成了故事。这种传播模式,是否较冯梦龙暗示的这个故事出自说书人更为可信?当然不是。文学史家已经注意到,文言叙事甚至在讲述荒诞离奇的故事时,也总是披上细节真实的外衣。两类叙事对于故事的来源出处说法各异,还有它们表现出的其它歧异之处,主要都与文类差异有关。

宋懋澄的作品在所有文言小说中都称得上技巧精湛、复杂成熟。他很有可能是根据当时叙事文学反复运用的一些元素创作了"百宝箱":令人同情的青楼妓女,遭致父母反对的苦命爱情,抛弃装有价值连城的财宝的匣子。大概是读了宋懋澄的故事以后,冯梦龙才创作了自己的白话版本。这两个人都属于明代社会中的少数阶层,都是来自毗邻地区受过良好教育的精英成员,都有很多共同的熟人、朋友。冯梦龙以交游广泛著称,而宋懋澄也是同时代很多重要人物的朋友,如陈继儒、谭元春、陈子龙。没有理由认为这一种文类作品的社会地位比另一种文类作品的地位更高或更低。

或者更准确地说,不应将白话小说的匿名现象视为反映了作者、文类的社会地位,而应将其视为这一文类的固有特征。诗歌、戏曲都是有作者的文本,写作诗歌、戏曲往往是公共生活的一部分。汤显祖公开承认自己隐退官场后写作了著名剧作"临川四梦"。冯梦龙尽管出版了很多署名作品，但他的白话短篇小说却都是匿名的。

万历年间，很多笔记小说集——或曰短篇叙事，开始出版问世。这些署有精英作者姓名的笔记小说，通常将自己置于社会生活的语境之中，作者声称这些故事乃偶然得之，记录的是在精英士人聚会时听到的故事。一些作品的标题体现了这类说法，如王同轨的《耳谈》（1597）。收集在社会地位相同者中流传的故事的其它业余作品，还包括徐昌祚的《燕山丛录》（1602）。作为精通各种文类的文坛多面手，这一全新的"文人"职业生涯，促进了此类作品的出版。

有时候，这类相对朴素无华的故事的传播，似乎的确比较随意。钱希言的《狯园》（1613）便是系列短篇笔记，它按主题编排，并不像故事。尽管存在这样一些例子，但在那些更具文学性的叙事中，"偶然得之"的说法似乎并不可靠。这类笔记小说，描写细致、篇幅较长，显然经过了作者的精心制作，如谢肇淛的《五杂组》（1616），其中便有摹拟唐传奇之作。

宋懋澄的文言故事与冯梦龙的白话版本之间的关系并非特例。凌濛初《拍案惊奇》（1628）中有三篇故事，便是取材于潘之恒《亘史》（1626）中的文言小说，潘之恒也是著名的戏曲批评家。《亘史》卷帙浩繁，收录有唐代故事，但大部分还是潘之恒自己的作品。潘之恒声称自己的故事以真实事件为基础，凌濛初则将自己的故事表现得像是说书人的表演，亦即当时白话短篇小说的标准形式。

由于文类标准极不稳定，或许可以将这类关于故事传播的说法视为一种流动的比喻，不同文类以各种不同方式将之据为己有。凌濛初并不认为自己仅仅是民间表演艺术的收藏家。在一篇署有自己姓名的序言中,他采取的不是好古者或民族志学者的立场,而是儒生的姿态。他的故事是他社会生活的一部分,正像他在清楚解释《拍案惊奇》一书命名缘由时所说:"同侪过从者索阅一篇竟,必拍案曰:'奇哉所闻乎!'"以自己的名字出版、将自己的故事置于精英社会生活的语境中,凌濛初试图为白话短篇小说争取文言小说所具有的某些标志。

其它文类并不是这一叙事生态的组成部分。模仿十四世纪文言小说集《剪灯新话》的文言作品盛行于晚明。这些故事都是爱情传奇,与清初几十年间风靡一时的"才子佳人"小说关系密切。其它文言小说的作者都是精英中的怪才,像宋懋澄、潘之恒一样,他们的其它文类的作品备受推崇。冯梦龙、凌濛初,是白话短篇小说创作中最著名的两位作家,也是精英士人,均与商业出版有关,但或许并不完全依赖商业出版。比较而言,文言传奇故事的作者,大多生平不详。他们从事创作,不是为了表达自己的人格个性,而是为了维持生计。胡应麟作为第一位认真关注这类文言小说的批评家,对此多有诟病。

冯梦龙与凌濛初

所谓业余理想,即认为艺术品是自我表达的无功利行为、是赠给完满的礼物,它在文学与视觉艺术中的地位重要得像是一种神话。实际上,尽管这种理想日益受到侵蚀,但它依然拉动了想象力。我们已经看到,当时作者为其写作所需付出的代价之一,便是沉重的忧虑。因为甚至当文人面临前所未有的机会凭借手中笔墨谋生时,获取酬金依然是心照不宣的禁忌。

尽管如此,对职业作家的轻蔑、对业余作者的赞赏,无论如何并不常见。希望人人均作如是想,这种想法略有一丝精英士人自我防御、一厢情愿的意味；或许甚至可以说，晚明对职业作家的轻蔑应被恰当地理解为对职业、业余二者之间的界限日益混淆的焦虑。对那些传统意义上的底层人士而言，社会地位的显著流动也是事实：当时关于说书人柳敬亭、女戏朱楚生等职业艺术家、演员的记载，还有这些人自己的书写，都清楚表明他们对待自己的技艺十分严肃，并认为自己在所有重要方面都足以与那些与他们交往的精英士人平起平坐。对于社会地位这种新的、更具流动性的思考方式，也适用于冯梦龙等人。他们既参加科举考试，同时又依靠各种文学活动谋生。冯梦龙的人生历程，体现了本章第一部分所讨论的诸多时代倾向。全身心浸润在苏州文化、市场文化中的冯梦龙，也是直到晚明才成为一种人物类型：聪明、才华横溢、屡试不中。

白话文学的嬉笑笔调很容易与纯粹的轻浮油滑混为一谈，无论是不是为了敛财获利，道德基调的一致性将冯梦龙生平所有作品统合为一体。与他有关的所有三部短篇小说集的题名——《喻世明言》、《警世通言》、《醒世恒言》，不是出于反讽，而是态度严肃，是这个败行败德的时代中对正道直行、常情常理的振臂一呼。不同于当时那些色情、消遣之作，其教化内容往往退居其次（甚或充满反讽），这些短篇小说却将惩恶扬善视为严肃重大之事。其主人公大多出身卑微，但他们面临的道德问题却毫不琐碎平凡。

冯梦龙频繁征引王阳明、李贽、袁宏道等思想家的作品。其中，道德热忱与对传统精英形式的怀疑、对既有成见的怀疑并行不悖。在冯梦龙看来，最有意义的不是职业与业余的区别，而是象牙塔中的迂腐学究与人人都能践行的道德教义的区别，无论其人身份多么卑微。这些短篇小说始终如一地表彰美德，故事世界中最大的恶是假道学，是伪善的自我正义感，而那些诚实赚钱的人，乃至于乞丐都问心无愧。

第二章 晚明文学文化（1573—1644）

　　除了文学活动之外，我们所知的冯梦龙还有着严肃的抱负，真心信奉儒家核心教义。他似乎还培育了一些亲密的私人情谊，首先是与东林党人，后来是与"复社"成员。六十岁时，久困场屋的冯梦龙高兴地接受了一份礼节性的任命，在贫困地区担任一名低级官员。在那里，他施行了很多善政，包括向穷人分发药品、降低溺杀女婴的比率等，详情均载于当时他编纂的地方志中。我们无法确认，但时已年迈的他与凌濛初二人，很有可能都在明王朝大厦将倾时以身殉难。

　　即使在这个作家以各种文类写作、从事各种各样的文本生产的时代，冯梦龙也非常引人注目。他的工作，从经典评注到粗野民歌，几乎每一种非精英文学文类（包括长篇与短篇白话小说、笑话、故事、戏曲、流行歌曲）都取得了巨大成就。这些工作，基本上也都是商业活动。冯梦龙对于市场潜力非常敏感，1615年，他曾怂恿出版商高价购买作家沈德符手中的《金瓶梅》抄本。这部小说付梓前三年，他就已经看出了它的商业前景。

　　今天，冯梦龙最著名的是他创造了我们所知的白话短篇小说这一文类。冯梦龙之前只有洪楩选编的《六十家小说》，我们很难从中辨认出编者将白话短篇小说作为一种独特文类的任何意识。《六十家小说》显然鱼龙混杂：随意翻阅，它既有白话叙事，也有散韵结合的形式，还有少数作品以文言写成。不过，它通过出版环境与冯梦龙的小说集联系在了一起。《六十家小说》正是十六世纪中期开始变得日益重要的商业出版世界的一部分。有着精英背景的致仕官员洪楩，却也预料到他的这部选本、还有其它几种计划可能有利可图；洪楩的其它计划，包括重印先祖洪迈的故事集《夷坚志》，以及一部关于唐代诗歌的笔记小说。

　　冯梦龙第一部小说集《古今小说》（即《喻世明言》），一眼就能看出它与《六十家小说》迥然有别。大多数学者一致认为， *124*

尽管这部小说集涉及多位作者,但无论是作为作者还是编者,冯梦龙显然承担了大部分工作。整部小说集的基调与关怀都始终如一。例如,小说世界描写的是行商、店主、青楼妓女这些城市居民,也有少数官员。与此同时,冯梦龙序言声称,他的方式意在复古:小说大多以宋代、而非其它时期为其时代背景;而其形式上的主要创新——引出正话的篇幅较短的入话部分,表面上是回归当时已经佚失的宋代源头。

在1620年代的七年时间内,冯梦龙出版了三部小说集,每部各四十篇故事,合称为"三言"。随着时间的推移,他介入小说集的程度逐渐降低:第一部小说集,他大概撰写了十九篇故事;第二部,十六篇;第三部,仅仅只有两篇。第二、第三部小说集中的作品,多由另一位合作者撰写而成;第三部中一些最著名的故事,也是这位合作者的作品。

我们对冯梦龙整个生平事业的了解,来自二十世纪的重建,主要还是因为他那些广为人知的作品。当时没有哪一部曾以他的名义出版。就主流文类而言,冯梦龙成绩平平。如同当时所有受过教育的人一样,冯梦龙也写作诗歌、散文,如今大多佚失。他还写过两部研习《春秋》的重要指南,当时流传甚广,备战科举的考生们曾用作参考。

冯梦龙的大多数作品都贯穿了某种倾向,甚至戏曲,他也一贯讲求实用。他改编了很多戏曲,尤其是《牡丹亭》,为的是让它更适于舞台搬演。他的诗集、散曲集,含蓄表达了对更为主流的诗歌的蔑视:与当时其他人一样,他认为将诗歌用于科举考试玷污了诗歌,不可能有创造性,不可能自我表达。在冯梦龙看来,唯有民间传统依旧保持了活力。他结集出版了地方小曲的歌词,即《挂枝儿》、《山歌》,前者为北方小曲,后者为苏州地方小曲;他还编选了一部从古至今的散曲集,名为《太霞新奏》。长篇小说方面,他似乎编辑了色情小说《绣榻野史》,还大幅度加工润色了两部长篇小说,即《平妖传》与历史小说《新列国志》(1570年左右首次刊刻)。他重写并增加了某些段落,使之更易为精英趣味所接受,例如他的《新列国志》,更符合正统的历史记载。

"三言"之后不久,凌濛初便刊刻了自己的两部小说集。这些改编自文言小说、轶事、戏曲的短篇小说,构成了《拍案惊奇》(1628)、《二刻拍案惊奇》(1632)二书,共计七十八篇作品,合称为"二拍"。"三言"的商业成功,无疑为像凌濛初这样的士人敞开了大门,凌濛初对于参与文学市场的态度甚至更为开放。凌濛初的父亲仕途顺遂,致仕后的1570、1580年代曾积极从事出版活动。正像其他精英阶层成员一样,他将公职人员的工作转换成了另一种形式的公共服务。他整理、编校过很多与经书有关的作品,也评注过一些早期历史著作。到了1580年凌濛初出生时,便已来到了一个仅仅一代人之前尚未存在的新阶层的时代:那些拥有无懈可击的精英地位的人,也都公开地通过写作、出版谋生。

凌氏家族与富裕的闵氏家族世代联姻,闵氏家族也投身出版事业。凌濛初与表兄闵齐伋合作策划了很多出版界的精品计划,推出了经典著作、戏曲、文学作品选等制作华美精良的插图本。除了白话短篇小说集之外,凌濛初的文学活动与冯梦龙一样涉猎广泛,他也创作戏曲、撰写戏曲批评。他结交的士人名单,读起来像是晚明文坛的全明星阵容:他与袁中道、陈继儒、汤显祖以及其他杰出人物相互通信,也拜访过这些人士;与此同时,他的编选、评注等工作,又深受冯梦龙、批评家祁彪佳、剧作家袁于令的影响。凌濛初与闵齐伋这对胸怀四海的表兄弟,以手中的笔墨谋生,但从未陷入过断粮的绝境。

随后数年间,还出现了其它几部短篇小说集,但影响远远不及冯梦龙、凌濛初的作品。有学者认为，冯梦龙《醒世恒言》一书的主要合作者就是《石点头》(1628)的作者。《石点头》说教意味甚浓，以道德模范、奸恶之徒为关注重心。这些后来的小说集，有的也进行了形式上的实验。《鼓掌绝尘》(1630)由篇幅较长的四篇小说组成，每篇各十回。沿用这一模式的其它文言小说集，则开始占领细致分化的市场空间，整部作品集仅仅集中于特定的主题：这里仅举少数几例，如同性恋（《弁而钗》）、好姻缘变恶姻缘（《欢喜冤家》，1640）、杭州城（《西湖二集》，1643）等。

冯梦龙与凌濛初或许曾借用民间形式作为其批评正统的传声筒（在凌濛初的两篇小说作品中，朱熹以不合格的地方官员形象出现在世人面前，这绝非偶然），但他们的整个事业，也表明这个王朝那些起步甚早的更为广泛的趋势已经臻至顶峰。这是编辑者掌控文本潮流的首个重要时期，他们通过增加新的评点或序跋材料，每一次重组、每一次迭代，参与者都有利可图。冯梦龙便是这类编者的典型之一。例如，《太平广记》是"三言"最重要的素材来源之一。1626年，"三言"第二部、第三部作品出版间隙，亦即《太平广记》出版六年之后，冯梦龙制作了一种大幅缩减的《太平广记》版本（或许，也有人认为剪裁得当）。他总是利用《太平广记》挣钱获利。他改编其中的故事；按照晚明的趣味，重新编排其中的故事，如他的爱情故事选本《情史类略》；最后，他又回到《太平广记》原本，对其进行切割和裁剪。

冯梦龙还以同样的方式整理了其它几部选本。他从各种早期的文言素材中选取趣闻轶事，重新包装出售，每种选本都有各自不同的主题：《古今谭概》、《智囊》、《笑林》、《情史类略》，基本上都以同样的方式编选而成。在这些作品中，单篇故事的作者本人并不重要。例如，很多著名作家如李贽、徐渭、钟惺等人都整理过笑话集,但这些笑话本身与作者无关,可以不假思索地将之抄入其它的笑话集中。的确,很多同样的笑话曾在多部集子中辗转传抄。这种情形在《古今谭概》中尤为明显,故事后面附加的评论,有时乃冯梦龙自撰,有时则是他人的评论。不仅故事本身,连评论也直接抄自之前的其它文本。冯梦龙并不是这种作业方式的始作俑者。早在十六世纪,专题选本便已出现;十七世纪初,冯梦龙之前的一代人时间,剧作家梅鼎祚便已整理了两种专题选本,一以青楼妓女为主题,一以鬼神为主题。其它这类以狐狸、神女等等为主题的专题选本,全都出现在十七世纪前半期。

无论如何,关于冯梦龙、凌濛初白话短篇小说的故事,以其应有的方式宣告结束。1630年代,很多作品以冯梦龙的名义刊行,作者本人却忙于担任地方官员,无暇继续自己的文学事业。换句话说,他成了众多伪书瞄准的目标。直到二十世纪,很多读者接触冯梦龙、凌濛初的作品,不是通过使得二人名利双收的那些小说集,而是通过《今古奇观》,这部1630年代出版的小说集,内容选自冯梦龙的"三言"与凌濛初的"二拍"。《今古奇观》显然并非冯、凌二人所作,所得利润也完全落入他人腰包,正所谓"以其人之道,还治其人之身"。

III 戏曲

南方戏曲的兴起

我们谈到晚明南方戏曲时,既指文本传统,也指表演传统。南方戏曲的文学形式,一般称为"传奇";其各种音乐形式中,最著名的是"昆曲"。传奇与昆曲,在本章所论的这一时段之前不久,才彼此联系起来。1557年左右,梁辰鱼撰写的《浣纱记》是首部以昆腔演唱的戏曲作品;昆腔这一演唱风格,以梁辰鱼故乡江苏苏州附近的昆山而命名。《浣纱记》的主题并无任何新颖之处,但其突破性的表演风格引起了巨大轰动。梁辰鱼与另一位著名音乐家魏良辅合作,魏良辅结合了很多民间传统元素,确立了韵律、套曲、演唱风格,从而创造了这一新剧种。此前,南方戏曲的剧本曾以其它几种互有关联的风格表演,但昆曲迅速成为富人与精英的新宠。

几代人之后,顾起元(1565—1628)在谈到这种新风格的影响、谈到它如何迅速取代原有的表演风格时说道:

> 清柔而婉折,一字之长,延至数息,士大夫禀心房之精,靡然从好,见海盐等腔已白日欲睡,至院本北曲,不啻吹篪击缶,甚且厌而唾之矣。

这段评论清楚表明,昆曲依然与一种音乐风格联系紧密。演唱复杂的、极具文学性的曲词,是昆曲表演的中心,场面与舞蹈则退居其次,尽管很多昆曲作品,包括《浣纱记》在内,的确包含有舞蹈场景。

对于戏剧而言,晚明是一个伟大的时代。批评家祁彪佳曾列出自己1630年代七年时间内观看的戏曲作品清单,清单上作品的数目令人吃惊,共八十六部,可惜大多已经亡佚。公众熟悉这些戏曲,不只是通过表演活动。现代学者庄一拂总共列举了五十六位出版商,他们都是这一时期南方戏曲出版的活跃人物。

南方戏曲对都市文化产生了无与伦比的影响。这一源于苏州地区的地方唱腔,率先在江南传播开来。到了十七世纪初,戏曲批评家王骥德记载说,它们在北京与北方地区也广受欢迎。一些

第二章 晚明文学文化（1573—1644）

传奇由著名官员执笔创作，并在权贵家中表演；其它那些题材更为通俗的戏曲，则在当地的集市与寺庙中搬演。在江南地区，很难找出任何一个不熟知戏曲关键场景、不熟知众多著名唱段的人——无论是否接受过教育，无论是男性还是女性。旧戏按照南方戏曲的形制被重新编写；反过来，南方戏曲也被移用、重写、改编、简化，转换为其它的地方形式。如果论及某一时代最具代表性的文类，那么，晚明时期便是南方戏曲。

尽管如此，就像小说一样，本部分所论的戏曲，仅仅只是这一时期所有戏曲表演的一个横截面。戏曲研究往往偏爱复杂的、艺术性强的作品，这类作品与精英作者密切相关。但绝大多数的戏曲表演，或许与此截然不同。精英对昆曲推崇备至，但并非人人如此。即便在其全盛时期，据王骥德估计，十部戏曲中也只有两三部作品由昆腔演唱。为某种唱腔创作的戏曲作品，很容易改编为另一种唱腔。一般说来，不太可能仅从剧本就能判断出剧作家选择的是哪一种唱腔。一些唱腔相近的剧种，更易为人所理解，相应地，其演出也更广泛。其它一些表演传统，如后来的京戏，主要关注名家的舞姿或特技。帝国各地盛行的地方民间曲艺，大多都没有以任何形式留存下来。冯梦龙的《山歌》，是被记录下来的民间表演传统的罕见一例，虽然是以一种极为简陋的方式。

很多戏曲——如著名的目连戏，它生动地讲述了主人公前往阴曹地府解救自己受苦的母亲的故事——与仪式活动、民间宗教关系密切，很难称之为文学或某种礼拜仪式。1582年，郑之珍撰写、刊刻了目连戏影响最大的一个版本，郑之珍本人也是科场失意之人。目连戏曾以各种不同的地方形式被人广泛搬演。毫无疑问，它的听众人数更多、更为多样化，而本章这一部分讨论的其它戏曲作品，其听众则大多自有主张。张岱曾提到一次目连戏演出，长达三天三夜，观众过万人。而与此同时，戏曲鉴赏家祁彪佳则痛恨目连戏，抱怨它吵闹粗鄙。

汉学家似乎总是忍不住将十六、十七世纪的南方戏曲与同时期的英国戏剧进行比较。此时，戏剧在两种文化中均臻至鼎盛。南方戏曲有着严格的结构原则，类似于莎士比亚的五幕剧。没有任何次要情节悬而不决，所有人物的来龙去脉都交代得一清二楚。没有哪位剧作家在写作之前不知道结局：第一出戏就已概括了整个故事；在第二、第三出中，男女主角相继自报家门；最后，则以大团圆结局。作品的情节与节奏，总体而言，在悲欢、离合中精细地交替发展。

但是，南方戏曲与欧洲传统所熟悉的那些戏剧规则迥然有别。中国戏曲的鉴赏家每时每刻都与演唱的每一处细节保持步调一致。唱段与说白交替出现，但都以程式化的官话表演出来，与街头口语几乎没有相似之处。（某些"出"，意在加快叙事速度，没有任何唱段。）唱词依照曲调填写，以诗化语言写就，处处引经据典；曲调是既有曲库的一部分，有些或许早在南方戏曲之前便已存在。对鉴赏家与表演者而言，曲调名称表明此曲该如何演唱，包括旋律、行数、字数、平仄。剧作家不作曲，只作词。

其它一些细节则清楚表明，这些戏曲稍作改变就能在家中搬演。演员不需要穿戴精致的戏服，也不需要化装。音乐上，最重要的伴奏乐器是箫管、月琴、琵琶。但家中表演，只需观众打打拍子，即足敷用。事实上，南方戏曲的形式，例如，每幕戏均有标题，说明很早以来这些戏曲便在家中为人所欣赏、供个人阅读，亦即所谓的"案头剧"。这一时期，说到与戏曲相关的公共领域时，不是指真实的剧场，而是指那些传播与讨论戏曲的出版说明、手册、评论文章中的虚拟剧场。南方戏曲往往不是在一个更大的、向听众收费的剧场中表演，而是在私人场所中表演，规模很小，没有舞台，或是简简单单用一块地毯就能划出表演空间。

第二章 晚明文学文化（1573—1644）

戏曲由各种各样的戏班表演，每个戏班都有自己的拿手好戏，彼此之间的剧目有重叠，但也有明显区别。首先，皇室有自己的御用演员，但听众仅限于宫廷。有些戏班长期驻扎都市，其演出剧目似乎多由具有明显说教内容的作品组成。这类戏曲作品，可以苏州剧作家李玉（字玄玉，约1591—约1671）轰动一时的《一捧雪》为例，忠仆为主人牺牲了自己的性命，他的首级在这部戏的大部分场景中被人传来传去。其它的一些戏班，部分时间待在城市，部分时间则在各地的寺庙、集市巡回演出。那些主要在寺庙中演出的戏班，显然更擅长具有浓厚宗教内容的剧目。

自万历末年至明朝灭亡，最优秀的戏班都是那些富有的精英家庭所拥有的家班，自娱自乐兼且娱乐宾朋。这些家班通常由三十名男女演员、乐工组成，他们演出的剧本，至今大多仍是文学研究的对象。这类家班是万历末年兴起的一股潮流。拥有家班是地位的象征，是富豪的奢侈之举。近年来的研究已用文献证明了精英家庭如何交换演员，就像交换珍贵的古董一样，这是一种巩固友谊、回报恩惠的方式。

这些家班不以取悦付费观众为目的，其表演剧目体现了主人的高雅趣味。他们通常擅长精英剧作家的作品，尤其是某些家班的主人，如阮大铖，《燕子笺》的作者，他本人就是一位剧作家。演出这类戏曲，需要具备理解剧本的学识，需要掌握让人听懂其唱词的演唱技巧。这样一来，精英士人往往介入戏曲的每一环节，从剧本写作、排练、到最后的实际演出。有时候，家班主人实际上控制了戏曲制作的方方面面。那些资财雄厚的鉴赏家，在演员年幼时便开始调教他们。他亲自指点制作过程，有时甚至还自己动手写作剧本。没有受过深厚的古典教育，就不可能写作这些戏曲。当时那些伟大的剧作家，如汤显祖、沈璟（1553—1610）、阮大铖、李玉，都出身精英家庭，都拥有科举功名。而且，那些具有最高水平的创作控制，其中经理人、剧作家往往是同一个人，只能出自富人阶层。

像今天的汉学家一样，当时的明人也认为有必要将南方戏曲与其它形式的戏曲做一比较，当然，不是莎士比亚戏剧，而是北方戏曲。很多这类比较，囿于南北地区差异由来已久的成见，仅限于将北方戏剧描述为不够精致、却充满活力；南方戏曲则精致、悠闲、柔和、旋律优美，数百年来，这些女性化特质已与江南地区联系在了一起。

南北戏曲的确存在明显区别。就表演而言，它们在两个重要方面判然有别。首先，南方的传奇篇幅相当长，北方的杂剧则通常仅限于四折，尽管也有例外，如《西厢记》。传奇一般在三十出左右，少数作品甚至长达百出。尽管明代传奇的音乐节奏究竟如何舒缓慵懒，依然众说纷纭，但每一出的演出时间，大概需要一小时。据此而言，大多数杂剧的演出，只需要一个晚上或一个下午的时间，而演出整部传奇，则通常需要花上整整两天时间，甚至更多。形式的长度，说明传奇是闲暇与财富的专利。相应地，很早以来，传奇通常只演出部分选段；最常搬上舞台的，是那些高潮场景，或是展示演员才华的段落。

其次，在杂剧中，一折戏只能由一种角色类型演唱；而在传奇中，所有演员都可以演唱部分唱段。传奇的唱段，不仅有主角演唱，还有喜剧角色演唱；一出戏中，二重唱、三重唱、合唱往往穿插一起，观剧愉悦一定程度上来自焦点与视角的转换。另外，与杂剧不同，传奇允许一出戏之中使用不同的韵式，这也增加了情节的复杂性。早期杂剧，即那些元杂剧与明初杂剧，其程式化的演唱方式往往与戏曲的其它部分融为一体，相应地也与角色之间的关系融为一体。受到类型限制的杂剧，不得不集中于一位主角的表演。

无论如何,两种戏曲之间的差别,更多体现在理论上而非实践上。到了晚明时期,杂剧已多有改变,乃至于无法以系统条贯的方式区分这两种形式。出自畸苦人徐渭之手的晚明著名杂剧《四声猿》,其对杂剧原有的文类限制的破坏是如此之大,以至于徐渭的弟子王骥德认为这些杂剧是南方戏曲的典范,可与汤显祖的作品比肩并列为明代第一。这四部极具创造性、串联在一起的剧作,完成于1580年左右,它们以广泛的主题要素联系在一起,而非形式上的多样性。第一部戏只有一出,第二、第三部两出,最后一部则为五出。前三部作品采用了北方的韵律与曲调,最后一部作品则沿用南方传统。四部作品都将有关于身份的先入之见玩弄于股掌之间。在其中三部作品里,人物的性别形同虚设,可以任意装扮,或者像衣服一样穿上脱下。前两部作品,思考身死之后我们是谁的问题。所有四部作品全都有意识地指向剧场本身,反思演出的条件与环境。对戏剧文类规则的形式实验,不能与这些剧作探索的哲学问题区分开来。

第一部《狂鼓史渔阳三弄》,描写两个鬼魂在阴间对簿公堂,死去的祢衡再次演出他对暴君曹操的痛斥。第二部《玉禅师翠乡一梦》,或许是四部作品中最古怪的一部,首出讲述妓女色诱僧人,致其自杀;在第二出中,僧人转世投胎为妓女,观看了对前世色诱情景的重新表演。第三部《雌木兰替父从军》、第四部《女状元辞凰得凤》,都讲述女子乔妆改扮为男子的故事。尽管这两部作品对于身份、表演的处理相对直白,却比其它两部作品获得了更多的批评关注。

《四声猿》的艺术实验为大胆改造杂剧传统铺平了道路。结果,晚明出现的杂剧,多由南方人创作,混合了南方的曲调与韵律,与旧形式几乎没有什么关系。很多剧作家写作两种戏曲,或说得更准确些,他们兼写长篇、短篇戏曲。在晚明,这似乎是某种规范。陈与郊（活跃在万历年间，1573—1620）、叶宪祖（活跃在天启年间，1621—1627）、孟称舜（活跃在崇祯年间，1628—1644）都写作传奇、杂剧，尽管随着王朝走向灭亡，天平越来越向传奇一方倾斜。凌濛初也创作两种戏曲，但只有少数杂剧流传下来。选择哪种形式，似乎取决于主题。陈与郊借用杂剧来探索更广泛的主题。其他剧作家则以杂剧作篇幅更短小、结构更紧凑的叙事。过去的四折（出）模式，变为一折（出）或十折（出）。每折（出）戏仅限于一人演唱的惯例，同样也有所改变。实践中的南方形式成为新的规范。结果，作为一种补偿，杂剧在运用形式惯例时越来越幽默顽皮。例如，凌濛初将唐传奇《虬髯客传》改编为杂剧《红拂三传》，三幕戏分别由三个不同的演员演唱：首先是李靖，然后是红拂，最后是虬髯客自己。

　　戏曲是时代关怀的完美载体，晚明的现实感因而着上了戏剧感性的色彩。时人抱怨诗歌矫揉造作、缺乏情感，但没有任何人，即便是那些戏曲批评家，曾对戏曲有过此类评价。相反，大家都忙于记录自己对于戏曲的强烈反响。在一个对于社会地位的关注实已渗透到文化表达每种形式之中的时代中，角色扮演似乎是个人身份的恰当隐喻。对于表象与真实相分离的恐惧，如一个人的外表或许与他实际所是毫无关系，成为了舞台上的陈词滥调：男孩变成女孩，青楼妓女变成大家闺秀；反之亦然，仆人冒充主人，道学家原来是愚蠢的伪君子，女孩比男孩更熟稔经典。同样的陈词滥调也刻画了台下的真实，暴发户假装自己天生富贵，精英则希望自己表现得更像是真风雅、真名士。台上台下，语言，连同其古老的自我表达的期许，也都有可能是一种伪装的手段。

　　但是，南方戏曲也触及了一些更为深刻的关怀。每部作品都包含了发生在帝国各地的行为（如超现实行为，或是作为一种外在干预，或是穿越到另一个世界，均有助于剧情）。在这个日渐开放的社会中，南方戏曲是通往想象之旅的窗口。

与杂剧相比较，传奇更关注浪漫爱情，故而得到了同时代人的强烈认同。一般说来，戏曲描写一位年轻男子与一位十多岁的女子，他们之间的交往有所阻隔。他们或是订了婚，或是坠入爱河。他们之间的情感，既非完全被人认可，也非完全不合法。戏曲讲述这样的一对爱侣如何克服重重困难，如出外游历、家人反对、政治动荡、小人播乱，最终走到一起的故事，他们的结合也正式获得了社会的承认。男孩、女孩都证明了自己对爱情的忠诚，尽管这位年轻男子出场时往往已经有家有室。

通过将浪漫爱情的家庭情节与地缘政治纷争的情节并置一处，这些戏曲形式讨论了家庭、政治如何相互关联的问题。有时候，家庭情节居于首要地位，有时候，政治情节最为重要，但二者总是交织缠绕在一起。在传统中国包办婚姻的制度下，如何将情感、激情与社会规范调适为一体，总是矛盾重重。传奇能够提出这些实际上在其它文类形式中不可能提出的问题，即个人情感在整个社会中的作用，这也是晚明哲学非常重要的一个问题。

很多这类戏曲迷恋某个特殊的物件，或是爱情的象征（如王骥德《题红记》中写在红叶上的一首诗）、传家宝（如沈璟《一种情》中的金凤钗）、具有重大政治意义的物品（如李玉《一捧雪》中价值连城的玉杯），或是上述所有三种含义的混合。无论如何，这类物件从一个人手中传递到另一个人手中，有些传递环节却是意外的。例如，李玉《一捧雪》中的玉杯如何最终落入贫穷的女仆之手？借助物件的传递，剧作家描写了社会的互联性。

传奇描写整个社会的横截面，穷人、富人、中产阶级，全都相互关联，每个阶层的人都对其它阶层的思想、行为品头论足。即便是处理极为重大严肃的主题，这些戏曲也总是混合了悲剧、喜剧，混合了尊卑贵贱，总是思考不同地位的人们如何融为一个社会整体。这种混合，甚至也见于语言层面。随着宋词的发展，熟练使用各种语体成为中国作家的主要工具之一。在不同语体间转化，是打破公共话语、让私密话语跻身其间的手段。中国文学还没有哪种文类像传奇这样，对不同类型、层次的语言如此敏感：粗俗白话中可以想象得到的各种污言秽语、黄色笑话，与经典引文、唐诗典故唇齿相依。汤显祖《牡丹亭》中的一个著名场景，便是石女大段戏仿《千字文》，讲述她自己那些限制级的性史故事。诗歌语言本身也不停地变换风格：时而是打油诗，时而是梦幻般的抒情诗，时而是漂亮的对句。嵌入在戏曲中的这些诗词，似乎提出了一个古老的问题，亦即中国诗学的中心问题：在新的社会语境中，诗歌如何"言志"，如何自我表达？

在戏曲领域，我们也能看到十六世纪中期以来文本流通、制作的某些趋势臻至顶峰。与戏曲有关的作品出版数量惊人，不仅出版整部剧本，还有受欢迎场景的选本、著名唱段的指南。这些书面向的是那些希望在戏曲创作中一显身手的戏迷们。到了十六、十七世纪之交，戏曲欣赏（或曰戏曲热情）文化俨然兴起，更多的文本被生产出来：各种戏曲欣赏指南，各种专注于（甚至可以称为痴迷于）刻画作者的非正式写作，还有众多详细的剧评。通过这些剧评，读者可以像剧作家一样活跃地参与文本创作的过程。

我们在这一时期屡屡观察到一种模式，即文类意识如何在印刷、写作这一特定条件下应运而生。晚明不仅是创作新戏的黄金时期，也是重新发现、重新评价旧戏的戏曲批评的黄金时期。如同小说领域一样，某些最有影响的戏曲写作同样也打出编辑的幌子，只有最近的几代学者才意识到这一时期的编者在何种程度上同样也是创造性的作者。

最为显著的是，"元杂剧"乃晚明的发明，或者说，正如传统文学的诸多经典一样,我们对元杂剧的理解,很大程度上都是晚明印刷工业的产物。奚如谷(Stephen West)、伊维德(Wilt Idema)的研究已经表明,臧懋循(1550—1620)的《元曲选》应被置于万历年间的语境中加以理解。过去的四百多年来,大多数读者只能通过臧懋循的校订本接触元杂剧,这些剧作被误认为反映了元代的思想。只是到了现在,通过检视更早时期流传下来的少数元杂剧版本,学者们才能断定臧懋循随意重写与编辑的程度。他既改变了早期文本的效果(他更偏爱大高潮结局),也改变了其思想根源(以符合他对儒家礼教的认识)。

臧懋循曾在京中为官,后因与国子监学生的同性恋关系而罢官归里。此后,他在文坛上讨生活,致力于编选早期时代的文本。他最负盛名的是《元曲选》,但也编纂过古诗选、唐诗选。不出所料,就像我们所知的其他人物一样,他也一直处于出版事业的前沿。他自己雇用刻工、制作雕版,还派遣仆人前往北京销售自己的书籍刊本。《元曲选》分两次出版,1615年刊出前集五十种,1616年刊出后集五十种。此书装帧漂亮,共有近四百幅插图,显然是面向富有读者的高端产品。尽管其内容试图让后来的读者相信它就是当时的演出本,但版式装帧以及进一步的文献学研究都证实,包含九十四种元杂剧在内的这一百种曲,其实都经过了臧懋循本人的大幅增删。

戏迷们也及时回溯,试图构建南方戏曲的历史。南方戏曲的前身("戏文"、"南戏"),曾以各种不同的音乐形式加以表演。而且,直到《浣纱记》之后,南方戏曲才开始广泛流行。尽管如此,徐渭《南词叙录》却著录了自宋代至明代中叶的一百一十三种南戏作品,实际上为当时越来越受人欢迎的这一文类创造出了丰富的历史。他甚至试图将南方戏曲与辉煌灿烂的宋王朝(因为宋是原汁原味的中原王朝)联系在一起,以与北方戏曲的原始野蛮形成鲜明对照。

徐渭提及的这些早期作品几乎都没有流传下来，而极少数以其本来面目传世的作品，如《永乐大典》所收戏文，却并不支持南方戏曲存在连续不断的传统这一观点。如同杂剧一样，现存的南方戏曲并不是宋代、明初南戏的例证，而是晚明戏迷们调整、甚至完全重写后的产物。例如，近年来的墓葬出土文献使得学者们可以将同名戏曲的晚明版本与其早期版本做一比较，如《白兔记》；晚明本，通常是后世读者手中的唯一版本，明显经过大幅度的改写。这些晚明版本，不是简单的整理，其改动之处反映的是晚明的美学思想、关注重心与价值观念。

对某些文类来说，批评家花上数百年时间才能确定某类作品的文类身份，才能总结出支配其创作的形式规则。而诞生于印刷繁荣的晚明时期的南方戏曲，这一批评过程则明显加速。文类及其批评，实际上同时产生，这在前现代时期极不寻常。毫无疑问，作家深刻意识到了昆曲的创新性。发明昆曲的魏良辅，也撰写了昆曲最早的批评著作之一《曲律》。《浣纱记》问世后的一两年时间内，徐渭便撰写了《南词叙录》，对这种新风格赞不绝口。到了1550年代末，他称赞这种新形式与自然自发的民间歌谣密切相关。他说，昆曲源自于"里巷歌谣"。他认为，援引任何音律规则入曲都与昆曲的通俗源头背道而驰。到了一代人之后的1580年，汤显祖、沈璟等人则就曲词的可唱性、南曲如何协律等问题展开了激烈争论。

在很大程度上，戏曲作家与批评家之间并没有明显的分界线。实际上，在一些重要的理论问题上，所有重要的剧作家都立场鲜明。或许，将这些人视为生产者更为恰当，他们不仅是戏曲文本的生产者，也是与戏曲有关的所有文本的生产者。在这一点上，徐渭非同寻常，他甚至在另一部重要的戏曲作品《歌代啸》中将剧本写作、戏曲批评融为一体。《歌代啸》开篇的"凡例"，便是将自己的这部作品与元杂剧做一比较。《曲论》的作者徐复祚（1560—约1630），撰有包括《红梨记》在内的四部传奇，同时另有杂剧两种。祁彪佳，一位如痴如醉的戏迷，不仅评论了他看到的所有作品，也撰有一部传奇，取材于汉代将军苏武的故事。

比起这一时期的其它文类来，戏曲的编选、出版、创作活动，因鉴赏文化而交织缠绕得更为紧密。王骥德，著名的《曲律》一书的作者，也是北曲的重要选家（他曾批评臧懋循随意改窜），同时还是几部传奇的作者。其中《男王后》一剧，近年来已经引起了批评研究的重视。戏曲欣赏与其它精致复杂的美学愉悦密切相关。在《重订欣赏篇》中，潘之恒的戏曲评论位于袁宏道、高濂（1527—1603）等作家的评论之后，其它则是关于绘画、插花、食物等的评论。

小说家通常署上假名，且与一部作品联系在一起。著名剧作家则往往是知名文士，在各种文类中都相当高产，尤其是他们偏爱的那些文类。他们公开地成为文字市场的一部分。李玉，除了撰有三十二种传奇，还撰有《北词广正谱》，讨论北曲曲谱。戏曲批评的发展，也与赏玩生活消费品、人生经历的各种指南手册的兴起有关。尽管戏曲在晚明文化中的重要性无与伦比，但它仍然是消费对象之一。吕天成的《曲品》、祁彪佳的《远山堂曲品》及《远山堂剧品》，排序、品评了很多传奇作品，或许均可纳入这一广义的指南手册范畴。

戏曲的自我意识，与文本通过印刷而传播的速度密切相关。臧懋循的《元曲选》，首次刊刻于1615年，收录了元杂剧及明初一百年间的杂剧作品。沈泰在其《盛明杂剧》（1629）、《盛明杂剧二集》（1641）这两部选本中，便已收录了当代作品。而《娇红记》等好几部重要传奇的作者孟称舜，在他的《古今名剧》（1633）中，则水到渠成地收录了自己的四部作品。

《牡丹亭》与"情教"

十六世纪末,罢官归家的汤显祖因《牡丹亭》而声名鹊起。短短几年之内,这部戏曲以各种私人刊刻、商业印刷的形式出版,既被人阅读,也被搬上舞台,还引来了众多的模仿者。这部戏曲的女主角杜丽娘,一位备受呵护的年轻姑娘,在后花园中散步时为春色所动,爱上了绮梦中邂逅的年轻男子。杜丽娘相思成疾,郁郁而终,但临死前留下了一幅自画像。一年后,柳梦梅,亦即杜丽娘梦中所见男子,发现了这幅画像。他也爱上了画中的这位姑娘,并恳请她现身。姑娘的精魂回应了他的呼唤,两人开始了一段炽热恋情。姑娘的精魂请求年轻人启出自己的遗体,结果发现遗体奇迹般地保存完好。复活的杜丽娘与柳梦梅结为连理,他们的结合最后还得到了原本不相信此事的杜家父母的认可。

这一故事梗概,无法传达戏曲语言上的诸多难点。现代的《牡丹亭》定本,为这部共计五十五折的戏曲作了一千七百多条注解。很多段落依然晦涩难懂,学界对其意义仍有分歧,很多问题从未得到彻底解决:有些是在时间迷雾中丢失的当时用法,有些是出处不详的典故,但也有很多含混模糊之处,显然是作者刻意为之。如果舞台上搬演,现场观众不可能理解这些段落,却有助于营造一种如梦似幻的感性氛围,而这也是整部戏曲的中心效果。

一些人钟爱《牡丹亭》,认为它是激情本身的文学体现,它独特的语言是当时激烈争论的一个话题。一些同时代人认为它完全不适于演唱。与汤显祖约略同时的沈璟,一位相当高产的剧作家,主张以格律为本,坚持认为戏曲的第一要务在于严格遵循音律规则,他曾在《南九宫谱》中讨论过这些规则。沈璟及其追随者,即所谓的"吴江派",主张南曲应优先考虑舞台,唱词的诗性美不过是次要因素。汤显祖及其"临川派"(以其家乡江西临川命名),

第二章　晚明文学文化（1573—1644）

成为了吴江派批评的主要标靶。两位最伟大的白话短篇小说家冯梦龙、凌濛初，均是"吴江派"中人，或许这是因为他们偏爱通俗晓畅的措辞。冯梦龙等人，包括曲论家吕天成，重写了《牡丹亭》以便于舞台演出，使之更合音律。

我们从数百位读者的评论可知，《牡丹亭》的巨大影响，并不在于这类理论层面；这部作品的崇拜者——男性、女性，精英、非精英，全都发自内心地深受感动。众多剧作家重写它，不仅仅是为了纠正那些明显的犯律之处，而是因为他们深受原作的启发。无论男性读者还是女性读者，动手重抄作品，还在朋友之间相互传阅。这类抄写行为一直延续到清朝，很多抄本都缀有读者自己的评论。曾有一位女演员对杜丽娘生出强烈共鸣，在演出戏曲的高潮场景时竟然猝死在舞台上。据说一些多愁善感的女性读者读过作品后深受感动，以致染病而亡。特别是剧中"游园"、"惊梦"这两幕场景，自十六世纪至今都是舞台演出的保留节目。年轻书生柳梦梅与佳人杜丽娘，二人都有文学才华，且都容貌出众，他们两人的爱情故事，几乎在后世戏曲小说中的每一对情侣身上都留下了自己的印记。

这部戏曲提出了女性在社会中所扮演的适当角色以及情感在社会中的位置的问题。甚至还可以将《牡丹亭》视为这一时期盛行的"情教"的中心。对浪漫爱情的迷恋，与十六世纪末李贽、公安三袁对真情、真实的兴趣密切相关，但这种爱情迷恋处于围绕传奇而生的文化之中，尤其是《牡丹亭》，激情、爱情、真情，都是其关注的重心。

在这部戏曲的"题辞"中，汤显祖写下了爱的赞歌，以整部戏曲证明"情"的力量：

> 生者可以死，死者可以生。生而不可与死，死而不可复生，

非情之至也。梦中之情，何必非真？天下岂少梦中之人耶？

这里的确高度赞颂了"情"，但就《牡丹亭》后半部分的文本而言，它并未过分推崇"情"。对爱情忠贞专一的杜丽娘，后来变为举止合宜的儒家贤妻，否定了自己从前的孟浪行为。这对年轻的爱侣，并未以悲剧性的私奔结束自己的故事，而是由皇帝亲自赐婚而结为合法夫妻。作品的结局是保守的，因为它再次肯定了君臣、父子之间伦理规范的首要地位，特别是让这种伦理最终能够融合个人的情感。

但读者对戏曲的前半部分更感兴趣。杜丽娘相思而亡，牢牢俘获了大众想象，仿佛作品后半段并不存在一样。杜丽娘的故事，有着幸福的结局，她结了婚，还与父母重新团聚；这一结局有助于激发众多不那么幸运的模仿者。那些十几岁的花样少女，既有虚构的，也有真实的，她们的诗性精神从未在外部环境中获得认可、赏识。激情崇拜中一些较为极端的要素，体现在年轻的青楼妓女冯小青身上，她在当代杜丽娘中享有最高的知名度，有可能是、也有可能不是真实的历史人物。

1624年出版的小青传记，讲述了这位十几岁的扬州姑娘的故事。她被一位高官的儿子买来做妾，由于正妻妒忌，逐居西湖别业，在那里虚度年华。临死之前，她绘图写真，并在画上题诗数首，明确将自己比作杜丽娘：

> 冷雨幽窗不可听，挑灯闲看牡丹亭。
> 人间亦有痴于我，岂独伤心是小青。

此时，距离《牡丹亭》创作仅仅数十年时间，作品便已成为了整个生活方式的代表。没有谁曾像钱谦益那样质疑过小青的真实存在：她的名字，合起来便是一个"情"字，至少说明它是假名。小青的其它传记也相继问世，还有十多种根据她的故事改编而成的戏曲，所有这些作品均漫不经心地处理细节问题，介绍貌似小青所作的新的诗作。这进一步说明，对明代读者而言，其主角不是一个历史人物，而是一种人物类型，即年轻丽人毁于自己的诗性敏感，多么令人唏嘘感叹。著名官员、诗人叶绍袁在谈到自己的女儿、著名年轻女诗人叶小鸾时，就说她因作诗而染弱症，且不听医师劝诫，终至香殒。

男性、女性对小青故事理解各异。在男性看来，她是哀婉动人的象征。无数女性，则写诗将自己比作小青。在她们看来，小青诗集的题名《焚余草》，似乎正是写诗、存诗的禁令。

汤显祖的所有五部戏曲作品，从写作时间看，《牡丹亭》是其中的第二部，其关键场景都发生在梦中。其它四部戏曲作品统称为"临川四梦"。在写作生涯的后期，汤显祖回到他的第一部戏曲《紫箫记》，并将之重新改写为《紫钗记》。这两部作品都是对唐传奇《霍小玉》的戏曲改编。他的另外两部作品《邯郸记》、《南柯记》，也都改编自内容相近的两篇唐传奇，故事中人物的整个人生都发生在梦境之中。贯穿在他所有作品之中的，是对转化的意识状态的关注，无论是爱情还是梦境。

并非所有的晚明作家都如此急于提高情感和其它意识状态的地位。对佛教徒而言（晚明也是虔信佛教的大时代），激情总是意味着贪恋，随之而至的便是幻象，所以应竭力避免。在成于明亡之际的《西游补》中，董说讲述了一个佛教寓言，比《牡丹亭》更进一步，它的故事完全发生在梦境之中。作品思考了人类意识的本质并追问道：意识是否是现实的终极基础？有没有什么东西超越意识而存在？激情并未胜出。在这部中篇小说中，孙猴王大战激情化身的各路怪物，其中便包括鲭鱼（"情欲"的谐音）。在小说最著名的一段情节中，孙猴王置身"万镜楼台"，他从镜中看见了其它世界反射过来的影像。在《牡丹亭》中，梦境将意识从现实世界的约束中解放了出来；在《西游补》中，楼台万镜则代表了心灵创造无穷幻象的能力。心灵远远没有解放，而是禁锢了自我。

没有哪篇文本能够像《牡丹亭》这样，使浪漫爱情成为一桩非常严肃的事体，但深受它影响的某些戏曲作品却是轻松的喜剧。其中有两部极为成功之作，一是吴炳关于连串误会的诙谐喜剧《绿牡丹》，一是阮大铖的爱情喜剧《燕子笺》。在这个音律、政治问题均会引来激烈争论的时代，美学同盟与政治同盟是截然不同的两回事。汤显祖是一位尽职尽责的官员（尽管他成功地保持了中立），且终其一生都是"复社"的支持者。满清征服中原后，被清军所俘的吴炳效忠明朝，绝食而死。明末"临川派"曲家阮大铖，阿附臭名昭著的宦官魏忠贤，后来又投降满清。其《燕子笺》作于明亡前一两年，曾在南明王朝的首都南京首度搬演，以活泼欢快、机智诙谐的语言讲述了一个年轻男子的故事；这位男主角最后迎娶了两位姑娘，彼此容貌毫无二致，一位是青楼妓女，一位是宰相千金。吴炳与阮大铖，这两位追逐声音言语之娱的著名作者，最终选择了不同的道路。

作伪与崇尚真实

戏曲无论多么文人化、雅致化，尽管它常以刊本为媒介而被人阅读体验，却依然是一种表演传统。晚明剧场中，高贵者与低贱者往往杂处其间，不是作为同一场戏的听众，而是作为戏曲将一个人的思想、话语转化为一种舞台体验的方式的一部分。在戏曲膜拜中，精英剧作家与地位卑贱的演员同样都被标明了价格。

第二章 晚明文学文化（1573—1644）

本章开篇，便已谈及晚明各种文学形式均与精英所掌握的文化权威密切相关的问题，这里，我们将以这一时期最显著的一个特征结束本章，即高雅与低俗的混合。

剧作家本人常常出生于社会最高阶层；其中很多人都是金榜题名者、高级官员。而职业表演则与妓女密切相关，男、女演员的社会地位都等同于奴隶。有的演员小时候就卖身学艺，整个余生都供富豪们取乐。

比起其它的文化追求来，戏曲的方方面面，从演唱技巧到舞台表演，甚至对于剧作家，都需要具备近乎狂热的鉴赏力。与戏曲有关的写作范围相当广泛，包括详细论述戏曲的表演技巧，既涉及歌唱技艺，也涉及传情达意的方式。换句话说，对戏曲的痴迷，一定程度上是对表演技巧本身的痴迷。

精英剧作家不仅拥有自己的演员团队，还与演员并肩工作。舞台搬演，被视为赏心乐事，也表明拥有家班的身份地位，所以通常不会外包给职业经理人。众所周知，阮大铖打理自己家班表演的所有一切事务：他撰写脚本，调教演员的每一个姿势、每一次颤音，甚至还巨细无遗地监管戏服制作、舞台布景。其他很多精英士人以及家中的女性，都是热诚的业余演员，他们甚至不惮与家仆扮演同样的角色。精英剧作家也公开撰文，记录自己粉墨登场、在家班中表演的经历。其他一些精英士人，则夸口说自己将所有精力都花在了演唱上，无暇顾及科举考试。

非正式散文的作家们曾提及众多晚明职业演员的名字，如邹迪光家班中的潘窘然、吴琨家班中的荃、申时行家班中的张三等等，不仅讨论每个人的表演，还讨论他们的表演方式，以及如何调教每个角色。作家常常以行家的精练语言来形容演员与表演，晦涩难懂得像那些用来描述珍藏四百年的法国红酒的语言一样。这些演员本身也是艺术品，是一个奇特的社会空间中的居民，既是奴隶，又是受人推崇的艺术家。

这个时代的一个典型特征，是表面上相互排斥的两类痴迷合为一体。晚明鉴赏家既对"真情"充满热情，同时又激赏戏曲——一个刻意伪装的空间，任何身份都可以泰然自若地穿上、脱下。这一悖论，在妓女的社会地位与文化重要性上体现得尤为明显。有的妓女也会唱曲，但她们对戏曲文化的参与不止于此，而是要深入得多。这些女性，人们付钱观看她们装扮某一角色、表演某种幻想，她们是那个时代浪漫理想的中心，也是围绕戏曲而生的文化的中心。

小青的故事，不过是冯梦龙《情史类略》八百则故事的其中之一，该书在小青传记问世后几年时间内刊刻出版。一些学者甚至认为小青的首篇传记也是冯梦龙所作。在《情史类略》序言中，冯梦龙将所有其它的儒家伦常都排在了"情"字之后：

> 我欲立情教，教诲诸众生。
> 子有情于父，臣有情于君。
> 推之种种相，俱作如是观。
> 万物如散钱，一情为线索。

这一宏论不能仅从字面上理解，但它的确说出了人们如何看待"情"的某些重要方面。认为所有的人际关系都只能由"情"维系在一起，这与最尊贵的伦常只能由"情"、而非道德义务加以维系的观念仅有一步之遥。在追问位于家庭、国家伦理规范之外的"情"的位置时，女性（还有妓女，尤其是她们既不是妻子，也不是女儿）占据了中心地位。这一时期，无数戏曲作品关注妓女为忠诚而牺牲自己，无论是为情郎牺牲、还是为国家牺牲。这种典型的局外人的牺牲，就其本身而言，言说的是情感而非责任。

第二章 晚明文学文化（1573—1644）

在清人看来，江南青楼文化盛极一时，是晚明最突出的特征之一，也是在清教徒式过分拘谨的新朝治下抒发怀旧之情的一个主要对象。这些青楼妓女，像任何一位前现代女性一样，通常都受过良好教育，她们接受训练，无论如何，都是为了服侍那些具有文化艺术品位的精英士人。她们的魅力与名气，正来自她们对传统精英艺术的参与：书法、绘画、音乐，最重要的，还有诗歌。围绕她们而生的文化，还有那些指点如何赏玩妓女的排行榜、手册、指南，正是那个时代重要的鉴赏文化的组成部分。

从万历年间开始，妓女形象便出现在很多文学类型中，大多是令人感伤的悲剧性人物，有时也成为精英士人面临政治动荡时表达自己的无助感的方式之一。很多现实生活中结局悲惨的妓女，受到当时作家的推崇。如梅鼎祚，曾搜集妓女故事编成《青泥莲花记》（1602）一书。以这种方式，我们大概会读到冯梦龙、宋懋澄"百宝箱"故事的各种不同版本。面对情人的背叛，年轻妓女杜十娘以如此愤激的方式处置她的财宝，掩盖了人们对于这些财宝从何而来的道德疑虑。她代表了激情、英雄主义这些相互关联的价值观念的精髓，比她出身名门更为可贵。在晚明，这种悲剧性的至诚不贰的激情，如果表现在男性身上，也同样令人同情。如冯梦龙《卖油郎独占花魁》中的男主角，所爱之人醉酒后吐了他一身，这位出身卑微的年轻男子依旧热情不减，这令人尊敬，而非荒唐可笑。

卞赛、董白、李香（李香君）、陈圆圆这些妓女，还有其他很多人，当时都近似于名流；由于其风采载入了诗歌等作品，她们成了后来数十年间怀旧的对象。尽管如此，值得提醒的重要一点是，在这个贞节与忠诚、孝顺并称为最高美德、寡妇再嫁也招致非议的文化中，性工作者（这是妓女的本质定义，无论如何美化、无论她的主顾地位有多尊贵、无论她身价有多高）只能处于边缘地位。留名书史的妓女，是等级制度中那些最有特权者；在这个等级制度中，还有那些被迫卖淫为生的男孩与贫困妇女。

总的说来，在女性生活中，写作应被视为一种边缘活动，而大多数身处社会边缘的女性似乎曾致力于写作。除了青楼妓女与大家闺秀，女性写作的另一大类人群是尼姑，尤其是禅宗门下的尼姑，她们留下了诗歌、尺牍与宣道文。本章以精英与边缘的相互交集而结束全文，我希望探索边缘如何事实上置身于这一时期文化空间的中心位置。

在很多方面，爱情崇拜只能在青楼文化中找到自己的表达。在一个包办婚姻的时代，陌生男女之间几乎不可能相见相识；志趣相投的两个人之间的情感，以交换诗画为媒介（换句话说，求爱本身），通常说来只有在性交易中才可能存在。青楼妓女不仅在迄今为止我们所讨论的很多文类中——诗歌、小说、戏曲——占据中心地位，她们也是浪漫爱情这一伟大神话的绝对核心。

除了少数例外，如孟称舜《娇红记》中的表兄妹之间的爱情，自主择偶的故事只发生在高级妓女及其主顾之间。妓女往往通过结婚而脱离妓籍——尽管也有少数丈夫愿意妓女继续接客的例子，似乎意识到只有允许女性自己选择伴侣，才是一种真正的爱情关系。在传统婚姻看来，这些不同寻常的行为意味着软弱、愚蠢；但随心所欲的英雄主义（"侠"），从狭隘的传统中解放出来，在这一时期也如同爱情一样被明码标价。

一些妓女不仅激发了这一时期最优秀的一些作品的诞生，而且还激发了一些重要的作家。柳如是（1618—1664，一名柳是），当时最著名的妓女，她的生活经历可以说明妓女地位的复杂性。柳如是相继与当时两位才华横溢的知识分子、诗人交往。十多岁时，她是诗人陈子龙的情人，他们的关系成为当时的风流佳话之一。两人曾合作写词，使得这一文学形式略有复兴。这些诗词，

第二章　晚明文学文化（1573—1644）

以及他们对爱情、思念的关注，构成了"云间派"的核心。陈家棒打鸳鸯后，陈子龙帮助柳如是刊刻了自己的诗集。

后来，柳如是嫁给比自己年长三十多岁的钱谦益，协助他编辑了《列朝诗集》，这部大型诗选包括了柳如是本人亲自遴选的女性诗歌，如今成为我们对这一时期女性写作相关知识的重要来源。钱谦益有生之年，这对夫妻的行为举止，使她看起来就像是他的年长妻子。不过，钱谦益死后，在钱家的压力下，柳如是被迫自杀。最后这些日子里，在钱谦益的家人眼中，她不过是一名妓女而已。

构成晚明爱情的各种要素——深厚的情感、浪漫的态度、以诗歌为交往的中心，没有哪一种要素外在于青楼文化；与此同时，也没有哪一种要素长久地局限于这一文化。值得注意的是，钱谦益《列朝诗集》将妓女诗作与闺秀诗作（即所谓"妻女"）穿插混置。有学者认为，晚明青楼文化正是女性为何如此渴望具备文化修养、尤其是写作诗歌能力的原因之所在。毫无疑问，早在男性希望同自己的妻子一道写诗论文之前，他们就已经同妓女写过诗、论过文了。青楼文化对主流文化产生了巨大的、不成比例的影响，"同伴婚姻"成为了理想，并且在很多方面都丰富了女性本身的文化素养。作为诗歌主题，妓女也进入了大家闺秀的写作之中。

在富裕家庭中，常常与兄弟一起接受教育的女孩，具备一定的读写能力司空见惯，部分原因在于文学追求原本是精英生活肌理的一部分。家庭成员交换诗作，或用诗歌纪念各种活动，妻子、女儿自然也包括其间。到了1620年代，甚至保守的说教文学也鼓励并表现女性的文学素养。例如《绘图列女传》，女性阅读的画面随处可见。人们期望精英的妻子能够相夫教子。

近年来的学术研究已经表明存在精英妇女的文学网络，主要见于江南地区。男性加入文社写作诗歌，女性亦复如是。很多时候，姐妹、表姐妹、母亲们相互交换作品，主要是诗歌，甚至各自嫁人后也不改其常。万历年间，这一文学网络比此前或此后都更为广泛。

没有谁比陆卿子（1590年左右在世）更能说明这种文学网络。陆卿子，一位高官的女儿，有生之年作为诗人而广受尊重。她与一位学者结为幸福的同伴婚姻，其夫婿的文学兴趣是她自己的镜照。终其一生，陆卿子与各种女性作者交换诗作：众多的青楼妓女、做过妓女的尼姑、佛教徒、背景相同的精英家庭女性。在中国历史上，似乎良家妇女与青楼妓女相互交往、互称知己，除了晚明之外，绝无仅有。诗歌，则是这类交流的硬通货。

陆卿子的作品，表明了这一时期个人身份的某些突出特征。她写作妓女是出于同情吗？是略具雏形的女性主义意识吗？陆卿子的口吻像是这些妓女的主顾，是精英男性而非女性：

扬清喉，动朱唇，绿云亭亭翠眉。新邯郸，美女连城珍。流光吐艳掩阳春。

而妓女本身，也加入了这种"变形"。陆卿子投射的角色，部分是女性，而作为作家，部分又是男性。陆卿子笔下的这些妓女与精英男性平等交往，她们不是淑女，却在社会中扮演了一种过渡性的角色。

这是位于社会对立两端的女性之间的怪异结合，一端是精英的妻子、女儿，而处于另一端的女性，其身份轻易就能改变，常常从一种称呼变成另一种称呼。在很多作家笔下——如精心呵护叶小鸾的父母、小青的传记作者、阮大铖（其《燕子笺》描写了两个相貌相同的女主角，一个是青楼妓女，一个是官宦小姐）——

青楼妓女与年轻淑女之间的界限前所未有地模糊难辨，这些女孩都才华横溢、多愁善感，几乎可以相互替换。而现实生活中的大多数女性作者，不是青楼妓女，就是精英家庭中的女性，如阮大铖的女儿、叶小纨（叶小鸾的姐姐）、梁小玉、马湘兰等等。

晚明名妓的吸引力，一定程度上应归因于在很多文化中均与乔装改扮有关的那种兴奋颤栗感。从某种意义上说，她们看起来像是出身良好的年轻淑女。有时候，这种伪装也跨越了性别界限。妓女是唯一可与男性公开交往的女性，她们似乎并未受到社会规范的严格制约，很多大家闺秀则过着与世隔绝的生活。公开旅行时，妓女常常装扮为精英男性。例如，柳如是首次拜访她未来的丈夫钱谦益时，就装扮为文士，后又故意露出自己的金莲，挑明自己的真实性别。乔装改扮，更多见于象征的层面。如钱谦益写信给柳如是，称她为"弟"；写信向他人谈及她的作品，有时也称她为"柳子"。钱谦益不仅平等待之，更像是将她视为文学前辈。这样一来，妓女从文化上便被编码为男性的一部分，成为名义上的文人。

明朝末年，我们发现自己身处一个古怪的世界。悲剧性的妓女、忠于王室的绅士、精英家庭中的贞女，这三者总是紧密联系在一起；但他们的完全交会，在明朝灭亡的直接后果中才显现出来。这三类人，彼此相互认同，在面对政治动荡时以诗歌哀叹自己的无助无奈。天崩地解之后，这三类人中都有明王朝的殉难者，从而消弭了彼此之间的区别。但是，这三类人主体性的模糊，已是一种由来已久的比喻，可以追溯到王朝灭亡前的最后几十年间。

边缘与精英如此密切相依，在传统文化中可谓空前绝后。青楼文化唯有参与精英形式，才能光彩熠熠。而精英文化，同样依赖于青楼妓女，唯有在青楼，膜拜爱情、崇尚真情之花才能全然绽放，尽管伪装与商业买卖位于其内核之中。

尾声

1650年代，明朝灭亡后十年左右，作家、"企业主"李渔（1610—1680）撰写了《意中缘》，一部关于1620年以来四位真实人物的戏曲传奇。在这部滑稽笑剧中——也是一帧颇为有趣的快照——李渔如何描写逝去的王朝？作品深入思考了上文提到的两种现象：对真实性的迷恋、市场对艺术的冲击。

两位男主角——作家与书法家陈继儒、书画家董其昌——暂时从官场隐退，在杭州发现自己不断被人索文、索画、索字，无法享受清闲。作品讲述了陈继儒与董其昌各自邂逅、迎娶两位美丽的年轻女子的故事。这两位女子，松散地以两位历史人物为基础，一位是青楼妓女，另一位杨云友，则是寒士之女，她擅长伪造陈继儒、董其昌两人极为不同的两种艺术风格的作品。对于不同类型的真实性，剧作开篇就追问道：究竟是什么将风格与人联系在了一起？

董其昌、陈继儒发现了一间售卖自己赝作的店铺。两人一眼看出这些作品乃仿作，却又都被作品背后的艺术家所吸引。陈继儒找到并迎娶作伪者，没有碰到什么麻烦；董其昌却没这么幸运。一个花和尚知道杨云友痴迷于董其昌的作品，诱骗她相信自己将要嫁给董其昌；事实上，和尚准备还俗，自己抱得美人归。于是，和尚聘请一位假董其昌绑架了杨云友。杨云友聪慧过人，没有上当受骗。不过，接着出现的极具幽默性的一幕，突出了追求真实性的固有反讽。这位年轻的作伪者，以一种自我正义感盘问假董其昌，最后揭穿了他的真实身份；但指控者与被指控者，二者同样都是假的：一个冒充董其昌风格，一个冒充董其昌本人。

杨云友逃脱之后，靠出售书画赚取回家盘缠。这一次，不是伪造赝品，而是以女性画家这一独特身份出售自己的作品。即使不再出售假画，她的艺术家身份依然是推销自己作品的中心，而且也引来了别人的质疑。由于藏身帘后作画，人们认为她原本是一位男性画家，直到她邀请几位主顾前来观看自己作画。正如现实生活中的柳如是一样，甚至作为公众人物，部分也是男性的，她的小脚证明了她的女性身份。假董其昌，原来是一位真正的女性。

对于男性主角，李渔选择了在晚明众多著名人物中近似于名牌的两位人物。才华横溢的作家陈继儒，忙于推销自己的作品与书法；他真实生活中的朋友董其昌，或许是当时最著名的业余画家，以其刻意为之、与众不同的拙涩风格闻名于世，也以善于临摹早期画作而著名。陈继儒、董其昌二人，无论是戏中刻画的角色，还是真实生活中的人物，都是可以作为商品在市场上公开兜售的风格的生产者。他们的故事，含蓄地提出了这一问题：能不能说他们拥有自己的风格？

然而，这部剧作并没有简单放弃艺术表达力的传统期许。受到市场与舞台搬演的影响，区别真假的问题变得越来越复杂。四位主角，无论是精英画家、精英书法家、寒士之女，还是青楼妓女，不仅以手中笔墨谋生，而且还以自己的能力表达个性，即使是假的个性。杨云友所作的自画像，以董其昌的风格画就，署上了他的假名，但却捕捉到了她的本质，还传到了董其昌手中。每位艺术家与其作伪者之间的关联，如同其起源于市场一样，毫无疑问是真实的。伪造的画作在情感交流时，与真实的画作毫无二致。

（刘倩译，王国军、唐卫萍校）

第三章
清初文学（1644—1723）

李惠仪

I 物换星移

从晚明到清初

所谓"晚明"始自何时，颇有争议余地。一般的论述是从万历初年算起，本书亦依循此惯例，以万历元年（1573）至明朝灭亡划分上一章。治文学史的学者如希求文学潮流与思想史挂钩，或许会认为晚明文学的沉湎情欲、标榜性灵、逾越规矩绳墨，实与由王阳明（1472—1529）发轫的心学及其后学（尤其是所谓"左派王学"）强调顿悟、良知、心外无理等思潮有不解之缘。若持此观点，大可把晚明上限推至十六世纪中叶。历史分期，难免武断，一个时代的上下限自有伸缩性，乃不争之事。晚明的断代与定位，却有特殊的困难与模棱。1920年代以来，有识之士要追溯新文学的源流及"现代性"的端倪，往往钟情晚明的"自我追求"、"浪漫主义"、"抗争精神"、"主体性的呈现"，以这些论题为鹄的。依此观点，明朝的衰亡其实是万象更新。相反的，清朝定鼎后，时人回顾晚明，批判的视野所在多有，或有认为政治衰败与文化侈靡不可分割，问题只在于断定颓势始于何时，基于何事。

上一章讨论的诗人墨客，大概并不以"晚明作者"自许。万

第三章 清初文学(1644—1723)

历、天启年间,甚或崇祯年间的作者,虽处风雨飘摇的世代,但并未意识明朝覆亡在即。国势江河日下,却没有禁锢文学的创新或影响文化的自信。"晚明"、"明季"、"明末"种种标识,始创于清初,而这些称谓背后,不时包涵隐显之间对明季流于异端、轻浮、逾越的责难。与此同时,清初文学扎根于明亡清兴这段历史,亦是晚明文学与文化的余波、反动与审思。如果说,清初人"发明"了"晚明"这断代思维,其缘起不外是基于对自身所处时代的焦虑,借此对比自我定位。

比起晚明断代的复杂,清初文学的起点似乎不容置疑。但细心考察下,则不难发现斟酌余地。依照清廷的官方叙述,明亡于流寇。崇祯甲申(1644),李自成的军队攻陷北京,三月十九日,明思宗朱由检(1610—1644,1628—1644年在位)自缢煤山,明朝宣告灭亡。同年五月,思宗从兄福王朱由崧(1607—1646,1644—1645年在位)即位南京,改元弘光。南京政权乍起旋灭,1645年颠覆后,有志复明之士尚纷纷拥立明朝宗室,奉明正朔,先后有鲁王朱以海(1618—1662)称监国于绍兴;唐王朱聿键(1602—1646)称帝于福州,建号隆武;桂王朱由榔(1623—1662)即位于肇庆,改元永历。复明运动不绝如缕,似乎明祚虽是苟延残喘,但还是应该算到1662年永历帝被杀,如果包括郑成功(1624—1662)及其后人的反清复明旗号,则要推到1683年台湾归降。史学家辩论人心向背,探究何时何地明朝覆亡被认定是不可挽回的事实。可与此对看者是清人入关及建立统一政权的漫长过程。设想当时的视野,接受清朝定鼎的必然性,自非一朝一夕之事。康熙帝爱新觉罗·玄烨(1654—1722,1662—1722年在位)八岁即位,及至成年,清政权似乎逐步稳固,三藩之乱(1673—1681)却旋即爆发。满清入关后,赖明降将经略南方,铲除反清势力。所谓三藩,即指这些降将及其后嗣——驻广东的平南王尚可喜、守福建的靖南王耿精忠、镇云南的平西王吴三桂，而其中以吴三桂的兵力最强。三藩叛乱严重威胁清廷，平乱后清政权始真正巩固。康熙十七年（1678），平乱大局已定，诏征博学鸿词，各地荐举并送至北京，次年考试。这项清朝笼络汉族士人的计策颇成功，应诏者包括一度参与复明运动的士人，但亦有明遗民力辞不就或拒绝受职。无论如何，康熙一朝告终时，大一统已成定局。

明清之交持续抗争，战乱频仍，常被称作天崩地解的时代，此际文字充满了暴力、破坏、灭裂的意象。明亡清兴，有人认为是国族与文化的危急存亡关键，遂重新勾起华夷之辨。剃发易服的诏令雷厉风行，引起反抗，但随即被血腥镇压。当时亦有禁缠足的诏令，却没有认真执行，迁延四年（1644—1648）便即作罢。不同的地域对清政权的接受过程不一样。魏克曼指出，清初仕清士人多为北方人。南方、西方、东南沿海的抗清斗争，在顺治年间持续。顺治（1644—1661）末年至康熙初年的大案——明史案、奏销案、通海案——都是打击江南、浙江士人，也许与此有关。这是歌哭无端的苦难时代，但"国家不幸诗家幸"，世变沧桑使文学大放异彩。清初各种文类均有卓越成就，时势动荡似乎促使作家反思甚或挑战政治体制、道德依归、文学形式等各种规限。

从最基本的层面说，经验明清易代的人，生命或因此终结、中断、改观、转向、重估，当然亦有不少人依然故我、不受影响，或乱定后重操故业。明亡之际，士大夫以至庶人、女子殉国之多之惨烈史无前例。当时对生与死的抉择、忠节与妥协的界定，均有热切激烈的讨论。拒绝仕清的遗民，涵盖多种模式与生命形态——有积极参与抗清的志士、避世逃禅的隐士、睥睨一切的狂士、继续诗酒风流的雅士等。同一退隐不仕新朝，有的遗世苦节，有的方外披缁，有的在不同程度上与清官交往。至于以明臣仕清者，尔后乾隆帝（1736—1795年在位）创立了"贰臣"的贬损称谓。就传统的忠节观而言,"仕二姓"是失节与降志辱身。然而当时虽有责难的声音,比较平恕的观点实占多数,若并未仕明,仅为生员,而应试清朝,则更少遭物议。女子因为身在闺阁,不必在进退出处之间做抉择,但女诗人中眷怀家国的,亦间有以遗民自许,而"女遗民"的概念,实界定超越"性别伦理"(如贞顺)的道德空间。若妻子不忘故国,丈夫出仕新朝,妻子也许会在文字里留下批评丈夫的雪泥鸿爪。徐灿(约1610年生,1677年仍在世)与其夫陈之遴(1605—1668)的诗词倡和,便曾有类似的解读,即谭献所谓"兴亡之感,相国愧之"。遗民情怀与时代使命造就了中国女性文学传统中罕见的高瞻远瞩、特立独行之精神。

当然,清朝之所以能巩固其政权,是因为绝大多数人接受了改朝换代的事实。但死国烈士、孤臣孽子、草野遗民,却对当时后世有特殊的吸引。他们代表的忠节,可以提升延伸,纳入各种不同的"大题目"。忠节是历代统治者依赖的柱石,乾隆帝早有见及此,所以才一方面大兴文字狱,铲除涉嫌批评朝廷的议论,禁毁有"碍语"的文字(包括大量抗清志士与明遗民的文集);另一方面却大力旌表明末死节忠臣。司徒琳指出曾国藩(1811—1872)刊刻乡贤王夫之(1619—1692)遗书的讽刺:十九世纪对抗太平军的名臣"运用抗清英雄业绩的故事来加强对清政权和社会秩序的效忠",是肯定"忠明"与"忠清"一脉统绪。晚清以来,明末忠节与民族主义合流。反清复明的故事,煽动清朝末年的反满排满情绪,鼓舞民国时期对国族自主的追求,激励抗日战争(1937—1945)期间再御外侮、力挽狂澜的斗志。明遗民的气节,成为民族主义的先声、政治抗争的暗喻、争取思想自由的投射。认为文艺创作源于与权力架构悖离的落寞,国变途穷的悲怀,是别具魅力的视野,与浪漫主义的蚌病成珠、设定人生与艺术之对立殊途同归。百多年来,传统文化在战争、革命、现代化中消磨,对此失落国度怀乡愁的人，往往取譬于明清易代的记忆与想象——毕竟清朝的灭亡太接近、太混乱了，晚清政治太腐败了。"文化遗民"（余英时论史家陈寅恪语）容易移情明遗民与明季抗节之士，因为他们代表对失落国度的执著与依恋，对政治权力架构以外之文化空间的追求，不为世用不合时宜的独立精神与自由思想。

身历明清鼎革的士人，往往觉得须要为他们的政治抉择作申述、辩解、自责、哀叹。正如赵园指出，当时对"遗民"的定义及其生存方式，有急切、自觉的讨论。作家的进退出处，又决定了他们在文学史的断代及定位。陈子龙（1608—1647）一部分最动人心魄的诗，作于1644年后，但文学史一般视之为明季诗人，因为他殉身反清复明运动，置诸清代，恐彼不任受也。陈子龙的同乡好友李雯（1608—1647），生卒年与他一样，作品却列入清诗选本及清代文学史，因为他曾仕清——虽则为时甚短，且愧疚情见乎辞。依循同样逻辑，钱谦益（1582—1664）与吴伟业（1609—1672）在明末已是文章巨公，但通常归属清代文学史，因为对其评价离不开他们以明臣仕清的前因后果。清代文学史和选本，通常把遗民放在卷首，系年反成次要。比如岭南诗人屈大均（1630—1696），虽比钱谦益晚生半个世纪，有时候排列钱谦益之前。

有时候政治失序决定文风、性情、题材的转移。有谓吴伟业"入手不过一艳才耳"，世变逼使他注目政治与历史，于是眼界始大，感慨遂深。陈维崧（1625—1682）在明亡前后词风的转变，或亦可作如是观。孟称舜（1594—1684）作于晚明的传奇《娇红记》（孟题辞系1638年）铺叙王娇娘与申纯因婚姻受阻双双殉情，歌颂至情。1656年前后，孟称舜由"情"入"贞"，作《贞文记》。主角是文与贞合、才行相全的宋元之际女诗人张玉娘。张亦是因为元配沈佺病逝而伤痛致死，但张与沈在剧中没有会面，虽则他们

第三章 清初文学（1644—1723）

因为姨表关系曾有一面之缘，并在梦幻中和死亡后借离魂、画像、鬼魂精神相往来。《贞文记》由私入公，以男女之情引进沉重的忧患意识。孟称舜通过张玉娘之贞，肯定易代之际的忠节。论者多谓李渔（1611—1680）的作品，大都与时代变乱无涉。但李渔在1644、1645年前后还是写了悼明伤乱、感怀家国的诗。他的小说戏曲又把鼎革以来的离乱作为喜剧素材，以明显违背常理的悲欢离合，弥补或化解实有的时代伤痕。更可圈可点的是，正如上一章"尾声"指出，李渔或许没有直接处理时事或历史，但他糅合尖新隽永、玩世不恭、谐适圆融的精神境界，亦可看作对晚明文化的反应和回响。

总括而言，清初文学的定位和考虑，必须与晚明文学对看，并兼顾其间关系。再者，清初文学与明清之际历史的叙述、记忆、想象渊源极深。本章以清初人对晚明的回顾和反思为起点，旨在对比明亡前后的自觉反省与文化自我定位，从而探讨意识形态的持续、变型、逆转。接下来追究文学的社会基础，尝试考察造就与压抑文学作品衍生的种种情况——如文学集团的功用、印刷与出版业的发展、文字狱的焦虑、顺康年间的政治社会状况等等。

繁华为何消歇，明朝如何灭亡，是萦绕清初文学的问题。明清抗争的历史在多种文类和体裁呈现：有力求追捕事实的目击证人记录，有严肃的反思，有直接的议论，有幻想的重构，有借前代离乱比附的叙述，有不同程度隐显的书写。与这些作品息息相关的是记忆文学，尤其是追悼明朝覆亡风流云散，或恋恋明季前尘昔梦的诗文、忆语、笔记。晚明文学艺术关注的论题，在清初如何延续、转化及展现？即如对真的执著、主体性的刻画、自由想象的追求、重情适性的风怀，在清初如何发展？如前所述，李渔作品中的翻案逆转、放任圆融，可看成对晚明的极端和矛盾的略带调侃之反应，重新疏导安插晚明精神之方法。李渔推陈出新，契合其时代对重新诠释历史与传统的兴趣。在白话小说的范畴里，清初对明代四大奇书的新诠释，通过评点、续书、重写建构新视野。

不消说，上述例子乃至整个清初文坛，除了回眸晚明外，尚与文学史其它高峰对话。对于明亡时尚是童稚或尚未出生的作者，明季文化成为"间接乡愁"和"二手记忆"的对象。很多时候，其它关注超越或取代了对明季文学与历史的兴趣。清初多种文类气象更新，在诗、词、骈文、古文、文言小说的领域，成就尤其卓著。对晚明文化遗产的评估和论断，促使对新典范的追求，导致对创新、传统与历史使命的自觉反省，于是新的正宗兴起，旧的界限重新规划。文人在不同文体重新考虑何谓新，何谓旧。举例说，蒲松龄（1640—1715）在其《聊斋志异》中，与晚明好奇立异、尚情唯美的传统周旋，同时他又游心于整个传统——尤其是文言小说的传统——的他界想象，运斤成风。更进一步说，对明清之际的历史回顾与兴亡感慨可以超越时空，演成更寥廓的视野，更深远的悲凉。十七世纪末的戏剧巨著，洪昇（1645—1704）的《长生殿》与孔尚任（1648—1718）的《桃花扇》，便是紧扣时代却又超越时代的作品。

清初人对晚明文化的回顾与反思

遗民学术雄踞清初思想史，其中佼佼者是黄宗羲（1610—1695）、顾炎武（1613—1682）、王夫之。黄、顾早负盛名，影响当时后世学风。王夫之虽卓识独见，但迟至十九世纪中晚期才广受注意。遗民学者的共通点，是在不忘故国的同时，严峻地省察明季的失误。除了批判晚明党争致祸、政策错误、制度废弛外，"文人之多"被认为是衰败的根由和征兆。顾炎武叹息"唐宋以下，何文人之多也"。他引宋刘挚（1030—1098）的话："士当以器识为先。一号为文人，无足观矣。"（《日知录》卷十九）此乃批评晚明文人的以文自命，是修齐治平之道德使命的旁落。顾论正始玄风，指斥清谈误国亡天下（《日知录》卷十三），亦是以魏晋比附晚明学风浮薄玄虚，终致国亡于上，教沦于下。

清初大儒详审晚明思想的关键词。顾炎武从文字的记忆入手，回归典籍。论"心"则追源《论语》，阐释其中别无玄虚。"七十而从心所欲不逾矩"是以心为志向，"回也其心三月不违仁"是以心言专精，"饱食终日，无所用心"是以心论敬慎操持。顾认为明代心学谓"即心是道"是陷于禅学，离心字原意甚远（《日知录》卷十八）。清初人每每认为王阳明及其后学的顿悟、致良知、心即理诸说动摇社会道德秩序，启肇异端。王夫之指斥王阳明之学为"阳儒阴释诬圣之邪说"（《张子正蒙注序论》），顾炎武亦谓晚明文人狂诞空疏，"明用孟子之良知，暗用庄子之真知。"（《日知录》卷十八）就是黄宗羲，虽其《明儒学案》肯定明代学术，还是认为心学极端流入礼教荡然的险境："泰州之后，其人多能以赤手搏龙蛇，传至颜山农（1504—1596）、何心隐（1517—1579）一派，遂复非名教之所能羁络矣。"（《明儒学案·泰州学案》）

针对晚明的极端和荡轶，顾炎武主张朴实、博学、行己有耻。顾论礼义廉耻四维中耻为要，乃修身根本，是故意摒弃晚明放言高论，流于空疏——四维中只有羞耻之心是从负面说修身（以不善为耻故远离之），是最基层功夫。王夫之不惮言尽心知性，但他设想的哲学超越并非从主观出发，而是以天地万物之理认识吾性之理，免堕心学之无缚无碍。黄宗羲尊崇王阳明，但亦刻意为心学末流救偏补弊。他特意拈出"致良知"的"致"字，认为"即是行字，以救空空穷理"。他分别"一时之性情"与"万古之性情"，前者触景感物，是不得已的宣泄，后者合乎兴观群怨，具有道德意义，持论如此，是怕人把"性情"中的天理与人欲混淆。黄又告诫世人，若非下慎独功夫，便容易误"私智"为"良知"。

清人论晚明道德沦丧，喜欢从字义本源及流变入手。晚明人喜谈率性尚真，绝假纯真。顾炎武指出："五经无真字，始见于老庄之书。""真"字联系道家的成仙得道，后来在史传中衍生"实"义（与"名"或"伪"对），均与晚明所谓"真我""真性"异其旨。顾炎武慨叹隆庆二年（1569）会试，主考破题用庄子"真知"解《论语》之"知"："自此五十年间，举业所用，无非释老之书，彗星扫北斗文昌，而御河之水变为赤血矣。"（《日知录》卷十八）这段话的推理与行文，打着时代的印记。利用修辞策略与《日知录》中词条的排比，顾炎武表明崇尚主观主体，导致猖狂放肆，人欲横流。同卷他指责李贽（1527—1602）诞悖戾，以讲学会男女，勾引士人妻女；痛骂钟惺（1574—1625）丁父忧去职，尚挟姬妾游武夷山。其实钟、李二人，私德检点，用男女之私攻击他们逾闲无行，不过是因为耸人听闻，容易成说。

清初人抨击晚明因奢言"真我"，以致任性恣情，动摇修身立本的根基，酿成国家社会的失序。但这类批评，往往并非以学术论证系统呈现，而是依靠比物连类的引申联想。例如顾炎武罗列条陈互不相干的情事——李贽肆行惑众，写下离经叛道的史论；钟惺背弃名教，又评书评诗好为新说——认为是国难的征兆。钱谦益论明诗人，痛诋钟惺诗为"鬼趣"，为"兵象"，谓所选《古今诗归》盛行于时，但"寡陋无稽"，移风易俗，乃衰败之兆（《列朝诗集》）。朱彝尊（1629—1709）亦斥钟惺诗为"亡国之音"（《明诗综》）。依钱、朱说法，似乎钟惺的竟陵诗派关合明朝覆亡。此严酷的批判究竟从何说起？也许他们认为竟陵派的幽深孤峭，是独游寥廓，标识个人与社会脱节，拒绝对政治与历史负责。然而竟陵诗人也有涉笔时代，关怀家国的作品。严迪昌指出，铮铮

第三章 清初文学（1644—1723）

死节的殉国名臣黄道周（1585—1646）及倪元璐（1593—1644），也属竟陵派。其实，竟陵在清初流风未泯，其凄婉幽独，对清初一些自觉与世睽违的遗民诗人，别具吸引。也许对竟陵派的痛诋极毁，不过是等同历史与文学史，希求关连诗风与国运，从中搜寻历史解释的线索。

过分简单化地对比晚明荡轶与清初敛约，会导致误解。用现代目光解读晚明"个性解放""离经叛道"，容易忽略其复杂性。晚明是充满矛盾的时代——耽溺与克制、反抗与妥协、立异与宗统，交错纵横。举例说，李贽有名的《童心说》，用"绝假纯真，最初一念之本心"定义"童心"，又以童心的"自文"界定"文"。依此"文"应是不期然而然的纯真与自由。但他标榜之文，包括"为今之举子业"，即极为形式化、深为后人诟病的八股文。他大胆地指斥"六经、《语》、《孟》，乃道学之口实，假人之渊薮也"。但同时又渴望追踪真正大圣人："吾又安得真正大圣人童心未曾失者而与之一言文哉。"此结语脱胎《庄子·外物》："吾安得夫忘言之人而与之言哉。"正如庄子一样，李贽对"圣人"的权威交织着渴慕与怀疑。所不同者，庄子的吊诡是超越的游戏，李贽的吊诡是焦虑的嘲讽。李贽在《童心说》中扬言道理闻见、著书立名，只足以障蔽童心，然而他又好为人师，好辩求名。在寄焦竑（1541—1620）的信里，他摘去欺世盗名的所谓"山人"、"圣人"的面具，但又在结语自嘲："虽然，我宁无有是乎？然安知我无商贾之行之心，而释迦其衣以欺世而盗名也耶？"（《又与焦弱侯》）在《题孔子像于芝佛院》一文里，他批评世人臆度沿袭，人云亦云，对所谓"圣人""异端"茫无真解，"虽有目，无所用矣。"但文章归结他本人"从众"的选择："余何人也，敢谓有目？亦从众耳。既从众而圣之，亦从众而事之，是故吾从众事孔子于芝佛之院。"于此恳切与自嘲、放恣与收敛纠缠不清。既谓"从众"，似是低眉信目,不敢自持异议。但"从众"亦是以圣人为楷模,甚或自命圣人——孔子曾解释他对种种仪节依违的抉择,有"从众"者,有"违众"者。(《论语·子罕》)"从众"经过深思熟虑,并非盲从附和。在正统与异端、谦抑与狂傲的辨证关系背后,我们可以察觉李贽的自疑与悲凉。

晚明标举"真"为理想的生命情调与文学境界。"真"是一,"求真"却是一而二——盖真果待求,则非与我为一。晚明文人喜欢嘲弄以矫情为率性的似真而假之人,攻击表面脱俗却俗入骨髓的"雅人"。他们严分彼我,"我辈中人"与彼等"貌合神离"者之间划清界线。很多时候,他们把反讽矛头指向自己,间亦有严肃的自我批评。文学史通常只记载袁宏道(1568—1610)标榜性灵,但他后期作品,往往从佛教观点批评自己早年的纤靡和轻浮。宏道弟中道有致钱谦益书,略论摒弃繁华,虽未必甘心,却自有解脱之趣。钱来信曾云:"世间人游山水者,乃不得粉黛而逃之耳。非真本色道人也。"对此袁中道的回答是:世乐不遂,世路艰难,转求寂寞解脱自适,亦不可谓"非真":"因伛为恭,遂成真恭者,多有之。"(《答钱受之》)"真"是与时推移,应物变化,可以是由外而内的琢磨,不一定是"真我"不得已由内而外的发挥。

于此可见,晚明在执迷阈限、吊诡、相反兼容的同时,有自疑自责的反思。在各种潮流冲击下,这时代的文人经常自我审思与相互品评。袁中道为李贽立传,备极推崇,同时又透露游移,辩李贽"不可学"——这其中有"不可及"和"不应学"两重意思。东林、复社、几社旗下,多有贬斥阳明后学比较极端的发展。明亡前二十年左右,复古思潮抬头,针对竟陵派不够"醇雅"。崇祯五年陈子龙赠方以智(1611—1671)诗有"楚风(湖北竟陵古为楚地)今日满南州"之句,对风靡一时的竟陵体表示不满,已预示清初对竟陵体的非难。换句话说,清初对晚明的谴责,在明朝末年亦有先兆,不过乱余劫后,批判的声音,负面的评价,更为张大罢了。

清初人虽然批评晚明思潮和文风过分张扬主体性,但同时他们又继续思考追究"我""心""私""性""情"等观念的界限。王夫之在《读四书大全说》里,申辩天理寓于人欲:"终不离人而别有天,终不离欲而别有理也。"循同样逻辑,他在《思问录》辩"有我"非"私":"我者,大公理之所凝也。"陈确(1604—1677)则在《私说》中推翻公私对立。"私"是个人道德行为的原动力,天道是"正确"的"自私"之推移,所以"君子之心私而真,小人之心私而假"。黄宗羲在《明夷待访录·原君》中把自私自利变成接近今人所谓"权利"的观念。君权绝对化,于是人君"以我之大私为天下之大公","向使无君,人各得自私也,人各得自利也。"亦即是说,抵御专制权力,唯靠人民自私自利。黄宗羲论为君职分,寄情天下为公的乌托邦,其中意外地重实效的转逆,则是暗示"公"不过是各种个人或团体的自私自利相互周旋妥协,力求平衡。下文还会论及清初作家在见证丧乱流离,追忆或想象国破家亡之际,涉笔个人经历,呈现所谓"我"的身份如何破碎或重组,考虑所谓"历史真实"如何通过记忆或真情追索。有关"自我"的言说,在清初大量涌现——包括日记、忆语、书信、文章、传记、自传,乃至诗词、小说、戏剧的新发展。清初文学在对性情的探究,对"真我"的追求,及个人与时代的张力和平衡方面,有新的拓展。

最后必须补充的,是清初文人继续晚明风气的所在多有。例如金圣叹(1608—1661)骄矜狂傲的风采,使读者联想到公安派。比他晚一辈的作者兼操选政的张潮(1650—1707年后),在其《幽梦影》中仍强调对晚明风怀的追慕与认同。《幽梦影》的文字,与晚明闲适小品实无二致。

文学的社会根基

清初文学作品的产生与接受的环境,与明末相比,呈现类似的延续、变化和逆转。明季蓬勃的出版业似乎并未因易代变乱受太大打击。何谷理指出,1640年后,绣像全图戏剧的出版数目大为减少。虽则如此,晚明特有的印刷精美、巨帙价昂的小说,顺治年间仍继续刊行。正如晚明一样,位高望重的文人,如汪琬(1624—1691)、朱彝尊、王士禛(1634—1711)等,均编汇刊刻自己的作品。据何谷理研究,1673年诏立武英殿为内府刻书处所后,官方刻书更集于中央,重点更偏向正统典籍,虽所刻仍遍及经史子集。

清初人颇热衷于丛书刊刻,可能基于追怀前朝,搜集放失旧闻,亦可能源自书籍毁于变乱的焦虑。征求"唐宋善本"以备重新刊刻的公开信不少见。明代诗文的汇编选编,界定前朝的历史记忆和文化遗产。朱彝尊选明诗,编《明诗综》。黄宗羲撷拾明文,编《明文案》、《明文海》;又创新体例,编纂《明儒学案》,弘扬明代学术。1652年,毛晋(1599—1659)汲古阁刊刻钱谦益选明诗所编《列朝诗集》。吴伟业《汲古阁歌》,即赞扬毛晋搜集、校勘、刊刻书籍的功德,不啻抵御离乱的散逸与破坏,保存文化的持续。《列朝诗集》闰集《香奁》部分,据传为钱谦益妾、曾为明末名妓的柳如是所编。清初继承晚明对女性文学的兴趣,女性诗词选本别集的数量,超越其它时代,其中佼佼者是王端淑(1621—约1701)气象宏阔的《名媛诗纬初编》(1667年序)。

清初文学集团展示艺术关怀与政治考虑如何交错纵横,并影响品位、风尚、名声。如前代一样,文学门派继续关联地域。瞩

第三章　清初文学（1644—1723）

目的例子包括以钱谦益为首的虞山诗派，吴伟业领导的娄东诗派，以陈维崧为主的阳羡词人（虞山、娄东、阳羡均在江苏），受朱彝尊影响的浙西词人。女诗人女词人的集团，往往与亲族及社交网络不可分割，如明末殉国之祁彪佳（1602—1645）的遗孀商景兰（1604—约1680），在山阴（浙江会稽）与女儿、媳妇、闺友倡和，蔚为盛事。据高彦颐研究，杭州闺秀所组的蕉园诗社，有名于时，广受注意，里人亦引以为荣。若是跻身一代宗丈，门生故吏遍天下，影响力自然跨地域，如王士禛倡言神韵，举国趋之若鹜。王士禛是山东人，其他有名的清初齐鲁名家，尚包括丁耀亢（1599—1669）、孔尚任、蒲松龄、宋琬（1614—1674）、赵执信（1662—1744）等。清初北方文学兴盛，迥异晚明，这情况也反映在当时流行南北大家双提并重，如南朱（彝尊）北王（士禛）（其实王士禛的影响力远远超过朱彝尊）、南施（闰章，1618—1683）北宋（琬）、南洪（昇）北孔（尚任）等。

杜登春（1629—1705）在《社事始末》中论述明末结社，曾有名言："明季以朝局为社局"，结社者裁量人物，訾议国政。清朝则"以社局为朝局"，因社中之人尽为君子，在朝只以文章争雄。《社事始末》1692年成书，杜登春的断语不能不顾忌当时的政治环境，我们当然不应轻信在清初"文章争雄"代替党争。杜为清初文社诗社辩护，正表明当时其存在受威胁，杜因曲为之说。明朝覆亡后，复社、几社虽理论上不再存在，其实是改头换面继续下去——如沧浪会、慎交社、同声社、十郡大社等。复、几二社的子弟门生，或为遗民，或仕清，仍继续雄踞清初文坛。复社、几社当年糅合政治、文学、学术的契机，在清初以不同的政治取向开展，其中最动人心弦的是遗民举社。何宗美指出，反清抗争持续最久的地域——即江苏、浙江、广东、福建等地——遗民诗社最为活跃，可考者包括江南的惊隐诗社（又名逃之盟或逃社）、浙东的西湖社和南湖社、广东的西园诗社等。其中有些文社，如前复社中人杨廷麟（1646年去世）和刘侗生领导的忠诚社，积极参与抗清，是稍加掩饰的军事组织。

时文、程文是明清文社极重要的一环，但对以不应试自我定位的遗民来说，无足轻重。遗民关注的是保存明代的记忆，彰显遗民忠节的精神遗产，例如惊隐诗社的成员，便曾编《明史记》、《广宋遗民录》、《天启崇祯两朝遗诗》。宋遗民自是明遗民典范，而《两朝遗诗》，则特意表彰明末忠烈之士。有时候诗会文会变成凭吊故明的悼念仪式，如惊隐诗社春秋致祭屈原、陶渊明，便是因为屈、陶结合文学成就与政治气节。遗民诗人的网络，也可能让他们互通消息，或帮助在逃的遗民。清廷认识到这些诗社文社的颠覆性，1660年下诏严禁立盟结社。但文会仍在有形无形之间发挥政治作用。

有些遗民诗社要求社员不与清官吏来往，这情况在浙东尤然。广东却没有如斯泾渭分明，梁佩兰（1629—1705）屡次应试，终授翰林院庶吉士，但与遗民屈大均、陈恭尹（1631—1700）共同主持诗社。1653年3月，慎交、同声社大会于虎丘，奉吴伟业为宗主。聚会是为了调和二社矛盾，与会者达数千人，包括遗民与应试者及清官吏。吴伟业明末为复社领袖，于此除了调停当时龃龉，还似乎有意追踪明季风流——尤其是1642年的虎丘修禊。1653年虎丘大会，吴伟业写下苍凉悲感、追怀前朝的诗歌。但于此等大会管领风骚，也不是一个韬晦之人的作为。数月后吴便仓皇北上，准备开始出仕新朝。凡此种种模棱与逶迤，表明"遗民"与"顺民"的界线游移而不稳定——两者并非壁垒森严。虽然不同的政治抉择可于家族、朋友之间导致裂痕，但"遗民"与"顺民"都涵盖多种选择与趋向。正如谢正光指出，植根晚明或入清发展的师友之谊、亲族关系、文学集团、社交网络让政治立场不同

第三章　清初文学（1644—1723）

的人相往来，建立周旋的共通点。

　　有些遗民自矜苦节，遗世独立，严峻地拒绝与清官往来，如王夫之、邢昉（1590—1653）、徐芳（1617—1670）等。但总体来说，遗民与清官交往并不罕见。明臣仕清而致显达并文名昭著者，如周亮工（1612—1672）、曹溶（1613—1685）、梁清标（1620—1691）等，都曾帮助并收容遗民。遗民无权无势，却可惠予其保护者道德权威与文化资本。清官如周亮工，宦途蹭蹬，两困囹圄，可能因己身困顿对遗民情怀别有感悟。周曾尽力揄扬遗民诗人吴嘉纪（1618—1684），又为他诗集作序。康熙初年以来，王士禛主持风雅近五十年。王任扬州推官时（1660—1665），积极与前辈遗民诗人交往倡和。遗民诗人的支持和推许，在一定程度上让他走向"正宗"地位。

　　文会诗会经常包容政治立场分歧的人（如前所述的虎丘大会与王士禛的扬州倡和），新的文学集团亦随之应运而生。合集选集的编撰是文学集团产生转化的另一标记。康熙年间，王隼编撰《岭南三家诗选》，其中清官梁佩兰与他的遗民诗友屈大均、陈恭尹并列。冒襄（1611—1693）明季蜚声复社，入清不仕，后构水绘园，招致无虚日。他把自己、家族、门生、朋友的诗文汇集成《同人集》，《同人集》编撰历时二十多年（1673—约1692），展示了政治立场不同的人仍是文酒往还。邓汉仪（1617—1689）编撰《诗观》，总揽一代的回忆、寄托与困惑，也同样地一并选录遗民与清官的诗。

　　东北流人组成的诗社，聚焦调和政治矛盾过程的复杂性。当时流放辽宁沈阳（盛京）、铁岭、尚阳堡和黑龙江宁古塔的诗人群体，包括涉嫌反清或实际抗清的志士、因朝廷党争被劾谪戍者、因打击江南缙绅的几大案——即上文提到的科场案、奏销案等——获罪被流放者。也许是共同的谪戍命运掩埋了政治立场的

166

歧异，也许是求生避祸逼使诗人谨言慎行，无论如何悼明并非东北流人诗社的主调。严志雄指出，因"撰私史"获罪流放的广东遗民诗僧函可（1612—1659），集中有悲愤的伤悼之作，但亦写关外风情，兴会淋漓。吴兆骞（1631—1684）因科场案远戍宁古塔，此乃吴伟业称之为"山非山兮水非水，生非生兮死非死"的荒地，但吴兆骞参与的"七子之会"，留下诗酒唱酬之作，却少有特地着墨北地荒凉。论者谓冰天诗社多慷慨激昂之音，较有遗民特色。但其社员，包括函可，都与留守满清发祥地盛京的宗室诗人高塞（1637—1670）（封镇国公，号敬一道人，清太宗皇太极第六子）诗文往还。

遗民诗人阎尔梅（1603—1679）曾把高塞比作汉朝广为招揽文士宾客的梁孝王。严迪昌指出，清代朝廷宗室热衷奖掖、控制文学，史无前例。满清统治者严防汉化，但又致力汉文化修养，以达成文治的目标——似乎必须于汉文化游刃有余，始能保障满族治权与满文化。康熙帝留下一千一百多首诗，他的孙子乾隆帝留下超过四万首诗。1682年，康熙与群臣燕乐，赋诗用柏梁体（人各一句七字同韵），当时参与者数十人，其中不乏有名诗人。康熙自序，广引经典，宣扬柏梁之作体现《诗》《书》《易》所谓"君臣一德一心"。朝廷飨宴，命题赋诗联句，自是粉饰太平、宣传文治。其他与汉族士人交往的满洲贵族，如大词人纳兰性德（1655—1685）、诗人岳端（1680—1704）等，却没有特意歌颂升平。这些融合满汉的文学集团，倡和题目范围广大，并非一意弘扬"文治"。

满洲宗室贵族的文学活动，显示政治权力与诗界权威合流的趋势。这情况又见于诗人宦途显赫——如康熙朝的王士禛与朱彝尊，乾隆朝的沈德潜（1673—1769）与翁方纲（1733—1818）等。严迪昌提出清诗坛"朝""野"对立的关系。"朝"决定庙堂正宗，

第三章 清初文学（1644—1723）

"野"则别树一帜，独放异彩。清代文学最富原创性和生命力的声音，往往与失败落寞、支离困顿结缘——其中包括遗民与他们的同情者、谪戍流亡者、政治斗争中的牺牲品、屡试不中的边缘文人等。

朝野对立的内涵和严重性，亦可从清初文字狱的角度考察。1660年代以后，文网渐密。清廷要控制明清易鼎的记忆，任何涉嫌轻蔑清政权的文字，都不惜深文周纳予以镇压。1661年至1663年，惨酷的明史案株连千余人，被杀者共七十余人，其中潘柽章（1626—1663）、吴炎（1624—1663）同属惊隐诗社，曾修上文提到的《明史记》。前此论及的《天启崇祯两朝遗诗》，1667年遭禁毁。1689年，洪昇因佟皇后死后国丧期间在寓所私演《长生殿》，被革去国子监生。《长生殿》案株连者近五十人，包括诗人查嗣琏（1650—1727）和赵执信。查深感仕途险恶，从此改名"慎行"，任何愤懑感慨都掩埋在端谨淡泊的外衣底下。赵执信被罢官禁锢，诗风却更为坚刚刻露。赵是王士禛甥婿，但二人异趣。赵对王的严厉批评，也许可看为他对诗界权威与政治势力合流的抗议。康熙末年又有南山案。1711年，戴名世（1653—1713）因其《南山集》记南明忠烈及曾奉永历正朔被劾"狂悖"，1713年被处死。《南山集》案牵连三百余人，正预示乾隆时代更严酷的文字狱。 相对文字狱的腥风血雨，"诲淫诲盗"的小说戏曲只是间接遭禁，并未引起轩然大波。1660年，浙江左布政使张缙彦（1599—1670）因资助刊刻李渔《无声戏》被降职。（可注意的是，李渔本人并未获罪。）1665年，丁耀亢因《续金瓶梅》被捕下狱，获罪并非因为书中的情色描写，而是因为涉嫌以宋金抗争影射时事，讽刺满清入主中原。江苏巡抚汤斌（1627—1687）因努力禁毁"淫词小说"，声名大张。但坊间小说列名禁毁，则要等到1778年才实行。

II 清初文学的历史与记忆

面对历史

清初是忌讳而不敢言、语焉而不敢详的时代。文禁在某种程度上决定了文人面对历史时书写的形式、方向、隐显取舍及其成果能否流布传世。文人选择深曲的修辞策略,除了政治忌讳,还借此寄托复杂矛盾的感情。据史家全祖望(1705—1755)论述,浙东遗民往往有隐藏的或流传于极少数亲朋间的直抒胸臆之"内集",但这些内集就是在全祖望的时代也已不易看到。传世的清初作品,往往曾遭作者、编撰者、选家、出版商或四库馆臣删改。很多差不多湮没无闻的作品,或因家族秘传,或善本幸存,迟至晚清或民国初年才公之于世。我们可以想象,涉及明末清初史事被认为有"违碍"的文字,大都被禁止,或是诉诸模棱隐约的表达方式。

深曲与隐僻的文笔对后世读者别具挑战。在何种情况下我们可以合理地推断作者别有寄托?有时候作者生平、时代背景、文学史、文化习性与程序给予我们指引。清初人对比兴寄托的传统别有会心,其时崇尚晚唐西昆体的评家诗人,如吴乔(1611—1695)、冯舒(1593—1645)冯班(1602—1671)兄弟,均倡言比兴寄托。清初出现了好几种笺注李商隐诗的著作,奠定后人对义山诗的"政治解读"。宋末元初的词集《乐府补题》收罗宋遗民哀怨隐约的咏物词,1679年重新问世时,引起词人的共鸣反响,便正是因为其中暗伤亡国的基调在举博鸿的"盛世"仍足以触动异代同情、怀古悲今的惆怅。一代哲人王夫之亦能诗擅词,其《落花诗》一卷,以"正"、"续"、"广"、"寄咏"、"诨体"、"补"等为题写落花诗九十九首。我们认识他始而力图匡复、终焉土室著述的慷慨奇节,加上文学史多有以伤春感怀家国的先例(如辛弃疾《摸鱼儿》),便有理由和根据把《落花诗》看成悼明的作品。

着眼时代及作者用心的解读方式特别倚重作品系年。举例说,陈子龙有咏杨花词二阕:《浣溪沙·杨花》作于1630年代,《忆秦娥·杨花》是殉难之年(1647)写就。二词的遣词用字颇有相通处,均牵连咏杨花柳絮诗词中常见的离散、无奈、惆怅等意象。但因为《浣溪沙》的写作时间与陈子龙柳如是情缘终始(1632—1635)大概契合,题目又与柳如是名字相关,加上词中"章台"这联系柳及名妓的烂熟典故,我们不免把《浣溪沙》所写的困惑与怜悯看作陈柳情缘之脚注。《忆秦娥》的写作时间则使读者偏向政治诠释。同一"飘泊",于《浣溪沙》看作名妓飘零,在《忆秦娥》则解读为抗清志士的颠沛流离。"蜂黄蝶粉同零落"、"夕阳楼阁"等等,再也不只是身世之感,而兼含日暮途远壮志难酬的家国之悲。

现代诠释偏重寄托,含浑的哀愁往往解读作悼明、反清或切实的时事指涉。但对当时的作者和读者而言,含浑的语境可能最容许抒情的多面性,最能引起读者共鸣。这是针对文网渐密的保护色,亦是作者借以调解矛盾的感情和视野的方法。王士禛的《秋柳诗》风靡一时,或可作如是观。1657年,王士禛在山东历下明湖赋秋柳,并组秋柳社。当时和作数以百计,其中包括闺秀,而年仅二十三岁的王士禛亦因此名声大振。种种若即若离的"寓意指示"似乎肯定这组诗的兴亡之感——以"明"为名之湖、一连串与明初和南明故都金陵有关的典故、上溯美人香草比兴传统的哀感顽艳基调。同时这组诗又扑朔迷离,难以确解。论者反复争辩的议题有二:《秋柳诗》的寓意是否关合明末清初史事?诗人是否果有追怀前朝的兴亡之感?但也许关键并非这些问题的确实答案,而是这组诗为何因牵起倡和热潮而成为典范,王士禛如何圆熟地运用比兴寄托的语境，这隐约沉潜、余音缭绕的文字如何因容纳多种不同解释而别具社会效用。当时和作中，或幽怨缠绵，或凄楚激越，或雍容典雅，或总揽古今，或悲悼明亡，或追怀秦淮旧梦，或叹息风流消歇，异彩纷呈。王士禛在有意无意间建构了可以均衡异同、调和矛盾的诗境，在进退出处间作不同抉择的士人借以相周旋，从而加强了沧桑巨变时代中文人集团的延续性。

话虽如此，与上述隐约风格相反的直书其事、力求追捕历史真实的记载亦为数可观。据司徒琳的研究，有关明清之争的记录和追忆文字，叙述视野多元，其质量远远超越前代鼎革之际的同类书写。最为现代人熟知的目击叙述是题名王秀楚的《扬州十日记》，刻画1645年4月清军攻陷扬州后的惨酷屠戮。有关作者，我们一无所知，种种蛛丝马迹显示他不是扬州人。《扬州十日记》的叙述直接而突兀。事事根由亲见，语语如在目前。这是"现在式"的文字——虽然是事后追记，但每个环节的展现，都紧扣当时的凄惶与惊惧，没有加进事后回顾的视野。晚明文人对现象世界观察入微、剖析缕述的兴致，于此逆转为恐怖的逼视与白描——王秀楚死里逃生，从藏身地窥看兄弟被杀害，妊娠的妻子被折磨毒打。作者顽强的求生意志，似乎压倒历史反思与意识形态的伸展。但当王秀楚离开当下的挣扎求全述往思来时，其论断鹄的指向腼颜事敌的扬州女子："呜呼！此中国之所以为乱也。"与此相反的是方志与文集中歌颂扬州女子结合守贞与忠烈的殉难记载。

日记、书信、传记、自传等文体让我们窥探个人经验与回忆中的明清易代。其中叶绍袁（1589—1648）的《甲行日注》颇值得注意。日记始于乙酉年（1645）八月二十五日（甲辰日），其时叶绍袁削发披缁，弃家入杭州之皋亭山。书名又有取于《楚辞·九章·哀郢》中"甲之朝吾以行"之句。《哀郢》悲悼楚都郢

第三章　清初文学（1644—1723）

的陷落，人民离散，诗人流亡，正与《甲行日注》异代同悲。《甲行日注》历时稍逾三年（1645—1648），与叶绍袁的其它编年体杂录式自传书写如《自撰年谱》（1638）、《年谱续纂》（1645）、《天寥年谱别记》（1645）等一脉相承，只是形式更为流动开阔。其书哀音激荡，弥悲弥怆。家国之感又糅合身世之悲——叶家一门风雅，但子女多不寿。明亡前数年，叶妻女诗人沈宜修（1590—1635）与二女三子（包括本卷第二章提及的天才早熟女诗人叶小鸾）已先逝。对于时势，叶绍袁掺杂宽宏的论断慨叹与低回的独自沉吟，其时叶率三子在江苏的山林庙宇隐避，前路茫茫。《甲行日注》多次提到鬼神占卜，似乎是丧乱流离中对秩序无可奈何的期盼。极度艰难困顿之余，叶绍袁又细致地观察、刻画山水自然之美，有时苦中取乐，赏鉴微末情事，俨然晚明小品余韵。叶绍袁虽然剃发隐遁，但仍与家族和亲友通音问，并继续诗文往还。《甲行日注》呈现了易代之际文人的自我定位与生命情调，代表了所谓"自我"的粉碎与重组的复杂过程。

　　明末清初的史事在所谓"时事小说"与"时事剧"中有直接的描绘，时而渲染、时而严峻，往往黑白分明。现存二十多部以时事为题材的小说，有八种崇祯年间成书，其余出现于1644年至1660年代初期。这些作品通常把明朝的衰亡归罪于穷凶极恶的反面人物——如天启年间专权擅政、倾陷正人的太监魏忠贤（1568—1627），流寇领袖如李自成（1645年死）、张献忠（1606—1647），弘光朝弄权乱政的奸臣阮大铖、马士英。《梼杌闲评》（约1640年代末期成书）娓娓叙述魏忠贤以市井无赖窃国柄，但涉笔其早年遭遇时亦经营其多面性。至于有关李、张、马、阮等的小说，多备极丑诋，虽然笔记中亦有赞誉阮大铖戏曲才华或回护马士英的记载。我们可以想象这类小说所提供的精神补偿——天崩地坼之际，反面人物的败亡代表天理昭彰，慰情聊胜于无。芸芸众作中，署名"江左樵子"——或谓即陆应旸（约1572年至约1658年在世），亦有谓即李清（1602—1683）——的《樵史通俗演义》是严肃而生动的讲史小说，汇集多种材料书写二十五年间（1620—1645）的明史。大部分时事小说包罗虚实，植根当时邸报、谣传、逸闻，亦有耳闻目睹的实录。司徒琳曾比较几种叙述1645年清兵攻陷常熟的暴行及义军抗清的记载——署漫游野史的"纲目"体《海角遗编》，或题七峰樵道人、加插细节编次章回的《七峰遗编》，亲述闻见的佚名《海虞备兵录》及其兼述传闻的《野乘》，于此可见文体如何决定叙事方式与观点。

约略与此同时，一群苏州剧作家以明末清初的社会问题与政治斗争为创作素材。苏州剧作家大都属边缘文人，名位不显，他们习惯用相对浅白的语言捕捉市井文化繁华热闹的众生相。苏州既为复社阵营，又有兴盛的剧坛，衍生政治戏剧大抵顺理成章。以魏忠贤与东林党的斗争为题材的作品，除了明末清初几部小说外，尚有戏台上的演绎，其中最著者为李玉的《清忠谱》（吴伟业1659年序）。《清忠谱》写忠臣周顺昌受魏忠贤迫害致死，连带歌颂为了维护周顺昌（1584—1626）而殉难的五位平民百姓。颂扬此五义士所体现的底层视野，又见于李玉惜已不传的《万民安》——该剧写1601年苏州市民反抗苛捐，领导民变的葛诚独自承担倡导之责，慷慨赴难。正如上述扫除邪恶的时事小说一样，时事剧亦致力从丧乱败亡中寻找秩序。李玉《两须眉》歌颂明末将领黄禹金（本黄鼎）及其妻邓氏平定民乱的始末，他们在明亡后归隐，作者从而避过处理与新朝的周旋。李玉另一剧《万里圆》，写孝子黄向坚在明清易鼎之际万里寻亲，往返苏州云南。黄向坚实有其人，曾绘《寻亲图》，并作《寻亲纪程》、《滇还纪程》记述其经历。当时题咏此事的诗文颇多。以肯定家庭秩序作政治失序的补偿，可能别具时代意义。时事小说与时事剧显示历史真实如何迅速地写成故事或搬演上舞台,有时甚至"个中人"变成己身经历的读者或观众。这种体裁造就了特殊的迫切感,同时经营了以艺术经验加深甚或干预历史视野的氛围。

没有直接指涉时事的作品,有时候也明显地借古喻今,紧扣时代。1403年的靖难之变是明清之际一大话题——燕王朱棣(后为永乐帝,1403—1424年在位)率军南下,攻破南京,夺取政权,驱逐(或谋害)其侄建文帝,即位后又大肆屠戮不肯迎降的朝臣。这场南北斗争的腥风血雨,也许会使清初人联想到明清易代。李玉的《千忠戮》(或作《千钟录》)是几种书写建文死难忠臣的剧作中最有名的一种。另外一个南北抗衡的故事是十二世纪的宋金斗争。抗金民族英雄岳飞(1103—1142)是李玉、张大复、朱佐朝等苏州剧作家大书特书的伟人。

比起其它文体,诗歌更有实录与见证历史、抒发家国之感的使命。无数的诗集序跋提到诗歌书写本身即是对抗陆沉板荡的手势,是劫尽灰飞"纪亡而后纪存"的端倪。历史记忆、历史反思、诗心自觉在清初诗坛有了新的组合。黄宗羲论"以诗补史之阙",颠倒孟子所云"诗亡而后春秋作"。他慨叹:"庸讵知史亡而后诗作乎。"(《万履安先生诗序》)正史是胜利者所写,但野制遥传,苦语难消,诗歌保存了陵谷变迁之际被遗忘的亡国惨痛,维系了正史中被泯灭、压抑、扭曲的情事。黄宗羲又论衰世乱世转致文章之盛。厄运危时,天地闭塞,诗人为时代所逼而郁勃愤激,不得已尽其性情为惊天地泣鬼神之文。

众多清初诗人被推许或自许为"诗史"。据唐孟棨(875年进士)《本事诗》,杜甫"逢禄山之乱,流离陇蜀,毕陈于诗,推见至隐,殆无遗事,故当时号为诗史"。号为"诗史"者,多是遭逢世乱,详尽地记录时艰,敏锐地由表入里,笼括整个时代的诗人。求深求广,是以经常夹杂叙事与议论,但亦有人提倡借幽微婉约的语言探索历史真相、抒发兴亡之感。面对世变,清初诗人往往取法杜甫隶事用典、曲折抒情、寄托深微的《秋兴八首》。亦即是说,"诗史"概念涵盖隐约委婉,比兴寄托,一往情深。依循此逻辑,钱谦益提出"诗"与"史"之大义,同主于"微"(《胡致果诗序》)。

事实上同一"诗史"称谓包含多种歧异的风格和源流。吴嘉纪以真朴直笔写民生疾苦,因而被誉为"以诗为史",他记录了战乱流离、天灾人祸、官府催逼带来的苦难。其楷模是杜甫、白居易的乐府,不须典实,纯用白描。曾积极参与抗清的诗人,如顾炎武、屈大均、方以智、钱秉镫(1612—1693)等,血心流注,记载了一段被压抑泯灭的历史,其危苦之词别具"以诗补史"的道德权威。广泛言之,"诗史"可以包括纪念英雄、烈士、殉死遭害者的作品,其风格或哀悼、或愤烈;"诗史"可交织明清之际的人和事之不同叙述与论断;"诗史"也可指富自传意味的文字,即历史洪流中个人的见证和回忆。"诗史"一般聚焦当代情事,但"怀古""咏史"等体裁也可挪用借以抒发针对时代创伤的情思。"以诗为史"或"以诗补史",必须对历史记忆与历史反思有自觉的权衡。追求历史真实,亦即考虑主观心史与客观史实的交错,寻绎历史判断与感情牵系的平衡和张力。以诗歌创作面对历史,往往融铸史识与自我反省。

诗史互证互补的显例之一是钱谦益。晚明时钱氏浮沉党争,是东林领袖、诗坛盟主之一。1645 年清兵陷南京,其时六十三岁,在弘光朝廷任礼部尚书的钱谦益率众迎降,仕清五个月后(1646 年 6 月)引疾归。正如孙康宜指出,钱之"失节"导致后世不公平地贬低或忽略其诗。相对之下,当时人身经乱世之进退出处的矛盾,比较能谅解他。钱谦益入清后诗文缅怀故国,或隐或显地表白反清复明的意愿。乾隆帝深恶之,斥为"荒诞背谬","诋谤

第三章 清初文学（1644—1723）

本朝"，其书亦遭禁毁，四库馆臣摒弃他的作品，并删略和窜改其他清人指涉或称扬钱谦益的文字。如此痛诋极毁，果然使钱作沉埋两百多年。讽刺的是，现代学者对钱谦益的"平反"，正是以实证乾隆的论点为依归——即表明钱谦益确实有反清的颠覆性。重新诠释钱谦益的政治抉择，导致对其作品更高的评价。重建钱谦益的经典地位，乃是依靠那些界定他为隐埋、被曲解的"私密遗民"的诗歌。

我们阅读钱谦益的诗，很难厘清他人批判与诗人自辩、作者用心与后世重构。试举例言之。钱谦益长歌当哭，为哀悼他那依南明桂王抗清殉难的弟子挚友瞿式耜（1590—1651）写下《迎神曲十二首》。瞿死后，吴下喧传他降灵苏州府为城隍神。钱诗夹杂悲愤与无奈，一厢情愿的坚执与明知渺然的怅惘。这组诗情见乎辞，动人心魄，但如读者以"问罪"心态先疑其诚，便会视哀辞为虚与委蛇的"自我建构"，怀疑钱谦益以文墨自刻饰，利用殉国的瞿式耜营构自己不忘故国的形象，以悲叹暗示二人殊途而同归。其实瞿殉难前一年上永历帝的奏折曾谈及钱手书中兴大计数百言，瞿狱中所作《浩气吟》，钱为之作序，情词优烈。据陈寅恪考证，钱氏晚年与柳如是共同参与复明运动。但问题并非只在于钱是否真的暗地反清复明，以赎前愆。钱个案表明，"大节有亏"者之妥协、犹豫、翻悔亦可发而为同样具震撼力、甚或更曲折瑰玮的文学作品。这便提醒我们不要过分轻易混淆道德判断与文学批评。

钱谦益短暂仕清期间充修明史馆副总裁，辞职后仍继续修明史，可惜他的史稿并其它珍藏书籍毁于1650年绛云楼一炬。钱以史才史识自许，其编纂的《列朝诗集》亦可见一斑——其中对明诗人的褒贬，往往关合世运升降。据一般的理解，长篇歌行富叙述细节，又可恣意描摹，应更适合"诗史"的运作。钱律绝擅场，其诗长于抒情,叙事反为次要。但律绝虽短,却可通过组合回还往复,构成持续跌宕的历史沉思。钱作中此类组诗最触目的是《投笔集》(1659—1663)。《投笔集》载诗一百零八首,共十三叠,每叠八首,次杜甫《秋兴八首》韵(故钱作又名《后秋兴》),另附钱自题四首。这组诗始作于郑成功、张煌言水师北上,震动东南之际(1659),绝笔于永历帝被擒遇害后一年(1663),亦即是记录了复明运动从一线生机到败局铸成的十四年历史,其间钱谦益从盼望到疑惧与感恸的心路历程,亦是斑斑可稽。1659年7月,郑成功水师直逼南京,钱兴奋地高唱"杂虏横戈倒戟斜,依然南斗是中华"(第一叠其二)。但郑师旋即败北,退守台湾。1662年永历帝被杀,西南小朝廷告终,同年郑成功病逝,钱至1663年"犹冀其言之或诬",终不得不哀叹"海角崖山一线斜,从今也不属中华"(第十三叠其二)。《投笔集》命名显然是指涉汉代投笔从戎的班超(32—102),在《后秋兴》中,钱亦抱英雄志业的自我形象,有时他的口气宛然是运筹帷幄的策士,如在第二叠谓郑师虽败于金陵,仍应固守京口,不当便扬帆出海:"由来国手算全棋,数子抛残未足悲。"(弈棋取自杜甫《秋兴》第四首,同时也是钱谦益惯用的军事形势与政治策略比喻。)

在《后秋兴》第三叠,钱通过歌颂其妾柳如是的英雄才略表明自己的风云壮志。诗作于1659年八月初十,"小舟夜渡,惜别而作"。其时钱别柳,似乎是往崇明,冀有所为,但郑师败退,钱亦于十九日返家。这组诗颂赞柳如是心悬海宇,志图恢复。第四首沿用弈棋形象,用对弈代表的琴瑟和谐,移作钱柳同心共命的比喻:"闺阁心悬海宇棋,每于方罫系欢悲。乍传南国长驰日,正是西窗对局时。漏点稀忧兵势老,灯花落笑子声迟。还期共覆金山谱,桴鼓亲提慰我思。""海宇棋"与"西窗对局"熔铸为一。时间似乎戛然中止,钱柳全神贯注的是"海宇棋",且期待且忧惧之余,当时棋局竟似浑然忘却(颈联)。诗人期盼金山之役重演——宋高宗建炎四年(1130),韩世忠大败金兀术,在小说和戏剧的叙述里,韩世忠的夫人,即故倡梁红玉,擂鼓战金山,帮助韩获胜。钱诗文多以柳如是比附梁红玉,亦即隐然以韩世忠自托。钱谦益又在第三叠第三首附自注,柳如是海上犒师的传闻因注文而坐实,她尽囊资助姚志倬举兵,而姚不幸战死崇明的情事亦因而得传。钱见证了柳参与复明运动始末,歌颂她的沉毅和志略,这亦是钱的自慰、自解与自我诠释。

《后秋兴》由高亢转为疑惧,再变作英雄失路、无枝可依的亡国哀音。"有地只因闻浪吼,无天那得见霜飞"(第十二叠其三)——快要被海浪淹没的土地带来"神州陆沉"的联想,"霜飞"本是上天怜悯忠节的征兆,但"无天"表示天人已无感应。面对黑暗与灭亡,诗人自觉地提升诗歌的效用。正如杜甫《秋兴》,钱谦益的《后秋兴》有升华的自我观照。他像屈原一样泽畔行吟,自叹日暮途穷,知音者稀——"似谲似俳还似谶,非狂非醉又非魔"(《饮罢自题长句拨闷》二首其一)。他要追踪杜甫,以诗歌争取历史一席位:"杜陵诗史汗青垂"(第一叠其八)。

康熙六年(1667),顾有孝(1619—1689)与赵沄编刊《江左三大家诗抄》。三家为钱谦益、吴伟业、龚鼎孳(1615—1673),三人同属晚明清流,分别主持东林复社,后又因不同机缘以明臣仕清。相比之下,龚仕清时间最久,官位最显赫。论者大都认为龚诗才不及钱、吴。但龚鼎孳的家国之感相对平和,对仕清的愧疚比较淡泊,安于新政权,多宴饮酬酢之篇,亦是后人评价他流于浅俗的原因之一。

吴伟业在崇祯年间青年获隽,备极荣宠。入清后被迫应诏,1654年到1656年仕清,官至国子监祭酒,吴后来在诗文中屡屡为此表示愧悔自责。如钱、龚一样,他归入《贰臣传》。但乾隆帝极赏识吴诗，与痛诋钱诗大异其趣。《四库全书》清人集子，冠吴为首。后人对吴也比较谅解，大都接受他为势所逼而出仕的说法。吴入清后诗尽多凭吊故国，依恋晚明风流，自伤踌躇屈节。吴伟业自叹自悔"忍死偷生"，而钱则似压抑悔罪心理，使之外转为对明清之际的人和事的论断。吴谨慎言行，未曾开罪新朝，而钱则隐显之间表明同情甚或参与反清复明运动。上述种种，使得吴伟业切合乾隆帝的"臣节"要求，即在接受新政权的大前提下，容许某种程度的哀悼故明。

吴伟业亦被尊为"诗史"，其长为古诗歌行乐府。这些长篇巨制有丰富的叙事和描摹细节，夹杂议论，笼括多重视野。以吴外号得名的所谓"梅村体"，融合对历史时事的关注与凄婉风华的文辞，仿佛元白歌行（如《琵琶行》、《长恨歌》、《连昌宫词》等）而侧重典雅故实。其文字藻饰华美、哀感顽艳，大有留连光景的情致，但又因时代和题材别具史诗气魄与悲剧精神。梅村体的发展，离不开诗人对其沧桑世代的悲怀与反思。在考虑历史真相的过程中，吴诗有探索、追究的动力，有时候竟似在界定如何记忆某人或某事。

记念英雄烈士的诗，虽包含视野转移，但颂赞原意基本不变。可是对于反面人物，吴往往不停留在简单的责难。一个值得注意的例子是《松山哀》（1655），所写为1642年松山之役明朝军队惨败。松山战败后，明将洪承畴（1593—1665）降清，倒戈相向，成为清朝奠基者之一。然而吴的遣责相对含蓄，并引进洪本人视野："岂无遭际异，变化须臾间。出身忧劳致将相，征蛮建节重登坛。还忆往时旧部曲，喟然叹息摧心肝。"

吴伟业名作《圆圆曲》（约1651）与《松山哀》沿用同样逻辑，熔铸个人视野与离乱时代的宏观。根据各种传说与笔记，名妓陈圆圆是明亡清兴一大关键。崇祯末年，圆圆归镇守山海关的明将吴三桂为妾。1644年李自成军队攻陷北京,圆圆被俘。三桂大怒,乞援于清,引清兵入关。《圆圆曲》对吴三桂有委婉深刻的讽刺,对身不由己而成"祸水"的陈圆圆则保留某种程度的同情与怜悯。《圆圆曲》开篇便是传诵名句:"鼎湖当日弃人间,破敌收京下玉关。恸哭六军俱缟素,冲冠一怒为红颜。红颜流落非吾恋,逆贼天亡自荒宴。电扫黄巾定黑山,哭罢君亲再相见。"揭开吴三桂"为君亲复仇"的面具,亦是揭露清廷有关易鼎的虚伪官方叙述,即后者所标榜的满清驱逐流寇为殉国的崇祯帝复仇。同时,聚焦圆圆"举足轻重"的地位,标帜满清入主中原,实基于一人偏悖的情欲与偶然的执迷,而非不得不然的历史大势。

通过认同圆圆的声音和观点,加上时间空间的转移,诗人纠合不同的角度与视野来铺陈她的故事。《圆圆曲》的背景是人生无常,荣辱终归虚幻的苍凉悲感:即结句所云"为君别唱吴宫曲,汉水东南日夜流"。作为情欲指标与授受之间的"战利品",圆圆无异其他关乎国运的古代美女。吴伟业用典故,以西施比拟圆圆从寒微到荣贵的升降,西施左右吴越兴亡,正如圆圆牵系明清易代。圆圆漂泊关山,又有似王昭君——"错怨狂风扬落花"隐然有欧阳修咏昭君句"莫怨东风当自嗟"的回响。(清初文学写战乱中女子被掳掠,往往用昭君的比喻。)吴伟业可能认识陈圆圆,他的旧好卞赛有一段时期与圆圆同居临顿里。吴大可把《圆圆曲》写成"情色之戒",即纵恣情欲导致道德糜烂,但他没有作如此选择。他对圆圆始终有恕辞,她代表处于时代夹缝与战乱中"小我"的无奈与张皇。吴刻意讽刺的是吴三桂的虚伪和对"多情"的扭曲。

吴诗多用代言体,即通过具体人物的经验和视野来展现时代的复杂混乱与矛盾。正因如此,诗歌中的叙事者有特殊重要性。例如《临淮老妓行》(1655)便是借南明江北四镇之一刘泽清家伎冬儿口述，通过她南来北往的视野，写祸败根由。甲申国变，冬儿骑马戎装北上，为刘泽清访查崇祯帝诸子存否，她看到清将领取代旧日权贵，却同是醉生梦死。昔日熏天意气的外戚，只图自保，"不为君王收骨肉"。冬儿回到南方，看到刘军拔营，仓皇撤退，及后又亲见刘投降，终于获罪被诛。她见证了离乱与苦难，"凄凉阅尽兴亡迹"，所异于前代的"白头宫女"者，是她积极搜寻所见所闻，并严峻锐利地下断语。在运用身份同时又超越身份的过程中，她的声音与诗人的声音融合为一。

在《听女道士卞玉京弹琴歌》（约1651）中，吴伟业更刻意地把"诗史"的使命转赠给诗中叙事者卞玉京（卞赛）。《听女道士》用乐府飞鸣过雁意象开篇，写诗人偶遇弹琴的女道士卞玉京："借问弹者谁，云是当年卞玉京。"吴卞昔年恋情，诗中一笔带过："玉京与我南中遇"。诗人"降格"自处为谦卑的听众，是间接抬高卞的权威——她个人的不幸亦是时代的苦难，她的声音调融了历史见证与历史反思。卞诉说中山王女儿的悲惨遭遇——她不幸被选入弘光后宫，未入宫而南明覆亡，终被清兵掳掠。未几"教坊也被传呼急"，为免被掠，卞赛翻然入道："剪就黄绅贪入道，携来绿绮诉婵娟。"诉说"贵戚深闺陌上尘，吾辈飘零何足数"，证成卞赛的"间接诗史"身份。吴以卞代言，卞亦代中山女言，展现她的史识和自主。

也许因为己身犹豫失节，吴伟业深切关注历史洪流中自主与被动、有作为与遭祸害的分野。他病危时有《贺新郎》词："为当年沉吟不断，草间偷活。……脱屣妻孥非易事，竟一钱不值，何须说。"正如钱谦益一般，吴视诗歌为最后归宿。1671年病逝前，他留下遗言，要求以僧服入殓，并于墓碑题"诗人吴梅村之墓"。

至于女诗人，忧国伤时往往逼使她们超越闺阁婉约的语言。其中有隐然以"诗史"为楷模者，如徐灿有《秋感八首》、《秋日漫兴八首》,典范约略是杜甫《秋兴》。王端淑与李因(1616—1685)留下许多感怀家国、见证离乱的作品。女诗人的历史论断有时候关连对性别定位的沉思,如王端淑之《悲愤诗》。面对明清易代的狂暴——衣冠灭裂、女子被掳掠——诗人"长吟汉史静夜看",思量兴废,但所得只是望帝杜鹃啼血、失国败亡的悲哀。"何事男儿无肺肝,利名切切在鱼竿。椎击始皇身单弱,谋虽不成心报韩。"她追慕的英雄是博浪沙椎击秦始皇的张良。事虽不成,但报韩之志得以自明,且张良又终能佐刘邦得天下以汉代秦。司马迁在《史记·留侯世家》篇终述及表里差异:"余以其为人,计魁梧奇伟,至见其图,状貌如妇人好女。"王端淑渴望貌如女子的英雄,借以痛斥汲汲利名之男子。张良代表外貌与实相、身份与志量的落差,是以颇能引申至关乎性别定位之游移、怀疑、不满的语境。女诗人又驳斥"女子祸国"的论调。如李因咏虞姬,隐然许之为壮烈殉国。徐灿的《青玉案·吊古》感慨弘光朝廷的覆亡,结句推翻女子祸水之说:"伤心误到芜城路,携血泪,无挥处。半月模糊霜几树?紫箫低远,翠翘明灭,隐隐羊车度。 鲸波碧浸横江锁,故垒萧萧芦荻浦。烟水不知人事错,戈船千里,降帆一片,莫怨莲花步。"词作于顺治初年,大概是徐灿路经金陵、扬州一带的伤今吊古之作。"莲花步"代指女子,典出《南史》,齐东昏侯(499—500年在位)凿金为莲花以贴地,烘托他"步步生莲花"的潘妃。徐灿以此南朝荒淫的典故连结刘禹锡(772—842)《西塞山怀古》凭吊280年晋败吴时千寻铁链、一片降帆的意象。把亡国归咎"莲花步",实是漠视原典背后昏君之责及"人事错"所代表的朝政腐朽与军机失误。

政治失序似乎造就了不容于承平秩序的想象空间,于极少数女子,甚或予以伸展抱负的机会。书写自己从戎靖乱的女子自是跨越性别界限,但谈兵说剑,自我营构勇武愤烈形象,质疑性别界限的女性文学作品所在多有,并不限于这些女英雄。柳如是《戊寅草》(1638年付梓)不乏奇崛跌宕、谈兵说剑的豪语,多为柳如是与男性文人投赠之作。柳对友人英雄事业的期许,隐含自己"侠气"的呈现,也可说她是自觉或不期然地在投合晚明文人钦羡"侠女"的情结。至于柳后来投身复明运动、海上犒师等情事,她传世之作只字不提,柳如是勾起的复明英雄想象来自钱谦益《有学集》及上文提及的《后秋兴》第三叠。柳入清后诗仅存几首,以钱诗和作收入《有学集》。如何解释这片空白?也许是忌讳而不敢言,也许是既言而不敢传,但我们已不能确知。

女子著作中详尽记载其英雄志量,但终于壮志难酬的悲怀,首推刘淑(约1620年生)。刘淑志图恢复,建义旗起兵,散家财,募士卒,1646年欲资滇帅张先壁为助,但张不敢赴敌,且微露纳淑意,刘淑不得已遣散士卒而归。刘淑《个山集》屡用"孤生"二字。"孤生"是自我与外缘世界的分离与决绝,是把悲愤提升为精神自由。"孤生"所写的是超越性别界限的人生困顿,在许多诗词中刘淑用阳刚的声音写英雄失路。正如男性诗人一样,她对报国无由、草间偷活充满愧悔。其诗词多用刀剑意象,但与刀剑并提的,往往是"空"、"漫"、"虚"、"饶"、"羞"、"惭"等字。她又取法隐逸传统写避地韬晦,不过村居伴侣,却变为"姊妹"、"农妇"。

明清之际女性诗词多有刀、剑等意象。这固然是英雄的幻想与憧憬,从另一层面说,这也是特立独行女子的自我定位,慷慨悲歌,追求精神自由。刀、剑形象亦反映对性别界限的质疑,而对性别定位的不满,又往往是悲怀国变途穷的前奏和后果,例证具见周琼诗与顾贞立(约1620年代—1699)词。(顾贞立是本卷第二章提到的顾宪成的曾孙女,名词人顾贞观之姊。)试看顾贞立《满江红·楚黄署中闻警》:"仆本恨人。那禁得,悲哉秋气。恰又是,将归送别,登山临水。一派角声烟霭外,数行雁字波光里。试凭高,觅取旧妆楼,谁同倚。 乡梦远,书迢递,人半载,辞家矣。叹吴头楚尾,翛然孤寄。江上空怜商女曲,闺中漫洒神州泪。算缟綦,何必让男儿,天应忌。"开篇数句,隐括江淹《恨赋》与宋玉《九辩》,加深了凭高望远的幽忧。"仆"是男性自称,开阔了通篇视野,但篇终的郁勃与徒然归结性别的无奈:虽襟期远大,不让男儿,亦唯有"闺中漫洒神州泪"而已。杜牧(803—853)有名的《夜泊秦淮》谓:"商女不知亡国恨,隔江犹唱后庭花。"《玉树后庭花》,陈后主所作,代表荒淫委靡。但杜牧虽归咎商女却仍事冶游,或竟不如女诗人闺中自远。但"闺中"恨小,"神州泪"苦多,两者并列正显示诗人的抱负、无助与不平之气。

顾贞立屡屡回到这话题。她自命"粗疏",只宜啸傲"丘壑",不屑女儿故态。"掠鬓梳鬟,弓鞋窄袖,不惯从来"(《沁园春》);"怕向针神称弟子,但通国,闺娃受教来"(《满江红》);"堕马啼妆,学不就、闺中模样。疏慵惯,嚼花吹叶,粉抛脂漾。多病不堪操井臼,无才敢去嫌天壤"(《满江红》)。亲操井臼,传统视为女德,但作者表示厌弃。通过对偶排比,"井臼"与那位让她怨恨的"天壤王郎"的丈夫一样,徒增怅叹。(四世纪才女谢道韫深怨其夫王凝之庸碌,曾叹:"不意天壤之间,乃有王郎!"顾贞立自谦"无才",不敢嫌"天壤",当然是反话。)

家国之感改变了女性文学的友情书写,包括女子之间或男女之间的友谊。惺惺惜惺惺,除了性情投合外,又加上政治抱负与精神追求的共通,这是因时艰国难造就的特殊志同道合。男女诗人的相互投赠,如欲不涉儿女之私,则女方多采取男性口气,如上述柳如是赠友人诗。至于"妾身未分明"的女诗人,则更须以男性化声音自明其志。如周琼大概是一位心比天高、身份游移的出妾,似乎几次婚姻都不如意。若非侠女自居,摒弃流俗,不屑儿女情，别人也许轻易妄朦相待。

家国之感酝酿诗心之觉醒——即诗人对女性文学的自觉与使命感之提升。有时候这自觉铺张扬厉，俨然自造神话。如王端淑有《失扇诗》，推翻了"秋扇见捐"的典故里扇子与"弃妇"的联系，反过来称说扇子不见了，是因为王在上题诗，使之成为"神物"："始知神物岂可留，离情非是经秋却。"扇子的象征意义，从女子被遗弃的无奈转为其书写的神奇创造。刘淑的《清平乐·菡萏》，亦充分表现对自己文字的使命感："几年沥血，犹在花梢滴。流光初润标天笔，聊记野史豪杰。　碧笺阅稿千章，拈来无那成行。散作一池霞雾，空余水月生香。"菡萏嫣红欲滴，却勾起战乱创伤的回忆——狂暴血腥似仍历历在目。忧从中来，不可断绝，唯有以文字排解。菡萏枝梗在月光滋润下如干天巨笔，诗人可用之聊记包括己身在内的"野史豪杰"。在此书写的幻象中，田田荷叶变成诗人信手拈来一挥而就之千章史稿。这是一段她曾奋身参与而终能以诗文记录并阅读的历史。虽回天无力，但诗史、词史的职分责无旁贷。结句回归佛家虚幻，虽不离主体观照，但亦肯定了主体观照。

记忆文学

"以诗为史"侧重叙事、议论与宏观素描。诗词里涉笔往昔的作品，尚有乞灵于痕迹、片段或零碎记忆者。一个常见的主题是重睹前朝遗物或重遇前尘历历的过来人。诗人可以"物"（通常是与明朝有关的或故宫流出之物）为题抒发沧桑之感，而我们亦可从文人群起以"前朝遗物"倡和了解巨变如何影响文人集团的社交网络。国难使固有的"怀古"传统展现新的生机。清初诗人乱后旧地重游，写下很多此类出色的作品。如1650年钱谦益往金华游说马进宝共图抗清,东归过杭州作《西湖杂感》二十首,抚今追昔,对比当前残破、清军驻守与昔日繁华竞逐,通过典故把前代骚雅融入个人记忆,追怀畴昔风流遂随之产生深刻的政治意义。

记忆文学往往针对遗忘与压抑的悲苦。陈维崧《尉迟杯》咏乱后金陵:"闻说近日台城,剩黄蝶蒙蒙,和梦飞舞。"但往事如幽魂不散:"三更后、盈盈皓月,见无数精灵含泪语。"扬州经过1645年的屠戮,但很快又恢复歌舞升平。吴伟业的名篇《扬州》四首即以扬州复兴慨叹创伤的记忆与遗忘。这组诗作于1653年,其时吴仓皇北上,准备开始出仕新朝。《扬州》其四以两组与女性相关意象相对照。其一关合王昭君,清初文字常用昭君写被掳掠女子及流离道路的难女难妇。其二则联系南朝绮靡和冶游风流。扬州的复兴维系于压抑第一组意象,而必须铺张扬厉的是第二组意象。但吴伟业在今昔对比中暗示两者的相反相成。代表复兴逸乐的扬州女子,曾一度牵涉掳掠、丧乱与亡国耻辱。祸乱败亡的记忆不能(或不该)被泯灭。同时,诗人的历史反省又不能与己身经验分割。"隋堤璧月珠帘梦,小杜曾游记昔年。"他自比杜牧,那他的"扬州梦"使他在面对往昔、回顾历史的时候,免不了"个中人"的错觉,还是因此别具更深刻的体悟?

1664年,王士禛及其友人(包括一些有名遗民)在扬州红桥倡和。诗以冶春为题,风流俊逸,而红桥雅集亦因之成为艺苑故实。王士禛《冶春绝句》二十首其十三:"当年铁炮压城开,折戟沉沙长野苔。梅花岭畔青青草,闲送游人骑马回。"十九年前的屠戮一句勾销,铁炮压城迅速而凌厉,城破是必然的,败象似乎别无面目。第二句回应杜牧《赤壁》所云"折戟沉沙铁未销,自将磨洗认前朝"。设若杜牧诗里前朝记忆尚可在折戟未销之铁中追认,从而探究历史因果之必然或偶然("东风不与周郎便,铜雀春深锁二乔"),于王诗中战乱与暴力的记忆已然泯灭——野苔已掩盖未销之铁。梅花岭有死守扬州的史可法（1601—1645）的衣冠冢，但在王诗是冶游乐地，充满闲适逸兴。冶游压抑的记忆，于一些和作隐然有迹可寻。吴嘉纪的《冶春绝句，和阮亭先生八首》其八，点出承平背后的伤痕："冈南冈北上朝日，落花游骑乱纷纷。如何松下几抔土，不见儿孙来上坟。"吴诗的时序与逻辑，竟似针对王诗——以春日骑马游人起，以无人拜祭的野坟终，这些是否屠城时死净杀绝之家，所以无人祭扫？

为了抗拒故旧沉埋，使往事痕迹存留，重温旧梦，记念故人，清初记忆文学大盛。约1693年，黄宗羲濒死时写下《思旧录》。书中以逸话片段纪念友人，其中忠节，或杀身成仁，或草野遗逸。一个手势、一句话、一轶事烘托一个人的生命情调，有时候这是乍看无关宏旨的小疵、痴癖、韵事、隽语，如写抗清殉难的复社领袖吴应箕（1594—1645）好藏书却容易被书贾欺骗。我们也许始料不及的，是黄宗羲一代鸿儒，却不认为风雅逸乐亏损大节。他回忆曾谒后来国变殉节的名臣范景文，范出其书画，赏玩终日。范又有家乐，每饭则出以侑酒。"由是知节义一途，非拘谨小儒所能尽也。"另一名臣倪元璐的痴癖更为匪夷所思。倪好园庭，以名墨调朱砂涂墙壁门窗。其门生多藏墨，屡屡供应，不禁怀疑："先生染翰虽多，亦不应如是之速。"后来知道了，不免为所奉名品可惜。倪甲申殉节，其园庭废为瓦砾。黄慨叹"此亦通人之蔽也"，但亦没有苛责。黄宗羲的论断偶尔变得凌厉，如对社友文士侯方域（1618—1655）父系狱而召妓侑酒深表不满。另一友人著名学者张自烈（1597—1673）为侯辩护，说他不过是素性不耐寂寞。黄曰："夫人不耐寂寞，则亦何所不至。吾辈不言，终为损友。"

自传性更浓的回忆录，如张岱（1597—约1680）的《陶庵梦忆》，亦标榜论断批判。张岱生于浙江山阴书香仕宦之家，著述宏富。他风雅悠闲的生活随着明朝灭亡而告终,在《陶庵梦忆》序(1674)中,他声称忏情悔罪:"陶庵国破家亡,无所归止,披发入山,骇骇为野人……饥饿之余,好弄笔墨。因思昔日生长王谢,颇事豪华,今日罹此果报……因想余生平,繁华靡丽,过眼皆空。五十年来,总成一梦……遥思往事,忆则书之,持向佛前,一一忏悔。"在《自为墓志铭》(1665)里,张岱把眼前的苦难与困顿解释为过去的奢侈与逾越的"果报"。他申述记忆与书写因溯源忏悔而深具"救赎性",但此忏悔其实吊诡而模棱,《陶庵梦忆》恋恋畴昔风流,细味个中佳趣,缺乏严峻批判必备的距离。书中有关园庭、戏剧、烟火、名妓、茶水、艺人艺事乃至一应稀罕奇异之物的品评欣赏,实与晚明闲赏文字并无二致。

张岱以反讽的笔触揭露征歌选色背后屈辱的交易。穷人家女儿自小被收买,修饰调教,长成候蓄养者居为奇货,转卖给富家作妾,谓之"瘦马"。张岱写牙婆以"扬州瘦马"见客,犹如商品"卖点"逐步推销。这是一宗匆促、低俗、冷酷的买卖,毫无风流佳趣可言。《陶庵梦忆》又记"二十四桥风月",写数以百计的下等扬州妓女盘桓茶馆酒肆之前"站关""拉客",强颜欢笑,却难掩凄楚。张岱笔下的扬州,无聊与苍凉掩映于恣情逸乐之间。张岱有名言谓"人无癖不可与交,以其无深情也。人无疵不可与交,以其无真气也",但他同时认识到癖嗜的纵放狂妄与破坏性。他的族弟燕客(张萼)富才情,精鉴赏,但鲁莽灭裂。为了使珍玩奇物更臻"完美",不惜火攻钉剔,以致宣炉融化,砚山椎碎。燕客筑瑞草溪亭,爱其奇石,认为有巨松盘郁方可衬托,遂凿石种松。石裂松萎,正是他翻山倒水无虚日的奢侈暴拗之象征。张岱又数次提到报应,暗示繁华热闹背后的"城市罪恶"——西湖香市盛极一时,但1641—1642年杭州饥馑遍野,民强半饿死。越俗扫墓,华靡豪奢,反衬后来落寞。对己身得失,他惟有无可奈何的自解。他慨叹三世藏书毁于兵灾人祸，但回思隋唐乃至明室藏书的劫运，"余书直九牛一毛耳，何足数哉。"

但上述这些反讽、批判、省思并不足以抵消书中惜逝的眷恋。张岱言下之意，是邀请读者分享认同他的"梦忆"。书写与阅读是重温旧梦的途径："偶拈一则，如游旧径，如见故人，城郭人民，翻用自喜，真所谓痴人前不得说梦矣……余今大梦将悟，犹事雕虫，又是一番梦呓。"记忆与书写让作者拥有当时已然难以捉摸的经验："余尝见一出好戏，恨不得法锦包裹，传之不朽，尝比之天上一夜好月与得火候一杯好茶，只可供一刻受用，其实珍惜之不尽也。桓子野见山水佳处，辄呼奈何奈何！真有无可奈何者，口说不出。"当时已惘然的无奈必待"成追忆"始可寻觅，追忆是重现与再造，于清初此眷恋与执著有特殊的政治意义。张岱自序其《西湖梦寻》（1671）时曾大胆宣言，他梦中的西湖与记忆的西湖要比乱后残破的西湖更真实更动人。对梦与记忆所代表的主观境界的执著，亦即对客观世界政治压迫的抗拒与否定。

张岱在《陶庵梦忆》中恳切地勾勒女戏（女演员）朱楚生与名妓王月生的动人形象。朱楚生"性命于戏，下全力为之"，一往深情，无所归着，"劳心忡忡，终以情死。"王月生矜贵寡言笑，孤标傲世。困处风尘与善感之间的夹缝，不喜与俗子交接却不得不周旋，既周旋又难以为情。张岱偶然涉笔让人萦怀的女子，但她们并非《陶庵梦忆》的主调。反观清初其它忆语笔记，多有以女子为题材的，其一为陈维崧之《妇人集》。书中轶事，关乎明清之际女子——尤其是才女——的命运。其笔调偶尔有《世说新语》的回响——两书均三复致意有才情有识力的女子。

《妇人集》屡次提到女子诗文如何因机缘巧合、口述相传、意外抄录侥幸存留。王士禛兄王士禄（1626—1673）为《妇人集》提供几条材料，陈维崧也曾直接引述其《燃脂集》，而王士禄便曾依赖记忆誊录女子诗词。陈记王士禄书彭珑诗,"偶遗记末二句",但陈认为残缺源于原诗的幽忧:"幽思怨绪,故自使人不能终曲也。"女诗人本就容易散佚的作品因战乱更遭遗忘、删削、压抑,是反复出现于《妇人集》的主题。

有些故事突显女子诗词与传统诗学求真的理想。如阚玉不见容兄嫂,后又所适非偶,被逼操持贱役,"玉悲甚,仰天恸哭而作歌。闻者莫不悲焉,未几死。"《妇人集》接下引的诗,假设是旁人听到,口耳相传。阚玉诗用骚体,拙朴真切,颇类汉魏乐府中以家庭迫害为题材的作品。认为诗歌根源于劳苦倦极之呼天返本,为超越形式的原始悲歌,是中国诗学传统固有的模式与信念。阚玉的悲惨命运又关联时代。甲申之变,阚玉年仅十三,弘光时征选采女,其家为了避免征召,误为卖菜佣所骗,阚玉竟嫁其子。阚玉的不幸实导源弘光小朝廷的糜烂恣纵。另外一个例子是诗人画家周炤。这位才高命薄的女子之所以屈身为妾,大概也是由于易代之际的离乱。周父本为山东按察使佥事,甲申殉难。周炤哀悼父亲的赋,因为援引楚辞,时人比诸《离骚》里诗人慷慨陈词的姊姊女嬃。通过女子作品与其它相关文字,陈维崧保留了动乱时代的记忆。

其它记载因为聚焦历史判断,更融合个人哀愤与家国之悲,如题于旧台城内的绝句:"临春阁外渺无涯,烽火连天动妾怀。十万长围今夜合,君王犹自在秦淮。"绝句以弘光帝比拟耽溺逸乐的亡国昏君陈后主(583—587年在位),又以宫人的忧国伤时反衬犹自在秦淮置天下不闻不问的"无愁天子"。陈又补述:"中有字画为苔藓剥蚀,或以意补之。词意凄婉,类弘光宫人语。"作为渐渐被磨灭的历史痕迹,这沉默的控诉引起观者共鸣,于是有心人"以意补之"。女子题诗壁间的故事在明清之际广为流传,《妇人集》也记载了好些。有的题壁诗诉说家难,但更典型的是被掳掠女子的声音——她们或题下绝命诗，或望救求援，或感愤时局，通过记录己身苦难而见证时代离乱。她们往往自比王昭君或蔡琰，运用王、蔡形象写远徙流离、间关阻隔、身不由己，有时更借此隐然指涉华戎之辨。

《妇人集》也有女德的故事，但正史和传记连篇累牍歌颂的贞节、贞烈女子在《妇人集》中并非主流，而且入选者都兼有文才。女子逾越之情，只要出诸艳异之文，也在搜罗之列。如一位劝情人"多露勿畏"的女子，陈许之谓"不特笔艳，人亦复奇"。女子的诗文书画，因为容易散佚更被珍惜。书写女子与女子书写呈现一与时代血泪交织而成的凄婉哀艳境界。

与《妇人集》相比，余怀（1616—1696）之《板桥杂记》更具个人经验与记忆的痕迹，更集中描写晚明名妓，两书的共同点是均以女子的命运写"一代之兴衰，千秋之感慨"。余怀申述记载狎邪冶游的道德意义："余之缀葺斯编，虽以传芳，实为垂戒。"《板桥杂记》记载了一些妓女艺人飘零落拓或晚节不终的故事，但所谓"垂戒"则难以定案。余怀追忆晚明名妓文化，熔铸个人的落寞与时代的劫难，他伤悼逝水年华，旧交零落，同时通过"一片欢场，鞠为茂草"寄托亡国哀音。

大概没有别的书比《板桥杂记》更成功地把晚明名妓建构为"文化理想"。标榜妓女的美貌、巧慧、谐谑、风雅，以至她们在琴棋书画、诗歌音乐各方面的才华，是《板桥杂记》与明清流行的"品妓"之作的共通点。但《板桥杂记》之所以大异一般品妓文字，是因为余怀对妓女的辛酸困顿、自由独立、成败得失，乃至她们与当时政争变乱的多重关系，均具深切同情。据他描述，明季旧院与贡院遥对，仅隔一河。应试者选色征歌，妓院变成文人雅士聚集谈抱负论时政的地方。平康之游乃"文战之外篇"，应试士人（包括复社清流）往往在秦淮画舫论文论政。

第三章 清初文学(1644—1723)

《板桥杂记》让我们领略青楼文化的种种模棱与游移界限。妓女虽列为"贱民",却与士人酬对,甚至平起平坐,而且她们又可通过婚姻"从良"。妓女因为出身卑下或被买卖隶乐籍,但余怀提醒我们贵族女子亦可沦落为妓,例如靖难之变后忠于建文帝反抗永乐帝的大臣妻女便被发教坊为娼。妓女的世界代表情色恣纵,但余怀又点出好几位幽闲贞静、端严自好的教坊女子。妓女处于追欢卖笑的空间,但她们有时又似可望不可即。余怀反复刻画她们的风华、自主、选择,歌颂她们的多情善悟、拔俗轶群和独立精神,致使她们超越身份规限甚或性别定位。狎客与妓女的关系可涵盖精神与肉体多种不同程度的亲密。他们之间的友情相惜颇足动人,《板桥杂记》更娓娓叙述士大夫与名妓的爱情故事。婚姻既为父母媒妁所定,关乎浪漫追求的自主、张力、犹豫、渴慕,惟有在青楼场域展开。可是《板桥杂记》没有抹杀情思背后的买卖实质,无数名妓名士的美梦更因天崩地坼而粉碎。问题核心并非炫目迷人的外表掩盖悲惨猥琐的事实,而是余怀在记忆过程中对青楼文化所涵盖的自由、独立、风华的追慕,弥深弥切,正是因为认清此乃小心经营、大胆捍卫、彩云易散琉璃脆的幻象。

余怀自诩"平安杜书记",是因为杜牧虽事冶游,但"自负奇节",论列政兵大事,通达明审,余怀亦借此显明浪漫追求与大节凛然的互为因果。《板桥杂记》提到姜垓(1611—1653)恋慕李十娘,昵不出户。方以智与孙临因能"屏风上行",假扮盗贼戏吓姜垓。姜乞饶,二人掷刀大笑,曰:"三郎郎当!三郎郎当!"复欢饮尽醉而散。姜垓高风亮节,后以遗民终。促狭的方以智学富才高,身兼诗人、学者、思想家,国变披缁,参与复明运动,以殉节终。孙临亦是志节昭著。余怀又记孙临恋慕名妓葛嫩,纳之为妾,宠之专房。孙抗清兵败,孙葛二人同时抗节死。他又推许名妓李香(即后来《桃花扇》女主角)"侠而慧",能辨清浊贤否,能持大节大义。借这些例子,余怀暗示儿女痴情无妨英雄忠节,甚至更进一步,表面风流恣纵实乃隐藏或推动道德勇气。

冒襄与余怀不一样,没有指称风流与节义互为影响,没有标榜其回忆录具政治意义。《影梅庵忆语》记述冒襄与名妓董白(1624—1651)的情缘始末,从1639年初相见到1651年董白夭亡。冒襄笔下的董白蕙质兰心,多愁善病,虽娇怯婉娈,却坚决地追求与本来犹豫的冒襄结合,经过万千险阻艰难,卒于1642年归冒为侧室。美貌多才艺的董白亦是道德典范,易代动荡离乱之际,她不辞艰苦,历尽劳瘁照顾冒襄。在《影梅庵忆语》里,她的爱情与政治节操和恪守道德融而为一。

冒襄谈到董如何在流离道路时丧失她最心爱的书画,笔意仿佛李清照(1083—约1155)《金石录后序》。然而也不是一贯如此——哀艳的忆语显示浪漫情境与艺术化生活并未因朝代更替而转换。1642年,冒为董制西洋纱轻衫,退红为里,"不减张丽华桂宫霓裳也"。二人偕登金山,"山中游人数千,尾余二人,指为神仙。"冒襄继续记录二人游踪,而以1645年游鸳鸯湖作结——当时景色浩瀚幽渺,毫无战乱痕迹。同样地,冒述董录闺阁事为《奁艳》,其时他们正在盐官避乱。1646年,冒董依得自内府的真西洋香方"手制百丸"。冒艳称此乃"闺中异品",爇时以不见烟为佳,"非姬细心秀致,不能领略到此。"此珍品从大内流入民间,大概与甲申乙酉北京南京相继陷落有关,但冒襄没有细述获得这香方的前因后果。换句话说,在叙述董白的文学与艺术感性过程中,冒襄有时候故意忽略或睥睨当时动荡的政局。这理想化的艺术境界与琴瑟和谐并家居闲适融合,成为抵御历史洪流的所在。

在《影梅庵忆语》中,董白是赏鉴家,亦是被赏鉴之对象。

第三章 清初文学(1644—1723)

也许更精确的说法,是她的赏鉴风怀使她变成更让人神驰的艺术形象。她爱花,尤爱菊,1650年病重时还刻意在赏菊之余融人入景:"每晚高烧翠蜡,以白团回六曲,围三面,设小座于花间,位置菊影,极其参横妙丽。始以身入,人在菊中,菊与人俱在影中。回视屏上,顾余曰:'菊之意态尽矣,其如人瘦何?'至今思之,澹秀如画。"这是不折不扣的晚明趣味。作者细味的,不光是观赏的对象,还包括艺术鉴赏的经验与呈现,而赏鉴者本身是深明其中逻辑的。

董白的艺术追求与传统颂赞的亲操井臼似乎妙合无痕。她精女红,犹似当年为名妓时善音乐;她记录米盐琐事,兴致不亚抄录唐诗或练习书法。董白不仅体现传统女德,恭俭温柔,含辛茹苦、履险如夷地照顾冒襄及其家人,更识大义、辨大节。冒襄愤激东汉党锢,董白与有同焉。她读到钟繇《戎辂表》,称关羽为贼将,"遂废钟学《曹娥碑》,日写数千字,不讹不落。"总而言之,冒襄对董白三复致意,标识唯情唯美的生命因道德典范"自赎"。冒襄更处处为自己的决定作道德辩护——在与董白结合与厮守的道路上,他有时显得踌躇忍情,因为他觉得必须置孝道与家族利益于一己恩情之上。

除了《影梅庵忆语》,冒襄更写下哀辞与悼亡诗。他的朋友为董白画像、作传,为纪念她广有题咏(诸作泰半收入《同人集》卷六)。冒董姻缘,当年得力钱谦益与刘履丁等人的倾囊协力玉成,而他们的结合与董白夭亡亦成为冒襄与友人倡和的题目。自唐代以来,名妓因作为士人的共同情欲指标而界定他们之间的关系。就冒董情缘而言,文人士大夫的欣羡指点,再次肯定他们本身的网络联系。通过赞叹董白,他们也缅怀追慕明季名士名妓风流,寄寓家国之感。

风流云散

如前所述，在清初记忆文学中，眷恋超越批判。复次，缅怀晚明文人风流或青楼哀乐以故国之思呈现。这观点暗藏的机锋，即谓晚明的风流与激情，实与政治理想和英雄抗节不可分割。以男女之情写兴亡之感的传统，由来有自，至此则有新的转向。绝望的追求与悲叹佳人难再得，切合悼明寓意，而对变节的愧悔，或可以男子自悔薄幸、女子自伤沦落比拟。

正如孙康宜指出，陈子龙诗中的爱情与忠节相纠合。他哀悼南明覆亡的《杜鹃行》，终篇意象即赋予忠阖悲愤浪漫的联想："惟应携手阳台女，楚壁淋漓一问天。"《楚辞·天问》，传统认为是屈原彷徨山泽，佗傺无聊，叩问上天，对历史与人生提出终极问题。世传为宋玉所作之《高唐赋》《神女赋》，"朝朝暮暮，阳台之下"的巫山神女在《高唐赋》篇首与楚王梦中欢会，但于《神女赋》始终迷离惝恍，若即若离，求之不得。在诗歌传统里，神女代表情欲的模棱与矛盾，但于此她与诗人携手，相知相怜。女神的同情与认许，象征植根于情的不渝之志，而此志是诗人哀愤神州陆沉自励的凭借。

在不同的氛围里，尤侗（1618—1704）的《读离骚》也融合《楚辞》的政治理想与浪漫追求。第一折到第三折用屈原独白与发问者及旁观者的反应描摹屈原创作《天问》、《九歌》、《渔父》的过程。有趣的是，虽然剧中屡屡征引《离骚》，其书写却没有在场上呈现，似乎《离骚》的直接自见自述，更难用戏剧表演的模式表达。在第四折，宋玉以屈原弟子的身份上场，自述流涕读《离骚》，又谓楚王悔悟，召他侍从，宋玉因梦神女为楚王赋《高唐》、《神女》。尤侗融化《大招》、《招魂》，剧终以宋玉吊屈原作结。或曰此折与全剧格调不谐，但尤侗亦似是借讴歌情欲，标榜浪漫追求是政治理想破灭的象征补偿,政治秩序亦从而重建。

设若情爱牵系可以转化为家国之感,那作为"欲望指标"的女子亦可转型变为女英雄。女子贞烈殉国的故事,充斥清初史料与文学作品——她们守贞抗暴,为了防范或对抗清兵、乱兵的侵犯而殉身。女子的身体于是变成"国体",而贞节亦与忠烈合流。很多故事叙述女子(包括妓女)如何大节凛然,使须眉负愧,例如多种记载谓柳如是本欲殉明,并鼓励钱谦益与之同死,但钱畏缩不前。钱最后终能投身复明运动,或谓是钱借此表明终能与柳同心共命。

风流奢靡的表征摇身变作女英雄的例子之一是吴伟业杂剧《临春阁》。剧中主角张丽华(小旦)与冼夫人(旦),一文一武,主持陈后主朝政军事,使陈朝(557—589)暂免倾覆。正史里的张丽华是陈后主宠幸的亡国妖姬,乃刻板的"祸水",但在《临春阁》里她处理国事,使陈朝稍挽颓势。她与冼夫人本风马牛不相及,但在此剧中惺惺惜惺惺,互相推许。她们美貌多才、允文允武,以天下为己任,代表了任性恣情、重情唯美的精神之自赎。但反讽意味也萦绕这个主题——张、冼并非真能扭转乾坤。在最后一折,张丽华惟有勉强在轮回中寻找慰藉,而冼夫人则不得不承认兵败,脱却戎衣,"入山修道"。

主观精神的激扬在多方面鼓荡清初文学。晚明对侠有特殊兴趣——侠不止指勇武胆色,还包含独立精神、自由追求、孤标傲世。黄宗羲的复仇即颇有"侠气"。其父黄尊素(1584—1626)是东林党人,仗义敢言,因参劾魏忠贤被迫害致死。思宗即位(1628),治阉党罪,魏自缢死。黄宗羲上书请诛魏党余孽,会审时出袖中锤击刺阉党党人,因为依循法律的处分不足泄其愤恨。时人叹赏黄宗羲的忠孝,但因不循绳墨让人侧目的狂狷也比比皆是。方以智便是值得考索的例子。明亡后,方投身复明运动,但仍不改其任诞。约1646年前后，方在广东，与瞿共美（瞿式耜从弟）"裸裎披发，闯大司马门，效渔阳三挝"。祢衡击鼓骂曹操的故事，广见于晚明文学，包括《三国演义》、徐渭的《狂鼓史渔阳三弄》(《四声猿》其一）、李贽《初潭集》、冯梦龙《古今谭概》等。旁人规谏时，方以智"拍檀板，肆口高唱"。虽处世变却仍负才凌物，也许是肯定荡佚可隐埋英雄本色。全祖望论列甬上遗民，提到1645年于宁波起兵抗清的"六狂生"。豫于"六狂生"之列的毛聚奎曾说："夫狂者，不量力之谓也。量力则爱身，爱身则君父不足言矣。"（《鲒埼亭集》卷二十七《毛户部传》）。反清志士每每有一种狂傲慷慨的矫矫侠气。

　　政治激情无妨留连光景。因通海案于1662年被害的抗清志士魏耕（1614—1662），谈兵事论策略之际每有妓女侑酒。魏耕曾避迹山阴"寓山"。寓山是晚明名臣祁彪佳所建构的名园，寓山诸胜，均有取于视觉的转移变幻，藏高于卑，取远若近，乍无乍有。祁所作《寓山注》交织梦觉真幻，奇思遐想，是晚明园林文字的极致。祁为官刚正，却又风流倜傥，除了经营园林，尚以戏曲论说知名后世。1645年清兵破南京，祁彪佳自沉于寓山。祁之殉国正标帜此艺术空间的政治化，祁子班孙（1632年生）、理孙（1627—约1663）以寓山作为联络反清志士的基地。除了上述的魏耕外，屈大均也曾在1660年隐匿于此，其时屈诗颇涉游仙与寄身藏书的想象，亦即用晚明的玩世与避世精神揣摩一个可与惨酷政治现实抗衡的另类心灵空间。

　　忠节与风流的界限，在清初"风流遗民"的生命情调里，尤其显得游移。他们缅怀故国，拒绝仕清，但又恋恋红尘的风华绮靡，与当时一些与世隔绝自矜苦节的遗民大异其趣。他们把文酒社集，甚或征歌选色变为政治立场，因为他们不仅是前朝所遗，亦是畴昔风流所遗。风流遗民反映了公与私、儿女与英雄、艺境界与道德境界之间表面对立而暗地相通,看似壁垒森严的分野其实并非不可凑泊。《板桥杂记》给我们的印象是青楼文化与明朝同时告终,但余怀在《三吴游览志》(1650)所记录的哀悼追怀故明的聚会,便常有妓女在场。他屡屡提到一位名楚云的风尘知己,二人情谊似颇深厚。

余怀挚友冒襄在清初继续主持风雅,宛然晚明兴味。正如祁氏寓山,冒襄的水绘园曾收容遗民及抗清在逃者。1654年,冒襄将水绘园改名为水绘庵,并于次年作《水绘庵约言》,用佛教意象强调内心自远:"园易为庵,庵归僧主。我来是客,静听钟鼓。"1650年代是水绘园文酒雅集的全盛期,《同人集》诗文可资明证。后来冒家逐渐败落,到了1670年代,水绘园已是残破不堪。

冒襄有家乐家班,《同人集》有多篇以"听乐"、"观剧"为题的诗文。1660年,以讲学负盛名的陈瑚(1613—1675)访冒襄于水绘园。及演《燕子笺》,陈本欲避席,并述说今昔之感。冒襄于是忆述1643年金陵骂座,一边看《燕子笺》一边诟詈阮大铖,几乎致祸。陈瑚引述冒襄的自我辩解:歌舞的继续,犹如"荆卿之歌"、"刘琨之笛"、"谢翱之竹如意",不过是寄托忧愁愤懑(《得全堂夜宴记》)。在水绘园淹留八载之久的陈维崧,写下很多哀悼风流云散的篇章,更有寓家国之思于狎兴留连者。如他的《徐郎曲》,纠合艳情与史识:"二十年来事沾臆,南园北馆生荆棘……琵琶斜抱恰当胸,细说关山恨几重……畴昔烟花不可亲,徐郎一曲好横陈。干卿何事冯延巳,错谱悲凉感路人。"陈维崧与徐紫云(徐郎)生死缠绵的恋情为人所熟知——风流艳情与故国之思纠合而不易分割。"蜡亦不肯灰,歌亦不肯绝"(陈维崧《秦箫曲》),成为一种与时代对话的生活方式。

清初文学有很多以重逢乐师、名妓、艺人为题的诗文。典型的模式是作者明亡前认识他们，乱后重逢，或有机缘重听重观他们的表演，事后写诗寄赠或追叙其事。其中最经常提到的是说书人柳敬亭、乐师苏昆生、琵琶名手白彧如。南明时柳与苏曾以其技投左良玉幕下（甚或有谓是曾为他划策的谋士），是个中人亦是局外人，曾预其事又能传其事，特别能引发苍凉悲感。又因为他们与秦淮的关系，让人联想到青楼文化及其代表的一代兴衰。

这类清初诗文的前代楷模，或可包括杜甫的《江南逢李龟年》、《观公孙大娘弟子舞剑器行》，白居易的《琵琶行》等。但歧异处亦可圈可点。清初文人涉笔艺人时，喜欢指称后者为"我辈中人"。在白居易的《琵琶行》中，歌女与诗人"同是天涯沦落人"，但音乐毕竟属于歌女的世界。然而在吴伟业的《琵琶行》中，士大夫如康海（1475—1540）与王九思（1468—1551）以绝调盛名，用琵琶妙音传达失意迁谪的怨恨。吴诗中的琵琶圣手白在眉、白彧如父子恰好又姓白，诗人与艺人遂在某层面融合为一，王士禄便称白彧如"恰是香山老裔孙"。陈维崧有《贺新郎·赠苏昆生》："沦落平生知己少，除却吹箫屠狗，算此外，谁与吾友？"龚鼎孳有《贺新凉·和曹实庵舍人赠柳叟敬亭》："卿与我，周旋良久。"《世说新语》载，桓温（312—373）与殷浩（306—356）齐名，桓问殷，"卿何如我？"殷答道："我与我周旋久，宁作我。"龚句背后，"卿"与"我"已是浑然等同。江南文人对艺人的认许，可能基于持续沉湎技艺与表演文化。但文人与艺人界限的游移，也可视作道德标准流于浮泛"表演"的危机。也许有见及此，黄宗羲用嘲讽与讥刺的语气为柳敬亭立传。

在清初文学的领域里，柳、苏与其他艺人，被描绘为心悬海宇的志士，当英雄再无用武之地时，他们的音乐与故事成就了历史省察与悼念仪式。陈维崧笔下的苏昆生以其歌感慨兴亡："忽听一声河满子，也非关、泪湿青衫透。是鹃血，凝罗袖。"吴伟业的

《琵琶行》,写白彧如的音乐重演战争离乱、丧家亡国的记忆。吴诗所写的一群共感同悲的听众,亦是常见的话题。这些诗词往往衍生于唱和,场景为几位作者是同时在场的观众。反讽、吊诡、自我省识油然而生,因为诗词作者会比较他们的作品与艺人的表演,毕竟两者都渊源惜逝,都渴想重新唤起已然泯灭的世界。风流云散后,文人便是在此艺术中介或艺术超脱的期待中寻找慰藉与辩解的。

III 新旧之间

翻案与圆融

　　风流与激情的追忆与持续连带留恋与辩解,却鲜有引发深刻的自疑自责。如果说艺术中介促进自我审思与历史反省,其思辨的批判精神也断不至于否定或彻底重估往事。但话分两头,清初文学确有一股顽强不恭的"修正主义"。此思维包含针对国难的反响、社会批评、文体文类本身累积下来的通变鼓动、对晚明文化遗产的重新估量。在李渔身上,这视界又涵盖他的隽永调侃、创造性,还有"自我创化"(韩南语)。

　　清初史学极蓬勃并富原创性,而这动力也在文人的历史叙述中呈现。明亡后,一些本来禁忌的话题,如明太祖或明成祖(永乐帝)的残暴,后来明帝的昏庸,明朝政制的缺失等,可以公开讨论。尤侗、潘柽章、万斯同(1638—1702)等均曾谱明史乐府,用严肃论断的目光审视明朝历史。遗民诗人归庄(1613—1673)(即本卷第一章论及的古文家归有光之曾孙)在其《万古愁》中用辛辣恣纵之笔横扫上下数千年的中国历史,不过写到明朝的时候,悼念故国的哀愁毕竟磨去讥刺棱角。第五章将要论及的士人贾凫西（1590—1674），同样喜在其鼓词中用反讽词锋剥去古圣先贤宏丽庄严的外衣。他严厉批判历代帝王，并没有放过明朝国君，只是写到崇祯朝事、明朝灭亡、乱后重访金陵时，不胜悲叹，无复先前嘲讽洒落。（这最后一段又在《桃花扇·余韵》中出现，与苏昆生的《哀江南》曲子大概重复，或云是贾凫西友人孔尚任所增。据袁世硕考证，这段文字的蓝本是徐旭旦的《旧院有感》。）

对历史重新评估的自由，在话本小说中与讽刺机锋及形式创新合流，形成话本小说从1630年代到1660年代的新高潮，而这高潮一直到康熙年间才沉寂。兹以艾衲居士的《豆棚闲话》为例。有关作者，除了他是扬州人外，我们一无所知。小说的框架是豆棚下的十二次聚会，不同的叙事者及他们的互动构成书中的转移视野。其中一些最有趣的故事，针对传统中备极推崇的人物，粉碎堂皇的神话。晚明本来就对翻案兴致盎然，但经历世变使《豆棚闲话》的翻案文字别具时代意义。

其中第七则，《首阳山叔齐变节》明显反映明清之际对进退出处的关怀。据《史记》卷六十一《伯夷列传》，伯夷、叔齐本孤竹君之子，因彼此让国而终于逃到西方，归属周文王。周武王兴兵伐纣，他们叩马而谏："父死不葬，爰及干戈，可谓孝乎？以臣弑君，可谓仁乎？"武王平定天下，他们"义不食周粟"，采薇而食，作歌悲叹周朝"以暴易暴"，终饿死于首阳山。《首阳山叔齐变节》述叔齐上山不久便动摇初衷，加上一群"假斯文，伪道学"结队上山，他们借名养傲、托隐求征，视首阳山为周旋福地，把薇蕨采取净尽，更使他难耐。叔齐下山时对众兽的演说，展示嘲讽与彻底的道德相对主义——"变节"可粉饰为"移孝作忠"，心存宗祧；甚至众兽也不必再弭毛敛齿，可以放怀吞噬上山逃隐之人，因为鼎革之际的冤孽，非借此不能瓦解。故事里的叔齐当然是讥评对象，但遗民忠节亦颇可商榷。伯夷始终如一，却显得迂腐不近人情。效忠商朝的"雉邑顽民"是黑盔黑甲、黑袍黑面、焦头烂额、有手无脚的亡魂，他们的凶暴肆虐不能引起读者同情。最后这些鬼兵与维护叔齐的众兽作战，是自私、假托、盲目的纷纭乱战。最后齐物主出场，解说兴亡循环，生杀一理，平息干戈，叔齐醒来，始知一场恶斗不过南柯一梦。但故事的终极关怀，可能并非接受新政权的合理与否，而是乱世中所有政治抉择都难免妥协、疑虑、困惑。

《豆棚闲话》另外两个故事，对绝对道德与理想化历史人物，有类似质疑。第一则《介之推火封妒妇》写介之推逃隐，并非因为崇高志节，而是由于羞愤。古籍中的介之推无私尽忠，助晋文公复国，但拒绝接受封赏，甚至文公放火烧山，他也不肯下山。《豆棚闲话》中的介之推被妒妻禁锢，宁愿与她在烈焰中同归于尽，无面目见往昔侪侣。第二则《范少伯水葬西施》名副其实地"唐突西施"。传说中的西施是越国美女，越臣范蠡选中她为越复仇，献诸吴王夫差，夫差耽溺美色，废弛政事，终致亡国。传说的浪漫演绎（如《浣纱记》），或谓西施范蠡本为情侣，功成身退，泛舟五湖。但《豆棚闲话》里的西施，不过是略有姿色的村女、被范蠡利用的棋子、背叛吴王的忘恩负义之人。原籍姑苏的范蠡本算是吴国百姓，阴谋诡秘，投机自利，为怕西施泄露他的积蓄，把她推进江心。在《豆棚闲话》的世界里，动机总是不纯可议，没有黑白分明的正邪忠奸，而逃隐退避、无私忘我又终不可能。最后一则《陈斋长论地谈天》，扫除佛老天堂地狱鬼神诸说，用稚拙图形，解说天道循环，天恶恶人多，便生暴力征战。其中似乎透露作者意向，但众人又斥为曲学异端、把豆棚拖垮的迂腐之论。作者又把逃隐寄托于醉梦中无可有之乡——第八则《空青石蔚子开盲》述两个瞎子因得"空青"之助开盲后，不忍见红尘冤孽劫难，投身酒坛，得"别有天地非人间"的大解脱。

李渔没有特意贬低历史上的理想化人物，但却致力推翻刻板印象与文体成规。李渔多才多艺，擅长各种文类（尤其是话本和戏剧）。他的喜剧精神是针对晚明的奢靡与矛盾的有力反应。一些记载显示李渔之父及其叔伯世业医；他们本来颇富饶，却在明清之际的动乱中家道中落。崇祯时应童子试以五经见拔，往后却功名不就，入清后再没有应试。从多方面看，李渔可说是其时代的职业作家。他积极地出版并推销其著作，而他的文名帮助他在高官友人中寻找凭借资助。在当时李渔是畅销作家，虽有少数批评的声音，但大致广受文人士大夫揄扬。两位有名的女诗人，王端淑与黄媛介（1618—1685）曾为李渔戏剧作序写评语。但二十世纪的中国学术界却对李渔褒中带贬。或谓他的敏捷调侃流于轻薄，或责其白描色欲不免淫亵，或惋惜他对天崩地解的时代只是间歇性的关注。中国文学传统向来重视抒情与至诚，但李渔却嘲弄对真情与理想的执著，反过来讴歌适度享乐与理性"为我"，并置诸深情之上。世传李渔所作的艳情小说《肉蒲团》，没有收进1990年编的《李渔全集》，只以梗概形式保留，大概也是由于其中性欲描写过分张扬。

李渔以喜剧形式处理时代的创伤。《无声戏》第五回《女陈平计生七出》（约1654年写成）的主角耿二娘从未读书但足智多谋。明亡时闯贼陷城，耿临难不惧，劝夫逃亡，隐然把被掳的命运看作自己智巧的考验，亦即借历险大显身手的机会。耿二娘与掳掠她的头领周旋，千方百计保全贞节，却不得不用"救根本，不救枝叶的权宜之术"。李渔眉飞色舞地描述此牺牲色相的"权宜贞节"，这在当时是特别耐人寻味又容易招谤的题目，因为女子贞节与男子忠节常常相提并论。故事开篇云：所谓板荡识忠臣，"要辨真假，除非把患难来试他一试。"但这忠孝节义拿来试验，尤其女

第三章　清初文学（1644—1723）

子，"假的倒剩还你，真的一试就试杀了。"真的试杀，便与话本劝善惩恶、报应不爽的意旨相违。借耿二娘这"试不杀的活宝"，李渔试图打破"求生害仁"与"杀身成仁"的对立。于此真心全贞必须赖虚情假意与贼周旋完成，德行必须通过表演得到众人肯定——耿二娘得悉流贼头目收藏财宝之处后，即取道回家，命丈夫取之，又让丈夫召集村人围攻头目，使他供状宣称他们"水米无交"才让众人把他打死。陈平是汉朝开国功臣，但其智谋实近阴狠，为高祖谋去韩信，事吕后虚与委蛇，不无可议之处。是以"女陈平"之美誉，不仅颂赞其智谋，也间接承认妥协不得不然。绝对的道德要求当下即是的自然或不得不然，但耿二娘的道德则是处心积累，多方钻营，并且不排除利己的动机。李渔实是倡议重新界定道德，使之包容妥协、实效、私利。

另一李渔话本《奉先楼》（《十二楼》卷十），亦以"身辱心贞"为主题，主角也是一位化辱身困境为智谋勇武之地的女子。故事略云：明亡之际大乱当头，舒娘子必须在"存孤"与"守节"之间做出抉择。舒秀才"劝妻失节"，期望她以数世单传的儿子为重。当舒娘子在奉先楼征询族人求卜祖先帮助她下决定时，一再得到"存孤"的答案。（与耿二娘相比，舒娘子的戏剧化道德抉择同具表演性。）舒娘子忍辱负重，以己身换取孩子性命，在闯贼与清兵之间流来流去，辗转成了一清将军的夫人。后来与舒秀才重逢，便在交付儿子之后上吊。将军救醒她，才吐露当年"存孤以后，有死而已"的宿诺。将军仗义，要使他们破镜重圆，并劝舒娘子："你如今死过一次，也可为不食前言了。"寻回舒秀才，细述其妻忍辱存孤、事终死节的话，又道："你如今回去，倒是说前妻已死，重娶了一位佳人，好替她起个节妇牌坊，留名后世罢了。"舒娘子死可以生，一人可分为二，证成了真与假、表与里之界限的不稳定性。耿二娘与舒娘子利用被掳漂泊的命运抒发其

231

主体性，是弱者逞强的幻想。另一方面，她们与时推移，应物变化，可说代表对新世局新政权的接受过程。复次，不得已的妥协与别有深心的权宜，是世变中人们赖以自存自慰的口实或真情。是以身辱心贞的难女实标帜了这时代的种种矛盾、困惑、无可奈何——即末世丧乱如何界定个人自主与选择，而当时后世历史论断又如何权衡迹与心等问题。

时代伤痕的戏剧性转化，在《生我楼》（《十二楼》卷十一）中有更巧妙的演绎。《生我楼》的故事发生在明显映射明清之际的宋元之际。尹小楼为觅嗣卖身为父，买他的姚继，正是他多年前失散的儿子。但在此真相大白以前，他又阴差阳错地再次通过买卖重建人伦秩序：其时乱兵开"人行"，贩卖掳掠所得之女子。为了避免老丑的女子无人问津，乱兵把女子盛在布袋里贩卖，价钱只以斤两为论，不论其它。姚继囫囵买下一老妇，本恤孤怜寡之心，拜她为母。老妇感激之余，教他如何选买同伴之中才德兼备之佳人。姚继依计买回来才晓得是当日意中人曹小姐。及至与尹小楼重逢，始悟老妇即其妻，几经波折又才明白尹小楼夫妇即其失散多年的生父母。"人行"是清初笔记颇常见的话题，亦是人性尊严灭裂的象征。但在《生我楼》中，这"天下第一宗最公平的交易"和前此的买父及其它有关本钱、利息、买卖、货物的言语，却是重申伦理天性及社会秩序的工具。吕立亭曾指出，国变后的家庭团圆故事，成为破碎的家庭、社会、政治秩序改组与重组的契机。在《生我楼》里，经济交易重建人伦，善行也是明智"投资"。乔妆、易名、误识及其它匪夷所思的曲折，最终建立人伦秩序。此吊诡在从《生我楼》改编的传奇《巧团圆》（1668年序）中更发挥得淋漓尽致：什么东西都可以买卖，原是乱世失序的明证，但在该剧中却造就家庭会合团圆。《巧团圆》时代背景直接放在明末清初。比起话本，剧中曹小姐更敢作敢为，处处表明并畅论女子欲在乱世中生存自洁则不能依常轨行事。

在《生我楼》的楔子中，李渔引述一清初难妇词。她悲叹"国破家亡身又辱"，愧悔交加。李渔寻绎其词的悲苦彷徨，断定是一位贵胄女子，惨遭强暴掳掠，"又虑有腼面目，难见地下之人，进退两难，存亡交阻。"李渔借此申述论人于末世与寻常论人不同。论人于丧乱之世，应"略其迹而原其心"。时代离乱可能加强了李渔作品中本就重要的取向——对道德判断何所依归的存疑，处理矛盾与逆转的兴致，把逻辑冲突推演到极端的动力。一个女子如何可以保全贞节同时又与非其夫的男子绸缪燕好？家庭秩序缘何通过伦常颠倒与经济交易重新整合？一个男子怎样可以变成节孺良母、体现"女德"（《无声戏》第六回《男孟母教合三迁》)？两位互相爱悦的女子该作何种安排以图永好（《怜香伴》)？一个婢女可否忠于其主母同时又取而代之（《十二楼》卷七《拂云楼》)？当性别定位颠覆、男子成为欲望指标时，故事如何展开（《凤求凰》)？半做善事、有始无终的佛教因缘如何筹算（《无声戏》第九回《变女为儿菩萨巧》)？

李渔最关心的矛盾可能是：风流与道学如何调融？情色的追求如何结合社会秩序与心理均衡？这当然不算是新的话题。晚明虽然推重情，但亦觉察到情之极致须要斟酌缓和。《牡丹亭》的热闹喜剧成分调解一往情深与道德秩序，使有情人能化解与俗世的矛盾。一晚明话本颠倒《牡丹亭》的情至文心，写一女子为情而死，盗宝的掘坟贼奸其尸，女子反因得了"阳和之气"苏醒过来，及至寻找到情郎时却竟因被误认为鬼而打死（《醒世恒言》卷十四《闹樊楼多情周胜仙》)。文人叙说为多情而死的故事，通常以儆戒作结，如陈继儒的《范牧之外传》。李渔处理情欲，并没有上述的虔敬、轻率、焦虑。

李渔小说戏剧里的人物很少为情而死。在《谭楚玉戏里传情、刘藐姑曲终死节》(《连城璧》第一回）及本此话本的传奇《比目鱼》中，男女主角虽是殉情，但感天动地的真情是用来映带戏剧表演如何抒情、传情、卫情、正情。李渔刻缕描摹的是人生与爱情的戏剧性。谭楚玉与刘藐姑在溪畔戏台借唱词表白苦衷，宣扬其逾越之情，最后双双投水殉情。他们得神灵护荫被搭救，谭后来中举，却淡泊仕途，因为演戏的经验使他明白一切终归虚幻："可见天地之间，没有做不了的戏文，没有看不了的闹热。"

李渔的反浪漫倾向，表现在他的实效计算：情该如何安插，才可维持心理平衡、保证长久欢娱？在《鹤归楼》(《十二楼》卷九）里，这问题通过两个性情相反的朋友及其际遇作程序化的对比。段璞（段与"斩断情丝"的"断"、"端谨"的"端"谐音）安恬谨慎、惜福虑凶，郁廷言（郁与"忧郁"的"郁"、"情欲"的"欲"谐音）是性情中人，把婚姻看得极重。这场"理性与感性"的角逐展现在段、郁二人相同而相反的命运中。两位才子都娶得佳人，进入仕途。段一直戒慎恐惧，如临深渊、如履薄冰，怕招造物之妒。郁则志得意满，与夫人恩爱，无与伦比。后来郁、段被派往金朝进贡，竟被羁留八年。与妻子离别时段璞决绝寡情，郁廷言百般依恋。及至得归，郁未老先衰，而夫人已因过分伤悼夭亡。段则依然故我，其妻亦风采如昔。戒慎竟是真风流，正如段与妻子忍情诀别的诗可用回文读法，变成柔情蜜意的温馨软语。

李渔传奇《慎鸾交》（1667年序）依循同样思路。男主角华秀一心"要使道学风流合而为一"，他锐意避嫌，刻意防情，几近矫情。但就该剧的逻辑而言，华压制感情，反演成"越辞越招，愈推愈牢"的纠缠，促使他与名妓王又嫱相好。又嫱不轻许人，看准华秀的冷淡乃是脱俗，交而能固，多方筹划，终能如愿嫁华。控制感情的策略之一是降低期待——李渔认为这是处逆境的心境栖园，即如绝世佳人须深明"红颜薄命"的道理，认定所嫁必为愚丑丈夫，预先磨炼，便不至后来怨恨。李渔的《丑郎君怕娇偏得艳》(《无声戏》第一回）颠覆才子佳人小说的程序，让三位美貌多才的佳人嫁给貌陋、恶臭、愚拙的阙里侯（阙不全）。第一第二位妻子避席书房，第三位妻子坚持有苦同受，她们终于接受"红颜薄命"的必然，于是轮班当值，阙里侯亦焚香供奉，遂得相安。依此话本改编的传奇《奈何天》破天荒地以丑为主角，不过李渔碍于传奇大团圆结局的范式，把阙里侯的忠仆因积德而得的善报转移给他，阙遂得变形使者之助脱胎换骨，变得俊雅聪明。《丑郎君》提到阙里侯头两位夫人避居书房奉佛，相互怜才慕色，"两个做了一对没卵夫妻"。《奈何天》里二女同居，"少不得梦相同也当鱼沾水……把香肌熨贴，较瘦论肥"，更有相互恩爱慰藉的暗示。这是典型的李渔逆转。在他的世界里，情色的追求与家庭伦理的安排，尽可奇峰特出，迥异常规。另外一个例子是《萃雅楼》——三位同有龙阳癖的男子，绸缪于卖书、香、花、古董的萃雅楼（《十二楼》卷六）。

在李渔的小说戏剧里，道德原则不过是增强、延续享乐，使之合法化的节制策略。情色逸乐的追求，甚或干脆脱离道德依傍，以实际的筹算为准则。如《夏宜楼》(《十二楼》卷四）的男主角瞿佶用西洋千里镜看到一美女谴责一群在莲花池裸浴的婢女，遂千方百计求亲。借千里镜窥探，瞿假冒神通，通过种种诡计娶得佳人，并因之"收用"群婢。"当初刻意求亲，也就为此，不是单羡牡丹，置水面荷花于不问也。"李渔用艳羡的语气写瞿佶以科技占尽群芳，没有加插名教纲常的训诲，只是在尾声虚应故事，连带说女子不可轻易赤身露体。

在享乐主义的计算中，数据决定成败利钝。在《肉蒲团》里，李渔戏用统计方法"量化"乐趣——情人的多寡、阳物的大小、交媾的方式和次数。男主角未央生娶得道学佳人玉香，苦心引情导欲，使道学变做风流。未央生意犹未足，以出门游学为名猎艳。后得术士改造阳物之法（把雄狗之肾分割塞入阳物），遂得肆意淫乐，勾搭多名女子，纵欲无度。然而乐极生悲，报应不爽——淫乐统计学最终敌不过报应的数学程序。玉香被卖为娼，未央生所淫女子之夫，均得借玉香逞欲。未央生要访京师名妓，却不知名妓即玉香。玉香无颜见故夫，先自投缳。未央生自知恶贯满盈，道心发现，落发受戒，并自行阉割。《肉蒲团》情节梗概，从淫纵到报应悟道，是明清艳情小说的熟套。《肉蒲团》特异处，是其绾合了谐谑、自我嘲弄、色欲学问的铺叙、为情欲在人生所应占席位所作之随意辩解。

《肉蒲团》的因果报应系统，通过经济交易的语汇完成。这是李渔作品的普遍现象——人物的动机、叙事者的劝惩修辞、作者的论断褒贬，往往借买卖、货物、借钱、欠债、讨价还价、本利算计的言语演绎。甚至李渔讨论生活情趣的《闲情偶寄》（1671年序）亦免不了商贾气。《闲情偶寄》喜谈贵精不贵丽，以有限资源提供无穷乐趣。是书表面上类似晚明闲赏文化的谱录或随笔，但笔调比较舒缓、风趣、自嘲。作为文人而非技师，李渔拒绝采取谱录文字的刻板定规，用游戏笔墨把自己的嗜好提升为品位尺度。卷四《居室》包含李渔对家居改良的实际提议。他又兼用插图，解释种种有关窗栏、墙壁、联匾、家具、器玩的设计。晚明小品中停留在意蕴或视界安排的话题，在李渔书中变成具体化的创新。例如晚明文学关注自然与人工如何凑合，这在《闲情偶寄》中演成娱己娱人的湖舫"便面"。窗棂取形便面（扇子），于是舟外湖光山色，往来游人，摄入舟中，变成天然图画，舟中人物，射出窗外，也备往来游人玩赏。李渔名之为"取景在借"。

李渔把晚明有关阈限与矛盾的焦虑与眩惑转化成怡然自得，他用风趣调侃的言语平衡道德训诲与提倡享乐。在卷六《颐养》中，他重复策略性节欲与内心自远的哲学，但在《疗病》部分竟提出以"本性酷好"之物为良药。最可圈可点的，是李渔谈"物"，摒除把物神话化的倾向。虽然他也提到自己的癖好（如螃蟹、四时花卉），但重点在于自己乐在其中，这便与晚明文人讴歌"物"、神化"物"，谓自己钟情于物，不能自己等等有所不同。

《闲情偶寄》对如何经营众物，使生活更充实美满，罗列了实际的建议。但亦正因如此，"物"失去其神秘感。一个有趣的例子是李渔对女子的评鉴。在卷五《声容部》，李渔分析女子如何牵动感情和满足美术观赏，对女子的选姿、修容、治服、习技做出多项建议。他表明女子如何建构成满足男性欲望与美感要求的"艺术品"与情色投射对象，亦即化解一往有深情的危险性与无限性。卷一卷二论《词曲》重视结构、排场、格局，歌词的抒情深度反为次要。他认为词采显浅尖新，是作者与观众有效沟通的契机，典雅蕴藉之文辞不宜戏台表演。李渔在《闲情偶寄》中呈现的自我重风趣与实效，满足于酌量享乐与方便权宜——这亦是李渔对晚明徘徊求真与多情的焦虑之回响。

夺胎换骨：评点、续书、传承

在1670年代，李渔的书坊芥子园曾印行《李笠翁批阅三国志》。《新刻绣像批评金瓶梅》（世称《金瓶梅》崇祯本，即后来张竹坡评本所本）的其中一种传世藏本有"回道人"的题诗，而李渔曾用过"回道人"的化名——李渔可能即崇祯本的改定者。但李渔文学思想最精彩、最富原创性的表现，乃在于他的小说与戏剧里夫子自道的片段及《闲情偶寄》有关戏剧的论述。毕竟李渔最关心的，还是他本人的创作，以及创作与批评的连续性。就这一点而言，他与明末清初着重阅读经验的小说戏剧评点家颇有分歧。举例说，李渔条陈戏剧该如何结构和演出，其中并包含一些技术性问题的讨论。但金圣叹批评《西厢记》（1658）却是用该剧来支架他时而深刻时而枝蔓的联想，即在阅读过程中引发的文学、哲学沉思。

华玮曾指出女性的戏剧批评，如《吴吴山三妇合评牡丹亭》（作者为吴人未过门即夭亡的未婚妻钱宜，及后来先后嫁给他的谭则与陈同），更重视情节的可信性和剧中女性角色的感情世界。总括而言，戏剧评点包罗甚广，涉及文字、演出、人情事态的论断等。相比之下，小说评点更注重读者从小说领悟"作文之法"。所谓"作文"包括时文和古文，此论述模式自金圣叹用时文古文的字眼来批评小说后更蔚然称盛。但"作文"并不包括写小说——清初的小说评点家鲜有把自己或读者想象为通俗小说作家。评点者往往刻意提升小说与评点的地位，而小说评点在当时地位日隆，于吕熊（约1640—约1722）的《女仙外史》可见一斑。当时参与该书评论的有名士人，包括朱耷（1626—约1705）、王士禛、洪昇、刘廷玑（1653—约1715）等。《女仙外史》以前此谈苏州剧作家时提到的燕王夺位、建文"逊国"事件为根本，却将之改造为神话——在小说里建文忠臣或其后人拥戴逃亡的建文帝，在女仙唐赛儿的领导下远据一方，继续斗争，俨然敌国。（历史和笔记里的唐赛儿在永乐十八年用白莲教宣传和组织群众，在山东青州发起叛乱。）

评本显示阅读批评的主体性、积极性甚或干预性。虽然评家每每标榜自己不过是失传"古本"的发现者或传播者，但作为作者"知音"，他们留下个人取舍予夺的烙印。评者"占据"文本，以赏鉴为创造，把自己写进书中。诚如张竹坡（1670—1698）所云："算出古人之书，亦可算我今又经营一书。我虽未有所作，而我所以持往作书之法，不尽备于是乎？然则，我自做我之《金瓶梅》，我何暇与人批《金瓶梅》也哉。"(《天下第一奇书金瓶梅》卷首《竹坡闲话》)。金圣叹对自己擅自加插更改、混入《水浒传》原文的片段，有时候特地拈出，叹为天才绝妙。他又说："圣叹批《西厢记》是圣叹文字，不是《西厢记》文字。"

明代小说四大奇书在清代均以明末清初修撰的评本流传。五四时代的知识分子大都认为这些批语把后设的道德观念加诸原著，混淆视听，因此主张摒弃评点的包袱。然而这些评家的影响力一直持续。经金圣叹腰斩的七十一回本《水浒传》(序三系1641年，约1644年印行)到现时还是最通行的本子(这点本卷第一第二章均已经提出)。金修改原文，使宋江变得阴沉诡诈，而此形象对后世读法有深远影响。金圣叹的"诛心"论断，启发后来评者追寻蛛丝马迹、揭开人物"藏奸"面具的兴致。张竹坡对吴月娘(西门庆妻)的解读，便似与此有承传关系。

《三国演义》从弘治本(1522)到毛宗岗(约1632—1709年后)及其父毛纶的评本(1679年序)，经过一个半世纪的演化，从二百四十回经过二并一重组变为一百二十回。毛氏评点，师承金圣叹。基于坚持蜀汉为正统的观点，毛本窜改弘治本赞扬曹操雅量和判断力的文字，处处发挥尊刘贬曹的观点。同时毛氏父子又激赏曹操奸雄形象的塑造，号为三绝之一(另外二绝是关羽和诸葛亮)。传世《三国演义》开头广为读者熟知的词，来自杨慎(1488—1559)的《廿一史弹词》，也是毛氏后加的。

《新镌全像古本西游证道书》(1663年刊行)有汪象旭与黄周星(1611—1680)的编纂与评论。据魏爱莲研究，《西游证道书》第九回唐僧出世四难的内容为黄周星加添，评语也大概是黄执笔。汪黄本认定全真道士丘处机(1148—1227)(道号长春子)为《西游记》作者，附录丘处机传记与虞集为《长春真人西游记》所作序。《西游证道书》信奉仙佛同源而较多道教倾向。《绣像西游真诠》有尤侗1696年序和陈士斌的评点，尤侗称许陈为"三教一大弟子"，但陈评其实偏向道教。《西游真诠》取代《西游证道书》，成为清代最流行的《西游记》本子。二书的证道观确立了《西游记》的寓言解读。虽然五四时代的知识分子如胡适（1891—1962）和鲁迅（1881—1936）认为《西游记》胜在其玩世骂世的喜剧精神，斥证道说失之过分深求曲解，但近世学者如余国藩、浦安迪等，重新注意《西游记》的道教、佛教、儒家思想的寓意系统。

张竹坡评点的《皋鹤堂批评第一奇书金瓶梅》（1695年序）是清代流传最广、影响最深的《金瓶梅》版本。张认为《金瓶梅》作者是"仁人志士，孝子悌弟，不得于时……作秽言以泄其愤"。他又说："凡人谓金瓶是淫书者，想必伊只看其淫处也。若我看此书，纯是一部史公文字。"（《读法》五十三）张评本卷首的《苦孝说》、《寓意说》、《第一奇书非淫书论》、《冷热金针》等单篇奠定了后人追究《金瓶梅》寓意的读法。很多后世读者（如浦安迪和《金瓶梅》的英译者芮效卫[David Roy]）都直接或间接受张竹坡启发，认为《金瓶梅》具深广的道德意义。至于这道德境界的内涵，尚无定论。

评点家演绎他们的视界，通常借勾画作者原意为名，而作者身份往往是评点家的有意"发明"，如金圣叹论述的"施耐庵"或黄周星的"丘处机"。正因明代小说多属佚名，是世代累积的故事，多层次的沉淀过程造成不可避免的矛盾。建构一致视野的唯一方法，是把内在矛盾或晦涩看成是有意的反讽和吊诡。有时候文本细节悖离书里宣扬或评点者勾勒的主旨，模棱、疑窦、矛盾处突显须要解决的问题。这是评点家乐意接受的挑战，因为文本问题也就是他们伸展诠释视野的机会。对现代读者来说，有卓见的评家，如金、毛、张等，解释文本的针线细节及展现其引发的联想，时有所获。他们也提供了中国传统针对叙事模式和结构的解读系统。

乍看之下，评点的功能似乎是"破坏管制"，即把有颠覆潜力的作品吸纳进大传统的范围。为了要反驳《水浒传》"诲盗"的指责，李贽在他的《忠义水浒传序》（收入《焚书》，1590年序）中强调《水浒传》是"发愤之所作"，即忠义之士因处正邪贤愚颠倒的时代而不得不归于水浒。金圣叹虽然反对"忠义说"，认为施耐庵题其书曰《水浒》，"恶之至，迸之至，不与中国同也"，但无论予夺，小说作者的道德权威无容置疑。同样地，张竹坡提倡《金瓶梅》的主旨为"悲愤说"、"苦孝说"，每每把书中的直白性欲描写解释为作者抒发愤懑，表达对书中人物严厉的指责。

但评点对小说的"驯服"也是充满矛盾，前后并不一致。如金圣叹《水浒传》的每回评点，便与他在序言中申述的方针相违。批判宋江的功能似乎在于抬高其他草莽英雄，有时候金圣叹甚至赞叹宋江为"权诈之雄"，而这说法明显影响后来毛宗岗对曹操的"奸雄"评语。金圣叹把儒家传统的"忠恕"之德归于施耐庵，但细审其词意，金实是重新定义"忠恕"为"自然"："何谓忠？天下因缘生法，故忠不必学而至于忠，天下自然无法不忠……盗贼犬鼠无不忠者，所谓恕也。"（序三）"率我之喜怒哀乐自然诚于中形于外，谓之忠。知家国、天下之人率其喜怒哀乐无不自然诚于中形于外，谓之恕。"（第四十二回回前总评）金批《水浒》与金批《西厢》都是以梦作不结之结，徘徊于肯定与否定之间。金本《水浒》以卢俊义噩梦中梁山英雄被杀作结，如此安排似乎否定草莽英雄报效朝廷的"忠义"，但也使他们免除接受招安后被毒杀的悲惨下场。金圣叹认为《西厢记》正本终于草桥惊梦，把庆团圆四折称为"续书"——因为团圆虽歌颂崔张爱情，但亦使之世俗化。毛、张评语中的"正言若反"没有如斯明显，但亦自有其吊诡——如谓《三国演义》中的"正统"与"天命"依靠兄弟结义与帮会式的团结建立,或谓《金瓶梅》的详尽色欲描述代表作者的讽刺机锋。

如评点本一样,续书代表明代小说在清初被接受与取用的过程。有时候评点决定续书的取向;金圣叹的《水浒》评点尤其影响《水浒传》续书。从另一角度看,续书内化了评点意识,或更进一步以"后设小说"形式内化原书,即续书不只继续或挑战原书的模式,还把原书收纳,变成重现或表演的片段。如董说(1620—1686)的《西游补》,写孙悟空在青青世界听《西游谈》弹词。陈忱(1614—1660年后)的《水浒后传》(1664年序)最后一回,幸存的梁山英雄及其后裔在暹罗别立基业,欣赏《水浒记》的演出。由此观之,评点与续书都标帜小说文学自觉的高峰。

明代小说的清初续书,以模仿、继续、延伸、重写、反驳种种形式出现。《水浒传》与《金瓶梅》的北宋末年覆亡在即的时代背景,显然可以比附明末清初的离乱。李贽在《忠义水浒传序》中谓施耐庵与罗贯中"虽生元日,实愤宋事"。也许《水浒传》在漫长的成书过程中,确实经历宋金、宋元、元明的易代抗争。在这些危急存亡的关头,天命何所归尚成疑问,外族侵凌似使"造反有理"。睥睨法纪、一意争雄、靠团结成大事的草莽英雄,可能别具吸引。在一百二十回的《水浒传》,两位梁山英雄(呼延灼、朱仝)及另一位好汉(张庆)之子,后来均参与抗金斗争(一百一十回、一百二十回)。

清初的《水浒传》续书,继续并张大以造反体现忠义、抵御外侮的话题。其中最显著的例子是陈忱的《水浒后传》。陈忱以雁宕山樵为笔名,用评点话语作掩护色,在故意把系年推前到1608年的序中,声称"发现"佚名的"古宋遗民"元初所著《水浒后传》。陈忱在自己所作之书中,以评点者的身份现身。陈是志节昭著的遗民,是上文提到的惊隐诗社的一员。通过幸存的梁山英雄种种英勇事迹,包括抗金卫宋、在暹罗建基立业等,陈忱寄托明遗民的希望、忧惧和悲怀。

总而言之,浪漫想象寄情实有或虚幻的地理边缘,是借此逃离或更新腐朽的中央政体。就清初遗民而言,这追求又纠合另一渺茫的希望——即被镇压驱至边缘的复明运动或可借外力得一线生机。上文提到《临春阁》中远处南方高凉的女将领洗氏,便是边缘浪漫化的另一例子。在《水浒后传》中,远谪让梁山英雄有机会对被金人禁锢的宋徽宗(1101—1125年在位)聊表寸心,又让他们护驾,拯救被困波涛的宋高宗(1127—1162年在位)。水浒英雄在暹罗的乌托邦大异梁山——暴力违法减小,对女子与家庭之乐的赞扬增多,文官政体与文人文化得以伸延。魏爱莲称之为"斯文反讽"——身为次等英雄、不能在本土平乱的自觉,为异国扬威,建立乌托邦的幻想留下挥之不去的阴影。

在另一续书,佚名的"青莲室主人"之《后水浒传》中,梁山英雄托生的后身与屈膝金人的昏庸南宋政权继续对抗。此书的反抗意识更彻底,严厉批判昏君乱臣,竭力反对招安。但与此同时,杨幺(宋江的后身)坚持忠于宋高宗,奋力进谏。最后草莽英雄被岳飞打败,化作一团黑气。《后水浒传》可说是反映了原书及其诠释系统中对这些英雄豪杰的模棱游移态度。此书中的岳飞与造反英雄对立,但当后者变成卫国战士时——如在钱彩(约1666—约1721年在世)的《说岳全传》中,两者界限便很模糊。在这小说里,岳飞与梁山英雄同拜一师,岳飞劝他们参与抗金战争,他们的后裔也成为岳飞军队里的将领。

正如《水浒》续书宣称得其真传,竭力把原书的飞扬跋扈纳入忠义或抵抗外敌的架构,《金瓶梅》的续书也以巩固原书的道德价值为名,尝试牵制原书对情色的眩惑。山东文人丁耀亢在其《续金瓶梅》中，依托为顺治帝《御序颁行太上感应篇》作批注，一丝不苟地演述《金瓶梅》人物转世偿还孽债种种恶报。西门庆转世为富人沈越之子金哥，金兵陷中原，金哥沦为瞎眼的乞丐。金哥死后，淫报未了，转生为贫家子，被父亲阉割送去当内监。"只落得一个小小口儿，使一根竹筒儿接着才撒尿。这才完了西门庆三世淫欲之报。"潘金莲转生为黎金桂，嫁给陈经济转世、不能尽人道的刘瘸子，因与鬼魅交媾得疾，变成石女，终于削发为尼。李瓶儿转世为袁长姐，被骗堕落烟花，改名银瓶，屡遭贩卖、欺骗、虐待，终于自缢身亡。春梅转世为孔梅玉，嫁与金将之子为妾。大妇是孙雪娥（《金瓶梅》中西门庆之妾）转世，梅玉不堪其欺凌，由金桂接引出家。故事另一线索叙吴月娘、孝哥（月娘与西门庆之子）、仆人玳安、小玉等人在离乱中的悲欢离合。孝哥归依佛门，月娘也潜心修道，两人都在宗教解脱里安身立命。《续金瓶梅》刻意牵扯家与国，加插宋徽宗、张邦昌、秦桧、韩世忠等历史人物，对乱世的颠沛流离有详尽的描述。

丁耀亢声称因果报应不只应验在个人遭际，也关联朝代兴替。于是北宋覆亡，归咎朝廷党争，亦是徽宗贪婪、奢侈、玩物丧志，甚或宋朝开国时候冤孽的报应。行文之间，丁又似暗示南明与徽宗朝廷同病。但果报如何解释岳飞冤死与秦桧逍遥法外？丁无可奈何地用他们前世在宋朝开国时的恩怨得失作解释。世变的洪流冲击小说的道德重塑，其报应架构因而显得捉襟见肘。归根究底，丁耀亢那看似严密精微的报应系统并不足以承担解释历史兴衰的重任。易代之际的颠连困厄是普及的，又是偶然的，丁看得真，写得切，自然不容易以理化情。扬州也许浮华糜烂，但若说金人屠戮惨祸（明显映射 1645 年的扬州屠杀）是果报昭彰，却是乖情违理，难以接受，而丁耀亢终亦不能自安"罪与罚"的逻辑。北宋（解读作明朝）也许罪该亡国，但丁写乱世苦难毕竟引发读者同情——设若苦难均是罪有应得，亡国亦是理所当然，这同情便大打折扣。

丁耀亢好议论，对性欲问题尤其多发挥。他不仅对《金瓶梅》里性欲描写的道德与宗教寓意大书特书，关于《续金瓶梅》中的同类描写该如何解释，他也刻意定规。丁仿效佛经以"品"分类，把情色淫佚的描述归诸"游戏品"，意谓不避情色，不过借方便门不即不离，游戏说法。《续金瓶梅》的"艳遇"，大都不欢、痛苦、虚妄，少数例外之一是金桂与梅玉的爱欲相怜（当然作者的谴责有增无已）。为免"借淫说法"被误解，丁耀亢强调他"欲擒先纵"的策略："如不妆点的活现，人不肯看，如妆点的活现，使人动起火来，又说我续《金瓶梅》的依旧导欲宣淫，不是借世说法了。只得热一回，冷一回，着看官们痒一阵，酸一阵，才见的笔端的造化丹青，变幻无定。"（第三十一回）但他时而严厉的谆谆教诲并不能完全安插越轨的性欲与无端的暴力。也可说这自我规限的失败是原书的遗产。《续金瓶梅》不能严正地借色讲道，不能彻底羁縻《金瓶梅》的牵情动欲，就正如《金瓶梅》本身的道德言语不足以规范其对现实人生、情色百态的沉湎。续书要超越原书的框架，却仍难免某种程度上重蹈覆辙。

署名西周生（不知何人化名）的《醒世姻缘传》（初名《恶姻缘》）虽不是《金瓶梅》续书，但亦继承了后者家庭故事的框架，及对婚姻伦常关系中的恩怨、阴谋、权力斗争的极度关注。《醒世姻缘传》中男权幻象彻底破灭——懦弱无能的男主角狄希陈备受凶妻薛素姐、悍妾童寄姐的欺凌虐待。正如《续金瓶梅》一般，因果报应决定《醒世姻缘传》的故事架构。狄、薛、童继续三人在小说头二十二回铺叙的前世冤孽。狄希陈的前身晁源，本惧内庸夫，发迹后骄奢暴戾，纵容其妾珍哥凌辱原配计氏，逼得计氏自缢。计氏转世为童寄姐，虐报狄希陈与前生为珍哥的婢女小珍珠。狄最大的冤家对头薛素姐，前生乃是被晁源杀害剥皮的狐仙。小说告终时，伦理秩序稍稍重整——狄希陈虔诚持诵《金刚经》万遍，得赎前愆。薛氏病逝，略为收敛的童氏扶正为狄妻。

至于《醒世姻缘传》的写作时间，学界尚无定论，或谓早至崇祯年间（1630年代），或云晚至康熙中叶（1680年代）。明清之际的动乱也许关合书中对社会崩溃、道德沦丧、价值（包括传统遵奉的男尊女卑）颠倒的描述。与此相比，《续金瓶梅》刻画时代创伤与离乱更为具体迫切，更直接描摹书中人物因朝代兴替而转徙流离。《醒世姻缘传》叙述社会与政体失序虽然比较笼统与抽象，但描述世情世态淋漓尽致，作者似乎对山东与北京附近的风俗人情特别熟悉。

正如《续金瓶梅》，《醒世姻缘传》的因果报应基于命定论与追究个人责任的诡异组合。同样地，后者谆谆告诫的叙事声音并不能真的驾驭小说的悖离正统与嬉笑怒骂，其卫道解释往往未能自圆其说。被标举为正面的楷模（如晁母）通常比乖张恣纵的人物逊色，作为被凌逼受迫害者，狄希陈也并未赢得读者的同情。作者对女性权力伸张的各种面相都深感兴趣。从悍妒到坚韧，全书充满形形色色的刚强女子。悍妇如薛、童的正面对应是深具威权的家族长辈如晁源之母，或伸张"妻纲"者如狄希陈之母。就是被迫害的女子（如计氏）亦颇凶悍。《醒世姻缘传》没有特别关注恣纵情色的问题，这便迥异《金瓶梅》与《续金瓶梅》。性欲在两性权力斗争的架构里，不过是工具或旁支话题。中国文学里的悍妇往往也是淫妇，但薛素姐没有奸情，甚至并不特别对性欲感兴趣。叙事者暗示她在房事采取主动，但也没有多说。她留心的似乎只是利用性欲控制狄希陈，或借此伸展权力。总而言之，这一百回的小说之所以引人入胜，是因为女子的暴戾与权能——有

第三章　清初文学（1644—1723）

时候酝酿成虐恋——极能牵动作者，因之驰骋想象，加上书中对日常生活有细致刻画，对社会家庭的人际关系有包罗万象的描绘，更兼文笔流畅生动，能充分捕捉人情世态与言语特性。

另一百回小说——苏州文人褚人获（约 1630—约 1705）所编《隋唐演义》（约 1675 年完成，1695 年序）——其接受与承传以别样姿态出现。《隋唐演义》由褚人获书坊所刊行。明代长篇章回小说，大都是沉淀累积的作品。到了十七世纪中叶，这累积过程变成自觉的编缀，比较远离说话传统。是以褚人获在《隋唐演义》序中特别点出其友袁于令（1592—1674）提供所藏《隋唐逸史》，其中所载隋炀帝、朱贵儿、唐玄宗、杨玉环两世姻缘成为褚书始终关目。褚又列举采纳之书，包括《隋史遗文》（袁于令作，1633 年序）、《隋炀帝艳史》、《隋唐志传》等。褚人获没有像丁耀亢一般分别条陈《借用书目》（这在中国小说史中大概史无前例），但褚也是自觉地继承前人相关作品。丁自许其原创，而褚以编纂者自居："其间阙略者补之，零星者删之，更取当时奇趣雅韵之事点染之，汇成一集，颇改旧观。"何谷理指出，《隋唐演义》采诸正史无多，但汇合熔铸各种文言、白话小说及笔记所载有关隋唐时代二百年间（约 570 年到 770 年）的宫廷秘闻、情爱牵缠、英雄业绩。何认为褚的声音和叙事观点，具见每回中或数回之间均衡对比的安排。

《隋唐演义》记事始于隋朝（581—618）创基，终于安禄山之乱（755—763）后唐朝（618—907）的中衰。小说肯定朝代兴替依循天道，乃理性的历史进程，但秦叔宝与其他隋唐之际草泽英雄的升沉聚散、悲欢离合，又使意志与命运显得偶然难料，增添无可奈何的悲凉。秦叔宝等人的故事取自袁于令《隋史遗文》，但褚人获似乎对反抗"真命天子"的败落英雄更表同情，亦即对正统政权铲除叛逆豪杰暗喻讥讽。

如前所述，隋、唐部分是靠前世今生的因果联系起来。隋朝末代君王隋炀帝再生为杨贵妃，唐玄宗前生则是隋炀帝宠妃朱贵儿，隋朝覆亡，朱贵儿殉国殉情。这是第一百回交代的因果，作者借此机械性的枢纽统筹书中头绪纷纭。小说的道德说教依循传统的劝善惩恶模式，但对风流天子隋炀帝管领风骚，与宫中众美人唱和、留连诗酒的韵事，则艳羡同情多于义正辞严的指责。在撷拾隋炀帝风流故事的过程中，褚人获删去《隋炀帝艳史》（1631）的直白色欲描写，而隋炀帝的"淫魔色鬼"形象也随之改进。隋炀帝颇得人心，不仅妃子宫女邀欢博宠，俳优王义甚至思量"净身"，以图侍奉知遇之君。褚人获写他的豪奢，也是兴致勃勃，只是偶尔加插循例批评。涉笔唐玄宗与杨贵妃的故事，虽屡屡指称杨祸国，但还是夹杂感慨与怜悯。

褚人获刻意把奇女子的故事收罗进《隋唐演义》——包括女主（武则天）、后妃、宫女，还有女侠、女将、女英雄、倡乱的女头领。浪漫爱情与英雄传奇交织——其中一幕叙罗成与窦线娘在战场上窃生爱慕，以相攻的兵器（箭与金丸）作定情信物。武略代替文才，成就好姻缘，穿插小说的争战。

褚人获颂扬女子与爱情，可能跟当时（尤其1650年代到1670年代）盛行的才子佳人小说有关。多种才子佳人小说联系"天花藏主人"和"烟水散人"——或为他们所作，或有他们的序跋。这些白话小说文笔流畅典雅，简明易读，多为中篇，所写无非秀美多才的青年男女或因巧遇或证前盟定情，但因为种种形势及奸人阻挠，风拆鸾飞，后来通过才智勇毅终谐连理。小说背景大都在江南，其中描绘富贵荣显的家族时而稍嫌抽象，可能与作者本属边缘文人，只能概括性投射愿望实现的幻想有关。迂回曲折的情节、改名换性、变妆易服，是这类小说的惯技。经过磨炼与拖延，金榜题名，洞房花烛，有情人得家人（有时候甚至皇帝）的允许终成眷属。为了使爱情与社会秩序妙合无痕，这些小说都没有色欲描写。（专写色欲的艳情小说由明入清，从未中断。）这些才子佳人小说的笔调既卫道又谐谑，"名教中人"的《好逑传》便是好例子——小说结尾用御医验证女主角仍是处子之身，与男主角无瓜李之嫌。女主角通常比男主角敢作敢为，有勇有谋，如《平山冷燕》。歌颂女子才华，亦是当时小说潮流，具见《女才子书》（1658）、《女开科传》（约1650年代到1680年代）等书。才子佳人小说没有难解的矛盾，容易消化与传播，所以是十八、十九世纪最早翻译成欧洲语言的中国小说。

新典范、新正宗

如果说清初小说自觉地承担对明代巨著响应、遏制、改道的包袱，那么传统地位较高的文类（如诗文）则是权威地自许复兴，超越明人。前此论及的政统与文统合流，乃是此自信的基础。但自信背后也有复杂的周旋与压抑的张力。施闰章与上文提到的吴嘉纪一样，写了大量抨击时弊、关怀民生疾苦的诗，但他的论断以温柔敦厚出之。他的名篇《浮萍兔丝篇》，如前述的李渔故事，写家庭在战乱中的悲欢离合。一男子窥见失散的前妻掩映马上，已归属一清兵，遂宛转哀求："长跪问健儿，毋乃贱子妻。"后来才知道男子所纳的新妇，即清兵之故妻，诗遂以和睦"换妻"作结："两雄相顾诧，各自还其雌。雌雄一时合，双泪沾裳衣。"当时有无数关于难女被掳掠、驱驰马上的记录和诗文。《浮萍兔丝篇》是差堪告慰的例外团圆，其中征服者与被征服者的"公平交易"，代表果报的幻想，施暴者与受害者的恩仇怨恨因之和平化解。不安与焦虑的抑制，若非诗人自为，则多由论诗者代言。如经常与施闰章并提的山东诗人宋琬（1614—1674）

(所谓"南施北宋")多悲凉慷慨、感怀身世之作,他两度被诬系狱,备极困顿流离。但王士禛赞扬宋琬,不谈其哀音怨愤,只云"豪健"比美陆游(1125—1210)。吴伟业则谓宋诗"境事既极,亦复不戾于和平"。

王士禛晋升为诗界主盟,标示世代转移,亦使我们注视典雅和平的诗歌理想所包含的新旧交替。明朝覆亡时,王只十来岁。1660年代初期,他任扬州推官时,广为结交江南诗人,其中包括不少遗民诗人。王在《渔洋诗话》中回忆1661年在金陵曾与青楼乐师丁继之谈秦淮盛时旧事,因作《秦淮杂诗二十首》。在想象往事如烟的过程中,他用哀婉惆怅的笔调认同前辈诗人繁华事散、流水无情的伤感,也可说是象征性地经历了当年的风流缠绵。遗民诗人让王士禛建构"间接感旧",他们的认许使王声名大噪。而王在品鉴他们的作品时,则着力推崇其隐逸情怀,故意淡化其政治寓意。

钱谦益在《王贻上诗集序》(1661)中,用典、远、谐、则四字概括王士禛诗风。这早期的评论可说是王后来所谓"神韵"诗风比较平实的形容。王士禛谈艺,喜欢援引传为司空图(837—908)所作的《二十四诗品》和严羽(十三世纪)的《沧浪诗话》,暗示诗歌关联佛道超越语言和理性思维的感悟。王士禛的一些绝句,使人联想到王维(699或701—761)、孟浩然(689—740)、韦应物(741—830)的同类作品——烟雨迷离、微曦薄雾、幽静无人、空灵淡远缔造隐约的艺术境界,似有深意存焉,却不落言筌。王士禛解释"不着一字,尽得风流",比作"画家所谓逸品"(《分甘余话》卷四),可为"神韵"脚注。他又说:"吾尝观荆浩论山水,而悟诗家三昧,曰远人无目,远水无波,远山无皱。"(《香祖笔记》卷六)

这种静穆远观的空灵诗风,似乎与政治无涉,但亦自有其政治意义。王士禛常引严羽说诗"羚羊挂角，无迹可寻"的比喻，并再下转语："释氏言：'羚羊挂角，无迹可寻。'古言云：'羚羊无些子气味，虎豹再寻他不着，九渊潜龙，千仞翔凤乎。'此是前言注脚。不独喻诗，亦可为君子居身涉世之法。"（《香祖笔记》卷一）龙藏九渊，全身远害，凤翔千仞，飞黄腾达，作诗兼喻处世。依此逻辑，诗歌超越历史与政治，使之变成画中远山远水，是世路艰难的情况下自存甚或致通显的途径。

清远飘逸的诗风使暴戾偏移，上引王作于扬州的《冶春绝句》便是好例子。个人爱恨的细节也因远观变得迷蒙，如作于1685年的《蝴矶灵泽夫人祠》："霸气江东久寂寥，永安宫殿莽萧萧。都将家国无穷恨，分付浔阳上下潮。"蝴矶在安徽芜湖西南江滨，灵泽夫人即孙夫人，吴国国君孙权之妹，嫁与刘备为妻。相传孙夫人闻刘备死讯而自沉于蝴矶。另一传说谓孙夫人不忍见所嫁国（蜀汉）与宗国（吴）相残杀，故义烈自沉。清初诗人也许对处境两难的内在挣扎别有会心，后来沈德潜也说："浔阳以上为刘，浔阳以下为孙。夫人之恨，真无穷矣。"但王士禛更关注的，是因无可奈何的丧亡而生之悲凉。孙夫人的千古遗恨，已随潮汐上下付诸不得已的人生无常。吴蜀均已矣，孙权霸业成空，无从追溯，刘备逝世的永安宫，也是榛莽丛生，不能辨认。距离让我们接受失落。

清远冥想的诗心，造就了典则和谐的理想。看似信手拈来的句子造境往往惨淡经营。王常用优美灵秀的语言超越迂腐教训，如《再过露筋祠》（1660）："翠羽明珰尚俨然，湖云祠树碧于烟。行人系缆月初堕，门外野风开白莲。"露筋祠在扬州与高邮之间，有关传说颇多。王诗所本的故事，谓一女子与嫂夜行，其嫂借宿田家，女子为避嫌露宿野外，被蚊噬至露筋而死。王诗升华说教，并化解这"守贞"故事特有的血腥。此外如《雨中度故关》

（1672），用飘逸的意象归结危关险境与羁旅行役："危栈飞流万仞山，戍楼遥指暮云间。西风忽送潇潇雨，满路槐花出故关。"

王士禛提倡典雅正宗，主盟诗坛，与他名位日隆互为因果。1678年，康熙帝特旨传谕："王士禛诗文兼优，着以翰林官用。"王遂以侍读直南书房。前此诸大臣分别向康熙帝推荐王士禛，"圣恩"似乎是基于众议的"文化政策"，而不是特殊的"知遇之恩"。康熙帝需要一位可以代表其时代之文化自信而又得舆论推戴的诗人。如同1679年的博学鸿词考试一样，这是"文教"。讽刺的是，王士禛因为能够操纵超越历史的诗境而主盟诗界，成为一代正宗，但最后他作为"一代正宗"、"治世之音"的历史身份，却招致后人非议，认为他缺乏真性情——他太典雅、太清丽、太脱俗了，神韵妙悟，意在言外，反而使"诗中人"无处寻踪。

就文学传承来说，一般认为他"宗唐"，其实他是集大成。王自谓"中岁越三唐而事两宋"。在《论诗绝句》（1663）里，他肯定了宋元诗。但除了文学取舍，宗唐还有"盛世之音"的文治意味，康熙帝认为"诗必宗唐"，毛奇龄（1623—1716）称盛唐诗为"高文典册"。徐乾学（1631—1694）则谓王兼容众体而仍奉唐为正宗："虽持论广大，兼取南北宋、元、明诸家之诗，而选练矜慎，仍墨守唐人之声格……读先生之诗有温厚平易之乐，而无崎岖艰难之苦，非治世之音能尔乎？"同时，王士禛又传承了钱谦益、陈子龙、钟惺等人对明诗不同的看法。也许调和众议是达成诗界正宗的必经之路。明中叶鼓吹的复古（于明季为陈子龙所宗尚）与晚明追求的幽深孤峭（以钟惺竟陵派为代表）均足以资助王诗对超越历史的探求，是以有谓王士禛乃"清秀李于麟"（吴乔［1611—1695］《答万季野诗问》）、"蕴藉钟伯敬"（钱锺书《谈艺录》）。可资与王诗对照的，并非他的晚明先导，而是与他同时代、大部分年长一辈的诗人，亦即上文提到以历史关怀为使命的诗人。

王士禛任扬州推官时（1660—1665）亦是广陵词坛的中坚。广陵词人兼操选政，他们刊刻的晚明及清初词选颇有影响力。王词隽逸哀艳，风致嫣然，追步《花间》晚唐，但离开扬州后便不复填词，可能因为词为"小道"，不易纳入他自许文章正宗的格局。词人顾贞观也认为王士禛位高望重后，只言诗古文辞，是因为词"顿如雕虫之见，耻于壮夫矣"（《论词书》）。但词脱离绮艳，自有内在的因缘，诗人兼学者朱彝尊即倡导韵趣空灵，使词风"雅化"。朱彝尊与浙西词派的兴起，隐然与王士禛的神韵说并峙。与朱彝尊齐名的陈维崧，气魄绝大，创作数量无与伦比。因多悲今吊古、感怀家国、悯时伤乱之作而被尊为"词史"。朱陈分歧，犹如王士禛与众多号为"诗史"的诗人异趣。陈维崧及其阳羡词派影响力不及朱彝尊的浙西词派，犹如王士禛所倡神韵取代众"诗史"所关怀的问题。浙西词派特重雅醇清空，至康熙中（1680年代）蔚然成风。浙西词人虽也提到姜夔、张炎的婉约寄托传统，但基本动向由实入虚，远离历史社会，这点或与神韵说有暗合处。

1679年是转折点。龚翔麟（1658—1733）所选《浙西六家词》奠定了浙西派的名目，选本刊刻于1679年。同年朱彝尊上京赴博鸿，携带《乐府补题》。经过朱彝尊与另一词人蒋景祁（1646—1695）的努力，《乐府补题》重新问世。是书咏物诸作，出自宋元之际词人。其哀婉基调不容置疑，但隐约寄托，如何伤悼宋亡，则似无达诂。从1679年到十七世纪末，近百家词人拟《补题》相唱和。清初词人可借此感慨兴亡，追怀往昔，亦可逞技斗巧，奢言寄托。不同的反应在朱、陈序里表现出来。朱序极短，介绍《补题》词人，称之为"宋末隐君子"，其咏物词"虽有山林友朋之娱，而身世之感别有凄然言外者"。陈序较长，以激越跌宕之骈文抒发共感同悲："赵宋遗民"的"狂言"、"谰语"，隐然响应清初文化氛围。"飘零孰恤？自放于酒旗歌扇之间。惆怅畴依？相逢于僧寺倡楼之际。"竟似陈维崧自陈落寞。严迪昌认为若是排比浙西、阳羡两派词人《后补题》之作，可看出纯粹赋物与家国之感的分野。前者如七宝楼台，但稍嫌隔阂，然而这些作品的精美、雅醇、隐约，却恰好代表浙西词派的特色。

朱彝尊早年曾参与复明运动，但自依附曹溶为幕客（1656—1658，1664—1668）后，渐渐靠拢清政权。1679年举博学鸿词，以布衣授检讨，参与纂修《明史》，入直南书房。自此朱彝尊声名昭著，被公认为浙西派宗主。尔后多咏物征典之作，倡言"词则宜于宴嬉逸乐以歌咏太平"（《紫云词序》，约1686年）。但朱彝尊词中佳作是较早时期（1660年代至1670年代）的作品，其时委婉似是为了约制激情。如朱自题《江湖载酒集》（1672）所云："十年磨剑，五陵结客，把平生、涕泪都飘尽。老去填词，一半是、空中传恨。几曾围、燕钗蝉鬓。　不师秦七，不师黄九，倚新声、玉田差近。落拓江湖，且分付、歌筵红粉。料封侯，白头无分。"（《解佩令·自题词集》）

朱彝尊的情词清丽缠绵，写求之不得、空成追忆的恋情，是整个传统同类题材不可多得的佳作。据传朱恋慕其妻妹冯寿常，不得如愿，冯竟夭亡。朱彝尊的《风怀诗》二百韵及《静志居琴趣》（1667）即咏其事。苦恋之人似近弥远，使这些作品有欲即不得，离而难舍的哀艳，如《桂殿秋》："思往事，渡江干。青蛾低映越山看。共眠一舸听秋雨，小簟轻衾各自寒。"也有对比昔日偷期密约与如今生死阻隔，如《摸鱼子》结句："浑不省、锁香金箧归何处？小池枯树。算只有当时，一丸冷月，犹照夜深路。"旧踪迹如何寻觅？可能最刻骨铭心的，还不是"洛妃偶值无人见，相送袜尘微步。教且住。携玉手、潜行莫惹冰苔仆。芳心暗诉。认香雾鬓边，好风衣上，分付断魂语"的片刻缠绵，而是当年分别时的"一丸冷月"，彼时生别的凄恻，引证如今碧落黄泉，两处难寻。《江湖载酒集》较多侘傺无聊、感伤身世之作。论史议时，悲壮慷慨，有隐显之间的故国之思，如《卖花声·雨花台》："衰柳白门湾。潮打城还。小长干接大长干。歌板酒旗零落尽，剩有鱼竿。　秋草六朝寒。花雨空坛。更无人处一凭阑。燕子斜阳来又去，如此江山。"其中有刘禹锡"潮打空城寂寞回"、"旧时王谢堂前燕，飞入寻常百姓家"、李后主（李煜）"独自莫凭阑"、张炎"漂流最苦。况如此江山，此时情绪"等句子的回响。亡国恨夹杂金陵怀古、天涯羁旅的习用语，使悲壮保持概括与隐约。

陈维崧与朱彝尊一样，在1679年召试博学鸿词科，授检讨，修明史。但陈死于1682年，短暂的仕宦生涯并不能抵消因多年落拓困顿而展现的危苦奋烈、肝肠掩抑之风貌。朱、陈尝合刊所作曰《朱陈村词》，但他们通常被视为相反流派的宗主。陈维崧与几位阳羡词人合编《今词苑》，他在《今词苑序》中强调词与诗文目标一样高，"固与造化相关，下而谰语卮言，亦以精深自命。"选政关系经国大业："选词所以存词，其即所以存经存史也夫。"经史诗词，既无异辙，词自应有思辨、议论的气魄。陈维崧的词即以议论锋芒贯穿豪情壮志，论者多比诸苏轼、辛弃疾的豪放和感怀家国。但陈维崧以至其他阳羡词人的作品，比苏、辛词可能更多苍凉悲感、彷徨踯躅、家国无归的情调。阳羡词人群中较多仕途蹭蹬的下级官吏、明遗民及其后人、遭贬谪或选择退隐者，我们或可借此窥探阳羡词风的渊源。

陈词飞扬跋扈，波澜壮阔，"哀乐过人多"。精悍如"耿耿秋情欲动，早喷入霜桥笛孔"、"碧落银盘冻，照不了秦关楚陇"、"秋气横排万马，尽屯在长城墙下"（《夜游宫·秋怀四首》），慷慨如"底事六州都铸错，孤负阴阳炉冶"（《贺新郎·赠何生铁》）、

"白雁横天如箭叫，叫尽古今豪杰。都只被江山磨灭"(《贺新郎·秋夜呈芝麓先生》)，纯以气胜。陈廷焯曰："蹈扬湖海，一发无余，是其年短处，然其长处亦在此。盖偏至之诣，至于绝后空前，亦令人望而却走，其年亦人杰矣哉。"翻江倒海，与词的美学相违，但陈词中的佳作，往往让我们觉得非如此发扬蹈厉不足尽其气魄骨力、史才史识。

陈维崧作品中以情韵胜者，亦崚嶒有风骨，如"寻去疑无，看来似梦，一幅生绡泪写成。携此卷，伴水天闲话，江海余生"(《沁园春·题徐渭文钟山梅花图》)。他有时候故意用绮语突显战乱的创伤，如《虞美人·无聊》："无聊笑捻花枝说，处处鹃啼血。好花须映好楼台，休傍秦关蜀栈战场开。　　倚楼极目添愁绪，更对东风语。好风休簸战旗红，早送鲥鱼如雪过江东。"此词或作于清军镇压川、陕时，或作于三藩之乱期间。"无聊笑捻花枝"是儿女故态，可从此展开纤绵温丽的境界，但陈词马上逆转，进入蜀帝杜鹃啼血的亡国悲愤。下片重复这翻腾，"倚楼极目"是闺情词常用语，"更对东风语"使我们联想到"把酒祝东风，且共从容"的留连光景，但这里的"红"并非"今年花胜去年红"，乃是"战旗红"，即杜甫所谓"十年厌见旌旗红"。"花枝""东风"的旖旎，衬托厌乱的心情及对残破的伤感与无可奈何。

满洲贵族公子纳兰性德别树一帜，虽与陈维崧契厚，却与陈代表的流派无涉。他被推尊为典范词人，尤以写情哀感顽艳冠绝清词。纳兰性德虽出身贵胄，位高望重，却大概因为挚爱的前妻卢氏二十一岁夭亡（1677），经常在词中流露深悲沉痛。纳兰性德《饮水词》中悼亡作品之多之痛切，大概史无前例。如作于1680年的《金缕曲·亡妇忌日有感》："此恨何时已？滴空阶、寒更雨歇，葬花天气。三载悠悠魂梦杳，是梦久应醒矣。料也觉、人间无味。不及夜台尘土隔，冷清清、一片埋愁地。钗钿约，竟抛弃。　　重泉若有双鱼寄，好知他、年来苦乐，与谁相倚？我自终宵成转侧，忍听湘弦重理？待结个、他生知己。还怕两人俱薄命，再缘悭、剩月零风里。清泪尽，纸灰起。"于此写情纯用白描，迂回曲折的伤悼心境用痴想真切的言语娓娓道来。依循类似逻辑，他的很多名句都是把陈言套语剥蕉至心，层层推演到伤心极致。他恋恋无聊梦境："梦也不分明，又何必，催教梦醒。"（《太常引》）满月代表的团圆痴想使他忘却死亡的冰冷："辛苦最怜天上月。一昔如环，昔昔都成玦。若似月轮终皎洁，不辞冰雪为卿热。"（《蝶恋花》）妻子生前曾劝他节哀，但她的告诫，只使诗人更怜念她，思量要带她的魂魄回家："忆生来、小胆怯空房。到而今、独伴梨花影，冷冥冥、尽意凄凉。愿指魂兮识路，教寻梦也回廊。"（《青衫湿》）陈维崧与周之琦（1782—1862）把他与李煜相比，是因为他们同样重白描，不事雕饰故实，悲感缠绵地哀悼失落丧亡。纳兰性德用相对浅显的言语写宛转深情，又有似北宋名家如晏几道、贺铸等。

纳兰性德哀感顽艳的情词，加上妻子夭亡、自己又英年早逝，给他赋予特有的天真浪漫之光辉，俨然"第二自然"。王国维（1877—1927）曰："纳兰容若以自然之眼观物，以自然之舌言情，此由初入中原，未染汉人风气，故能真切如此。北宋以来，一人而已。"（《人间词话》）李后主"生于深宫之中，长于妇人之手"，其时词又在刚成熟阶段，论者于是多称其自然真趣——这也是纳兰性德与李煜经常并提的原因。但纳兰词的清新俊爽，未必因为他"未染汉人风气"，而可能源于他对汉文化的全盘接受。他与顾贞观、姜宸英、严绳孙（1623—1702）、陈维崧等词人的交往和倡和，产生冠绝一时的友情词。他毫无自嘲、自疑地建构"狂生"、"名士"的自我形象，对友人——大部分是比他年长一辈的汉族诗人——的落寞失意深表同情，如《金缕曲·赠梁汾（顾贞观）》：

"德也狂生耳。偶然间缁尘京国,乌衣门第。有酒惟浇赵州土,谁会成生此意?不信道遂成知己。青眼高歌俱未老,向尊前拭尽英雄泪。君不见,月如水。　　共君此夜须沉醉。且由他蛾眉谣诼,古今同忌。身世悠悠何足问,冷笑置之而已。寻思起从头翻悔。一日心期千劫在,后身缘恐结他生里。然诺重,君须记。"这种移情自况的磊落郁勃,使他在深得康熙帝隆遇、扈从御驾边疆的情况下,竟能吸取边塞、贬谪、羁旅诗词传统的凄清苍凉:"不恨天涯行役苦,只恨西风,吹梦成今古。"(《蝶恋花》)纳兰性德虽是满洲贵介公子,却能与自己身份保持距离,感慨历代兴亡,有时候甚至隐然凭吊故明:"行人莫话前朝事,风雨诸陵。寂寞鱼灯,天寿山头冷月横。"(《采桑子·居庸关》)毛际可(1633—1708)跋纳兰性德与顾贞观编纂的《今词初集》,总括他们论词的美学旨趣是"铲削浮艳,舒写性灵"。纳兰词难以归属一家一派,不过与后代词人如项鸿祚(1798—1835)、蒋春霖(1818—1868)的情深思苦,似有一脉相承处。

　　比起其它文类,古文论正宗更坚持道德与政治意义。顾炎武认为"文须有益于天下",他宣称:"凡文之不关于六经之指、当事之务者,一切不为。"(《与人书》三)清初古文家如王猷定(1599—约1661)、侯方域、魏禧(1624—1681)也是儒者自命,关心家国兴亡,但他们同时对社会的边缘人——如乞丐、奴仆、侠客、名妓、优伶——有特殊兴趣,间或以志怪、传奇体为散文。也许正为此缘故,另一著名古文家汪琬反对"以小说为古文辞"的标新立异,主张汇合道统与文统。当时普遍关注对明末忠烈志士的纪念,不仅限于明遗民,清臣如汪琬等都曾为他们立传。这些话题到下一代仍有传承,最著者如戴名世。戴名世《南山集》被劾"狂悖"逮治伏法一案(1711—1713),使古文正宗更趋于兢兢业业。后来被尊为桐城派古文之祖的方苞(1668—1749),

因南山案遭祸。方苞与戴名世同为安徽桐城人，戴因征引方孝标（1617年生）沿用永历年号的《滇黔纪闻》坐"大逆"，方孝标是方苞族兄，而方苞又为《南山集》作序。方苞下狱论死，后得康熙帝赦免，编入旗籍，入值南书房。雍正初（1724），始解除旗籍。后屡得升迁，位居要职。

经过与政权相抵牾的磨难，方苞更坚持文章"义法"，以程朱道统为依归，伸张以文德助政教。康熙帝在《四书明义》序中说："万世道统之传，即万世治统所系。"方苞则以文统系道统与治统，完全符合康熙帝的文化政策。方苞代果亲王选编《古文约选》，力倡清真雅正。他认为《左传》、《史记》（方苞曾点评二书）等是古文楷模，此外如韩愈（768—824）、欧阳修（1007—1072）、归有光等亦足资取，不过表扬之余，他也压抑唐、宋、明诸名家持论流于率性、新异之处。可能基于同样原因，他对柳宗元（773—819）多贬词。方苞重雅洁，就是记叙自己系狱时所见胥吏舞弊、贪污勒索、囚徒死亡枕籍惨况的《狱中杂记》，还是保持谨慎、冷静、精严的风格。方苞文集有揄扬晚明党争中牺牲的义士（如左光斗）和明末死节忠臣（如黄道周）的传记，不过数量（如与戴名世比较）相对不多。这类文字或可显示他更高的抱负和理想，但方苞的通常范式，是以雅洁、道统约制感情。

Ⅳ 别有天地

幻界

在古文新正宗场域无甚用武之地的怪异、神奇、幻想美学境界，在诗、词、戏剧、章回小说、笔记小说里，得以充分发挥。这趋势的高峰是蒲松龄的《聊斋志异》。我们上溯其渊源，可探究唐、宋、元、明的先例（如在本卷第一、第二章讨论的明代文言小说）。清初笔记对类似题材的兴趣亦可供参考。蒲松龄在俚曲方面的成就，表明他的想象世界亦得力于白话小说与说唱文学。

《聊斋志异》显然继承了晚明对情幻相生、真假交错等话题的关注。除了晚明的流风余韵，清初文学寄情想象世界，尚有其它历史原因。战乱造成的失序与破坏酝酿避世逃时的幻想，具见清初的求仙诗与游仙诗。一直坚持抗清志节的屈大均，便写下这类诗词。他游广东罗浮山，引发逃世的幻想，但就是避祸时，他也把阈限想象成游仙福地。然而超越的意愿隐埋不了忧郁，屈大均想象仙人与他同忧共患："天下正无山水地，仙人应念帝王州。"（《题李生画册》）

在丁耀亢的空幻传奇《化人游》（1647）中，逃世也是不得不然却又充满矛盾与危险。《化人游》主角何皋眼见"天下无非一片乱昏昏的排场"而欲远游。他狂游江海经历的苦乐与考验，显然有宗教与政治寓意。伊维德指出，何皋所遇的历代美人名士，显得轻薄无聊，是丁耀亢对晚明沉溺恣纵的批判。幻中生幻，吞舟之鲸，腹中别有一国，而鲸因其谐音（清、情），开展以新王朝或情欲为批评对象的不同寓意阐释。剧终何皋"道果完成"，但他的超脱壮语夹杂悲凉："吸西江、把银河拨转，酒醾醹、把沧溟倒挽。俺呵，那怕他天翻地翻，山残水残。呀，劫为灰铁船不烂。"《化人游》的忧患意识较同类作品为强，其它以超越人生局限为题的清初戏剧，如尤侗的《钧天乐》（1657）、查慎行的《阴阳判》（1701）等，仙界可以弥补人生的不平，并没有《化人游》的忐忑和遗恨。

与不死仙人同样受文人注目的是死而不亡的孤魂野鬼。诗人金堡(今释澹归,1614—1680),参与抗清,恢复无望后削发为僧(1650),"是铁衣着尽着僧衣"。他有《沁园春·题髑髅图》七首,对髑髅或直称或侧写,从其视野淋漓刻画人鬼界限难分。庄子与髑髅的对话(《庄子·至乐》)乃至张衡(78—139)的《髑髅赋》,都指向超越人生无常的哲学解脱,但金堡的髑髅词只有"地老难扶天又荒"的深悲至恸——髑髅不脱人生哀愤,而人世又充满了死亡的景象与记忆。与纳兰性德及顾贞观同被尊为"京华三绝"的曹贞吉(1634—1698)描写反映人生丧乱的鬼界:"荒草路迷寒食雨,白杨声乱纸钱风……陌上人归翁仲语,林边火入宝衣空。土气蚀青铜。"(《望江南·代泉下人语》二首)1674年,陈维崧在梁溪听到"窅然长鸣,乍扬复沉"的"鬼声",填词以记其事:"似髑髅血锈,千般诉月,刍灵藓涩,百种啼咽……岂长平坑卒,尽凭越觋,东阳夜怪,群会吴天。"(《沁园春》)他在序言中说这是远近喧传的凄厉鬼声,其他阳羡词人如曹亮武与史惟圆均有和作。夜台泣血,厉鬼呼天,似乎是不可磨灭的创伤经历与记忆。

代表过去和现在尚未平复的伤痕之鬼声,也在一个《聊斋志异》的故事中出现。故事的背景是1647年的谢迁之乱,一清官托大,自以为声望可镇压群鬼:"汝不识我王学院耶?""但闻百声嘈嘈,笑之以鼻。"(《鬼哭》)《聊斋志异》中处理易代之际的战争及清初变乱的故事,为数只有十几个,占全书比例甚少。其中有两个凄美的爱情故事:《林四娘》、《公孙九娘》。正如蔡九迪指出,这些女鬼是历史记忆展现的典型。《公孙九娘》的时代背景是1674年,其时于七之乱(1669)记忆犹新。故事记述女鬼公孙九娘与莱阳生在鬼界结婚,昼来宵往,极尽欢昵。及至莱阳生回归人世,欲申宿诺,把九娘归葬母侧,却忘问志表。"及夜复往,则千坟累累,竟迷村路,叹恨而返。展视罗袜,着风寸断,腐如灰烬。"故事以公孙九娘充满怨恨、逐渐烟灭、举袖自障的形象作结。林四娘的记载则见于好几种清初小说及笔记,细节颇有出入。在《聊斋志异》里,她是明衡王府宫人的鬼魂,夜访青州观察陈宝钥,与之燕婉。她又为他度曲歌唱,缅述宫中旧事,三年后告别往生别家。其它清初笔记刻画一个比较勇武凛然的形象,与这里的酸恻哀怨形象不同。蒲松龄写林四娘"遭难而死",即其死于明清之际的战乱,但伤逝与悼明视野的浪漫化与凄婉化,又消解了任何政治抗争的意味。与大部分《聊斋志异》的爱情故事不一样,《林四娘》与《公孙九娘》并不以团圆作结,这又似乎暗示创伤的历史记忆不容泯灭,不能被新秩序完全抑制。

蒲松龄生于1640年,大概对明朝覆亡不会有深刻的个人记忆。他涉笔这题目,一方面由于明清之际动乱的持续,另一方面也是通过家族乡党凝聚之"集体记忆"的明证。相比之下,与蒲同辈的张潮与钮琇(1640—1704)对明清之际的人物和历史更感兴趣。张潮编纂的《虞初新志》(1683年序,1700年跋),收罗前辈与同时代作家,其中大量纪念明末清初的奇人异事,而且多夹杂神怪。钮琇的《觚賸》(正编成于1700年,续编成于1702年)有类似的主题——虽然他身为清官,但如张潮一般热衷记录抗清志士的事迹,《觚賸》纠合批评时弊与奇思幻想,钟情奇女子,亦有似《虞初新志》。张潮及钮琇的江南渊源和他们与遗民的交游网络,或可解释其作品的取向。

蒲松龄差不多一生都在山东,与江南的文学集团无涉。蒲十九岁成诸生后屡试不第,在同邑毕际有家当塾师近四十二年,到七十一岁才成为岁贡生。《聊斋自志》系康熙己未(1679),当为是书完成第一阶段,往后三十年,蒲一直增添故事,修改旧作。《聊斋志异》以手稿方式流传几十年,在当地颇负盛名,但产生广远影响,则在1766年付梓后。

第三章 清初文学（1644—1723）

蒲松龄一生困顿，使他对时代的阴暗面别有体会。二十世纪以来的《聊斋》评论，侧重其中刺贪刺虐的批判精神。《聊斋》里确实有很多讽刺暴露科举不公、官吏无能、贪赃枉法、为富不仁、家庭内讧的故事。但蒲松龄没有化义愤为改革社会的热忱，也没有想象一个建基于不同的社会、政治原则的理想世界。对社会、政治的批判，往往转化为个人愿望的实现，《罗刹海市》便是"由公入私"的好例子。故事前半用重形貌不重文章、但又以美为丑的罗刹国，讽刺社会颠倒是非黑白。倜傥俊秀的马骥被飓风引至罗刹国，靠以煤涂面得荣显，但终于因为假面目不能自安。故事中段，马到了"中多神人游戏"的海市，因赋海市受器重，得配龙女。虽带着子女终返人世，仍是与龙女两地同心。"罗刹"与"海市"代表辛辣的讽刺与逃避的幻想，两者似断而连。

改正现状并非通过道德与社会秩序的重新评估与考虑，而是依赖个人的权能——如推理故事里释疑定案的明察秋毫、廉正不阿之官员，《席方平》中伸张正义、惩处阴曹暗昧贪污的二郎神，《于去恶》里"三十年一巡阴曹，三十五年一巡阳世"、消解两间不平的张飞。（在三国故事里以鲁莽尚武著称的张飞，变成衡文圣手，是文人故作狡狯，意谓非如此不足以裂碎地榜、翻覆文场也。）

科举制度扼杀人才，其暗昧与压迫使人联想到卡夫卡的小说世界。蒲松龄因为身受其害，涉笔科举不平时，夹杂辛辣讽刺与郁抑低回（如《贾奉雉》、《司文郎》）。《叶生》写困于场屋的叶生，竟忘其死，其魂魄追随赏识他的邑令，帮助其子中举后，自己亦领乡荐。及至归家，"见灵柩俨然，扑地而灭。"篇终"异史氏"慨叹才人不遇，听造物之低昂，隐然有《聊斋自志》的回响："浮白载笔，仅成孤愤之书。寄托如此，亦足悲矣。"

借着文字填补人生缺陷的说法，可上溯至司马迁的发愤著书，

"垂空文以自见"。《聊斋》行文尚有其它让我们联想到《史记》的地方：如缕述故事来源以征信，如模仿"太史公曰"的"异史氏曰"，时而郑重、时而反讽，与正文似断似连的评语。有时候评语声称人世与神鬼狐妖的世界平衡甚或等同，作者通过说教、比附、寓言证成"异界""幻界"的人间性。有时候作者故弄玄虚，戏论何谓"异"：大德极恶、不可理喻的行动、离世绝俗的作为，或许比灵怪之事更"异"。《聊斋志异》呈现的神鬼狐妖世界，亦异亦不异，或可说，在异与不异之间：惟其异，才能引发读者的奇情幻想（但绝不至于震惊恐怖），惟其不异，才不至于与人情隔阂。在大部分故事里，"异界"通过团圆结局，得以与固有的道德、社会秩序重新整合。

在一些故事里，"异界"引发对真假虚实界限的质疑与反思。如文字可有奇幻的魔力——在《白秋练》里，朗吟诗句可以治病，甚至起死回生。《齐天大圣》述孙悟空因"丘翁寓言"成神，本来不信者亦终被感悟。（不过异史氏又在评语中给故事以心理解释："天下事固不必实有其人，人灵之，则既灵焉矣。"）《青凤》从蒲松龄虚构故事"升等"为实有的狐仙，因为其知音读者毕怡庵（蒲松龄之友，亦是蒲馆东毕际有从侄）梦到引青凤为楷模的狐仙："我自惭弗如（青凤）。然聊斋与君文字交，请烦作小传，未必千载下无爱忆如君者。"（《狐梦》）《绛妃》写蒲松龄梦中被花神绛妃召见，请他作《讨封氏檄》，檄文占全篇大半。梦中荣宠，仗义执言，为被摧残之百花斥责恣虐狂风，是自嘲亦是自喻。这是实际人生失败的补偿，但亦似自嗟所作不过是幻里花神，空中风檄。不过总括而言，虚实相生引发的并非深沉的反思，而是游戏的吊诡。

"孤愤之书"指向强烈的感情。虽然《聊斋志异》多有外来的源头（如传说或朋友转述），但其中很多故事具特有的抒情性。所谓抒情性并非单指典雅蕴藉、诗意盎然的文字，也不是指在叙述中加插抒情诗(虽然蒲能诗,但比起前代文言小说如《剪灯新话》等,《聊斋》故事没有引进很多诗词),而是指更深层的缘情生幻之信念——亦即描摹深情与想象如何幻化世界。《聊斋》写深情挚爱可以排除万难,超越生与死、人与物的界限。痴情人以心驭身,如孙子楚恋慕阿宝,魂随之去。魂不复灵时,转念倘得为鸟,振翼可达女室:"心方注想,身已翩然鹦鹉。"(《阿宝》)痴情对象可以幻化为人,成为痴情人的知己、情侣(如《葛巾》、《香玉》等花神故事)。就是传统象征无知无识的石头,也可粉身碎骨以报知己(《石清虚》)。

在很多《聊斋》故事里,欲望的指标——通常是他界的女子——推动情节。成功的追求达成团圆结局,但作者似乎亦意识到情欲的危险与无限性,建构了约制与模棱的技巧。如《画壁》述朱孝廉在佛殿看到精妙的散花天女壁画,朱神摇意夺,恍然凝想,不觉身入画图。画中一垂髫天女"拈花微笑",传统的"悟道"形象在这里变成诱惑,朱因得与天女狎好。后来朱忧虑私情被揭露,在极度惶遽中自壁而下。欲望的完成亦是其自身否定。故事乍看是儆戒幻由人生,呈现色即是空、空即是色的佛理,但最后朱"气结而不扬",并未悟道。唯一的改变是画中拈花人,已由少女变成妇人,"螺髻翘然,不复垂髫矣。"另一故事《婴宁》写憨痴狂笑、睥睨世俗礼法仪节的狐女婴宁,终于接受"过喜而伏忧"的教训,矢不复笑。虽则她的儿子大有母风,见人辄笑,但婴宁必须收敛狂憨,方可被纳入家庭与社会秩序。后来婴宁对夫及姑倾吐依恋鬼母的前因后果,似乎狂憨不过装成,目的是为了试探他们是否有异心。但也许归根究底,蒲松龄不愿意想象一个可以完全容纳女子绝假纯真、睥睨世俗的社会秩序。

在大部分的《聊斋》故事里,达成欲望之同时,道德、社会秩序亦重新肯定,矛盾从而消融。诱人、主动的狐仙、精怪、女鬼、女神投怀送抱，追求意中人，但她们往往变成贞洁有妇德的妻子。痴情的完成，因有反讽的逆转，使个人与社会的关系重新整合。如《黄英》写马子才好菊，得菊精化身姊弟，成为他的妻子、好友。但在报答他钟情于菊的同时，他们又强迫马"以东篱为市井"，改变他认定菊为清高绝俗的象征之执拗。同样地，《书痴》中的郎玉柱在《汉书》中得纱剪美人，应验"书中自有颜如玉"，美人活转，自称颜如玉。但颜报其痴亦破其痴，使郎得以与世周旋，虽遭患难，终致显达。

另外一个常见的范式，是男子通过与两个相反相成的女子之三角关系，调解欲望与秩序的矛盾。痴情与敛约、练达世故与娇憨风雅的成对女子相比并，效娥皇、女英共事一夫，隐然是作者理想（《香玉》、《陈云栖》）。可望不可即的女子亦可成为"腻友"（《娇娜》），或可变作成就姻缘的媒介（《封三娘》、《宦娘》、《荷花三娘子》）。有时候一洞明人情的女子可约制另一女子的过分欲求，防止极欲的不良后果，如《嫦娥》、《莲香》。《莲香》述桑晓与狐仙莲香和女鬼李氏，分别有情爱纠缠。后因纵欲病危时，莲香与李氏两情敌在他床头相遇，谈论与鬼狐燕婉的后果，化嫉妒为爱慕。莲香解释说，只有采补之狐才会伤人，"故世有不害人之狐，断无不害人之鬼，以阴气盛也。"（其实《聊斋》故事也没有遵照这成规。）但莲香用药，又谓必须李氏香唾为药引，以丸纳生吻，因为"症何由得，仍以何引"。这风趣的场面表明欲望同具威胁性与救赎性，蒲松龄便是如此推演欲望与想象的界限，同时又肯定约制的不可或缺。

戏剧的总结与高峰

如果说蒲松龄借幻界之旅探讨感情与想象的根据与界限，那

第三章 清初文学（1644—1723）

么洪昇和孔尚任可说是把类似话题带到历史与政治的领域。洪、孔均深受《牡丹亭》影响，都对《牡丹亭》的一往情深重新评估与考虑。他们也继承了明末清初戏剧置爱情于历史巨变洪流的传统——如李玉的《占花魁》、丁耀亢的《西湖扇》(1653)、吴伟业的《秣陵春》(1650年代) 等。

洪昇生于钱塘（杭州）官宦之家，但长期流寓北京，生活穷困。他著作很多，但大都散佚，诗集侥幸以抄本流传，戏剧则仅存《长生殿》与杂剧《四婵娟》。如前所述，1689年他因国丧演出《长生殿》贾祸，当时株连数十人，而洪昇亦被革去国子监生。1688年《长生殿》完成，轰动京城，尔后传唱不绝，是昆曲最受欢迎的剧目之一。

洪昇曾在《例言》中引梁清标的评语——梁说《长生殿》"乃一部闹热《牡丹亭》"。与《牡丹亭》相比，《长生殿》确实更让情欲"神话化"与"世俗化"，似乎有意超越前者。在《长生殿》里，情欲紧扣艺术创造（尤其是音乐），并因之上达天界，所谓"神话化"指此。与此同时，宫廷里的争荣竞宠、钩心斗角，又有似当时一般的一夫多妻家庭。表演的场景（第十六出《舞盘》）让我们联想到青楼文化，偷窥的宫女白描杨贵妃的裸体和她与唐玄宗的欢会（第二十一出《窥浴》），隐然有艳情小说的回响——这又使爱情显得"世俗化"。

在《例言》里，洪昇提到他曾以开元、天宝间事为题材，"偶感李白之遇"，撰写《沉香亭》传奇。后来又撇开李白，从个人感遇转向政治关怀，写李泌辅肃宗中兴，更名《舞霓裳》。《长生殿》更上一层，通过天上人间的钗盒情缘，纠合男女之情与家国危亡。白居易有名的《长恨歌》，写玄宗与玉环密誓，"在天愿作比翼鸟，在地愿为连理枝。"白诗刻意写玉环死后，玄宗的悲情与痴想。白朴杂剧《梧桐雨》，深受《长恨歌》影响，更是侧重玄宗。洪昇则平衡呈现唐玄宗与杨玉环的感情世界，甚至更偏重玉环，她是情之主宰，又终为情死。她所谱之《霓裳羽衣曲》的领会和传播，更决定了《长生殿》的不同解读方式。

历代对玄宗、玉环故事有两个诠释系统。《长恨歌》、《梧桐雨》标举浪漫爱情，与之相对的是批判玉环为祸水、玄宗为失责君王的私情误国论述，如清初孙郁的传奇《天宝曲史》（1671）。这谴责传统聚焦玄宗、玉环结合的渎伦（因为玉环原是玄宗子寿王李瑁妃），渲染玉环与安禄山的"奸情"，同情那位据传是玉环"情敌"、因杨嫉妒逼迫致死的梅妃。洪昇认为这些都是"史家秽语，概削不书"。《长生殿》虽然提到梅妃，但她始终没有出场。中国文学传统丑诋女性嫉妒，但洪昇对玉环不甘分宠多恕辞，认为不过是深情所致。玉环因为嫉恨其姊被谪出宫，献发求复召，深获作者同情（第八出《献发》）。洪昇点出杨国忠弄权误国，实与玉环无涉。在《长恨歌》里，恩爱绸缪引致国事废弛："春宵苦短日高起，从此君王不早朝。"但在《长生殿》里，娇慵倦起的只是杨玉环（第四出《春睡》）。变乱消息传来时，玉环在醉眠中，似乎暗示她娇痴无赖，国事危急不能归咎于她（第二十四出《惊变》）。

杨妃之死在全剧中点（第二十五出《埋玉》）。叛军不肯起行，要求皇帝"割恩正法"。玄宗"宁可国破家亡"，不肯抛舍玉环，甚至说"若是再禁加，拼代你陨黄沙"。但玉环坚持舍身"以保宗社"，玄宗无奈地说了一句"但凭娘娘"。历代文学尽有赞许玄宗的明智（如"不闻夏殷衰，中自诛褒妲"、"终是圣明天子事，景阳宫井又何人"），但在《长生殿》里他是迟疑犹豫的薄情负盟者，玉环则是舍身救国的烈士。她死后鬼魂游荡，对天哀祷，忏悔生前罪案。对于弟兄姊妹挟势弄权，罪恶滔天，她真诚自责。但对于自己多情，她是九死无悔："今夜呵，忏愆尤，陈罪眚，望天天高鉴,宥我垂证明。只有一点那痴情,爱河沉未醒。"(第三十出《情悔》)分清"怼尤"与"痴情",表明"忏情"是模棱的,却自有救赎性。土地神声称"这一悔能教万孽清",给予玉环"发路引",千里之内,任其魂游,俨然《牡丹亭》中丽娘鬼魂的游荡。为了纪念她"为国捐躯",玄宗建庙供奉(第三十二出《哭像》)。诸神重申她慷慨赴难,扈君保国,再造皇图的功劳,"更抱贞心,初盟不负",谴责玄宗懦弱薄情(第三十三出《神诉》)。玄宗的无限悔恨哀伤(第二十九出《闻铃》、第三十二出《哭像》、第四十五出《雨梦》),有白朴《梧桐雨》的痕迹,他终于因此"补过",赢得与玉环天上重圆。

忏悔须要自我剖释,以"今吾"质疑"故吾"。但《长生殿》下半,以填愁补恨的逻辑进行,旨在消融矛盾与分裂。玉环的"自我"形象地重组——她的不坏尸身在戏台上追逐她的魂魄,最后"旦扑尸身作跌倒,尸隐下",形神复合。"乍沉沉梦醒,乍沉沉梦醒,故吾失久,形神忽地重圆就。猛回思惘然,猛回思惘然,现在自庄周,蝴蝶复何有。"玉环于是尸解成仙。她本来位列仙班,因为"凡心"被谪尘寰,但现在又囫囵地"只为有情真,召取还蓬岫"(第三十七出《尸解》)。逻辑的贯彻毕竟不重要,洪昇要营造的是"填愁补恨,万古无缺",容得下"痴情怼奢"的神话境界(第四十七回《补恨》)。

神话境界让有情人逃脱历史,造就情缘永证,但洪昇亦深切认识历史时空中情与义、情与理不可化解的矛盾。传奇惯用以背景、内容、感情相反之出对比(如内与外、公与私、色界与灵界),在《长生殿》里,这是浪漫爱情与政局崩坏相交错纠缠的场面。历史与神话也是奇峰迭出,隐然对话。如第十一出到第十六出写《霓裳羽衣曲》的由来、传播、演出。先是,玉环梦游月宫,得闻天乐(第十一出《闻乐》),藉之"细吐心上灵芽"(第十二出

《制谱》),李暮宫墙外偷听词曲,恍然心领(第十四出《偷曲》)、长生殿奏霓裳曲,玉环舞盘配搭(第十六出《舞盘》)。与这几出先后相交错的是乱象丛生,安禄山、史思明准备谋反(第十出《疑谶》、第十三出《权哄》、第十七出《合围》),朝政腐败、民不聊生(第十五出《进果》)。第十六出《舞盘》的旖旎,前有南方因驿传荔枝进奉贵妃带来的灾难(第十五出),后有战云凝聚的忧患(第十七出)。同样惹人注目的是第三十七出玉环尸解成仙的前后安排。如前所述,玉环形神复合,象征真情自赎,但前后两出回归历史,写耽溺情欲招致的丧乱。第三十六出(《看袜》)写一群人品评玉环遗留的锦袜。他们争论这遗物的意义:这是可以买卖或据以收费的商品、凝聚昔日风流的宝物、应当供奉仙观的圣物,还是象征败坏朝纲的遗臭之物?第三十八回(《弹词》)写梨园伶工李龟年流落江南,把玄宗、玉环情缘及唐朝盛衰谱成曲调,沿街弹唱。情的内在肯定,似乎必须面对外在的质疑。

《长生殿》最后十出,历史被神话取代,全剧迈向玄宗、玉环在忉利天(三十三天)团圆的结局。情在人世带来苦难与分离,但却可借以证仙:"神仙本是多情种,蓬山远,有情通。情根历劫无生死,看到底终相共。"(第五十出《重圆》)《霓裳羽衣曲》在文学传统里经常被引为荒淫的象征,但在《长生殿》里,则是痴情的赞礼,天人互通的凭据。第二十四出(《惊变》)引用了《长恨歌》名句:"渔阳鼙鼓动地来,惊破霓裳羽衣曲。"照一般读法,这是恣纵耽溺导致天崩地坼,荒淫昏昧者不得不警醒。《长生殿》在某种程度沿用这种理解,《霓裳曲》的传播由于动乱。李龟年流落江南,"只得把《霓裳》御谱沿门卖,有谁人喝声采",但他能把《霓裳曲》传给知音李暮,似乎是曲谱人间流播的重新肯定(第三十八出《弹词》)。《霓裳》的神话意义终于掩盖其历史包袱,剧终玄宗、玉环共证仙班,配乐便是《霓裳》雅奏——不是原来的天乐,是经玉环重谱、月主嫦娥认为"其音反胜天上"的《霓裳》。天乐必须借人情升华,犹如情在人世的挫折必待仙界弥补。

现代中国文学批评每每指出《长生殿》可能指涉明清易代的历史。王朝衰败、耽于逸乐的朝廷、安禄山代表的外族侵凌、对殉国烈士的歌颂(如第二十八出《骂贼》的雷海青)、李龟年流落江南忆念前朝的弹词——这种种都与明末清初情事隐然吻合。但这些线索只是营构悲凉、惜逝的氛围,而并非代表政治立场。洪昇学诗师从王士禛,也许受到后者唯美精神与距离技巧的影响。他对情欲与艺术创造的肯定,对前朝风流的依恋,带着凄美的朦胧。

如果说洪昇暗示安禄山之乱、唐代中衰与明代覆亡的排比,那孔尚任《桃花扇》写明亡则是直接而严肃。孔尚任是孔子六十四世孙,夙承家学,曾考证礼乐。1684年,康熙帝南巡回京途中,到曲阜祭祀孔子,孔尚任得以监生的身份充任讲书官,向康熙帝讲解《大学》。因为这意外机缘,他进入仕途,但并不得意,宦海浮沉,终于在1700年被罢黜。孔有传世诗文集,剧作仅有《小忽雷》和《桃花扇》,前者与顾采合作,一般认为成就不高。他的巨著《桃花扇》约1699年完成,1708年付梓。

《桃花扇》借离合之情,写兴亡之感,囊括明亡前夕到南明弘光朝廷的建立与败亡的历史,主要线索从1643年二月(第一出)延伸至1645年七月(第四十出)。复社文人侯方域与名妓李香君的遇合与分离,以秦淮青楼文化、复社文人的抱负和激情、清流与阉党余孽的持续抗争、朝廷的内忧外患、明朝逐步灭亡为背景。《桃花扇》述侯、李相爱慕,侯得杨文聪之助,梳拢香君(第五出《访翠》、第六出《眠香》)。其实杨是替阮大铖说项——阮因曾一度依附魏忠贤不齿士林,阮供应奁资,是为了笼络侯,希望侯能替他调解与复社诸君子的矛盾。香君得知此事,毅然却奁(第七出《却奁》)。侯、李分别及尔后侯转徙各地,都与明代踌躇不振的军事行动有关（第十二出《辞院》、第十四出《阻奸》、第十九出《和战》、第二十出《移防》）。明朝在危急存亡的关头，马士英与阮大铖仍继续迫害东林、复社党人，侯及其友一度被捕下狱（第三十三出《会狱》）。李香君亦是南明小朝廷的昏庸荒淫的君臣之牺牲品。阮大铖要逼她嫁漕抚田仰为妾，香君不从，倒头撞地，面血溅扇（第二十二出《守楼》）。杨文聪点染血痕为桃花，乐师苏昆生持之往访侯方域（第二十三出《寄扇》）。（历史上的杨文聪是殉国烈士，但剧中之杨周旋各党之间，与马、阮亲善。）李又遭阮选送入宫当优伶歌伎（第二十四出《骂筵》、第二十五出《选优》）。其时弘光朝廷的武臣争权夺利、互相倾轧，史可法无力回天（第三十一出至第三十八出）。清兵南下，南京陷落，侯等出狱，李也自宫中逃跑。二人几经周折，在追荐崇祯帝及甲申死难诸臣的道坛意外相遇。正当他们庆幸重逢时，主醮的道士张薇逼问他们："你看国在那里，家在那里，君在那里，父在那里，偏是这点花月情根，割他不断么？"侯、李当下悟道分离，张扯碎桃花扇（第四十出《入道》）。

《桃花扇》有极细致严谨的外围框架。试一出《先声》与加二十一出《孤吟》——即《桃花扇》的开头和中点，都发生在1684年。上场的老赞礼是剧中人物，但他在独白中自称是局外人的观众。他的双重身份表明对戏台幻象入乎其内、出乎其外的微妙转折："当年真是戏，今日戏如真。两度旁观者，天留冷眼人。"（或谓老赞礼本孔尚任族兄孔尚则，"曾在南京，目击时艰"，但孔尚任夫子自道的意味也颇明显。）剧之中点（闰二十出《闲话》）与终点（第四十出《入道》）分别布置在甲申（1644）与乙酉（1645）的中元鬼节，张薇两次宣告崇祯帝后及甲申殉难忠臣超升天界。第一次是他个人所见，向同舟者述说，第二次时他已变成道士，设坛正式超度，除了甲申死难者，还兼及所谓南明三忠（史可法、左良玉、黄得功）成神善报及马、阮横死恶报。最后一幕安排在 1648 年，老赞礼、说书人变渔父的柳敬亭、乐师变樵子的苏昆生上场哀悼、追思、怀念故明。一清朝公差（即第一出占了道院请客看花的徐公子）访拿隐逸，要带走他们，他们登时逃走无踪（续四十出《余韵》）。

柳、苏、张、老赞礼是阈限人物，进出戏台幻象，是个中人也是局外人，是演员也是诠释者。孔尚任聚焦外围框架与这些阈限人物，是要把历史与历史解释同时化作戏台上的景观呈现。《桃花扇》有两个时序：其一向前，自古往今，即人物如何生活在历史时间里，如何体验历史事件。其二向后，从今至古，即观众与剧中人如何靠记忆与历史重构了解过去。《桃花扇》的独特，不单在于孔尚任留心史实，力求征信（这一点在《桃花扇考据》所引书目中可见一斑），更重要的是孔视历史为问题：其中有或可解决或不可解决的矛盾，有过去对现在的营造与现在对过去的重塑，有亟须解答却又难得定案的难题，有让人低回依恋的风流及痛心疾首的过犯。

为什么孔尚任要选择如此视历史为问题？他出生时清朝已定鼎四年，在曲阜讲经得康熙帝眷顾，他视为一生殊荣，在《出山异数记》中津津乐道。（第一出与加二十一出安排在 1684 年，大概是为了纪念"圣恩"隆重。）老赞礼声称《桃花扇》在太平园演出（加二十一出），其时处处四民安乐，年年五谷丰登，见了祥瑞十二种（试一出）。这可能是审慎的政治自卫，但不能排除作者真的相信过去的动荡必须从当前的秩序省察方可了解。与此同时，《桃花扇》之感人，是因为伤逝与引人共感同悲。孔尚任自述悲情不能自已："难寻吴宫旧舞茵，问开元遗事，白头人尽。云亭词客，阁笔几度酸辛。声传皓齿曲未终，泪滴红盘蜡已寸。"1686年至 1689 年，孔尚任被派往扬州、淮安一带治河，虽终于徒劳无功,但却结交了一些有名的遗民诗人,如冒襄、黄云、张薇(张瑶星,按即剧中人所本)等。他们成为孔尚任追捕明季风流与激情的中介。

《桃花扇》呈现的历史进程,与清廷的官方叙述并无抵牾——即谓明朝由于内部崩坏,不得不覆亡。基于明显的忌讳,胜利的征服者没有出场,剧中只是闪烁其辞地提到"大军"、"北军"压境。流贼攻陷北京,也只是侧写(第十三出《哭主》)。相反地,盛清与清中叶演述明清易鼎的戏剧,如董榕的《芝龛记》(1751)、黄燮清(1805—1864)的《帝女花》,都把清军与流贼变成正邪的极端——一般的叙述谓明亡于流寇,清军入关,杀退流贼,重整秩序,为明朝报仇。《桃花扇》没有演绎这说法,语意相对含混。

虽然现代诠释刻意要在《桃花扇》里寻找民族主义或反清思想,但并无确据——《桃花扇》没有这种颠覆性。相反的读法,即谓《桃花扇》全盘接受明清易鼎,认为这是合理的、不得不然的历史大势,并把明亡归咎明季标榜激情,也不能充分解释该剧的复杂性,并亦漠视其哀婉、沉郁的基调。为了平衡他对晚明文化文艺的批判和依恋,孔尚任取譬戏剧与表演,及与其关联之真与假、自我与角色的辨证关系。

南明君臣雅好词曲。阮大铖是戏曲名家,弘光帝废弛国事,沉迷戏剧表演。戏剧成为南明小朝廷荒嬉、恣纵、儿戏的象征——即,这并非真正明统,只是模拟的天命、权威的假象。当时的史书、笔记与历史小说经常提到"真假太子"(传为崇祯太子的王之明)与"真假童妃"(即朱由崧流亡时相好之童姓女子)。他们是冒名顶替,还是弘光朝廷的牺牲品?作为真假虚实纷纭的压轴戏是《樵史》所记载的"戏服登基"——南京陷落后,群众把弘光朝廷判为"假太子"者从狱中救出,让他穿上在武英殿找到的梨园装束"登基"。

(《樵史》是《桃花扇考据》列举书目之一。)

面对此混淆视听的虚实、真假交错局面及其纷乱的政治回响，《桃花扇》的有心人只能依循自己的信念，不受羁缚地表达真情与至诚——复社诸生诟詈攻击阮大铖（第三出《哄丁》、第四出《侦戏》、第八出《闹榭》）、李香君义愤却奁（第七出《却奁》），或可作如是观。但这些行动不但于事无补，还因加深党派裂痕而造成更大的祸害。秦淮的青楼文化被美化与浪漫化，但也可说这不过是欲望投射的虚拟境界，其中自命志节者，当他们扮演名士、侠士、"黄衫客"、忠臣、奇女子等角色时，亦有困于自欺欺人的危险。然而归根究底，孔尚任并没有真的责难这些人，他只是通过戏剧与表演的譬喻拟想同情他们在毫无定准的乱世中之困惑与无可奈何。如果他们的求真、希冀有作为、能成大事的尝试显得"戏剧化"，那不过是因为在当时历史环境中，个人经验与客观现实之间的裂痕太深了，竟似不可弥补。

其时政治形势使这主客世界之间的裂痕更形迫切。照清廷的官方叙述，明朝覆亡不能避免，崇祯帝是明朝最后一位真命天子。依此观点，崇祯死后，复明志士的"忠节"必定是私人妄想，注定悲剧收场。侯方域与复社诸君子知道他们反对弘光朝廷，但未能确言他们支持何人。史可法、左良玉、黄得功三位将领均以忠于明朝自命，但崇祯帝死后，"明"成为不同意义异样解释的符号。柳敬亭、苏昆生劝左良玉"清君侧"、除奸党以救复社诸人，但左兵东征，实促使南明败亡。至于李香君，时势逼使她多情重义的自我期许政治化。虽然她的爱情及政治激情与其处境相违（作为妓女的她如商品般被买卖，她在剧中往往身不由己）。孔尚任似乎暗示她克服了扮演角色与真情流露之间的落差。虽然她的戏剧性手势毕竟徒然，但仍美丽苍凉，充满坚定的意志。对于困处历史巨变洪流之人，这也许是唯一可能的英雄作为。

第四十出写侯、李入道。随着他们下场，彻底的宗教解脱、用戏剧与表演干预历史的做法，也随之结束。最后一出《余韵》里，戏台变成记忆、怀旧、历史回顾展现的场域。柳敬亭、苏昆生、老赞礼已成隐逸，但逃脱历史终究不可能。他们三人的长歌，从哲学超脱（老赞礼）进至历史反省（柳），却终于归结个人悲恸哀悼（苏）。加上公差的变相"执拿"把他们驱逐下台，更使人觉得世无干净土。孔尚任把真正扭转乾坤的作为移置为英雄式的戏剧手势及以戏剧呈现的历史诠释，是借此赞礼戏台与历史反省。这也是"后设戏剧性"与"历史意识"在《桃花扇》合流的明证。

1723年的文学景观

董榕的《芝龛记》是继《桃花扇》后，在戏台上大规模展现明清之际历史的尝试。董剧重教化，标举正宗，无情地批判明季文化。前此夏纶（1680年生）的道德教化戏剧（1740年代至1752年）已奠定了戏剧的伦理正宗。但正如王瑷玲指出，当时亦有抒发个人感怀愤懑的短剧——如廖燕（1644—1705）、嵇永仁（约1682年死）、桂馥（1736—1805）等人的作品，都在不同层面接受并开扩了徐渭《四声猿》的传统。这种建立正宗又同时表达不耐正宗的双重发展，在其它文类中亦可揣摩。方苞虽然尚未被正式赦免，但1722年他升任为武英殿编辑总裁。那时才二十几岁的刘大櫆（1697—1780）与方苞一脉统绪，成为下一位桐城领袖。而与刘差不多同年的郑燮（1693—1765）在文章与书信里，表达了桐城古文所不能涵盖、牵制的幽默、反讽与悲情。1709年，赵执信在《谈龙录》里攻击他的甥舅王士禛"诗中无人"。这批评代表他本人的创作选择，他要写太平盛世的不安与焦虑："星月都将入网罗"。查慎行与晚一辈的诗人厉鹗（1692—1752）用较收敛的言语选择同样道路。与此不平之气平行的,是雅正的诗歌理想——这教条从王士禛传至沈德潜,一直被尊为正宗。在词的领域,厉鹗的婉约清真与郑燮的嬉笑怒骂成反比。在文言小说的范围里,蒲松龄的《聊斋志异》有继承者亦有批评者,如纪昀的《阅微草堂笔记》及袁枚的《子不语》等。他们或偏重说教,或为幻界辩护。十八世纪的伟大小说之作者,都生于康熙末年——如曹雪芹(约1715—约1763)、吴敬梓(1701—1754)、夏敬渠(1705—1787)。他们也多方探求、伸延、质疑所谓"文化正宗"的意义,成就了奇情壮彩的巨著。

(李惠仪译)

第四章
文人的时代及其终结（1723—1840）

商伟

引言

　　这一章探讨的是通常被我们追述为"盛清"或"清中期"的阶段。康熙执政六十一年（1662—1722）之后是相对短暂的雍正朝（1723—1735），继之而来的是与康熙时期同等辉煌与漫长的乾隆时期（1736—1795）。1795年，年已八十四岁的乾隆皇帝决定退位，以免僭超其祖父留下的在位纪录。可是，嘉庆皇帝的继位除了年号之外，几乎别无变动。尽管精力与兴致都大不如从前，乾隆皇帝仍然继续其幕后统治，直至1799年去世。然而，乾隆晚期对于大清王朝的前途却有着举足轻重的意义。历史学家常常提醒我们，十八世纪九十年代是大清加速衰败之始，紧随其后的嘉庆时期（1796—1820）与道光时期（1821—1850）已难挽狂澜于既倒。

　　王朝兴衰更替的千古戏剧这一次最终以两大剧变收场。1840年，第一次鸦片战争爆发。借着保护英国公民及其财产的名义，船坚炮利的大英帝国轰开了清王朝的大门。然而，这场战争所激化的问题，却可以上溯到乾隆后期，当时英国的鸦片贸易通过造成白银短缺，已经开始打破货币流通的平衡，并且制造出数量可观的鸦片瘾君子。不过，清朝在这场战争中的落败，远远不只是一个军事、商业和经济事件，它对中国政治、思想和文学生活的深刻影响只有

第四章　文人的时代及其终结（1723—1840）

在日后才彰显无遗。就在大英帝国远道而来，对清朝的统治发出日益强劲的挑战时，太平天国运动（1850—1864）业已从内部耗垮了清帝国。在洪秀全——这个自称是耶稣的兄弟和中国的上帝之子的野心勃勃的人物——的统领之下，太平军横扫了几乎三分之二个帝国，所经之地，留下满目疮痍。这一场持续不断、能量惊人的暴动极大地削弱了清廷对整个帝国的统治，而在江南这个事变的重心地域，几乎无可挽回地摧毁了地方社会的基础设施以及精英文化社群。虽说清朝直到 1911 年才寿终正寝，但支撑清帝国的意识形态的价值观和文化理念此时已遍体鳞伤。十九世纪中叶，满清的统治面临着空前深重的内忧外患，看不到任何现成的解决方案。出现在儒家知识分子面前的是一幅全新的政治与文化图景，而他们自己也不过才刚刚开始来理解它的真实含义。

我们大概可以把乾隆朝描述为这样一个时代，它的文学史的轨迹仍然是由文人来塑造的，无论是通过他们的企图和努力，还是在某种程度上，由于他们的失败和漏误。中国文学至少自唐代始，大致都可以这样来概括，但对于乾隆之后的时代，就显然已不再适用了。换言之，盛清时期正是传统人文文化的尾声。到了现代，文人阶层被新的作者和读者阶层所取代，这些作者和读者不仅与新的媒体、技术以及现代专业和体制机构息息相关，而且与西方的纪年、思想和生活方式也密不可分。讲述儒家知识分子所坚持的文化传统如何无可挽回地衰落下去，这样一个故事或许颇能引人入胜，但其实又正是在这个帝国文化霸权的最后阶段，文人从传统内部发现了变革更新的潜力。正如我们在清代一些小说中所看到的那样，当时文人群体中的佼佼者，在审视自己所珍视的价值和理想，以及那些支撑着他们写作与道德想象的思想资源的局限性时，发展出了何等敏锐的批判意识。这种意识的养成之所以重要，是因为它的动力来自社会内部，而言及西方的挑战，尚为时过早。在十九世纪早期与中叶，当西方的威胁日渐显著时，很多思想家和作家都再次回到本土的资源，希望从中寻找一个可供复兴的价值体系以应对西方的冲击。然而他们所预想的未来，与二十世纪头二十年间将要发生的一切大相径庭。到了那个时代，他们所倡导的有节制的改良观已经在对传统文化的全盘否定面前，相形失色。改良最终让位给革命。

I 漫长的乾隆时期：文学与思想成就

乾隆王朝之前是仅有十三年的雍正朝。雍正皇帝以其严酷的禁书政策而闻名，他的血腥专制使得皇朝的书生们人人自危，当时的文学和文化也由此受到了重挫。然而，过分强调清廷对当时的文学文化所起的作用又未免失之偏颇。例如，不管环境如何受到政治的控制，情色文学以及对戏曲作品的情色解读并未见中辍之势。可见这一时期文学和文学话语的复杂性和两极分化或许远远超出了我们通常的想象。不过，总的说来，我们对这一时期所知有限，而其间所发生的各种变化似乎也没有重要到能够将它定义为清代文学史上一个独特的阶段。印刷出版仍和之前一样停滞不前，而且除了诗歌与散文之外，几乎没有什么重要的文学作品（比如戏曲和小说）可以毫无疑义地确认是这一时期的作品。所以，在这一章里，我只是在描述乾隆时期的文坛时，兼及雍正年间的状况。

长期以来，乾隆时期被视为康乾盛世之顶点，同时又是清朝式微的开始。这是一个空前富足而又充满了矛盾的时代。1750 年以降，这个庞大帝国的丰饶富足和致命的复杂性，已经映照在同样规模庞大，而且日益增长的文学事业之中了。连续不断的军事

第四章 文人的时代及其终结（1723—1840）

征服与疆域扩张，人口的巨幅增长，教育程度的提高与识字率的普及，以及文人阶层所经历的各种各样的变化（比如为官出仕的机会日益减少，官方学位的缩水，受教育阶层中职业与知识导向的进一步分化），所有这些都参与塑造了当代的文学风景。

乾隆时期的思想文化界到底发生了些什么？现代历史学家基于他们各自所强调的视角以及阶段的不同，提出了截然不同甚至相互对立的看法。有些历史学家看到的是托庇于长期和平与富足的空前发达的学术文化：历史上还从来没有在同样长度的时段中，产生过如此规模宏富、学科众多和文体多样的学术和文学写作。其他一些历史学家则将乾隆时期描述为充满政治迫害的"黑暗时代"，因为在乾隆执政的最后四十年里，文字狱的案例超过了之前两个时期的总和。并非每个历史学家都会为这个时代的学术和诗歌所打动，尽管（或恰恰因为）后者规模宏富和产量惊人。有些人认为当时的主流学术话语——乾嘉考据学——过于繁琐、支离破碎和视野狭隘，并且缺乏义理和阐释的力量。与此同时，太多的诗作不过是对前人亦步亦趋的模仿，以数量补偿质量的不足。另一方面，乾嘉学派的追随者和赞赏者对它又如此不吝溢美之词，甚至干脆视其为中国本土的现代科学之先驱。而且，即便是那些在这一时期文学中看到了停滞和衰败迹象的学者也很难否认，正是在乾隆时期，中国文学收获了一批前现代时期最成熟的白话长篇小说作品。

以上每一种看法都揭示出乾隆时期的一个重要侧面，然而也同时遮掩了文化的复杂性与矛盾性。一方面是关于"持续衰落"的叙述，另一方面则声称乾隆时期为中国现代之开端，但二者都同样缺乏说服力，尤其是因为有关现代性的论断早已被用来解说晚明、甚至南宋的历史发展。诚然，一些重要的变化的确发生在乾隆时期，而且对中国现代文化发生了不容置疑的影响。但问题是，我们怎样才能找到一种合适的方式来加以描述，既忠实于十八世纪的历史语境，又足以揭示这些变化在现代中国不断被重新阐释的历史影响。

知识生活与文学流派

乾隆朝是一个极为漫长的时代，统领这一时代文坛的人物（包括乾隆皇帝本人）也往往尽享天年。尽管各个文化领域里的变化的确存在，这一时期的文学史上却没有出现什么标志性的转折事件。商业出版自十八世纪五十年代开始加速，并于十八世纪九十年代达至一个新的高潮，各种地方戏曲也盛极一时。与此同时，精英文化似乎也经历了相似的繁荣。帝国政策、皇室趣味、官方或非官方的赞助、文化社团诗派的归属关系，以及知识与文学话语之间，产生了复杂的互动关系。这些互动关系逐渐展开的过程，正是我们需要特别留心之处。

王朝与文人

满清贵族从一开始就知道，不确立自己的文化权威就永远也不可能赢得汉族文化精英的认可和支持，但是直到清代中期他们才真正做到了这一点。乾隆皇帝精通满汉两种文化传统，一生留下了42640首诗作。加上他太子期间和退位之后的作品，几乎接近现存所有唐诗的总数（尽管那些划归他名下的诗篇并不全部出自他本人的手笔）。乾隆皇帝很少会错过在廷臣面前炫耀博学的机会，他自诩"书生"，这与其它几个概念，如"文人"和"士"，在意思上大致相近，都可以译为 literatus。

"文人"（literati）是一个难以界定的范畴，尤其在我们考察的这一时期内含义更为扑朔迷离。文人由于共同的精神气质、文化特

第四章　文人的时代及其终结（1723—1840）

权以及社会政治地位而结为一体。作为统治阶级的成员和候选人，他们接受相同的教育，分享某些基本的观念和价值，并且通过相互指涉和关联，确认自己的身份。学问和文学成就是他们自我认同的主要因素，出身与官职，至少在理论上说，是确立他们精英地位的那些内在素质的外部呈现。没有多少饱学之士能够在公共领域中得到承认，而且在清代，尤其是盛清，出仕的官方精英与虽有学位却无官职的文化精英之间的距离日渐显著。很多人空有满腹学问，却为贫寒所困而无法跻身精英阶层。为了谋生，他们会去充任一些低微的职位，到士绅家中坐馆教书，或者去做地方官的幕僚、书记，帮助官员整理户籍、征收税款、处理案件以及官员所辖范围内的其它事务。若单就社会地位而论，他们大概不会被视为精英人物，但在教育学养上却是无可否认的"文人"，有些甚至是颇有成就的诗人、文章家和小说家。无论从事什么样的职业，正如他们所自诩（也往往被广泛接受）的那样，作为价值和文化的承载者，他们发挥了不可或缺的社会和文化作用。

　　乾隆皇帝步武其祖父（康熙皇帝），在1736年登基后不久，就宣布举行博学鸿词科考试。各地政府举荐了二百七十位候选者，其中二十一位托故谢绝，其余的那些也并未全都真心感激。同样承续其祖父之风，乾隆皇帝主持了一系列皇室赞助的图书编纂工程，其中最大的一项是《四库全书》。这项工程于1773年正式启动，1782年才全部结束，规模空前浩大。《四库全书》收录3450部完整的著作，以及其余6750部作品的评注，共分经、史、子、集四大部分。三百六十余名学者齐集京师的四库全书馆，在考据派领军人物纪昀（1724—1805）的带领下，全力投入这一编纂工程，但最终的控制权在满族权贵以及乾隆皇帝本人手中：正当征集的书籍从各地源源不断流入京师之时，他们借机推行了异常严厉的审查和禁毁政策。2400多部"违碍"性的书籍被销毁，他们的作者，凡是在世的，连同亲友，皆在劫难逃。1781年的一份报告宣称，在过去的七年内，52480块重达36530斤的刻书版木，被宫廷当作柴火烧掉：柴火每千斤计二两七文，故自1774年以来，一共节省银子九十八两六文。这对一位自称"书生"的皇帝来说，该是多么值得骄傲的成就！于是，这个清帝国最大的图书保存和整理工程同时也成为典籍的一场空前的厄运浩劫，而这不过是乾隆朝内部深刻矛盾的一例罢了。

事实上，乾隆皇帝在登基之初曾决意纠正他父皇实行文字狱的过激怪异的做法。刚愎自用而又疑心重重的雍正皇帝疯狂禁毁他心目中的"违碍"之书，甚至对明显无辜或无关紧要的书籍也不放过。然而在处置曾静案时，他却出乎所有人意料地做出了一系列反常决定，将文字狱变成为一场充满冲突和戏剧性转折的公演戏剧，并且最终以政治皈依的"净化"结局收场。1728年，来自湖南乡下的生员曾静派其弟子赶赴西安，试图劝说川陕总督岳钟琪举兵讨伐雍正皇帝。他同时还写了两本小册子，挑战满族统治者的合法性，并且控诉雍正篡位与残杀骨肉的罪行，及其贪婪、纵欲、多疑症和嗜血本性。雍正读罢大怒，撰文予以驳斥，竭力为自己正名。可他并没有处决曾静，反而有意善待他。曾静大受感动，涕泪纵横地写下悔过书。似乎这还不够，雍正皇帝又将自己的辩驳文章和曾静的悔过书，及其它相关的文字一同出版发行，同时还让曾静四处讲演，宣传自己政治上"大义觉迷"的经验体会。这出政治情节剧在多大程度上收到了预期的效果，我们不得而知，但是曾静的指控显然已经让公众窥见了皇宫生活中的阴暗面。当时还是太子的乾隆皇帝，对父皇此举就不胜反感。因此甫一登基，他就迅速结束了这场为时七年的闹剧，不仅处决了曾静，也封禁了雍正纂辑的《大义觉迷录》。在官方文字狱史上这个最具反讽性的时刻，甚至保存一部先皇的纂述也可能犯下

第四章 文人的时代及其终结（1723—1840）

杀身之罪。

与雍正相比，乾隆皇帝早期在处置"违碍"书籍方面似乎采取了相对温和的立场。随着时间的推移，他的态度日趋强硬，最骇人听闻的迫害大多发生在1774—1781年间。不过，盖博坚（Kent Guy）曾经恰到好处地警告我们，不要轻易将《四库全书》工程与通盘策划的文字狱相提并论。乾隆皇帝显然被送审书籍中的反满言论和违碍语词激怒了。可是，一旦发起对违禁书籍的声讨和追查，情况很快就超出了他本人的控制。地方官员在重重压力之下，不得不上缴尽可能多的违禁图书，藏书者开始彼此告状揭发，一些文人也趁机互相攻讦、公报私仇。到了1780年，文字狱案件已堆积如山，有些省份甚至每年向京城送缴近5000册书籍，以接受司法部门的审查。事实上，有多少人参与，就有多少不同的政治利益的盘算和个人动机的考量，结果，这场运动很快就滑到了疯狂的边缘。朝廷不得不施加干预以减少骚扰和破坏的程度。一份指定的禁书单分发到了地方官的手中，程序上的规定也落实到位，一切都可望变得有据可循。重要的是，游戏规则已经改写：地方官不再因为消极怠工，或敷衍了事，反而是因为做过了头，而受到警告和惩罚。十八世纪七十年代的这场声势浩大的文字狱充满了反讽性的扭曲与戏剧性的突转，也向我们揭示出文人士绅、官僚体制和满清朝廷之间远比我们想象的更为复杂的互动关系。

官方对诲淫小说的查禁与文字狱有关，但其间的区别也一目了然。与从前一样，乾隆皇帝也颁布了法令，取缔淫词小说、唱本和戏曲，可是法令的执行主要依赖地方官员，与文字狱自上而下的方式不同。《水浒传》及其它一些早期小说因其造反主题，在明朝就已被禁。乾隆皇帝继续奉行这一书禁政策，但与被清廷销毁的个人文集不同，这些小说通过市场而广为传布，企图将它们斩草除根，注定徒劳无功。事实上，淫秽小说和猥亵歌曲迅速蔓延的势头也被证明是难以遏制的。现存最早的查禁淫词小说的书单是由江苏苏州府的官员提供的。尽管其中收录的书名都在此后的"黑名单"中一再出现，但大部分作品还是毫发无损地保留至今。

《四库全书》是在小学和考据学如日中天的时期编纂完成的，而作为一项帝国工程的实施，它又反过来加强了这一学术思潮的地位和影响。考据学者们推崇汉代的治学方法，摒弃了宋明理学和心学的阐发义理的学理路数。他们通过文本研究来追求他们心目中可被检验的真理，从而在诸如文献学、校勘学、金石学、音韵学和训诂学等领域中，硕果辉煌。如此构想并付诸学术实践，这一"汉学"复兴运动标志着十八世纪学术范式的巨变，再加上许多相关领域——历史地理学、天文学和史学史——的空前发达，几乎从整体上重塑了学术的视阈与结构。正如本杰明·艾尔曼（Benjamin Elman）和周启荣（Kai-wing Chow）所注意到的，尽管并不要求考据学知识的八股文仍然占据科举考试的核心，与考据学相关的问题已经越来越频繁地出现在科举的试题中。一些考据学的领军学者充任考官和地方学政，为推进他们的学术主张提供了体制内的合法途径。

我们固然不应该过分强调考据学发展壮大的过程中政府所起的作用，可是另外一个与此相关的看法，即认为文字狱迫使学者纷纷转入政治中立的语言和文献研究，以寻求庇护或逃避，也未必完全站得住脚。本杰明·艾尔曼发现，到1750年左右，江南地区的考据学已经形成了气候，拥有自己的学术范式和活跃的学术群体。考据学中最具冲击力的突破之一，是阎若璩（1636—1704）在他完成于十七世纪末期而身后（1754）才得以出版的研究中指出，儒家经典之一的古文《尚书》是出自三至四世纪的伪造。清

第四章　文人的时代及其终结（1723—1840）

代汉学的奠基人之一惠栋（1697—1758）也不约而同，得出了类似的结论。尽管考据学者们并非有意提倡怀疑主义，但他们的研究往往挑战了古代经典的可靠性，动摇了理学引以为真理的文本基础。崔述（1740—1816）与其他有着类似想法的同道者进一步将考据方法应用于史传研究，以摧枯拉朽之势，扫荡那些阻碍他们的陈词滥调。上述思潮的影响如此深远，连考据学的一些实践者，如翁方纲（1733—1818）——一位享有盛誉的诗人和金石学家——都不免要对汉学瓦解儒家世界既有秩序的潜力表示担忧。其他同时代的知识分子如戴震（1724—1777）则行之更远，公然批判理学话语的一些命题。章学诚（1738—1801）通过一句名言来阐述他对儒家经典的看法："六经皆史"。他抹去了儒家经典的神圣光环，将它们变成历史分析的对象。

上述规模宏富、影响深远的学术实践，离不开学术圈内广泛持续的讨论和意见交换，同时也不能缺少使用书院和藏书楼的便利，以及官方和非官方赞助人的支持。很多江南地区的饱学之士不再年复一年、徒劳无功地参加科举考试，而情愿在商人的赞助下从事学术研究，于是有了艾尔曼所描述的"学术职业化"，这一趋势一直要到十九世纪五十年代的太平天国起义才暂时告一段落。某些声名卓著的考据家（包括阎若璩和戴震）本人就出身于商人家庭。在扬州以及其它江南城市里，富裕家庭，尤其是盐商之家，喜欢招待学者和文学小团体，甚至将他们长期留在府中。半官方的赞助是职业文人学者赖以为生的重要资源。朱筠（1724—1805）、毕沅（1730—1797）、阮元（1764—1849）以及其他精熟于考据学的官员往往聘请学者从事各种长期或短期的经史子集的编纂计划。他们在地方政府供职时，手头会有一笔可观的"养廉金"，其数额可高达本人薪水的十倍。他们可以用这笔款项来资助学术研究和出版，同时招募一批当时优秀的学者和诗人,让他们担任自己的幕僚或助手。在他们的赞助下,考据学跨出了江南地区,走向帝国的其它地域,甚至包括像广东这样的偏远省份。

学者之间的学术讨论和交流体现在迅速增长的各种形式之中,包括大型丛书、集成、专著、论文、注释与笺疏等。学者之间的书信往往读上去像是一篇洋洋洒洒的学术文章。即便是那些并不以学术闻名的文人,也常常卷入关于上古文本、礼仪、制度、地理、天文以及器物研究的无休止的切磋对话。在当时的文人圈子中,仅仅会作诗已经不够了,因为学问尽领风骚,而且这种学问早已远远超出了理学科程的范围。在十八世纪后期和十九世纪早期,笔记体裁的写作在文人学士中盛极一时,因为没有什么体裁比笔记更适合考据学的模式和当时学者的生活方式了。充满好奇而又不拘形式,往往语气轻松而又无须前后连贯,一卷笔记中讨论的话题可以无所不包,旁征博引,此外还有轶事、闲谈、传言、个人见闻和典籍考证,时常也掺入一些虚构故事。作为《四库全书》的主编,纪昀必须设法在这个包罗万象的帝国工程中为笔记体裁归类。他的解决办法是将所有的笔记都放到了"子部"下面的"杂家"一类。

从1789年到1798年的十年间,纪昀一共撰写了五种笔记,由他的门生汇集起来,于1800年左右在《阅微草堂笔记》的总标题下付梓刊行。纪昀自称,这部包括了1074则笔记的集子是他在编撰和修订《四库全书总目提要》期间,利用闲暇时间完成的。重要的是,纪昀写作《阅微草堂笔记》,正值笔记丛书的黄金时期,尤其是其中的志怪类,包括与狐、鬼和超自然异类相关的异事奇闻,更是久盛而不衰。现代学者将纪昀放到"志怪热"的历史语境中来考察,往往将他描述为保守派,尤其是因为他对同时代笔记小说的流弊颇多非议,并把这些流弊归罪

第四章　文人的时代及其终结（1723—1840）

于蒲松龄《聊斋志异》的影响。的确，纪昀不遗余力地批评蒲松龄，认为他的故事混用了互不相容的两种文类——唐传奇和六朝志怪小说。他指责蒲松龄的虚构倾向，因为按照他的理解，虚构原本是唐传奇的特色，而不应该是志怪的写法；同时，他显然也对当时那些靠模仿蒲松龄来炫耀文采的作者极为不满，这其中很可能就包括他的主要竞争对手袁枚（1716—1797）。袁枚在同一时期也写了一部志怪小说集，题目颇具挑衅性——《子不语》。孔子在《论语》中强调"不语怪力乱神"，袁枚却偏偏将这些主题作为他蹈厉张扬的文学历险的出发点。无缘无故的暴力和怵目惊心的恐怖在书中随处可见：噩梦、恶意的精灵和鬼魂，还有被斩下的头颅，追逐着惊恐失措的人们，并且疯狂撞击他们身后的房门。时而像游戏那样，匪夷所思，时而又诡谲怪诞，令人毛骨悚然。袁枚的叙述让当代的读者为之着迷倾倒，却让纪昀备感沮丧。与此相反，纪昀笔下的轶事奇闻更多议论和说教，故事往往被纳入因果报应、生死轮回或其它的阐释架构。同时，纪昀在对奇闻轶事的"阅微"中，调动了庞大而渊博的知识参照系，陈德鸿（Leo Chan）甚至称他的志怪集将考据学的视角延伸进了超自然的世界。

不过，纪昀自己的解说听上去也常常并不确定，有时候轮回报应的框架在故事叙述中被边缘化，甚或变得无关紧要。在一则故事里，一位和尚向人倾诉说，他曾经是一介屠夫，因此投胎转世成为一头待宰的猪猡。吸引读者的，是纪昀对他被屠宰时令其瘫痪的恐惧和疼痛的刻骨铭心、感同身受的描写，而不是那个毫无悬念的因果报应的框架套路。在另一则更具议论性的笔记中，一群人与一位自称是理学家的学者辩论，他们驳斥他对鬼神信念的否定，并且连篇累牍地征引朱熹，洋洋洒洒地列举出一大串即便理学大师也有口难辩的奇闻异事。纪昀在

故事的结尾现身说法:

> 不过释氏之鬼地下潜藏,儒者之鬼空中旋转;释氏之鬼平日常存,儒家之鬼临时凑合耳。又何以相胜耶?此诚非末学所知也。

纪昀声称集子里大多数故事都是他从文人墨友那里听来的,由于他纸笔素不离身,当即便被记载成文。他常常在每一篇的开头,恪尽职守地交代故事的来源,以及发生在何时何地。他的素材提供者几乎涵盖了各个阶层的文学之士,从《四库全书》馆的同僚到应试的举子、诗人、幕僚以及各类学者,甚至还包括他流放新疆时结交的维吾尔族朋友,形形色色,不一而足。贯穿于整部笔记的,是文人对超自然界无法抑制的着迷,而新疆的背景又增添了几分异域风情。尽管不见经传,纪昀及其同代人的笔记,对于我们理解乾隆晚期文人的心灵世界实为不可或缺的材料。的确,它们揭示出一个尚无定论的想象境域,既神秘诱人又令人不安。

典雅得体与通俗戏谑

清代的文学派别之繁盛可谓前无古人,尤其是在承平日久的乾隆时期。许多渊远流长的流派,也往往是在这一时期才形成了蔚为大观的空前盛况。不同派别通常都各自有其地域依托,但派别成员也经常因为共同的文学观念以及对某位大师、某一逝去年代的风格的着意追随而走到了一起。有一些派别名扬四海,是因为得到了官方的认可,有的则不然。在诗坛和文坛的领袖人物彼此互动的同时,在那些接近朝廷的文人与无论刻意与否而远离政治中心的文人之间,划出了清晰的分野,他们的

第四章 文人的时代及其终结（1723—1840）

文学观也因此大相径庭。

正如本卷第三章所指出的，王士禛在某种意义上可以说是康熙皇帝御赐的宫廷桂冠诗人。尽管他在去世（1711）前六年就已经失宠，但他的影响一如既往，他的"神韵说"仍然支配着精英阶层的诗歌品位。沈德潜（1673—1769）在乾隆年间也处在一个与王士禛类似的位置上，尽管他迟至六十七岁才获得举人学衔，为此，他先后考了十七次。不过，这是他人生的一大转机，因为他旋即考中了进士。当时的沈德潜可谓鸿运当头：乾隆皇帝在登基之后的几年里一直苦于找不到自己的宫廷诗人，于是立刻将沈德潜引进了他的宫廷小圈子，并且为他的文集写了两篇序文。作为诗人、批评家和文集编选者，沈德潜在构建他的诗歌理论时，强调四个他认为至关重要的因素：理（道德内容和关注，尤其指"温柔敦厚"的诗教宗旨）、格（风格和体裁）、调（包括音调）和神韵。通过引入复古主义者的观念，他拓展了王士禛的诗歌理论。跟王士禛主要写绝句不同，沈德潜对每一个诗体都追本溯源，并且选出几位大师的作品作为模仿的范本。由于他的努力（当然也由于乾隆皇帝的默认与支持），唐诗终于在乾隆初年获得了比宋诗更为广泛的认可。沈德潜活得足够长，尽享人臣之殊荣，而又在这些殊荣被剥夺之前幸运地死去——有人在1778年告发他曾为徐述夔写过传记，而徐的著作《一柱楼诗集》因悖逆朝廷被查禁，为此，沈德潜即便在死后也没能得到乾隆皇帝的原谅。除了自己的诗作之外，沈德潜还留下了一笔辉煌的遗产——他编纂的诗文集和培养的得意弟子。他编选的唐前诗集《古诗源》，因其开阔的视野而为人称道，但他编的《唐诗别裁》却致力于树立诗歌"正宗"，将那些"伪体"从诗集中"裁"去。1751年，也就是他致仕前两年，沈德潜入主苏州紫阳书院，向弟子门生传授诗文和学问，其中有王鸣盛、钱大昕、王昶等人，他们后来大多身居官位，声名显赫。

在1769年沈德潜辞世之前,翁方纲已被视为文坛的一代宗师。作为"肌理派"的创立者和代言人,翁方纲力图矫正他眼中由王士禛和沈德潜所代表的空虚不实的诗风,力主以学问为诗,并推崇宋诗议论说理的范式。更具体地说,他认为诗歌光有神韵和格调是不够的,还必须用脉络肌理来充实,而这有赖于对宇宙模式（cosmic patterns）,及其在自然和文化现象中的呈现形态,加以学理上的省察。他使用"肌理"这个词,泛指各种不同的模式规矩,从合乎体统的道德规范、礼仪形式、辞章的结构秩序,直至碑文和青铜器铭文的款式和质地纹理,可以说是包罗万象,因此,不论在字面意义还是隐喻意义上都构成了对王士禛的"神韵说"和沈德潜的"格调说"的补充。与当时的学术风尚相一致,他的诗作也往往不厌其烦地描述金石学、书法、绘画或文本的具体个例,或自述其学术上的沉思冥想和辛勤劳作。翁方纲显然希望这些主题也能够反过来帮助塑造他的独特诗风。可以想见,他的学者诗在那个金石学独领风骚的朴学黄金时代如何红极一时,而这同时也得益于体制上的重大变化——在缺席了几乎七个世纪之后,诗歌终于在1750年代后期重新恢复成为科举考试的科目。既然试子必须在严格限定的时间内命题作诗,"神韵"也就只好让位给博学、技巧和敏捷便给之才了。

尽管翁方纲也曾被派任山东、江西、江苏等地,他主要的时光还是在北京度过的。那时的京城中,朝臣、满族王子以及汉人官员都会举办诗会。姚鼐,这位安徽桐城派的创立者,因为与纪昀、沈德潜和翁方纲等人一同供职于《四库全书》馆,也在北京生活了数年,他的诗文多多少少打下了朴学的烙印。姚鼐在古文的写作上强调法度和规范,与翁方纲的"肌理"概念也有异曲同工之妙。

京师之外,阮元和其他官员也经常赞助学者和诗人,在身边聚起自己的小圈子,但这些赞助往往是短期的。当时的许多诗人选择远离政治,甚至与官场毫无瓜葛。在乾隆早期,李宪噩和他的兄弟们在齐鲁一带(今山东)组织起"高密诗派",自诩为远离政治的寒士文人,并因此而声名远扬。然而并不是每个人都欣赏他们对晚唐诗人贾岛的推崇和模拟,翁方纲就讥笑他们的诗风失之窘迫,而无骚雅气象。尽管明末遗民的乡愁感伤到了十八世纪上半期已经明显淡化,其影响在山西这样的地区依然不绝如缕。在那一带,顾炎武、傅山以及其他清代早期的文人曾经因为拒绝与满清朝廷合作而誉满天下。明清易代的血雨腥风之后出生的一位陕西人屈复(1668—1744)也继承了这一精神遗产,他以布衣终老,但遍游名山大川。他是一位多产的诗人,同时也通过评注屈原和杜甫的作品与他们寻求精神认同。与康熙和雍正时期一样,江南到了乾隆时期仍然是文字狱的主要目标,又由于在科举考试中面临比别的地区远为激烈的竞争,很多江南文人最终只得弃科举而求它途,而科场上的幸运儿也未必就能在仕途上飞黄腾达。杭州人厉鹗于1729年中举,却将自己的大半生消磨在扬州的缙绅和富商之家坐馆教书。他的主要赞助人是马氏兄弟,马曰琯(1688—1755)和马曰璐(1695—?)。他们出身盐商之家,受过良好的教育,也长于吟诗填词。兄弟二人拒绝了1736年的博学鸿词科的考试机会,而选择留在扬州。他们在那里兴修了精美雅致的藏书楼和家居花园,交接和款待来自各方的学者和诗人。

厉鹗是继黄宗羲和查慎行之后乾隆时期浙派诗人的代表人物,而且诗词俱佳。浙派以杭州为中心,打的是宗宋的旗号,主要活跃于十八世纪早期,却从与南宋历史的关联中汲取了诗歌创作的动力:周京(1677—1749)组织湖南诗社,聚集了一大批同道者在西湖集社。同时,诗人、编者和藏书家吴焯(1676—1733)在他的私人收藏中发现了像《江湖集》这样的稀见诗集,这本诗集是南宋陈起在杭州编行的,一度以为失传或仅存残篇。诗社集会和激动人心的发现,都极大地激发了他们的地方意识和对宋代杭州诗人的历史记忆,而这些先辈的诗思则见于一部由吴焯和沈嘉辙编行的《南宋杂事诗》中。厉鹗不仅参加了这个集子的编选,还另外编辑了一部一百卷的"宋诗学"的资料集《宋诗纪事》。厉鹗的诗词作品浸透了杭州的地方记忆,借助宋代的典故和文字出处,使得其中呈现的地域风景充满了过去的无尽回响和历史陈迹。同时,厉鹗的诗词也以秋景著称,从枯荷冷雨、嫋嫋风竹、隐隐孤灯,到乌云掩月和惊鸿一瞥。不过,在这些作品中,我们也多少可以察觉到表现手法及其营造的意境之间的反差,以及冥想的忧伤与快速的蒙太奇式的画面转切之间所产生的张力。

黄景仁(1749—1783),字仲则,是乾隆中期的一位杰出诗人。他不属于任何诗派,在当时要算是一个异类。本来,作为宋代诗人黄庭坚的后裔,他大可以名正言顺地自称是江西诗派的嫡系传人。但他拒绝这么做,因为他不想牺牲自己诗歌创作的特立独行和自由空间。然而,他对文学的投入和坚守最终却让他付出了更多。虽然他幼年就以神童著称,却一生仕途坎坷,曾在浙江、安徽和湖南做幕僚,也在北京的《四库全书》馆当过书记员,后来,在前往西安投奔毕沅时病倒,并卒于道中。虽然黄景仁有机会与毕沅、王昶和翁方纲这样的文坛领袖交游和接近文坛的中心,但这并不妨碍他以一介寒士自居,并且一身傲骨,也拒绝在文学理念上做出任何妥协。黄景仁的诗应该放到"诗可以怨"以及"发愤为文"的文学传统中去理解,诚如他自己的诗句所言:"十

第四章 文人的时代及其终结（1723—1840）

有九人堪白眼，百无一用是书生。"做一介书生就意味着忍受痛苦和歧视：这样一个定义让我们不能不从反讽的眼光来看乾隆皇帝以书生自命风雅的姿态。

与这种强烈的愤怨之情相伴而生的，是笃志于诗歌艺术的强烈信念。同时代的高官达人往往只不过将写诗看作是高雅修养的一个部分而已，而黄景仁则视之为生命的全部旨归。诗是唯一能让他全身心投注并施展能量、激情和才华的事业，也确保了他通向文学的不朽之路。到去世之前，三十四岁的黄景仁已经写了2000余首诗，但其中只有1300余首保存了下来。这部分归咎于为他编集的翁方纲和王昶，因为他们几乎完全不能理解他诗歌写作的激情与灵感。即便如此，黄景仁诗风的多样性也还是显而易见的。其中穷愁主题的表现很大程度上得益于中唐诗人孟郊和贾岛。而同样令人印象深刻的，是他近似李白那样气势恢弘、一泻千里的长篇歌行。然而，黄景仁对诗的全心全意的投入并没有妨碍到他的反讽意识。跟那些志满意得、漫不经心的同时代诗人不同，黄景仁将诗看作与世疏离的产物，正像他在《癸巳除夕偶成》（1774）一诗中写到的那样：

> 千家笑语漏迟迟，忧患潜从物外知。
> 悄立市桥人不识，一星如月看多时。

诗人远离尘世，仰望空中的孤星，直到它在全神贯注的凝望中变得大如月轮，但这一诗的视镜至此已接近幻觉。诗人接下来笔锋一转，写自己如何受到嘲笑："年年此夕费吟呻，儿女灯前窃笑频。"黄景仁深知，诗人很难从散文化的尘世中超越自拔，而又能避免堕入自我沉溺。他的作品通过自嘲表达了这一鲜明的意识。黄景仁的诗在二十世纪上半叶变得极为流行，尤其是在那些写作旧诗的"新文学"作家那里,如郁达夫、朱自清等人。黄景仁的当代知音是袁枚,他年长黄三十四岁,却多活了四十八年。尽管品位和文风迥异,袁枚还是对黄景仁的诗作表示了真心的赞赏。

作为一位重要的诗人、批评家和文章家,袁枚在公众的想象中可能更多的是一个充满奇思妙想和机智诙谐的人物。因为阿瑟·韦利(Arthur Waley)所写的传记,英语世界的读者对他并不陌生。他的名气还来自于他自己设计建造的随园。随园坐落于南京的小仓山,不仅是袁枚和家人的住所,也在他的笔下形成了一个文学神话。袁枚甚至声称自己的随园正是曹雪芹的小说《红楼梦》中那个乌托邦式的大观园的原型。这个说法并非全无根据:据说曹雪芹的祖父曹寅曾经在同一个地点拥有一座花园,只是这个花园至少已经易手过一次,到了袁枚的时代早已倾颓荒废。1749年,袁枚辞去江宁县令一职后买下了这块地。1753年,在以候选官员的身份赴陕西归来之后,袁枚誓言不再出仕。他彻底退出官场,隐居随园后宣布说:"自无官后诗才好。"与袁枚的退隐生活和文学活动紧密相关,随园也一度成为十八世纪后半叶文坛的磁场中心。随园主人与日俱增的令名吸引了全国各地的来访者。不少人高价邀请袁枚为他们的朋友和亲人题写墓志铭,而朝鲜的使节则以重金搜购他的文集。随园也是一块养育诗作的肥沃土壤。除了自己的4400余首诗作,袁枚还收集了朋友、熟人和访问者的10000来首作品。1797年,他整理完了所有这些诗作的手稿——其中最好的一些作品之前已付梓印行——并将它们张贴在一条百余尺的长廊上,建筑起一道"诗城",作为抵御外界入侵的隐喻屏障:他的机趣和桀骜不驯在这里最后一次光焰闪耀。三个月后,袁枚与世长辞。

袁枚精心营造自己的文学世界的主张,并非虚张声势的空洞姿态。事实上,这一主张一以贯之地体现在他的诗学观念中,也见于他对沈德潜和翁方纲的讥讽和否定。袁枚的诗学观与他们的说法大相径庭,他认为诗歌是与社会和道德拘限相对立的内心天性的自发表现,由此形成了"性灵派"的观点。这种文学主张绝非袁枚的创造发明,而且他的"性灵"概念,也让我们回想到他的晚明先辈——尤其是李贽的"童心"说与袁氏兄弟的公安派诗论。袁枚的特出之处在于,他强调了天性与灵感在文学创作中的重要性。他并没有激进到公开谴责儒家经典,但在提倡享乐哲学,为人的自然欲望和最大限度地享受生活正名等方面,显然又超出了他的先辈。袁枚喜欢的一句话是:"不近人情者,鲜有不为大奸慝!"他批评沈德潜编选诗集的选诗和评价标准太过僵化,说沈自己的诗作渗透着"褒衣大袑气象"。他还将翁方纲比作喜欢展览自己藏品的古董铺老板,讨厌他的诗无一句无来历,没有冗长的自注就不明白其中的出处和涵义。袁枚并不完全否定学问和技巧,但强烈反对学问和技巧损害性灵。翁方纲了无生气的诗作,在他看来,正是这样一个负面例证。

在以日常生活为诗方面,很少有人能做得像袁枚那么彻底。的确,在袁枚看来,琐碎和日常的东西无一不可入诗。他的诗作是包罗万象的自传,不像一本正经的文字写作那样,讲究体面和故作深沉。袁枚的作品中随处可见他惹人非议的生活方式、放荡不羁的情感经历,以及精致细腻的口味(袁枚是位美食家,他有关饮食烹调的文字已被翻译成好几种欧洲语言)。他也近乎自恋地关注自己的健康和疾病,令人想到白居易和杨万里:即便是疟疾和落齿这样的小毛病也都一一记在诗里。他写作的独家特色包括生机洋溢的诙谐("养鸡纵鸡食,鸡肥乃烹之。主人计固佳,不可与鸡知。"),从庸常中发现陌生与新奇,以及颠倒常识的机趣("东阳隐侯画笔好,声名太大九州小。"这是他送别画家沈南蘋的诗中的一句,当时沈应天皇之邀去日本任教)。在这个意义上,袁枚无妨可以说是诗坛上的李渔（1611—1680），因为他对古典诗歌所做的，正是李渔对白话小说所做的事情。除了机智与幽默之外，袁枚的出名也是因为他擅长引进大量的俗语，并改造诗歌的句法结构以满足一时的兴致。过去时代的经典诗人，被他顺手牵羊，变成了戏仿的对象，规范的韵文形式也被抻展到了它承受的极限。对同时代的许多追随者来说，袁枚标志着一种解放的力量，为古典诗歌注入了新的生命。但他也同时受到一些讥讽，说他的诗作流于轻率和油滑。

在漫长的乾隆时代，袁枚以他惊人的多才多艺而蜚声文坛。他的作品包括诗、文、诗话、食谱和鬼狐小说，然而他却几乎没留下什么词作，这个文类在十八世纪已经出现了走下坡路的迹象。他似乎也没有表现出多少绘画才能和书法天赋。在这一点上，他又算是一个异类，因为那个时代的诗人通常也兼擅书画，比如"扬州八怪"之一的郑燮（1693—1765），他的作品超越了当时的主流风格和派别，而自成一家。但不管怎样，作为当时的诗坛领袖，袁枚最为淋漓尽致地表达了他们对各种文人的文化常规的共同反感。在《随园诗话》里，袁枚告诉我们，他如何因为一枚印章上的一句"钱塘苏小是乡亲"，而冒犯了一位高官，这句话实际上出自一位唐代诗人。袁枚写道：

> 余初犹逊谢，既而责之不休。余正色曰："公以为此印不伦耶？在今日观，自然公官一品，苏小贱矣。诚恐百年以后，人但知有苏小，不复知有公也。"一座鞭然。

袁枚的机智在此毕现无遗，但隐含于幽默戏谑之下的，却是袁枚希望用不同的标准对个人做出评价的严肃努力。

袁枚并不是什么平等主义者，但他与文人圈子之外的接触显然比其他的同代文人都多。他引以自豪的是发现了不少才华横溢的女诗人,在晚年,他宣称金逸——通常被认为是他最有才华的女弟子——是他的知己之一。他的很多女性家庭成员,包括姐妹、表姐妹、媳妇、孙女等,也都是成名的诗人,并且为诗歌注入了男性诗人视野之外的全新的生命体验。袁枚对女性诗人的赞助扶植为他赢得了美名,但也很容易招致指责和人格谤毁,这一点后面还会说到。在退隐南京的五十余年里,袁枚也结交了许多三教九流的人物。《随园诗话》印证了他对他们诗作的真诚喜好,也多亏了他记下的轶事和评论,我们今天才得以一窥这些诗人的生平和作品的吉光片羽。袁枚曾经为朱卉(1678—1757)——一位寄食于佛寺而度过了生命最后四十年的流浪汉——这样题写墓碑:"清故诗人朱草衣先生之墓"。值得注意的是,1733 至 1754 年居住于南京的吴敬梓也以朱卉为原型,塑造了《儒林外史》中的平民诗人牛布衣的形象。跟袁枚一样,吴敬梓试图在精英阶层之外去寻求复兴士人文化的可能。基于对南京平民生活的观察,他还在《儒林外史》的第五十五回中构想出四位特立独行的市井艺术家,希图以此强力展示文人阶层中失落已久的文化理想。

袁枚 1797 年的辞世标志着一个文学时代的结束。不过,尽管袁枚所代表的这一文学流派因为一些弟子的放弃和背离而遭受挫败,但他的影响还是在少数忠诚的弟子的努力下经久不衰,其中主要包括赵翼和张问陶。作为一位知名的历史学家,赵翼(1727—1814)将他的历史视角带入对文学的解释,也因此质疑了永恒经典的观念。他的以下论断至今还经常为人所征引:"李杜诗篇万口传,至今已觉不新鲜。江山代有才人出,各领风骚数百年。"在他看来,即使李白和杜甫的诗作也很难面对时间和趣味的变化,而永立不败之地,经过几百年的传诵,它们的"鲜活性"已多有流失。赵翼在自己的诗里将袁枚所发起的通俗倾向进一步发扬光大，而这在保守派那里所引起的义愤可以从朱庭珍（1841—1903）的下述评论中略见一二：

> 赵翼诗比子才虽用典较多，七律时工对偶，但诙谐戏谑、俚俗鄙恶，尤无所不至，街谈巷议、土音方言，以及稗官小说、传奇演剧、童谣俗谚、秧歌苗曲之类，无不入诗，公然作典故成句用。此亦诗中蟊贼，无丑不备矣。

张问陶（1764—1814），字船山，是袁枚性灵论的忠实追随者。他的诗作经常沉湎于酒和人生的享乐，但后期的作品已经洒下了艰难时世的沉重投影。

如果把"袁枚现象"放到一个更大的文学和文化语境中来看，会有助于我们更深刻地理解它的含义。就数量及社会地位而言，诗、文二体仍旧主宰着乾隆时期的文坛。尽管在这两大块过度耕植和过于拥挤的土地上，也不能说没有新的收获，但最激动人心的突破还是发生在声望不高的边缘地带，主要是白话章回小说中。

文人小说的形成

在乾隆中后期，由于商业出版的推动，出现了白话小说日渐繁衍的局面。而在同一时期，独立于商业出版和消费的"文人小说"也开始崭露头角。在一小部分文人手里，白话章回小说因为对士人文化的错综复杂的全面呈现而获得了新生。尽管数量有限，这些小说往往在长度和视野的广度上都相当惊人，广泛涵盖了文人的关注和切身感受的诸多方面，还有作者的个人癖性和形形色色的思想话语的融汇与交锋。有些作品即便不是彻头彻尾地自恋，至少也可以说是无可救药地自我耽溺；另外一些则充满了清醒而深具反讽性的观察。而最杰出的长篇小说则往往表露出矛盾的冲动，因为它们的作者们在试图拥抱士人文化传统的同时又质疑它的功用。因此，这些小说内部产生出一种批判意识，能够反思其自身思想文化资源的局限和内在矛盾。毫无疑问，二十世纪的中国知识分子常常在《儒林外史》和《石头记》这样的小说里寻找中国"现代性"的本土资源（不管我们怎么定义"现代性"一词）。一部中国现代思想史，在某种程度上，正体现为对这些清代小说的不断解释和重读，而这些文学作品的深刻性和丰富性，似乎都是难以穷尽的。

这些小说无疑具有极为重要的文化意义，但文人作者的雄心并没有迅即为他们带来成功或影响。这些小说的中心人物，是文人群体的一员，他们通过可疑也往往注定失败的努力，坚称他们在社会事务中的作用，或是暂时逃避社会，以宗教来寻求自我拯救。这些主题似乎也在小说自身的命运中得到了呈现：由于仅在作者周围的小圈子里传阅，上述作品在当代的文化图景中，如同它们的作者那样，处在无关轻重的边缘位置。

白话章回小说与商业出版

在现代学者的文学史叙述里，乾隆中期产生了两部里程碑式的章回小说——《儒林外史》和《石头记》（又名《红楼梦》）；它们各自的作者——吴敬梓和曹雪芹，久已被誉为中国最伟大的小说家。然而，我们不能被这一"后见之明"所蒙蔽，而看不清十八世纪中期的现实。吴敬梓和曹雪芹终其一生，也只是在他们周围的文人小圈子里为人所知。吴敬梓在南京小有名气，那主要是因为他的诗作。他的诗文集于1740年左右刊刻出版，而他的《儒林外史》——这部他花费了二十年时间才完成的小说——直到1803年，也就是吴敬梓辞世后近半个世纪，才得以付梓印行，在此之前，不过是以手抄本的形式在一个极小的范围内流传。曹雪芹生前甚至都没能完成《石头记》，而小说前七十回的手抄本主要也只在他的亲友中传阅和转抄，对当时的文坛谈不上有多少影响。不仅如此，这些小说作者之间似乎互不相识，也不可能互通音讯：边缘化和分散化，构成了当时文人白话章回小说写作和传播的两个最基本的特征。

其它几部写成于1750至1780年这段时间内的文人小说也以类似的方式传播，因此也没有引起同时代读者的注意，其中有的作品甚至没有留下写作或流传的记录。但晚些时候被发现或重新发现时，它们对十九和二十世纪的思想文化发生了远为持久的影响。因此，它们既属于自己时代，也同样属于十九和二十世纪的中国。凡是负责任的历史叙述，都应该考虑到这些小说历经了怎样一个错综复杂的历史过程，而被尊为十八世纪文学的最高成就，而且也应当考察对它们的"重新发现"如何构成了中国现代史上的"历史性事件"，并具有什么重要的意义。

那么问题是，将《儒林外史》和《石头记》这两部当时的读者大多茫无所知的文人小说放在乾隆时期文学史的中心位置来讲述，究竟妥不妥当呢？那段时间的文坛的确发生了一些重大的变化，当时的文人也心知肚明。光是这些小说很少为同时代的读者所读到这一事实本身就已经标志了重要的历史变化，因为长期以来，白话章回小说都是跟口头的说书传统以及稍晚出现的商业出版联系在一起的，并因此从众多文类中脱颖而出，获得了更为广泛的读者。乾隆时期的文人章回小说是明显的例外。

较之晚明，乾隆时代在白话章回小说的商业出版方面似乎少有新创。大体上说，这是一个重印和再版的时代，而且粗制滥造。就像何谷理（Robert Hegel）教授的研究所表明的那样，这些小说版面通常拥挤不堪、插图粗糙漫漶。偶尔也有新作刊行上市，但

第四章 文人的时代及其终结（1723—1840）

基本都是一些平庸无奇的才子佳人小说。

这一时期的白话短篇小说就更不景气了。作为与白话长篇小说同源而生的叙述文类，白话短篇小说在1620—1680年间度过了它的黄金时代，其中只是在十七世纪四十年代满族入侵之际有过短暂的中辍。即便是在清代初期，白话短篇小说的作者也依然保持了一个互通声息的小群体，尤其是在江南地区。借助与出版商之间的良好关系，他们继续通过商业渠道推出新作。可是，这一势头在十八世纪之前就打住了。白话短篇小说的作者不是离开人世，就是封笔不作，而新一代的作者对这一文类似乎完全失去了兴趣。出版商只顾着回收已有的作品，然后改头换面，重新上市。通常而言，这些坊间流行的短篇小说集不过是草率拼凑的结果，而刊刻则几乎总是低成本制作。白话短篇小说就此衰落下去。直到二十世纪初期，短篇小说才借助来自现代欧洲文学的强大影响，以全新的面貌出现在文坛上。

应该如何看待乾隆以降白话小说商业出版的这个总的趋势呢？人口的稳定增长、教育的空前普及和识字率的普遍提高，促成了对印刷书籍的需求。当时的书籍市场无论在社会意义上还是在地理意义上都在日益扩张，而利用这样的发展势头，书坊主似乎普遍看好收入较低的读者和顾客。与此同时，商业出版在规模和所面对的顾客等方面都变得更为地方化，或是在印行书籍的选择上更加专门化（例如，有的出版商和他们的书坊开始专门出版和经销医书，或将经营的重心限制在其它的领域）。在这种情形下，文化精英介入商业出版的程度也不可避免地发生了改变，而且一般而言，呈衰落之势。因此，一方面，在面向广大读者生产白话小说时，出版商并不打算，或者是没能成功地调动当时最具创意的作者。另一方面，独立于商业出版之外的文人，如吴敬梓和曹雪芹，继续一门心思写作博大精深、前无古人的长篇章回，以博得志同道合的文人朋友的欣赏。这两个对立的趋势形成了十八世纪后半期小说生产中一个有趣的文化分野。

在商业出版领域，我们也许可以说乾隆中晚期也是一个白话章回小说大量再生产和广为传播的年代。不仅早期的一些作品再版重印，它们的母题和价值观念还启迪了其它许多文类。作为多种文本和形式的综合体，历史演义（如《三国演义》）和英雄传奇（以《水浒传》为代表）自身往往成为"素材文本"，供一系列口头表演文学改编和改写。例如，关羽（162—220）作为《三国演义》中的主要英雄，在无数媒介形式中（包括口头文学、地方戏、官方和民间崇拜以及秘密社团之传奇）都受到令人难以置信的欢迎，并且满足了明代尤其是清代不同地区和社会团体的各种需要。随着关羽传说的发展，出现了杜赞奇（Prasenjit Duara）所谓的"叠加题写的场域"，因为关于关羽的新说和新解在争夺主导地位时，并没有完全抹除旧说的痕迹，而是依赖与旧说的象征性共鸣，以确保自身的相关性和有效性。十八世纪中期以降，由于日益壮大的图书市场与欣欣向荣的地方戏逐渐成为传播早期小说的象征、母题和世界观的关键角色，这一重新阐释与协商竞争的共同场域获得了进一步的整合和巩固。

事实上，白话小说的传播并不仅仅限于清帝国的本土疆域之内。本卷第一章指出，明代早期的一部文言小说集《剪灯新话》早在十五世纪就已经流传到了东南亚的邻邦地区，如日本、朝鲜和越南。而乘商业出版、海外贸易和长途旅行之风，白话短篇和长篇小说也在十七和十八世纪被纷纷介绍到这些地域。例如，1762年朝鲜的一部书目上就著录了七十四部以汉语写成的小说，其中大量的章回小说是从中国介绍到朝鲜的。1786年，这一图书贸易的势头受到了重挫，原因是朝鲜的正祖皇帝禁止中国小说的进口，尽管这道禁令事实上不可能严格地付诸实施。与此同时，

第四章 文人的时代及其终结（1723—1840）

由于没有什么明显的地理障碍，中国和越南之间在小说出版和销售等方面，联系也相当紧密。有证据表明，某些在广东刊刻的书籍是专门为了出口到越南去的。不过，活跃在中越边境的出版商和书贩之间究竟是如何配合与互动的，还有待更多的研究。白话小说向日本的流入促成了阅读、写作和翻译实践上的一系列变化。和十八世纪的朝鲜与越南差不多，日本的精英阶层都受过古典汉文阅读，尤其是儒家文本阅读的训练。而他们也同样在面对白话汉文时，遭遇了语言上的挑战，并因此而被迫反思书面语和口语之间的关系，同时也引发了他们在文学形式运用上的诸种创新。详尽解释这些创新意味着什么，显然超出了这一章涵盖的范围，但可以断言，章回小说的传播对于其它东亚邻邦来说，影响至为深远，尤其是因为这一切发生在英国和法国小说流入东南亚地区之前，因为我们知道，后者直到十九世纪后期才逐渐占据了这一地区文学进口市场的支配地位。不仅如此，日本的作家和学者在面对欧洲小说时，也还是经常会回到中国章回小说及其评点传统（例如金圣叹对《水浒传》的评点），并从中去寻求阐释模式和应对策略。

乾隆中晚期的文人长篇小说曲高和寡，出现在一个白话小说在商业出版和图书市场驱动下不断重印和广为传播的时代。这些作品与之前的长篇小说如此不同，我们甚至可以说，它们在十八世纪中叶的出现，标志着一种全新叙述形式的兴起。当然，"长篇小说"（novel）这个概念本身就很成问题，尤其是在传统中国文学研究的领域中使用它的时候。我们今天欣然统称为"长篇小说"的作品，在明清时代属于各种不同的体裁，并各有其体裁的专称（包括"传"、"演义"、"野史"或"外史"）。"章回小说"一词，是对长篇叙事文学的一个包罗万象的称谓，指大体上是虚构性的、而且绝大部分是以所谓"白话"写成的、包括了长短不一的多个章回的长篇叙事作品。这个称谓直到二十世纪的第一个十年里才出现，为的是将中国传统的长篇小说与当时从西方译介过来的现代长篇小说区分开来，而十八、十九世纪的清代小说家本人并不知道他们在写作"章回小说"。如果所有这些被称作"章回小说"的作品都可以归在一个共同的文体或写作模式之下，那么，这个文体不可避免会是一个充满内部多样性的异质整体，涵括了各种不同来源和素材的作品，而且，这一文体的历史也势必是断裂性多于连续性。

以《三国演义》、《水浒传》和《西游记》为代表的早期小说主要关注的是历史传奇、王朝更替、军事事件、英雄冒险以及宗教朝圣等主题，并以历史或传奇人物为叙事的中心。源自书面和口头材料，混杂历史与传说，这些章回小说在十六世纪中晚期付梓印行之前，已经屡经多人编辑和改订。到了十六世纪的最后十年，个人创作的小说（如《金瓶梅词话》）逐渐崭露头角，其中的一些作品与通行的传说和史书材料并无瓜葛。吴敬梓、曹雪芹以及其他乾隆晚期的文人小说家则行之更远，因为他们的作品深深地沉浸于文人文化的源泉之中。经他们之手，白话长篇小说在主题和风格上都面目一新。这些小说由文人作者个人独立创作完成，面向一小群经过选择而且日益分化的文人读者，针对他们关注的各种问题，描写了形形色色的文人角色，还时时包括自传性细节的精致展示。作者老练而个人化的叙述，以及为他们的文人读者所激赏的书卷气和引经据典，都预先将普通的读者排除在外。因此，他们也不再像从前那样依赖模拟的说书人向想象中的听众讲述。不过，即便如此，当时的文人也很少会把白话小说本身夸耀为一种受人尊敬的文体。

从社会和文化的角度来看，这些小说家是文人阶层中的边缘人物。他们当中没有谁与当时文坛的领袖人物有直接的关系，也

第四章　文人的时代及其终结（1723—1840）

罕有仕途上的成功者（除去《歧路灯》的作者）。不管有没有秀才的学衔，他们都往往在缙绅之家担任塾师，或在各处的地方衙门里充当幕僚来维持生活。吴敬梓靠着日渐告罄的遗产养家糊口，而曹雪芹则在1728年家族财产被雍正皇帝尽数抄没之后，就一直生活在贫困的边缘。不过，尽管生活窘迫，这些作者却很少为赢利而写作。当然，尽二十年之心血完成一部小说，无论如何都不能说是利益最优化的做法。与涉身职业化坊间编辑出版的晚明先驱不同，这些清中期的小说家都远离市场，正像他们与政治中心也保持距离。在那个文人作为一个社会团体正在经历自我再生产和自我呈现的深层危机的时代，他们通过章回小说的写作，确认了自己作为白话小说的作者和主人公的双重身份，从而开启了精神求索的新的途径。

十八世纪早期：闪回

十八世纪早期，白话章回小说的创作处于衰缓停滞和陈陈相因的状态。山东地区的小说作家已经退出了历史舞台：《续金瓶梅》的作者丁耀亢于1670年去世；西周生即便真的活到了十八世纪，他在《醒世姻缘传》之后也再无新作问世。他们的作品长于社会讽刺，展现家庭闹剧，将叙述融入帝国或儒家理想国分崩离析的大背景，或隐含在堕落与拯救的天启式寓言之下。不过，随着他们的过世，这样一个小说的写法似乎也寿终正寝了。小说领域盛行一时的是五花八门的通俗历史演义、情色小说和才子佳人小说——其中这后一种高度公式化的次生文类可以追溯至明代或更早，到清代早期而臻于全盛。这三种类型的流行小说，可以说为《石头记》的写作，甚至在某种意义上说，也为《儒林外史》的写作，提供了直接的历史语境。

曹雪芹可能于1740年开始写作《石头记》。书的一开篇，他要求石头——小说的虚拟作者——为他自己的作品辩护；石头在作答时，首先把这部小说与其它流行一时却一无可取之处的小说类型相比较：

> 况且那野史中，或讪谤君相，或贬人妻女，奸淫凶恶，不可胜数；更有一种风月笔墨，其淫秽污臭，最易坏人子弟。至于才子佳人等书，则又开口"文君"，满篇"子建"，千部一腔，千人一面。且终不能不涉淫滥。

尽管石头的道德立场很可能只是策略性的，但他的话的确表达了曹雪芹对当时风行的小说写法的强烈不满。石头进而对才子佳人小说大加挞伐：

> 在作者，不过要写出自己的两首情诗艳赋来，故假捏出男女二人名姓，又必旁添一小人拨乱其间，如戏中的小丑一般。更可厌者，"之乎者也"，非理即文，大不近情，自相矛盾。

曹雪芹笔下的石头并没有在情色小说与才子佳人小说之间做出任何实质性的区分，他这样做固然不无道理，却不够公允。康熙朝的才子佳人传奇十有八九剔除了情色的内容，而现代学者则常常以此为据，说明正统意识形态的儒家理学对文学发生了怎样的影响。然而，从才子佳人传奇中清除掉的部分仍然可能出现在别的形式中，如果非要说这一过程中损失了什么，那或许不过是色情主义的体面掩饰或托辞。无论如何，把十八世纪早期说成是一个理学影响下的清教时代是不够准确的。尽管很难确定哪些小说以及多少小说写于这一时期，但可以肯定的是，情色长篇和中篇小说仍然畅行无碍。近年发现的《姑妄言》让我们看到了这巨

第四章 文人的时代及其终结（1723—1840）

大冰山的一角。《姑妄言》长达百万字，是明清章回小说中篇幅最长的作品之一。这部冗长庞杂的巨著汇集了当时情色小说和才子佳人小说中几乎所有的母题和桥段，并肆意于疯狂的戏仿和夸张。除了叙事者满口说教的语吻，还有小说的因果报应的叙事俗套之外，整部作品将全部精力倾注于性行为的无穷无尽的展览。其中的人物，要不是因为暴死于过劳或蹂躏，根本就没有停下来的意思。与他们相似，作者本人也似乎直到山穷水尽，想不出新的办法来延续肆无忌惮的淫亵变态行径时，才不得已收场了事。可以说，这部小说在精尽力竭和死亡毁灭中获得了自我拯救，同时也以这种方式，对为它提供和补充能量的小说叙述传统做了一次恰如其分的道别。

尽管《姑妄言》的叙事描写常常缺乏距离感，但是叙述者并没有忘记提醒我们这些故事乃子虚乌有，并且往往是出自对其小说类型的漫画式模仿。小说的题目本身就可以看作是向读者道歉——"请原谅我肆意妄言"，但同时也是在祈求读者的原谅——"不管怎样，姑且让我妄言一番：我姑妄言之，你们也就姑妄听之吧。"这种饶舌的冲动体现在小说开头一位只喜欢听新闻说白话的闲汉身上，他对长篇演义，过耳不忘，倒背如流。小说内部的这位叙事者叫到听（"道听"），字图说（"途说"），恰好呼应了"小说"的经典定义"街谈巷议"，而他对自身言说的虚构性所具备的自觉意识，也与他的戏仿嗜好有着内在的一致性。我们将会看到，这一真与假、现实与虚幻的话语还会在《儒林外史》、《野叟曝言》，尤其是《石头记》中反复出现。《石头记》引导着年轻的主人公走上自我发现的旅途，这个旅途开始于性的觉醒和情幻的迷惑，但之后又远远超越了这一阶段。

《姑妄言》的序作于1730年，但在现存的清代文献中却丝毫不见它的踪影，也完全找不到任何证据表明它曾以手稿的形式流传过。1941年，一个仅存三章的残本由上海优生学会出版，印数极为有限。1966年，俄国汉学家李福清（Boris L'vovich Riftin）在列宁格勒的列宁图书馆（今圣彼得堡俄国国家图书馆）发现了《姑妄言》的足本，是俄国汉学家斯卡奇科夫（K.I.Skachkov）于1848到1859年旅居北京时收集到的。《姑妄言》的足本直到1997年才首次出版，它身后的命运如同是那个时代其它文人小说的一个预演。《姑妄言》的出版，引起了人们对它与《红楼梦》之间种种可能关系的诸多猜测，尽管在艺术想象和文学成就上，它们之间相去不可以道里计。

另一部值得一提的小说是《女仙外史》。这部小说完成于十八世纪早期，大致属于曹雪芹笔下的石头所严厉贬斥过的历史演义，但它对《儒林外史》的预示作用也不可小觑，因为它是第一部以"外史"命名的白话长篇小说。故事的年代设置在明代初期，主要叙述当时的一个重要事件，史称永乐之变：燕王击败建文帝，自己登上了帝位。一反正史竭力为之正名的做法，作者吕熊（1640？—1722？）给出了与事实相违背的虚拟叙述，以纠正这一篡位事变，并恢复建文帝的合法性。他将超自然的现象纳入现实世界，把历史与传说幻想熔为一炉，在整部小说中自始至终坚持使用建文帝的年号，从而将整个永乐时期从明代的历史纪年中一笔抹去。当时，官方的《明史》尚在编纂过程中，而这一本大唱反调的虚构"外史"就已经在文人学士中广为流传了，先是以手抄本的形式出现，继而刊刻成书（小说刊行于1711年，很可能得到了某些人的资助）。这个刊本是对文人读者的想象共同体的一次庆赏：它囊括了六十余名同时代的作家、艺术家和学者的评点和序跋，他们来自不同的地域，彼此之间也未必相识。

尽管乾隆时期的任何一部文人章回小说都没能在当代的读者那里获得《女仙外史》这样的知名度，吕熊对抗正史的姿态却绝

第四章 文人的时代及其终结（1723—1840）

非一个例外。《儒林外史》与《女仙外史》一样将故事设置在明朝，卧闲草堂本序作于1736年春，也就是《明史》修撰完成后不久："夫曰'外史'，原不自居正史之列也"，看来并非凭空虚语或泛泛而论。

《儒林外史》

274

《儒林外史》采用了明朝纪年，并且频频引入历史人物和历史事件，但将它与传统意义上的历史小说相提并论，却注定是一个错误。《儒林外史》的主要部分开始于预示着未来变化的成化年间（1465—1488），而结束于衰落已成定局的万历时代（1573—1620），可知吴敬梓通过小说叙述，对这个逝去的王朝作出了自己的评判。他对明朝灭亡根源的探询和追问，也与他本人生活的年代相关。既然过去的模式延续至今，未来似乎也就不难预见。就其视野而言，《儒林外史》是富于预见性的，但小说的叙述却是以作者的个人经历和对当下生活的个人观察为基础的。小说淋漓尽致地展现了文人道德的沦丧、政府体制的窘境，以及儒家精英们重建道德秩序与文化权威的徒劳无功，也由此表达了一种深刻的危机感。吴敬梓在最宽泛的意义上使用"儒林"一词，用来指涉社会政治精英和文化精英，以及那些梦想着跻身精英阶层的士人。他为这些五花八门的人物角色的虚妄、蠢行和枉费心机的企图勾勒出一幅幅辛辣的讥讽肖像，使我们不禁要问，一个精英阶层已经如此腐化堕落、道德沦丧的社会，究竟会变成什么样子？尽管同代的大多文人都还至福般地沉醉于文化家园的想象，并且流连忘返，吴敬梓却清醒地看到，这个世界的中心正在塌陷。

根据现代学者的考证，《儒林外史》序的作者闲斋老人如果不是吴敬梓本人，也一定是吴敬梓的知交。不管是哪种情况，这个序写于1736年2月这一事实非常重要。有几位学者认为当时小说还在写作初期,而且 1736 这个年份也是吴敬梓人生的一大分水岭:他最终决定放弃科举考试,从此断了官场仕进的念头。这一决定给了吴敬梓一个相对超然、甚至接近独立的立场,来呈现《儒林外史》的文坛和官场。而这与 1736 年的序也正相呼应,后者肯定了小说的主题就在于对"功名富贵"的彻底否定。1736 年 2 月,二百余名候选人,其中包括吴敬梓的几个好友,齐聚北京,参加乾隆皇帝主持的博学鸿词科考试(尽管廷试最终推迟到了同年九月)。吴敬梓也受到了地方官的推荐,不过,他只参加了地方一级的几场考试,却没有走完全部的过程,因此也就没有到京城去觐见乾隆皇帝。

吴敬梓在决定放弃仕进之前,做出了另一个对他人生来说几乎同等重要的选择:1733 年,他离开了家乡安徽全椒,去南京安顿余生。远离地方宗族,豁免了他的乡绅义务。我们可以看到,在他的小说里,没有一个文人因为乡绅的身份而成功地过着有意义和清白磊落的生活,因为他们在家庭、宗族和地方社会中的规定角色已不再给予他们内心的满足或成就感。杜少卿——吴敬梓在小说中虚构的另一个自我——早已厌倦了他的宗族义务,对族亲也唯有憎厌而已。他的故事简要地重述了一次恶性的家族遗产纠纷对吴敬梓造成的内心创伤。与吴敬梓的个人经历相呼应,杜少卿也是在离开家乡后,放弃了皇帝主持的"采访天下儒修"的举荐考试。杜少卿对乡绅的角色毫无兴趣,而小说中的其他人物在科举仕进之途上也屡屡历经更大的幻灭。在八股取士重轭的终身奴役之下,他们生命萎顿,想象枯竭,陷入精神和经济双重破产的困境。正如杜少卿既不愿入仕又不安于乡绅的角色,吴敬梓不得不给自己找一个位置以作为补偿,而这并不仅限于一个栖身之地而已。对吴敬梓和他笔下的文人角色来说,最终的问题是:在这样一个幻灭的时代,一个文人究竟应该怎样生活?他的小说

第四章 文人的时代及其终结（1723—1840）

告诉我们，选择原本不多，而称心如意的就更少。

《儒林外史》并不只是一部自传小说：它所体现的生存焦虑，就其本质而言，是群体性的。作者虚构的自我，与小说中许多其他的人物一样，都是来去匆匆，有时甚至如昙花一现。这是一部既没有主干情节，也没有中心人物的长篇小说。它的情节设置是轶事性的，依次跟随不同的人物来展开叙述，从一个人物切换到另一个人物。之前的人物，即便在下文重现，也大多不过是其他人物的口头谈资而已。二十世纪早期，本土的文学批评家日益受到现代欧洲小说和文学概念的权威话语的影响，常常批评《儒林外史》缺乏一以贯之的结构，而不过是无数短篇故事的堆砌凑合。即便是这样的负面看法也还是高估了这部小说各个部分的完整性，因为小说中没有几回能够真正作为独立自足的短篇故事而单独存在。但就小说的整体而言，又不能说毫无结构。而且每一个片段都通过与其它片段的呼应对比而获得自身的意义，整部小说的结构设置正是以这样的方式，逐渐展示在我们面前。这部小说的这种结构方式在语义学和主题学的意义上都非常重要。屡经幻灭和挫败，文人已不再能够承担正史的整体性宏大叙述中的角色了。在"外史"的标题下，小说呈现给我们的是一部由轶事组成的编年史，没有附着任何传统意义上的"历史"意义：它把自己所描写的人物缩减到与轶事琐闻相契合的生存状态。

吴敬梓频繁地运用以口头和书面形式流行于当时文人圈子中的流言碎语、笑话和轶事，来暴露自己所属阶层的做作虚伪和庸俗的市侩作风。这是局内人的故事，通过呈现其它体裁中难得一见的令人发噱的观察，产生漫画式的喜剧效果。这些被摒弃于正史和其它正统文体之外的轶事片段成为《儒林外史》的主要素材之一，尤其是在小说的前三分之一的部分中，而吴敬梓的这部小说本身也同样处于边缘地位。绝大多数情况下，笑话被纳入小说叙述的脉络，处置得当，适可而止。只是偶有例外，才会落入滑稽无聊和插科打诨的闹剧场景。这些喜剧性的插曲，如同它们的原始素材那样，通常未经叙述者或评论者的中介。反讽与幽默产生于人物的言行本身，或人物言行之间的落差和对照，而非叙述者的机智诙谐和隽言俊语。李渔以及其他喜剧作家，从不放过任何一个机会，在他们笔下的人物和事件上肆意发挥，踵事增华，但吴敬梓却是一个惜墨如金的极简主义者。对他来说，反讽艺术的妙处，正在于并置呈现和低调陈述。

在章回小说中，《儒林外史》是较早的一部作品，已经基本不再模仿约定俗成的说话人语吻。小说里没有介绍出场人物的相貌、衣着的程式化的诗句和套话，也没有以叙述人的评论或是引用惯用的俗语，来了结某一主要事件的叙述。蜕尽这些陈词滥调和小说素材的文体标志，《儒林外史》的行文可谓是清通晓畅。《儒林外史》与之前小说的区别不仅限于文字的外表和叙述风格，也包括感知和呈现的模式本身。吴敬梓没有从说书人叙述者的全知视角来讲述故事，而是让读者们去直接体验小说的叙述世界，而无须他的明白无误的导引。模棱两可的时刻在所难免，读者因此常常不得不做出自己的判断。在这个意义上，《儒林外史》是第一部激发我们以新的眼光看世界的中国现代小说。

《儒林外史》由三个部分组成，以第一回的楔子和第五十六回的尾声架构全书。楔子介绍了王冕（？—1357），一位自学成才的艺术家，在改朝易代的动乱年代，拒绝官府的征聘，从而保持了人格的正直清白。他同时还是一位先知，预见到士人文化难以幸免的劫难。由于科举考试制度和公式化的八股文的影响，天下的士子都看轻了"文行出处"，即传统儒者赖以安身立命的人生品格。王冕的预言在小说的第一部分（第二回至第三十回）中变成了现实。这一部分中出现的文人大都可以归入相互对立的两类：

第四章 文人的时代及其终结(1723—1840)

做八股时文的试子和自称只对作诗这样的雅事感兴趣的"名士"。前者但求科举及第,并视之为多年科场困顿挣扎的最高奖赏和补偿。屡战屡败的经历将他们抛入了疯狂和病态的黑暗深渊,而金榜题名又往往来得那样猝不及防,以致造成了他们的精神崩溃。小说第三回的范进正是这样一个例子:听到中举的消息,他陷入狂喜,一时得了失心疯,丧失了自我意识。的确,他对自我的看法完全取决于科举制度的任意无凭的规则,而后者的信誉在这部小说中一再受到质疑。那些以名士自居的诗人,尽管鄙视粗俗不堪、毫无品位的举子,却没有给出什么更好的选择,因为他们求名心切,与那些急功近利的试子相比,也毫不逊色。实际上,他们将自己粗鄙的世俗欲望掩藏在文化的外衣之下,只有在做作虚伪这一点上,足以让操习八股文的考生们相形见绌。值得注意的是,1757年,也就是吴敬梓去世后三年,诗歌就被重新引入了会试,成为科举考试的科目之一,两年后,乡试也恢复了诗歌一项。如果考虑到这一体制上的变化,他笔下的那些诗人名士,与科场上的试子也就更加难分彼此,甚至失去了自命清高脱俗的凭借。在《儒林外史》中,对虚伪和言行不一的贬斥并不必然意味着真诚。杜慎卿以其刻意培养的庸倦和漫不经心的名士派,调侃他的诗人朋友,说他们对文化品位的热切标举,也未能免俗,而且是"雅的这样俗"。可是,俨然一介"真名士"的他,却毫不犹豫地拥抱了科举考试。小说中的另一个人物匡超人,一开始是一个勤奋上进的好学生和孝子,却渐渐变成了举子和名士品质的最糟糕的结合体——一个小肚鸡肠、斤斤计较的名利之徒,同时又是一个伪君子、撒谎家和自吹自擂的吹牛大王。故事临近结束时,他正春风得意,走在上京赴任的路上。

小说第二部分(第三十一回至第三十七回)反其道而行之。杜少卿、庄绍光等人拒绝了举荐入京赴试和出任官职的机会,与其他文人同仁一道，集聚南京，修建了一座祭祀吴泰伯的祠庙。吴泰伯是一位儒家圣人，既是江南地区的文化奠基者，也是传说中当地最为显赫的吴氏和虞氏宗族（也就是吴敬梓所属的宗族）的始祖。在小说的这一部分，南京成为复兴儒礼的中心，与帝国的政治中心北京相对立。同时，作为文化中心，南京又被设置在与杭州的回顾对比之中，因为在此之前，杭州已经被写成了一个市侩庸人和矫情造作的诗人名士的滋生地。没有谁像杜少卿那样，与南京有着如此密切的关系：他远离家乡的亲族，又游离于官方体制之外，展现出与南京自然和人文风景的内在亲和力；这一亲和力也流露在小说的叙述语吻上，变得极度个人化，甚至有些自我沉溺。在那些最具有诗意的瞬间片段中，杜少卿的新家被呈现为一个闲适、自然和富于真情实感的自足空间，与大多数文人汲汲惶惶，奔走于科场和仕途的生涯迥然不同。更重要的是，杜少卿跟他的南京好友，尤其是虞育德、迟衡山和庄绍光，通过集体践行儒家礼仪而心心相印。建造泰伯祠的提议是在第三十三回提出来的，其后的实施过程也一一向读者做了交代，直到第三十七回行祭礼为止。清代的评点者都认为这一回是全书的高潮，它对祭礼的精确步骤和技术细节做出了庄重而肃穆的描述，因此在全书中显得与众不同。

这个祭祀仪式的意旨在于社会改革，但它隐含的全部意义到了小说的第三部分（第三十八回至第五十五回）才逐渐展开：其中好几位人物都在将儒礼的道德内涵付诸日常实践的过程中，备受挫折和磨难。他们的故事谈不上什么道德的胜利，他们的实践历程也充满了晦暗暧昧，而且几乎无一不是以挫败收场。不仅如此，关于儒礼的崇高想象也在第四十八回的王玉辉的段落中显现出了它的阴暗面。王玉辉是虞育德和杜少卿的迟到的追随者，由于恪守儒家孝道和妇女守节的训条，他竟然鼓励自己的亲生女儿

第四章 文人的时代及其终结（1723—1840）

在夫婿死后殉节而终。他此后的南京之行，是为了拜访泰伯礼的主持者，却全都错过了。在空荡的泰伯祠里，他只见一些被锁在柜子里的乐器祭器，还有贴在墙上的祭祀仪注单和执事单。小说这里写到王玉辉用袖子拂去灰尘，阅读仪注单的片刻，而这正是对第三十七回的泰伯礼的一个回观。重要的是，王玉辉并不仅仅是一位普通的读者，而且还是儒家礼仪文字的编纂者，其中包括他在泰伯祠墙上读到的仪注，而小说的第三十七回正是根据仪注的格式写成的。不过，这一巧合并没有使王玉辉醒悟到自己对儒礼的理解和实践究竟哪里出了错。在女儿殉节的创伤经历之后，这一文本内部的阅读场景，将小说的第三十七回置放到了一个不同的语境中来重新观照，并且对儒礼提出了令人不安的疑问。二十年后，我们在第五十五回里再次看到了泰伯祠，这时它已沦为一片废墟。

通过一个求索探寻的过程，《儒林外史》展示了弥足珍贵的反躬自省的品格，不断反省支撑其自身叙述的观念和价值。这样一种不断自我质疑和自我对抗的冲动有助于将它定义为一种新的白话小说，而且也的确标志着一种新的叙述思维模式。吴敬梓的道德想象的核心大致可以称为儒家的"礼仪主义"（ritualism）。小说的第二和第三部分不遗余力地描写了那些备感沮丧和失去了信心的文人，如何面临官方体制内丧心病狂的名利角逐，艰难地为自己寻求安身立命之地。在科举考试的领域里，利益竞争是用儒家的道德修辞来包装的，因为每个举子写作八股文，就是在代圣人立言，或用小说中一位人物的话来说，是"代孔子说话"。这使他们能够声称拥有道德上的权威，而且这一权威一旦获得，就可以轻而易举地转化为政治和经济利益，从而得到道德和世俗利益的双重奖赏。作为回应，吴敬梓的儒礼方案包含了两个母题：退出政治的世俗领域，同时以实践代替言说。小说清楚地表明，儒家的礼仪义务必须无条件地身体力行，而且往往是以牺牲社会政治经济利益为代价的；与此同时，儒家的自我修身也正是礼仪实践的延续，无须刻意努力或言语协商，每个人都各安其位，各司其责。吴敬梓的礼仪主义想象明显从清代兴起的儒家礼学话语那里汲取了灵感，但他富于创新的叙述方法，使他得以通过具体而微的"深度描摹"（借用克利福德·格尔茨［Clifford Geertz］的术语）来揭示礼仪的意义。的确，吴敬梓在这本小说里所给予我们的，并不仅仅是儒家礼仪主义的一个叙事性的图解。他将礼仪实践置于各种不同的语境当中，细审其蕴意，并逐一加以检验。例如在王玉辉的故事里，礼的实践就因为走得太远，而滑向了道德狂热主义。

由于礼仪主义往往导致伦理的两难困境，吴敬梓试图在抒情主义中去寻求另外的希望。他着意于重建诗的主体性，以协调与自然的关系，并将生活经验转化为一个有意义的整体，无论这些经验多么琐屑和破碎。因此，毫不奇怪，强化儒家社会伦理纽带的集体礼仪，终究让位于个人对真诚品格和艺术敏感的修养。到了小说的第五十五回，吴敬梓带着我们再次回到南京，他心目中的理想之城如今已沦为一处失去了灵魂的所在。只有四位市井奇人，分别献身于一门文人的艺术（琴棋书画），以他们业余的艺术实践勉为其难地维系着摇摇欲坠的抒情理想。季遐年，一位自学成才的书法家，可以说是追求自然率性的艺术精神的化身。他不仅在风格上独辟蹊径，自成一家，而且总是即兴挥毫，不受别人的约束和干涉，除非兴致所至，绝不勉强应酬。荆元，一个穷裁缝，却酷爱古琴。他没有朋友，只与一位老园丁于老者往来甚笃。于老者在清凉山背后自家的园子里，构造了一个超出尘世喧嚣和人事沧桑的世外桃源。应于老者的邀请，荆元抱琴而来，弹了一曲只有他们两人才能够心领神会的阳春白雪。由此看来，诗意想象仅仅局限于私人生活的场域和寂然独处的方式。这四位艺术家

第四章 文人的时代及其终结（1723—1840）

都是古怪的孤独者，不是鳏居就是单身，而且都超然世外，让我们想到小说开头的王冕，他也是避世山中，孤独无闻，并以此而终老。

吴敬梓在叙述小说人物对业已失落的精神家园的孤独追寻时，投注了巨大的热情。他在小说第二部分描述南京时，使用了亲密的、个人化的口吻。无论是否成功地将破碎、平庸的散文化世界凝聚到一个整体的诗意视镜中去，抒情主体毕竟通过影响小说叙述的情绪、节奏和语气，来确认其艺术上的胜利，也为这部以反讽著称的小说平添了新的感性维度。后来的模仿者再也没能像《儒林外史》那样，在同情与反讽之间取得如此微妙的平衡。虽然吴敬梓常常从抒情主义中去寻找个人抚慰，他心里却片刻也没有忘记抒情主义自身有多么脆弱和单薄。小说对杜少卿的描述凸显了诗人的声音与高调的姿态，哪怕面对公然的嘲笑和无言的尴尬，也依然我行我素。不过，显而易见的是，一旦暴露在不断侵蚀抒情主体的自主疆域并威胁要吞没他们的高尚诗意的语境化多重视角之前，没有任何一个抒情主体能够安然无恙，更不可能大行其道了。吴敬梓对杜慎卿——杜少卿堂兄——的呈现则揭示了诗意理念的另一个或许更成问题的方面。流连沉湎于南京的诗文、戏曲和文化氛围，杜慎卿有血有肉地体现了士人文化全部的精致与考究，但他的诗意想象却有着严重的局限性。一旦脱离开更大的有机整体，抒情主义只能在个人心理的有限领域内发生作用，乃至蜕化为自恋：甚至在雨花台访古寻胜时，杜慎卿也一如既往地自我耽溺，顾影自怜，对眼前万家烟火、长江如练的迷人风景，竟然完全视而不见。

作为一部生长型的小说，《儒林外史》是对吴敬梓人生最后二十年的精神之旅的一次总结，因此也就必然包含了一个不断成长、重新定位和自我反省与质疑的过程。在为笔下的文人提供选择时，他往往也同时暴露出这些选择的消极面，并把它们跟其它同样成问题的选择一起呈现在人物面前。念念不忘提醒读者各种可能视角的这种习惯，正是吴敬梓作为文人小说家的必然结果。不仅如此，尽管将小说置于一个预先设定的历史框架内，吴敬梓本人却经常像时事记者那样，追踪正在发生和正在展开的事件。关于《儒林外史》的素材研究显示，吴敬梓的叙述具有令人难以置信的开放性和偶然性，并在某种程度上，取决于正在展开的事件本身，也就是小说的当代经验素材原型的真实生活。了解了这一点，有助于解释小说在主题、叙事设计以及时间架构等方面存在的一些矛盾和前后不相一致之处。

  吴敬梓的作者身份，可以通过当时几条互无关联的材料而得到证实。尽管他直到逝世之前仍在不断修改和补充《儒林外史》，有证据表明，这本小说至迟在1750年就已经以抄本的形式，在他周围的小圈子里流传起来了，只是对小说本身，褒贬不一。他的一位朋友高度赞赏《儒林外史》的艺术成就，但也不无惋惜地说："吾为斯人悲，竟以稗说传。"在1879年本的跋中，金和声称，这部小说大概在1768—1779年间，首次由金兆燕主持刊行。这一版本即便真的存在，也久已湮没无存了。关于1803年的卧闲草堂本，以及所附的评点，我们知之甚少。现存的资料显示，《儒林外史》从十九世纪中后期开始在文人读者中广为流传。在南汇和上海，几位官员文士发起组织了一个小圈子，一起阅读、评点和交流各自手头的本子。《儒林外史》为他们提供了必要的语汇和参照文本，来镜照和理解官场的见闻和他们自己的日常人生处境。有一位评点者说，在茶馆里观察日常的交往应酬，颇有助于他温习《儒林外史》。夫妻间也偶尔通过小说喜剧人物的引譬类比来彼此调侃。到了清末，才开始出现直接模仿和追随《儒林外史》的长篇小说。最好的例子包括晚清四大谴责小说，不过它们跟《儒林外史》的不同之处也同样令人瞩目。二十世纪的知识分子比从前任何时候都更崇尚《儒林外史》。他们赞扬吴敬梓无与伦比的白话写作能力,并把他的小说推举为新文学的范本,以对抗文言写成的作品。他们又在《儒林外史》中读出了对儒家礼教主义和科举制度的无情鞭挞,而这些正是五四新文化运动的纲领。值得一提的是,在二十世纪以前的文学中,所谓的"白话"通常只是就具体的文体而言的。在吴敬梓的年代,谁也没有赋予它如此重要的意识形态的含义,更不会根据使用的语言将文学划归为白话和文言两大互不相容的对立阵垒。而且,如果说《儒林外史》是批判意识发展的里程碑,这一意识毕竟产生于士人文化的内部。试图从所有可能的资源中去寻求新的出路,《儒林外史》表明,远在西方的挑战出现之前,一个"局内人"对儒家的自省和批判到底可以走多远。

《石头记》

十八世纪四十年代,当吴敬梓仍在伏案写作《儒林外史》的时候,曹雪芹也已经开始着手他雄心勃勃的小说《石头记》(又名《红楼梦》)。在1763或1764年去世之前,曹雪芹已经完成了前八十回,并且可能留下了剩余篇章的部分遗稿。这八十回的手稿于1754年——吴敬梓辞世的那一年——开始在曹家的亲友中传阅。

曹雪芹出生于南京一个满族皇帝的包衣家庭,世代尽享皇室的宠信,直到雍正朝。雍正皇帝将曹頫——曹雪芹的父亲(有些学者认为他是曹雪芹的继父)从令人韵羡的江宁织造府的职位上罢免下来,并且于1728年抄没其家产后,把曹家的成员迁至北京。没有证据表明吴敬梓和曹雪芹彼此相识,他们的小说也迥然不同。《石头记》围绕着一个年轻人的成长历程而展开,而这一历程与他所属的那个簪缨家族的兴衰史错综复杂地交织在一起。小说主人公贾宝玉是一个毫无世俗进取心的敏感少年，从爱与诗、人生体验与戏曲魅惑，以及道家与佛家的启悟中去寻求人生的解脱。通过历述他人生的几个短暂阶段、并将他人生经验的各个方面加以戏剧化，小说涵括了士人文化的全部魅力和迷人的丰富性与复杂性，同时也显露其未尽人意之处。贾宝玉最终遁入了佛门，而这对于曾经困扰他的种种问题来说，却不能算是一个令人满意的解决；它所揭示的，与其说是宗教的胜利，不如说是一个无法破解的僵局，这个僵局正在于他执意拒绝踏入成人的世界，也拒绝追求像他这样人家的子弟应当追求的利禄功名。在让他的主人公穷尽了所有其它的选择之后，曹雪芹也最终直面了士文化传统的局限和内在的两难之境，而正是这一文化传统贯穿了他的整部小说的叙述。从这个意义上说，尽管这两部小说的主题、感受力和叙述风格大相径庭，仅就思想而言，《石头记》与《儒林外史》的确可以说是旗鼓相当。合而观之，也正是这两部小说，在早期现代中国的文学史和思想史上，标志着关键性的突破。

《石头记》的版本史至为复杂。早在曹雪芹去世之前，八十回本就已经以抄本的形式开始流传。现存的八十回本有十一种之多，每一种长度都参差不齐（其中有一个本子仅存两回而已），文字上也互有出入。把它们联系起来的共同纽带是，它们都包括脂砚斋的评点。脂砚斋究竟何许人也，学界尚未有定论。他可能是曹家的成员之一，但那些归在他名下的评点也可能混入了其他人的评点，其中包括畸笏叟，这个名字在抄本中也可以偶尔见到。不管怎样，这些评点表明，评点者对曹雪芹及其小说人物的生活原型相当熟悉，有时甚至声称，他曾经目睹了书中写到的某些场景，有时则预言小说八十回后的情节发展。

很难确认这些评点本的抄写年代，也很难复原它们传播的先后时序。有三个本子分别可以确定是出现于1754年、1760年和1761年，但是编辑和抄写过程可能一直延续到曹雪芹过世之后。这些本子之间文字上的出入，对我们了解小说的成书和修改过程非常重要。不过，究竟哪一个本子代表了曹雪芹的原意，就很难说了，尤其是因为曹雪芹本人也在不断修改他的小说，而且还常常以此来回应脂砚斋和别人的评点。至于已经流传出去的抄本，基本上也就脱离了曹雪芹的控制，而那些经过他修改的本子，一旦落到抄写者或是评点者的手中，很可能在未经作者同意的情况下，再一次被改动。即使是小说的叙述文字与评点之间的界限有时也会发生混淆，一部分序文或行间夹批就混入了小说正文。从这些抄本的情况可以见出，这的确是一部不断生长变化、尚未最终成形的小说。它的发展轨迹，在某种程度上受制于抄写者、评点者和热心的读者，因此也只能从现存的各种版本中略见一二而已。

　　《石头记》的这些抄本很快就被遗忘了，直到二十世纪二十年代才重新浮出历史的水面。整个十九世纪和民国早期流传的版本都是一百二十回本的《红楼梦》，由程伟元和高鹗（约1738—约1815）于1791年首次印行出版，第二年修改再版。程高本对前八十回作了重大的改动，并加写了后四十回，这后四十回很可能是出自当时尚存的手稿（在1791年程高本首次印行之前，一百二十回本已经以稿本的形式流传了），虽然我们很难确定他们是否真的采用了曹雪芹自己的手稿。1792年的程高本从此成为标准本，不论是评点还是续书，都是以它为依据的。大卫·霍克斯（David Hawkes）和约翰·闵福德（John Minford）的英译本就是以程高本为准的，偶尔参考了一些早期的抄本。1982年以后出版的一百二十回本的《红楼梦》，也往往以脂砚斋的评点本为底本。这样的编辑实践，通常产生出所谓的理想版本，即以某一版本为底本，同时又采用其它的版本（包括程高本的一些异文）而形成的一个折中的本子。严格说来，这是一个历史上不曾有过的文本。

十八世纪的文人小说，没有哪一部能像《石头记》那样对十九和二十世纪的中国产生如此巨大的影响。的确，它身后的名声远比当时的其它小说都来得煊赫辉煌，在口头文学、戏曲、绘画和小说续书中一再重放异彩。同时，通过评点、题跋和轶事的不断繁殖，它也生产出许多"次生文本"（paratexts）。总而言之，《石头记》的这些衍生性话语常常跨越阶级和性别的界限，而吸引各色各样的读者。其结果是出现了一个不断生长，因此在规模和流行程度上都远远超出了小说《石头记》本身的"现象"，这一现象呈现在不同的形式和媒体中，边界不定，变动不居，却历久而不衰。

《石头记》如此丰富而复杂，以至于每个人都可以从中多少找到一些证据来支持自己的解释，因此，对小说的解读也颇能揭示解读者自身的境况，及其所处的时代。就思想史和文化史而言，《石头记》的现代阐释是中国现代性话语的建构和转化过程中一个不可或缺的部分。换言之，对它的现代阐释本身就构成了现代思想史与文化史的一个合法的主题和研究对象。众所周知，中国现代文学批评肇始于王国维（1877—1927）。他在写于1904年的一篇文章中，对《石头记》作出了叔本华式的解读，将它视为一部植根于佛家欲望观的人类苦痛的悲剧。当时另一位思想界的领军人物蔡元培，则采取了政治解读的方式，把《石头记》读成了反满寓言。二十年代脂砚斋本的重见天日为小说自传说提供了必要的证据。自传说在客观性的科学精神的名义下，对小说背后的历史事实加以缜密地考证，但结果却难以一概而论，既产生过令人信服的论证，也导致了许多似是而非的诡异猜想。《石头记》的现代研究所关心的问题无疑是现代的，但方法上却并不尽然。一些现代批评家认为,贾宝玉的爱情故事的核心,在于个体从所谓"封建主义"制度的压迫下寻求自由和解放的精神反叛。传统社会语境中的任何一个个体反叛,都无可避免地肇始于家庭和宗族的内部。在这些批评家看来,贾宝玉对父权制权威的漠视,预示了开启现代中国的1919年的五四青年运动之先声。他们基本上放弃了弃世和启悟的佛教寓言说,而是在《石头记》中读到了一个现代个人,如何在反叛和抗争中获得了自我的觉醒。因此,他们也在贾家的轰然败落的命运中,看到了整个传统社会体系崩溃和帝国历史终结的预兆。当然,仅凭这么短短一段概述,很难恰当地评价《石头记》的现代百年研究史,但是我们不应该忘记,这部小说曾经深深地卷入了现代政治文化,尤其是1949—1976年这段时间。毛泽东很喜爱这部小说,指示共产党的干部,每人至少读五遍《红楼梦》,并且亲自策划了一场反对红学中的资产阶级倾向的意识形态运动。

曹雪芹是如何看待他自己的小说的?他固然很难预见到自己的这部作品如此戏剧性的身后命运,但是面对他对《石头记》的成书史所做的自述,任何一个单一而明确的阐释,都势必显得无所适从,或力不从心。的确,尽管他全心关注于人类情感和生命体验的复杂性,曹雪芹却将《石头记》追溯到一个神话的起源,随后而来的是关于它的写作和流传的充满歧义的历史。

小说开始于一个修订版的创世神话。往古之时,四极废,九州裂,天穹崩缺,传说中抟泥造人的女神女娲,应运而起,炼石补天。结果,36501块石头,"单剩下一块未用。"这块石头经过女娲在火炉中的锻炼,灵性已通,因为无才补天,而日夜自怨自愧。直到有一天,来了一僧一道,决定带它去人世红尘、温柔富贵之乡体验一遭。在一部早期的手抄本里,是石头自己,因为听到僧道关于人世富贵荣华的谈话,起了凡心,央求他们将自己携入尘世。接下来就是一个因果轮回的故事，讲述贾宝玉历经凡俗体验的人间之旅。在这样一个叙述中，石头变成了贾宝玉，也同时化身为一块宝玉，由贾宝玉（"假宝玉"的谐音）口衔出世，并作为护身符挂在脖子上，从不离身。借助双关和象征，这块宝玉从一开始，就跟贾宝玉的命运和自我意识交织在一起。因为与"欲"谐音，这里的"玉"也是主人公性欲本能的象征。一旦贾宝玉发现他的姐妹们谁都没有衔玉而生，一气之下，他几乎摔碎了这块标志他独特性别身份的宝玉。然而，正如小说后来所显示的那样，这块宝玉的神性起源也暗示着贾宝玉最终实现自我超越的潜力。

第一回的叙述继续到下一段时，不知历经了几世几劫。石头已从红尘之旅中返回，那一僧一道又在他们第一次发现它的地方，再次与它相逢，只是现在的石头身上已刻满字迹。与通常镌刻在石头上的公共性碑文不同，这块石头上的文字全无"朝代年纪"可考。相反，"家庭琐事、闺阁闲情、诗词谜语，倒还全备"，后面又有一偈，请求读者将石头的这一段生前身后事，抄录下来，拿去人间作奇传。

借用余国藩的观点，可以说《石头记》提供了中国传统文学中一个罕见的例子，因为它将自身的虚构性作为一个持续不断的探索的对象和戏剧化叙述处理的主题。这一后设小说的虚构意识，在小说的一开头就得到了鲜明的显现。曹雪芹将我们引入一个语词、文本、隐喻和象征的迷宫，并邀请我们一起思考它们多重性的含义。在对自己小说的起源和文本历史的空前复杂的追问中，作者强调了几个相互联系的主题：欲望、想象、记忆、天人之间并不稳定的边界，以及个人对知识、经验、自我救赎和自我呈现的渴求。曹雪芹虽然把小说写成了石头本人的自述，但叙述者并不总是以石头的口吻说话，或从第一人称的视角来观察。而且，这个石头的自传与虚构的冲动也悖论性地联系在一起，并最

第四章 文人的时代及其终结（1723—1840）

终为人的欲望所驱动：因为我们记得这块石头不无象征性地出自"大荒山无稽崖"，又被弃置在青埂峰（与"情根"谐音）下。真与假、现实与虚构的辩证关系呈现在《石头记》的结构和叙述的各个层面上。比如说，贾宝玉在贾府之外有一个对应人物，叫甄宝玉（"真宝玉"）。不过，此处真与假的二元对立，并不能仅仅照字面的意义来理解：没有谁比甄宝玉更不"真"了，他的整个人生无外乎追名逐利。在《石头记》这里，名实之间很少彼此相符，而真理也只有通过悖论的方式来接近。

　　神话性的起源和碑石的不朽的永恒性，并不能够确保石头上镌刻的文字也同样亘古不变。曹雪芹将他的小说描述成一个不断修改、日渐成形的过程，有过好几个不同的标题，也包括了来自编者的贡献，他们从读者和评点者的身份一变而成了编者。例如，小说提到空空道人改《石头记》为《情僧录》，东鲁孔梅溪则题曰《风月宝鉴》。又说曹雪芹"披阅十载，增删五次，纂成目录，分出章回。又题曰《金陵十二钗》，并题一绝。——即此便是《石头记》的缘起"。这或许揭示了小说写作和形成的实际过程，但在第一章中呈现它如此缠绕不清的文本史，用意显然不止是向友人致谢，或暗示他本人也不过是一位编者。《石头记》至少有三个尝试性或替换性的题目，被巧妙地编织进小说叙述的肌理，分别揭示出小说的某一侧面或某一维度。鉴于小说的内容如此庞大复杂，任何单一的视角，都终不免挂一漏万，以管窥天。第五回写贾宝玉梦游太虚幻境，在那里他看到了"金陵十二钗"的册簿，收录了预示女主角各自命运的图像和诗谜。他在聆听歌唱的同时，也读到了题为《红楼梦》的部分歌词原稿，但其中的谶语让他摸不着头脑。事实上，小说的自我指涉并没有化作灵光乍现的天启顿悟，而梦中的预言也无法替代生活经验本身。直到临近小说的结尾，在经历了这些文字和图像所预示的所有悲欢离合、生离死别之后，贾宝玉再次造访太虚幻境（现在已改称"真如福地"了），在那里他才终于醒悟：发生过的一切，都早已前缘注定、无可逆转。《风月宝鉴》是第一回里提到的小说的另一个标题，到了第十二回，它被赋予了物质的形式，现形为一面青铜宝镜，正面有红粉女郎现身，以手相招入幻，背面则以骷髅昭示死亡的真相。这一回的主角贾瑞，因为耽溺成癖，与镜中风情万种的红粉幽灵，云雨交合，不能自已，直到精尽身亡。贾瑞的父母斥之为妖镜，而宝镜却怪罪贾瑞错看了镜子的正面，因此以假为真。换句话说，贾瑞之死是因为他误读了这面诡异莫测的"风月宝鉴"。

　　跟它的多个标题相对应，小说开头的那几回充满了叙述的断裂，其中的每一部分都似乎在尝试一个新的开头。伴随着每一个新的叙述视角，曹雪芹也引进了新的人物来满足小说叙述上和主题上的功能需求。《石头记》中贯穿始终、周期性出现的一僧一道，是超越于人世之上的神界的代言人，却积极干预了人间的世俗事务。贾雨村（"假语存"）和冷子兴是小说内部的叙事者，第二回中他们关于贾家的谈话，揭示了全书所述的部分内容，但诚如他们的名字暗示的那样，他们的讲述也未可全信。在他们回顾了贾家支派繁茂、盛极而衰之后，小说叙述似乎终于进入了正题。可是到了第六回，小说的叙述者还在为这个"从何写起"的问题犯愁："且说荣府中合算起来，从上至下，也有三百余口人，一天也有一二十件事，竟如乱麻一般，没个头绪可作纲领。正思从那一件事那一个人写起方妙？"然后，叙述者告诉我们，这个问题由于刘姥姥的意外出现，终于迎刃而解了，因为她"这日正往荣府中来，因此便就这一家说起，倒还是个头绪"。作为贾家的远房穷亲戚，刘姥姥之后还两度造访贾家，亲眼目睹了贾家荣极一时的繁华和树倒猢狲散的结局。《石头记》在叙事设计和结构设置方面，体大思精，堪称独步。之前的作品中只有清初传奇《长生殿》和《桃花扇》，或差可比肩，虽然没什么证据表明它们对《石头记》产生过直接的影响。正如韩南（Patrick Hanan）等人所指出的，尽管到了十九世纪，现代欧洲文学的影响已日渐显著，清代文坛的叙述创新，仍然主要来源于《石头记》。

曹雪芹对小说叙述和文本的后设处理，并没有妨碍他赋予笔下的人物和故事以非凡的心理深度和令人信服的似真效果。关于贾宝玉，我们已经谈得够多了，从一块多余的石头，进一步引申到"多余的人"，那些熟悉十九世纪俄国小说的读者，尤其喜欢这样想。享尽家族富贵和权势荫庇的贾宝玉，却对履行伴随特权而来的义务毫无兴趣。无力于任何富于成果的行动，贾宝玉终日沉湎于幻想、特立不群而又无所事事，在欲望与爱情、经验与知识、同情与冷漠、顺从与反叛、自我放纵与自我超越之间，艰难而又持续不断地协商妥协，寻找出路。黄卫总（Martin Huang）强调了贾宝玉拒绝成长的特点，将《石头记》读成一部不情愿的"成长小说"（Bildungsroman）。另一方面，李惠仪则强调了贾宝玉"以情悟道"的悖论性的生命历程。不管是哪一种说法，都可以看到贾宝玉的确走过了一段颇不平凡的人生之旅，其中不乏岔道和分心的片刻，也屡次断而复续，但毕竟构成了一次旅程。

《石头记》对贾宝玉人生的叙述包括了几个不同的阶段，每一个阶段都涉及特定的一组问题。小说的主要部分设置在大观园，也就是贾宝玉和他的姐妹们同住的园子。大观园阶段伴随着无穷无尽的诗会、宴集与戏曲观赏。贾宝玉看上去完全沉迷其间，如痴如醉。但《石头记》与其说是关注于爱情，毋宁说是对爱情之旅的捉摸不定和关山阻绝更感兴趣。大观园是一座女性的乐园，与园子外面的贾府格格不入。外部世界中比比皆是徒好皮肤滥淫的淫污纨绔，绝无情感可言，更谈不上对女性设身处地的体贴理解。在园子里，贾宝玉享受着他那些年轻姐妹们纯真无邪的陪伴。在他眼里，她们代表着仙界的美丽与纯真。他的看法是，女孩儿是水做的，男人是泥做的，但年长的女人或已婚的女人除外，因为她们与男性的世界交接而受到了污染。这个理想化的青春女性的空间，为贾宝玉应对日渐逼近的成人期，提供了一个暂时的避风港和另一种生存的方式。贾宝玉并没有跟他崇拜的少女发生肌肤之亲，而更愿意以自己的友情和殷勤来回报她们：仅仅是她们出现在他的生活中，就已经令他感激不尽了。他知道她们终将离去，而自己的生命也会因此失去意义，变得空洞无聊。在驳斥了儒家"文死谏，武死战"的荣誉观后，贾宝玉跟他的丫鬟袭人描述了他理想中令人欣慰的壮丽死亡，那必须是园子中所有的女孩儿用她们的泪水来成全的："再能够你们哭我的眼泪流成大河，把我的尸首漂起来，送到那鸦雀不到的幽僻之处……"不过，后来的经历终于让他明白自己并非世界的中心，而各人的情缘各人自有分定，他的自恋想象也就难乎为继了。这样一番经历之后，贾宝玉开始珍惜他与林黛玉的关系，她是前生注定的恋人，也对他的任诞不羁和离经叛道表示了比别人更多的宽容和理解。这对年轻的恋人几乎都还没有度过少男少女的爱慕期，他们的关系里处处充满了误会、任性褊狭，还有因为缺乏安全感而产生的不近情理的苛求。这一切带给他们的痛苦与沮丧远大于快乐和满足。之前的中国文学作品里，还从来没有这样细致入微地处理过爱情的主题。在《石头记》中，这个主题并没有像在《牡丹亭》中那样被神话化，也不像才子佳人小说的俗套情节那样落入白日梦：不论发生了什么，爱情的阻碍都一成不变地来自外界，并且最终恰到好处地被克服，因为年轻的男主人公总能及时地金榜题名，从而轻而易举地弥补了这段爱情历险的鲁莽轻率。这样的结局固然可能会讨人喜欢，但根本没有为爱情在个人和社会生活中所遭遇

第四章　文人的时代及其终结（1723—1840）

的种种境况及其后果，留下思考的余地。《石头记》把爱情作为一个公开探索的主题，它让年轻的恋人不仅有机会彼此面对，而且最终还要面对他们自己。这样一来，爱情就成了个人存在面临的所有重要问题的核心，也是恋人之间相互理解的核心。具有反讽意义的是，尽管克服了空间的距离和物质的障碍所造成的隔阂，贾宝玉和林黛玉却几乎从来没有成功地表达自己和交流感情。痛苦郁闷之际，贾宝玉每每退而寄情于文学、戏曲、庄子和禅宗，即便问题得不到解决，至少可以寻求一点安慰。往往有这样一些时刻，他似乎已经踌躇于启悟的边缘，却因为疲倦而打盹儿睡去，或是由于惯常的心不在焉，与启悟的机会擦肩而过。

贾宝玉生命中的大观园阶段不可能永远延续下去。大观园里传出了丑闻，外人闯了进来，姑娘们出嫁的出嫁，被逐出的被逐出，痛苦与死亡接踵而至。从一开始，小说叙述就采取了哀歌和怀旧的口吻，因为贾宝玉抵抗时间和人为错误以维护其乌托邦花园的努力，从一开头就注定徒劳无功。值得注意的是，曹雪芹在描写大观园的时候，并没有采取纯洁／肮脏的两极法。相反，对立力量之间的辨证互动，贯穿了全书终始，在这里也不例外。正如余英时所指出的那样，大观园是在贾赦旧府（宁国府）花园的地基上建造起来的，而那正是一个藏污纳垢之地。当然，贾宝玉本人也并非全然天真未凿。在第二十三回搬进园子之前，他就已经在秦可卿和他的弟弟秦钟那里，分别有过异性和同性之间的性经验。这些情节都是以梦幻和婉语的方式来暗示的，在他少年的懵懂意识里，贾宝玉还没能完全理解自己的这些经验。这一部分叙述的核心是贾宝玉梦访太虚幻境，亦即天上的大观园。应贾宝玉祖先的恳求，警幻仙子（让人联想到当初补天时，弃置那块石头的女娲）承诺"以情欲声色等事，警其痴顽"。她安排她的"小妹"秦可卿带他初领肉体欢娱，希望这一经历能使他"万万解释，改悟前情"，从此避开这个陷阱，而留心于孔孟之学，委身于经济之道。尽管这一方法听上去很可能自相矛盾，或更像是一个方便的借口，但"警悟"式的震撼休克疗法也自有其智慧的一面：只有直面诱惑，而且如果必要的话，拥抱诱惑，才有可能获得对它的控制，并最终将它置于脑后。

不少现代的读者认为小说的后四十回中，贾宝玉对儒家秩序的屈从，乃是高鹗对曹雪芹原意的粗暴扭曲和背叛，但这一发展其实不过是回到了贾宝玉命定的人生路向。整部小说中，贾宝玉从没有做过任何有意义的抵抗。园子是在无数悲剧事件之后败落的，而这些悲剧事件有很大一部分，是在贾宝玉因失玉而陷入半痴半傻的状态时发生的。于是，家族的尊长完全操纵了他的终身大事，儒家精英社会的一揽子人生规划也开始付诸实施。在充满通俗剧气息的小说高潮处，贾宝玉因受骗而与家族为之选定的妻子薛宝钗成婚，而与此同时，他的真爱林黛玉却在病榻上奄奄一息，香消玉殒。不难看出，贾宝玉的持续性的疯傻状态是他后来接受佛教启悟的必要前提，因为只有疯傻状态才能够让他以出世的漠然去忍受所有的痛苦和胁迫。不久之后，贾宝玉甚至还参加了乡试，但是中举之后，却在回家的路上失踪了。他的父母、亲人和有孕在身的妻子顿时陷入了无法置信的震惊和恐惧。之后的一个雪夜，贾宝玉最后一次出现，身着一领大红猩猩毡的斗篷，远远地向父亲下拜道别，然后和一僧一道一起，飘然而去，"只见白茫茫一片旷野，并无一人。"于是，贾宝玉以牺牲同情与敏感，也就是他的个体意识和生命体验的根本特质为代价，实现了自我救赎。诚如夏志清所言，为了回归他的自我本质，贾宝玉最终变成了一块石头。

对于文学史家来说，解释《石头记》为什么会出现在十八世纪中叶，仍然是一个令人望而生畏的挑战。我们绝不会天真到用

第四章　文人的时代及其终结（1723—1840）

文化决定论来回答这个问题，但我们不能不看到，《石头记》与同时代的思想文化的关系的确有一些特别之处。正如上文所示，《儒林外史》与《石头记》一样，在当时的文化图景中屈居边缘地位，但它明显是直接产生于那个时代的文人经验和思想观念，而对儒家礼仪主义的密切关注和直接参与也是《儒林外史》得以完成的重要驱动力。《石头记》不仅置身于边缘地带，而且也有意游离于那个时代的思想文化的主潮。它没有涉及多少当时的思想和文学话语，它的叙述也很少包括当代的指涉。这并不是说曹雪芹没有受益于外部因素的刺激和当代的总体文化环境，而是说他显然将目光投到了他的直接语境之外。更重要的也许是，他成功地将他的素材——从"情"与"诚实性"这些内涵丰富的概念到承袭而来的章回小说形式——改造成新的和不同的东西。在这个意义上，曹雪芹给予他的时代的，比他从中得到的要多得多。他在《石头记》中创造了自己的文学和思想世界，让我们不得不以它为标准来衡量整个时代的文化成就。

其它文人小说

十八世纪的后半叶，以及十九世纪初期，还出现了一些值得关注的长篇小说：李百川（约 1721—1771）的《绿野仙踪》，李绿园（1707—1790）的《歧路灯》及夏敬渠（1705—1787）的《野叟曝言》。这几位作者彼此之间没有什么相互影响，他们的作品也并未采用同一个呈现模式，而是各行其道，游走于同情与反讽、幻境与现实之间。把它们联系在一起的，是作品中有关士人文化命运的共同关注，是对文人在家庭、地方社会、官场乃至整个帝国中的各种角色的关注。有时作者的想象引领我们离开帝国，要么远涉重洋，飞向"欧罗巴"，要么进入超自然之域，去探索殖民乌托邦，或追求个人的逃脱与救赎。对这样的冒险经历的叙述见证了清中期帝国地缘政治想象的极大拓展，并表明章回小说已经生长成为一种疆域广阔、包罗万象的写作形式，而这正与当时考据学所呈现的知识视野的扩展成正比。在显示乾隆时期文人想象与抱负的取向和伸展等方面，没有任何文学体裁能够望白话章回小说之项背。

李百川是一介穷书生，他时运不济，四处碰壁，却在《绿野仙踪》中为自己规划了一个另类的人生蓝图。故事的主人公冷于冰，由于对政治和官方体制大失所望，又因好友兼师长的亡故而悲伤不已，独自踏上了寻仙求道的旅程。作者没有完全抛弃俗世的牵挂，他笔下的主人公获得了超自然的能力，从而以常人不可企及的方式，干预人间事务和宫廷政治。不过，随着小说的展开，作者越来越着迷于道家的法术与长生不老之道，详述仙境幻象的细节，引用形形色色的深奥晦涩的秘教文献。在小说进行到三分之一处，冷于冰遇到了温如玉。这个人物正是他的另一半，在尘世中绝望地困顿挣扎（这两个名字的对比使人想起张竹坡对《金瓶梅》所做的关于"冷"与"热"的评点，而"玉"又是"欲"的双关语）。这两个人物在心性和行为上，恰好相反：冷于冰在追求道家的清静与醇粹的路上愈加超升，与他相对的温如玉就愈发沉重地沦落于贪欲横流的人世红尘。然而这两个角色又互为补充，昭示了道家超越性的神秘真相。温如玉直到小说末尾才终于与冷于冰走上同一条路，他的存在不仅表明了对道家救赎的需要，更构成了这一救赎的必要的先决条件：温如玉还能是谁，如果他不是冷于冰从自己身上清除掉的积垢？从更宽泛的意义上讲，这两个角色还诠释了两类小说之间意味深长的关系。道家的叙述旨在消除《金瓶梅》那样的尘世欲望与人类愚行，但它显然又不能不依赖后者来帮助定义自己的拯救愿景，衡量自己的成败，并且确保其自身的叙述得以延续下去，因为它在道家乌托邦的永恒护佑

第四章 文人的时代及其终结（1723—1840）

之下，随时都有停滞或终止的危险，而难乎为继。

在《歧路灯》中，温如玉的人生经验被放大扩充，有着更令人信服的故事细节和对人物心理的深度挖掘，并带上了浓重的说教色彩。李绿园在他四十二岁上开始创作这部小说，但是直到1777年他以古稀之年致仕，小说才全部完成。小说以抄本的形式流传多年，在二十世纪二十年代和三十年代首次印行，但数量有限，直到八十年代普通读者才开始接触到它的校注本。现代批评家热烈赞美这部小说，认为是明清时代最出色的现实主义作品之一。历史学家也试图以小说的描述为基础，重构乾隆中期的民俗与社会生活形态。在展现地方社会的全景图画这一点上，没有几部传统小说可以与《歧路灯》相提并论：它写了士绅、官员、衙役、大夫、算命先生、塾师、散乐戏班、商贩和各色游民。小说基本是围绕地方士绅的命运变迁而展开的，一些望族仅在一两代之内，就因未能登科及第或博得一官半职而衰败没落，这一现实让他们深感震惊惶恐。作者在《歧路灯》中集中笔墨叙述败家子谭绍闻的个人经历，使人联想起温如玉。他也用自己的方式，探讨了时人眼中文人自我再生产的危机。作者以卓越的笔调描写了谭绍闻的赌瘾，他面对诱惑，不堪一击，而这一切又留给了他无穷无尽的悔恨自责。为表现谭绍闻的反复挣扎，小说叙事采用了重复与变异的手法：每一次濒死体验之后——无论是自杀未遂，还是仓皇逃债，沦为无家可归的乞丐——他都会享受一段短暂的平静生活，可是不久就因为按捺不住，而回到赌场，重操旧业，俨然鬼使神差，走火入魔。虽然小说有一个皆大欢喜的结局，但真正令读者掩卷难忘的，还是它对这位年轻人一次又一次无可救药地堕入黑暗深渊的扣人心弦的叙述。

《歧路灯》是一部致力于叙述细节和故事逼真的儒家小说，而夏敬渠完成于1779年的一百五十四回的大部头的《野叟曝言》，则更为大张旗鼓地彪炳儒家思想，投射了一个理学超人的形象，其人不仅自鸣得意，而且浮夸张扬，令人生厌。夏敬渠心目中，作为清代官方意识形态的宋明理学包含两个主要部分：一是通过自我修养达到内圣外王的境界，二是必须夷灭佛教与其它"异端邪说"。为了通过叙述给这一宏大想象注入生机，他彻底改写了早期英雄历险的叙述模式与沙场征战的演义传统。如同《水浒传》里行走江湖的好汉，文素臣浪迹帝国的广阔疆域，只手匡正罪孽、剪除异端。他与其它文人小说中的英雄人物明显不同，不但足智多谋，在政治事务上游刃有余，而且还体魄强健，身手不凡。同样使人侧目的，还有他惊人的知识储备，既饱学儒家经典，还精通兵法、相面术、占卜、医术、天文、算术、祛邪法，以及其它各种法术。文素臣的历险生涯所覆盖的范围表明，文人的知识领域已经大大超越了传统儒家的必修科目。尽管朝廷没能成功地吸纳文人参与公共事务，夏敬渠却能另辟蹊径，将个人的抱负融入帝国的江山大业之中。文素臣与小说作者一样，并未获得比秀才更高的学历，却能为政府力所不及之事，最终赢得了两代帝王的青睐，应邀跻身于权力中心。在小说的最后部分，读者发现文素臣建功立业的春秋大梦更上一层楼，因为他的追随者已经到达欧洲，并且兵不血刃，就让当地的耶教信徒心悦诚服地皈依了儒教的不二法门。《野叟曝言》并非第一部如此天马行空的小说，在它之前曾有一部明代遗民的乌托邦作品《水浒后传》，想象了一个由宋江余部在海外（地处今天的泰国一带）建立的儒家王国。但是，《野叟曝言》勾画了世界版图上的儒家帝国这一更为宏伟的蓝图，并且突出了和平皈依的主旨，这就使它的前辈未免相形失色了。具有反讽意味的是，直到十九世纪八十年代这部小说才第一次印行，而那时西方列强早已挥舞着军事大棒让大清国俯首称臣了。

反讽不仅仅来自《野叟曝言》与其接受语境的巨大反差，从

第四章　文人的时代及其终结（1723—1840）

根本上讲，它来自小说内部：在那里，幻想被呈现为幻想，而欣快症又总是与关于愚蠢滑稽的令人不安的自我意识相伴而行。两个相互交织的系列构成了文素臣的乌托邦追求的最后一个部分：自传性的戏剧表演和白日梦系列。它们总结了整部小说，并要求读者在回顾这部作品时，也对它作如是观。夏敬渠无疑相当清楚地意识到小说叙述的虚构性，甚至荒诞性，但他并没能把偶发的机智成功地编织到一个持续性的自我反思的模式中去，更不用说去质疑他自己的想法和价值观的基础了。而这不过是他有别于吴敬梓和曹雪芹的诸多差异中的一项而已。

《野叟曝言》对帝国的关注，在当时并非例外。由于乾隆朝的开疆拓土，帝国的管理成为一个亟待解决的问题。到十八世纪晚期，清帝国已深为内患所困：苗人武力抵抗清朝的统治在前，白莲教兴兵暴动在后。这些事件构成了《蟫史》的主要内容。这是历史上篇幅最长的文言小说。作为广东和云南的官员，作者屠绅曾亲自参与镇压苗人叛乱，而广东和云南又分别是清帝国南部与西南部的疆域门户。与晚明和清初描写时政与战事的小说不同，《蟫史》读来佶屈聱牙，当代的指涉都被包裹在神魔叙述的外衣之下，变得面目不清。此外，作者还对法术、超自然现象和奇风异俗津津乐道，进一步模糊了小说的时事关注。因为长期处在平叛的危机之中，屠绅未能享受夏敬渠那样的奢侈，去关心教化未开者的心智信仰。在这部小说中反复出现的场面，是血雨腥风的武力征服，配有法术与各种神秘兵器。和《野叟曝言》一样，欧洲人也在小说中露了面，不过他们这次远道而来，并不是为了庆贺文素臣母亲的期颐之寿。他们是一群云水术士，既可以站在朝廷一边，也可以助叛军一臂之力。显然，他们的到来，哪怕没有当即构成大清的威胁，也足以使人惴惴不安、疑窦丛生了。1799年，《蟫史》付梓刊行。一个更晚近的版本则题作《新野叟曝言》，而

《野叟曝言》本身则在晚清的一些续书和戏曲中，被不断改写，为当时的政治空想主义和科学幻想推波助澜。

与我们之前讨论过的其他文人小说家不同，屠绅亲自参与了他小说作品的刻印出版。虽然1799年版的《蟫史》仅署了他的号，但是书中收录了作者本人、手民、出版商与小说人物的绣像。书里还提供了大量评注，博闻广识，可能由作者独立担纲，但假托了二十个不同的姓名。李汝珍（约1763—约1830）是另一位文人小说家，他的作品《镜花缘》于1818年出版问世，由他本人亲赴苏州监刻完成，1821年和1828年又分别有两个修订本问世。由此可见，当时的文人小说家不但在意自己的作者身份，而且这一自我意识也贯彻到了印行出版的环节。考虑到《蟫史》和《镜花缘》两部小说的题材性质，以及两位作者全心投入文人学士的知识学养，他们即便亲自参与了印行出版，也很难说对扩大小说的读者群有什么实际的助益。虽然《镜花缘》直到1815年才告完成，但小说的写作时间可以上溯到乾隆晚期。可以说，《镜花缘》是这一时期最后一部重要的文人小说，同时，它也以精致入微地呈现文人的知识与趣味，而在白话小说中堪称翘楚。

《镜花缘》的故事发生在唐朝，围绕着主要人物的海外游历展开叙述。前半部小说追随考场失意的唐敖，漂洋过海，远涉仙境。不过小说叙事的焦点并非唐敖，而是他一路游览的那些遥远而奇幻的国度。唐敖游经歧舌国、黑齿国、智佳国、女儿国、矮人国、巨人国等等，每到一处都能敏锐地发现当地民风的荒唐费解之处，并借此来讥讽自己的天朝故国，甚至君子国也未能幸免于那戕害天朝文人的虚伪矫情。小说的这一部分里，漫画式的讽刺与机智风趣的评论比比皆是，通常让人想到《格列佛游记》，不过李汝珍的讥讽来得更轻松谐趣，不像斯威夫特那样辛辣刻薄。

随着叙述的展开，男主人公们开始投身于推翻武氏、光复李

第四章 文人的时代及其终结（1723—1840）

家王朝的斗争，帝国的主题在李汝珍笔下变得进一步复杂化。而反讽的是，由于小说的剩余部分几乎全部着眼于女性角色，关于帝国权力更替的主题发生了奇异的误置效果。这些女性是从天界贬谪的一百位花仙在尘世的化身，她们历经千辛万苦最终在天朝团圆，为的是应武则天之诏参加一次特别的考试。与唐朝或李汝珍时代的科举考试不同，这场虚构的考试使得闺秀才女们尽情展示她们的才能，除了文学之外还有书法、绘画、弈棋、音乐、医术、相面术、天文等。从考前无休无止的游戏和竞赛，一直到考后的盛大狂欢，一个绝对的女性空间悄然浮出水面，所有的男性角色都被引人注目地排除在外。

在《镜花缘》后半部分中，年轻才女们占据了绝对优势的位置，这使得性别、知识、教育、自我呈现这些在当代的传记、小说、戏曲、诗歌和散文中经常出现的主题变得格外显眼。李汝珍及其文人同僚们都十分真诚地欣赏才华横溢的女性，同时也很同情她们困窘的境况。从这个意义上讲，这部小说的理念毫无疑问地受到了《石头记》的影响。李汝珍对这些女性形象的呈现还起到了其它的作用。在这部小说中，我们遭遇到了被斯蒂芬·洛蒂（Stephen Roddy）称为"文人知识的女性化"的现象，因为对文字考据学的思考与学术话语已经被纳入了闺秀的生活场域，而且成为她们日常消遣的主要资源。这些天赋异禀的女性在考试中获得的成功并不能为她们带来一官半职，她们积累的知识也没有服务于任何社会政治目的。在明清小说中反复出现的主题之一，是批评学术的体制化，而成为个人"为稻粱谋"的手段。因此，《儒林外史》结尾出现了四位业余的市井出身的艺术家，他们远离社会地位升迁的阶梯，也表明了吴敬梓恢复士人文化真诚性的最后努力。和吴敬梓一样，李汝珍也需要他者的介入——这一次则是女性角色的介入，从而将文人社会的学术知识与自我修养从污染与反讽中拯救出来。李汝珍的小说所呈现的,不只是伪装在乌托邦想象背后的政治批判,因为他切入女性世界的叙述还巧妙地捕捉到了当时考据研究的一个重要方面:当闺秀们沉浸在字谜游戏中,乐而忘返,或在浩如烟海的学术考据上小试牛刀时,她们也以令人缴械折服的机敏和魅力,展示了士人文化的号召力和自我沉醉。

在这个充满了巨变的时代,李汝珍的自我陶醉已是一个不可多得的偶然事件。小说生产的新的潮流在乾隆晚期崭露头角,商业出版也日益生机勃勃,成为塑造当代文化景观的不容忽视的力量。书籍市场和租书行业大行其道,如雨后春笋般出现的各种城市娱乐形式也刺激着叙事文学的生产与消费。由于北京和扬州等地说书业的兴旺,武侠小说也进入了印刷市场。此外,1791年和1792年程高本《红楼梦》的刊刻发行,又掀起了一次续书生产的高潮,上距明末清初的那一次续书热,已有百余年之久了。作者们依旧多少保持着精英主义的立场,但是很多人都表现出浓厚的兴趣,去积极响应日趋扩大并且多样化的读者群,其中包括士绅阶层出身的女性读者。同时,文学市场也显著地向众多地区扩张,比如广州——南部中国一个蓬勃发展的港口城市,此时正式成为小说生产的新地标:一个蜕变中新生的文学世界的版图,至此已呼之欲出了。

文人剧与地方戏

清代中期的戏曲发展,主要取决于两种平行并存,并且彼此强化的历史变化:文人对戏曲文化的影响日渐减弱,而多种体裁的地方戏方兴未艾。这些是当时的重大事件,但更重要的是,它们对中国文化的结构性转变产生了深远的影响。生活在这一时段末期的文人戏曲作家,已经看不到多少东西,能让他们想起清初

第四章 文人的时代及其终结（1723—1840）

前辈生活于其间的那个世界：文人圈内的辩论已经不像从前那么重要，中心与边缘的关系也被重新界定。

随着洪昇和孔尚任在 1704 年和 1718 年先后辞世，十八世纪最初的二十年，见证了中国戏曲（尤其是传奇）的黄金时代的落幕。接着是一段停滞期，一直延续到了 1740 年。1740 年代后期到 1750 年间，涌现了新一代的戏曲作家，他们的戏曲写作大都受制于新儒家的说教。在随后的那些年间，文人戏曲作家被迫一面跟说教的主流协商，一面又与过去两百年戏曲文学的成就竞争，这些成就对清中叶的作家构成了威胁，将他们笼罩在自己的巨大阴影之下。这两方面的焦虑与一个或许更加迫切的问题密不可分，那就是应该如何对待蓬勃发展的地方文化和城市文化，而后者显然处在他们的影响范围之外？

最后这个挑战具有重要的历史意义。并非当时所有的文人戏曲作者都有所回应，即使回应了，也未见得高明，他们或嘲讽喧闹的地方戏，或有意视而不见。这让他们在当代的戏曲文化中变得越来越无关紧要。整个清代中期，文人继续欣赏昆曲表演，写戏读戏——尤其是昆腔传奇——但他们塑造戏坛的作用却日渐式微，而且无可逆转。由于文人在昆曲全盛时期曾享有无可争议的权威，这一转变的效应相当显著。确实，很大程度上由于他们的支持，十六世纪早期源于苏州地区的昆曲逐渐发展成为一个全国性的现象。文化精英、宫廷官员、商人市民争相捧场，赞赏它精致的唱词、编剧技巧、音乐和舞蹈。然而，十八世纪戏曲史的主要趋势，却是昆曲受欢迎程度在逐渐下降，而多种地方戏的影响力在不断增长。十八世纪的最后十年，见证了京剧的兴起，这一合成了多种地方戏元素的新兴形式，反过来加剧了昆曲的边缘化。商业剧场的激增，以及职业戏班的风行，也有效地满足并刺激了地方戏的发展。不像精英家庭蓄养的家班，这些职业戏班通常立足于城市或城镇,并且到邻近地区巡演;他们的剧目满足了地方观众的需求,所以也颇能反映更广泛和多样的大众品味。

由于昆曲逐渐失去了中心地位,文人作家日益退回到文本书写的领域。这一发展有助于说明为什么这一时期,杂剧和传奇的分界线会变得如此模糊,也解释了这两种戏曲文体共同的抒情化特征。这个时期如雨后春笋般出现的地方戏曲偶尔也用脚本,并且京剧在晚些时候,也的确产生了印刷刊行的剧目。但这些戏曲文本都远远无法在文学的精深复杂上,与传奇和杂剧媲美。从这个意义上说,盛清的结束也标志了帝制时代传统戏曲文学的终结。

根据现存的戏曲文本,我们不难描画出直到1840年代文人戏曲写作的轨迹,但同时代的地方戏还没有一部完整的历史,部分原因在于它们主要存在于表演当中,并且长期处于士人文化圈之外。现代学者确认了三百多种地方戏,其中一半以上可以追溯到清代中期或者更早。十八世纪地方戏曲的巨大信息空缺,在一定程度上可以通过现代中国戏曲的状况来加以推断和补充。比如说,尽管过去的三个世纪有许多断裂和变化,一些清代地方戏的突出特征仍然深深地植根于当代中国社会的土壤之中。现代文化精英一直试图通过吸取这丰富而异常多样的清代遗产,来创造新的地方性和全国性的戏曲文学。通常出于政治上或文化上的动机,他们在涵括和疏导各种地方戏曲的巨大能量时,动用了一切体制的手段和现代技术。

传奇与杂剧

一个清代中期的文人写作杂剧和传奇时,他不过是在处理业已确立的文学形式。杂剧历史悠久,可以上溯到金元时代,但传统杂剧的表演在十七世纪早期已基本终止。传奇作为一种戏曲文学样式,可以追溯到早一些时候的南戏,后来大多采用了昆曲的声腔。昆曲到清中叶依然活跃在戏曲舞台上，尤其是在江南地区。在这一地区，文人戏曲作家有时还是业余演员，精通昆曲的声腔和表演。不过，并不是所有的戏曲作家都有这样的能力，更很少有作者为上演的技术细节操心。在多数情况中，他们的文本，除非经过乐师的调整改编，很难直接搬上戏台，但职业乐师的干预又常常是作者本人所竭力反对的。

本卷第二章已经介绍了十六世纪初期南戏的兴起。从文学形式上说，南戏和杂剧在很多方面都有显著的不同，但应该指出的是，在十六世纪下半叶它们的区别已经变得并不那么明显了。徐渭（1521—1593）和梁辰鱼（约1521—1594）开始了一种新式杂剧。这两个南方人做了一些必要的改革，以确保杂剧的舞台生命力，例如，他们把南方的音乐曲调引入了杂剧，还尝试了其它的一些实验，直接影响了杂剧的文学体裁特征：不再是明代文人编纂的元杂剧集中标准的四折结构，这些戏的长度在一折到十折之间；戏中的唱段也变得更加重要，因为演唱不再限于一个男性或女性主角，这显然是南戏影响的结果。改革之后的杂剧能够更灵活地包容新创。在个别极端的例子中，这一体裁与南戏或传奇已难以截然区分了。

作为一种驰名已久的传统文学体裁，传奇在清中叶的文人作家那里，依然魅力不减。据郭英德统计，1719年到1820年之间，一百八十七位以上的作者创作了三百一十一部传奇；这个单子还必须加上无名氏的五十五部作品。不过，只有不到二百部作品留存到今天。尽管数量依然可观，这些清中期的传奇与晚明和清初的作品相比，在长度和视野上都大不如从前。作品的平均长度在二十到三十九出之间，二十出以下的戏曲相当普遍。清中期的戏曲作家，很少会花费精力撰写像《牡丹亭》、《长生殿》和《桃花扇》这样的宏篇巨制。有趣的是，与长度和规模的缩水相伴随着的，是个人产量的降低：不少作者平生只写了一部戏曲。这表明这一时期的戏曲写作，大体上变成了文人的一项流行而随意的消遣，既不需要费太大气力，也不必过于投入。

可是，个别投入戏曲写作的文人作者通常又过于严肃，视之为道德使命。确实，相比这个时期的其它文学体裁，理学的影响更为普遍深入地反映在戏曲中。夏纶（1680—1752？）最能代表传奇写作中的这一潮流。夏纶是杭州人，屡次在乡试中落第败北，后纳贡得授县令。不过，出于对腐败的地方衙吏的失望，他终于在1736年辞官隐退，从此致力于阅读和写作，在1744年至1749年间一共撰写了五部传奇。贯穿他全部作品的是一个完整的构思，用以表现儒家的忠、孝、节、义。1752年，他又写了一部传奇，补充了儒家五伦中的"悌"。如此强势的道德动机在戏曲文学中并非史无前例，一个明代的例子是《五伦全备记》，传为理学家丘浚（1421—1495）所作。

在伦理写作模式的支配性影响下，浪漫故事让位给高调的道德戏曲，年轻的男女恋人被儒家的贤人长者所代替。清代中期的戏曲作家经常从正史传记中选取他们作品的主人公，并借助自己的想象来充实历史记录的梗概。夏纶的《无瑕璧》中的主人公是明建文帝的兵部尚书铁铉，他的拳拳忠心在《明史》里有详细的记载，可是夏纶写他如何站在济南城头，手捧明朝开国皇帝的牌位，致使围城叛军不战自溃，则完全是想象之辞。跟其它道德剧一样，铁铉的英雄行动也难以避免另类解读。在《无瑕璧》中，反叛者不是别人，正是燕王。他后来废了不走运的建文帝，自立为永乐皇帝，统治了帝国达二十二年之久。

正像这个时期的戏曲文学通常偏离浪漫故事，它也显著地减少了南戏传统中大量的滑稽场面和语言。丑角在现存于《永乐大典》的早期南戏中地位突出，包括《张协状元》。在这些文本中，

第四章 文人的时代及其终结（1723—1840）

插科打诨的场面占了压倒性的比重。这一点尤其令人印象深刻，因为刊印的戏曲文本已经大幅度地缩减了舞台上的闹剧部分，这些部分通常是由演员即兴表演，或者采自现成的保留节目。事实上，反讽性的评论和对话，及其伴随的哄笑声，也渗透进了晚明的浪漫传奇如《牡丹亭》。如果删去了这一部分，也就意味着减弱了汤显祖处理爱情主题时所常用的修辞手段及其丰富的歧义。想要对清中期的道德剧有一个基本印象，不妨想象一出传奇，如果去掉了情爱风味和诙谐调笑，读上去会是怎样。

当然，并非所有这一时期涌现的传奇都是如此。比如说，现代学者吴梅就高度评价了沈起凤（1741—1802）如何新颖独特地处理了舞台表演和对白。沈的才情也许在《报恩缘》中表达得最为充分，这是一出不无后果的错中错喜剧，基于洪楩《清平山堂话本》里的一个故事，以及冯梦龙收在《醒世恒言》中的那个改编本，但到了清中叶，这一故事的许多变形已经常见于传奇、宝卷、评弹和地方戏的诸多种类当中了。在围绕这个故事而不断累积增长的文字传说的基础上，沈起凤加上了两个丑角，并增写了各种各样的逗乐场面。像在其它的传奇中那样，丑角（有时还包括其他角色）的对话往往使用苏州方言，这一现象可以追溯到《张协状元》，甚至更早。在地方戏蓬勃发展的时代，沈起凤的传奇作品提醒我们，昆曲也可以通过回归其地方性的源头而恢复活力。

之前的两个世纪，爱情故事在南戏／传奇的形式中已经变得如此根深蒂固，以至于去除它，就几乎等于终止了这一体裁的文学生命。显然这并没有发生在清中叶，尽管当时的戏曲文学中道德说教盛行不衰，而且诲人不倦。《牡丹亭》的影响仍然不绝如缕，启迪了不止一代的浪漫传奇作家，如张坚（1681—1763）、钱维乔（1739—1806）和徐爔（1732—1807）。不过，新变也时有可见，其中最值得注意的是作者把自己写成传奇中的情爱主角。例如，徐爔的《镜光缘》很可能就是自传性的。它讲述了一个试子如何单恋一个由还俗尼姑而变成的交际花。主人公的名字叫余羲——徐爔这两个字去掉偏旁。在题记里，他清楚地表明写这出戏是"高歌当哭"，以表现他个人"实情实事"的伤感经历。

这种自传性模式不限于传奇。正像之前提到的，同一时期的白话章回小说也往往通过自传体手法，处理文人关心的问题。徐爔的杂剧在这个方向上走得更远，公开地把自己写成主人公。他写了十八部以上的独幕杂剧，一些以寓言的方式涉及宗教问题，另一些则处理日常关注。这些作品机智诙谐，用情节突降法消解宗教性的启示，并由此调和了作品主题中的一些显而易见的矛盾。同样让人印象深刻的，是作者／主人公口吻的变化幅度，时而冷嘲热讽，时而抒情，时而自嘲，而又自我放纵。在《酬鬼》中，徐爔在家乡行医，却受到了鬼魂的骚扰。他们曾经是他的病人，因为死于非命，来找他的麻烦。于是，普照禅师及时现身，向鬼魂解释说，死亡原本命中注定，不应该找徐爔算账。最后，出于不同的原因，徐爔和他医死的病人们都皈依佛门，皆大欢喜。在另一出叫《祭牙》的戏中，徐爔写他在六十岁生日那一天，取出自己的落齿，以为祭礼。具有反讽意味的是，他的仆人忙中出错，误把配药用的狗牙当成了他的落齿。徐爔并不在意，而是连狗牙也一起同祭。毕竟，狗牙与人牙，用处都一样。他的其它作品，如《哭星粲弟》和《悼花》，富于诗歌性的节奏和华彩的语言，读上去有如安魂曲。这类戏曲作品已经十分接近抒情诗，所以毫不奇怪，徐爔也赢得了当时著名诗人的美誉，其中包括沈德潜和袁枚。他在乾隆年间出版的短戏集，题名为《写心杂剧》，完全符合抒情诗的经典定义。袁枚称之为性灵式的幽默，

第四章 文人的时代及其终结（1723—1840）

在整部集子里也随处可见。

徐燨同时代的杨潮观（1712—1791）写了三十二出独幕杂剧，收在《吟风阁杂剧》中。和徐燨一样，杨潮观与袁枚交情甚笃，尽管两人个性和宗教倾向明显不同。袁枚为他作传，赞颂他作为地方官的政绩以及他们之间的友谊。杨潮观内心里是一个诗人：短戏提供了一个机会，让他尝试抒情诗的写法。他的杂剧作品通常言辞机智，甚至异想天开，把幽默和辛辣的言辞机锋融为一体；有的作品略显雕饰，不时会有大段的风景描绘和诗意冥想。杨潮观还经常把从前的诗人派做作品的主角，写出他们在徒劳地抗议世界的不公和荒谬时，如何卓然独立和离经叛道。他在使用历史和文学材料时，故意造成年代的混淆错乱，因此，与我们通常所理解的历史剧不能同日而语。

短戏作为一个文学形式，可以回溯到徐渭，他是晚明的一位杰出的诗人、画家和杂剧作家，但直到十八世纪，短戏才进入戏曲文学的主流。那个时代有很多作者在这个形式上呈露才华，他们的一些作品也写到过往的诗人。抒情诗般简短的形式与主人公（诗人）之间的天然亲和力，或许可以部分地解释盛清戏曲想象的抒情倾向。例如，桂馥（1736—1805？）晚年写了四个短戏，分别呈现唐宋诗人白居易、李贺、苏轼和陆游。他给了这些作品一个总题《后四声猿》，呼应了徐渭的同题原作。跟他同时代的戏曲作家一样，桂馥对短戏这一戏曲形式的源头和历史有足够的自我意识。他的作品着眼于过去时代的诗人，也表明他熟悉徐渭的戏曲名作。然而，对大多数清中叶的戏曲作家来说，徐渭也许太过大胆，也太有争议了，无法成为普遍的理想范式。除了他创始的戏曲文学形式之外，他们在一定程度上也多少继承了他特立独行的个人癖性，但他摧枯拉朽、横扫旧习的作风则所剩无多，在他们的作品中，只留下了一个姿态而已。

重释汤显祖的遗产

尽管有了一个道德剧或伦理剧的转向，这一时期的戏曲作者仍无法忽视晚明戏曲文学的传统。这个时期传奇创作的走向，在某种程度上，取决于文人作者对汤显祖采取怎样的态度。汤显祖是晚明最有代表性的戏曲作家，以《临川四梦》享誉天下，其中影响最大的是《牡丹亭》。汤显祖去世后一个世纪，传奇作家们还在他的阴影里挣扎。但是，他们在阐述汤显祖的遗产时，却经常采取保守立场，尤其想要驯服控制他在《牡丹亭》序中强势表达的"情至"说。他们试图调动情来为儒家伦理服务，强调它在维系一切人伦关系中必不可少的角色，而不是推崇它作为人类存在本质的超越性力量。这一倾向多少可以追溯到冯梦龙和其他晚明作家那里，因为无论是在声明中还是在文学作品中，他们也都借助了儒家的伦理，以便策略性地为情正名。到了清代中期，关于情的这一理解强烈地体现在戏曲的形式中，已经近乎是一种道德狂热。《牡丹亭》颂扬爱情，把它视为定义人类存在的一种本质力量，可以超越死亡和社会区隔；而在这些清中期的作品中，爱却往往呈现为一种具有感情强度和宗教狂热的道德英雄主义。自我牺牲的行动需要决心和激情，但如此定义的激情已不再是使人获得自由的力量，而是变成了无条件地履行儒家道德义务的必要的心理先决条件，最终只用于永久性地巩固既存的社会等级关系。将这一思路推至逻辑极端，一些戏曲作家索性放弃了对情的诉求，并且公开批评汤显祖的作品在处理这一主题时放荡无度。他们的教条立场和说教方式，最清楚地证明了理学在多大程度上穿透了文学话语。

并不是所有这一时期的作家和读者都对汤显祖和他的《临川四梦》持有这样的观点。尽管官方反复禁毁，《牡丹亭》在清中期

第四章 文人的时代及其终结（1723—1840）

还是经常重印和上演（尽管不总是全本上演），它得到的回应往往跟十六世纪晚期初次上演时一样热烈。如本卷第二章所言，《牡丹亭》在晚明的出版和上演都是轰动性的事件。年轻女性在阅读文本时不胜感动，一位女演员甚至猝死在台上，我们知道，她扮演的杜丽娘因为单相思而憔悴致死。另外，还有记载说，一位名为小青的女子，在自己的生活中重演了杜丽娘传奇除了"还魂"之外的所有主要母题。因此，《牡丹亭》周围出现了大量的轶事、评点、序跋、诗歌和通信，它们相互滋养衍生繁殖，创造了一个巨大的素材库，为新的戏曲和小说的写作，提供了取之不尽、用之不竭的源泉。

十七世纪血腥的朝代更替，似乎只是暂时地减弱了读者和观众对《牡丹亭》的狂热。一直到清中期，文人剧作家如张坚、顾森、钱维乔等人，几乎言必称汤显祖，似乎不如此，就说不清楚他们自己的文学宗旨。他们在戏前的序言中引用或重述汤显祖的观点，在戏曲作品中也或多或少地模仿了他的《临川四梦》。正像对汤显祖戏曲的续编和仿作不断涌现，《牡丹亭》的评点本和注释本也层出不穷。1694年，吴吴山出版了《三妇合评牡丹亭还魂记》。另一个评点传为程琼（约死于1722年）和她的丈夫吴震生（1695—1769）所作，题为《才子牡丹亭》，印行于1720或1730年间，且多次重印。程琼明显读过《三妇合评》，且分享其中的个别观点。但总体而言，她的评点迥然不同，至少有两个原因：其一，在规模和长度上，它都堪称是百科全书式的（超过三十万字），包括了对《牡丹亭》所涉及的几乎所有话题的细致详尽的注释，甚至经常节外生枝，离题万里。依照程琼本人的说法，她的评点是为志趣相投的女性戏迷谈论《牡丹亭》助兴。其二，程评充满了喜剧性，沉迷于对《牡丹亭》的情色解读，乐不可支。三妇评本在这个话题上三缄其口,罕置一辞,而程琼却不屈不挠地将《牡丹亭》追溯到它的性爱根源。她对每一出的注释总是这样开始,从其中出现的比喻、形象和象征中去辨认性寓言的微言大义,将它们分别归结为"男根"和"女根"。她在序言中提到了性诠释的缘起和传承:吴越石,晚明时期她夫家的一位成员,曾邀请著名文人向家班的男女演员阐发《牡丹亭》的深层含义。他们的解读口耳相传,一直到了吴震生这一代,并激发程琼去着手《才子牡丹亭》的浩大工程。无论这一说法可靠与否,我们都无法忽略程氏评点中的狂欢语调和偶像破坏的倾向,而这些正是晚明文学的典型特征。确实,这一评本表明,尽管思想文化气候,在清初和清中期发生了重要的变化,当时的阅读和评点圈子仍然是生产、传播、再生产和消费《牡丹亭》现象的温床。这样一个评本得以在雍正和乾隆朝出版重印,表明在一个通常被认为是文化保守主义的时代,晚明话语仍旧在持续产生影响。值得注意的是,程琼的丈夫吴震生也是一个戏曲作家。他写了十三部传奇,大多关于历史人物和事件,但关心的要旨却在其它方面。在一个题为《地行仙》的戏里,他引入了《牡丹亭》的"还魂"母题,但给予了它以出人意外的扭曲和发挥:他在这一母题上投注了自己对道教房中术的兴趣,从而将它呈示为可以起死复生的密派法术。

蒋士铨和他的《临川梦》

《桃花扇》的作者孔尚任,也像汤显祖那样,留下了令人敬畏的戏曲文学遗产。不过,关键不只在于孔尚任本身,因为他在写作《桃花扇》时,已经在向《牡丹亭》暗通款曲了。实际上,《桃花扇》的精髓正在于通过女主角李香君,来重新启动杜丽娘所扮演的情爱传奇,同时也表明这一做法在杜绝了大团圆结局的历史

第四章 文人的时代及其终结（1723—1840）

危机的语境中，如何注定走向失败。李香君重演杜丽娘的功亏一篑，最终消解了孔尚任本人所极力推崇的晚明戏曲杰作。这是孔尚任与《牡丹亭》建立联系的方式，也作为他本人戏曲遗产的一部分而传给后人。于是问题变成了：在此之后，该如何应对无以伦比的汤显祖？对蒋士铨（1725—1785）来说，答案就是把汤显祖自己搬上舞台。他在《临川梦》中就是这么做的。此剧向过去的大师致敬，同时也显示了作者无从安顿的"文学史"意识。

蒋士铨是饱学之士，颇受文人同仁的尊敬，但在仕途上却行之未远。因其才情受到乾隆皇帝的赏识，他晚年参加了《明史》的编纂，但这并未导向进一步的升迁。在盛清文坛上，他以诗名世，后与他的朋友袁枚和赵翼合称"乾隆三大家"。他于1754年开始写戏，一共写了八部杂剧和八部传奇，全部都在他生前刊刻发行。像他的许多同时代的文人一样，蒋士铨痴迷于历史人物与事件，并以此构成了他戏曲的主题对象。同时，他也赋予了戏曲写作以儒家修史的崇高使命，不仅评价过去，而且也为后世树立楷模。但是，尽管公开宣言道德至上，蒋士铨的抒情特质，才被证明是他戏曲创作的真正核心。

《临川梦》在蒋士铨的戏曲作品中地位突出。模仿汤显祖的《临川四梦》为此剧命名，他对自己的写作动机做出了一个诡谲的声明。首先，《临川梦》创造了这样一个世界，在那里汤显祖可以与他作品中的人物角色，以及他的读者，彼此来往互动，由此也激活了围绕着汤显祖和他的戏曲作品长期积累起来的评说议论和轶事传闻。汤显祖在更早的一些戏曲中已经有过短暂的出场，但这些作品都远远无法在艺术的独创性和巧构精思上，跟《临川梦》相提并论。这也提出了一个问题，即蒋士铨究竟如何通过与汤显祖及其剧作的关系，来为自己定位？最后，如此构思的这部作品也确立了一个有利的视角，以探究虚构与真相、梦与现实、文本与表演、道德与激情、德性与艺术、作者与观众，还有作者与他创造的文学世界之间的微妙复杂的关系。这些问题可以上溯到汤显祖甚至更早的戏曲文学传统中去，而在十八世纪中后期的文人小说中，尤其是在《儒林外史》和《红楼梦》中，又得到了一次精彩绝伦的演绎。

蒋士铨与汤显祖之间有着不同寻常的关联，部分原因是他们都来自江西。作为富于同情敏感的戏曲家，蒋士铨比大多数的同代人都更有理由拥抱汤显祖的遗产。但这一诉求也并非没有争议。蒋士铨在《临川梦》的自序开篇，就驳斥了汤显祖不过是一介词人的通行观点，认为他乃是儒家的"忠孝完人"。为此蒋士铨特意为他立传，强调汤显祖身为地方官、儒家学者以及正直的朝臣所取得的成就，只字不提他的文学写作。蒋士铨在这里，正如他在别处所做的那样，完全放任他儒家史官的冲动。在剧中写到汤显祖的戏曲创作时，蒋士铨也不过顺应那个时代的风气，对汤显祖的"情至"观做了道德化的处理。不仅如此，他还把汤显祖的写作活动与他经受的政治磨难细致地交织起来，以此揭示汤显祖的创作动机。在戏里众多的角色中，还包括了汤显祖的一个当代读者，自称通过《牡丹亭》而读懂了汤显祖本人的人格操守。蒋士铨正是如此这般地调集了儒家"知人论世"的诠释修辞，用以支持他《临川梦》的写作宗旨。

暂时把《临川梦》表面的道德倾向放在一边，而细读该戏本身，就不难发现它的意旨往往指向别处，甚至相反的方向，而且其中对汤显祖戏曲所做的儒家辩护，也不是完全没有受到质疑。让汤显祖在剧中回答夫人关于《牡丹亭》中匪夷所思的"还魂"一出的疑问，蒋士铨借机介绍了他关于情理对立的著名论断，也得以重温了对汤显祖剧作的各种指责和非议。汤显祖被指控要对女读者的死负责，又因为沉迷于文学的雕虫小技而备受责难。在

第四章 文人的时代及其终结（1723—1840）

另外一处，戏中人说他因辞章罪孽而毕世沉沦，未得大用，而那些为他曲意辩护的人也只能说，幸亏他"忠孝无亏，循良自矢"，才没有像"轻薄文人"那样自取祸殃，如此而已。蒋士铨对汤显祖《临川四梦》中的《邯郸梦》和《南柯梦》的解释也不无问题。在他的戏里，官场失意以及长子的夭折导致了汤显祖退出公共生活，潜心撰写两"梦"以彰显世俗追求的虚妄无凭。在结尾处，他就像戏中别的角色一样，被自在天王召唤到戏台上，与他笔下业已成仙的那些人物相会。而在前一出中，净天王早已长篇大论，把文学和儒家史纂都贬斥为虚幻不实的梦幻。这一批评似乎也同样适用于《临川梦》本身。

《临川梦》由于创造性地使用"元叙述"（metafiction）的技巧而获得了敏锐的自我反省意识。蒋士铨创造了一个想象的空间，在那里他同时与汤显祖及其戏曲作品，以及环绕着《牡丹亭》而形成的话语群体，建立起互动关系。汤显祖《临川四梦》中的人物被召回舞台，他们在途中相遇，并且相互交流，对他们的作者，以及他们身在其中的那出戏的剧情，发表自己的意见。这些人物按照自己的意志行动，与汤显祖存在于同一个戏曲空间中，并与他对话，从而剥夺了他的作者特权。这些相遇的场景机趣盎然，例如，剧中人物在相遇时，互相辨认，末问贴曰："《邯郸》、《南柯》，是我二人之事，不知郡主在何梦中？"汤显祖没有认出他自己戏中的人物，反而因为将他们从野史陈编中抽取出来，"借题说法"，而向他们道歉。蒋士铨调动有关《牡丹亭》传说的方式也同样引人入胜。根据一个广为流传的轶闻，一位叫俞二娘的年轻女子，在读过《牡丹亭》后，对作者单相思。其中的一个版本，说她因憔悴而死，而她留在剧本上的评点，让汤显祖不胜感动，作诗哀悼她的早逝。在另一个版本里，一个不知名的内江女子在读了《牡丹亭》后，不顾汤显祖的一再推辞，坚持要与他见面。可是，见面之后，却让她的浪漫美梦化为泡影："吾平生慕才，将托终身，今老丑若此，命也！"幻想破灭，心碎欲绝，她毅然投水自尽。蒋士铨结合了这两个版本，重写了他们相见的场面，又删去了她最后自杀的一幕。他剧中的俞二娘确实因爱慕汤显祖，断肠而死，但她不息的灵魂却追随着她的心上人，从一处到另一处，如同杜丽娘死后的魂游。

最具反讽意味的时刻出现在《临川梦》的末尾，汤显祖与他《临川四梦》中的人物，发生了奇异的角色颠倒。睡神奉自在天王之命，去唤醒汤显祖。他在路上有这样一段独白：

> 我想汤老官儿，半世嚼蛆，一生捣鬼，造言生事，撰出多少奇奇怪怪文章，硬派我老头儿，在牡丹亭下，为柳生杜女撮合，至今媒红喜酒，不曾见面，岂料今日他自己也要钻进圈儿里面来，须叫他多担搁一会儿则个。

在这个终场的"了梦"一出中，汤显祖就像他笔下的戏曲人物一样，需要从自己创造的梦中唤醒过来。当睡神提出带他去见死去的儿子时，汤显祖以父母健在为由，坚辞不从：他显然还没打算就此斩断尘缘。直到确认会面后还能返回阳间，他才松了口，因为这毕竟只是"小梦游仙，不同大觉"。汤显祖此刻的犹豫也自有其《临川四梦》的出处，令人想到《南柯梦》中的淳于梦，无助地抱住梦中相遇的妻子，拒不醒悟。孔尚任《桃花扇》的最后一出，也不失为一个先例：男女主人公在重逢之后，却因为道士的一通当头棒喝，而终于破梦难圆。蒋士铨喜欢用佛家的天王和神明的宣教来结束全剧。在《临川梦》这里，他还把天王写成了全知全能的作者式的人物，而汤显祖及其剧中的其他角色，则变成

第四章　文人的时代及其终结（1723—1840）

了他们裁决的对象或宣讲的听众。

表演与出版

通常说来，戏曲拥有双重生涯，一个在舞台上，另一个在文本里。到了清代中期，这两种存在方式往往分道扬镳，彼此交会的情形，并不多见。先从表演说起，清中期见证了商业剧场在都市中心的蓬勃复兴。商业剧场的繁荣从十一世纪一直持续到十五世纪，那是杂剧统领戏台的时代。此后，经历了约一个多世纪的低迷之后，北京和其它主要城市的大型宴饮场所，又再度成为戏曲表演的舞台。随之而来的茶馆，具有更适宜的气氛与设施，为戏曲搬演提供了便利。在那以后，商业剧场如雨后春笋，四处蔓延。例如，商人社团或会馆经营的戏院和戏馆在苏州地区迅速勃兴，变成了都市娱乐风景的重要组成部分。当然，这些院馆只是戏曲表演的场所之一，它们的发展有地域上的差异。重要的是，它们在十八世纪的复兴，在时间上恰巧与职业戏班的快速增长相重合。

职业戏班是组织管理演员的众多方式之一，此外还有士绅家庭、皇室和宫廷所拥有的戏班。财务资助和经济来源的不同，自然会导致曲目和观众的差异，但这些差异并不是绝对的，而且演员也经常在不同性质的戏团之间流动转移。即使是职业戏班，也可以按照它们与城市、寺庙、乡绅以及官员的关系，而分为多个种类或级别。但总的来说，职业戏班比起家班和宫廷戏班，都更深地融入了都市文化。尤其值得注意的是，职业戏班和商业戏场的同步增长，也同时伴随着士绅蓄养的家班的衰落，其中的部分原因与朝廷政策的变化有关。和明代的皇帝相比较，满族统治者采取了更为严厉的赋税政策，以控制士绅家族（尤其是江南的士绅大户）的财产规模，因而也削弱了家班的经济基础。此外，雍正皇帝还在1724年下诏禁止官员蓄养戏班，到了1769年，乾隆也重申了这条禁令。而另一方面，雍正又倾向于鼓励职业戏班的发展，强调传统节庆的戏曲和仪式表演不能视为非法活动。后来，嘉庆皇帝甚至明确地允许地方官员，在节日庆典期间雇用职业戏班演唱。当然，并非所有的官员家庭都当即解散了他们的家班。在家产被雍正皇帝抄没之前，曹家就蓄养了规模可观的私家戏班。至于其他的乡绅和达官富贾，在乾隆几度南巡时，还动用了自己的家班来取悦皇帝。或许乾隆本人就带了一个坏头，在皇宫里置备了拥有一千五百多名演员和乐师的一个空前庞大的戏班。不过，从长远来看，政府对私人戏班的限制，至少产生了两大后果：从体制上造成了士绅精英与戏班的脱钩，同时也在商业市场和都市娱乐的大舞台上，重塑了戏曲文化。

关于乾隆初期南京地区职业戏班的状况，我们可以在《儒林外史》里略见一斑。鲍廷玺——一个职业戏班的总管——告诉杜慎卿说，仅在城市靠近秦淮河的水西门和淮清桥一带，就有一百三十多个这样的戏班。不过，吴敬梓仍然试图在这个业已改观的文化版图上，重申文人的威信和领导位置。在小说的第三十回，后来在官场上平步青云的名士杜慎卿，成功地将这些戏班组织起来，举办了一次昆曲大赛。可是即使在这个场景里，杜慎卿也并没有被描写成一个传统意义上的赞助者，更不是戏班的雇主。他跟职业戏班的关系只是暂时的、即兴式的，并且很大程度上取决于他与鲍廷玺（他父亲管家的养子）的个人关系。临近小说结尾，吴敬梓忍不住感叹南京戏班的堕落，因为他们已经脱离了文人的掌控。恢复文人在当代戏曲文化中主导地位的努力，正如他本人所默认的那样，最终还是落空了。

文人影响的减弱和戏班职业化或商业化的增强，是互相关联的两个要素，它们共同造成了十八世纪之后多种地方戏兴起的趋

第四章 文人的时代及其终结(1723—1840)

势。这些变化对文人的戏曲写作与演出之间的关系,也产生了深刻的影响。在这个通俗地方戏的新时代,把文人配合昆曲写成的传奇作品搬上舞台,已变得更加困难。文化精英对戏班的所有权和控制力的削弱,也进一步减少了上演他们自己的戏曲文本的机会。有证据表明,以昆腔写成的传奇脚本有时会被改编成地方戏上演,但往往改得面目皆非,哪怕作者痛惜哀叹,也无济于事。

当时昆曲(或多或少地也包括其它的戏曲形式)演出的主要方式,是从流行的曲目中选择一些经典的折子,而不是搬演整部戏曲。这部分是出于实际的考虑:即使在节日期间,也很少有文人或官员能花上两个整天,坐下来观赏全场四五十出的一部传奇表演,更不用说商业剧场的观众了。于是,为了给出适合一个下午或晚上演出的节目单,要么选取一些流行的折子(一般不超过八折),要么选取一出戏或几出戏中的一些唱段。这不是什么新的现象,但到了清中叶,折子戏的演唱也开始在商业剧场里普遍流行起来了。这对戏曲写作有着不言而喻的意义:由于戏场忙于上演已有曲目中的折子戏,文人的传奇也越写越短。尽管如此,上演他们戏曲作品的机会依然有限,大多不过供读者阅读欣赏而已。

对清中叶的文人来说,戏曲写作更多是走向出版机构,而非剧场。通过戏曲文本的出版、传播、阅读和评点,他们创造了一个共同体的意识。把他们与同时代的文人小说家比较来看,也许不无益处:我们知道,文人章回小说在作者生前不是未付刊刻,就是以化名流传,而文人戏曲作家则通常不止一次地刊行他们的戏曲作品集,或采用单行本的形式,并不隐藏或掩饰自己的作者身份。这些戏曲刊本一般都印制精良,像文人的诗文集那样,收入朋友和同僚写的序跋和评点,也享有诗文集才有的体面。徐燨邀请了十多位著名诗人为他的自传性浪漫传奇《镜光缘》写序,包括沈德潜和蒋士铨。作者在凡例中解释说:"此本原系案头剧",

"仅供案头赏读。"他还声称:"若其登场就演,另填三十二出,已付梨园矣。"即便他果真写了这个舞台演出本,在现存的文献中也找不到它的任何痕迹。

另外一种戏曲集,是"摘锦"式的折子戏选集,它们与杂剧传奇折子戏和其它一些地方剧种折子戏的表演实践,有着密切的关联。十六世纪中期以后,这些选集越来越频繁地在《玉谷新簧》之类的题目下编选出版。有的还包括乐谱和舞台提示,可以让我们想象舞台演出的情形。在大多数情况下,唱词保存得较为完整。乾隆年中期刊行的《缀白裘》是这类选集中规模最大的一种,其中最早和篇幅略小的一个版本,可以追溯到1688年,甚至更早,现存的不同版本之间略有出入。1770年刊本共有十二册,包括昆曲折子戏四百二十九出,还有五十八出来自三十多种地方戏。《缀白裘》收入地方戏的折子,表明它们在乾隆时期的剧坛上日益上升的重要性,那时地方戏已经发展出了一个可观的和大致独立于昆曲的剧目。同样重要的是著名的昆曲折子戏的舞台本,这些舞台本构成了《缀白裘》的主体部分。把它们与戏曲全本的原文比照来读,可以看到为了适应演出需要所做的重要改动。读者对《缀白裘》的需求一直居高不下。在十九世纪的六十至七十年代,这个集子陆续刊刻,此后还不断再版重印。

戏曲写作的新方向

整个十八世纪,文人都还在继续欣赏昆曲,并用这一声腔写作他们的戏曲作品,但他们也无法全然无视在戏场中回荡不已的地方戏演唱。想要成为新兴都市文化的引领者,他们必须跟它打交道。主导乾隆朝文人戏曲写作的说教式、抒情式和自传式,对此都无所帮助。倒是有个别的文人作者,从流行的地方剧目中获取材料,或吸纳地方戏的调式和民间故事,并企图通过这种方式,将戏曲文化推向他们所期待的方向。这方面的努力和贡献至多不过是断断续续的,不成气候,但加在一起,毕竟以其引人入胜的方式,影响了当代戏曲文化的发展。

唐英(1682—1756)是最早系统地跟兴起的地方戏打交道的文人剧作家之一。他来自奉天(今沈阳),在江西景德镇任职多年,对当地的文化风俗和瓷器有过深入的了解。出于好奇与热爱,他也致力于学习当代文人戏称为"乱弹"的地方戏曲。与他们不同,他很少居高临下地对待当地的演员和乐师,反而公开承认,他在自己的作品中大量吸收了地方戏的因素。他还大胆地混合昆曲和地方戏的曲调,表现出兼收并蓄的音乐敏感,令当代的文人莫名惊诧。另外,他几乎总是在剧本里提供细致的舞台提示,包括演员的行头,还有某一个乐器何时加入演奏等等,仿佛能够预见和听到演出的效果。他说得非常明白,自己的作品是供宴席上演出的,不能被误认成"案头剧"。

他的十七部现存的戏曲作品,一半以上取材于流行的地方戏。独幕剧《十字坡》是以《水浒》中的一节为基础,润色而成。这是一个阴暗的肢体闹剧(physical farce),写的是母老虎孙二娘色诱旅客,然后又残忍地将他们肢解,直到她遇上了好汉武松,结果反被武力制伏。1754年写成的《天缘债》则是一个二十出的轻松喜剧,充满了误会和巧合。李成龙,一个抱负不凡的新鳏试子,急需路费去京城赶考,可是,他的岳父母不让他碰死去女儿的嫁妆,除非他再次结婚。李成龙的朋友张古董是一位破产古玩商的儿子,也是一位不走运的倒霉蛋。但他古道热肠,自愿相助。在他的催促下,妻子答应假扮李成龙的妻子,跟他一同去领回嫁妆。不过,这一计策在实施时却走了样,一场恼人的暴雨把两人困在了李成龙的岳父母家过夜。不难想见,丑闻接踵而至:无论真相如何,他们以夫妇的名义共度通宵的事实本身,就足以给可怜的张古董戴上绿帽子了。县令提议官府发布通告，郑重其事地替他们辟谣，但这岂不反而坐实了公众的怀疑？此乃一个接受创造现实的好例子：李成龙和张妻果真发生了外遇，因为他们知道自己有口难辩，即使他们之间什么都没发生。

尽管内容和基调如此不同，这两出戏至少有一个共同点：它们都源于梆子戏的剧目，属于"乱弹"一类。梆子系用枣木制作而成，乐师以棍击打，为歌唱表演定下节拍和调子。梆子戏是源于陕西、山西一带的一种戏曲形式，又称"秦腔"。这一西北风格的剧种，在唐英生活的年代已经流传到了江南，其中的一些折子还收进了《缀白裘》。像其它肢体闹剧那样，《十字坡》展现了一个充满道德歧义的野蛮世界，但它结束在一个兴高采烈的调子上，因为武松和孙二娘（还有她的丈夫张青，幸亏他及时赶回，才制止了两人的争斗）最终和解了，还决定一起去加入梁山好汉。可是，毕竟暴力主宰了全剧。在多数情况下，幽默来自快感与暴力的令人不安的混合。唐英删去了一些过于残忍的笑料，并尽量减少对暴力行为的呈现。但总的来说，他还是忠实于他的原始素材，增饰的部分甚至还放大了快感修辞的暧昧性。随着色诱场面走向高潮，不知死到临头的那位旅客，如此这般地向孙二娘求爱，听上去好像在祈求一死了之："我这一会儿乐的要死，有些活的不耐烦了。"过了一会儿，又说："你这样待我，打我、骂我，就是杀了我，我也是情愿的。只是快些罢，我等不得了。"

《天缘债》的复杂性又远在《十字坡》之上。唐英做了大幅度的重写，加写的部分在长度和复杂性上都超过了原作。在结尾一出，张古董遇到了一个梆子戏班，他们受雇来表演《借老婆》一剧，为他庆婚贺喜，而他本人正是戏中的主角。张古董抱怨道："我好好一个张古董，被他们这些梆子腔的朋友们，到处都是借老婆。"抗议之余，他请求文人雅士把这出戏改成昆曲，并且把他写得更正面一些，而这正是唐英在《天缘债》中所做的。显然，唐英不仅有可能取材于流行的地方戏曲的折子选集，还可能从当时的民间戏曲表演中，直接获取灵感。至少有一个乾隆早期的文本，曾经提到《借老婆》在扬州地区如何大受欢迎。无论如何，唐英如他笔下的张古董所希望的那样，重塑了他的素材，由此创造了张古董这样一个头脑简单而又热心肠的好人形象，只是他行身处世，喜欢自作聪明，结果往往事与愿违，自认倒霉。

　　唐英最出色的改写出现在《天缘债》的第六出。张古董在雨夜被困在城外，猜测妻子和朋友同住的卧室里正在发生什么，而与此同时，那两位正手足无措，不知怎样应付这充满诱惑和丑闻的尴尬处境，也不免预想张古董会做何反应。三个角色同时出现在戏台上，轮流独白，自说自话。张古董愤怒而又沮丧，诅咒他想象中最糟糕的情形，李成龙此刻正在戏台的另一头，发誓保持清白，张的妻子则忍不住破口大骂，埋怨丈夫骗她入局，几乎不可能名节不亏、全身而返。然而，正当张古董在诅咒与祈祷之间交替往返，情绪时阴时晴之际，卧房里的情况急转直下：妻子因为看不到别的更好的选择，决定采取攻势，即刻就敲定了和这位青年举子的姻缘，毕竟后者前途光明，非张古董所能比。传统喜剧中很少有这样的作品，能如此出色地洞察德性的脆弱和人类心理的变化无凭：一个稍纵即逝的念头会出人意料地改变事件发展的方向。在梆子戏里，这一场面处理得比较粗糙：张古董和他的妻子主导了舞台，李成龙很少开口。等到他终于开口，请老天见证自己的清白，可是他的誓言被张妻打断，并扭曲成了婚礼上信誓旦旦的许愿，她本人也同时加入，就这样一举成交。唐英对这一场面做了新的安排，由此注入了微妙的心理深度，但他的改动也并不总是成功的。例如，他加写了一个结尾：李成龙后来官运亨通，为了报答张古董，特意为他安排了一桩婚事,这样就符合了善有善报的文学正义观。这个结尾当然显示了唐英作为文人剧作家的局限。结果,《天缘债》的总体框架看上去就显得太陈旧,也过于保守了,可这或许正是他的目的所在:均衡恰好是唐英需要的,如果他的使命是去驾驭民间素材中的颠覆性能量,还有那些不受任何管束的"乱弹"。

唐英转向地方剧目去寻找戏曲创作的灵感,是同代人中的异类,因为他几乎没有什么看法相同的朋友或追随者。在别的地方,其他一些戏曲作家也做了类似的尝试,但他们遭遇了始料不及的挑战。改编与重写广为流传的白蛇传说就是一个例子。

女妖引诱无辜青年然后将其吞噬毁灭,是中国传统神怪故事以及其它文化传统中反复出现的母题。我们无法确知,西湖白蛇从什么时候开始,以灵怪故事的形式出现在奇闻轶事和口头文学中,但在1550年之前,白蛇的故事已经发展出了一个相当完备的,关于着魔、梦魇和妖邪作祟的"哥特式"叙述。冯梦龙依据当时的材料,写了一篇白话小说《白娘子永镇雷峰塔》,收在1624年出版的《警世通言》中。他忠实地保留了故事早先版本的结尾,把妖精白娘子一劳永逸地镇在了西湖边上的雷峰塔下,但其它部分读上去更像是一个爱情故事,直到一位道士出现,警告年轻的主人公许宣,说他妖气缠身。妖气在故事的前半段也若隐若现,但多半写成了恋爱中女人的痴心偏执。可以这样说,正是白娘子不顾一切也无法自制的爱,给许宣带来了一个又一个麻烦:为了让她的心上人衣着体面,她会毫不犹豫去偷盗。道士揭露了她的真相,迫使年轻人做出选择,并有所行动,可是他抗拒、摇摆,迟迟不见动静。直到故事临近结束,恐怖才真正降临。白娘子兴妖作怪,前去伏妖的道士败下阵来。法海和尚及时介入,施行法术,这才迫使白娘子现出了她的白蛇原形。

最早记录在案的白蛇戏是《雷峰记》，传为晚明的陈六龙所做，但文本久已失传。在1738年，黄图珌（1700—1771）写了一出戏叫《雷峰塔》。并不清楚他是否读过陈的作品，但肯定从冯梦龙的故事里获得了灵感。黄图珌跟唐英活跃在同一个时代，而且像他一样，当了好多年地方官。他也对素材持批评态度，认为后者充满谬误，荒诞不经。然而，白蛇的故事非常受欢迎。黄图珌一写完他的稿子，一个戏班就来敲他的门，请求他许可搬演此剧。他表示同意，但不久就后悔了。尽管苏州的戏班仍然忠实于他的原作，其它的班子却曲意迎合大众的口味。令他愤慨的是，他们加进了一场戏，让白娘子生了一个儿子，而且后来还中了状元。类似的情节可能早已广为流传，这些戏班不过是把它们搬上戏台罢了，可是黄图珌觉得这些改动不可原谅。在他看来，白蛇的故事不应该有一个大团圆的结局，因为白蛇是一个异类，也意味着污染和不净。黄图珌的抗议凸显了两个问题：一方面是将白蛇人化和妖魔化这两种对立的倾向，另一方面则涉及文人剧作家和商业戏班及其观众之间的关系。

正如黄图珌意识到的那样，流行总是要付代价的。一旦脱手，这出戏就按照戏班以及他们所迎合的观众的兴趣发生演化。他既失去了控制，又摆脱不了干系，因为他毕竟是署名作者。后来，黄图珌完成了另一个叫《栖云石》的戏，他把手稿藏了两年，戏班向他乞求，也不动心。在绝望中，戏班贿赂了他的佣人，终于拿到了稿本。等到黄图珌得知此事，他的戏已经又一次在舞台上大获成功。

黄图珌活得够久，看到了《雷峰塔》与时推移的新的周折。作为剧作家，他相当成功，但是他的《雷峰塔》到了乾隆中期，已逐渐从戏台上消失了，取而代之的是其它的一些版本，在白蛇的救赎和人格化的方向上，与他的作品渐行渐远。有一个梨园抄本在结尾处，甚至让佛祖宽恕了白蛇，并允许她和超升到忉利天的丈夫团聚。据说，这个抄本是在1765年匆忙赶成的，为的是取悦巡幸江南的乾隆皇帝。对这种喜庆场合来说，大团圆是必不可少的，而且，据说果然令龙颜大悦。六年之后，恰巧是黄图珌去世的那年，另一个版本出现了。作者方成培（1731—？）是一个失意的试子，改行当了儒医，据说也精通音乐和文学。虽然黄图珌早就警告说，人妖之间，不容混淆，方成培却并不理会，仍然基本保留了这个抄本的剧情和结局。不过，他也在序里说到，抄本风格粗鄙，不合曲律，所以，他自作主张，改动了百分之七十的对白和百分之九十的唱段。方成培的《雷峰塔》于1771年付梓发行，那时候黄图珌的剧早已从戏坛上销声匿迹了。但是，方成培改写本的命运也未见得就更好。他的音乐造诣和文辞的优雅，并不能确保舞台上的成功。

到了1770年，《缀白裘》全集已陆续出版完毕。它收入了当时流行的《雷峰塔》的有关折子，这些折子与抄本接近但又不完全一样。这些文本上的区别或许标志了地域的差异，也可能暗示着某些戏班所做的选择、所继承的戏目，以及这些戏班对当地观众的预期和反应。至于编辑操作上的变化无常，也会对这些戏曲文本发生影响。在一个戏曲文化越来越受到商业剧场和地方戏支配的时代，戏曲生产不可避免地会经由市场的媒介，置于市场的掌控之下，并且变得日益多样化起来。在这个已经变化和正在变化的戏曲文化中，没有谁能说了算。

白蛇故事的演化远远超出了昆曲。新兴的地方戏抓住这个题材不断重写，就像说书人在各种曲艺文学中所做的那样。故事的繁衍扩散见证了地方文化和都市娱乐的活力。在一些地区，佛教元素被明显淡化，而白蛇的婢女小青却变得如此重要突出，甚至

第四章　文人的时代及其终结（1723—1840）

掩盖了几乎所有其他的角色，如同莺莺的红娘在《西厢记》的改编本中那样，后来居上。有趣的是，小青通常被刻画成一个复仇的精灵，其全部的使命就是追杀法海。至少有一个十九世纪的弹词，也采用了类似的情节。这样看来，法海并没有像他自己想象的那样，把年轻人从妖怪的控制下拯救出来，反而是自己变成了妖魔，而着魔般疯狂追杀他的小青，看上去也仿佛同样堕入了妄念的魔障。

重绘版图：十八世纪的地方戏及其未来

地方戏的兴起是十八、十九世纪最重要的社会文化事件之一，但同时代文人的记述却不多，而且通常带有偏见。"乱弹"一词绝不是了解这些地方戏的可靠向导，只是表明了文人对地方戏的蔑视和无知。当时的文人还使用了其它几个术语，如以"花部"来定义地方戏曲，相对于"雅部"的昆曲而言。但这个两分法并未如他们所愿，起到将二者分隔对立的作用。不久之后，"花部"或者说"乱弹"就开始跟"雅部"同台演出，而且经常出现在同一个节目单里。为了保持竞争力，昆曲演员必须精通至少一种"乱弹"。不过，共存的时间并不是很长。徐孝常在1744年给张坚的戏《梦中缘》写序时，就说到那时北京的观众已经对昆曲感到了厌倦，一听说要表演昆腔，立刻就一哄而散。

清代地方戏曲前所未有的兴旺发展，产生了三百多地方剧种，其中一些留存到了今天。这个单子还必须加上其它种类，比如傀儡戏，这里不予讨论。这些地方剧种大多数属于几个大的系统或类别，即使在十九世纪后期，京剧在北京取得了中心地位之后，它们之间仍然继续彼此竞争互动。其中历史悠久的种类包括出自江西的弋阳腔，可以上溯到明代，其演化的历史与昆曲大体重合。清中期的文人被舒缓、柔和而且优雅的昆腔塑造了他们的品位，因此嫌弋阳腔调子高亢刺耳、喧闹粗俗。尽管缺乏精英的支持，弋阳腔从明代到清初，主要在社会较低的阶层中显示出令人瞩目的生命力和适应性。随着这一唱腔逐渐渗透到了其它地区，它也逐渐向上攀升。它的变种之一京腔，到了乾隆中期，几乎一度独占鳌头，压倒了昆腔和其它在北京与之竞争的地方剧种。京腔甚至还赢得了官方的认可，尽管宫廷反复禁止其它的地方戏。继弋阳腔之后而兴盛起来的是梆子腔，它在乾隆朝晚期达到了顶峰状态，尤其是从1779年到1780年代后期。那时，梆子腔的名角魏长生（1744—1802）就住在北京。1782年和1785年期间，朝廷宣布禁止魏长生和他的梆子戏班在北京演出，据说他们的表演过于猥亵。魏长生最后不得不移居扬州、苏州和四川，在这些地方，梆子戏仍然十分流行。1790年，乾隆八十寿辰的公共庆典为各种地方戏曲种和戏班打开了北京的大门。各省官员竞相组织当地的戏班去京城献礼，于是有了著名的徽班进京。徽班带来了出自不同地区的"二黄"和"西皮"（实际上，西皮是梆子戏的一个变种），二者逐渐结合，形成了乾嘉时代有名的皮黄腔。京剧便产生于这样一个漫长复杂的混合过程当中。

不难想象，这些日益兴旺的地方戏给当时的文人带来了多大的震惊，在他们当中的许多人看来，几乎就是对他们精致品位和艺术敏感的粗暴侮辱。经过多年的打磨，昆腔在晚明已经形成了一个成熟的、具有内在同质性的艺术形式，地域的迁徙并没有在它那已经充分发展的形式上留下多少痕迹。昆腔体现了宛曼流转的苏州雅致，它有细腻的节奏和极为丰富微妙的声调，一个字的吟唱可以富于旋律性地延宕曲折，在发音吐字上极尽变化之能事。与此对照，弋阳腔并没有这么细致而严格的声腔要求，所以更适应不同地方的方言和歌曲。它在各地有不同的分支变种，其间差异之大，以至于人们经常忘记了它们的共同起源。弋阳腔因其响

第四章 文人的时代及其终结（1723—1840）

亮的唱腔而闻名，尤其是快速"滚调"的唱、白、念，形成了字字紧逼、排山倒海之势。它也因"帮腔"而耸人耳目，这是一种齐声合唱和齐声念白的形式，台前幕后的演员或者应和主角的唱词与道白，或者加上他们自己齐唱的叠句和齐声念诵。滚调也传入了地方戏的其它剧种，并且对戏曲本身的形式产生了直接影响。总的说来，不再是昆曲唱段中错综搭配的长短句，七音节和十音节诗行的组合，加上它们的许多变奏，构成了唱词的基本形式，为地方戏曲演唱引入了与口头文学的通俗韵文形式相一致的新的节奏。此外，昆曲的唱腔由现成曲牌构成的套曲组成，而梆子和皮黄则摆脱了套曲的结构，因此给出了更大的选择调整的空间：一折的长度可以差别很大，它们之间的转换，也可以频繁而迅捷。这种结构上的灵活性，为地方戏曲自由地从地方歌曲和其它曲艺形式中汲取曲词素材，提供了极大的方便。

对十八世纪地方戏的上述简介，并不意味着这些戏曲体裁是在一个替代另一个的单线演进的过程中发展起来的。许多不同的戏种同时存在，而且互相影响。在大多数情况下，每一戏种都依然保持着与其策源地的联系，不管它在北京的命运如何。对现代的人类学家、文学学者和社会史文化史家来说，对这些地方戏的综合研究会打开一扇窗口，让我们看到十八世纪的社会、文化、语言和宗教实践中惊人的地方差异性。同样令人印象深刻的，是地方戏表现出来的巨大生命力和创造性。即使西南的贵州和云南这样边远的地区，也出产了它们自己充满活力的地方戏，而这在之前很难看到。

还有一点很重要，即最有影响力的"地方"剧种的跨地域特征，因为它们作为地方现象而产生，但通常又迁移到了远离源头的地方，尤其是几个主要的剧种，其分支遍布各地。由于一些地区同时接触了几种不同的声腔，每个地区也就无可避免地在同一剧种中产生了各种次生的种类。例如，在乾隆时期，有十多个不同的戏曲声腔进入江西地区，其中一些来自广东和遥远的山西。要完整介绍这个时期地方戏的发展与转化，务必追踪它不停的迁徙，重构它与地方文化的复杂协商。最终，这样的研究会让我们了解文学史上忽视已久的部分，并有助于重新勾画晚期帝制时代的文化版图。

不用说，城市在这个版图上占据了重要位置。地方戏可以视为都市文化的产物，只是"都市"不能仅仅被理解为乡村的对立面。城市和乡村的区别，到了十八世纪也还是相对的。城市是某一个地区社会、经济以及文化活动的中心，商业是区分城市及其周围乡村的主要因素。大型职业戏班通常立足于城市和城镇，因为足够集中的人口和财富是地方戏发展的先决条件之一。其次，城市作为跨地域交通网络的中心枢纽，在转运食物和商品，以及商贩、戏班和其他各色人等行旅往来方面，扮演了关键的角色。行旅中的商人顺理成章地成为传播地方戏的代理人。在某种程度上，梆子腔和皮黄腔在帝国的流行，可以分别归功于晋商和徽商这两个出类拔萃的商人社群的长途贸易活动。如果没有乾隆朝发达的商业贸易和繁忙的行旅迁徙，地方戏曲文化之间跨地域的交互滋生是难以想象的。

京剧的形成集中展现了地方戏曲不断迁移和混合杂交的结果。仅仅追踪它的原始出处，当然还远远不够，因为这些地方资源通常在从一个地区到另一个地区的迁徙过程中被重新塑造了。比如说，尽管西皮腔产生于陕西和山西，只有它在湖北襄阳的变种，在与其它声腔结合的情形下，才导致了京剧的出现。作为后来者，京剧从包括昆曲在内的许多曲种中汲取了养料，而且大多数为它所借鉴的元素在早先或同时的戏曲中也有了诸多变异。京剧中一再出现的故事往往源于白话小说，包括《三国演义》和《水浒

第四章 文人的时代及其终结（1723—1840）

传》，当然并不一定直接取材于它们的书写或印行的文本，而是来源于曲艺和戏曲的改编。其它流行的主题包括杨家将传奇和包青天的故事，它们通过各种不同的曲艺形式而广为传播，历史悠久。

从十八世纪下半叶起，北京变成了一个主要的舞台，每个主要的戏曲声腔都要竞相在此争得一席之地。到了1790年，来自安徽的西皮和二黄戏班为庆贺乾隆八十大寿而会聚北京。在那里发生的艺术交流和创新，促成了京剧的诞生。皇室是它最强有力的庇护者和赞助人。这个从地方到中央的移动，看上去非常符合一个常见的模式，即一个出身低微的艺术或文学形式逐渐赢得了朝廷和文人官员的拥护，于是变成了精英文化的一部分。但这远不是一个简单的过程，因为文人本身反复分化重组，大众与精英的界限也在不断地重新划定。

事实上，朝廷也经常改变对地方戏的态度。在京剧出现在京城文化舞台之前不久，梆子戏失了宠；魏长生的戏班被迫解散，他本人在离开北京之前只能暂时寄身于昆剧戏班。但是，魏长生并不仅仅是又一个从京城败下阵来的演员，有的传闻说他是几位朝廷大员的同性恋人，包括臭名昭著的和珅。这样的关系在年轻男演员占主导地位的京剧中变得十分普遍，尤其是扮演旦角的演员。不是所有的文人都热衷于京剧，部分原因是它名声可疑。有些人则抱怨它的唱词质量低劣，甚至不知所云。对另一些文人来说，戏曲的黄金时代已经过去。他们一再回顾昆曲，为的是通过比较，显示时下的戏曲形式何等低劣不堪。即使皇家的支持，也无法改变他们的这种评价。

几乎所有主要的地方戏都在二十世纪经历了不同程度的转型。京剧代表了一个极端，概括了政治纲领、体制、意识形态、现代技术，以及现代媒体如西式话剧和电影（包括百老汇表演和好莱坞音乐剧）交互作用的结果。精英与大众之争又混入了新与旧、中与西、遗产保护与现代化之间从未间断的辩论,而在此过程中,这些词语本身也似乎凝固成了教条。在今天这个全球化、文化多元主义以及市场经济的时代,这些争论势必持续下去,甚至愈演愈烈。不过,不应该忘记的是,十八世纪已经出现了根本性的结构变化,因为地方戏的兴盛几乎使得精英的参与变得无关紧要。地方声腔经历了相互滋养、不断转型的复杂过程,不采用历史主义的视角就很难对它们做出概况性的描述。尽管历经了现代化的断裂,地方戏的部分遗产依然存活到了今天,它们的影响也没有烟消云散。

II 失去了确定性的时代:1796—1840

这一段不算长的时期,从乾隆皇帝退位开始直到第一次鸦片战争爆发,给清帝国带来了深层结构的变化,也支配了此后清朝统治的方向。欧洲列强强加了一系列条约,在像上海这样的主要沿海港口城市建立起西方租界,从而从根本上改变了大清帝国的政治和经济生活,冲击了它的精英文化和传统,也改变了它的地缘政治版图。两次鸦片战争的后果,由于太平天国起义(1851—1864)而放大和加剧,后者对江南地区造成了尤其严重的打击:这一场长达十三年之久的大破坏,严重地损害了当地的经济;摧毁了书院、藏书楼、书坊以及那个地区其它的文化基础设施;对衰落中的昆剧也给予了致命的一击。战争带来了难民和移民,知识中心移至别处,江南的破坏促成了上海的崛起:从南京、杭州、苏州及邻近城市前来寻求庇护的江南精英,试图在上海重建他们的家园,也就是在一个主要由欧洲殖民主义和资本主义所塑造的全然不同的现代都市环境中,重构他们自己的文化。

第四章 文人的时代及其终结（1723—1840）

正如大清帝国被不列颠的战舰和太平天国起义所严重削弱，许多最终导致其覆灭的问题，在1790年代甚至更早，就已经开始显露出它们的破坏性。1790年代大幅增长的英国鸦片贸易，为负担过重的政府造成了无法应对的财政和社会经济压力，那时鸦片和外国货币不仅侵入了沿海城市，也渗透了许多内陆地区。此外，全国性的暴动正在酝酿当中，地区性的骚乱也没有减弱的迹象。总的来说有大危机的迹象，但很少有人能确定它将从何而起，或预见它的规模和后果。

文人精英最先感到了压力。对他们当中的很多人来说，十九世纪上半期是充满了不确定性与令人失望的时期，因为他们面对国家组织的整体衰败——用孔飞力的话说——国家政体力不从心，已无法胜任其使命。的确，国家的权威由于大面积的腐败和党派斗争，而被致命地腐蚀了。乾隆的大学士和珅因滥用职权而臭名昭著，1799年乾隆过世后他当即被处死，但积重难返的政治实践模式并没有发生改变。儒家精英阶层既无法处理政治腐败和党派冲突的根源，又无法明确表述公共利益的诉求，以此号召在朝和在野的文人士大夫联合起来，共同回应对他们领导权的挑战。官僚体制也没能跟上挑战性的环境。清中期产生了前所未有的庞大的受教育阶层，但其中只有极少数可以被政府吸纳，而自本朝开始规模就不曾扩大的官僚体系，也确实不足以管理如此复杂的社会，以及五十年间翻了不止一倍的人口。当朝大臣在面对政治参与和行政管理的困境时，显得捉襟见肘，一筹莫展。事实上，我们已不再可能令人信服地把十八世纪末和十九世纪初受教育的文人，描述为属于同一个共同群体。正像一些历史学家指出的那样，他们实际上已经分化成了官僚精英和文化精英，二者无法在思想和行动上轻而易举地统一起来。对于忧患日甚的文人士大夫来说，他们很难把政治问题与他们对自己在国家、社会和文化中扮演什么角色的反省割裂开来考虑。处于分化的状态之中,他们面临挑战,去寻找共同立场,并明确表述可以帮助他们恢复领袖地位的价值观念。为了避免日益显著的国内和国际危机,他们别无选择,必须动用所有的资源,主要包括来自他们自身的文学和思想传统。

当士大夫精英面对西方影响的入侵威胁,而转向自己的文化传统时,他们也需要同时对付一个崛起中的强劲的通俗文化。所谓通俗文化,尤其是在这个时期,通常在士大夫文化之外的领域中发展,正像从根本上重塑了当时文化版图的地方戏所例证的那样。与过去一样,这些通俗体裁通过表演接近不识字的公众,但其中的某些文类也由于商业出版,而走向日渐增长的读者群。识字率的普及,已不限于科举考试和官僚体制的范围。有记载表明,伙计、办事员和闺秀都颇为热衷于阅读小说,尽管他们之间的读写程度多有差异。传统的儒家教育许诺官职和文化威望,但对这个时期许多受过良好教育的人来说,许诺并没有兑现。百万以上的秀才享有的社会政治特权,远远低于文人或士人这一称号所应得的;他们的文化地位本来就不高,随着人数的增加只会逐渐降低。数量更为庞大的试子年复一年地参加最低一级的科举考试,成功的希望却遥若天际。这个庞大混杂的人群为商业出版提供了现成的读者,以及潜在的作者,它复杂的构成也势必体现在当时不断拓展的文化景象中。将十九世纪上半叶的发展描述为大众文化(mass culture)的雏形,未免有些言之过早,不过商业出版的确已经恢复了活力,都市的娱乐消费也正在兴起。晚些时候,新的媒体、现代印刷技术以及资本主义市场体系的引入,更加速了这一潮流的兴盛,导致了都市消费文学的繁荣。而正是这一都市消费文化,后来成了梁启超1905年文学改良宣言中所声讨的对象。

第四章　文人的时代及其终结（1723—1840）

拓宽的视野

通俗娱乐自乾隆中叶起呈现出日益多样的形式。很多地区不仅产生了地方戏，还有其它体裁的曲艺文学，如鼓词、北方的子弟书和江南的弹词。此外还有肢体闹剧、喜剧、猥亵笑话，以及放荡不羁、带有情色内容的情歌，也在贸易要道以及附近的城市村庄流行起来。乾隆晚期出版的这些短戏集和通俗唱本，屡经查禁，所存无多，只能让我们偶尔瞥见那个一度喧嚣的世界，此外就音讯渺茫了。关于这个时期曲艺文学的文字材料既稀少又分散，但我们有足够的证据来描画扬州、北京和其它城市中说唱曲艺的大致轮廓。例如，石玉昆，一位子弟书的职业表演者，在道光时期（1821—1850）北京的娱乐场所享有盛名。他的保留节目包括基于早先小说和戏曲的故事，但他最出名的还是用鼓词演唱包公故事，保存在两本传世的抄本中。尽管在情节和修辞上偶有不同，这些文本为一系列包公小说以及其它晚清公案故事，提供了一手材料。

各种说唱形式的盛行也促成了武侠小说的兴起，这是十九世纪下半叶盛极一时的另一种白话体裁，而在这一时期已初具规模了。两部主要的武侠小说《绿牡丹》（1800）和《天豹图》（1841）分别从鼓词和弹词这两个曲艺形式的同名文本改编（后者的弹词本题作《天宝图》）而来。但是，细读文本会发现，这些作品本身都出自积累已久的文学传统，或多或少地经过了书写或印行文本的中介。武侠叙事是历史演义、才子佳人故事和公案故事的混合体，其中每一个子类都有复杂而漫长的历史，详见本卷第五章。公案小说在清初变得不再时兴，可是沉寂了近一个世纪之后，又再度在坊间刊刻流行起来，但结构和内容都有了很大的改变。在《施公案》（1798）里，情节片段连成了一个完整的叙事序列。游侠在早先的作品里通常因挑战官方秩序而闻名，现在却与清官携手合作，一起平息叛乱。这一时期的武侠小说也同样强调主人公如何坚定不移地忠于皇权。可是，与《施公案》里的主人公相对照，这些作品中的英雄主角经常被描绘为武艺高强的读书人。这一形象可以部分地追溯到清初的才子佳人小说，所以可以说，爱情故事的一些元素也渗入了新兴的武侠叙事。不断互动以及互相渗透，构成了这些通俗文本的显著特征。

各种形式的曲艺表演文学，包括地方戏和说唱艺术，都是都市文化的重要组成部分。十九世纪的头几十年中，一位北京的居民可以很容易看到京剧表演；他也能在市场的娱乐场所中享受地方戏的演出，还有子弟书、鼓词以及其它形式的讲唱文学。如果识字或者稍稍识字，他还可以利用书铺或书籍出租服务，接触到流行的图书。书籍销售和流通途径的改善进一步刺激了当时都市文化的发展。在北京，书籍租赁行业蓬勃发展，更多的书籍（包括大量的抄本）通过这一渠道而加速转手传阅。一个店主在一本小说的题页上，写了一个读者启事，告诫租客小心用书，并且三天内归还，题写的时间是 1836 年。

喧嚣热闹的都市文化不只见于北京，而且在东北的沈阳、南边的广州以及江南的许多城市中繁盛起来。从十八世纪晚期起，越来越多新的小说作品通过商业途径发行；有一些包括清晰可辨的地方性指涉，它们的作者也深深地植根于地方文化当中。十九世纪初迅速发展的广州小说即是如此。跟大多数的清代小说一样，《蜃楼志》（1804）的背景设置在明朝，提供了一个受海外贸易影响的港口城市的当代生活全景图。新的机遇唤起无名的欲望和幻想，而又无可避免地导向毁灭和幻灭，这些早先小说里熟悉的主题，在新的时代语境中再度出现，不无暧昧和歧义。在《蜃楼志》里，年轻的主人公纵情声色，拒绝追随父亲的商场生涯，其父从

第四章 文人的时代及其终结（1723—1840）

海外贸易中牟取了惊人的暴利，但死的时候却贫困潦倒。不过，他也不想做贪婪险恶的税务官员。小说入木三分地塑造了崭新时代年轻浪子的肖像，也细致入微地描述了广州生活所有的细枝末节，其中包括海外贸易、金钱交易以及税关管理的弊端。到了扬州小说《风月梦》（1848），以及后来那部更精致、也更富于新意的以上海为背景的《海上花列传》（1894），对城市的不可抑制的迷恋，愈加彰显无遗。这两部作品程度不同地再现了当地方言，以此确认了它们的地方缘起和素材来源。它们也分别以自己的方式，捕捉到渗入地方社区并且重新塑造其风俗与人际关系的社会经济的巨大力量。在《风月梦》里，扬州的妓院是鸦片和外汇交换流通的场所，而上海则如同是经商和行乐的圣地麦加，在背景中隐约可见了。

　　伴随着商业的迅速发展，也出现了一些跨地域的读者群。有的小说作品一经刊行就变成了畅销书，当时的作家不误时机地做出回应，互相竞争。乾隆年末（1796），仅在程伟元、高鹗本的《红楼梦》进入市场大受欢迎之后五年，图书市场就推出了一部《红楼梦》续书，接下来的三年内又出现了几种。《红楼梦》续书的激增很快变成了一个全国性现象。它们出自几个不同城市的书坊，作者和出版者都很在意他们的竞争者，经常特意宣称自己续书的优越性，或者先发制人，对竞争对手可能的攻击做出自我辩解。他们都在争取相同的观众，即超出所在城市之外的巨大读者群。我在前面已经说过，《红楼梦》曾经以抄本的形式在数量有限的同代读者手中流传。深具反讽意味的是，程、高的一百二十回本一旦印行，《红楼梦》获得了曹雪芹做梦也想象不到的商业成功，而且还引出了一个续书产业。这一产业持续不衰，直到今天，在《红楼梦》续书的名义下，已经积累了百余部作品，而且数量还在增加。

"续书"是一个宽泛的概念，包含了从续尾、补写到戏仿等各式各样的小说写作。《红楼梦》早期续书的形式和目的不尽相同：一些作者声称他们的作品基于《红楼梦》的隐秘稿本，一些作者改掉了读之令人不欢的悲剧结局，还有一些更热衷于投射他们自己的幻想。这些作品的共同点是它们都超出《红楼梦》原来的结局，展示了别样的收场。为了支撑延长了的叙述，死去的人物要么起死回生，转世回到人间，要么作为仙人或鬼魂重访贾府。既有的情节经过了改造，外加的插曲应运而生。围绕《红楼梦》的续书工业如同是一道流水线，通过出产同一品牌的一长串产品而得以不断地自我延续下去。

　　《红楼梦》并不是第一部被不断重写或续写的小说作品。很多小说在十七世纪中期就经历了多次"转世"，而明清易代更刺激了续书的激增，以此来表达政治对抗、文化反思以及补偿性的乌托邦愿景。但是，《红楼梦》续书的兴起引起了新的小说续书浪潮，至晚清而登峰造极。与许多更早的续书不同，《红楼梦》最初的这些续书并没有显示出明显的政治关怀和颠覆动机。直到晚清，小说续书作者在回应日益加剧的时代危机时，才真正出现了政治化的倾向，甚至变得相当激进。

　　1877年，一本七十多年前写成的私人回忆录《浮生六记》首次付梓印行。此后的中国现代文人作家都对它称赏不已，它对爱情、婚姻和私人生活的真诚叙写，令他们耳目一新，也让他们从中看到了可以称之为萌芽状态的现代主体性和敏感性。但细读之下，或另有所见。《浮生六记》现存四记，每记一卷，依照主题而非年代顺序组织叙述，分别处理了作者生活的某一侧面：爱情、闲暇和文艺、厄运，以及旅行，彼此之间很少重合参照之处，哪怕时间上有所重叠。由于每记自成一体，前后不甚相属，这部回忆文字提出的问题远远多于它回答的问题。这部引人入胜的作品

第四章 文人的时代及其终结（1723—1840）

并非出自文人之手，显示了十九世纪初期日渐广阔的文化地平线。作者沈复（1763—？）来自一个中道败落的家庭，早年就放弃了科举。他在作幕和行商这两个职业之间频繁转换，一生都在不断挣扎着养家糊口。然而他却成功地把自己写成了一位具有文人品位，也像文人那样来生活的人。《浮生六记》使用浅近文言，文字质量高下不一，大量引述典故，行文也多有出处，因此将日常家庭和个人生活的叙述纳入了古典诗文的伟大传统。"记游"一卷表明作者有意识地将自己写进山水名胜的自然风景，这一风景由于历代文人雅士的诗文吟咏，也构成了人文风景的一部分。无论有什么不足，《浮生六记》并不乏精微老成之处和为文的自觉意识。沈复凝思诗歌、插花和盆景艺术，探索后者"周回曲折"的好处，如何"大中见小"、"小中见大"、"虚中有实"、"实中有虚"。他在写作自己的回忆文字时，也同样使用了这些手法。令人印象深刻的，是他行文之中弥漫着的抒情感伤。与许多同代的文人一样，他沉湎于对家园和田园诗般的宁静生活的向往，二者并没有像现实经历的那样，受到家族内斗和外部事变的暴虐袭扰。尽管不是文人阶层的一员，也未必拥有相同的抱负，他却有着与他们相近的心态。他的回忆文字也经历了《儒林外史》和《红楼梦》类似的命运，在他生前几乎完全默默无闻。

　　沈复的《浮生六记》也因为写出了妻子的兰质蕙心和聪颖谐趣而赢得了现代读者的青睐。她虽然没有受过正式教育，诗作也罕能终篇，但无心偶得，却时有可观之句。在这方面，作者显然受到了同时代另一个文化现象的影响，即当时日渐风行的闺秀文学。他很可能在《浮生六记》中投射了自己对女性文化的直接观察，因为我们知道，他的一个庇护人石韫玉就曾经因为奖掖闺秀诗人而享有盛誉。

闺秀与文学

过去二十年的学术研究已经勾勒出了明清时期女性文学的大致轮廓，不过，我们对这一时期女性文学的了解依然有限，因为留存下来的文本数量不多，而且女性作者的手稿似乎格外脆弱，不管是有意还是出于意外，往往难逃水火之灾。自十六世纪晚期开始，女性作者结集出版的例子已往往可见。这一潮流在十七世纪上半叶达到巅峰，此后渐呈衰颓之势。到了十八世纪的后几十年间，女性文学的浪潮又一次开始风起云涌，在十九世纪的上半叶蔚为大观。跟他们晚明的前辈相比，清代的女性作者在家庭背景、教育和经历等方面大同小异。晚明文化场域中大出风头的歌伎花魁早已消失殆尽，也很少有尼姑因文学才能而脱颖而出。当时多数的女性作者是江南地区的闺秀，大多来自杭州、苏州和南京一带，尽管随着时间的推移，她们的网络也显著地扩展到其它地区。这些女性来自乡绅和官僚家庭，夫婿也往往出于士绅之家，奔走于科场和仕途之上。跟以前一样，抒情诗仍是女性作者最喜爱的体裁，但新的疆域也有所拓展，她们开始把注意力投向戏曲和弹词这样的叙事体裁。弹词是一种通俗的说唱形式，与女性和她们的文学经验难解难分地联系在一起。一些闺秀作者甚至还致力于出版事业，为更多的读者编辑女性的诗歌和弹词。

这个时期的闺秀诗人一如既往地通过宴会、随意的聚会以及交换诗作和信件往来等方式，将家庭背景相似、志趣相投的女性同仁聚集起来，结成社团。她们常常得到家庭和家族里男性成员的支持，也获益于与当时知名文人的交往。大致在十八世纪的最后十年前后，一些著名的文坛人物以闺秀诗人导师的身份公开亮相，把她们吸纳为日益扩大的文人社群的成员。袁枚晚年退居南京随园时，接受了五十多位女弟子，为她们的诗集作序，并且在 1796 年出版了她们的一个总集《随园女弟子诗》。袁枚因为耳有所闻，或经朋友介绍，而结识了这些女诗人，其中有的人当时已经小有名气。袁枚的团体很松散，并非所有的成员都互相认识。其中有的人还跟陈文述（1771—1843）交往甚笃，他在杭州有三十多个女弟子，包括儿媳、汪端（1793—1839）和戏曲作家吴藻（1799—1863）。在苏州，一群女诗人围绕在任兆麟（活跃于 1776—1823 年之间）和他的妻子张滋兰周围，他们的作品结集为《吴中女士诗钞》，于 1789 年出版。很少有文学团体孤立运作或互相排斥，它们的成员有时游弋于这些团体之间，或者同时跟几个团体保持关系。而且这些互动中产生的诗集也囊括了不同的圈子、地区，还有不同时期的女诗人的作品。就此而论，这些诗集在培养女性诗人的群体意识方面扮演了重要角色。

  并不是所有的儒家士大夫都无保留地接受闺秀诗人。在浙东地区，女性文学并未广受赞赏，那里的重要学者章学诚（1738—1801）公然谴责袁枚"诱无知士女，逾闲荡检，无复人禽之分"，"乃名教之罪人"。又说袁枚此举后果严重，"遂使闺阁不安义分"，无视男女内外之别。这些女性让他想起晚明的花魁诗人，因为她们跟名人建立私人联系，并且通过写作出版而与阅读公众发生接触。然而这却使她们跨越了公与私的界限，她们的女性美德也因此陷入危险。虽然章学诚指责袁枚远多于他的女弟子，但他似乎也不看好她们的作品。他担心一些才情平平的闺秀会因为传播自己的作品而出乖露丑。

  尽管诗歌仍是中心，别的领域也有了新的进展。晚明已经出现了个别女性戏曲作家写的短剧，到清中期发展成了一个可观的潮流，尤其是在 1736 年至 1840 年这一阶段。闺秀着手写戏并不令人惊讶。她们的一些剧作读来如同加长的抒情诗篇，但戏曲手段和叙事形式也为她们协商自我呈现和表达创意想象，提供了更大的空间。女扮男装是女性戏曲中常见的母题，身着男装的女主人公在科场上春风得意。在王筠（1749—1819）的《繁华梦》里，女主人公走得更远：她梦见自己是青年才俊，不仅科举考试一举夺魁，还娶了妻子和两个妾。在独幕剧《乔影》中，吴藻把女主人公描绘成怀才不遇的失意书生。坐在把她画成年青书生的一幅自画像前，她一边饮酒，一边吟诵《离骚》，悲悼自己时运不济，命途多舛。这篇剧作先以抄本的形式流传，到了1825年，由一位来自苏州的男伶在上海的一家剧场首次登台搬演——这是这一时期女性戏曲作品搬上戏台的罕见一例。

到了清中期，戏曲写作已经在闺秀当中被广泛接受，但她们写白话小说还得等上很久。跟其它体裁相比，十八世纪上半叶及其之前的白话小说，似乎很少引起闺秀的持续兴趣。这一现象可以有一些现成的解释：白话小说不敢令人恭维的声誉；白话小说男性化的主题，包括出自史传和传说的朝代更替和军事冒险等等；还有白话小说程式化、非个人性的叙事修辞。有证据表明，闺秀读者往往对"才子佳人"小说发生兴趣。十八世纪最后十年开始广为流传的《红楼梦》，可以说是最受欢迎的一部长篇小说，此外就要算1815年首次刊印的《镜花缘》了，其中对才女形象的细致入微的描绘，对闺秀读者产生了难以阻挡的吸引力。因此或许并非偶然，第一部现存的女性作者书写的长篇小说是《红楼梦影》，即《红楼梦》的一本续书。这部作品于1877年首次在北京化名出版，但它的写作时间要早得多，详见本卷第六章。《红楼梦影》的作者直到最近才被确认是顾春（顾太清，1799—约1877），她来自一个失宠的满洲贵族家庭，后来嫁给贝勒奕绘为侧福晋，相当于妾的身份，奕绘则是清高宗的曾孙。

女性作者的叙事冲动在弹词中得到了最充分的体现，这在下一章会有详细的论述。需要指出的是，尽管闺秀作者经常提到女性如何"演唱"弹词,几乎所有她们自己的作品都可以归入书面文学一类,供人案头阅读而非口头表演。这是闺秀作者将她们的弹词作品与职业艺人所写所演的弹词作品区分开来的方法之一。更重要的是,她们意识到弹词是尚未被男性作者占领的疆土,她们写作这一体裁也没有受到那么多的传统制约。每部主要的弹词作品的后面都有一个女性群体,因为很多人参与了写作、编辑和传播的过程。有例子表明,一位闺秀会花大量时间抄写母亲的作品,然后把手稿当作嫁妆的一部分带到夫家。由于涉及女性生活的诸多方面,弹词作品也往往被视为人生经验、知识和智慧的宝库,在女性读者中代代相传。撰写一部长篇弹词无疑会是一个复杂而耗时的过程,也经常被打断或受到各种干扰,结果当然是虎头蛇尾,半途而废的情况也时有发生,或是由别的作者接续完成。往往写作还在进行当中,已经完成的部分就以抄本的形式在一个女性读者的小圈子里流传起来,她们的反应和建议又反过来帮助塑造了接下来的那些部分。在很大程度上,每一部弹词都可以视为是一个小圈子内部持续性对话的产物。在无穷无尽的话语的驱使和支撑下,许多作品看上去都似乎可以无限延伸,情节纠结复杂,高潮迭起,看不出结束的样子。作于十九世纪的《榴花梦》,长达五百万字,连堪称鸿篇巨制的长篇章回小说也瞠乎其后,无以望其项背。在不少情形下,这种对话从一个作品延续到另一个作品,因为相当多的弹词都是对已有作品的回应,续写和改写正是占主导地位的弹词写作模式。

即使粗略地看一下十八世纪末或十九世纪初的一篇弹词作品,就足以向我们展示江南闺秀交往呼应的一个巨大网络,书写是其中不可或缺的部分。陈端生(1751—约1796)的《再生缘》大概可以说是清代女性弹词的名篇了,可它却是更早一篇作品的续写。陈端生没有写完此书就过世了,后来由梁德绳(1771—

1857）续写完成。实际上，早在以手稿本流传时,《再生缘》就引出了续作和改写。作品间跨文本的互文关系肯定是个人作者之间，及其所属话语群体之间关系的自然延伸。尽管如此,《再生缘》还是因为生发出如此众多的续作，而显得出类拔萃。重写《再生缘》的最著名的作者是侯芝（1764—1829），她来自江南地区的书香门第。

没有任何一个作家比侯芝对弹词文学的影响更大了，尤其是她跟出版商合作出版了好几部弹词的写定本，包括一些因抄本流传而屡经变异的本子。作为一个编者，她还通过写作序跋而影响了对这些作品的接受。当然，侯芝不是第一位参与编辑出版的女性。早在晚明，闺秀就已参与结集、编辑和评点女性（有时也包括男性）作者的诗歌。十八世纪末和十九世纪初出版了更多的女性诗集，在大多数情况下，这些出版物都是家刻本，偶尔才流入市场。不过，到了这个时期，坊刻和家刻的界限已经不那么泾渭分明了。一些家刻的诗文集，尤其是重刻本，也往往落入一般读者的手中。

侯芝确实比同时代的闺秀作者走得更远，因为她在寻找参与公共领域的新的途径。遗憾的是，她对商业出版的短暂投入，对女性文学生产并没有造成长久的影响。闺秀从来不是写作商业化过程的真正参与者，更谈不上是获益者。她们仍大体依赖于文人社群的基础设施，而这一基础设施在接下来的一些年间，将随着社会文化的急剧变迁而土崩瓦解。二十世纪的女性作家诞生于现代化和商业化的剧烈震动之中。她们并不认为自己与过去几个世纪的闺秀作家有什么共同之处，更不会以她们的后继者自居。这些二十世纪的女作家全神贯注于现代西方的文学体裁，对弹词知之甚少，或者视之为过时的形式，而弃置不顾：弹词所代表的正是她们急于否定的落后遗产。

第四章　文人的时代及其终结（1723—1840）

巩固文人文化：前景与挣扎

十九世纪上半叶，文人士大夫深深地介入了当代的思想和学术话语，因此也很难把他们的文学追求分离出来，做孤立的考察。早在乾隆时期，思想学术话语的主流就被重新定向并得到了强化，这些调整的更为全面的意义，只有在接下来的这个时期，才变得愈加明显起来。

统领了乾隆时期学术讨论的考证学，依然是这一时期居主导地位的潮流，直到1850年代太平天国起义摧毁了江南学者群体所赖以存在和发展的基础设施。考据学标志了一个学术范式的转换，催生并维系了对事实知识和文本研究的兴趣，从而把文人的学问拓展到了尚未经过系统考察的领域。它的影响如此广泛，即使是反对其纲领的学者，在进行学术或思想探索时，也无法不涉及某种形式的文本和语言研究。而且，就像之前指出的一样，没有考据学派及其所催生的学术气氛，以博学和知识见长的乾隆时代的文人小说也就无从产生。考据学者推进了以客观主义和怀疑主义为特征的一个新的视野，因为他们的学术挑战了理学所依赖的儒家经典的文本基础。但是这一导向往往在考证实践中被遮蔽或变得模糊不清了，因为一些考据学者醉心于细节而忘记了关键问题。确实，有一些学者已经担心考据学越来越脱离价值、意义和政治现实。他们也怀疑考据学会变得琐屑、破碎和无关紧要，如果它完全无法给出这个危机日甚的儒家国度所迫切需要的一个规范性和建设性的前景。

此一时期具有持久重要性的思想和文化探索，主要来自两个源头：今文经学，也称为公羊学，它在1770年代开始复兴；还有就是桐城派，它在十九世纪早期和中期对政治家和文人产生了新的吸引力。这两派的区别再明显不过：前者基于对儒家经典的阐释，后者则肇始于一种古文风格。它们都起源于地方，但最终却产生了全国性的影响，以各自的方式发展成为对当代事务涵义深远的思想和知识话语。

公羊论之所以得名是因为它源于《公羊传》——依附于儒家经典《春秋》的一个解经文本。公羊学者并没有依照字面的意义，把《春秋》当作编年史来读，而是把它读成了一部圣书，包含了儒家体制、哲学和宇宙论所建立其上的一套完整密码。在庄存与（1719—1788）、刘逢禄（1776—1829）和其他常州学派学者的引领之下，公羊学在乾隆朝历经复兴，并且逐渐演变成为一种政治哲学和一个完整的世界观，如当代学者汪晖所说的那样，试图以此解决当时急迫的政治文化问题。这一复兴的公羊学关注清帝国的合法性，以及它所必须承受的历史变迁。它提供了一个理论框架，用来处理清帝国内部民族和地区的冲突，以及协商帝国与新兴的民族国家和西方帝国主义之间的复杂关系。对当时的公羊学者来说，关于《春秋》有两个神圣不可冒犯的假设：第一，它提供了合法性的终极来源——现代宪法的古代对应物——所以它构成了他们声称的儒家普世主义的基础；第二，它对东周（公元前771—前256）历史的部分记述提示了一个规范模式，可以用来衡量和评价现实，但又有足够的灵活性，去介入历史变动的实际过程。1850年代，常州所在的江南为太平军攻陷之后，广东和湖南的士大夫在介入时事方面取得了思想上的领导地位。没有谁在详述儒家的普适性方面能与康有为（1858—1927）相提并论，他是一位来自广东的公羊学者。他的文章《孔子改制考》（1897—1898）被弟子梁启超称为"火山大喷发"和"大地震"，撼动了整个帝国。在这篇文章中，他把孔子写成了一个伟大的先知和改革者，给出了堪比现代西方思想家的天才想法。康有为从1884年开始写作《大同书》，此后不断修改，直到1902年完稿（尽管完整

第四章 文人的时代及其终结（1723—1840）

的版本要到 1935 年才得以出版）。这本书幻想了一个包罗万象、被康有为本人称为世界管理的乌托邦景象。立足于儒家的核心价值，康有为的乌托邦容纳了大量的现代欧洲哲学、科学和制度，但最终的驱动力来自一个宏大正义的理想体制，这一理想体制据说可以超越欧洲资本主义和中央帝国的王朝史。充满了矛盾和内部张力，这个宏大的愿景检验了公羊派综合来源迥异的古今思想的最终限度。尽管它看上去超现实而难以置信，康有为的理论与社会政治实践却是不可分割的，也为他本人参与的 1898 年的改良运动提供了直接的推动力。

这一思潮的基调在当时的文学和文学话语中获得了强烈的共振效应，因为后者以其尖锐的政治敏感和深远的历史视野而引人瞩目。除了刘逢禄和公羊学的同仁之外，其他的常州作家，如张惠言（1761—1802）和洪亮吉（1746—1809）也都十分关心时事，同时致力于诗词、古文和儒家经典（包括《春秋》）的研习。张惠言作为常州词派的奠基者而知名，着力在宋词中读出隐喻，并以此来揭示其深层寓意，尽管这一体裁跟女性的口吻和感受密不可分。这一努力由周济（1781—1839）发扬光大，他写了几篇有影响的文章探讨这个话题。作为一个造诣深厚的诗人和词家，周济不仅详述了张惠言的阐释方法，还强调了"历史"在领会宋词时的重要关联。除了以寓言的方式阐释诗词，他对历史的强调也明显受到了公羊学传统的影响，尽管他对历史的关注经由了个人经验的中介。

1819 年，龚自珍（1792—1841），一位二十八岁的诗人和学者，刚刚第二次殿试失利，在北京遇到了刘逢禄，他后来声称自己当即就成了刘逢禄的追随者。接下来的一些年间，他对公羊学的贡献逐渐获得了康有为和其他人的承认和赏识。公羊学对龚自珍的影响还不止于观念和学问，许多年后，在解释他词作中一再出现的主题时,龚自珍又一次指向了公羊学的理论话语。当然,把他的诗词作品描述成刘逢禄的政治哲学和历史省察的形象图解,那不是误导,就是过于简单化了,但公羊学肯定给了龚自珍一个稳定的时空框架,使他能够由此而在诗歌和其它文体的写作中,为自己和中央帝国定位。他对公羊学的研读使他确信自己生活在一个衰世,但持此宿命论的观点并没有妨碍他积极介入政治和学术。龚自珍花了很多时间研究舆地学,提出过有关开发西北的政策,用以制衡他所见的来自海洋的欧洲威胁。他与后来在鸦片战争中扮演了关键角色的两广总督林则徐往来甚密,甚至还向林建议如何处置与西方列强迫在眉睫的冲突。龚自珍一方面决意抵消西方的打击,一方面又同样强烈地批评帝国的内部政体,以及窒息个人创造性和想象力的高压环境。在题为《己亥杂诗》(指的是1839年)的三百多首绝句里,他毫不费力地将笔触从精神的自由漫游、私人生活的困扰,延伸到国事的衰变,以及帝国注定的厄运,让人想到晚年杜甫的先例。绝句作为诗歌体裁很难承载龚自珍己亥组诗这样的视野、能量和悲剧性的壮丽。尽管组诗中充满了世纪末的情绪,他却又投注了巨大的热情,在历史的灰烬中重新唤起"少年精神"。在此后的民族主义和革命运动的历史语境中,人们会将他的作品解读成对新的时代和新生的民族国家的呼唤。龚自珍的文学和思想潜力因他四十九岁的意外死亡而中断,但他毕竟活着看到了鸦片战争。尽管他已经感觉到这个世界正在他的脚下一点一点地坍塌,他却并没有伸展双臂去拥抱那个即将到来的时代。

　　公羊学于乾隆朝的后期在常州复兴之前,桐城派的古文已经在安徽桐城确立了稳固的地位。桐城派的主要代表者姚鼐(1731—1815)在回溯的视野中创造了该派的谱系,通过方苞(1668—1749)进而追溯到晚明的归有光(1507—1571),并将后

第四章 文人的时代及其终结（1723—1840）

者视为桐城派的始祖。桐城派的方针不断因环境的变化和新的需求而做出调整和改变，但其要旨基本一致。为了召唤和动员大多数士人，巩固他们的共同的群体意识，桐城派把文学与理学的核心价值联系起来，并且和与之竞争的其它派别交涉协商，在此基础之上，他们发展出了一个无所不包的话语。在宣扬古文作为义理载体的时候，桐城派学者甚至上溯到韩愈，因为他在中唐古文复兴运动中起了至关重要的作用。但他们在强调写作对作者道德修炼的重要性上，又比唐代的先贤走得更远，他们把桐城派跟宋代理学联系起来，后者是官方认可的伦理哲学，其权威性已经被流行汉学的文本考证所削弱。不过，赞成宋学并未导致姚鼐去否定汉学，尽管他对汉学的日渐增长的重要性，及其实践者的纲领也不无保留之意。在义理之外，姚鼐还十分强调考据和辞章，详述了一个完整的大纲，可以用来分析古文的格调、文理和修辞手法，包括"阳刚"和"阴柔"的平衡互动，以及"气、味、声、色"等诸多元素的适当组合。他想把文学形式和风格等有关方面变得像考据学的指导方法一样显见易学。

　　桐城派在构造其自身理念及其表述时，积极回应流行话语的风格和模式，因此也变成了其它派别为自身定位的重要的参照点。很多同时代的文学实践和理论都可以通过它们与桐城主张的协商或对立来解释。比如说，为了提供不同于桐城古文的另类选择，一些作家专攻骈文，即定义了六朝风格的介于诗文之间的一种文学体裁。指责桐城古文过于平淡僵硬，他们书写华丽的骈文，笔下流淌着抒情的旋律，也饶富出处和典故。这一时期，骈体文集接二连三地出版问世。其中《骈体文钞》篇幅宏大，收录了战国到隋朝的七百七十四篇作品。编纂者李兆洛（1769—1841）是阳湖派的一员。阳湖派是在桐城派的影响下兴起的，但又通过接纳被忽视的文学体裁而试图超越它。阳湖靠近常州，阳湖派的成员中还有张惠言,即我们前面提到的常州词派的创始人。

这个时期桐城派的流行很大程度上归功于姚鼐这样一个多面手。他进士出身,既是国家精英又是地方乡绅;他在北京任职,还参与了《四库全书》的编纂。他的交际网覆盖全国,其中包括袁枚和其他杰出人物。或许最重要的是,他还是一位知名的编者和教师,充分利用了商业出版和私家书院的制度框架,来扩大他本人的作品和桐城派的影响。他的《古文辞类纂》是一部划时代的文集,重新界定了古文的体裁类别及其历史。姚鼐在学术和教育方面都同样成绩斐然,他一生的后四十年专心著述,此外就是在扬州、南京及其它地方的私人书院中授课讲学。桐城派的古文跟他的弟子一样广为流布。

十九世纪五十年代,地方精英在全国舞台上的崛起,又一次成全了桐城派。曾国藩(1811—1872),一位来自湖南的地方精英和政治家,重新阐释了桐城传统,并将其纳入了他文化复兴和政治救助的宏大计划。曾国藩是理学教育的产物,也是儒家礼仪风俗规训下的地方社会的成果。在四大书院之一的岳麓书院学习一年之后,他接下来按部就班地参加科举考试,先后通过了乡试和殿试,得到了翰林学士的头衔。1852年,太平军打到了他的家乡,曾国藩站了出来,动员地方的年轻人,并组织他们抵抗入侵,那时朝廷的军队士气低落,准备不足,已经做不出任何有意义的抵抗了。仅就平息太平军而言,没有谁起到了曾国藩这样的重要作用。曾国藩在平乱之后,迅即解散了湘军,但他的成功也标志着地方武装的开始,一些历史学家断言,这最终导致了清帝国和民国初期地方军阀割据的混乱局面。然而,这一次军事胜利的直接结果,是迎来了一个改良的时代,许多地方精英进入了国家政治的核心并开始了一系列体制改革。例如,曾国藩在1865年提议创建江南制造局。两年后,又增设了同文馆,即第一个翻译西方

第四章 文人的时代及其终结（1723—1840）

科学和机械工程著述的政府机构。由于他不懈的努力，清政府在1872年开始保送学龄男童到美国学习西方现代科学技术。毫不奇怪，曾国藩在桐城派的宗旨里加入了"经济（经世济国）"一项，包括管理新兴的现代制度和组织。他还把志趣相近的精英如李鸿章（1823—1901）和张之洞（1837—1909）聚集在自己的周围，以此来确保改良大业在他身后能够后继有人。

正像他同时代的公羊学者那样，曾国藩认为儒家之"道"具有内在的活力，能够适应多方面的变化，并调和各种不同的需求。他对现代科学、新制度以及职业教育持开放的态度，但同时又毫不动摇地坚持儒家的核心价值和经典的人文教育。因此，他对桐城派的赞同就不难理解了：桐城古文的课业以其折中的特性和包容性的视野，提供了进入士人文化整体宝藏的方便通道。更重要的是，桐城派坚持理学家的义理观念和自我修养，它的课程也因此构成了人文教育的关键部分，以儒家文明基础上的人格塑造和道德意识的培养为终极旨归。从这个意义上讲，桐城派话语的确为曾国藩提供了传播儒家基本品质所需要的东西，这些品质对于复兴士人文化来说，是必不可少的，尤其是在当时，儒家士绅正面临内外交加的严峻考验。

由于他的威望和全国性的影响，曾国藩为桐城派带来了新生。这一遗产在严复（1854—1921）乃至林纾（1852—1924）那里得到了延续，他们都因为从事西方政治哲学和文学的译介而闻名于世。在他们的手中，古文显示出对各种不同文化宗旨的非同寻常的承受力和适应性。在十九世纪晚期，汉译西方科学、思想以及小说大多采用了古文的形式，这一形式在受教育的读者中一直流行到了二十世纪的二十年代。严复和林纾是多产的译者和作者，在传统士大夫文化和现代西方文化之间起了重要的中介与调和的作用。他们认为价值至少部分地来自本土传统，而不是完全来自西方文化。林纾特别善于跟现代市场合作，看上去也相当适应政府体制（包括新的民国教育体制）和非官方的组织机构。以这种方式，他们结合了传统知识分子的理想主义和现代"有机知识分子"（借用葛兰西的术语）的事务性精神，对新科技和现代制度也并不陌生。这一思想潮流并不主张革命或者完全否定本土的文化传统，因此代表了通向现代性的一个具有内在活力的文化运动，但往往被排除在中国文学史和思想史的标准叙述之外。

尽管桐城派和公羊学都乐意接纳新兴世界所带来的变化，他们对二十世纪现代中国文化的贡献却通常被一笔抹煞，而他们本人也在1919年的五四学者的攻击中被妖魔化了。正像本卷第六章所要讨论的那样，五四运动的领袖把自己呈现为中国现代性的唯一合法的代言人，从而将桐城派的古文家和公羊学者都归入了无从救赎的过去，与之密切相关的是那个已经死亡了的文言世界，和无可救药的向后看的儒家世界观。

（熊璐、陈恺俊译，商伟校改）

第五章
说唱文学

伊维德

引言

  大多数中国文学作品都会让历史学家感到兴奋。中国精英文化从一开始即执迷于精确记录日期，使得编年体成为一种最为普遍的历史书写模式。儒士与佛僧均对这种书写方式充满热情，他们在书籍的题名、序跋中留下了丰富的历史讯息，让我们得以确定作品编撰和刊刻的时间。这些丰富的史料也有助于我们了解精英文人的生平和行止，让我们能够按照时代为序来呈现中国文学的面貌。然而，此种方式隐含的风险在于，对那些无法确定时代的文学作品将有失公允。如果这些作品属于重要的文学类型，按照惯常做法，它们与作者（如果可知的话）将被插入编年体叙述之中，而且通常会比严谨的学术论证能够断定的时代略早一些。如果它们属于尚未获得权威地位的文学类型，便将处于永被遗忘的境地。数量庞大的各类说唱文学作品（prosimetric and verse narrative）正遭受了如此的命运，其中包括草莽英雄、才子佳人、宗教信徒及公案传奇等故事。这些作品大都成书于明清两朝，但直至二十世纪初期才刊印出版。绝大多数作品的作者难以断定，即便是极少数确知作者的作品，也难以确认它们创作或初次刊刻的时间和地点。因此，本章在讨论这些材料时必须摒弃编年体的呈现方式,尽量按照体裁和主题进行叙述。

中国文学史常常认为这些作品是"民间文学"(folk literature)众多类型中的一种。从宽泛的含义来说,"民间文学"有时是游离于精英文学传统之外的所有书面和口头文学的通称,这些作品也不属于汗牛充栋的佛教或者道教文学经典。就广义概念而言,民间文学应该包括所有的戏曲和白话小说,尽管自十六世纪以降,精英文人参与创作、修订了很多戏曲、小说作品。这一词汇更具意义的用法,是将"民间文学"限定为"口头文学"(oral literature)。传统中国书写文化高度发达,同时又拥有大量文盲人口,在这样的社会中定义"口头文学"是十分困难的。尽管如此,我们仍能断言,比例高达百分之八十的文盲中流传着大量的民歌、传说、谚语和笑话,特别是在西部和北部的乡村。出于自身特点,二十世纪科技出现之前的口头文学已经永远地消亡了。就算具备了这样的技术,我们依然不得不对现代学者的工作怀有疑虑,因为他们常常认为有义务"改进"自己研究和出版的材料。古代中国的情况更是如此,因为将口头材料转化为书面形式需要一个受过儒家基本文献熏陶的记录者,他可能是识字不多的农夫,也可能是宗教、礼仪、医学或者军事方面的专家;他可能是职业优伶,也可能是通过了初级科举考试的文士。如果我们断定这一庞杂群体的身份为"人民群众",或者判断他们都具备"反精英"意识或农民世界观,是将问题过于简单化了。而且,我们并没有任何理由相信这些人会忠实地记录口头材料,他们中有人同样具备文学创造力,常常自己编撰用于表演或者阅读的作品,很可能在他们所记录的故事中加入自己的发挥。一些学者将大量地位低下的、无名氏创作的文学作品称为"俗文学"(popular literature),以便与文人文学(literature of literati)相区分。我倾向于使用"俗文学"而非"民间文学",并区别于"通俗文学"。后者亦被视为"大众文学"（mass literature），尤其是当它被用于二十世纪的文本语境中时。尽管俗文学的创作遍布全国，具体文本的流传则常常局限在当地。与之相比，大众文学出现在现代印刷技术和印刷业发达的时代，为数不多的印刷公司（主要位于上海），能够大量地印制文本，销售给全国的读者。

在明（1368—1644）、清（1644—1911）两朝，俗文学作品从未被认为是文学，充其量被视作一种娱乐。俗文学作品被广泛地阅读，有些时候甚至在各阶层观众前表演，但它们物质形态的文本存世几率却微乎其微。这些文本抄写或者印刷在廉价的纸张上，被反复阅读直至支离破碎。学者们无意收藏这些作品，就算他们确有收藏，也不会将之列入藏书书目。令人惊奇的是，十八世纪和十九世纪的最大一批北方俗文学藏品竟然被保存在故宫和北京蒙古车王府中。五四运动之后，在刘复（刘半农，1891—1934）的努力下，中央研究院购买了一大宗藏书，对这类材料的系统收集整理工作才正式开始。现代学者随之开始研究和出版这批资料。他们的进展被1930年代的政治动荡和太平洋战争所中止。1949年，中央研究院与这批藏书一起随国民党政府迁至台湾。在二十世纪剩余的时期内，保守的政治气氛使得这一领域的研究归于沉寂。1950年代，中国大陆出版了一系列相同主题下的不同文本，如岳飞故事、白蛇故事、梁祝故事、孟姜女故事，但出于对这些文本的未知文人作者的不信任，相关研究转向了乡村口头文学与现存曲艺传统。曲艺中包括歌唱、相声及说唱等各种形式的表演。同时，出于为社会主义改造服务的目的，人们试图对这些表演类型的曲目进行现代化改编。在"文化大革命"（1966—1976）期间，曲艺的表演和研究都被斥为封建迷信残余而被迫中止。近几十年来，对各种俗文学的研究兴趣有所复兴。逐省记录和出版各类传说故事和民歌的大型研究计划正在进行之中。以车王府藏抄本的整理为开端,主要的藏书都已影印或者点校出版,最新的目录也陆续编撰出版。但除个别作品之外,对某一特定类型的说唱文学更为深入的研究依然稀见。相对于这一领域大量的一手材料而言,学者的投入是极为有限的,分布也很不平衡。在这样的背景之下,我们只能对说唱文学进行初略介绍。

I 早期的叙事诗、变文和诸宫调

各种类型的书面俗文学或多或少都与同时代用于表演的叙事传统有关。讲故事的冲动或许出自远古人类的天性,但是,将口述故事转化为文学形式则是十分晚近的现象,在不同文化中情况各有不同。在中国,文学传统起源自抒情诗,而非史诗。虽然《诗经》中确实保存了一些叙事诗,它们共同讲述了周王朝的起源、发展和建国的过程,但这些诗歌并非以一个系列的整体形式出现,与古希腊和古印度史诗相比,它们的叙事过于简略。中国文学缺乏史诗传统的现象,一度被溯源于中国文(类型/秩序)重于武(战争/暴力)的传统思想,以及骑士阶层的缺失。这种解释不足为信,因为春秋战国时期连年征战,那时中国的"士"更接近于"战士",而非日后的"文士"。司马迁(约公元前145—前86)在《史记》中记载了多个著名的系列故事,如重耳的游历与苦难、伍子胥的逃亡与复仇,以及赵氏孤儿的幸免于难与家族复兴,如果与早期文本如《左传》、《国语》中记载的相同故事进行对比,我们或许可以推论出这几个世纪中中国确实存在着口头史诗传统。司马迁并非简单概述了已有的文字素材,而是对一代代人口耳相传中的原始材料进行了重新编排。他在书中写道,他的一些素材是通过询问地方耆老搜集而来的。

第五章 说唱文学

公元三至五世纪为我们留下了数量众多的长篇叙事诗。其中篇幅最长、最广为人知的是《孔雀东南飞》。它讲述的是一对夫妻因婆母施压被迫分离，最后双双自杀的故事。傅汉思（Hans Frankel）已经指出这首诗起源于口头创作，并认为当时流行着许多这一类型的诗歌。实际上，干宝（卒于336年）在《搜神记》中对当时流行的传说做了简短的记录，曾提及与某一传说相关的"歌曲"依然流行。《孔雀东南飞》通篇以五言写就，一些篇幅较短的诗作也是如此，例如归于蔡琰（约178—206年之后，另一种说法是约170—约215）名下的《悲愤诗》。在此后的几个世纪中，七言诗句成为说唱文学首选的韵律形式。它一度被统称为"词"，但在本文语境中应该翻译成为"歌诗"（ballad verse）。"词"更为普遍地用于指代一种句式长短不一的歌曲类型，英文中一般译为song lyric。公元三世纪初，七言诗句就开始用于抒情诗中。后人曾指出，诗人曹植(192—232)能"诵俳优之词数千言"，说明职业优伶用词叙事。七言诗句也是文人创作长篇叙事诗时更为偏爱的体裁。白居易的《长恨歌》、《琵琶行》及韦庄的《秦妇吟》可谓唐代精英诗人最为著名的诗作，都是以七言形式写成的。与敦煌抄本中发现的无名氏所作季布诗相比，这些文人创作在遣词造句上更为短小紧凑。明代之后，使用七言诗句创作的叙事诗一直是俗文学的主要组成部分。

上卷第四章中谈到，敦煌变文主要以韵散结合的形式写成。宣卷、讲因果等直接宣扬佛教的文学类型有时采用并不押韵的六言诗句，变文则通常只采用七言诗句。七言诗句成为后世说唱文学所广泛接受的形式。梅维恒（Victor Mair）坚持认为这些说唱形式起源于印度。公元二世纪之后，越来越多的佛经在中国翻译、流传，尽管经卷采用说唱形式，但是偈赞通常是不押韵的。中文译者仿此而行，避免用韵，常以四言或六言来代替五言诗句。从中文的角度来说，变文对说唱形式的发展并非是对佛经的简单借鉴，而是对其原有形式的改进。因为在中文中，押韵与否更为明确地区分了韵文与散文。文本的书写形式进一步证实了佛经和变文之间的密切联系：中国诗歌在书写中并不分行，变文则遵从佛经的形式，韵散区分，韵文诗行之间相互间隔，从而有利于人们进行背诵和说唱表演。

在西方传统中，叙事作品通常只以韵文或者只以散文的形式写作，只有极少数文本采用韵散交替写作的方式，拉丁文中称之为说唱（prosimetrum）。其中一个例子是中世纪法国的《乌开山与倪高来情史》（Aucassin et Nicolette），它自称为"吟咏"（chantefable），一些现代汉学家因此借"吟咏"一词来形容中国传统的说唱文学。这个词语的优点在于，它近似于现代汉语中的新词"说唱文学"和"讲唱文学"，这两个术语都是"说与唱的文学"之意，因此强调的是表演而非文本。然而，这两个中文术语同时也包含了其它说唱文学类型。

在唐代（618—907）乃至接下来的一千年间，敦煌变文是中文世界更为广泛的说唱传统偶然得以保存的例子。可惜的是，记录北宋（960—1126）京城开封和南宋（1127—1279）京城杭州日常生活的笔记资料太少，关于职业说书人的信息有限，不足以让我们对其表演形式做出肯定的论断。不论故事的题材如何，笔记中记载的大多数表演者很可能是以散文的形式讲说故事。一本晚期的笔记中提到"弹唱因果"，表明敦煌文学中的这种说唱类型至少在十三世纪尚有留存。另一种笔记对比了涯词和陶真，前者的听众更有修养，后者的听众则较为俚俗。这表明当时存在着不同类型的说唱形式，每一种都拥有自己的观众。但除此之外，我们无法获知更多的信息。

十二至十四世纪之间唯一有文本传世的重要说唱文学形式是

诸宫调。据记载，诸宫调由孔三传在十一世纪晚期首创。这种形式的韵文部分并非由规则的七言组成，不采用简单重复的曲调，而是使用了一种富有变化的宫调联套，每段曲词都与前一段曲词采用不同宫调中的曲牌，诸宫调因此得名。这些不同宫调的曲词多以三行七言诗句作为尾声。现存最早的诸宫调文本《刘知远诸宫调》可能创作于十二世纪中期，仅存的残篇显示，它的大部分韵文只有同一曲牌的两段曲词外加一支尾声。这篇诸宫调讲述的是李三娘抵抗住种种再婚的压力，对长年杳无音信的丈夫刘知远保持忠贞的故事。妻子忠诚于长年失去音信的丈夫，这一主题在一些敦煌变文中已有所涉及，在后世说唱文学作品中亦频繁出现，对女性读者尤其具有吸引力。唯一得以完整保存的诸宫调作品是董解元的《西厢记诸宫调》。它创作于1200年前后，现存有十六、十七世纪的多个版本。在这部作品中，很多韵文段落包含了数支曲子和一支尾声。这个文本不仅为王实甫改编的戏剧作品提供了基本剧情，而且成为才子佳人爱情故事的鼻祖。诸宫调中最为晚近的文本是残本《天宝遗事诸宫调》，讲述玄宗皇帝与杨贵妃的故事，由王伯成在十三世纪后期创作而成。这篇作品韵文部分的套曲形式与同时期的北杂剧极为类似。对于表演者演唱和音乐能力的高要求使得诸宫调成为职业说唱领域中的阳春白雪。诸宫调极富文学造诣，尤其是董解元和王伯成的作品，将讲唱的形式与讽刺社会的宗旨相互结合。身份高贵的男主人公因爱情而失魂落魄，遭人嘲弄。虽然在此后几个世纪中，其它几种不同类型的说唱形式也具备音乐曲调的变化，但没有任何一种能够达到诸宫调音乐的复杂程度。直到十三世纪之后，戏曲音乐的复杂性方与之差可比拟。明朝前期，宝卷和词话等文体的韵文部分再次使用了整齐的七言句式。

　　诸宫调之外，我们还有另外两种说唱文学类型。鼓子词以散文进行叙述，夹杂着旋律单一的歌曲。这一类型有两种文本存世，其中之一是赵令畤在十一世纪晚期根据元稹（770—831）著名的《莺莺传》故事改写而成的，创作的部分意图是纠正当时较为流行的通俗版本。第二种类型是"货郎儿"，唯一的例子保存在无名氏所作北杂剧《货郎旦》中。此剧最后一折讲述货郎儿之妻用"货郎儿"曲牌，说、唱交替地叙述她的悲惨生活，借以谋生。"货郎儿"每次重复，文词都有所不同。在其后的几个世纪中情况依然如此，篇幅较短的歌谣与篇幅较长的说唱文学同时并存。

II 早期的宝卷和道情

以目前所知，明代文人对于职业说唱的点评仅限于对"盲词"的概述。这让我们难以了解十四世纪之后留存的几种盲词文本的产生背景。我们掌握的信息量最为丰富的说唱类型是"宝卷"。"宝卷"或许是直承佛僧变文而来，在数个世纪中保留了它们最为突出的宗教性质。比如，保存在山西博物馆的《佛说杨氏鬼绣红罗化仙哥宝卷》，据称是1212年金朝宫廷刻本在1290年的重刻本。它讲述了一个复杂的故事。唐代，富裕的张氏夫妇膝下空虚，祈求上苍赐予一子。儿子化仙哥诞生之后，他们却忘记向天神还愿。于是，在化仙哥三岁时，天神将其灵魂摄走。妻子杨氏在接下来的三年多时间中为天神绣了一幅精美的神像，作为迟来的供奉。（对女性刺绣和纺织技艺的细致描写成为后期说唱文学的显著特点。）孩子还魂了，但天神的四兄弟都希望获得类似的刺绣，又摄去了杨氏的魂魄。化仙哥的父亲再婚之后，恶毒的继母企图毒死化仙哥，却误杀了自己的亲生子。化仙哥最后娶公主为妻，并从监狱中救出父亲。十二年后，杨氏完成刺绣并复生,与丈夫和儿子团圆。有学者出于故事的复杂性等原因,对文本的刊刻年代提出质疑。然而,这个故事很早就已经流行了,这是毫无疑问的,十六世纪的小说《金瓶梅》已经提到过它的表演。迟至二十世纪下半叶,改编自这个故事的宝卷仍然在甘肃西部流传。宝卷一直在宫廷中拥有听众,目连地府救母传奇的一个精美残抄本可为佐证,这个抄本是在1368年溃败后回到北方草原的蒙古宫廷中抄录的。在此后的几个世纪中,宝卷曲目中的目连故事一直受到喜爱。其中一个文本包含了目连的祖父和父亲的故事;另一个版本则包括了目连转生为叛军领袖黄巢和一个屠夫的故事。

十五、十六世纪之后,新兴宗教的宣教者用宝卷来宣扬教义。他们应宫廷女眷和宦官的索求,常常刊刻精美的版本。宣教宝卷后来常被分为"品",每一品由同一流行曲牌的一首或多首曲子组成,通篇大量使用以十言句式写成的赞。对这样的作品,文学研究者显然不如宗教学者们兴趣浓厚。但某些作品除外,如罗清的《五部六册经》中保存了大量自传性史料。这些教派的宣讲往往涉及无生老母,她期盼着沉沦苦海的人类孩子回归故乡。佛教僧侣们认为宝卷是一种普及经文的工具,但是对这些新兴宗教而言,宝卷本身就是经文。清朝时,宗教活动日趋处于严密监控之下,朝廷积极地访查、禁毁这些宗教作品。

《香山宝卷》是一篇叙事宝卷,据称是非常早期的作品,讲述了观音菩萨转生为妙善公主时期的故事。序言说该宝卷由杭州天竺寺普明禅师在1103年编撰而成。尽管这种说法不足为信,但据我们所知,妙善公主的传说确实是在这一时期传入杭州的。重要的是,《香山宝卷》将自己归为"说因果"而非"宝卷"文本。正如敦煌文学中的说因果故事一样,文本中的宣讲僧和听众再三向菩萨祈求庇佑。这表明现存的《香山宝卷》很可能源自一个在南宋依然表演着的"说因果"文本。无论它的实际创作年代究竟为何时，根据十六世纪初期的一则史料，这个文本在十五世纪后期就已经存在了。然而，现存最早的刻本刊刻于1773年，十九世纪和二十世纪的众多版本都是缩略本。

全本和缩略本中都保留了基本相同的故事情节。西域兴林国王妙庄膝下有三女，但无男性继承王位。他决定为女儿择婿以壮大皇族，却被小女儿妙善严辞拒绝。妙善希望通过修行逃离生死循环，跳脱人间苦海。她不为父母的请求所动，成为白雀寺的一名学徒。白雀寺主持奉行谕旨，让妙善的生活异常悲惨，以便促使她迅速返回王宫。公主得神相助，完成了分派给她的所有不可能完成的任务。国王大怒，下令将寺庙毁之一炬。于是公主口吐鲜血，化为雨水，浇熄火焰。她被视为罪犯押解回都，即便面对即刻处死的威胁，她也没有改变自己的意志。妙善在行刑后游历地府，但因打断阎王断案，搭救了所有囚犯而被迫离开。重生之后，她被带到香山，在此迅速悟道。与此同时，她的父亲正被恶疾折磨。这一段描写堪称世界文学中最令人恶心的章节之一。一名神秘的僧人告诉他，只有心中无恨者自愿献出双手、双眼，他的疾病方可得以痊愈。国王答道，这样的人无处可求。僧人于是建议他寻访香山大仙。在奇迹般地得以痊愈后，国王立刻前去拜访大仙表达感谢，王后意识到眼前这位无眼无臂之人正是他们的女儿。国王充满悔恨地向天祈求，妙善于是恢复她最初的美貌，随后变身成为千手千眼观音。1773年刊刻的全本中还包括一些反教的片段，明显与海中小岛普陀山成为圣地这一流行现象有关。后出的缩略本则试图在宝卷和观音崇拜的经典文献《妙法莲华经》之间建立联系。这个改编后的文本适宜在二月十九日观音生日时进行讲唱。现存还有一个十七世纪的妙善传说改写本，在流传中有时就以《香山宝卷》为名。

另一篇盛行后世的早期宝卷讲述了黄氏的故事。小说《金瓶梅》中，一名女尼拜见西门庆嫡妻吴月娘时曾经简单讲述过该故事。黄氏生来虔诚，以背诵《金刚经》为乐。她嫁给一个屠夫并育有一子一女。黄氏奉劝丈夫放弃罪恶的屠杀，却被丈夫拒绝。因为丈夫赚钱多，不信佛，并认为女性在行经和生育时流出的鲜血玷污了神灵，因此女性的原罪远大于男性。黄氏于是拒绝与他同房，很快，她被阎王召往地狱。叙述者在此处得以详细地描绘地狱之情状。当黄氏经过十层地狱时，她被详细告知每一层地狱之中犯人所受到的严酷惩罚。在为阎王背诵《金刚经》之后，她得到的奖赏是转世成为富裕人家的男孩（她的前世身份被写在腿上）。男孩长大后顺利通过科举考试，又恰巧被任命为前世家乡的地方官。他向屠夫传授佛教真谛，全家人因此得道。许多类似的宣扬佛法的宝卷均讲述虔诚妇女的故事，她们最终都因坚持信仰而获得福报。虔诚妻子与粗鲁丈夫的结合或许影响了二十世纪台湾作家李昂的小说《杀夫》。

一如佛教僧尼用宝卷宣扬教义，道士们使用道情来传教。早期的道教传统强调师徒间秘密地传授经文，但是十二世纪时起源于中国北方的全真教则特别强调传教。他们传教时大量地使用插图和歌谣，尤其钟爱曲牌"耍孩儿"。全真教最为偏爱的形象是一具骷髅，作为未被宗教启蒙的人物，他为贪婪、欲望、财富和怒气所奴役。全真教早期传教中最为流行的是庄子遇到骷髅的故事，由《庄子》中一段著名的章节敷衍而成。在早期的文本中，庄子路遇一具骷髅，为其命运而悲叹。夜间，骷髅现身斥责庄子，并在梦中展示身处完全自由之中所获得的无以伦比之欢乐。在后期的故事中，庄子发现的是一具近乎完整的骷髅。当他用柳条将三块缺失的骨头补全之后，骷髅重获新生，变成一名行旅商人，立刻指责庄子抢夺了他的财物，并把他拖到衙门。庄子将指控他的商人重新变回骷髅，从而证明了自己讲述的事件的真实性。这个故事至少保存在两种十七世纪的改写本之中，第三种是缩略本，收入丁耀亢的小说《续金瓶梅》中。

十七世纪之后，道情中最具代表性的曲目是唐代儒家学者韩愈被侄子韩湘子点化的故事。韩湘子是八仙之一，他的故事见载于十六世纪的小说《东游记》。关于韩湘子点化韩愈这一故事的小说出现于十七世纪初期，但它从未取代说唱文本的地位。在故事中，韩湘子再三希望点化叔叔，但即便是最叹为观止的仙术也无法动摇韩愈的儒家信念。当韩愈因反对皇帝奉迎佛骨被贬至潮州时，他才领悟到所有尘世的荣耀皆为虚空，从此一心修道。

道情表演的独特伴奏乐器是"渔鼓"。渔鼓由一段长约三英尺的竹筒制成，一端覆有一层薄膜。随着时间的推移，道情的主要功能由传道转向娱乐，它的题材范围也因此不断扩大。宝卷的情况也是如此。这种发展在十九世纪之后变得尤为显著，那时，道情以"道情"、"渔鼓"和"竹琴"等名称，在全中国的范围内催生出了各具地方特色的表演传统。

III 词话和俚曲

"词话"是十三至十六世纪之间出现的一种没有宗教功能的说唱艺术。在很长一段时间内，学者们只能依靠戏曲中引用的寥寥数行文词对这种说唱类型进行推测。除此之外，我们对它一无所知。1967年，在上海郊区发掘出的一座低级官员坟墓中出土了十三篇系列词话文本。它们至迟于十五世纪末在北京刊行，但很可能在此前创作于苏州地区。墓中还出土了南戏《白兔记》的早期刊本，讲述刘知远和李三娘的故事。除去一篇完全由七言句式写成的短篇作品，其它文本均交错使用简短的散文和长篇的七言韵文，少数文本中也部分使用了十言句式。十言句或许是标准七言句的一种扩展，一般在七言句前缀以三字短语，或者采用两个三言句连接一个四言句共同构成，从而展现出一种不同的韵律。此后数百年中，十言句的运用在多种不同的说唱文学中日趋普遍，尤以中国北方为甚。

1967年发现的十五世纪词话文本中，有三篇是以中国历史中的战争故事为题材的。研究最为集中的篇章应该是成书于十四世纪的花关索传奇。刘关张在结义后杀死了彼此的亲属，以保证对共同事业的绝对忠诚，但是关羽之子花关索奇迹般地存活下来。这部长篇词话全面地展现了这位英雄的生平，从他的少年时代、学艺经过，以及四处流浪、建立功勋，最终与父亲团聚，直至老年时戏剧性的死亡。这个故事存在于《三国演义》的几个早期版本中，但并未收入十七世纪的毛宗岗评点本。另一篇词话讲述的是薛仁贵传奇。起初，薛仁贵只是七世纪中国东征朝鲜半岛时的一名普通士卒。他的杰出军功被将领冒领，直到他救下唐太宗的性命。这一故事在元代舞台上十分流行，亦见于保留在《永乐大典》中的一部平话作品中，后来进一步发展成为流行的战争故事《薛仁贵征东》。第三个故事讲述动荡的五代时期石敬瑭建立后晋王朝的过程。石敬瑭出身贫寒，后出任节度使。石妻是后唐皇帝的姐姐，被曾为妓女的皇后轻视，故而怂恿丈夫兴兵叛乱。

另外两篇词话是道德说教作品。其中最有趣的部分讲述了一只孝顺鹦哥的故事。它的父亲被猎人射杀，母亲亦被射盲。它离开安全的鸟巢，为母亲寻觅爱吃的果实时被猎人捕捉，但它用善于作诗的能力吸引了猎人。猎人将它卖给地方官，地方官又进呈给皇帝。因为拒绝再作诗，可怜的鹦哥被猎人惩罚。在被放飞之后，它回到鸟巢，发现母亲已经死去。鸟儿们协助它举办了一场盛大的葬礼,后来,鹦哥成为了观音菩萨的弟子。这篇令人愉快的寓言后被编入宝卷目录之中,并被改写成宗教性质的宝卷。词话文本与之相反,缺乏强烈的宗教色彩,强调幽默元素,譬如关于鹦哥的顺口溜儿。

迄今为止,各类词话中数量最多的是清官包公的故事。历史上的包拯(999—1062)是宋仁宗(1023—1063年在位)时的朝廷命官,因聪敏和操守而闻名,死后声名不坠。很快,人们相信包拯白天在人间断案,夜晚在阴间断案。整个十四世纪中,包公成为北杂剧中主要刻画的官员形象,其中一些案件被词话改写。一篇词话讲述了包公神奇的诞生和幼年时期的故事。在另一篇词话中,他让宋仁宗和李妃母子团圆。李妃诞下的男婴(日后的宋仁宗)被另一名妃子、日后的皇太后偷走。那名妃子生下一个女儿,希望借他人之子冒充自己的儿子。因此,李妃被赶出宫殿。在另一些篇章中,无畏的包公面对的是奸淫、杀害无辜妇女的皇亲,或者是化装为淑女、勾引纯良少年的怪物。最有趣的案件是一只会说话的瓦罐的故事。一名书生在赴京赶考途中被两个陶工所杀,他的遗骸被混在黏土之中制成陶罐。杀人凶手将其中一只陶罐交给一位老人抵债。当老人使用罐子时,它愤怒地抗议,并请他到包公面前鸣冤。包公案在十六世纪末被整理成一百回的小说,其后又被拆分成短篇故事集。包公故事的流行解释了为何后世许多说唱文学作家喜欢将他们创作的故事设置在仁宗朝。

我们没有理由声称现在发现的这一系列词话已经包含了十五世纪词话的所有主题。现存文本中常常提及的杨文广,来源自杨家将协助大宋王朝抵御外敌入侵和内部叛乱的故事,或许也曾是词话的主题。学者们也提出,梁山泊的英雄传奇在被创作成《水浒传》之前,可能也是词话的题材。早期文学作品中所保存的引自词话的只言片语,表明它也曾描写过爱情主题。

十六世纪末，诸圣邻编撰了六十四回的《大唐秦王词话》。与十五世纪粗糙的印本相比，这是一个印刷极为精良的刻本。这部词话的主题是唐朝开国皇帝次子、日后的唐太宗李世民的丰功伟业。它不厌其烦地详尽描写了唐代开国期间经历的征战和斗争，重点在于将李世民描绘成事实上的朝代奠基人。最终，李世民为他既定的帝王命运所迫，不得不接受下属杀死了自己的兄长、父亲随后退位等事实。这些行为的正义性，因为帝国的一场对外战争的胜利而得以进一步巩固。在讲述轰轰烈烈的英雄故事的过程中，韵文和散文结合的形式保持了彼此的平衡，这是少年李世民故事的最佳改写本。《大唐秦王词话》并不像同题材的小说一样受到欢迎，在1950年代重新出版之前一直未受重视。

《大唐秦王词话》的编撰和刊刻，或许可以视为十六世纪后期至十七世纪期间一场普遍运动的一部分。此时，随着戏曲和白话小说的兴起，说唱文学被纳入文学范畴。在这段时期出版业兴盛景象的支持下，戏曲和小说已成功跻身为文学艺术的次要类型。据说，博学而特立独行的杨慎（1488—1559）在被贬云南时，曾以说唱形式创作了一部中国简史。其内容经增补后，有刻本流传于世。剧作家梁辰鱼和小说家陈忱相传也有过类似的创作，只是这两部作品现在都已经亡佚了。在明代最后一百年中，《西厢记诸宫调》数次重印，版本精良，其中有署名为著名戏剧家汤显祖的评点本。臧懋循（卒于1621年）以编选《元曲选》闻名，也曾先后四次出版弹词。他在序言中写道，这些弹词（现已亡佚）的作者是诗人杨维桢（1296—1370）。这里的"弹词"指的是在江南地区流行的一种说唱艺术。无名氏据唐代故事改写的说唱文本《云门传》，存有1600年前后刊行的珍本。冯梦龙日后将它改写成白话小说，收入"三言"之中。他至少还有一次改编弹词素材的经历。两种广东词话的大量评点酷似金圣叹（1610—1661）的风格，并号称是他所推许的第八和第九种才子书。

山东的文人官员贾凫西（贾应宠，1590—1674）是一位热忱的说唱文学业余表演者。同乡孔尚任（1648—1718）为他撰写的传记中称他"说于诸生塾中，说于宰官堂上，说于郎曹之署。木皮随身，逢场作戏"。在戏剧作品《桃花扇》中，孔尚任描写了十七世纪著名说唱艺人柳敬亭表演贾凫西的短篇作品《太师挚适齐》。贾凫西还编撰了《历代史略鼓词》，在这部作品中，他痛斥现世社会之不公，嘲笑死后奖惩的天理循环。在短篇作品《齐人章》中，他讽刺了当时的权贵，化用的是《孟子》中齐人向妻妾夸耀自己与达官贵人相交，实际在墓地以乞讨为生的故事。如上所言，无论是《金瓶梅》的匿名作者，还是贾凫西的朋友、《续金瓶梅》的作者丁耀亢，都在他们的小说中展示了对于说唱文学的熟知，甚至将节略文本纳入自己的小说作品之中。丁耀亢据传是三部短篇说唱作品的作者，其中一篇为《齐景公待孔子五章》，详细描写了孔子的政治理想在腐败世界中宣告失败，以及他拒绝过隐逸生活诸事。据称是丁耀亢创作的另外两篇短篇说唱作品，一为改写自《齐人章》的《东郭记》，一为《南窗梦》。后者描写一只苍蝇和一只蚊子因一只腐烂的桃子引发争执，书虫试图与它们讲道理，被蝎子斥责。蚊子和苍蝇最终葬身于蜘蛛网中。

然而，这些文人创作说唱作品，不过是偶尔为之，小试牛刀，并无持续的影响力。唯一创作了相当数量说唱文学作品的著名作者是蒲松龄（1640—1715）。他也来自山东，因短篇小说集《聊斋志异》而闻名于世。蒲松龄虽然如今富有文名，但在生前只不过是当地显宦家中的幕僚和塾师，终其一生，沉郁下僚。蒲松龄创作的说唱文学作品汇集为《聊斋俚曲》，在二十世纪才得以刊刻出版。蒲松龄似乎从少年时代开始就已涉足此项创作，终生不辍。他年轻时的创作展现了其性格中轻快的一面,包括一篇表现新婚之乐的作品(作者存有争议),以及描写封神后的猪八戒和被谋杀后的潘金莲(《金瓶梅》中狠毒的荡妇)二人炽热感情的残篇。大部分的俚曲作于蒲松龄晚年,反映出更为浓厚的说教意味,与《聊斋志异》中收录的后期作品相似。这种强化的说教意味可能反映了作者世界观的转变,同时也许是为了迎合特定读者和听众的需求,因为据说蒲松龄曾受雇为别人的母亲创作这类娱乐作品。他在后期创作的一些作品是以早期经典的文言小说为素材改写而成。

　　就形式而言,蒲松龄创作的俚曲与同时期的词话并不相同,因为它们并没有使用七言诗赞体。在他大部分俚曲作品中,韵文部分都使用单一曲牌不断循环往复,只用简短的说白加以间隔。这种形式类似于几个世纪前的鼓子词。只不过,鼓子词最多重复同一曲调十二次,蒲松龄则可能重复数百次。举例而言,在《增补幸云曲》以二十八回的篇幅讲述明朝正德皇帝在大同微服私访妓院的故事,蒲松龄仅仅使用了"耍孩儿"这一个曲牌,这是道情中最为喜爱的曲调。在《寒森曲》中他也如法炮制。他在另一些篇章中使用了一些不同的曲调,但是形式仍无甚变化。一些只有一回的俚曲是为某个特定人物而作,如《穷汉词》的内容是一个穷人向财神祈求富贵。无论作者的写作意图如何,篇幅最长的两篇文本实际上是戏曲作品。

　　三至六回的俚曲作品主要关注家庭伦理。《姑妇曲》改编自《聊斋志异》中的《珊瑚》,讲述的是媳妇坚持尽孝的故事,哪怕婆母将她赶出家门,仍然不改初衷。《墙头记》实际上是一出短剧,讲述两个不孝的儿子榨光了父亲的钱财,都想把父亲推给对方赡养,最后,父亲只能坐在两家之间的墙头。一位聪明的银匠让儿子们相信父亲仍有财产,于是他们争相将父亲接回自己家中。四回的《快曲》独特之处在于人物均来自《三国演义》。在蒲松龄的描述中,曹操在赤壁之战中大败,被关羽释放,却被张飞杀死。这与历史事实相悖。曹操的头颅被做成箭靶,一只耳朵煮熟后被将士们分食。

蒲松龄创作的篇幅较长的俚曲,如《寒森曲》,改编自《聊斋志异》中《商三官》和《席方平》的故事情节;《富贵神仙》则改写自《聊斋志异》中的《张鸿渐》,揭露了司法系统中权力滥用和腐败的现象。《寒森曲》共八回,融合了两个故事。一位年轻女子女扮男装,希望可以救出遭受不公判决的父亲;一位年轻男子与当地恶霸抗争,恶霸设法买通了阳世和阴间的官吏。男子自杀后在地府中经受了残忍的酷刑。这个故事用妙趣横生的白话写成,夹杂着活泼的方言土语。人物非黑即白,涉及性的描述都被省略了,而关于暴力的描写则被扩展了。结果,所有的人物都得到了公正的判罚。三十六回的戏曲《磨难曲》聚焦赈济灾荒的失败;而在另一出戏剧《禳妒咒》中,蒲松龄回到了他最为喜欢的主题:悍妇。

清代之后,皇帝进出妓院是说唱文学中流行的主题。康熙、乾隆的多次出游被广泛宣传,为一些叙事作品带来灵感,对此进行细致描写:皇帝乔装出巡,以便了解国土中的真实状况,沿途纠正冤假错案。这些故事逐渐演变成小说,如《万年青》,又名《乾隆游江南》。这两个皇帝正如《一千零一夜》中的哈里发,被描绘成明君。明正德皇帝却总是被塑造为败家子和傻子,对民生疾苦漠不关心。无名氏创作的小说《正德游江南》中(1843年由何进善[Tkin Shen]在理雅各[James Legge]的帮助下译成英文,题为 The Rambles of the Emperor Ching Tih in Këang Nan, A Chinese Tale),饥肠辘辘的正德帝享用了一碗稀饭后轻易受骗,相信稀饭是由珍珠烹饪而成的。蒲松龄的《增补幸云曲》,据信是根据之前的作品(现已亡佚)改写而成。正德帝听信奸臣江彬说大同有三千粉黛,于是装扮成普通军汉,前往大同。蒲松龄的描写首先着重于皇帝

的无能和淫荡,而非他的愚蠢:

> 那正德爷非等闲,
> 天生下只好玩,
> 贪花恋酒偏能惯。
> 上殿懒整君王事,
> 诸般技艺都学全,
> 万里江山他不恋。
> 万岁爷山西嫖院,
> 有江彬苦楚难言。

主要的故事情节以轻快的笔调写就,充满了乔装改扮、身份错乱、装疯卖傻、隐语提示及笑语成真等情节。穷困潦倒的书生胡百万无意间成为皇帝的朋友,从而获得富贵;富裕的恶霸王某吹嘘他可以给粗鲁的军汉一件用人皮制成的褂子(白表红里),被皇帝下令剥皮。名叫佛动心的妓女祈求有朝一日能接待皇上,却被迫与一个区区军汉同床,然而她最终发现自己的恩客正是皇帝本人。

IV 表演与文本

前文主要讨论的是文本,然而,自十八世纪中期开始,我们已经能够从更为细节的层面考察表演传统。早期与表演相关的史料一般来自于二十世纪表演者们的相互传授,且一般只限于表演流派的创始人受到贵族青睐的传说、师徒名单、表演指南和曲目传统等。讨论的时期越早,史料的描述越显得模糊和矛盾。然而,这些史料与现存艺术形式的实际表演相结合，让人们得以重建一个五光十色和不断变化的世界。因为不同艺术类型之间互相借用主题、技巧以及音乐，当它们从一个地区传播至另一个地区时，名称也不断改变。

在职业说唱的世界中，最基本的形式之别在于演出者是用白话来讲述故事，还是依赖于音乐，以全部或部分说唱的形式进行表演。前一类说书艺人极少使用底本。他们中的某些表演者会对情节纲要、引用的诗词，以及武器、衣饰的设置和描述进行记录。十六世纪的小说经典不太可能根植于这些讲唱者的提示底本，但说唱者很可能从小说作品中受到启发，同时完全不为小说内容所束缚。说书人也不仅限于从白话文学作品中寻找素材。例如，蒲松龄的《聊斋志异》一经结集和刊刻出版，立即被各类说书人争相改写。说书盛行全中国，二十世纪的扬州说书艺人格外著名，并被广泛研究。

同样，表演各类说唱艺术的艺人并不一定需要依赖底本。据说许多艺人都是瞽人，不得不通过聆听来学习表演曲目。在表演中，如果他们不具备口头创作的技巧，则必须依赖记忆和即兴发挥。大多数表演者仅粗通文字，甚至大字不识。然而，在下列情况中，底本也常常被使用：某些说唱类型因音乐的复杂性使得即兴表演不太可能实现；或者听众一直需求新的题材；又或者表演者是半职业者性质的僧侣、尼姑、太监和票友等。即便如此，表演者也很少照本宣科，职业表演者尤其喜爱随心所欲，自由发挥。如果文本完全用韵文写成，表演者将会在表演时即兴穿插一些说白。

不同类型的说唱文学之间篇幅大不相同。某一特定类型中也常有"大书"（极为长篇的故事，如《封神演义》、《三国演义》、《水浒传》）和"小书"（长篇爱情、性或丑闻故事）之别。很多类型也表演一些短篇作品，通常为喜剧题材。专门讲述长篇战争或爱情故事的说唱类型一般大量使用七言句式。每行之内都有平仄变化，但是用韵非常宽泛，以至于更像谐音而非押韵。多数文本倾向于使用四行一节的结构，通常隔行押韵，一章之间不换韵。一些类型的文本采用四行一节的结构，每一行都押韵，如闽南地区的歌仔册；有的类型也采用两行一节的结构，如湖南地区的挽歌。现存最早的讲述梁山伯与祝英台故事的叙事诗刊刻于1660年左右，罕见地用五行一节的形式写成。如今，广东省的竹板歌依然使用五行一节的结构，下一节的第一行往往重复前一节的最末一行。一些类型严格地使用七言句式，另一些类型，如子弟书，则在七言结构中任意加入衬字。长篇形式往往因其故事性得到评价；短篇形式则取决于音乐表演。反过来说，对于音乐要求更高的类型大量使用不同曲牌，往往更适合表演短篇故事。

不同类型之间互相借鉴，往往导致了一系列令人费解的、复杂的命名。总而言之，当一种说唱形式流向一个新的地区，吸收了新的方言之后，它将产生一个新的名字。《中国曲艺志》在任何一个省份中都发现存有二十至四十种不同类型的说唱艺术。作为一种表演性的文学形式，它们往往具备严格的地域性，用当地方言表演，或者用方言和当地官话相结合的形式表演。然而，不同类型的曲目之间呈现出高度的重合性。它们讲述同样的故事，改编自最为流行的小说和戏剧的故事情节，全中国各地都是如此。只有特定类型中的一小部分曲目，可以被认为是这种类型独有的。

传统上无论男女都可以作为说唱的表演者。男性在茶馆和戏园等公众场合进行表演，女性则在家中应女眷邀请表演。《红楼梦》中的贾母也曾经批评过故事中的不合理情节，但恰恰透露出她曾邀请唱弹词的女先儿到府中进行表演。我们已经很难知道早期的男、女艺人是如何进行严格区分的，但是我们发现这种间隔在十九世纪下半叶被打破了，从苏州至上海演出的女性弹词艺人已经开始在公众场合进行表演。在十九世纪末，中国北方的大鼓艺人大都是年轻的女子，受此启发，同时代的小说家刘鹗（1857—1909）和张恨水（1895—1967）均对她们的音乐天赋和身体魅力进行了长篇累牍的赞扬。一些表演者是单独进行表演的，另一些则由一名或多名乐师进行伴奏。

表演者在演唱时毋须自己进行音乐伴奏，可获得更多自由以展现肢体和面部表情。她们可能会使用一些小道具，譬如一把折扇。总的来说，表演者会模拟故事中所有人物的口吻，但是，如在苏州评弹中，偶尔会有两个或者更多的表演者，每个人负责若干个人物。表演者传统上是坐着的，但是，在1949年之后，他们被鼓励站立表演，以便做出更大的动作和表现更为戏剧化的姿势。各类型的表演者有着不同的社会背景。他们中有职业优伶，技艺出自代代相传；也有业余艺人，其中包括流动的农民，在农闲季节进行表演；甚至有底层文士（或者是假装为文士的表演者）在每两个月举行的传统圣谕宣讲中讲述道德故事。僧尼、道士们依然表演他们的宝卷和道情，即便这些艺术形式在内容上已经和其它类别无所分别，表演者依然坚持着自己的仪式，穿着鲜明的僧侣装束。

在大城市中，说唱是花街柳巷中所提供的娱乐的一部分。其它地区，特别是在乡间，表演是与季节性庆典相结合的。在私宅之中，说唱表演一般由一家之主或者主人的母亲及妻子进行安排。存留有宗教功能的表演类型会用来表达对上苍的感谢，驱邪，或者制服任性的儿媳，具体视情况而定。不同的类型林林总总，每一种都有自己的观众。一些对男性有特别吸引力，另一些则吸引女性。某个特定的类别与某一族群有关，譬如京城满人所喜爱的子弟书。早至南宋时期，听众就因阶级和教育背景而分化。故宫和车王府中收集的丰富说唱曲本表明，就算说唱文学不能宣称文人是它们的听众,它们显然也吸引了文人的女眷。

因为大多数表演者从不使用文本,所以许多流派的文本都未见流传,直到二十世纪后半叶,说唱表演被录音并编辑出版。对说书传统而言,这些现代出版物实际上是现存唯一的文本。扬州说书艺人王少堂(1889—1968)讲述的《武松传》最早得到录音、整理和出版,此外还有天津和北京的艺人改编、演说的《聊斋志异》故事。许多出版物近年来陆续出版,包括苏州的一些弹词作品。

在说唱文学的许多形式中,文本的确在现代之前就存在着,但是与职业表演的关联日益疏远。虽然难以得到确认,不过,用于表演的传统文本可能来自已有的曲目,或者曾经被编撰为底本。一些有文化的表演者或许希望记录下成功的曲目。譬如苏州弹词的一些早期版本在首页中注明内容出自著名艺人的底本。这些艺人记录下文本,或作为提示之用,或作为徒弟的教材,或应出版者的需求。在记录文本的过程中,表演者很可能不但需要依赖自己的记忆,而且依赖于他对这一艺术形式的套语和程式的了解。根据他的文化程度,最后写定的文本或许是一个错字连篇、用谐音字进行替代、语无伦次的记录;或许是一个成熟而完备的文本。一个有意付梓的文本很可能被一个相对而言有文化的编辑者编辑过。我们还可以设想这样的场景,有人在表演中迅速记录着演出的文本,最后形成的草稿在印刷出版前也会加以编辑润色。现代之前存在的文本不太可能是直接的、未经编辑的表演记录。

记录下来的文本最初也可能用作为新表演而创作的底本。作者可能是职业的或者业余的表演者,抑或只是对此有兴趣的非表演者。无论哪种情况,他们都应该非常熟悉这种形式在音乐和其它方面的要求。许多文本中也反映出了以表演需要为前提所做出的变化。作者常常依赖于套语,整段文字往往从一本作品复制到另一本当中。有限的文学水平可能是导致这种情况的原因之一,更重要的原因是听众的理解能力。二十世纪的大量经验显示，这些类型的文本由并不了解表演需求的作者写成，常常必须由表演者进行深入编辑。

无论形制为抄本还是刻本，一些文本是表演者小心翼翼守护的珍宝，另一些则可能在关系密切的圈子之外流传。在十九世纪的北京，一些书坊有专门的抄本鼓词和子弟书，用以出租或者出售。在另一些地区，刻本是更为普遍的流传模式。直至十九世纪的最后几十年间，木刻本仍是最普遍的媒介，本地的说唱文本在当地付刻。十九世纪末和二十世纪初，木刻本迅速地被石印本取代，使得书籍出版更为廉价。上海变成了此类出版物的中心，其中包括了非上海方言的文本。之后，随着石印技术的普及，区域性的出版者又一次取代了上海的地位。

说唱文学文本为读者出版，他们出于自己的兴趣、爱好而阅读，或者为同僚和家人大声朗读。相较而言，没有记载表明白话小说和故事在二十世纪之前曾经被大声朗读过。一些书坊专门印制说唱文本，新的作品专门为了出版而创作，并未成为表演者演出的曲目。这些作品中包括南词和十九世纪宝卷的主要部分，同样也包括木鱼书和歌仔戏的刻本。在十八世纪下半叶，上层阶级的妇女参与了弹词的写作，她们更进一步地直接表明，其作品作为文学作品仅供阅读，而且与用于表演的唱本有着鲜明的区别。然而她们的一些作品日后也被改编，用于表演。

显然，大多数故事遵循传统的价值体系，主旨在于惩恶扬善，但这并不意味着这些文本如研究者认为的那样是"说教"的。许多长篇故事促使对某一特定场景的描写越来越细致。总的来说，一种成功的美德是完全经受住了考验的美德，让文本可以从各个角度描写男女主人公由于反派人物的阴谋诡计而经受的苦难。层层渲染的细节、哗众取宠的情节以及大量的突然转折，将让作品面临不道德的斥责。许多作者在重新改写著名故事时删除了一些冒犯性的因素,其他作者则改编无可指摘的题材,如《二十四孝》。清朝时,山东文学家曹汉阁甚至撰写了《孔夫子鼓儿词》,以说唱方式细致描述了孔子的一生。历史上多次出现过这样的情况,职业表演者之外的人士对这种表演形式影响公众的能力有着夸张的想象,试图使用说唱文学作为道德说教和政治教育的工具。一个名叫吕坤(1536—1618)的地方官曾制定了一个详尽的计划,在他的管辖范围内训练乞丐演唱专门为他们编写的道德歌词,意图一举解决流浪和道德流失这两大难题。清代末年的改良派和革命派,如报人李伯元(李宝嘉,1867—1906)、女权主义者秋瑾(1875—1907)都偶尔为女性读者写作过弹词。抗日战争时期(1937—1945),许多杰出的作家转向说唱文学创作以鼓舞士气,最为成功的可能是老舍(1899—1966)。共产党领导人在1949年前后鼓励为了表演而创作新文本,在不识字的人民大众中宣传党的最新政策。

　　现代之前的大部分文本是用相对统一的白话写成,摈弃了方言的影响,使得文本可以从演出传统的起源地区向更广泛的地区流传。编辑者可能故意将以方言写成的片段删去,以保证文本能够得到更为广泛的流传。文本全部或者部分地用方言写成,是与表演相关的一种表现。在一些用于表演的弹词文本中,底层人物如仆人的言谈,是用吴语写成的,以有别于说官话的上层人物。木鱼书的唱本用粤语进行表演和朗读,也包含有一定数量的粤语词汇。为此甚至需要特别创制一些文字,因为北方方言中没有与之对应的文字。这些"方言文字"在木鱼书中的出现比率相对较低,在歌仔册中则相对较高,用不同形式的闽南语——福建和台湾的方言——进行表演。江永县位于湖南省最南端,此地妇女有着自己的音节书写方式,她们使用将近一千个符号,用于记录当地方言中原创和改编的歌谣。

说唱文学的抄本有很多种类型，反映了作者和听众在文化和财富上的不同层次。刻本在最后几个世纪中变得廉价，目标受众是一些非精英阶层的听众。宝卷有时也刊刻出版，作为善举免费进行发放。一些最为著名的木鱼书刻本中含有金圣叹风格的细致评点。

在表演和阅读之外，说唱的文本也用于其它用途。在广东，人们在中秋节随意地买来木鱼书作为占卜之用。一些地方戏使用没有经过任何编辑的当地说唱曲本作为脚本，仅简单地对不同角色的唱词进行区分。戏曲中更为发达的形式，譬如京剧，与地方说唱传统有着相同的故事主题，很难说谁借鉴了谁。十八和十九世纪中，许多鼓词和弹词文本，如《绿牡丹》，只需简单地删除韵文，或者将韵文改成散文，就可以改编成白话小说。

V 鼓词、子弟书及其它北方说唱类型

鼓词

鼓词又称为"鼓书"，是长篇说唱文学中最为重要的形式，十七世纪以来在中国北方地区演出。这种形式一般由单人表演，击鼓作为节拍，或者用三弦伴奏。在晚近的文本中，这种形式在七言诗句之外，偶尔也会包含一支某一曲牌的曲子。十九世纪时，也有表演者自己击鼓，辅以乐师拉三弦伴奏。鼓词和词话在文本形式上难以区别，所以鼓词很可能直接延续了早期的词话传统。它们之间的主要区别是鼓词的篇幅一般较长。

第一篇自称为"鼓词"的作品是贾凫西的《历代史略鼓词》。

一些鼓词据说创作于明代,《大明兴隆传》讲述洪武帝建立明朝及他的继任者、第四子永乐帝篡夺王位的故事;《乱柴沟》则庆贺永乐帝与蒙古之战的胜利。然而绝大多数鼓词文本都是在清代创作的。鼓词偏重的题材被形容为"金戈铁马——王朝兴亡史"。它的风格是表现英雄气概,与弹词"温柔细腻"的风格恰恰相反。弹词是流行于江南地区的重要长篇说唱文学形式,主要题材为爱情故事。现存最为人熟知的鼓词都是讲述王朝建立的历史,或者中原王朝与北方邻国的战争。可以确信,一些文本忠实地改写自相同主题的白话小说,另一些则与小说叙述相去甚远。车王府藏曲本中包括有篇幅极长的作品《封神榜》,改写自小说《封神演义》。故宫藏书中包括讲述东汉、西汉建国史的鼓词,改写自《三国演义》的鼓词,及有关唐朝建国、薛仁贵及其后代征伐战斗、五代时期(907—960)漫长而复杂的战争,和军事世家呼家将、杨家将在宋代抵御辽国侵略等故事的说唱文学作品。

一部分鼓词的内容是"清官"故事。《刘公案》讲述刘墉(1719—1804)漫长而杰出的一生。这篇作品写作于1800年前后,当时刘墉仍然在世。序言写道:"此书不像古书,由着人要怎么说就怎么说。难道还有古时之人来到对证吗?那才是无可考查!今书不敢离了某人何官,看什么事情,刘大人怎样拿问,必是真事。"作品中的大多数场景设置在南京,刘墉于1769—1770年间在此为官,时常微服探访案情。当故事场景回到北京,叙述者得到机会描述当时的大众娱乐,包括说书人和他们的故事主题。另一篇鼓词《满汉斗》的主人公是刘墉的父亲刘统勋(1700—1773),他隐姓埋名、乔装改扮,来到山东,以便访查当地的情况。为了从当地的恶霸手中拯救出乐善好施的文人的两个女儿,他直接与恶霸的后台抗争,直到面对皇帝的岳父。后者最终被刘墉惩治。这个故事的原始素材可能来自刘墉1782年的山东之行,他的调查导致了和珅（1750—1799）的几个同党被处决，而和珅在乾隆晚年备受宠爱、位极人臣。

鼓词曲目中并非完全没有爱情故事，其中最为著名的作品是无名氏创作的《蝴蝶杯》，但也含有相当多的流血情节。湖广（现代的湖北、湖南二省）总兵芦林之子芦世宽，在武汉出外游玩时强抢了一条珍贵的鱼，拒不付钱，反而打死了渔翁。当地知县田云山之子田玉川见状打抱不平，出手将芦世宽打死。芦林四处追捕田玉川，渔翁的女儿凤莲将他藏在船中。二人一起经历了许多险境，心心相印。田玉川将一个家传的蝴蝶杯交给凤莲作为爱情信物。芦林将田云山囚禁作为报复，后被调去因征蛮。战败之后，他恰巧被田玉川所救。玉川隐姓埋名，加入了官军。芦林兴高采烈地将女儿凤英许配给他。战争胜利之后，田云山重获自由，田玉川与两个妻子过上了幸福的生活。同样的故事在京剧舞台也很盛行，鼓词也许是据此改编而成。

子弟书

与鼓词相比，十八世纪中期至十九世纪末期之间盛行于北京的子弟书篇幅比较简短。子弟书的典型文本由一回或者多回构成，一回长至一百行，每一回使用同一韵脚。这一类型中篇幅最长的作品是吕蒙正从落魄到显贵的故事，长达三十二回。子弟书最初由满族票友表演，这些票友都是"八旗子弟"，子弟书由此得名。一些学者认为，子弟书是鼓词的分支，另一些则予以否认，将子弟书的起源追溯至满族的音乐。因为原始音乐已经无法获知，这个推测依然无法得到确认。有文献资料指出，子弟书分为东、西二调，东调适宜于表现严肃的主题，西调则多用于表演爱情故事。二者的曲调都十分低缓，每一字迂回良久。这或许可以解释，为何子弟书较之鼓词在使用七言句式时更具创造性,因为每一行曲文均可以自由得以扩展。每一回一般都以一首七言八行的诗篇为开篇,用以总述本回的主题和主旨。作者也会在其中提及自己的姓名和化名。这种艺术从北京逐渐流传至沈阳和天津,表演者也从票友转为职业艺人。

最早的子弟书由满语和汉语双语写成。最有意思的文本是《螃蟹段儿》,文本的每一行都用满语词汇(旁有汉语注解)和汉语词汇夹杂写成。故事讲述的是满人和他的汉人妻子新近进城,买了一只螃蟹,并因如何将它吃掉发生争执。直到更为聪明、更具魅力的女性亲戚到来,向他们展示如何处理不合作的螃蟹,难题才得以解决。北京藏有一些讽刺某些旗人的子弟书作品,但它们的主要题材还是来自于中国的戏曲和小说,包括《金瓶梅》(许多其它类型都避免从中取材)、《聊斋志异》和《红楼梦》。子弟书的文本主要以抄本形式流传,但是我们已发现存有十八世纪中期之后的刻本。无名氏创作的五回本《哭城》改编自孟姜女的故事,大约刊刻于 1750 年。(如今也保存有早期的四回抄本,每一行都有满语译文。)在孟姜女故事中,孟姜女哭倒了埋有丈夫遗骸的长城,子弟书的改写本则聚焦于女主人公从家乡一路跋涉,经过北方的险要地势到达长城的过程中,在身体上所经历的磨难和精神上所遭受的痛苦。

现今有将近五百篇子弟书得以留存,其中大多数都有现代点校本。对子弟书的偏爱,很大程度上是因为中国学者们一致认为它是说唱文学中最具有文学性的类型。实际上,这些文本的作者无论在语言的表现还是情节的设计上,都与它们的文学素材极为接近。在一种匿名创作为常态的文学文化中,现存子弟书文本的作者,至多有百分之二十是我们所能获知的。他们中最为高产的是罗松窗(活跃于十八世纪中期)、鹤侣氏(约 1770—约 1850)

和韩小窗(约1820—约1880)。

罗松窗因为擅长于改写著名爱情故事中最为流行的场景而闻名。他的三篇作品均取材于汤显祖的《牡丹亭》,据说他也是《出塞》的作者,描述了王昭君来到北部边陲的故事。他的作品还有《鹊桥密誓》,根据洪昇(1645—1704)的戏曲《长生殿》改编而成,讲述玄宗皇帝和杨贵妃在七夕之夜为求得爱情天长地久而对天盟誓。罗松窗创作的二十四回《翠屏山》,是对《水浒传》第四十三至四十五回潘巧云通奸被杀故事的改写。鹤侣氏本名奕赓,为满族贵胄子弟,在1820年代担任宫廷侍卫,但晚年生活贫困潦倒。他的大多数作品都只有一回,一般用以讽刺某些宫廷侍卫和江湖郎中。他在其它一些篇章中哀叹了自己不幸的命运。

韩小窗在北京和沈阳之间活动,大多数作品创作于沈阳。他的大多数早期作品,在早期子弟书目录中被标以"笑"或"春"。最为著名的讽刺作品是《得钞傲妻》,改编自《金瓶梅》第五十四回。一个惧内的穷人发现只要他能借到钱,妻子便对他笑脸相迎。韩小窗后期的作品主题转为"苦",如女性的自杀和其它自我牺牲的行为。作品《长坂坡》改编自《三国演义》,讲述刘备之妾糜氏拼死保护刘备嫡妻之子、尚在襁褓中的阿斗,将他托付给刘备的手下将领赵云,最终因伤而亡。这篇作品早在1874年便有了英文译本,收入在译者司登得(George Carter Stent)的《玉珠》(*The Jade Chapelet*)中。韩小窗在《草诏敲牙》中大为赞赏明初官员方孝孺(1357—1402),因其对建文帝(1399—1402年在位)的耿耿忠心,最终被在南京夺权的朱棣残忍杀害。韩小窗也从《红楼梦》中取材,最著名的是《露泪缘》,改编自《红楼梦》第九十六至九十八回。贾宝玉与薛宝钗成婚,林黛玉含恨而死,宝玉随后顿悟。这篇作品因其在十三回中使用了十三辙韵部而闻名。韩小窗总是选取女性视角,与其他作者相比，更愿意对素材加以创新，因此广受赞誉。

其它类型

　　石玉昆是十九世纪中期北京的一位传奇子弟书表演者，因表演技巧和在编撰作品中显露的才学而著称。根据子弟书中对于他生平的描写，他的表演每次能吸引上千人前来观看。他创造了自己独特的表演流派，称为"石派书"。这种类型的文本是韵散结合的，每一回一般由四段说白，穿插以四段七言韵文共同组成。石玉昆也写作独特的"赞"，这是一种由三言句式构成的短篇描述性文本，能够单独流传。他留下了大量的短篇和中篇作品，但他以改编包公及其下属的故事闻名。现在已经难以判断，哪一些包公的说唱故事是由石玉昆自己创作的，哪一些是他的模仿者创作的。总结这些故事的叙事作品《龙图耳录》，不久即被修订出版为章回小说《三侠五义》。其后经过著名学者俞樾（1821—1907）修订和编辑，命名为《七侠五义》。这本小说非常流行，产生了许多续书。

　　当子弟书逐渐退出历史舞台时，它的地位被大鼓取代。这种艺术的起源存在争议，部分学者认为大鼓来源于鼓词的表演，另一部分则认为有其独立的源头。大鼓书与子弟书一样，也是诗赞体，但它们并没有开场诗，在七言句式的使用中也没有那么自由。它们常常由女性进行表演。大多数大鼓书的曲目来源于子弟书，其中最为著名的是《长坂坡》，根据韩小窗的同名作品改编而成。韩小窗的其它多部作品也被改编成大鼓书。大鼓书在北京和中国北方进行表演，许多地方具有自己的音乐传统。

　　据说大鼓书引发了另一种艺术形式的产生，"快书"因其从篇首至篇末的表演节奏愈来愈快而得名。现存的大多数快书都取材于《三国演义》和其它经典小说作品。这种十九世纪的艺术类型与"快板书"并非同类，后者在1950年代方才成熟，在两块长短不一的竹板迅速击打的配合下讲述故事，代表性的作品包括《西游记》中的故事情节、抗日战争时期的故事以及社会主义改造中的英雄事迹。1940年代和1950年代中出现的其它类型的北方艺术，还有河南坠子和山东快书，后者如今仍为热情的观众演出。

"单弦"（得名于只有一根弦的乐器）或"牌子曲"是音乐上更为复杂的说唱类型。在西方学术界，这种形式常常被称为"混合歌"（medley song），因为文本常常由一系列的曲调（常常是各种曲牌的曲子）演唱。这种形式的创始者为随缘乐（原名司瑞轩，生活在十九世纪下半叶），他建立了现存流行俗曲和俗曲套曲的传统。随缘乐是多个文本的作者，但是这一类型中大部分作品的作者均不可考。大多数单弦作品是根据早期故事改写的（如冯梦龙"三言"中最出名的杜十娘故事），但是较之子弟书的作者，这些文本的作者在处理文本素材时常常更为独立。同样，《聊斋志异》也是常见的故事来源，和子弟书一样，许多改写大大简化了原本。然而，叶树亭二十世纪初期改写了《画皮》，对一个现代女学生进行了巧妙的讽刺，并对当时的时髦语词进行了滑稽模仿。

VI 弹词和江南地区其它说唱类型

十六世纪以降，"弹词"开始成为说唱艺术的通称。后来，它主要指代江苏和浙江二省的说唱文学。"弹词"最早的记载见于田汝成（？—约1540）的《西湖游览志》，此书描述了杭州及周边地区的多处美景。如果说"鼓词"含有表演以鼓伴奏之意，那么"弹词"的含义则是以弦乐器如琵琶为伴奏的表演形式。董说于1642年创作的小说《西游补》和薛旦（1620？—1706？）于1643年创作的南戏《醉月缘》中都提到了弹词表演，可以提供佐证。下文引自《西湖游览志余》，田汝成在此叙述的正是弹词，虽然他并没有使用这个术语。

> 杭州男女瞽者，多学琵琶唱古今小说、平话，以觅衣食，谓之陶真。大抵说宋时事，盖汴京遗俗也。瞿宗吉（瞿佑，1347—1433）《过汴梁诗》云："歌舞楼台事可夸，昔年曾此擅繁华。尚余艮岳排苍昊，那得神霄隔紫霞。废苑草荒堪牧马，长沟柳老不藏鸦。陌头盲女无愁恨，能拨琵琶说赵家。"其俗殆与杭无异。若红莲、柳翠、济颠、雷峰塔、双鱼扇坠等记，皆杭州异事，或近世所拟作者也。

"陶真"已经出现在前文关于宋朝杭州的说唱文学的讨论中。田汝成在上文中提到的题材，都已出现在十六世纪末和十七世纪初的白话小说中。这段时期内，癫僧济公的形象激发了好几种小说的创作，在十九世纪末，他再次成为一部长达数百回的小说《济公案》的主角。迄今为止，戏曲、小说和说唱文学中最为流行的主题是白蛇故事，白蛇葬身于西湖标志性景点之一的雷峰塔下。

白蛇和小青

最早对白蛇故事加以润色的是明代初期的白话小说，包括冯梦龙的"三言"在内。早期的经典传说和白话故事中常常出现这样的情节：猛兽假扮成妙龄少女或貌美寡妇以诱惑轻信的年轻男子，掠夺他们的精华，有时甚至把他们吞噬殆尽。这是白蛇故事产生的背景。这些早期故事之一讲述一名年轻人被蛇精诱惑，失足落水，仅仅留下了一颗头颅。在白蛇故事中，许仙在杭州亲戚经营的商店里做伙计，因在西湖遇到瓢泼大雨，邂逅了一位全身素白的迷人寡妇，她由穿着一身青色衣服的婢女陪同，自称为白娘子。许仙将自己的雨伞借给她，几天后，前去白娘子家中取回时，她向许仙许婚。白娘子交给许仙一锭银子，后来发现银子是从官府银库中偷来的。许仙的姐夫向官府告发，但因所有银子都被找回，所以许仙仅被罚往苏州，在一家药铺当伙计。白娘子和小青找到许仙，与他结为夫妻，共同生活。一名道士试图用法术将白娘子除去，但她以戏耍他为乐。白娘子送给许仙的一些礼物又被发现仍是偷窃所得。她凭空消失不见，许仙则被惩罚，前往镇江。他们再次相遇，白娘子再次让许仙相信她的无辜。店主偶然间见到白娘子的真实面目，暗中侦探后，发现她是一条巨蛇。许仙并不相信店主的话，离开药铺，开始经营自己的生意。后来，许仙前往长江中小岛上的金山寺游玩，和尚法海警告他已被妖魔附身，生命处于险境。白娘子赶到金山寺讨要夫婿，法海攻破了她的法术，她遁入河中。后来，许仙被赦，返回杭州，白娘子再次出现。许仙企图与之一刀两断，但是她对其加以威胁。一个捕蛇者再次试图抓获白娘子，再次以失败告终。正在许仙处于生死关头之际，法海出现，只有他才能收服妖魔。白娘子和婢女（一条青蛇）被永镇于雷峰塔下。因为白娘子邪恶的天性，这样的命运安排无不妥当。然而，虽然她的行为带给许仙无穷的困境，她却被描绘成真正倾心于他的形象。后来的戏剧部分地发展了这一方面的内容，让他们生下了一个儿子，并在科举考试中高中。

著名藏书家和俗文学学者郑振铎（1898—1958）声称他收藏有晚明的抄本《白蛇传弹词》。十九世纪流传有一本名为《义妖传》或《西湖缘》的弹词。现存最早的刻本刊刻于1869年，序言作于1809年。这个版本据称来自陈遇乾的初稿，后经陈士奇和俞秀山校阅。陈遇乾本是一名昆曲艺人，后转行为苏州弹词艺人。据说他曾参与创作，并延请文人为他修订剧本。陈士奇和俞秀山也是苏州著名传统弹词艺人。陈遇乾改编的白蛇故事基本参照了"三言"的故事情节，但是添加了超自然的因素，让故事具有了一个完美结局。在他的版本中，白娘子是白蛇转世，被西王母派往凡间。端午节时，许仙迫使她喝下传统的雄黄酒，从而暴露了真身。许仙在搏斗中晕厥过去，为搭救夫君，白娘子前往昆仑山盗取仙草。她在金山寺与法海相遇，她的结义兄弟黑鱼精水淹镇江，杀光了当地居民。黑鱼精被责犯有所有的罪行，在法海正准备用钵收服白娘子时，发现她已有孕在身，腹中胎儿乃文曲星下凡，只得放她离去。只有当她生下儿子梦蛟之后，儿子才能将她从雷峰塔下解救出来。许仙在金山寺剃度为僧。梦蛟通过科举高中，在雷峰塔前宣布喜讯，将母亲从牢笼中救出。一家团圆之后，白娘子返回天庭，许仙得以转世轮回。这个故事对从鲁迅、田汉到李碧华等现当代作家仍然具有强烈的吸引力。

　　薛旦在十六世纪四十年代写下《醉月缘》时，弹词的曲目得以扩展，已超出田汝成所提及的主题，包括了多年来广受欢迎的孟姜女故事、祝英台故事，后者女扮男装，方得以进入书院学习。薛旦的戏剧作品厌倦了俗套情节，其女性角色来自根据另一杭州传奇故事所编成的一种新的弹词。一位杭州富商的年轻小妾名叫小青，为了避开家中悍妇，商人将她安置于西湖中的孤岛上。她欣赏说唱表演以慰藉寂寥。她的疾病和早逝，以及几首据传是她创作的诗歌，在十七世纪早期的文人群体中掀起了相当大的波澜。

　　自清代起，直至二十世纪，弹词在杭州一直演出不辍。杭州弹词后来被称为"南词"，但是为与北方鼓词相区别，这个术语也用作弹词的总称。杭州在十八世纪下半叶成为了女性写作弹词的重镇。

弹词表演

数百年来，弹词发展了许多地方性的表演传统。十八世纪中期，苏州成为弹词表演的中心，其地位一直保持至今。十九世纪最著名的表演者是马如飞。马如飞的父亲也是弹词艺人，在充当了一段时间书吏后，他继承了父亲的事业。马如飞以演唱《珍珠塔》著称，此书亦名《九松亭》。该书故事情节相对简单：宰相之孙方卿因家道中落，从开封来到襄阳，向自己的姑母、显宦陈廉之妻借钱，却遭到拒绝。但是她的女儿翠娥假托母亲之名赠予糕点，私下将家传一座珍珠塔暗藏其中，交给了方卿。方卿离开后，陈廉得知事情始末，在九松亭赶上方卿，并将女儿许配于他。回家途中，方卿在风雪中昏厥，被前往江西赴任的巡抚发现，巡抚带他来到任所，也将女儿许配于他。与此同时，方卿的母亲来到襄阳，在当地的寺院停留寄居时，偶然间与翠娥相遇。方卿在科举考试中高居榜首，并任高官。他返回襄阳，身着道袍唱了一曲道情，讥讽唯利是图的世俗小人，以此羞辱姑母。翠娥试图通过自杀以明心迹，非嫁方卿不可，故事以方卿和两位新妇的婚礼结束。

这篇弹词在1781年的刻本对早期刻本有所改进，早期刻本被人谴责为"喷饭有余，劝世不足"。1781年刻本不断重印，其它几种版本也同时并存，它们可能来源于1781年之前的版本。乔装改扮后的方卿，在受到姑母尽情嘲讽之后方才宣布自己功成名就。这一场景因为对势利社会极尽犀利嘲讽之能事，故而极受人们欢迎。另一个著名场景描写的是翠娥下楼梯的情状。表演者以将这个简单动作进行了最大限度的延长而闻名。马如飞终其一生都在完善他的表演，我们没有他的演出本，但是马如飞徒孙魏含英的演出整理本于1988年刊行出版。此书印刷精良，长达千余页。

1886年,马如飞出版了自己演唱的"开篇"。这些简短的唱词,或为叙述,或为描写,都可以单独进行演出。

另一些常年流行的苏州弹词有《玉蜻蜓》、《三笑姻缘》和《倭袍记》。《玉蜻蜓》的最早版本保存在十八世纪晚期的流行俗曲选集《白雪遗音》中。《玉蜻蜓》基于绍兴的弹词传统,讲述苏州花花公子申贵升与妻子张氏婚姻不睦,却和女尼志贞情意相投。志贞将他藏于庵中,不久后贵升去世,志贞诞下一名男婴。志贞将他裹在襁褓之中,与贵升留下的家传玉蜻蜓扇坠放在一起,让一名老尼送去申宅。老尼因冲撞了地方官的随从,扔下婴儿,逃之夭夭。地方官养育了这个婴儿,取名元宰。他后来因侵占受罚,便让张氏领走养子。元宰长大后参加了省试,生身之父托梦给他,并告知他的真实身世。元宰科举高中之后,从奶妈处拿到玉蜻蜓,在尼姑庵找到志贞。他在志贞物品中发现了申贵升的画像,志贞被逼无奈,方才说出实情。元宰被确认为申家子孙,母亲志贞也随他移居申家。这篇弹词经过陈遇乾修订后,收入苏州弹词的曲目。一个据称来源于他的原稿的文本,在1836年被重新刊刻。如今,该书至少保存有另外两个版本,在情节设置上有许多不同。在苏州弹词的版本中,申贵升的名字是金贵升,上文所述的故事发生在沈君卿身上。沈君卿长江遇盗,后在芙蓉洞中与金贵升相会。这个附加的情节,让弹词有了另一个名字——《芙蓉洞》。

有人试图证实申元宰就是苏州著名官员申时行(1535—1614),这一说法很容易被推翻。在真实人生中,申时行因祖父过继给他人,故以徐为姓,至迟在1567年才认祖归宗,复姓为申。《三笑姻缘》的主要人物均是苏州历史上真实的著名人物,虽然故事本身是完全虚构的。弹词的主人公是书画家唐寅(1470—1523),因为卷入科场舞弊丑闻,仕途梦破碎。返回苏州之后,他以卖画为生。唐寅放荡不羁的人生态度,使得说书人在苏州传说中将他塑造成为风流浪子的形象。在其中一个故事中，一艘高官的船只行经苏州，惊鸿一瞥之下，唐寅对一个婢女一见钟情。于是，他前往高官府邸卖身为奴，以便一亲芳泽。得朋友相助，他最终抱得美人归。以此为题材的长篇白话小说收于冯梦龙的"三言"之中，它的情节在十七世纪上半叶的戏剧作品中也很流行。《三笑姻缘》因为笑料迭起，长期以来广受人们喜爱。第一个因表演轰动一时的艺人是吴毓昌（生活在1800年前后），据传他是另一篇弹词作品《三笑新编》的作者。另一个版本是由曹春江在1843年编辑的，名为《合欢图》，也称为《九美图》、《笑中缘》。现今还保存有与《三笑姻缘》同名的第三种版本。

《倭袍记》出现于十九世纪早期，虽然现存版本的年代较晚，但它在早期的流行却无甚疑问。故事在一百回的篇章内讲述了一个发生在正德帝（1506—1521年在位）时期的故事。题名中的"倭袍"是先皇御赐、唐家祖传之宝。唐家因此遭妒，被诬陷谋反，家中多人因此事丧命。但是唐家第七子最终重振家声，倭袍也物归原主。故事的另一条线索讲述的是一桩奸情，丈夫被谋杀，奸夫淫妇受到应有的惩罚。这个故事非常流行，与前两部作品一样，弹词也被改编成为小说。

苏州弹词的曲目并不限于旧有题材，有天赋的表演者一直在用最新的丑闻或流行的故事来丰富曲目。《杨乃武与小白菜》来源自十九世纪中期一桩著名的案件。秀才杨乃武在法庭上屈打成招，认罪谋杀了一个卖豆腐的商贩，并与他的妻子小白菜有一段奸情。实际上，谋杀者是小白菜和她长期的姘头、当地官吏之子郑仁来。杨乃武的姐姐向更高一级的官员申诉，大量官员重审案件之后，真相方得以澄清。二十世纪的苏州作家陆澹庵（1894—1980）曾将张恨水的《啼笑因缘》和秦瘦鸥的《秋海棠》等通俗小说改编为弹词脚本。

纵观这几部流行的弹词作品，我们就能明白为何女性在十八世纪下半叶开始创作弹词后，她们将自己的作品与表演性的弹词文本区别开来。唯一由女性创作、并为了表演而写作的弹词是《玉连环》，作者是朱素仙。此书刊刻于1823年，她在篇首中罗列了一个俗套情节的名录，保证读者在自己作品中不会读到这些内容："无男扮女装，无私定终身，无先奸后娶，无淫女私奔，无失节之妇，无谋财害命，无牢狱之灾，无陷害杀人，无私通外国，无奸佞专权，无仙法传授，无鬼怪奸邪，无僧道牵连，无梦寐为证，无穿窬偷窃，无强抢逼婚。"大多数女性弹词作者声称她们的作品仅仅是为了阅读而创作，与用以表演的文本不同。尽管如此，从她们的作品中可知，一些女性也是表演文本的热心读者。

女性弹词作者的出现，伴随着江南地区出版业的兴起。出版业促进了小说和其它娱乐性质的文学创作，其中包括了各种形式的弹词。上文提及的文本刊刻时间清楚地表明，弹词的大量刊刻是从十八世纪末开始的，同一故事常常出现在不同的文本中，争奇斗艳。这些与表演密切相关的文本多数篇幅都相当长，对于门外汉来说，剧情显得扑朔迷离。七言诗行部分标以"唱"字；某一曲牌的曲子偶尔会标出"曲"字和曲牌名。散文部分标以第三人称叙述的"表"，与人物直接的对话"白"之间相互区别。在这种形式下，每一行人物对白都会标明与之对应的固定角色类型，譬如年轻的男性"生"和年轻的女性"旦"。一部分文本以官话写成，仆人和其他下层角色的对话则常常使用吴语，叙述性的话语也多使用吴语。一些弹词文本主要用官话对表演者有额外的提示。大多数文本完全采用诗赞体韵文，只使用七言句式，或者在七言句式中偶尔夹杂十言句式。有学者认为，"南词"（有时也用作"弹词"的同义词）应用来指称使用后一种句式的文本，但是另一些学者希望以这一术语指浙江省（以杭州为中心）的弹词，以区别于苏州弹词。女性是弹词读者中的重要群体，出版者非但冒险出版她们创作的、为她们创作的和关于她们生活的长篇弹词作品，甚至鼓励女性编辑弹词。

女性弹词创作

中国女性极少创作小说，不论是文言小说还是白话小说。本卷第四章中提到的顾春（太清，1799——约1877）是一个少有的例外。但是，她创作了小说《红楼梦影》，这也是在她去世一百多年之后才得以确定的。女性写作小说受阻的原因很多，其中之一是大多数题材都不适宜闺阁少女或良家妇女阅读。而且，许多中国小说的特点是以在公共场合说书者为叙述者，这一角色大多由男性或底层民众担当。这使得文人迷恋于白话小说创作，用白话的特色发掘社会的阴暗面。当女性开始大量写作弹词时，她们往往假定文中的叙述者是一名年轻女子，写作的目的仅为娱乐母亲或其他女性亲属。最近一些学者呼吁，女性创作的弹词作品应该首先被视为女性小说作品，以"弹词小说"之名展开学术研究。

最早由女性创作的弹词作品是《天雨花》，篇首有陶贞怀作于1651年的序。她形容自己从小被父亲当成男孩教养，但名字和日期可能都是不真实的。这部作品在1801年首次被提及，现知最早的刻本则刊刻于数年之后。此部作品宣扬对皇室的绝对忠诚，作者试图刻画一个完美的官吏，他的一生都在与盲从道德伦理教条而引发的冲突作斗争。因此，作品反映了十八世纪而非十七世纪的观念，所以，将创作时间设定在1750年之后更为妥当。男主人公左维明（即"唯独忠于明朝"之意）在十七世纪初每一次主要的政治斗争中，总是站在更符合传统伦理道德的一方。满族攻陷中原之后，他与家人自沉于襄江。然而，书中最有趣的人物是他的大女儿仪贞。

他将仪贞视为儿子,亲自教育,因为他认为女儿过于聪明,母亲无法教导。仪贞急切地希望获得父亲的宝剑,这把宝剑能够任意伸屈,无疑是一种男性权力的显著标志。父女关系还与忠诚和背叛相关。仪贞在父亲因为小过而将母亲拘禁时出手干预,当父亲将企图毒死继母的不孝女儿沉江时,她再次抵抗父命。

仪贞性情勇敢、张扬,但她的行动范围仍然受到极大的性别束缚。陈端生(1751—1796)《再生缘》中的女主角孟丽君就并非如此。陈端生为杭州本地人,祖父陈兆仑(1701—1771)为官素有声望。端生和妹妹长生都是杰出的诗人。长生之夫叶绍楏卒于1821年,是著名女诗人李含章的儿子,有着长期、显赫的仕宦生涯,后升任广西巡抚。端生的丈夫却因涉及一起科场舞弊案被发配至新疆,在妻子去世之后才回到故乡。虽然有人猜测《再生缘》影射了丈夫失意后作者所遭受的挫折,但作者在部分章节之首进行了相当长的自我经历概述,清楚表明此书的大部分篇章是在婚前写成的。

《再生缘》是无名氏母女的弹词作品《玉钏缘》的续书。《玉钏缘》的故事发生在南宋的最后数十年间。陈端生介绍她书中的角色是《玉钏缘》中人物的转世,故事发生在蒙元王朝。孟丽君是宰相之女,在父亲告老还乡、回到昆明祖宅之后,云南总督之子皇甫少华和皇帝岳丈之子刘奎璧都向她求婚。刘奎璧在决定命运的射箭比赛中落败,于是向京城的父亲求助。刘父诬陷皇甫家犯有叛国罪,迫使他们离家潜逃。皇帝下令孟丽君嫁给刘奎璧,孟丽君请求她的婢女顶替她出嫁,并乔装成男子出逃。一个富商收养她为义子,并将她带到京城。孟丽君改名郦明堂,在科场高中,并用高超的医术拯救了皇帝性命,迅速地升任高官。同时,她的婢女在击倒刘奎璧后试图跳水自杀,被一个路过的官员搭救并收为义女。皇甫少华在假名的掩护下参加科举考试,孟丽君恰好成为他的房师。很快,孟丽君的父母和未婚夫对郦明堂的真实身份产生怀疑,但是孟丽君拒绝放弃自己的假冒身份。在被迫向父母坦白后,她让他们相信自己不能暴露身份,因为那将导致欺君之罪,目前的处境更好,因为她既能自食其力,又能自由地探视父母。她声称自己不可能嫁给皇甫少华,因为她不可能同时成为地位高于他的老师和地位低于他的妻子。最后,皇帝也开始怀疑他英俊的臣子,经过重重困难,他试图将她灌醉,接着脱下她的靴子,发现了她精巧的纤足。

陈端生的故事在这里戛然而止。尽管陈端生或许知道她的读者期待一个大团圆结局,但孟丽君无法解决她面对的矛盾,一面是快乐、自主的假扮男子身份,一面是恭谨顺从的妻子角色。杭州女诗人梁德绳和丈夫许宗彦(1768—1819)将这本书续完,赋予它一个俗套的结尾。现代批评者尖锐地指责梁德绳颠覆了端生作品中的女性主义力量,安排皇甫少华和孟丽君因皇太后之命成婚。虽然陈端生是否算得上现代语境中的女性主义者尚且存疑,但她显然相信一名出色的女性能够超越任何男性,并且值得给予机会以展现她的才华。

孟丽君显然被一些女性读者认为是颠覆性的人物形象,并引发了强烈的反响。其中之一是侯芝(1764—1829)的《再造天》,她创造的女性人物形象既聪慧又富有野心,因此充满危险。侯芝是南京官吏之女,丈夫和儿子都是著名文人。她本人从一名杰出的诗人转向弹词写作,因为这是未被男性文人统治的文学领域,给予了女性作者扬名立万的绝佳机遇。她的动机也部分地出于经济原因,因为她被聘请编辑《玉钏缘》和《再造天》,以用于商业出版。《再造天》中的主要角色是皇甫少华和孟丽君之女皇甫飞龙(飞龙一般暗含着王朝开国者之意)。毫无意外,飞龙甫一降生,就是个性格暴躁的假小子,视中国历史上唯一一个开创王朝的女性武则天为偶像。飞龙成为元帝英宗的妃子后,她立刻设计取代宫廷中的其他女性,与太监和奸臣沆瀣一气。但是,因为她的姑妈和婆母皇甫长华暂时卧病在床,她才能这样胡作非为。皇太后病体痊愈后,立刻小心翼翼着手恢复宫廷秩序,从未以此自居邀功。如果说《再造天》看似谴责公开追逐权力的女性,它同时又表现出与之相反的态度,用魏爱莲(Ellen Widmer)的话来说,"对那些能够管理家庭,如果责任需要,甚至能够管理国家的女性赋予一种潜在的尊重。这种潜在的尊重是侯芝的妥协,她对女性的天赋和野心的赞美比《再生缘》大胆得多。"

另一个对于孟丽君/郦明堂人物形象的回应,是创作出一个更为完美的人物形象,与孟丽君类似,却不具备她的道德缺陷。丘心如(活跃于1805—1873)在她的《笔生花》中做出了这样的尝试。这是一部穷尽一生心血完成的巨作,主要人物是姜德华。与孟丽君一样,她假扮男子,事业辉煌,甚至娶回了多名妻子。然而,孟丽君甚至对亲生父母也否认自己的身份,因为不孝的行为而受到责备;姜德华则从未蒙受这样的滔天罪名。不过,她也不愿意放弃自己的地位。在考场上、在战场上、在庙堂上都足以让任何男性深感羞愧的、年轻的女扮男装的人物形象,一直广受女性弹词作家喜爱。作为一种规则,这些人物最后都恢复女儿身,但是偶尔也有女性角色一直保持男性身份,在告老还乡后,和妻子一起度过余生。这是弹词《金鱼缘》的结局,由终身未嫁的孙德英在1863和1868年之间撰写。

正如孟丽君不得不阻挡好色的皇帝,程蕙英在《凤双飞》中对于强迫的亲密行为给予了更多的细节描写。程蕙英在十九世纪晚期以教书为业。她的弹词以一位英俊少年的故事为开端。他唾弃一位男性爱慕者的求爱,反而被其负气地指责为同性恋。这个题材的选择并不令人惊奇,鉴于被女性广泛阅读的小说《红楼梦》

中就已经出现了对男性同性恋的描写，在十九世纪后半叶陈森的《品花宝鉴》中这一主题也很普遍，不过，这部弹词中充斥着大量男性亲密关系。弹词的故事设定在十六世纪早期，情节逐渐发展成为一个关于政治阴谋的故事，包含有各种俗套的情节，如叛国和通奸，土匪和间谍，奸险的宦官和邪恶的教师，乔装和收养等等，其中一个自我阉割的行为尤其具有刺激性。

很多女性创作的弹词作品篇幅非常长。《安邦志》初刻于1849年，长达三百二十回。续集《定国志》也长达二百七十回。此三部曲的最后一部《凤凰山》初刻于1874年，长度与前两部大抵相当。故事发生在唐朝末年的动荡时期，小说情节则表现得更加动荡。显然，许多女性穷尽一生只撰写一部作品，所以它们的情节极尽复杂之能事，足以让现代肥皂剧逊色，也让我们难以对其加以概括。李桂玉的《榴花梦》完成于1841年，共三百六十回，是篇幅最长的一部弹词作品。全书用诗赞体写成，甚至可以称为全世界最长的叙事诗。《榴花梦》写作于福州，而非弹词写作的中心江南，仅以抄本形式流传。它的首个现代整理本共分十卷，每卷长达六百页，每页有一百行诗句。故事发生在十七世纪后半叶，但是作者的描写难以企及历史的真实性。她对于恶人和好人的详尽描写，实际上反映了写作时代的情景和希冀。中心人物之一是一位女英雄桂恒魁，根据作者的序言，她：

> 抱经天纬地之才，旋转乾坤之力，可称女中英杰，绝代枭雄。

如果说很多女性创作的弹词都是幻想出来的作品，另一些女性作家则试图在历史的基础上提供一些道德模范。周颖芳（卒于1891年）的《精忠传》就是一个典型的例子。作者的母亲郑澹若

（卒于1860年）和侯芝一样，被弹词吸引的原因是这种文学类型并非为男性主宰。她也写作过一部弹词作品《梦影缘》，清楚地表现出受到小说《镜花缘》的影响。弹词讲述了十一世纪初罗浮山神和十二花仙脱胎转世的故事。一些花仙最终成为山神的妻子，另一些流血而死，或者在尊严受到威胁时英勇自杀。郑澹若本人在1860年太平军攻占杭州时自杀身亡。周颖芳的丈夫严谨于1865年在贵州与当地叛军战斗中殉难。周颖芳将剩余的岁月都投入到撰写南宋将领岳飞（1103—1142）故事的弹词中。在岳飞即将重新收复北中国、救回被掠走的徽宗和钦宗时，暗中与女真勾结的邪恶宰相秦桧将他召回。后来，秦桧在妻子的建议下，在狱中将岳飞杀害。岳飞在清朝被广泛地认为是对王朝忠贞的象征。游人来到杭州西湖边的岳王庙，都会因鞭打秦桧和妻子的跪像而感到心满意足。在十八世纪，大大美化过的岳飞的壮举和他戏剧性的死亡，被钱彩（约1662—约1721）改写成一部八十回的小说《说岳全传》。小说中增加了一部分情节，岳飞的儿子和以往的部下成功地保卫了边关，取回了两位皇帝的遗骸。周颖芳的弹词根据小说改写，情节基本相同。对于女性来说，岳飞传奇提供了模范的母亲和女儿的形象。据说，在岳飞离家前去参军的前夜，母亲曾经在他的背上刺下"精忠报国"四个字；岳飞的女儿在他死后也被迫自杀身亡。周颖芳的弹词以抄本形式进行传播，直到1931年才刊印出版。此时，岳飞的形象已经从对王朝的忠贞转变成为自我牺牲的典范，在对抗日本侵略时激励人心。

　　二十世纪早期的改革者和革命者们可能会谴责精英女性的传统文学教育是毫无用处的，但这并未阻止他们使用弹词来赢得大量女性听众。在此过程中，和周颖芳一样，他们从幻想转向历史，有时甚至是外国历史。1902年，改革派的报人、小说家李伯元编写了《庚子国变弹词》，生动记录了1900年的义和团事件。这部作品被现代学者忽视,主要原因在于他把义和团成员描写成骗子和愚民,支持他们的官员都为之愚弄。在当今中国,这个观点在政治上是不正确的。另一些弹词作品向中国读者介绍了欧洲女性解放运动的主要人物,如罗兰夫人(1754—1793)。深受她影响的改革者、活动家梁启超曾经为她创作了充满赞美之辞的传记。她也是《法国女英雄弹词》的女主角,这是一本无名氏的作品,作者很可能是一位女性,1904年由亲法的著名小说家曾朴(1872—1935)创立的书局出版。这部作品的目标是通过这个女性革命爱国者的例子,呼唤沉睡中的中国女性行动起来。其他的弹词人物还有圣女贞德(Jeanne d'Arc)和哈里特·比彻·斯托(Harriet Beecher Stowe)。也有弹词作品描写了照像技术的发明和富尔敦的轮船发明,介绍基本的科学概念,鼓励人们追求个人的目标。女性主义者、革命者秋瑾也曾着手写作弹词《精卫石》,但是她在行刑前只完成了原计划二十回中的五回。这本带有强烈自传色彩的作品描述了一群年轻的中国女性,意识到中国的落后和对女性的压制,前往日本追求现代教育。在第一回中,秋瑾对于中国女性在满族统治下身为"奴隶的奴隶"的地位,进行了长篇累牍的唾骂。

五四运动之后,人们致力于将弹词视为案头文学的一种类型,以适应新的文学环境,但未获得成功。一些受到现代教育的女性接受了在五四运动中兴起的新文学形式,如短篇故事和小说,女性弹词因无法适应新现实的需要,迅速沦为过去时代的遗迹。

清曲和山歌

在弹词和南词之外,江南地区还是许多其它说唱传统的故乡。在杭州和苏州之外,扬州也是一个主要的中心,在十八世纪达到繁荣的鼎盛期。李斗（活跃于十八世纪下半叶）的《扬州画舫录》中用回味隽永的细节细致地描写了昔日繁华，并深入描述了这座城市娱乐业的发达。扬州不仅具备深厚的说书传统，也有着本地弹词传统，称为"弦词"。同时，它也是"扬州清曲"的故乡。扬州清曲中既有属于不同曲牌的、简短的抒情和写景小曲，也包括有联套演唱的长篇叙事歌曲。大多数曲词取材于小说中的一些著名片段，如《水浒传》（武松打虎、武松杀嫂）、《三国演义》和《红楼梦》等。此外还有寓言题材，如《老鼠告状》讲述鼠猫之间长期存在的敌意。这个主题遍布于整个中国的各种说唱类型之中。扬州清曲对此题材的处理，因篇幅和幽默而与众不同。家鼠和田鼠各自吹嘘自己血统高贵，惊动了猫，吃掉了家鼠。它的魂魄在阎王面前伸冤，猫被召唤前来，但它通过细致描述家鼠、田鼠之害，成功为自己开脱。在其它类型的说唱中，猫鼠之间的敌意是由老鼠执意将自己的女儿许配给猫而引起的。新娘刚刚跨过门槛，猫便一口将她吞食。另一首清曲讲述木竹之间的纷争，还有一首则讲述凤凰为自己军队中的各类鸟儿论功行赏。

如果说，扬州清曲可以视为一个经济富裕、人口稠密的都市中专业的娱乐文化，那么苏州郊外流行的"山歌"则是与之相反的例子。这里的"山歌"指的是一种吴方言歌，一般以四行七言句组成，用当地曲调演唱。每地都有自己独特的曲调。这些歌曲在苏州的消闲季节一度非常流行。十七世纪早期，冯梦龙出版了一部山歌选集，许多曲子内容淫秽，爱和性是普遍的主题。在最近几十年里，学者们认为，山歌的曲调不仅是用作只曲或者套曲（如描写五更、十二月和二十摸），也用以讲述长篇爱情故事。虽然在当代学者着手收集和整理之前，大多数此类歌曲在现代并未出版传播，但至少一则材料曾提到长篇的叙事山歌曾在1630年代以刻本形式流传。

VII 南方传统说唱

木鱼书

没有人能够否认,南方方言不仅与传统官话和现代的普通话相去甚远,彼此之间也大不相同。南方不同方言区的人们相互间是难以理解的。最大的方言群体之一是粤语被广泛使用的今天的广东、广西两省。在这个地区内,戏曲、歌谣和其它各种形式的表演文本使用粤语,这些当地形式也相应激发了大量作品在不同程度上使用了方言。

使用粤语的地方歌谣称为"木鱼歌"。它最早在十七世纪的史料中被提及,在转录中使用了不同的词汇。广东人屈大均在《广东新语》中首次对它进行了细致的描述:

> 粤俗好歌。……其歌之长调者,如唐人《连昌宫词》、《琵琶行》等,至数百言千言,以三弦合之。每空中弦以起止,盖太簇调也,名曰摸鱼歌。或妇女岁时聚会,则使瞽师唱之,如元人弹词曰某记某记者,皆小说也。其事或有或无,大抵孝义贞节之事为多,竟日始毕一记,可劝可戒,令人感泣沾襟。其短调踏歌者,不用弦索,往往引物连类,委曲譬喻,多如子夜竹枝。

屈大均试图将粤语歌谣与历史上出现的其它形式相类比,对其加以阐释。这里所说的"摸鱼歌",可能是在最大范围地指代所有粤语歌谣,包括小调、抒情和叙事歌(后来被称为"龙舟"),以及长篇的说唱。长篇说唱现在常被称为"木鱼书"或者"南音"。文中提及"元人弹词",屈大均有可能读到过臧懋循出版的、据说是杨维桢创作的弹词，但是他在此处更可能是用以泛指词话。

早期史料在描述"木鱼"时使用的词汇各不相同，但是"木鱼"这一词汇很快固定了下来。因为木鱼（雕刻成鱼形、中部挖空的木块）是僧侣使用的乐器，诵经时用以击打出韵律，有些人提出木鱼书很可能源自宝卷，虽然木鱼书的曲目中的确包含有一部分佛教主题的故事，譬如目连传奇和妙善公主传奇，但这种说法并不可靠。另一些早期的作者也试图将木鱼和"蛋家"联系起来，这是珠江流域中一个地位低下的、定居在船上的族群。最大的可能性是，"木鱼"是对有着共同起源的当地曲调的总称。当地的一个传统证实刘三姐是这些曲调的创造者，她是一个神话人物，是民间传说和电影的主题。她能在歌唱竞赛中击败所有对手，哪怕是带着一大堆歌本前来挑战的文人。

龙舟歌的文本每行长短不一，不规则的程度与曲词中粤语的数量直接相关。然而，刊刻出版的木鱼书基本上用七言诗行写成，没有散文说白。这些七言句偶尔带有一个或数个衬字，每四行形成一节。它的文本可能被分为数册，每册再细分为许多篇幅更小的回。虽然木鱼书有时会与弹词划分为一类，但它们在长度上更为短小。

现存最早的木鱼书刻本出现在十八世纪初。其中两部文本《花笺记》和《二荷花史》，与金圣叹评点的《水浒传》和《西厢记》一样，均带有细致的文学评点，其中频繁地提到了此本之前的"俗本"。同时期刊刻的第三种文本《珊瑚扇金锁鸳鸯记》却无评点，只是一个普通形式的刻本。大多数现存的木鱼书刊刻于十九世纪，那时，一些书坊专门刊刻此类唱本。五桂堂书坊是其中之一，在1970年代初的香港仍然营业。因为广东比较早地开埠与外通商，木鱼书在全世界的图书馆内都有收藏。因收藏时期确凿可知，故有助于确定文本本身的年代。

《花笺记》作为休闲读物，讲述了所谓的"才子佳人"故事。一名才华横溢的苏州秀才梁亦沧历经磨难，与杨瑶仙和刘玉卿结为夫妻。它与其它两部早期作品因文辞魅力一同获得了高度赞誉。这一题材使得它能够大量呈现上层社会的情态，因其对情感和场景的细致描写而受到称赞。或许因其在当地的声名、广泛的流传及有限的篇幅，它在十九世纪上半叶被翻译成了英文（Peter Thomas, *Chinese Courtship*），也被译为德文和荷兰文。

《二荷花史》的篇幅是《花笺记》的两倍。虽然也属于才子佳人故事，却是一部更具野心的作品。作为十七世纪"小青热"中的作品，它的写作年代不可能早于明代最后数十年。这篇故事中，书生白莲在读过小青的生平事迹之后（小青的故事后来成为木鱼书《小青记》的主题），撰文大加赞美。小青在梦中现身，赠以两朵白荷。他后来娶回两位姑娘，名字中均含有"荷"字。此后他又迎娶了名妓紫玉和婢女凌烟，进一步壮大了家庭。《珊瑚扇金锁鸳鸯记》是另一个才子佳人故事，根据它最后的版本，故事情节可概述如下：

> 秀才何琼瑞拾得赵女碧仙所遗珊瑚扇并金锁鸳鸯坠，二人因私定终身。后扇、坠为奸徒陈秋客窃去，并陷生下狱。碧仙自杀获救。终得王巡按雪冤，何生中了状元，与碧仙成婚。

十九世纪以来，木鱼书中的大部分题材来源于著名的白话小说和戏曲，尤以十八、十九世纪的战争爱情故事为多。不过有时某个著名故事的粤语文本可能直接来源于更为普遍的口头版本。木鱼书中的沉香传说即为一例。这个故事以多种版本流传全国，其情节概要如下：华岳三娘（华山山神的三女儿）是脾气暴躁的二郎神（山神的二儿子）的妹妹，爱上了凡间书生刘锡。刘锡不喜欢三娘，但三娘热烈追求他，并迫使他与自己结合，生下了孩子沉香。二郎神听说她犯下重罪，将她囚禁山下。沉香被父亲抚养长大。因被学堂同伴嘲笑没有母亲，沉香从父亲处问明真相，于是向八仙学习救母的仙术。沉香与邪恶的舅父展开一场激战后，用斧劈山，救出生母。这个故事在中国早期神话中有着不同的细节，可视为目连地狱救母的佛教传说在中国本土的版本。

粤语文本中的沉香故事发生在宋朝初期，讲述的是一个截然不同的故事。少女陈瑞仙被三个天神附身，屡次驱魔，甚至由包公出马，均宣告失败。唯有华岳三娘假扮成一名年轻郎中，使她得以舒缓。为表回报，瑞仙之父为三娘建筑了一座庙宇，并用沉香木雕刻了三娘神像。当皇帝造访庙宇时，三娘现身。出于强烈的爱欲驱使，皇帝希望将她带回宫廷，但被后者激烈拒绝，并烧伤了皇帝的头发和腮须。后来，华岳三娘与刘锡成婚三年，生下儿子沉香。沉香由刘锡抚养成人。沉香了解自己的身世之后，他找到母亲，三娘给了他一本兵书。沉香在此书和朋友的相助之下，打败叛军，攻入皇宫，自封为帝。杜德桥（Glen Dudbridge）认为这个粤语版本"对于真实的和假定的女性伦理有着浓厚兴趣"，适合于这种文类的主要女性读者群。

木鱼书的曲目中还包括一些改编自当地传说的文本。战国时期齐宣王丑陋却强壮、贤良的妻子钟无艳，显然是中国南方地区一个广受欢迎的人物形象。因为她的胜利源源不断，关于她的故事一集接着一集，每一集都长达一百五十回以上。一些当地传说也与广州曾为独立王国的京城这一段历史有关。《玉龙太子走国阴阳宝扇》或许是此类作品中篇幅最长的。故事以周平王时与交趾公主的婚姻为始。这部作品发掘了后来在木鱼书曲目中成为经典的一个主题。周平王的生命被权臣威胁，继承王位的太子逃出宫廷，躲藏起来。他在四处流浪中贫困潦倒，最后会聚了一批王室追随者，返回宫中，从篡位者手中夺回权力。在流浪的过程中，独具慧眼的女孩们识破了他的身份，并嫁给他，哪怕在他沦为乞丐或奴隶之时。结果，太子在一群美丽的妃子、彪悍的勇士和聪慧的仙人的帮助下重返国都。这种类型的故事在敦煌唱本中存在着一个早期文本，后被改编成木鱼书《刘秀走国》。不过，在重耳、伍子胥和赵氏孤儿的故事中也可以找到许多类似的主题。这一类木鱼书大多可能是十九世纪二三十年代在佛山创作和出版的。

一些木鱼书是根据当地的丑闻和公案加以改编的。在《谋夫杀子阴阳报》中，我们见到了有史以来最邪恶的继母。美丽的妻子临终前请求丈夫不再续娶，但是他迫不及待地续娶新妇。新任妻子虐待前妻的一双儿女，给他们安排不可能完成的繁重活计。后来，继母假装生病，告诉丈夫只有孩子的心肝才能治愈疾病，并让她能生出儿子。继母的姐姐让一个郎中确认了她的话，愚蠢的丈夫同意了。偷听到这个消息，女孩告诉弟弟，弟弟又告诉自己的教书先生，但后者并不相信他的话。在男孩惨被杀戮之后，先生才来到家里，经过一番周折，这宗谋杀最终被揭露出来。继任的妻子也是导致前妻丧生的凶手，她还企图谋害丈夫。文中详细描写了恶人生前受到的残酷惩罚，后来又在地狱接受酷刑。唯一幸存的小女孩后来嫁给了教书先生的儿子。弟弟转世后也将有一段美好的人生。另一个例子是木鱼书《梁天来告御状》，根据珠江地区两个家族因宿怨引发的轰动一时的"七尸八命"案改编而成。这件命案也被安和先生改写为小说《梁天来警富新书》，后来又被吴沃尧改写为小说《九命奇冤》。一些木鱼书也从移居美国的粤人生活中选取素材。

竹板歌和传仔

广东和广西两个省份中分布着大量的客家群体，他们有着自己的独特方言。台湾也有着数量庞大的说客家方言的移民,他们的方言被称为"广东话"。客家群体因其丰富而独特的歌谣、故事等口头文学而著名。在广东,以客家话演唱的长篇叙事歌谣被称为"竹板歌"。竹板歌普遍以七言句式写成,五行一节,每一节的最后一行在下一节作为首行重复一遍。竹板歌曲目中一个令人瞩目的现象,是它们将晚明白话小说集《今古奇观》作为创作素材。这部小说集的四十个故事中,不少于二十个被改编成竹板歌。

在台湾,更长的客家话叙事歌被称为"传仔"。《唐仙记》是其中最有名的文本,存有大量的刻本和抄本。新婚的唐仙为求功名,与妻子离别。他未能遵守三年后回家的承诺。九年后,妻子在期盼中亡故。唐仙最终回到家乡,被悲伤击倒,在梦中与妻子的灵魂相会。这篇作品对地狱和审判体系作了细致描写,亦可视为其主旨所在。无论是在中国大陆还是台湾,梁山伯和祝英台的传说在客家群体中也极为流行。

潮州歌册和台湾歌仔册

广东省东部的旧潮州府地区不属于粤方言区,一部分人口讲客家话,另一部分讲闽南话。潮州产生了大量用标准书面白话创作的七言叙事诗。关于潮州歌册的研究非常罕见,但是近年来一系列文本的整理出版促进了相关研究。潮州歌册的作者和出版者鲜为人知,极少数现知的作者活跃在十九世纪末和二十世纪初。有学者认为曲目中的一些文本可以上溯至明代,不过,更为可信的观点是绝大部分现存文本产生于十九世纪之后。与其它形式的说唱文学一样,潮州歌册的题材大多来自白话小说、戏剧、宝卷和弹词。木鱼书和潮州歌册中都有改编自弹词《玉钏缘》、《再生缘》和《再造天》三部曲的作品,证明了这些作品的广泛流行。

木鱼书对潮州歌册曲目的影响也相当大。

在潮州本地的故事中，流传久远的是陈三和五娘的传说。故事发生在潮州，但是，在不同文本中故事发生的时代也各不相同。潮州歌册将故事设定在南宋末年。黄五娘在元宵节时出门观灯，遇到泉州人陈伯卿护送嫂嫂到兄长任官之所。两人一见钟情。然而，五娘的父亲不顾女儿反对，迫使她嫁给当地举人林玳，五娘因此抑郁成疾。伯卿经过她的窗下，五娘将一颗并蒂荔枝包在手帕内扔给他。陈伯卿改名陈三，并假扮成磨镜工匠来到五娘家中。他故意失手打破一面镜子，借此卖身为奴以抵消债务。一年之后，在五娘的婚礼准备妥当之时，伯卿在婢女益春的帮助下与五娘见面，两人连夜私奔至泉州。林、黄两家因悔婚引发诉讼，五娘的父亲被判退还聘礼。同时，一对情人已抵达泉州，面见父母，从此快乐地生活在一起。这个故事早在十六世纪便因改编成闽南戏而闻名。

另一个著名的故事中的主人公是命运坎坷的有情人苏六娘和郭继春。苏六娘和郭继春二人相爱，六娘赠以一支金钗。六娘的父母答应将她许配他人，郭继春因此病倒。六娘从自己大腿上割下一片肉，做成了一碗治愈的补药，继春方得以死里逃生。人只能在父母病危之际供奉自己的血肉，六娘的行为因此是大逆不道的。婚期迫近，六娘唤继春前来相见。因继春质疑六娘变心，她立刻自杀明志，继春也随之上吊自尽。地府阴曹为二人爱情所感，放他们还阳。郭继春将二人之事诉于官府，六娘被断为他的妻子。

另一个当地故事则对爱情和婚姻呈现出不同的视角。在《潮州柳知府全歌》中，潮州知府之妻膝下无儿，在丈夫短暂离家期间，前往寺庙求子，并与和尚有了奸情。她与奸夫合谋，计划在丈夫回家后将其毒死。柳知府设计在酒池中淹死妻子，逮捕了和尚。他在搜查寺庙后解救了多名被囚的妇女。在《尼姑案》中，匪徒并非是诱惑良家妇女的淫僧，而是好色的尼姑迫使涉世未深的年轻人成为她们的性奴。

南方福建、台湾等闽南语地区也出产了自己的独具特色的叙事歌。它们由七言诗赞体写成，四行一节。特别是在台湾，随着时间的推移，越来越多歌册只用闽南语写作。对于不熟悉这种方言或者所述习俗的人来说，后期的文本是难以理解的，因为许多词汇在普通话中有着不同的意思。在福建，这些闽南语歌谣被称为"锦歌"。在台湾，它们以"歌仔册"之名流传。现存最早的刻本刊刻于十九世纪的泉州和厦门。在十九世纪末和二十世纪初，它们也在上海以石印形式出版。从二十世纪初开始，歌仔册也在台湾刊刻出版。直到最近，新竹的竹林书店仍然刊刻薄薄的新、旧歌仔册。早年的歌仔册也用于演出，后来则主要用于阅读。在二十世纪初期刚刚出现时，歌仔册也曾作为台湾地方戏曲歌仔戏的脚本。

并非所有的歌仔册本质上都是叙事的。其中有相当一部分是道德文本，感叹赌博、酗酒和嫖娼的罪恶。《相报歌》大多由对话组成，对话常在妓女和顾客之间展开，妓女哀叹她不幸的命运。和其它类型一样，叙事的歌仔戏大部分都是讲述全中国流行的故事。至今，歌仔册曲目中篇幅最长的故事是梁山伯和祝英台的传说，下文将会加以介绍。陈三和五娘也是歌仔册曲目中的人物。歌仔册的独特之处在于记录了从福建南部至台湾和东南亚的移民史，以及台湾自身的历史。一些曲本描述农民的疾苦，另一些则叙述海外经商的成败。我们还可以读到关于清朝台湾土著叛乱内容的歌仔册文本。

1897年刊刻于上海的歌仔册《台湾民主歌》有着特别的旨趣。它见证了历史的变迁，记录了1895年被割据给日本之后台湾北部发生的事件，包括清朝官员的怯懦，及日本军队抵达后对当地抵抗的镇压。描述在日本统治下台湾人经受苦难的歌仔册,都是在1945年日本人撤离之后写成的,《义贼廖添丁》正是如此。廖添丁在日据时期的犯罪生涯、劫富济贫的行为和愚弄警察的能力,使他在现代台湾崇拜者眼中俨然成为罗宾汉一类的人物。另一些歌仔册讲述的是更为晚近的、由于情爱或贪婪引发的罪行,偶尔从流行电影中汲取素材。

近年来,随着台湾对所有与台语相关事物的重新评估,歌仔册的命运完全得到改变。过去它曾一度被学者忽视,现在,则可以在中研院的网站上看到它的所有藏本了。

女书文学

潮州歌册虽然难以理解,不管怎样它仍是用文字写成的。但是,在湖南省最南边的江永县,用"女书"写成的文学作品却并非如此。虽然女书声称有着悠久的渊源,但是最好将其看成是相当晚近而且高度地方化的现象。通过对中国传统文字的极度简化变形,每一个符号被用作代表当地方言中上千个单音之一,从而形成一个完整的体系。因为这种书写方式几乎只被女性使用,所以称为"女书",以区别于"男书",或者正规的中文文字。女书的存在在二十世纪三十年代首次被外界注意,八十年代开始对其加以研究,那时,仅有少数老年妇女还能够朗读和书写女书。

江永县的女性使用女书记录了大量的各类歌谣,均用七言句式写成。大多数研究都聚焦在当地妇女的原创作品与当地女性友谊、婚恋习俗之间的关系。这些作品中,表达作者痛苦的自传性质的歌谣占有相当显著的比例。一些江永妇女也认识通行的规范文字,她们使用女书来改写流行的歌谣。对于大多数说唱文学形式来说,尽管女性组成了主要的观众群体,但人们通常认为作者都是男性，仅有少数例外，如女性创作的弹词。然而，就女书而言，就算歌谣并非由女性创作，至少是女性为女性选择的。这种情况表现出哪些故事对女性有吸引力。人们首先注意到一个现象，浩如烟海的中国的戏剧、小说和说唱文学之中，充斥着男主角表现他的男子气概的内容，或者用他的武艺反抗外国的侵略，保卫边疆，或者用他的文学才能、个人魅力吸引一大群女性。女书中完全没有这类内容。与之相反，几乎所有被改写成女书的歌谣都带有强烈的女性意味。在极为少数的包公故事中，那些女性角色的名誉被平反，或者惨死的冤屈得以昭雪，她们的形象显然要比其它文本张扬得多。如果读者希望从这些文本中发现另一种与性别关系相关的价值体系，将会感到失望。因为在许多转录的歌谣中，虽然丈夫长期不在家（最多长达十八年），生活赤贫，同时娘家不断催促改嫁，但是故事中的妻子一直保持忠贞。当然，妻子毫不动摇的忠诚，必然在丈夫衣锦还乡时得到褒奖。而且，尽管江永妇女在书写中显露出她们完全意识到了所受到的歧视，但仍接受了传统的基于性别的等级区别。这里也没有江南地区流行的、在上层女性创作的弹词作品中常见的女扮男装、令男性相形见绌的故事。黄氏故事在当地称为王家第五女，它教导江永妇女摆脱女性境况的唯一希望是虔诚的生活，它不但为女性提供了来世转生为男性的机会，而且，有可能在转生为男性后受到宗教启迪而得道升天。

VIII 宝卷（续）

"文化大革命"之后，中国大部分地区迎来了宗教和传统文化的重生。中国学术界在二十世纪八十年代重新回到田野。人们惊讶地发现，相隔遥远的河北、江苏和甘肃最西部等不同地区，宝卷仍然得到精心的保存。它们的表演，无论是作为仪式还是作为娱乐，依然鲜活如初。甘肃的一些学者断定，在敦煌成为中国领土之前，直到当代，当地存在着从未间断的说唱传统。这些学者一度非常积极地编辑、出版在田野调查中新发现的宝卷抄本和刻本。最近，另一些地区也效仿这种做法。

宝卷在十九世纪大量进行编撰，最近编写的目录罗列了一千六百余种篇目。宗教的宝卷仍被编撰，但是逐渐被扶鸾仪式所取代，在今天，特别是在台湾，扶鸾仪式仍然产生着大量的诗歌和叙事文学作品。几乎所有十九世纪和其后的宝卷都是叙事性的。这一类型中，包括了许多没有显著宗教特性的故事，也包括了关于道教起源的故事，或者是讲述当地神祇传奇的故事。唯一明显的佛教因素往往出现在开场诗和结尾诗中，用于为听众祈求佛祖的庇护。许多说唱形式青睐冗长的篇幅，但大多数宝卷篇幅都比较适中。

除了前文讨论过的《香山宝卷》，在十九世纪流行最广的另一部宝卷是《刘香宝卷》。现知最早的版本刊刻于1774年。当女主角刘香从尼姑处得知女性境况的悲惨，她决定将自己的一生奉献给宗教。她的虔诚态度促使父母将肉铺改成素菜饭馆。嫁给马氏第三子马玉之后，她劝说丈夫采纳自己的人生态度。刘香拒绝吃肉食、穿华服，激起了嫂子们的敌意。她们在婆母面前搬弄是非，分开了这对年轻夫妇，并让刘香受到残酷的惩罚，最后剪断她的头发，把她赶出家门。当马玉高中榜首，回到家中，刘香拒绝与他一同回家。他被迫与第二任妻子前去赴任。马玉离家之后，他的所有亲属都因为食用河豚中毒而死。在梦中，马玉的灵魂和他们在地府相会，他们请马玉去求刘香为他们超度。马玉回来后，刘香答应了他的请求。此后，马玉夫妻，第二任妻子和一位虔诚的仆人都得道成佛。与《香山宝卷》相比,这部作品的形式相对简单,在许多地方还被居士作为宗教手册加以朗诵。

另一篇流行的宝卷名为《何仙姑宝卷》,讲述的是八仙之一何仙姑被吕洞宾度脱的故事。抛开文本的道教性质不论,它讲述了一个虔诚的女孩厌恶整个"人吃人"的世界,拒绝出嫁,父亲在暴怒之下最终将她鞭打致死。吕洞宾将她带到终南山,后来她返回人间度脱了父母。在这些后期的宝卷作品中,佛、神、夜叉和道教神仙居住在同一座神殿之中。《秀女宝卷》的女主角是另一位虔诚的女性陶秀女,她被绑架并卖身为妾。因拒绝与主人同房,遭主妇肆意鞭打,最后因烫伤身亡。来到地府之后,秀女还魂,使用从何仙姑处学到的法术让主人受到酷刑的报应,并最终与父母重逢。

在这些晚近的文本中,我个人最喜欢的是十九世纪中期的《善财龙女宝卷》。这个短篇故事是第一篇讲述少年善财和龙王孙女传奇的文本。在流行刻本中,他们常常作为侍者陪伴观音左右。两个人物都有自己的佛教因缘,《妙法莲华经》中已经提到过龙王八岁孙女的顿悟,《华严经》则讲述了善财的故事,他因追求智慧,拜访了包括观音在内的五十三位老师。早在宋朝,善财朝圣的故事已经成为了插图本宣教手册的主题。然而,这篇宝卷中却忽略了这些经典文本。一对没有孩子的夫妇,因为对观音的忠诚被嘉许,生下了一个儿子。但他拒绝为参加科举考试而学习,年纪轻轻就离开了家,与黄龙(在《何仙姑宝卷》中,观音将其收服为弟子)一起学习。他在父亲六十岁生日时独自离开,并改名善财,后因思乡心切,决定返回家中。下山途中,他遇到一条困在瓶子里的小蛇向他求救。他照做之后,小蛇变成了一条巨蛇,企图将他一口吞噬。如同十六世纪的中山狼故事一般,他们同意征询三个人的意见,以判断究竟应该以德报德,还是以怨报德。

他们最先询问了一头老水牛，后者谴责了人类的忘恩负义。然后他们又询问了庄子，他讲述了自己在救活骷髅后的悲惨遭遇。蛇正准备吃掉善财，此时，他们询问了一名年轻女子，她要求巨蛇展示它确实能够被装进小瓶子里。在巨蛇落入圈套之后，女子现身为观音。善财立刻皈依于她，成为侍者。这条蛇在几年修炼之后，也随之成为观音弟子。在结尾部分之前，这部宝卷实际上改编了一篇孝顺鹦哥的宗教故事，该故事源自十五世纪的一篇词话。

孝顺鹦哥的故事是在甘肃西部发现的多部宝卷作品之一，它也是一篇关于猫鼠在地府打官司的宝卷的源头。这个地区的大多数宝卷讲述的是广为人知的主题，甚至包含一篇武松杀潘金莲的宝卷。在某种程度上，这些晚期的文本在形式上都有着共同的特征，它们在韵文部分常常使用十言句式。

IX 四大著名传说

无可否认，很多戏剧和小说作品源自说唱文学主题或某一特定文本，但自晚明以降，说唱文学开始大量地从小说和戏曲作品中寻找题材。然而，一些流行故事主要在说唱文学及与之密切相关的地方戏中得以留存。中国学者有时会提起"四大传说"，即牛郎织女、孟姜女、梁山伯与祝英台和白蛇的故事。白蛇故事在前文论及弹词的历史与发展时已经讨论过，但需要强调的是，这个故事从杭州和江南地区流传至全国，在北京和广东同样流行。牛郎织女的神话故事非常简单。两颗星星坠入爱河，将自己的责任抛诸脑后。作为惩罚，它们被置于银河两端，处于固定的位置上，只被允许在每年七月初七的夜晚，通过一座穿过银河的鹊桥相见。民俗学者们记录了更为复杂的文本，但是这些故事并没有出现在说唱文学中。说唱文学中最为流行的织女故事，将她与孝子董永联系在一起。

董永和织女

《列士传》是出身皇族的文献学家刘向（公元前79—前8）编撰的作品之一，后世称为《孝子传》。与出自同一作者的《列女传》不同，这篇作品并没有完整得以保存。现存的章节中保存着董永的故事：

> 汉董永，少失母，与父居。肆力田亩，鹿车载自随。父亡，无以葬，乃自卖为奴，以供丧事。道逢一妇人曰："愿为子妻。"遂与之俱。主曰："必尔者，但令妇为我织缣百匹。"于是永妻为主人家织，十日而毕。女出门，谓永曰："我，天之织女也。缘君至孝，天帝令我助君偿债耳。"语毕，凌空而去，不知所在。

曹植（192—232）在诗中也写到了同一个故事。公元二世纪末，董永在绘画艺术中也是一个重要人物。很早以来，他的神仙伴侣就已经固定为织女。在后来的民间传说中，织女常常被说成是西王母的小女儿。

数百年来，董永一直是最为人所知的孝子典范之一。敦煌抄本中发现了一篇董永织女变文，织女在离开时将一个男婴托付给董永。这个孩子因为没有母亲而被同伴欺侮，他从父亲那里得知了身世真相。一个著名术士告诉他如何与母亲相会：如果他来到某个池塘边，会看见三个天庭下凡的仙女在池塘中洗澡。只要他拿到她们的衣袍，他的母亲将不得不和他说话。织女真的和男孩说话了，但后来却借他之手，惩罚了泄露秘密的术士。从此，人们就不再了解天宫事务了。

明清两朝，董永的故事被几乎每一种地方戏加以改编，并被多种说唱文学改写。其中之一是湖南省的《张七姐下凡槐荫记》，据说这是一曲"挽歌"。过去，挽歌意味着一种在将灵柩从家送往墓园途中演唱的歌曲。现存作品往往哀叹生命的短暂和死亡的注定。在帝国时代晚期的湖南和湖北，挽歌是一种用于葬礼的特别说唱形式，更普遍的名称是"丧鼓"。这种形式号称具有超过两千年的历史，起源可上溯至庄子，因为他在妻子死后"鼓盆而歌"。

故事情节随着多次讲述而不断发展，董永最初是对父亲行孝，后来则越来越多地和母亲联系在一起。而且，故事中对织女能力的描述越来越细致，焦点从数量转化为质量。湖南的改写本在故事梗概上忠实于早期敦煌文本，出色之处在于全文采用七言句式、两行一节的形式写成。在这篇文本中，董永的债主安排他的女儿向织女学习纺织。这个女孩后来嫁给董永，生儿育女，并在他获得高官时分享了他的荣耀。董永在这个故事中有了一个结义兄弟，因而情节更为复杂。董永的兄弟后来成为绿林好汉的首领。债主的儿子派给董永一项极为危险的任务，以便有机会勾引他的妻子，此时他的兄弟救了他的性命。董永和织女的儿子知道怎样找到母亲后，他并没有被告知在她脱掉衣服后再拿走她的袍子，只是在她跨过鹊桥时才徒劳地抓住了她的衣裳。

孟姜女和长城

如果说董永是孝子的完美模范，忠贞的妻子孟姜女就是女性中的董永。孟姜女的故事足有超过二千五百年的历史。当齐庄公在公元前549年试图突袭莒城时，他的军队被击溃了。杞梁是在这次战役中死去的人之一,他在生前拒绝接受莒子的贿赂。根据《左传》记载,杞梁的寡妇因坚持礼仪而著称,庄公准备在路途中向她吊唁,她拒绝接受,并坚持庄公造访她家。另一些战国时期的史料提到她"善哭"。在《列女传》中,刘向增加了她哭倒长城的细节,并扩充了她在他丈夫的葬礼后自杀的情节。

齐杞梁妻

齐杞梁(殖)之妻也。庄公袭莒,殖战而死。庄公归,遇其妻,使使者吊之于路。杞梁妻曰:"今殖有罪,君何辱命焉。若令殖免于罪,则贱妾有先人之弊庐在下,妾不得与郊吊。"于是庄公乃还车诣其室,成礼然后去。

杞梁之妻无子,内外皆无五属之亲。既无所归,乃就其夫之尸于城下而哭之,内诚动人,道路过者莫不为之挥涕,十日而城为之崩。

既葬,曰:"吾何归矣?夫妇人必有所倚者也。父在则倚父,夫在则倚夫,子在则倚子。今吾上则无父,中则无夫,下则无子。内无所依,以见吾诚。外无所倚,以立吾节。吾岂能更二哉!亦死而已。"遂赴淄水而死。

君子谓杞梁之妻贞而知礼。《诗》云:"我心伤悲,聊与子同归。"此之谓也。颂曰:杞梁战死,其妻收丧,齐庄道吊,避不敢当。哭夫于城,城为之崩,自以无亲,赴淄而薨。

405

早期学者就哪段长城被她哭倒而展开争论。编撰于977年的《太平御览》在引用的文字中加上了一段这样的表述:"莒人筑尸城为京观,妻往迎丧,向之哭,土为之崩,得丧。"

到了唐代,这个故事发展成为一个全然不同的版本。在新的文本里,故事设定在秦朝,故事中的城墙变成了今天的长城。学者们认为这个场景反映的是五六世纪建造长城的情景。而且，汉代文学作品中很少出现长城的形象。三世纪的抒情诗在描绘战场中的累累白骨时，长城作为痛苦和悲哀的发生地，成为了一个普遍的主题。唐代抒情诗中一个流行的主题则是为保卫北国边疆的战士制作寒衣。

在这个传说的唐代文本中，杞梁的妻子叫做孟仲子或者孟子。一则相对完整的文本保存在747年日本残抄本《琱玉集》中：

> 杞良，秦始皇时北筑长城，避苦逃走。因入孟超后园树上，超女仲姿俗于池中，仰见杞良而唤之。问曰："君是何人？因何在此？"对曰："吾姓杞，名良，是燕人也。但以从役而筑长城，不堪辛苦，遂逃于此。"仲姿曰："请为君妻。"良曰："娘子生于长者，处在深宫，容貌艳丽，焉为役人之匹？"仲姿曰："女人之体不得再见丈夫，君勿辞也。"遂以状陈父而父许之。夫妇礼毕，良往作所，主典怒其逃走，乃打煞之，并筑城内。超不知死，遣仆欲往代之。闻良已死，并筑城中。仲姿既知，悲哽而往，向城号哭。其城当面一时崩倒，死人白骨交横，莫知孰是。仲姿乃刺指血以滴白骨，去（云）："若是杞梁能者，血可流入。"即沥血，果至良骸，血径流入。使（便）将归葬之也。

另一则保存在日本的唐代资料中增添了一些细节。女孩和征夫在面见父母之前就已经互相结合。只有在敦煌保存的歌谣中，杞梁的妻子名叫孟姜女，而且仅仅在敦煌版本中，她才带着为丈夫做的寒衣来到了长城。一个破损严重的敦煌抄本中保存着一篇说唱文本，首尾均已亡佚，仅留下一个残篇，讲述丈夫托梦给孟姜女，告知自己的死讯。随后，孟姜女发现了他的遗骨，并与其它骸髅展开对话。这个文本出现于九世纪或十世纪。

最近几个世纪中,为数众多的孟姜女故事的改写本之一是江永县女书的版本,非常贴近于唐代的故事梗概。这个文本关注的是女主角的内心世界,从她早年对爱情的期盼,以及发现丈夫遗骨并将之带回家的悲伤。她每晚都睡在丈夫遗骨旁,终生未嫁他人。其它一些版本中,故事结局是寡妇和统治者之间的斗争。在这种情况下,统治者并不是齐庄王而是中国历史上毫无疑问的暴君秦始皇。他看中了美貌的孟姜女,许诺将答应她的一切要求,以便将她占为己有。在一些文本中,这次会面发生在北京东北面的山海关,在那里,长城延伸至渤海湾。多年来,越来越多的山海关当地的故事与这个传说联系在一起。孟姜女和她的丈夫在这个地区被供奉为神,同样的情况在其它地区可以上溯到十一世纪或者十二世纪。

二十世纪二十年代民俗运动的领导者顾颉刚(1893—1980),对孟姜女传说的版本有着细致的研究。总体而言,学界研究可以被分为北方派和南方派。北方派倾向于删除沐浴的场景。另一个与北方派相关的因素是,孟姜女既然是丈夫(改名范杞良)忠诚的妻子,也应当是一个完美的儿媳。在讲述这一故事的一篇"宣讲"中,对孟姜女在丈夫离家之后如何照顾婆婆倾注了相当多的笔墨。一直等到婆母去世,妥善安葬之后,她才离开家为丈夫送寒衣。这个处理解决了忠贞妻子和孝顺儿媳之间的冲突,或许与宣讲这一形式的特性有关。宣讲又被称为"善书",是一种说唱文学的类型,兴起于清政府支持的对"圣谕"的通俗演说之中。

在南方吴方言区的文本中,范杞良的名字变成了万喜良。他不再是一个普通的征夫,而是一名年轻的苏州书生。他被迫服劳役,因为始皇相信"万"能够代表一万人,希望将他作为牺牲品埋葬在长城之下，以保证工程的稳固性。这些文本保存了沐浴的场景，但是也提供了详细的解释，即为什么一个受过良好教育的上层闺阁少女会在花园的池塘中裸身沐浴。婚礼刚举行完，万喜良就被征用并押送北方，而在某些版本中这一幕甚至发生在婚礼结束之前。在孟姜女前往长城的旅途中，她从家乡松江华亭取道镇江，路经苏州、无锡和丹阳，篇幅也因此得以扩展。吴方言区的版本中还保留了一个仆人，他前往长城，了解到万喜良的死讯，但是他变得越来越无赖。孟姜女旅程中的一个关键情节，是她在经过苏州和无锡之间的浒墅关时被刁难，只有在唱完一曲"数花名"之后才能够继续前行。这首歌唱出了她一年之中每一个月的孤单情绪，歌曲本身也单独流传开来。其它地区保存的南方文本中也用了范杞良的名字，孟姜女则经过了一些神秘的地方，这些地方充满了巨蛇、猛虎和好色的强盗。

讲述这个传说的宝卷有着自己的处理方式。迄今最早的传世文本是晚明的一篇长篇宝卷。无论从形式还是内容来看，这篇作品都属于宗教传统。孟姜女和范杞良分别是文殊菩萨和普贤菩萨的化身。范杞良并非是一介征夫，而是一个掌管长城建造的年轻官吏。善妒的上司蒙恬提出让范杞良回家探望父母。他刚一离开，神仙助他来到孟姜女的花园。同时，蒙恬报告范杞良未经许可擅自离职，秦始皇下令将他逮捕。范杞良返回后，蒙恬将他杀死并掩埋在长城之下。孟姜女前来索取丈夫的遗骸，被蒙恬欺骗。她交给蒙恬一件绣花长袍以便进呈给始皇，从而赢得了时间。在向皇帝展示时，袍子变成黑色，而不是代表皇家身份的黄色。始皇暴怒，处死蒙恬。孟姜女随后向始皇展示了真正的龙袍，并用自己的美貌迷惑了始皇。这个情节也保存在十九世纪的一篇宝卷中，这是一个更短的文本，1980年代在甘肃被发现。它包含了始皇和孟姜女在山海关漫长而复杂的对抗，表明这是一篇后期编撰的作品。最后孟姜女浮在范杞良的棺木上自溺于渤海湾。始皇失去孟姜女后，威胁抽干海水，并且将龙王的宫殿毁之一炬。假冒的孟姜女出现了，并与之同床共枕。在某些版本的传说中，这就是项羽的母亲。项羽长大后起兵反抗秦朝，并焚毁了秦宫。

在另一篇改编这个传说的晚期宝卷中，南方吴方言区的文本显示出它们的影响。万喜良和孟姜女被塑造为天神。变成万喜良的天神对始皇统治下人民的痛苦充满同情。他擅自做主决定下凡，用自己取代本应该为长城牺牲的一万平民。女神决定跟随他变成孟姜女，但是她不愿意在血河中诞生，所以选择在一个葫芦中出生。最后，应她的请求，皇帝给予万喜良国葬的礼仪，她跳进了燃烧的祭品中，化作一缕青烟回到天宫。

梁山伯与祝英台

现代阐释让孟姜女变成了追求自由爱情和反抗封建压迫的胜利者。但是，以传统眼光来看，她是集所有女性美德于一身的典范形象。在这个方面，她居于祝英台的对立面。后者坚持穿上男性装束，因为她希望在一所专为男子开设的学校接受更高等的教育。梁山伯和祝英台故事的起源可以上溯到宋朝。张津（约1130—约1180）在描述宁波地区的《乾道四明图经》中写道：

> 义妇冢，即梁山伯、祝英台同葬之地也，在县西十里接待寺之后，有庙存焉。旧记，谓二人少尝同学，比及三年，而山伯初不知英台之为女也。其朴质如此。

张津在后文指出一本十七世纪的书籍是这个故事的出处，不过此书现已亡佚。对两人爱情更为细致的描述据说来自张读（九世纪下半叶在世）创作的短篇故事集《宣室志》：

> 英台，上虞祝氏女，伪为男装游学，与会稽梁山伯者同肄业。山伯，字处仁。祝（英台）先归。二年，山伯访之，方知其为女子，怅然如有所失。告其父母求聘，而祝已字马氏子矣。
>
> 山伯后为鄞令，病死，葬鄮城西。祝适马氏，舟过墓所，风涛不能进。问知山伯墓，祝登号恸，地忽自裂陷，祝氏遂并埋焉。
>
> 晋丞相谢安（320—385）奏表其墓曰义妇冢。

这段记录在十八世纪的文献中被首次提及，有人怀疑它是否确实产生于九世纪。尽管如此，这个传说在宋朝即已流行，后来被添加了梁祝双双化蝶的情节。

现存最早的完整作品之一《梁山伯歌》是一首长篇叙事歌，五行七言诗句为一节，1660年左右刊刻于浙江，现存有单独刊行、略微损坏的版本。我们可以看到现代整理本并未说明其说唱类型。这个文本中主要的故事情节（一直到祝英台跳进梁山伯的墓中），存在于全中国数不胜数的文本之中。当祝英台身着男装时，连她的父亲都无法辨识。她说服了父亲，在发誓她一定会捍卫自己的贞节后，得到父亲的允许离家学习。路上，她遇到了同去求学的梁山伯。他们结拜为兄弟，同住一屋。梁山伯怀疑英台是个女孩，但是每一次他对一个奇怪的现象提出质疑，如她的胸部、蹲着小便、晚上不脱衣服等，英台总是能够找到各种理由蒙蔽他。最后，他完全被蒙骗了。当祝英台离开时，她多次暗示山伯前去迎娶她，后者都未能领会。祝英台让他来家中向自己的妹妹求婚。在梁山伯拜访祝家之后,他才意识到英台实际是名女子。此时,英台父亲已经将她许配给马家。梁山伯回家后,因为失望而病倒,梁母绝望的恳求宣告无效。梁山伯病死之后,故事又设置了两人在死后结合的情节。

只有在少数传统文本如江永县的女书中,梁祝才如现代故事中那样变成了鸳鸯或者蝴蝶。女书版本可能意在传授这样的训诫:无论一个聪明的女孩能够怎样欺骗一个男人,最后她的身体将会泄露真相(如英台被要求和其他同窗一起沐浴)。女性若试图进入男性社会,随之而来的只有苦难。然而,大多数现代的文本以这对夫妇的复活或重生作为结局,这对苦难的恋人最终结为了夫妇。我们发现不同版本中最大的分别就在于故事的结局。

在《梁山伯歌》中,失望的马文才将案件诉之于地府,于是,我们了解到梁山伯和祝英台实际上是牛郎和织女的化身。马生的诉讼自然被拒绝了,梁山伯和祝英台在后世成为了幸福的夫妻。在后来的文本中,他们经常从死亡中复活,有时也拥有一些特殊的军事才能,经历了许多险境,最终再次结合。另一些文本中,他们在复活之后马上成婚,只是在梁山伯科举及第、抵抗蛮夷入侵时又被迫分开。在台湾,闽南语版本和客家话版本有着巨大的不同。闽南语版本添加了许多的情节,在两人重生、结婚之后,梁山伯在科举考试中高中,成为在前线抵抗敌军的将军。在客家话版本中,梁山伯因为轻视巨宦千金,作为惩罚而被发配至边疆买马。祝英台再次女扮男装,通过科举,娶了宰相之女。在梁山伯回来后,她恢复女儿身,两个女子都为他生育儿子,长大后均参加科举得中。根据这些附加情节,客家版本与木鱼书和潮州歌册的文本非常接近。现代读者如果将其视为"旧社会"男尊女卑造成的悲剧,将会发现这些日后添加的情节是不必要的。但古代的读者们或许会欣赏这些经历,因为它们让梁山伯展示自己的男儿气概，祝英台则展现了一个妻子的美德，由此传统性别的价值重新得到肯定。

《新编金蝴蝶传》是1769年由职业艺人写成的早期弹词作品，只有孤本抄本传世。梁山伯和祝英台被描写成在杭州向孔子求学。无所不知的孔夫子立刻认出祝英台是个女子，但是没有采取任何行动，只满足她的一个请求，禁止学生们同时如厕。这部作品可能刺激了另一部作品《新编东调大双蝴蝶》，写作于1769年，于1823年首度出版，它试图变成这个故事的一个"正确"的版本。因为历史上的孔子从未到过杭州，这对夫妻就来到了曲阜。他们到达时，孔子正周游至别的邦国。因为捉弄了留下掌管学校的最为忠实的弟子，祝英台在孔子回来时马上离开。梁山伯和祝英台被刻画为美德的完美化身，不受任何诱惑。结果，他们的关系是单纯的友谊，梁山伯从没怀疑过英台是个女孩，英台也从没有表露过结婚的意思，不像在其它版本中那样，对从没和梁山伯借机有过肌肤之亲而后悔。为了弥补在传统情节上的缺失，故事的副线大为丰富。最后，祝英台与马氏的婚约取消了，梁祝两人快乐地结为夫妇。变成蝴蝶的情节被削减为短短一行"村人闲话"。这个版本的故事不无优点，在现代之前，它是最容易获得的文本。看起来，它也影响了流行的观念，在1600年前后，曲阜孔庙出现了一个景点"梁山伯和祝英台问学处"。

在二十世纪的地方戏中，梁山伯和祝英台的爱情故事非常流行。梁祝二人一般均由女性演员扮演。也出现了将此故事改编为影视作品的情况。第一部梁祝故事电影产生于1926年，另一部成功的版本出现在1954年的中国大陆，香港邵氏公司在1963年出品的版本引发了巨大反响。在现代，这个故事被阐释为女性对于公平教育机会的渴望，以及对传统婚姻体系罪恶的揭露。最近，中国的同性恋运动也引用了这个故事。

结语

作为俗文学的一种形式，说唱文学持续盛行至二十世纪。由于中国出版业的现代化，较之中国历史上的其它时期而言，在二十世纪的上半叶，许多俗文学作品均得以广泛流传。二十世纪下半叶，一些表演传统因为政治或其它因素得以保存，少数甚至经历了繁荣，但现代教育、大众文学和现代媒介共同有效地结束了说唱文学作为书面文学杰出形式的历史。

在浩如烟海的说唱文学文本中，本章的讨论只能尝鼎一脔。前文所述的不同说唱类型的例子已经受到了较为广泛的批评关注，不过，绝大部分材料仍然是研究者从未注意到的。近年来，大宗藏书的编辑整理有了极大的进展，这些文本最终可能获得应有的学术研究和批评。近来对子弟书、女性弹词等文类研究的成果表明，其它说唱文学类型的相关研究也应该取得类似的成就。

（李芳译，王国军、唐卫萍校）

第六章
1841—1937年的中国文学

王德威

本章讨论自第一次鸦片战争（1840—1842）末期至抗日战争（1937—1945）前夕中国文学的兴起与发展。这一时期中国深陷困境，一方面战火连天，鸦片战争、太平天国运动、义和团运动、甲午战争、抗日战争接踵而至；另一方面社会巨变，技术、经济的进步，乃至思想观念的革新竞相登场。本土之创新与国外之刺激，激进之挑衅与怀柔之反应，种种力量短兵相接，激烈交锋。挑战如此错综复杂，造成的震动亦非同凡响。十九世纪末，有识之士均深深意识到变局迫在眉睫，乃此前三千年所未见。

这一段时期内，文学之孕育、实践、传播和评价同样产生了绝大变化。舶来的印刷技术、全新的市场策略、识字率的增长、阅读群体的扩大、各式媒介和翻译的繁荣，以及职业作家的出现，共同开创了文学生产和消费的新局面。以上情形在前数十年间均是闻所未闻。伴随于此，文学——作为一种审美观念、学问规化以及文化机构——在经历了激烈的角逐形构之后，最终形成今天我们所理解的"文学"。文学的转型确实是中国蓬勃发展的现代化进程之中最为显著的现象之一。

研究者常常把五四运动视作中国迈向现代化途中一大转折点。这一场在全国范围内兴起的文化政治运动，始于1919年5月4日，针对第一次世界大战后退让畏缩的国际政策，呼吁自强更生。

相较之下,晚清六十年只不过被视为社会、政治、文学秩序新旧交替之间的一个过渡期。

这种倾向近年来得以重新检讨。学者们如今认为,晚清数十年间文学的概念、作品和传播所表现出的活力和多样性,难以全然纳入五四运动的话语体系之中。诚然,五四一代作家发起的一系列变革,其激烈新奇之处是晚清文人无法想象的。但是,五四运动所宣扬的现代性同样也削弱了——甚至消除了——晚清时代酝酿的种种潜在的现代性可能。如果给予历史另外一种转圜契机,这些可能未尝不会得到发展,使得中国文学的现代性因素呈现更为丰富的结果。

我们需要再度询问:十九世纪中叶以降,中国文学何以成为"现代"?回答这个问题的方式之一,是强调这一疑问产生的历史情境。追随着政治学家和(文学)史学家所勾勒的故事脉络,中国文学走向现代的过程可被描述成由一系列进步因素构建,及表现这一系列进步因素的过程。其中包括呼吁宪政民主,发掘心理及性别主体,建立军事、经济、文化产业体制,呈现都市景致,以及最为重要的,构建一个稳定的进化时间链。这些进步因素此前在欧洲历历可见,但是,当它们出现在非西方的文明国度如中国之时,既带有全球意识,也与当下的紧迫感密切相关。

我们可以将上列诸般现象视为促成中国文学现代化的必要条件,却往往忽视了中国文学自身具备的独特现代性。文学的现代化或许是对政治和技术现代化的一种呼应,但在此呼彼应的过程之中,它不需复制任何预设的秩序或内容。至少历史的后见之明告诉我们,五四文学呈现的"新"意,至少在与它所效法的欧美、日本经验相提并论之时,并未真正显示新颖出奇之处。仅仅在形式主义或形式化的复兴上做出些许尝试,并不保证能够在国际化舞台中站稳脚跟,在那里,种种奉"新"或"现代"之名的文学实践正争奇斗艳，各领风骚。

本章无意将五四文学革命及其后续事件视为一种单向的线性发展，而着力于将中国文学的现代化视为一个漫长且曲折的过程，并将其开端上溯至十九世纪中叶。文学的现代化，无论在国际或本土的层面中，均不能被视为一个一以贯之的进化过程，仿佛每一个阶段遵照着一定的时间表，都将不可避免地导向下一个更进步的阶段。相反，我认为，在任一特定的历史关口，现代性的出现都是无数的全新可能进行猛烈竞争的结果，其结果并非定然是其中最好的一种可能性，甚至或许不能反映其中的任何一种可能性。许多革新的写作尝试尽管可能创造更为积极的结果，却未必足以通过时间无常的考验。然而，这样的判断并不意味着"文学现代化进程"这一概念毫无意义；而是，没有任何结果从一开始就能够被预测，也不可能站在回顾的立场上，将某个结果视为进化过程的唯一产物。更有意义的是，这一过程中没有任何实际组成部分可以被简单复制，因为任何通往实现现代化的路径都必须经过无数个充满变数的阶段。

I 1841—1894：文学写作与阅读的新论争

从龚自珍到黄遵宪：诗学的启示

正统的五四文学自觉地处身于国际化语境之中。相形之下，晚清文学代表着早期中国文学对自我革新的吁求。在变幻莫测的复杂环境下，中国开始走向现代化。这一时期的文学包含着一种未加琢磨的创造力量。多年之后，哪怕中国作家对引进的外国模式已经灵活掌握，而且得心应手，这种发微初始的现代性感受，却未必获得重视。因此，当我们评价晚清文学求新求变的努力之时，尽管其结果不入今人法眼，也必须体会即便在历史发展最不利的境况下，文学仍具备自我重生的能力。我们还需要认识到，现代化的实现，无论在理论上还是在实践上，都不需限制在任何预设的程式之中。

1841年仲夏，学者、诗人龚自珍暴卒于江苏当阳书院。他在生前备受争议，主要归因于他对社会政治的尖锐批评及对文学经典的不驯评议。虽然长期被时人忽视，龚自珍对经典迷思的破除，传之后人，仍被后辈文人、学者和政治家所承继并发扬。

龚自珍生于1792年。在其生年，乔治·马戛尔尼勋爵（Lord George Macartney）来到中国，前往觐见乾隆皇帝；在其卒年，第一次鸦片战争迫使中国向世界敞开国门。从多种方面来说，龚自珍的人生和著作均可视为一条纽带，与早期现代中国文学最为显著的诸般特点紧相缠绕。尽管出身士绅阶级，接受了深厚的儒学考据训练，龚自珍却广为宣扬他对"情"和"童心"极具个人化的阐释，以此回应晚明的"情教"论。他关注当代地理政治，从个体知识分子与帝国的全新关系中重新审视历史。他对中国西北地区的研究预见了晚清帝国版图的变革。最为重要的是，龚自珍深受公羊学派影响，这让他对国家进步不仅有一个乌托邦式的时间进度表，而且身怀一种面对世变的神秘天启 — 诗性（mythopoetic）观点。

批评者尝以龚自珍预见时代倾颓，推许他为清中叶以前最引人瞩目的作家。在描写十九世纪初期中国的危机时，他将传统中国文学的两条脉络合二为一，一是以司马迁《史记》为代表的历史书写；一是以屈原《离骚》为源头的情感抒发。然而，这并不足以确立他作为现代先驱者的地位。龚自珍开创性的贡献，在于他将历史识见与抒情才能融会贯通，创造了一种文学形式，这种文学形式乍看似曾相识，细读之下却与传统有着根本区别。

龚自珍的诗作，最明显的特征在于一种主观情感的倾向，一种对历史活力的想象，以及一种潜藏在末世视野中的政治能动性。梁启超（1873—1929），二十世纪之初文学革命的领军人物，曾经形容自己一度被龚自珍的诗作震撼，初读若"受电然"；然而，再读则"厌其浅薄"。梁启超的此番评论，触及晚清文学话语体系的一个核心命题。写作的新形式旨在产生感染公众的力量，但是，因其流行，本身可能缺乏精妙的品格。对于龚自珍的反传统姿态，人们或许认为，正因为诗人不再严肃地吸取诗学遗产，所以能够割断传统，从而导致本应最具丰富诗意之处却徒留一片空白。龚自珍或许预料到梁启超日后对他的批判，辩称自己的诗歌简单易读，甚至在思如泉涌、不可抑止之时，依然保持这一特点。

这让我们对龚自珍诗作的唤醒力量有了更为广泛的疑问。与同时期的考证学派和礼仪论述不同，龚自珍认为"情"是人性精华所在。在这一点上，他与晚明思想家如李贽（1527—1602），以及清代初中期学者如王士禛（1634—1711）、袁枚（1716—1797）一脉相承。龚自珍更进一步地相信，声音及其文化构制，即语言，是情的直接表现。于是，他写道："情孰为畅？畅于声音。"

但是，"情"不过是龚自珍诗作辩证性的一部分。虽然它一如在晚明思想家心目中那样，被视为一种先天的力量，调节着人们在情绪和道德上的种种冲动。但龚自珍更视"情"为一种持续的政治和文化动力，他希望在这样的语境中重新理解历史。在他看来，历史并非一种规定人类活动的超自然力量，历史显示出一种变化的复杂性，只在个体参与和成为体制形态时方才具有意义。他认为，只有那些具备侠骨之人，能够干预历史的进程；只有那些拥有柔肠之人，能够触碰历史的忧郁核心。

龚自珍"情"与"史"并重的观点，必须置于晚清史学话语体系中加以理解。十九世纪上半叶，章学诚（1738—1801）提出"六经皆史"，盛行一时。不过，更为重要的现象是公羊学派的出现。公羊学派认为，历史的偶然性优先于历史的必然性，制度实施优先于道德修养，政体优先于正统。作为章学诚反传统史学观念的追随者，龚自珍在公羊学派的主张者中看到了相似的精神。他对于经典作品的研读，引导他总结出自己正身处"衰世"，而"乱世"亦不远了。虽然公羊学派预见了升平、太平之世的到来，但龚自珍认为，历史必将首先发生衰颓，触目所及，复兴无望。在第一次鸦片战争爆发前夕，他已经作诗宣扬末世论调："秋心如海复如潮，惟有秋魂不可招。"

龚自珍诗歌创作上的努力，在《己亥杂诗》中达到顶峰。这是一部收录有三百一十五首七言绝句的诗集，均作于己亥年（1839）作者辞官归乡杭州途中。这些诗歌并非一时一地之作，题材广泛，情感丰富。从仕途回顾到政治理想，从批评社会腐败到回忆过往情事，从亲友相交到青楼艳遇，从自弃于世到虔诚向佛，林林总总，如诗题所示，"杂诗"展现的并非条理分明的事件，而是对时间、场景、主题和感情所产生的支离破碎的感想。虽然这些诗歌用一种相似的形式加以表达，看似独立成章，但诗作内容的混杂交错和情绪的狂躁忧郁，又破坏了约定俗成的修辞效果以及上下文联系。作为一个整体而言，《己亥杂诗》描述了一位学者诗人走向黑暗时期的旅程——这是对生命虚耗的凄凉宣告。

虽然龚自珍对同时代的某些学者如魏源（1794—1857）深有启发，但他的力量尚需留待后日再行发掘。在他身后，晚清诗坛三足鼎立，三个不同的诗派均以"拟古"为名，各自用不同方式提出复古诉求。以王闿运（1833—1916）和邓辅纶（1828—1893）为首的汉魏六朝诗派，尊崇汉魏六朝时期的诗歌风格。王闿运及其同侪认为，晚明文人李梦阳和何景明发起的"复古运动"仅是一次收效甚微的尝试，并未将诗歌推回足够远古之时代。为重获中国诗歌精髓，这一诗派的诗人认为，人们必须重新认识真正的古代典范作品。王闿运的《圆明园词》（1871）是一首七言古体诗作。皇家园林圆明园于1860年被英法联军毁坏殆尽。诗人在游历其废墟之后有感而发，用一种深沉、朴实的语调描写了杂草丛生的花园现状，由此带出他对历史偶然性和文明无常的思考。

第二派称为"晚唐派"，主要因樊增祥（1846—1931）和易顺鼎（1858—1920）而闻名。此二人均宗尚中晚唐诗人温庭筠（812—870）和李商隐（约813—约858），致力于重获晚唐诗坛之繁荣，重塑晚唐诗作之况味。虽然被批评耽溺于毫无价值的事物，晚唐派尽力将历史意识纳入他们对王朝倾颓的看法之中。樊增祥的《彩云曲》（1899、1902）是一首以传奇名妓傅彩云（艺名"赛金花"，约1872—1936）为主题的叙事诗。傅彩云曾为晚清外交官洪钧（1839—1893）之妾，她因与德国指挥官、义和团运动之后攻占北京的八国联军统帅瓦德西的一段情缘名闻遐迩。樊增祥在诗中过于渲染身体形象和颓丧意蕴，使得傅彩云与见证王朝倾颓的历史人物形象相去甚远。他写作此诗，很可能受到清初吴伟业《圆圆曲》的启发。《圆圆曲》的主角是晚明名妓陈圆圆，吴三桂（1609—1672）因其红颜冲冠一怒，叛明投清。但是，陈圆圆在朝代更替中香消玉殒，酿成一段悲剧传奇；傅彩云却凭借美色，在动乱时代得以幸存。

宋诗派在晚清三家诗派中成就最高，其流风遗绪在民国年间依然余音袅袅，完全未受已占据统治地位的新文化运动诸般教条之影响。这一诗派亦名"同光派"（指清同治朝［1862—1874］和光绪朝［1875—1908］），试图复苏由宋代诗人如黄庭坚所创立的僻典冷字、险韵拗句等特色。不过，在诗歌创作实践中，同光派诗人之兴趣实际也混杂了其它时期的风格。这一派别的领导人物，有陈三立（1853—1937）、陈衍（1856—1937）、郑孝胥(1860—1938)和沈曾植（1850—1922）。

陈三立出身于学者家庭。父亲陈宝箴（1831—1900）曾官任湖南巡抚，是康有为（1858—1927）和梁启超领导的1898年维新变法的中坚骨干。变法失败后，家庭顿陷困境。陈宝箴随即又离奇死亡。或许因为身世不幸，陈三立的诗歌弥漫着荒芜感，使得他的历史观更显凄凉。陈衍是宋诗派的另一位领导人物，他不仅创作诗歌，还为宋诗派建立起严密的理论体系。

古体诗之外，"词"在晚清迎来了短暂的复兴。王鹏运（1849—1904）、朱祖谋（1859—1931）仅是众多致力创作的词人中的两位代表人物。词一度盛行于晚唐、宋、元时期，常常被认为是一种"女性化"的文学形式，虽然事实上词人多是男性，并多以男性经历为题材。这种"女性化"的假设，可能是由于词作典型的凝练精致、委婉深沉的风格，以及它们强调要唤起情感共鸣。

词在十八世纪晚期再度流行，主要得益于常州派的作品。常州派偏爱使用寓意、寄托手法，王鹏运对此风格加以完善，并用以描述社会现实。因此，他被誉为晚清词学复兴的灵魂人物。在王鹏运的影响下，朱祖谋的词作尤为喜爱营造复杂意象，以时事为题材并注重音乐的精妙。与二人齐名者尚有况周颐（1859—1926），他不仅继承了词韵和词作意象的发展，在词学批评中也颇有建树。

对这些词人而言，词在语言和情感上的表现形式看似能够抵消所处时代带来的暴虐影响。然而，准确地说，正因为他们耽溺于这种细腻精妙的形式，较之他人而言，这个特殊群体对粗暴改革和虚假现代化过程中文化的破坏变得更为敏感。他们的作品一贯传达感伤的意味，与精妙的语言一起，表现出一种处于自我放纵和自我否认之间的张力——这正是一种特别的"现代"痼疾：

精神忧郁。

虽然三家诗派将"复古"作为一致的目标，但我们并不能简单地将他们的思想都归纳为保守派。每一诗派都致力于分别通过借助汉魏六朝、晚唐、宋等不同时期的古老典范来复苏真正的诗歌，已经显示了传统的必然崩溃。这些诗人并非树立起某个典范，而是在过往时代中找到了众多的选择项，每一项都声称具有合理性。他们虽没有创造出任何石破天惊的新事物，但将过去的不同典范并置在同一历史空间里，以前所未有的空间化方式，将不同脉络和时期的诗学"拼接"在一起。与此同时，他们必须面对来自传统诗歌范畴内外不断增长的压力。这些压力要求激烈变革甚至彻底否定传统。

其结果是代表着不同时期、类别、品位、题材、语言和潜在读者的各种声音不断地进行变化和融合。这些不同诗派的诗人们最为杰出的成就是能够借由传统诗歌的主题和风格表现当下的时代意识，由此产生了或时代错置或似曾相识的效果。陈三立和朱祖谋甚至在生命危急之时依然固守着过时的形式，因为他们试图用消极的反思与现代经验达成妥协。

晚清诸多诗人与诗学传统激斗正酣，杰出诗人黄遵宪（1848—1905）此刻横空出世。在诗歌改革中，黄遵宪前继龚自珍未竟之事业，后启梁启超1899年"诗界革命"之号召。

黄遵宪藐视一切的精神早年即有所显现。在诗作《杂感》（1865）中，他批评俗儒盲目尊古，尤以八股文为甚。身为龚自珍的仰慕者，黄遵宪提出，古人的语言只适合他们的时代，因此，他们的诗歌不应被后世之人视为神圣之作。他写下了著名的诗句以宣扬自己的观念："我手写我口，古岂能拘牵。"凭借这一信念的力量，黄遵宪试图建立一种新的诗歌风格，这一风格后被称为"新派诗"。

1877年，黄遵宪的一次重要职务变动对他后来的诗学观念造成了直接影响。他不再从传统仕途中谋求升迁，而是接受了一个外交官职位的礼聘。在此后二十余年的时间内，他遍游美洲、欧洲和亚洲多国。黄遵宪的海外经历促使他在全球视野中想象中国，于是，他的诗作中呈现出多样文化、异国风情的丰富面貌，以及最有意义的、富有活力的时间性。

在《樱花歌》、《伦敦大雾歌》、《登巴黎铁塔》等诸篇诗作中，黄遵宪描写的全新场景和感受让读者激动不已。他的《日本杂事诗》介绍了令人应接不暇的国外新鲜事物和机构：从报纸到电力，从议会制度到现代学校等等。黄遵宪努力以既有的体裁表现新颖的题材，并尽量不做注解。他的作品形式破格，内容新异，促使读者重新思考传统诗歌在审美和思想上的局限性。

随着时间的推移，黄遵宪越来越敢于在实验作品中使用新词汇和新意象。虽然这一时期的许多诗作因特立独行而导致了褒贬不一的迥异评价，但黄遵宪决意将向来风马牛不相及的事物相互杂糅。《今别离》组诗是四首黄遵宪从海外写给妻子的诗作，他在其中描绘了照相术、电报，甚至时差，在本来隶属于写情传统的离别诗作中注入了别样的内容。

纵观他所有的改革意图和尝试，黄遵宪相信"诗固无古今也"。只要人们能够用生动的语言将个人经历和感受描绘出来，"我自有我之诗者在矣"。本着这样的观点，他热情地吸收民歌和俗语入诗，以传达一种现实感，并且坚持以诗歌表达自己对许多当下事件的看法，从妇女的弱势地位到中国近期的外交失败，不一而足。他的作品中显示出强烈的人文关怀。他提出，"诗之外有事"，"诗之中有人"，这恰恰阐释了他为自己的主要诗集取名《人境庐诗草》（1911）之个中缘由。

黄遵宪在1892年至1894年间任中国驻新加坡总领事。

1894至1895年甲午战争后，他积极参与了国内改革运动。百日维新（1898）失败后，他失去保守派信任，被迫辞官。历经这些变化，他的诗歌更能反映历史悲怆之感，这正是龚自珍曾经创作过的主题。

1899年，黄遵宪步武龚自珍六十年前同题组诗，创作了《己亥杂诗》。两相比较，两部作品都强有力地宣告了第一次鸦片战争至义和团运动之间晚清诗歌的变化和常态。正是在1899年，梁启超在从日本到夏威夷的旅途中提出"诗界革命"的口号。舞台搭建就绪，更为激烈的文学革新方式即将登场亮相。

文的复兴：桐城派的悖论

鸦片战争之后，桐城派的复兴标志着晚清文学现代化进程中另一重要时刻。桐城派可谓是有清一朝最有影响力的文学流派，"桐城三祖"戴名世（1653—1713）、方苞（1668—1749）、刘大櫆（1697—1780），都是安徽桐城人，自幼即被目为神童。不过，在姚鼐（1731—1815）集数十年之力进行推动之前，桐城派并未占据学界领导地位。姚鼐编选《古文辞类纂》，目的在于创立一部经典。此书付梓于他去世之后的1820年，并迅速成为文人学者案头必备之书。第一次鸦片战争前夕，桐城派已然成为当时最为强大的文学力量。

桐城派的话语权主要来自他们对于古文创作的系统论述。为反对以八股文为代表的时文，桐城派学者提议将古文作为时代文化品位和学界态度的另一个选择。方苞及其同仁认为，古文能够传达"义"和"法"，这对于任何有意义的交流形式而言都极为关键。方苞将桐城派谱系追溯至唐代文人韩愈（768—824），他在彼时即已经宣称要效法时代更为久远的古文。

此处所涉及的主要议题是"道"与其书面表现形式"文"之间的辩证关系。这一问题已困扰中国学者长达数世纪之久。桐城派学者认为,"道"是学问追求的核心,"文"则是承载"道"的形式。"文"并非仅仅是"道"的修饰,而且是"道"的反映。因此,掌握古文是通往学问真理的途径。

桐城派的观点看似儒家文论内部的转折,不足为道,它却指出了晚清知识界一个重要的转向。桐城派的崛起最起码代表了对同时期三种倾向的回应:汉学考据派、宋学义理派,和如前所述,科举考试采用的、以八股文为代表的辞章派。为在这三股潮流之中寻找一种新的平衡点,桐城派学者宣扬"义理、考据、辞章"三位一体,古文则是对此三个方面进行阐释的关键。

这一折中性的纲领宣称三者兼长相济,在三方面中又略微倾斜于"辞章"。桐城派认为通过古文训练,人们可以找到一条途径,补充汉学名物训诂中的断章零句;塑造宋学哲学阐释的理论基础;纠正八股文的华丽辞藻和固定程式。于是乎,"文"被赋予空前地位,用另一熟悉的儒家阐述而言,即,为了阐释道,必须先掌握语言和形式。

桐城派因信奉儒家教条在五四运动中受到激烈的攻击,并不让人感到意外。它对古文的重视尤其被着重提出,作为思想保守的明证。然而,五四现代派忽视了一项事实:桐城派因不满时代话语而故意抬高文的地位,他们推举古文,意在改变死板冗杂的文章风格。因此,桐城派学者是他们自己时代的叛逆者。反讽的是,为了让他们求新求变的意愿合法化,桐城派提倡效仿古代,将他们的运动置于中国文学传统源远流长的"复古改革"之中。复古,是因为他们重视古代甚于现在和未来;变革,是因为在他们呼吁重建的古代并非是过去时代的复兴。他们所谓的"过去",至少其中有一部分不过是一种想象的建构而已。

这种既维新又复古的思想注定会产生戏剧性的反响，尤其是在演变和革命思潮蜂拥而至的时期。我们不能忽视桐城派在晚清和民初政治风格中扮演的角色。胡志德（Theodore Huters）在其开拓性的研究中指出，十八世纪晚期之后，中国学者对"文"重新产生兴趣，为我们今天所理解的"文学"提供了认知基础和严密规则。从这个角度而言，桐城派应该同时被视为中国文学现代化的动力和障碍。较之于二十世纪初期对彻底的文学革命的呼吁，桐城派的改良主义或许显得微薄乏力。但是，现代改革者们认为，文学并非仅是一种修辞方式，而是一种具有道德和智慧内涵的审美特性，他们与桐城派之间的距离并不太远。

桐城派还为晚清文化实践的转型提供了重要线索。一项广为人知的事实是，在姚鼐的努力下，桐城派才真正成为一个谱系清晰的文学流派。姚鼐为桐城派建立的宗谱，涵括了方苞和刘大櫆等前辈学者；不仅于此，他还通过教书育人、传播观念等方式巩固了这一流派。长期以来，桐城因盛产学者和教师闻名。姚鼐在人生最后四十年中致力教育，在当地广有声名，聚集了一大批追随者。他的四大弟子，方东树（1772—1851）、管同（1780—1831）、姚莹（1785—1853）和梅曾亮（1786—1856）在当时尤为人称颂。姚鼐殚精竭虑地编辑了《古文辞类纂》一书，收录了从古代到清代中期的七百余篇散文作品，堪称十九世纪中国文人奉若神明的宝典。

姚鼐和弟子们所从事的工作中最为重要的是重新定义经典。桐城派起初不过处于清代中期学术界的边缘，十九世纪初，它开始走向中心。第一次鸦片战争爆发之后，桐城派的"义"和"法"为同时代的学者们提供了知识导向和文体指南。从培养一种文学"习惯"到树立一部经典，从形成一个流派到普及一种风格，桐城派的崛起标志着"文"不再仅是一种文本的修饰，它承载着丰富的社会和文化内涵，代表着形式和内容、语言寓意和文化风格，最为重要的是，它意味着自主的选择和制度的建立。

第一次鸦片战争之后，桐城派的影响急遽跌落。在中国遭遇到以西方为代表的知识和力量新体系之时，桐城派的"文"、"道"观念显得缺乏实用性。1850年代的太平天国运动和其它叛乱进一步打击了学者对传统文化和古文形式的作用的信心。

然而，随着曾国藩（1811—1872）的介入，桐城派在1860年代迎来了戏剧性的复苏。曾国藩身为当时代表性的政治和历史人物，既是镇压太平军的总首领，又是提倡古文的卫道者。虽然与桐城派并无直接师承关系，曾国藩仍然遵从桐城派对哲学、学术和写作的三体合一原则。他在此基础上加上第四个因素"经济"，以便让桐城派观念跟上时代的步伐。根据曾国藩的观点，一篇好文章理应既能够启发个体思维，又能够力挽时代狂澜；既阐释渊博学识，又彰显社会责任。

曾国藩希望借由加强写作和经义之间的联系为桐城派赢得政治能量。他确实成功地改变了人们对桐城派古文"无用"的观点。因此，在短暂的"同治中兴"中，桐城派也迎来了复兴。但是，曾国藩在桐城派已经折中的观念中加上经世之学，或许也破坏了它的理论基础。曾国藩推行"文"反映时代动态、更与国家命运休戚相关的观念，在无意间对多年来神圣不可侵犯的"道"提出了质疑，把它视为易受历史变化和政治判断影响的事物。

我们也不能忽视曾国藩在为桐城派摇旗呐喊之时，他的地位对此带来的影响。他与清廷的紧密关系，他身兼将领、学者两种身份，他有能力让属下成为本时代最出色的学者，以上所有都提供了一种"象征性资本"，让桐城派创作成为领导性的、真正经典性的文学形式，以为庙堂服务。在曾国藩手中，桐城派最终完成了爬升至文学和政治领域巅峰的过程。然而，桐城派这一完全成形的形式与清代中期最初被憧憬的情形已经渐行渐远。

在曾国藩的弟子中，张裕钊（1823—1894）、黎庶昌（1837—1897）、薛福成（1838—1894）和吴汝纶（1840—1903）最为杰出。他们一方面追随导师对于"文"和"道"的谆谆教诲，另一方面警惕着新学不断提升的影响力。特别值得一提的是，黎庶昌、薛福成以及认同曾国藩桐城派观念的郭嵩焘（1818—1891）是清代第一批外交官，有着丰富的海外任职经历。作为中国与西方接触的第一批人物，他们吹响了呼吁改革的号角。与此同时，他们一致使用古文形式记录国外经历。题材的新奇特别，体裁的古老陈旧不可避免地为桐城派叙述带来了一种早期作品中不曾存在过的紧张感。

语言和形式依然是桐城派理论的核心，因此，这一文学流派转型的最后一个阶段由两部翻译作品来完成，或许并非一个巧合。1898年，严复（1854—1921）翻译的赫胥黎（T.H.Huxley）《天演论》问世。此书论说的社会达尔文主义深深刺激了晚清知识界。同样引人瞩目的是严复在翻译中使用了古文形式，让人联想起汉代之前的哲学著作。严复的译作为桐城派遭遇西方之后已经产生的紧张感又增加了一个方向。与黎庶昌和薛福成的作品不同，严复的译作更多地代表着对西方知识的主动索求，而不是对西方的经验主义认识。因此，他使用古文，触及到桐城派认识论中的困境。

1876年，严复在英国普利茅斯皇家海军学院学习期间，结识了时任驻英大使的郭嵩焘。通过这层关系，严复认识了郭嵩焘的朋友，著名的教育家、桐城派古文家吴汝纶，并请他为自己翻译的《天演论》作序。在吴汝纶的引荐下，严复进入了桐城派作家圈。他们二人均认为翻译的风格与翻译的内容同等重要。严复提出，他选择散文是出于儒家"言之无文，行之不远"的观点。他进一步阐释道："用近世利俗文字，则求达难，往往抑义就词，毫厘千里。"他以三字概括优秀翻译的标准,曰信、达、雅。

吴汝纶相信,只有如严复一般浸淫于"文"的创作,才有资格进行翻译,因为他能够将新学纳入一种与古代经典相称的文体。与佛经翻译相比,严复的工作同样丰富,而非消减了"道"的光辉。吴汝纶最具争议性的观点,是建议严复不必完全忠实原文,从而保存语言的纯净。于是,他将桐城派的尚古观念转化为彻底的形式追求。他坚持认为在形式和内容之间,在现在和过去之间,存在一种不可破坏的联系;同时也自相矛盾地唤起人们注意到这些联系中已经出现的裂痕。

和吴汝纶一样,林纾(1852—1924)认为,应该用优雅的古文翻译西方小说和戏剧,他甚至不懂原文。在传统的桐城派观念之中,人们总是一再强调小说和韵文之间,本土文学和外国文学作品之间,存有不可逾越的鸿沟。林纾用传统形式翻译西方文学作品,是将外国素材中国化,及将本国传统异国化的一种尝试。他在狄更斯的小说中找到类似于《史记》的文章结构;认为小仲马的《茶花女》是"情"之典范。通过翻译,他将小说和散文、中国思想和西方情感融为一体,让它们都成为新旧结合的混合物。或许正因为它们混合了异国情调和怀旧乡愁,林纾的译本在晚清最为畅销。看似过时的桐城派古文风格为林纾和他的读者提供了一个交界面,中外文学中文化和知识的交锋在此弥合。这一景象是林纾之前的桐城派学者从未预见的。在这个层面上,林纾激进的古文试验构成了晚清文学现代化的重要组成部分。

颓废与侠义:早期现代小说的兴起

与诗、文相较,晚清小说在迈向文学现代化时,脚步更为坚定。在西欧、东洋的翻译小说涌入中国之前,小说的革新已经悄然进行。鸦片战争之后，这一现象在狎邪小说中初露端倪，代表作有邗上蒙人（生卒年不详）的《风月梦》（1847）与陈森（1805—1870）的《品花宝鉴》（1849）。《风月梦》全然以现实主义手法描述一班青楼莺燕如何追逐金钱情爱；《品花宝鉴》则着重描述戏剧伶人与恩客在勾栏青楼之中的罗曼情史。这一类型的流行小说，还包括魏子安（1819—1874）的《花月痕》（1859），俞达（？—1884）的《青楼梦》（1878）和韩邦庆（1856—1894）的《海上花列传》（1894）。

自有古典小说以来，没有任何其它时期，包括晚明在内，如晚清一般有如此众多的文人致力于创作长篇狎邪小说，描述在各色勾栏之中与同性或异性爱恋缠绵的幻想和焦虑。在其最好的方面，晚清狎邪小说以欢场为中心，重新界定了传统爱情和艳情小说的社会空间和叙述空间。事实上，前代作品中关于青楼的描述，已经就其地域象征性赋予它种种深层意义。但是，在晚清，欢场因其自身存在并蕴含多重社会功能而更为引人瞩目。它并非仅仅是满足性欲之地，在晚清小说中它同时也是家庭环境、文化沙龙、商业中心和政治据点。在这一道德空间与情色场所融合之地，欢场女子进行着革命与反革命的事业；歌郎娈童坚守着贞洁的节操，因此毫不出奇。

《品花宝鉴》记录了两位京剧伶人与其恩客的罗曼史。通过他们的经历，爱情、信仰、坚持、贞洁等美德的意义得以彰显。这类小说容易落入妓女——文人爱情的俗套剧情，因其情节陈腐、语言夸张不值一提。但是陈森描写的妙龄倡优都是京剧伶人，传统中京剧伶人均由男子充任，因而显得不同凡响。

小说中两对爱侣之情事，显示了陈森继承了中国古典文学中的三种浪漫主义传统。在情节设置以及人物塑造方面，这部小说根植于才子倡优的爱情故事，其渊源可上溯至唐代传奇如《李娃传》；在修辞及叙述方面，它所呈现的抒情倾向，使其置身于"感伤言情"的传统，这一传统包括李商隐和杜牧的诗歌，以及《牡丹亭》《红楼梦》等小说戏曲杰作；最为重要的是，小说描写两对情人历经考验、终成眷属的过程，实际脱胎于晚明清初才子佳人小说的情节结构。

《品花宝鉴》或许是一部平庸的小说，它强调在一个特定社会环境的道德约束中，性合法化或非法化的现象成为时人书写和阅读此类小说的道德借口。通过描写易装和反串，小说探讨了乔装的性别与表演的主体、权力的舞台与欲望的舞台等主题。更为重要的是，小说性别互易的主题隐藏于合乎传统的修辞方式之下，打破了男女性别界限的传统束缚，出人意料地揭示了女性在浪漫主义传统形成过程中的地位。

《花月痕》讲述的是在太平天国运动和其它国内叛乱此起彼伏的乱世之中，两对"才子—娼妓"情侣的不同命运。一对名利双收，青云直上；另一对贫困交加，含恨而亡。如《品花宝鉴》一般，小说的结构和人物承袭自晚明才子佳人小说，不同之处在于魏子安对于传统的运用。《品花宝鉴》颠覆了"才子佳人"这一故事模式的性别设置与社会地位，《花月痕》则重新书写了"才子佳人"的性情和命运。女主人公刘秋痕是一位郁郁寡欢的青楼女子，从不为客人钟爱。她的恩客韦痴珠乃是一名落魄文人，且年长她一倍。二人一见如故，惺惺相惜。然而，二人历经磨难，却未能终成眷属。死亡成为他们的宿命。

已有论者指出，魏子安创作《花月痕》并非为了讲述故事，而是炫耀他在诗词创作中的过人才学。早在创作小说之前，他因擅长诗词富有文名。甚至有论者怀疑，他创作小说的目的不过是在叙事之中嵌入自己的诗词。换言之，魏子安借助叙事以保存诗词，他的浪漫小说变成浪漫诗歌的反转，他创作一部小说仅是为了保存诗作之"痕"。

既然花与月在情感和文本中之"痕",优于花与月本身,我们可以从中看到魏子安小说中的一种衍生美学(derivative aesthetics)。所谓的"衍生",指的是爱情的真谛如此丰富,倘若不借助比喻将无法言传;所谓的"美学",指的是魏子安和小说人物向往爱情,不在于获得心灵满足,而在于爱情是一种持续的象征性存在。

衍生美学自有其历史面向。小说中描述的历史事件,无论是太平天国运动还是种族动乱,都是国难的征兆,在传统意义上会导致爱情悲剧和王朝更替。但是,小说中的历史叙述不再秉承传统方式,而是记录巨变之下的断简残篇。与明清戏曲和诗歌相比,在魏子安的世界中,宏伟叙述已成废墟,它们仅仅是往日情感之一抹"痕"而已。

《海上花列传》是晚清最为出色的狎邪小说,或许也是《镜花缘》(1830)之后十九世纪最伟大的中国小说。小说描摹了十九世纪末期上海青楼女子的众生相,以六十四回的篇幅描绘了二十余名青楼女子及其恩客之间的互相爱慕、露水姻缘,以及由此产生的道德和心理后果。

颇具反讽意义的是,《海上花列传》从未在普通读者中流行。个中缘由常被归结为它用吴语写作,因此导致其它地区读者难以理解。然而实际原因应该是,这部著作在过去从未被视为狎邪小说。韩邦庆用一种描述事实的方式进行创作,以至最富于诱惑性的感官盛宴,有如正常家庭生活一般平淡无奇。因此,他先锋性地开创了描述欲望的这一角度,后被视作心理现实主义。

《海上花列传》中的妓女和恩客无异于一群普通的男男女女。一如俗世夫妇,他们相遇、相爱、争执、分离,又再次和好。与此同时,他们清楚自己只是在扮演丈夫和妻子的角色。如同他们对互赠情书、情诗毫无兴趣，对床帏之事同样缺乏热情。绝大多数狎邪小说中热衷描述的爱和欲、虚无和幻灭，在这部小说中却付之阙如。

韩邦庆长于描绘一群妓女，她们并非美德的化身，而是以爱情、忠诚、慷慨及贞洁等美德的名义，把玩欲望的一流演员。然而，一旦她们深陷于职业表演，打破了欲望与美德之间、幻觉与需求之间的微妙平衡，则必将牺牲其一。故事之一：心高气傲的李漱芳意欲嫁作恩客正室，而非小妾，受到后者家庭的阻挠。此举却唤起了她的自尊心：如果她不配成为书香门第明媒正娶的正房妻子，她将成为以职业为荣的妓女。故事之二：乡下姑娘赵二宝被诱入青楼并大红大紫。她与一名年轻人坠入爱河，准备放弃一切与他结为夫妇。接下来的故事不难猜到，二宝的情人再未回还，她却因为之前准备妆奁而身陷巨额债务。

韩邦庆描绘这些罗曼史，似乎说明妓女出于内心的人性，易为不切实际的梦想和美德所诱惑。这本是她们以及所有人都应该看穿的。小说中的悲惨故事的确发生了，并且一再发生，仅仅因为它们正是真实人生的一部分。

《海上花列传》是一部杰作，至少在三个层面有助于晚清中国小说的现代化：它创造了一种新的欲望形式、一种具备现代意义的现实主义修辞学，以及一种新的文类，即都市小说。如张爱玲所述，在个人的爱情追求仍然受制于包办婚姻的文化和道德环境中，韩邦庆让青楼化身为一座伊甸园，"自由恋爱"这一枚禁果，可以被少数闯入者采食。《海上花列传》中上演的剧情令人感慨万千：这些男人和女人们都是孤独的灵魂，在最不可能的环境中寻找安慰，哪怕获取的快乐不过是人生短短一瞬。批评者们总结道，《海上花列传》的成就超越了《红楼梦》之后的绝大多数中国小说。

这一时期另一主要的类型是下侠义公案小说。此时的中国饱受内忧外患，读者（以及听众）从侠义公案小说的世界中寻找到避难之所。在此类小说构造的世界中，清官和豪侠联手，查访罪行，惩治邪恶，剪除恶霸，揭穿阴谋，扫平动乱。此类小说中的人物和情节流传甚广，成为了中国现代大众文化的主要素材。

晚清侠义公案小说是两种白话小说传统，即侠义小说和公案小说的合流。侠义小说刻画的是我行我素的侠客，在行侠仗义时无视法律；这一类型小说的力量在于它对既有秩序的潜在批判，并成功地构建了战胜这一秩序的想象。公案小说的主角则代表着国家权力，他们剪除恶势力，确认法律的正义性。对现存秩序的肯定，以及对这一秩序纯洁化，让这类小说得以长期盛行。晚清这两种小说类型的合流，表明了在风雨飘摇的历史时刻，法律和公正的概念呈现出种种不确定性。法律和暴力、公正和恐怖沉瀣一气，晚清侠义公案小说标志着对皇权和思想意识合法性的激烈再思考。

这一时期的三套小说可表明晚清侠义公案小说的盛行。《施公案》问世于1820年，常被视作这一新文类的典范作品，至1903年已出现了十部续书，总共达到五百二十八回之多。《三侠五义》是晚清最为流行的侠义公案小说系列，包括三部作品，《三侠五义》（1879）和它的两部续书《小五义》（1890）、《续小五义》（1890），共计三百六十回。著名小学家俞樾（1821—1907）首先对此加以整理并取名《七侠五义》（1889）。这恰恰证明了小说的流行程度。《彭公案》初版于1892年，共有八部续书，最后一部出版于民国时期。

晚清侠义公案小说发端于俞万春（1794—1849）的《荡寇志》（1853）。此书是经金圣叹（1608—1661）腰斩后的七十回本《水浒传》的续书，改写了梁山好汉向大宋朝廷投诚的故事。梁山反贼乃是一群公然作乱的强盗，甚至威胁到王朝的统治。如书名所示,犯上作乱者最终被一扫而光,他们的失败与死亡,并非是保守读者所感受的悲剧命运,而是罪有应得的报应。

《荡寇志》并非仅是一部以武力平叛为题材的小说,它还意味着一场文学战役,"终结"了由《水浒传》建立的、纵容"官逼民反"、"逼上梁山"的小说传统。虽然写作时有着忠君保皇的意图,其创作却是在散播不忠思想的小说中获得启发的。小说谴责侠客对抗法律和朝廷,但是作者也同意,他们擅长的旁门左道是重振国家雄风的一种方式。小说最具有争议性的方面在于展现了儒家价值观念中最为珍视的忠诚和正义,因此暗中破坏了它表面上对于重塑皇权正统的呼吁。

十九世纪中叶以降,在对时政产生立竿见影的影响方面,没有几部小说能够与《荡寇志》相抗衡。因其忠君思想,《荡寇志》在太平天国运动时期被清政府广泛传播,同时却被太平军列为禁书。尽管它具有保守倾向和年代误植等因素,但小说广泛涉及的专权和革命、文学创作与阅读的辩证关系等问题,都将在下一世纪成为文坛关注的焦点。因此,《荡寇志》可视为中国现代政治小说之滥觞。

将政治视角的模糊性置之一旁,《荡寇志》的显著成功在于俞万春将中国神怪传统和他所认识的西方科技相混合。小说中介绍的"现代"的装置和武器,在传统战争故事中是极为陌生的。他还创造了新式的装备和战略,将它们置之于宇宙论的(同时也是叙述的)秩序中,显得格外新奇。俞万春热衷于新的军事技术和道家幻术。科学和仙术的混合,显然是当时全新的叙述模式。

《儿女英雄传》的作者文康(1798?—1872)出身于没落的满洲贵族世家。他的家庭背景和他对满族生活方式栩栩如生的刻画,让许多学者将《儿女英雄传》和《红楼梦》相提并论,虽然两位作者对于共同文化背景的评价可谓大相径庭。《红楼梦》应该被视为对过往之事的纪念，包含对人生无常的反思；《儿女英雄传》却是炫耀现世的荣耀，信仰否极泰来的古训。

这部小说着重刻画了侠女何玉凤因父亲被军中副将所害，发誓为父亲之死报仇。在实施复仇计划的过程中，她无意间救下了年青书生、孝子安骥。仇人的突然死亡打断了她的复仇大计，她最终接受了与安骥的婚姻安排。小说阐述了两种世俗生活的理想，即儿女和英雄，以及二者合二为一的可能性。因此，《儿女英雄传》长期以来被现代批评者们指责为传播封建儒家思想，虽然他们对文康出神入化的白话使用能力给予了高度评价。

即便如此，我们不能低估了文康以儒家思想为基础确立世界观的野心。儿女私情与英雄侠义并非生来互补，而是意味着道德的选择，并顺应更高层面的律令。文康笔下的英雄儿女是一切美德与行动的源泉，不仅仅被用来阐释有关意志和欲望的哲学传统，更体现"英雄侠义"和"儿女情长"所代表的一整套小说传统。不仅是在与现实生活相对的理想意义上，而且在哲学理论和小说创作实践上，他希望将两个不同世界融为一体。虽然何玉凤武艺非凡，决意复仇，但只有在回归儒家传统中的女性角色、充任丈夫的贤内助之后，她才算功德圆满，成为英雌。

对晚清侠义公案小说迷来说，《三侠五义》无疑是个中翘楚。大公无私的清官包公，在调查审理一系列案件时不惜以身涉险。一群侠客护卫左右，听从调遣。无论主题还是人物，《三侠五义》都是后来侠义公案小说竞相效仿的典范之作。

《三侠五义》的作者（或编者），通常认为是咸丰、同治年间备受欢迎的说书人石玉昆（1810—1871）。包公的形象可以向前追溯到宋代话本和元代杂剧，至今仍是中国大众文化中公正的化身。包公审案的系列故事早在明朝已经出现。石玉昆是融合前朝流传的所有素材，并在说唱表演时进行详尽发挥的关键人物。

即便并非初次尝试，《三侠五义》最为成功之处是混合侠义和公案两种传统。为惩恶扬善，侠客和清官能够携手成为最佳搭档，他们可以忘记官吏会被权力侵蚀，法外之徒易受叛逆玷污。因此，侠义和公案之结合，对于许多批评者而言，既庸俗又妥协。

然而，这种看似"颓废"的现象同样也指出了在太平天国运动之后大众想象的悲观转折。《三侠五义》中侠客与清官的合作，与其说加强了不如说混淆了两种小说传统中的正义观念。侠客将自己的英雄行为置换为执法权力，他实际上是对这个时代中主权迷思在国家和个体层面上的急速下降进行回应。当清官需要借助于法外狂徒和绿林大盗来维持社会秩序时，这种伸张正义的方式不由得让人疑虑丛生。

传统观点认为，晚清侠义公案小说的出现是中国文学现代化过程中的一种倒退。虽然如此，它却强调了社会对政治和公权进行变革的社会紧迫性。这一文类对皇权的奉承受到保守派的欢迎，却也指出主流意识形态行将崩溃。侠义公案小说既不拥戴旧制度，也不保证法外侠士带来新制度，它以形形色色的方式替代了权力话语，从而提供了世变维新的舞台。侠义公案小说重新审视了叛乱与革命、个人与保皇、果报与公正、道德与司法等等观念，社会对于激烈变革的需求由此更为清晰可见。

早期现代文人的形成

晚清文学的转型，若无一班具备早期现代视野的文人学者参与，是不可能实现的。与此同时，社会政治和文化氛围的变化也有助于重塑传统文人的形象和能力。虽然绝大多数文人和前辈一样仍然接受传统儒家教育，投身仕途，但他们为文和为官的方式，如今促使他们走上了一条完全不同的道路。这一群体的欲望、实践和目标，并不一定都能导致切合他们期望的成果，无论他们的期望是对传统还是改革有利。但是，这本身就是他们对发展现代想象，特别是现代中国想象做出的贡献。

以龚自珍为例。他的作品初读之下或许无甚新奇，但是他重新审视历史，将其作为一股由个人能力控制的巨大力量；他对情加以礼赞，将其视为引发变化的关键因素；他对语言和文字倍加信赖，将其作为调节个人情感和历史情境的方式，这一切一直影响着后世具有改革意识的文人。同时代再无第二人，如此感性地将中国描绘成一片孤独的大陆：太阳陨落，罡风阵阵，瘴气弥漫，万物凋零，虎狼出没。诗人独自漫步在荒原之上，内心充溢着悲伤忧患，却由此更为强烈地抒发了自己的感情：痛苦、愤怒、行侠仗义之心和构建乌托邦之愿。在《赋忧患》一文中，诗人将历史忧患视若钟情之物，无由摆脱。这即是夏志清所认为的"感时忧国"的早期症状，它潜伏在现代中国作家的深沉心理之中。

广东文人康有为是龚自珍的仰慕者之一。他对国学和西学均素有研究，并强烈呼吁改革。和龚自珍一样，康有为深受儒家公羊学派中国历史三世说的影响。他在著作《大同书》中描绘了晚清乌托邦的未来蓝图：这是一个包罗万象的社会，繁盛、强大、进步。另一位仰慕者梁启超从龚自珍处继承了"少年"意象，并在《少年中国说》一文中着意宣传。鲁迅似乎被诗人对"狂士"和"狂言"的偏爱所吸引，并将自己小说处女作的主角塑造为"狂人"。最后，现代中国诗人和政治家乐于塑造的"崇高形象"也来自龚自珍打破传统的诗歌。毛泽东在1958年推动人民公社运动时引用的一首关于宇宙力量的诗作，正是龚自珍的作品。

我们在前文中已经分析了黄遵宪如何成长为一名特立独行的诗人。在写作古体诗时，他使用口语表达个人情感和历史紧迫性;作为外交官员,他经历了不同于传统的职业生涯。1877至1882年,黄遵宪在日本担任领事期间,与日本杰出文人相交为友,其中既有改革派,也有文化保守派。这两派文人之间并非泾渭分明,他们都有着丰富的传统学识。与这些文人的交往,让黄遵宪对日本明治初期的学界环境有所了解,并为中国知识界改革者树立了模范。在他看来,中日两种文化面对的根本问题,都是如何将迫在眉睫的现代化需求纳入与国学和传统唇齿相依的价值和情感之中。他在这一时期的作品随着他对传统思想理解的加深而不断发展,见证了他对现代化态度的转变。

更有意思的现象是桐城派在文学现代化领域中的作用。1875年,在顽固派的一片反对声中,郭嵩焘被任命为大清帝国第一位出使英国大臣。虽然在抵达伦敦仅两月后就被解除职务,郭嵩焘却创作了大量记录海外见闻的作品。《使西纪程》以亲眼所见为第一手素材,详细描写了英国地貌、国内设施和社会习俗。黎庶昌同样出品丰富。他曾担任郭嵩焘出使英国的助手,日后也成为杰出的外交官,被派往日本、德国、法国、瑞典、比利时、奥地利和意大利等多国任职。黎庶昌在写作国外经历时,希望能够重新提倡桐城派的行文风格,但他对于桐城派的"义"、"法"之说别有怀抱。在《卜来敦记》中,黎庶昌看似对英国海边的自然景观不甚感兴趣,而特别关注度假设施和休闲氛围。尽管出于儒家观念,黎庶昌并不太受到世界大同主义的吸引;然而,在文章末尾,他引用《左传》,试图说明中国圣人早已认识到,只有强大的国家才能够好整以暇、从容不迫地安心享乐。

薛福成于1890至1894年间出任清廷驻英国大使。他在《观巴黎油画记》中描绘了自己参观巴黎蜡人馆的经历,并对普法战争之后激动人心的景象大感震撼。虽然他意在描绘法国危机,但显然作者对于博物馆艺术品所呈现的逼真效果更为着迷。他的文章就模拟和理想化的争议，以及透视景象和移情表现之间的张力，呈现了一个出人意料的层面。他对于法国工匠的赞扬表明了桐城派的一贯观念：必须首先掌握表现真实的方式。

晚清同样见证了新派文人的崛起。他们并未遵从传统的道路以求安身立命。他们或在西学中找到启蒙的新养料，或参与正在蓬勃发展的出版业，担任报纸编辑、记者、翻译和杂志出版人。这些新派文人的出现，标志着中国文人期望出现的翻天覆地的变化，也预示了下一辈职业作家的出现。

苏州人王韬（1828—1897）是新派文人的著名代表。他于1848年首次抵沪，参观了墨海书馆，并在第二年从麦都思（Walter Henry Medhurst）处得到一个工作职位，协助他将《新约》翻译成中文。王韬在墨海书馆一干就是十三年。他在太平天国运动时期同情叛军，甚至向太平军领袖进言献策，谋划如何推翻清朝统治。清廷军队重新占领上海后，下令将他逮捕。王韬逃亡香港，流亡海外二十二年。在香港，他与传教士、汉学家理雅各（James Legge）合作完成了十一部经典作品的翻译大业。

1867年，应理雅各邀请，王韬取道新加坡、斯里兰卡、槟城、亚丁、墨西拿、开罗、马赛、巴黎和伦敦，前往苏格兰。对于王韬，这趟旅途可谓大开眼界。他后来将自己在途中创作的部分作品结集为《漫游随录》，这是中国学者的第一部欧洲游记。1872年，王韬购买了英华书院印刷厂，创立了中华印务总局。1874年，他创建第一种中文日报《循环日报》。这些新平台让他得以发表数百种社论和文章，呼吁政治、工业和教育改革。1879年，王韬访问日本并获得了极高的声誉。他精通外国知识和改革思想的名声最终为高级官员如曾国藩和李鸿章获悉，为他在1884年获得清廷特赦提供了可能。

王韬生长于传统儒家氛围中，最终成为第一代启蒙文人的典范。他并未在仕途中谋求进阶,而是在西学、翻译、出版和编辑等领域中造就了一番出人意料的辉煌事业。对于中国知识分子和文人来说,这在数十年前还是不敢想象的。但是这并不意味着他完全放弃了传统的创作实践。王韬创作的七言诗、传统歌谣和古文仍然在他的全集中占据大量篇幅。它们或许已经是过时的文类,但王韬总是能用异国的景色或者新颖的主题赋予它们一些新鲜的因素。王韬创作的《淞隐漫录》(1884)混合着中国的志怪以及西方的浪漫主题和人物,是一部备受欢迎的笔记作品。

王韬以这种方式扮演了双重形象。他作为西学的顶尖人物被人称颂;同样也因为常常光顾青楼和写作色情题材而闻名遐迩。他既是中国记者和改革者口中的急先锋,也是传统文人文化黯淡光环中的当行好手。

将王韬和《海上花列传》的作者韩邦庆两相比较,是很有趣的。韩邦庆是松江人,幼时随职务低微的父亲居住在北京。尽管少年时聪颖过人,但在科举考试中却屡次铩羽而归。后来,他放弃对仕途的希望来到上海,为《申报》专栏定期撰稿,主要谈论青楼轶事。据说韩邦庆自己即为青楼常客,对勾栏生涯素有研究,《海上花列传》即本于自身体验写成。韩邦庆的生活轨迹,与大多数晚清上海的文人学者毫无二致。他们大多来自长江下游地区,不能或者无意在官场打拼,于是设法来到上海,加入了正处于上升期的媒体行业。但是,在韩邦庆的事业中,有两个方面却特别值得关注。1892年,他创立了半月刊《海上奇书》,连载他的短篇小说集《太仙漫稿》和长篇小说《海上花列传》。《太仙漫稿》延续了自六朝志怪小说至《聊斋志异》的谈狐说鬼传统;而《海上花列传》,如前所述,代表着用现实主义手法描述上海真实景象的重大突破。虽然仅仅维持了八个月时间,《海上奇书》却是中国历史上第一种文学杂志。韩邦庆以商业目的进行小说创作,创办文学杂志，因此被视为现代中国的第一位职业作家。

十九世纪末，女性作者浮出水面，并构建了新的话语体系，虽然最初她们的作品仅限于传统诗歌和长篇叙事文学。著名女性作家包括词人吴藻（1799—1863），长篇弹词《笔生花》的作者丘心如。1877年，现存第一部中国女性作家创作的小说《红楼梦影》刊刻出版，作者是满族旗人顾太清（1799—1877）。她是清宗室贵胄奕绘（1799—1838）的侧福晋，除此之外，她的早期生平鲜为人知。顾太清伉俪均热衷文学创作。在丈夫去世后，顾太清被逐出家门，与子女共度余生。据推测，她很可能在1860年代已经完成小说创作，但因为家庭阻力和个人保留等原因搁置一旁。

学者们已经注意到顾太清和同时期杭州、北京两地女性作家们的交往，其中包括梁德绳、汪端、吴藻和沈善宝（1808—1862）。《红楼梦影》被视为晚清女性文学文化的一大胜利。小说始于《红楼梦》第一百二十回结尾处，在遭受一系列屈辱和悲剧之后，贾府恢复元气，宝玉与宝钗的婚姻得以持续，其他人等各升其职。顾太清创作此书的主要目的之一是扭转《红楼梦》的悲剧结局，她选取了一些主要角色的后人，在俗世名利或浪漫爱情中均有所收获。但是，顾太清的努力让我们知道，贾宝玉从未忘记黛玉，从而赋予小说悲剧基调。在小说结尾，宝玉梦见一面镜子，镜中一干女友在一座红楼之上向他挥手。当他伸手触碰时，她们却一一隐没了。

《红楼梦影》直到1988年才得以再版。迄今为止，我们还未发现它对其它小说的影响。作为《红楼梦》众多续作中的一部，《红楼梦影》出现太晚，对于原作的回应过于温和。虽然无论是在语言上，还是在想象上均不能够达到曹雪芹的水准。不过，顾太清的续作却在将小说创作纳入女性文学活动的过程中迈出了重要一步。《红楼梦影》集中体现出这一代女性作家已经准备好拥抱女性弹词之外的文学世界。

Ⅱ 1895—1919：文学的改革与重建

文学改良的论争

十九世纪最后十年中，中国深陷于政治和社会困局。甲午战争落败后，中国在 1895 年 4 月 17 日签署了《马关条约》，宣布朝鲜独立，割让台湾、澎湖列岛和辽东半岛给日本。这一次外交耻辱不过是日后重重灾难的序幕。中国在进入现代时期之后，面临着巨大的挑战。

数以千计的知识分子为国家在中日战争中惨遭败绩而震惊不已，其中包括年轻学者梁启超。他写道："吾国四千年大梦之唤醒，实自甲午战争败割台湾。"梁启超在 1889 年中举，1890 年拜康有为为师，1895 年至 1898 年间他与康有为亲密合作，共同谋求改革。他主编了多种重要报刊，并担任了改革运动基地时务学堂的中文总教习。在百日维新运动被保守派破坏之后，梁启超被迫流亡日本和海外十四年。

梁启超积极参与政治运动，一直将文学视为改革的核心部分。在流亡途中，他意识到当务之急乃以文学方式重塑中国人的精神。1899 年，他在从日本至夏威夷途中发起"诗界革命"，此后，又发起"文界革命"和"小说界革命"。诚然，梁启超并非唯一一位以激烈方式发起文学革命的知识分子，但是，由于其文采力量和理论贡献，他的呼吁在当时最具煽动力。

梁启超及其追随者发起的文学改革，仅仅是晚清文学繁盛景象之一隅。城市和都市文化的出现，印刷工业的繁荣，大众媒介如报纸、杂志的迅猛发展，对于大众娱乐文学的需求增长，都导向了一种全新的大众阅读文化。如果没有这些物质因素作为文化和社会环境条件，梁启超对文学革命的呼吁不可能取得如此势不可挡的效果。

需要注意的是，尽管梁启超等人付出了不懈努力，旧的文学形式如桐城派古文、各类旧体诗和骈文小说，仍旧被为数众多的作者和读者创作和喜爱，甚至在清末民初出现了令人难以置信的再度繁荣。这些文学形式在革命年代的流行，表明了从政治保皇思想到文化恋旧心理，从新时代的不确定性所引发的憎恶到忧郁等整个不满情绪的大爆发。这些对改革者而言"不受欢迎"的文学创作必须被涵括到现代文学的范畴之中。因此，在五四文学革命最终爆发之前，中国文学已经经历了一系列的转型，其活力远远超出了惯于遵循五四思想脉络的批评者的认知。

梁启超发起的三次革命，即诗界革命、文界革命和小说界革命中，小说界革命最为当时文人热情接受。所谓"小说"，梁启超在此指的是白话小说，这一概念的外延涵括了流行的戏剧和表演艺术。传统上小说从属于文学末流，但在二十世纪初期，它却成为了最激动人心的文学现象。

晚清小说的兴起，通常认为肇始于严复和夏曾佑（1863—1924）在1897年发表的《本馆附印说部缘起》一文，后继以梁启超和其他启蒙精英分子对传统小说的严厉批判和对政治小说的热切支持。这次文学革新浪潮以梁启超1902年在日本横滨创立《新小说》杂志蔚为高潮。在文学重建的运动中还包括其它一些面向，譬如在《新小说》影响之下，小说杂志蜂拥而起，积极译介外国小说，激烈地批判现有秩序，拓宽小说题材等等。虽然以黄摩西（1866—1913）和徐念慈（1875—1908）为代表的批评家在"新小说"热潮最为狂热之际表示了怀疑态度，但是，小说能够且理应成为启蒙思想最为重要的媒介，这一看法显然自此被精英知识分子和主流文学史学家认可和确定。

严复和夏曾佑在文章中曾引用生物学和社会学说中的达尔文

主义，借以阐述小说的独到魅力。对他们来说，小说处理英雄传奇的题材最为有力，这一模式符合全世界的呼吁。历史不足以展现普通生活，小说则能够补充历史，保证人类理想中的英雄情结和浪漫情怀长盛不衰。为回应他们的观点，梁启超在1898年发表的《译印政治小说序》中介绍了政治小说，作为更利于中国的小说形式。这一小说类型被认为对日本明治维新的成功有所贡献。梁启超对于政治小说倍加推崇，这在《新小说》创刊号上发表的《论小说与群治之关系》（1902）一文中即已有所表现。这篇文章以其著名论断开宗明义，确立了小说的教化功能以及它对政治和道德的积极影响："欲新一国之民，不可不先新一国之小说。……何以故？小说有不可思议之力支配人道故。"

梁启超列举了小说影响读者情绪的四个方面，一曰熏；二曰浸；三曰刺；四曰提——此四者，皆为小说影响读者情感、改变读者理解世界的方式。梁启超此番理论发表之后，狄平子鼓吹小说"令读者目骇神夺、魂醉魄迷"；陶佑曾形容小说是"一大怪物"，"有无量不可思议之大势力"。吴趼人（1866—1910）则认为"情"囊括了爱国心和孝心在内的所有感情。

严复、梁启超及其他批评家们的论述后被确认为晚清文学的主流。但是，梁启超及其同仁鼓吹之"新小说"确实是晚清占据统治地位的文学形式吗？新小说理论的流行，究竟是因为它们催生了新观点，还是因为它们不过是相似观点的改头换面而已？批评者们认为，尽管严复用达尔文进化论解释小说力量，实际上他仍是传统文人，在严格意义上来说并不相信小说的重要性超过了历史。同样的批评或许也适用于梁启超等人的小说评论。虽然他们运用了外国理论和佛家观念，儒家"文以载道"的思想依然是他们小说理论的核心。

我们需要意识到，哪怕在"新小说"理论处于上升阶段之时，梁启超的同时代人亦阐述了与之不同的文学和政治观点。例如，王国维（1877—1927）用叔本华、尼采和康德的理论重新阐释《红楼梦》。他在中国小说中发现了欲望和欲望对象、痛苦和升华之间的紧张关系。

王国维在现代中国文学史中的地位多有争议，这源自他对清王朝的耿耿忠心及对古典文学的情有独钟。直到近些年来，学者们才重新理解和评价他的作品。有论者指出，梁启超挥舞着"新小说"的旗帜，文学概念的核心却是守旧的；王国维偏爱传统中国小说，文学思想却是极为新颖的。如果说梁启超受到赞赏，并不在于他介绍外国思想，而是他巧妙地将启蒙主义和功利主义包装为西方和日本舶来品，用以复兴传统中国文学。相较而言，王国维值得认真关注，并非因为他支持传统小说，而是因为他将西方理论融入对中国经典的理解中，为我们所理解的"现代"加入了全新而奇异的中国面相。

1907年是王国维生涯的转折点。他意识到自己强烈的情感力量为知识界所不容，于是从西方哲学转向中国文学，在接下来的岁月中致力于文学尤其是词学研究。他不满于儒家说教，受严羽、王夫之和王士禛"性灵说"的启发，独创"境界说"。他认为诗歌创作的鲜活经验虽与现实域界有关，却不能受其所限。这种"境界"是主观的，由审美所唤起的，并且能与历史上其它令人顿悟的时刻产生共鸣。最为重要的是，王国维试图将传统诗学中的抒情话语现代化。

王国维对"境界"的讨论引导他开始研究宋元戏曲，这是一个之前被认为不值得学术界关注的领域。1908至1912年间，他就宋元戏曲的起源、音乐以及剧场因素创作了数本著作，并认为在这种看似简单粗俗的艺术形式之中，蕴含着更为高雅的诗歌所不具备的美学观点的源泉。因此，王国维造就了传统中国文学研究的范式转移。

与梁启超的启蒙主义和王国维的境界说不同，黄摩西和徐念慈从形式主义的视角来解释小说创作和阅读。他们受黑格尔、康德的美学观以及明清传统小说评点的启发，提出小说应该凌驾于任何美学实体之上。徐念慈认为，美的效果在于理性的自然、个体的鲜明表达、愉悦情绪的产生、人物的形象和理想的表现。黄摩西和徐念慈均对"新小说热"提出质疑，后者甚至提出，在新小说的所有读者中，普通读者不足一成。

在五四运动中，戏曲与诗歌和小说一样，在表演理论，演出方式、剧目分类，乃至于剧场建筑等诸多方面都经历了巨大变革。在推进诗歌、散文、小说等文学革命的同时，梁启超和他的追随者们同样也考虑了戏剧革命。与白话小说相比，传统流行戏曲形式丰富，有着更为广泛的受众。因此，在1901至1902年间，新创作的一百五十余种南戏北曲用以传播现代观点。1904年，第一种推广新戏剧的杂志《二十世纪大舞台》由陈去病（1874—1933）和京剧伶人汪笑侬（1858—1918）共同创立。为回应梁启超及其同仁的倡议，陈去病设想了一种现代剧场，认为它能够通过娱乐教育观众而救国化民。1906年，启蒙戏剧社成立，著名作家吴趼人的历史小说被改编为京剧脚本。与此同时，汪笑侬和京剧伶人田际云（1864—1925）致力于改编传统剧本，纳入新思想。

在晚清改革者试图"善用"小说作为革命手段的同时，这一文学类型也深受滥用之苦。这一时代的作者不仅在教育民众的旗帜下创作主旨暧昧不清的小说，他们同时也在描绘新异的现代事物之时，自觉地反映出壅塞其中的粗暴社会景象。我们对晚清小说全部作品稍作浏览即可发现，每一种"新小说"的出现，都带来许多相反的例子，如其后被贴上狎邪小说、黑幕小说、侠义小说、幻想小说等标签所示。尤有甚者，虽然梁启超提倡"新小说"

的目标是教化大众，但一旦被更为重要的政治因素所左右，他写作小说的热情便消失得无影无踪了。

梁启超在《告小说家》（1915）一文中提出："近十年来，社会风习，一落千丈，何一非所谓新小说者阶之厉？"这段话写于1915年，"新小说"式微可上溯到1906年梁启超的《新小说》杂志停刊之时。换言之，新小说在其出现伊始已然走向衰落，在大众吸收之前已然成为过去。在探讨晚清小说的进步时，人们必须清楚地意识到，作者和批评者想象中取得的成就与他们实际上取得的成就、精英对读者的期盼与读者的实际情况之间存在着巨大的鸿沟。

晚清文学生产

我们现在将目光投向晚清小说创作的物质环境。据估计，百日维新和清朝覆灭之间创作了两千余部小说作品，并通过不同形式得以流传。现所知者仅为其中半数。这些作品题材广泛，从侦探小说到科幻奇谭，从艳情纪实到说教文章；从侠义公案到革命演义，但尤为引人瞩目之处是它们嘲弄、谐仿经典说部，并最终摧毁传统。

小说出版的热潮表明了文化生产的激烈动荡，比设想中的更为多样化，也更为激进。文学精英以启民智为借口推崇小说，只不过是这一现象最为明显的原因。随着大众对新娱乐的孜孜以求，商业印刷的繁荣，以及读者用小说想象来解决历史实际问题，作者借小说以构建对未来和过去的乌托邦/恶托邦视角等其它因素，其结果是想象中的现实与新建立的现代叙述正统相互龃龉，形成了众声喧哗的局面。

清末十年，中国至少出现了一百七十余家出版社，潜在读者在两百万至四百万之间。小说至少能够通过四种途径出版：报纸、游戏小报、小说杂志和书籍。早在1870年代，小说已然是报纸这一新出版媒介的特色之一。中国最早的报纸之一《申报》（1872—1949），头版常常登载融合新闻报道和小说家言的篇章，《申报》文学副刊《瀛寰琐记》每月出版一期，固定地将小说与更为高雅的文类如散文和诗歌并列刊登。1892年，小说成为极为流行的文类，以至出现了韩邦庆《海上奇书》这样专门的小说杂志。

与此同时，小说借标榜"游戏"和"消闲"的刊物开辟了新领域。这类刊物，现今所知者多达三十二种，《指南报》、《游戏报》均刊登小说作品。晚清最为著名的两位作家吴趼人和李伯元（1867—1906）在写作生涯伊始均兼顾编辑和专职撰稿人二职。在1890年代后期提倡小说的文学运动浪潮中，三十余家出版社以出版小说为主业，至少有二十一种文学期刊以"小说"为题名，其中四种最为出名：《新小说》（1902—1906），《绣像小说》（1903—1906），《小说月报》（1906—1908）和《小说林》（1907—1908）。

在这一时期，西方小说通过不同形式的翻译被介绍进入中国。以晚清小说研究先驱之作、阿英编撰的晚清小说目录为基础，中国大陆学者认定至少有479部原创小说和628部翻译小说。樽本照雄使用不同的计算方法，认为在1840至1911年间至少有1016部各种小说被翻译成中文。查尔斯·狄更斯、小仲马、维克多·雨果、托尔斯泰等作者备受欢迎；柯南·道尔和凡尔纳的作品则最为畅销。

但是，在西方和日本的舶来作品以中文面目呈现之时，中国本土小说的求新求变已然在进行之中。《荡寇志》在太平天国运动中成为文化宣传的利器，被太平叛军严令禁止，同时被清政府广为宣扬，其结果是小说开始服务于中国政治斗争。《品花宝鉴》以易装的视点，混淆异性与同性恋爱的界限，小说情色主体的辩证关系由此更为复杂。中国传统小说中几乎所有经典作品，如《水浒传》和《红楼梦》，此时都遭遇或续写或改编的再创作。

晚清出版业中出现了两个更具深意的面向，即叙述主体的重新定位和社会现实的深化扫描。两部清代中期作品，沈复（1763—？）的《浮生六记》和张南庄（生卒年未详）的《何典》分别在1877年和1879年出版，前者是作者的抒情自传，后者则是作者的鬼国想象。特别值得注意的是《何典》使用吴语方言所达到的写实效果。它渲染了古典白话小说的口语特征，预示了下一代作者对地方语言色彩的创作试验。

当严复和梁启超提倡中国小说改革应以日本和西方小说为榜样之时，中国小说传统已经呈现出行将崩溃和自我革新的种种迹象。各类外国小说的涌入并非是引发了，而是更加促成了这一复杂的现象，将晚清小说实践推入跨文化和跨语境的对话之中，这正是我们所知的现代化。

晚清小说虽然风行一时，但杰作却并不多见。尽管启蒙知识分子将小说地位提高至文学之首，他们对这一文类的流行作品毕竟怀有二心；尽管所有理论均宣扬小说载道的论点，大多数作者和读者偏爱小说的原因却不在于此，而是另有所求：小说让他们徜徉在白日梦中，驰骋于无尽幻想，从狎邪到革命无所不包。

我们无法在中国文学进程中找到第二个如晚清一般的时代：作者和读者处于如此吊诡的关系之中。许多文人视小说创作为唯一事业，但他们却极不专业。他们急于将作品付梓，却很少能够全部完成；他们追逐一个又一个时代话题，却只能显示出他们根深蒂固的狭隘性；他们造假、剽窃、哗众取宠，唯恐天下不乱；他们号称深入社会的角落，探求写实的材料，却将其表现为千篇一律的偏见与欲求；他们希望揭露社会现实，但只是过分渲染了不平和混乱。虽然不少文人有志于将小说形式、修辞和主题西化，但面对这种打倒传统的企图，晚清小说仍未突破传统。它摇摆于各种矛盾之间，数量与质量、精英理想与大众趣味、文言与白话、正统与边缘、外国影响与本土传统、启蒙与欲望、暴露与伪装、革新与保守、教化与娱乐，诸此种种，晚清小说呈现出了众声喧哗的局面，可谓是对时代的最强回音。

在这样的理解下，我们不妨重新审视1905年，在这一年中，梁启超认为他鼓吹的"新小说"急遽凋零，但事实上我们看到的是一个充满活力的小说世界。《黄绣球》介绍了新女性为改变现实地位而抗争；《洪秀全演义》讲述太平叛党几乎推翻了清朝统治；《市声》中，流行的"商战"戏剧化地成为一群上海商人的实际经历；《未来教育史》中，教育改革成为知识界最为关心的议题。《苦社会》和《苦学生》描绘海外国人的艰辛；《廿载繁华梦》以谴责小说的形式揭露中国的腐败和堕落。此时，外国人物常常出现在社会和政治题材中。《卢梭魂》中法国思想家与明代忠臣黄宗羲携手打倒地狱的专制制度；《黄绣球》中罗兰夫人与她的中国弟子黄绣球在梦中相遇，并对她加以启发点播；《支那哥伦布》讲述一名中国开拓者致力发现于新世界，最终建立了自己的理想共和国；夏洛克·福尔摩斯则促使《老残游记》突显出他的中国同行的分析头脑和调查技能。

小说的多重轨迹

在晚清最为盛行的多种小说类型中，谴责小说给读者印象最深。谴责小说力图反映社会恶习，揭露政治腐败。它以时下政治为主题，以热衷嘲笑一切，语言尖酸讽刺为特征。从结构上来说，谴责小说常常采用讽刺、漫画速写、丑闻和闹剧互相混杂的方式，其效果与其说井然有序，不如说是枝蔓丛生。

传统对于晚清谴责小说的研究往往着重于所谓"四大名著",即吴趼人的《二十年目睹之怪现状》、李伯元的《官场现形记》、刘鹗的《老残游记》和曾朴的(1872—1935)《孽海花》。学界倾向于认为,这些小说无一不受到吴敬梓《儒林外史》的影响。但是,草草翻阅之下便可知事实并非如此。小说作者自我宣称的谴责、揭露之态度,或许回应了"新小说"对针砭时事的提倡,并在这一程度上预示了五四作者的道德抱负。然而,在他们揭露、惩罚的公开态度背后,小说中暧昧的笑声削弱了严肃的主题和劝世的意图。

吴趼人身兼小说家、编辑、记者、政治活动家、青楼常客等多重身份,是晚清文人中最富才学之人。他最负盛名的作品《二十年目睹之怪现状》,自1903年在梁启超的《新小说》上甫一连载,立即受到读者欢迎。连载至1910年全书完成,共计一百零八回,是当时最受瞩目与称道的小说。小说用类似于日记的方式,讲述年轻人"九死一生"出入于毫无道德禁忌的中国社会。在十五岁时,九死一生初次得到教训:因为父亲突然离世,他在与伯父共同商议分割家产之时受到欺骗,最终一无所有。他选择经商,辗转奔走于上海和北京,香港和天津之间,并在旅途之中"目睹"和积累了无数材料,从社会腐败到商业欺诈,从思想狡辩到社会丑闻,不一而足。

读者可以在小说中尽情观赏晚清种种咄咄怪事。朝廷官吏以家庭成员的痛苦为代价谋求升迁;盗贼可以为官,官可以为贼;文人其实是伪君子;商人买卖的商品中赫然包含官职在内;行骗的娼妓摇身变成朝廷命妇。这些人物正如叙述者描述的那样,是"蛇虫鼠蚁,豺狼虎豹"之辈。在小说结尾,九死一生被迫逃离这个社会,以保持洁身自好。他的故事恰是西方教育小说的苦涩翻案。

米列娜揭示了晚清谴责小说中值得关注的两个主题:"邪必胜

正"和"大恶胜小恶"。在吴趼人的小说中,这一本末倒置的现象并非是主人公在现实搏斗中饱受挫败的结果,而是源自面对混乱世相而产生的惯性。主人公获取的对世界的最初知识,对读者而言是一记警钟。人们从他的经历中认识到,社会罪恶并非隐藏在社会表象之内,只在适当的时候展现出来。实际上,它总是如影随形。如果说,十九世纪的欧洲小说总是追随一条从混沌懵懂或一无所知到获悉真相和学问的时间线索,晚清谴责小说则告知读者,天下并无新奇之事,不过是熟悉之事一再重复发生。

吴趼人的朋友李伯元是晚清另一位重要讽刺作家。《官场现形记》自1903年开始连载。《二十年目睹之怪现状》着眼于描绘晚清社会的方方面面;《官场现形记》与之不同,强调的是官场这一特定的社会阶层,并将之视为独立的微型世界。小说列举了一些官场的无耻行径,如行贿受贿、阳奉阴违、贪污腐败、卖官鬻爵,认为它们破坏了千百年来的科举制度和官僚体系。

刘鹗的《老残游记》(1906)是晚清最为著名的小说之一。老残既是一名职业江湖医生,也是一名侠客;既是维新变法的文人,也是守成持旧的信徒。通过描绘老残在自然和人文景观之间的孤独冒险,在各阶层社会环境间的无助漂泊,以及他和友人对政治和哲学事件的辩难,作者展现了大清王朝行将崩塌前夕一幅生动的世俗图画。《老残游记》曾被视为一部伟大的谴责小说、一则寓言故事、一部冒险小说,以及抒情小说和政治小说。

与笔下人物不同,刘鹗本人的生活充满着冲突和矛盾。作为一名自封的实业家、保守派学者、古物鉴赏家和外商买办,刘鹗虽然并非专攻小说创作,但《老残游记》足以让他跻身当时最为敏锐的文学心灵之列。他捕捉到了在民族危机存亡之时,文人内心充溢着义愤与挫折、梦魇与痴想的复杂境况。

《老残游记》常常被引作晚清文人有能力描绘人物心理的少数

几篇作品之一。老残对于国家命运的悲伤，对于无辜者蒙冤的愤慨，对于自然景物的抒情，均显示出他对外界刺激有着一颗敏感的心灵。但是，小说最为有力的部分在于描写当主人公徒劳地试图在既定的环境中洞悉事物的凶险表象，因之所遭到的挫折和惊异。为何清官比贪官更危险可怕？为何中国人会迫害那些真正能够治愈国家痼疾之人？这些疑问充斥着整部小说。它们促使作者和读者一遍遍地走出老残的内心世界，再次审视导致老残这一形象的外界问题。

曾朴的《孽海花》（1907）取材于赛金花（小说中称为傅彩云）的轶事。作为热衷革命思想的作家，曾朴的本意是将其写成一部历史小说，刻画中国从1870年到民国前夕所经历的政治动荡。曾朴受到十九世纪西方历史小说的启发，希望历史不再是帝王本纪、将相列传，而是特定历史时期中匹夫匹妇事无巨细的人生记录。反讽的是，在他写作理想中的历史小说时，竟无法摆脱传统文学模式的桎梏。

历史学家已经证实赛金花和瓦德西之间的情缘不可能是真实历史。曾朴根据人云亦云的野史小道塑造了傅彩云这一复杂的人物形象。她初为勾栏娼妓，终为国家英雄。她的社会角色变化多端，包括娼妓、小妾、金沟出使海外的诰命夫人、交际花和情妇。她的社会地位的变化与道德尺度的弹性之间相互呼应。她能够迅速适应变化的世界，以一己之身拯救国家于危急存亡之际。曾朴以傅彩云的人生际遇揭示了晚清性别政治和国族叙述的一则寓言。

"四大名著"的光芒掩盖了吴趼人和李伯元等作家创作的其它同样卓有成就的作品。刘鹗和曾朴的名声来自单独某部作品，与之不同，吴、李二人皆为多才多艺且高产的作家。特别是李伯元在《文明小史》（1906）中最为鲜活地描绘了中国在遭遇现代入侵时既危机四伏又滑稽可笑的场面。《文明小史》最初连载于1903年，此时距离义和团爆发已有三年，距离百日维新则达五年之久。

小说叙述了维新风潮中的种种奇谈怪事,在六十回的篇幅中描绘了各色人物,包括学生、实业家、商人、革命者、技术官僚、时髦女性、买办翻译等。他们深深为之着迷的问题则包括新式教育、西方主义、君主立宪、革命改制、国际贸易、妇女解放、军队改革和技术发展等等。

《二十年目睹之怪现状》和《官场现形记》反映了种种奇闻怪事和官场恶习,展现出中国社会只认钱权的现状已然岌岌可危。这些主题同时也出现在《文明小史》中。李伯元指出,想要在现代世界中升官发财,就算是招摇撞骗,也必须出奇出新。其效果是极度反讽的。小说意在讽刺社会追求新潮时尚,这并无任何新意,却暴露了社会中无处不在的贪婪和投机取巧。小说看似宣扬了保守的观点,却在另一方面吸引我们的注意:追逐文明或者现代的人们展现的创新精神和实验景象,确实预示着新时代的来临。

吴趼人的感伤爱情小说《恨海》(1906),讲述两对情人在义和团运动中失散,历经波折后重逢,却发现一切不堪回首。女主角张棣华坚守妇道,执意嫁给已经堕落的未婚夫。她的狂热与其说来自对三从四德的憧憬,不如说来自自身对美德规范的耽溺。然而,这一决定最终证明对她身边每一个人都是一场灾难。她在这一经历中一无所获,除了无穷无尽的泪水。

小说的自相矛盾之处是,它的魅力恰恰在于将传统"才子佳人小说"中的人物形象放置于这样一种境地:传统价值观已然崩塌,他们必须经历情绪和观念的重重磨难,徒劳地尝试着重建理想的过去。作为一部对小说世界和历史实际中均不再存在的伟大浪漫传统的模仿之作,《恨海》对于人物、作者和读者,都展现了一种对过去文学黄金年代的怀旧姿态。

晚清时期历史小说依然盛行。《痛史》(1905)和《两晋演义》(1908)都是吴趼人的作品。但是历史叙述中的"过去"已经失去了它的力量，因为"未来"已成为新的叙述和认识的目的。这是事物以直线方式发展、可能只存在唯一一种结局的叙述越来越流行的必然结果。

科幻小说特别提供了一种设定，时间和时间的方向是可以预设的。晚清科幻小说凭空构架了一个世界，充满了过去从未想象过的机器人、魔术师、热气球、潜水艇、空中飞行器、导弹与宇宙飞船等因素。他们极为迫切地写作或翻译关于乌托邦或恶托邦的冒险故事，飞往月球或者太阳的太空旅行，星际迷航，抑或地心及海底探险。在这些前所未有的时空环境中，作者笔下的人物轮番摧毁或者拯救中国。在书写这些令人难以置信的事物之时，晚清作家们阐明了中国现代化的种种不可思议与不切实际之事，并由此阐发新的政治理想和国族神话。

梁启超的《新中国未来记》（1902）是一个极为显著的例子。在小说伊始，作者展望了小说出版时间的六十年之后，即1962年中国的繁荣景象。受到日本政治小说《雪中梅》（1886）和爱德华·贝拉米（Edward Bellamy）《回头看纪略》的影响和启发，梁启超用"未来完成"时态构建了自己的新中国，想象未来可能出现的事物。反讽的是梁启超从未完成他的小说，将他的未来留在了悬疑之中。

更为有趣的例子是吴趼人的《新石头记》（1908）。这是对曹雪芹经典作品《红楼梦》的改写。小说的前提同样是"补天"神话，将宝玉刻画成了时间中的孤独旅人。小说的第一部分，宝玉来到"野蛮世界"，见识了义和团运动的种种暴行，并因为宣扬民主思想而遭到逮捕。小说的第二部分，宝玉一头闯入"文明境界"，即在军事力量、政治结构、科技发展和道德修养方面都繁荣强盛的乌托邦。宝玉旅途的高潮部分在于会见了这个世界的统治者，明君东方强。他向宝玉阐释了这个乌托邦国度的根基是儒家的"仁"道。

我们关注的是吴趼人如何在作品中展现"补天"这一主题。"天"在此仍然意味着完美世界的唯一象征,但是,它不再是宗教话语中神的恩赐,也并非政治话语中权的象征。"天"是中国寻求富强的终极期望。吴趼人笔下宝玉所补的"天",来自严复译自赫胥黎《天演论》的"天",这是达尔文"物竞天择"中的"天"。文明世界是在未来完美人物形象统治之下的乌托邦,吴趼人将贾宝玉塑造成一个理想主义者,在准备着手改进其理想时错过了大好时机,他只能成为已经发生过的事件之外迟到的旁观者。在痛苦的过去和幻想的将来之间出现了时间褶皱,许多振奋人心的事情发生在这段平行时间之内。

荒江钓叟的《月球殖民地小说》(1905),想象一群中国和日本的冒险家们在中国已经不再适合生存之时,乘坐热气球奔赴月球。从高空鸟瞰中国,热气球中的旅人们看到随着他们视野的逐渐扩大,大陆的边界逐渐消逝。这一空中旅行导致的认识混乱,使得对中国形象的重新建构至为紧迫。同样大胆的还有东海觉我(徐念慈)的《新法螺先生谭》(1905),讲述中国科学家孤身一人探索外太空,试图飞向太阳的故事。

碧荷馆主人的《新纪元》(1908)将时间设定为1999年。彼时,中国成为超级大国,正与西方势力之间展开一场世界大战。叙述的核心冲突是谁有权力为世界制定时间历法。中国赢得了战争,归因于高科技、新武器和超自然力量的干涉。全球采用了中国的黄帝纪年,由此建立了新纪元。

最后,晚清时期有关妇女问题的小说层出不穷,涉及谴责小说和科学幻想等不同类别。妇女困境和女性解放是晚清改革中最具有争议性的议题,不仅仅是性别和社会改革的实际目标,同样也是中国为现代而奋斗的象征。一旦女性置身在国家想象的范畴之内,男性作者在强调他们关心的议题时,应该假设一个女性的视角,这无甚奇怪。考虑到大多数女性接受教育和参与社会事务的机会仍然十分有限,关于女性、甚至由女性写作的小说,指明了接下来数十年间女性的/女性主义的叙述的崛起。

因此,在男作家罗普(1876—1949)的笔下,《东欧女豪杰》(1903)聚集了一大批身处海外的中国和欧洲奇女子,从事虚无党运动。小说特别强调了晚清中国最为著名的外国女性索菲亚·彼罗夫斯卡娅(1853—1881)的英雄事迹。此书并未完稿,仅仅描绘了索菲亚的早期生平,但是它开启了作家秋瑾、曾朴、丁玲和巴金关于俄国女英雄的现代中国叙述。

海天独啸子的《女娲石》(1904)接续了《东欧女豪杰》未竟之事业。在这部小说中,海外归国的女学生刺杀皇太后未果,在逃亡途中沦落青楼,它实质是一座女性建造、管理的科学乌托邦,而且是专门刺杀贪官污吏的女性政党的大本营。

1904年,女作家王妙如创作的《女狱花》出版,这是另一部侠女摇身变为革命者的小说。对于王妙如的生平,我们了解不多,只知她享年未永(大约1878—1904)。小说包含了两条平行线索,表达了女性寻求自身权利的两种途径。侠女沙雪梅误杀了自己的丈夫,宣扬恐怖主义和立即行动;她的朋友许平权认为只有通过教育,不断与男性协商,女性才能最终获得平权。沙、许二人在寻求新的女性定位过程之中争执不休,意见不合,为晚清女性主义小说添加了一个辩证的层面。它表明即使是在女性阵营内部,意见也有所分歧,她们能够平静面对不同意见的后果。起义失败之后,沙雪梅和一众同志身陷火场,以身殉义。许平权则以自己普及教育的方式接续了她的事业。根据女革命家秋瑾殉难一事写成的《六月霜》(1911)中也有相同的情节设置。秋瑾就义之时,她的友人越兰石保存了她的遗体,继承了她的事业。

革命(revolution)与回旋(involution)

1911年秋,革命党人成功推翻清政府,中国帝制就此终结。1912年1月1日,中华民国宣告成立,孙中山(1866—1925)就任代理总统。讽刺的是,改良派在此之前热切期待的"新纪元"(new era),并未经过一番抛头颅、洒热血的伟大革命即已来临。然而,接踵而至的是一系列权力斗争、政变和社会骚乱。因缺乏强有力的军事支持,孙中山被迫让位给前清军事强人、1898年百日维新失败的罪魁祸首袁世凯(1859—1916)。他在义和团运动后成为中国的权力核心人物。趁着民国成立初期的社会动乱,他在1915年谋求复辟,自居帝位。这一企图迅速被二次革命击溃。1916年袁世凯去世之后,没有任何一股政治力量足以统领全国。在此后十年中,中国陷入军阀政客之间的频繁内战。

文人学者一度呼吁改革,此时却在无休止的困境中感到幻灭。这一现象引出了几个问题:饱含承诺的革命理想一度呈现出历史进步之光,缘何迅速破灭?尽管他们在形式革新中付出过努力,中国改良派文人确实进行了激烈的变革吗?他们应该支持引发中国骚乱的新政权吗?与此同时,中国又出现了对过往时代矜惜哀悼的潮流。这一股潮流虽然只表现在满清遗老遗少圈中,却反映了时人对文化倾颓的担忧,这种担忧在晚清已经发端,民国初年尤为蔓延。

因此,盛行的革命话语体系被悼亡和嘲讽这两种修辞模式削弱了。在这一层面上,1911至1918年间的民国初期文学既非晚清文学改革之结束,又非延续。然而,民国初年文学的悼亡和嘲讽模式不能只被解读为文学现代化的阻力,而是提供了一种不同的角度来回看晚清寻求文学革新之路的活力。与其说是摆荡于新旧之间的两级,不如说是以回旋(involution)为形式的革命（revolution），以及以"去其节奏"（de-cadence）为形式的颓废（decadence）。

在政治范畴内，"革命"扮演了关键角色，推动晚清文学前往新的方向。我们已经讨论过梁启超及拥趸推进诗界革命、文界革命和小说界革命作为社会其它革命的前提。然而，与其说革命导致了中国文学的现状，不如说"回旋"更好地描述了现代文学产生的迂回路径。如果说革命用极端的方式表示出一种无坚不摧的力量；"回旋"则指出了一种内在倾向，是一种向内里寻求转圜的运动。

与勇往直前的革命相比，"回旋"常常和保守执著的动向联系在一起，但是它并不等同于反动，因为它的运动并非回到原点。它与革命的不同之处，在于运动方向并非笔直向前，而是迂回环绕。这两者很难分辨，因为两者的运动其实仍然是在时间进程里延伸的。就中国现代文学而言，在启蒙文人之中，"回旋"模式与革命口号几乎同时出现。

同样，清末民初文学的现代性表现出了自我矛盾的现象，它并非仅出于严复、梁启超所想象的维新形式，也出于这些人所期期以为不可的堕落形式，这两者纠缠迂回，无时或以。所谓的"颓废"虽有贬义，但不为其所限。颓废代表着一个文明熟极而腐的现象，以及对腐朽和崩颓所做出的虚假甚至是病态的回应。颓废也是一种"去其节奏"，是既有秩序的坠落，有意无意的错置，以及在文化巅峰过后，观念和形式的分崩离析。在其第二种含义上，颓废是正常秩序的异常化，它也成为现代性生成的预设。

革命和回旋、堕落和"去其节奏"的现象在小说领域中更为清晰。晚清之前的旧小说被认为是毒害中国社会的堕落文类。矛盾的是，严复和梁启超试图变其毒性为灵药，以治愈中国社会的痼疾。这让人想起柏拉图声称诗人应该被赶出理想国,因为他们的作品削弱了公民的道德勇气。在晚清,同样的原因却引发了不同的结果。严复和梁启超将小说视为灵丹妙药,但首要之务是小说应该先清除自己的先天之毒,方能解救它之前曾毒害过的大众。这是对古老中国"以毒攻毒"观念的奇特演绎。

晚清和五四时期的严厉批评者们对晚清小说的放纵无羁常持否定态度。但晚清小说所显现的自由性并非仅由于作者对题材的选择无所顾忌,而且是出自传统约束力的解体。部分作者熟悉传统,将其玩弄于股掌之间,由此产生一种乖违正宗的颠覆感,一种似是而非的模仿性。刘鹗的《老残游记》完全颠倒了公案小说的套路,一方面描述贪官的可恶,但另一方面认为清官比贪官更可恶;李伯元的《官场现形记》则讽刺自命清高的朝廷官吏和自称处女的妓女差堪比拟;吴趼人的《二十年目睹之怪现状》将人间喻为魑魅魍魉之世界。颓废并不会因为启蒙运动的开始而自行停止,它也并非现代工程的错误产物。颓废发生于启蒙运动之中,是正常转向异常的必然状态。

与文学改革呼吁者们设立的新政治、伦理、经济甚至是人种之间的界限相比,晚清小说充满了各类形式的过度泛滥。以最为流行的谴责小说为例。晚清谴责小说的作者认为自己肩负揭露社会腐败的责任,在许多情况下都热衷于采取矛盾的表现形式。他们认为使用夸张、贬低与变形的手法,将让现实更为耸人听闻。民国初年,这一倾向尤为引人瞩目,由此获得了一个新的名称"黑幕小说"。黑幕小说的作者以完全揭露现实为价值取向,但是在他们揭露的事实之外,这一叙述模式本身也是被批判的现象之一部分。

张春帆(?—1935)篇幅浩繁的《九尾龟》长达一百九十二回。小说在1906至1919年之间连载,描写了一名风流才子的冒险经历,浓墨重彩地渲染他征服一干青楼女子的英雄壮举。胡适和鲁迅均将其视为晚清文人格调低下的代表。他们认为它是"嫖界指南",所以能够风靡一时。这些贬损的批评触及了《九尾龟》的一个重要面向:这部小说并非仅仅凭借性感女子和狎邪情节来诱惑读者,它变本加厉,教导读者如何寻花问柳而又不沦为火山孝子,如何成为一名出色的风流浪子。

张春帆耐心地展示了狡狯娼妓与受骗嫖客的故事,从个案中发出"道德"教训,为欢场众人提出忠告。虽然小说展现了淫荡情色的世界,但是作者的处理却并非情色化的。事实上,对于一部吹嘘妓院经历的小说而言,它的缺乏情色因素恰恰也值得注意。

《九尾龟》引发了系列黑幕小说的兴起,这类作品津津乐道地揭露政治和色情领域中的残酷教训。《新华春梦记》(1916)讲述袁世凯发动政变、恢复帝制,终成一场春秋大梦。同年出版的《梼杌萃编》讲述家庭罪恶和政治阴谋。黑幕小说潮流在1918年达到顶峰,两部长篇小说作品《中国黑幕大观》和《人海照妖镜》结构松散杂乱,内容耸人听闻。这两部小说都试图唤起读者对时事的好奇心。虽然揭露腐败和荒诞,却很奇怪地泄露出冬烘气味。民国初期因政治危机、社会动乱和民气消沉,黑幕小说提供了一个逃避之所,一个对飘摇不定的新世纪口惠而实不至的批判。嬉笑怒骂的表象之下,隐藏着时代的虚无和忧郁。

与清末民初黑幕小说相对的另一极端是情感的泛滥。只要迅速扫过这些标题,诸如《新笑史》(1908)、《糊涂世界》(1906)、《恨海》、《仇史》(1905)、《痛史》、《苦社会》和《活地狱》(1906),即可看出晚清作者们是如何地夸张他们的愤怒、怨怼、仇恨、悲情乃至讪笑和戏谑。

泪水和忧郁,是清末民初小说感性光谱中的首要特色。如前所述,哭泣是《老残游记》的主题。国家倾颓,文人如刘鹗不由得为之怆然泪下。刘鹗并非将个人情感纳入写作的唯一例子。1902年，吴趼人发表了五十七篇短文，总其名曰《吴趼人哭》。他为国家危机而哭、为世风日下而哭、为人情浇薄而哭、为个人有志难伸而哭。他还为预期读者的反应而哭："恐怕没有几个人会读"，"用不着你哭"。哭泣不总是一己私事。据说林纾在翻译《茶花女》时深受感染，不时停笔号啕，声闻户外。

民国初年，文坛突然出现一股以骈文写作小说的热潮。1903年，徐枕亚（1889—1937）的《玉梨魂》引发了巨大的震动。小说讲述一个悲剧爱情故事和三名主人公的自我牺牲。师范学校的年轻毕业生梦霞受崔家礼聘担任教师，后与学生的寡母梨娘深陷爱河。先生和主母虽然难得一见，但互递情诗和情书以诉说衷情。他们的感情为儒家礼教所阻。得悉梨娘决意为夫守寡，梦霞病入膏肓，发誓终身不娶。为治愈其疾，梨娘劝说小姑筠倩替己嫁与梦霞。问题由此变得更为复杂。两名女子均抑郁而终。心碎的梦霞远走日本，死于1911年10月10日推翻满清的革命。

这本小说辞藻堆砌，情深意切，务以催人泪下为能事；究其原因，并非因为它继承了，而恰恰是因为它打破了"才子佳人"小说的构架。三位主人公的命运预示着一个社会如何被加诸自身的教条所束缚，以及在这样的环境中，年轻的爱侣如何因爱情而伤害彼此。小说情节不乏精心经营的痕迹，梦霞在革命中殉难的高潮无论如何斧凿，却指出了一项新的变化。他为建立新政体牺牲，一方面巧妙呼应传统殉情结局，一方面也对封建束缚做出激烈控诉。

《玉梨魂》的极度流行不仅是因为上述爱情故事复杂的主旨。小说用优美的骈体文写就，让爱情以既熟悉又陌生的面貌打动读者。小说中华丽的辞藻和完美的对偶句式组成了一个世界，在其中语言和情绪相互共鸣，仿佛由散文投射的现实不足之处，可以以骈文加以补偿。我们可以想见，徐枕亚当日的读者无不关心家国历史变迁。小说的情节以才子佳人式的悲剧叙述，展现了一个时代价值错置肇生的惶惑和牺牲，并追忆了在共和革命发生之前其实早已失去的理想世界。作者和读者在骈文传统中相濡以沫，形成一种悼亡伤逝仪式，但也不自觉地显露出自身历史意识的局限。

苏曼殊（1884—1918）的一生尤为展现出这种悲怆感。他生于日本横滨，父亲是中国人，母亲是日本人，在幼年和少年时代经历了漂泊不定的岁月，其后成长为诗人、翻译家和革命者，最后落发为僧。苏曼殊特立独行的一生和卓越的文学才能值得大书特书，他最为人称颂的是他的自传体小说《断鸿零雁记》（1912）。他在小说之中描述了不幸的成长经历，皈依空门的过程，飘零异乡的心境以及两段罗曼史：一次以死亡告终，另一次留下绵绵遗恨。苏曼殊尝试在佛门中求安慰，但宗教似乎让他倍加依恋尘世情缘。

如《玉梨魂》，《断鸿零雁记》也以辞藻华丽的骈文写成。或许只有通过古典叙述模式，这名孤独的僧人方得以传达他的深切悲伤，确认自我存在的真实意义。古文因其紧凑质朴，寓意深远，显然是漫无方向的一代文人传达复杂情绪的合适媒介。畅销小说中还包括何诹的《碎琴楼》（1911）、林纾的《剑腥录》（1913）和吴双热的《孽冤镜》（1914）。这些作品预示着民国年间鸳鸯蝴蝶派的崛起。

民国初年，虽然文学改革的呼声甚嚣尘上，传统诗派却仍然发挥着自己的力量。民国建立之后，传统诗人用诗歌方式悼亡伤逝，因此往往被视为遗民余音。陈三立曾参与晚清多次改革，作品对当代社会和政治的败坏多有着墨。王国维创作了一系列词作，如《颐和园词》，以记录王朝更替。金兆藩的叙事诗《宫井篇》对光绪帝宠爱的珍妃之死致哀。庚子事变、清廷西狩前夕，珍妃被慈禧赐死，落井而亡。这些作品见证了王朝倾覆、文化飘零。诗人与词人的意图不应仅在政治层面加以理解，他们更是在革命和启蒙到来的关键时刻，忧疑文明命脉的绝续，因而发出悲音。

但传统诗歌也可以作为传统文人宣扬激进思想的形式。陈去病、高旭（1877—1925）和柳亚子（1887—1958）共同组建了南社。南社以明末同名的文学社团为楷模，是一个理念明确的革命平台，大多数成员与孙中山领导的同盟会有着密切联系。南社乘势而起，吸引众多文人，发展成一个巨大的组织，全盛时期成员超过千名，在中国南方的各大城市均有分支。南社的成立在许多方面代表着传统诗人在现代时期的一次突围。在反满的诉求之外，南社的成员往往横跨传统和现代两界。

革命烈士、女诗人秋瑾在1907年被清政府处决。她的诗歌主要以个人经历为素材，充满侠情与悲悯。秋瑾抛夫别子，负笈日本，是为女性自由而奋争的女性主义先驱。她加入革命党密谋起事，卷入安徽总督刺杀案，事败被捕。在狱中，秋瑾写下系列诗作明志，并以自己姓氏"秋"召唤孤绝的意象。她也曾创作一系列词作，最佳者莫过于《满江红》，捍卫女性自由，反抗男权专制。秋瑾的弹词《精卫石》（1905）也同样知名。此作受精卫神话启发。精卫投石填海，鞠躬尽瘁。这篇弹词呼吁以激烈的革命形式求取女性解放。两年后，秋瑾为理想牺牲。《精卫石》并未完稿，呼应了精卫一生无休无止的主题。

台湾在1895年被割让给日本之后，传统诗歌呈现出新的辩证面向。丘逢甲（1864—1912）、洪弃生（1867—1929）、林朝崧（1875—1915）、许南英（1855—1917）及其他诗人的大量作品，以故土海岛的失去，以及漂泊在中国大陆和海外的台湾人为题材。丘逢甲被认为是最具才华的台湾籍诗人，在日本接管前夕，曾参与过短暂存在的台湾民主国的建立。事败后他逃至广东，在生命的最后岁月写作了数百首纪念台湾的诗歌，展现出对自己文化传统的忠诚。丘逢甲并未强调台湾与清朝的联系，而是采用了多重视角，将其视为独立于清朝统治之外的现代国家，明朝皇室在海外的最后领土。它既是身处历史轨迹之外的文化实体，又是一整代中国学者恋旧思乡的象征土壤。

与此同时，日本殖民政府大力促进传统诗歌写作，以便实现与当地文人合作及其对统治合法性的诉求。1890年代至1920年代中期，传统诗歌在台湾岛经历了意料之外的复兴。对于遗民而言，这一文类的功能反映了他们与文化中国的联系；对于殖民者而言，这一文类是一种展现中国与日本文明共同性的便利方式，并以此成为日本殖民统治台湾的正统性的象征。

1908年，年轻的鲁迅在《摩罗诗力说》中写道："递文事式微，则种人之运命亦尽，群生辍响，荣华收光。"在文明的废墟之中，鲁迅期许见到恶魔一般的诗人，即摩罗诗人，奋起建立新的秩序。诗人在此身兼恶魔和救世主的双重身份。鲁迅观察着中华文明注定到来的衰落，同时呼吁用诗歌这一神奇符咒，让死亡的文明得以重生。

古文在民国初年最终经历了转型。尽管桐城派学者为适应时代变化付出了不懈努力，但到了十九世纪末，白话文已经成为主要文体。1902年，当梁启超和严复就古文的可行性展开辩论，以回应文学改革的呼声之时，《新小说》在日本横滨创刊。数十种报纸、宣传品和其它文学杂志的出现，有助于开始一场文学现代化运动，中心议题是鼓励和推进白话文的使用。梁启超本人的创作混合着传统词汇和口语修辞，是普通阅读者更易接受的风格。白话写作这一潮流在1905年得以巩固，这一年，延续数百年的科举考试制度被彻底废除。

桐城派幽灵并不会轻易寿终正寝。如上所述，清末民初时期，古文实际上迎来了复兴。文选派以萧统（501—531）编选的《文选》为模范，致力于模仿古体诗文的创作，其中心人物是黄侃（1889—1935）、王闿运和章炳麟（1869—1936）。他们认为古文的典故、辞藻、对仗等特色，正是保存中国文化精髓的方式。然而，文选派过于保守的态度实际与革命派一样激进。他们意在保护传统精华，为同时代人介绍强调形式优雅的文学美学观，无意间却预示了下一代作者中文学自主观念的兴起。

章炳麟身上极为丰富地显示出中国知识界和文学界在现代化进程中的复杂境地。在儒家思想之外，他推崇的知识系统是康德和叔本华的哲学思想、瑜伽行派，以及庄子一系道家思想的大混合。对于章氏而言，真正自由的"我"，理应能够否认任何学界的、政治的和社会的建制，而且能够明确自我主张。他所赞同的唯一"总原则"是自我消除。只有任何事情都削减到"无"的水平，真正的平等主义才会出现。只有通过持续的自我否定这一过程，人们才能够到达自由境界。吊诡的是，自由选择也包括国家主义和文化普遍主义。章炳麟同时身为革命派和保守派，反满政策的支持者和国学与文选派的呼吁者，这反映出知识界复杂的思辨层次超过了想当然的主流论述。

骈文实际上是民国初年的官方文体。1915年，孙中山发起讨伐袁世凯的二次革命时，其宣言就是用优雅的古文写成的。同时，桐城派的追随者如姚永朴（1862—1936）、马其昶（1855—1930）和林纾仍为桐城派的"义"和"法"而孜孜奋斗。1913年，林纾出版了《剑腥录》，他声称这是有史以来第一部以桐城派风格进行写作的长篇小说。小说以系列政治运动如义和团、共和革命和袁世凯复辟为时代背景，讲述一对年轻情侣所经受的爱情磨难。尽管情节老套，但小说叙述风格精练，林纾试图用一种秩序井然的古文形式弥补时代喧嚣，缝合人们的破碎关系。这部小说受到读者欢迎，林纾接着又创作了多部古文体小说。

但是，古文的复苏不过是昙花一现，很快就遭受到新文学的挑战。1917年，胡适（1891—1962）发表了《文学改良刍议》。作为回应，钱玄同（1887—1939）谴责桐城派及其后继者文选派分别是"桐城谬种"和"选学妖孽"。为更进一步进行打击，次年，钱玄同出版了与王敬轩的辩论，后者是由钱氏和友人、文学革命支持者刘半农（1891—1934）共同炮制的桐城派学究。这场争议举国瞩目，并引发林纾在以古文写就的小说《妖梦》和《荆生》中进行反驳。此时已是1919年，五四运动已经开始。1920年，北京政府确认白话文为初等教育的官方语言，古文教育传统从此画上句号。

然而，我们不能忽略这样一个事实：早在1920年代，部分五四文人已经认识到桐城派的价值。胡适乃是其中之一。他提出，尽管桐城派具有保守思想，但它有助于为十九世纪古文风格指明新的方向。桐城派呼吁信、达、雅，促进了"古文体"，中和了繁琐复杂的"时文"，因此为新写作方式的兴起开辟了道路。周作人（1885—1967）则更进一步，认为胡适、陈独秀和梁启超的风格都来源于桐城派古文。

桐城派及其后继者文选派的消失标志着古文的终结。但是，这却并非古典风格的末路。回望过去，桐城派晚期作者如黎庶昌、薛福成、严复、林纾，均表现出了模糊的现代性。他们或倾向保守，或趋于改革，以否定的辩证法，推动中国文学进入了新纪元。虽然桐城派学者认为"文"是文化和社会建构的支点，晚清民初的改革者则认为现代中国文学开辟了一个不同的领域，其中既有人间的想象形构，也包含对其所做出的道德承担。

III 1919—1937：现代文学时期

五四运动与文学革命

　　1919年5月4日，数千名学生涌上北京街头，抗议一战结束后在巴黎和会达成的合约。虽然中国身为对德宣战的协约国之一，《凡尔赛条约》却根据中日两国在1915年达成的一项秘密决议，将德国在华租界移交给协约国另一成员国日本。此举无视中国主权和中国政府的微弱抗议，终于激发起全国义愤。爱国抗议活动迅速席卷所有主要城市，并发展为一场全国性的运动，强烈呼吁社会政治改革和文化革新。文学一向被视为思想改革的关键因素，文学革命于是成为此次运动的主要目标。它成为接下来几十年间中国文学激进转型的先导。

　　整个二十世纪中，几乎在所有领域，五四运动均被视为现代中国之先声。它并非仅是一个历史事件，或者一次文学运动，而是具备着神圣的意义，标志着中国现代性的开端。但是，随着时间的推移，我们开始认识到，五四运动引发的革命意识，并非一夜之间一蹴而就；恰恰相反，如前所述，它是十九世纪缓慢的、复杂的改革过程的结果。五四运动也并非一举摧毁了所有被激进派视为保守的传统和流行因素。相反，传统的痕迹始终纠缠于反传统的议程之中，并由此产生了现代中国建构过程中一些最为激动人心的时刻。

　　与晚清的文学改革相比较，五四文学革命恰似一座分水岭，它为文学话语和实践指出了一个清晰的、进步的方向。胡适请来了"德先生"和"赛先生"，它们如两座灯塔引领中国寻求富强；"启蒙"和"革命"，则同时意味着社会政治律令和教育途径。改革者热切吸收西方思想，博采诸家：从马克思主义到自由主义，从尼采哲学思想到弗洛伊德精神分析法；并引介了多种文学概念，如浪漫主义、现实主义、自然主义和象征主义，来进一步完善他们的观点：文学的发展必然一路前行，不可逆转。

虽然自从晚清"新小说"兴起之后，政治与文学已密不可分，但在五四时期和其后数十年中，文学创作终于转变成为一项政治行为，成为一门鲜血和墨汁同等重要的职业。这样一种革命诗学，表现在对文学修辞和国家政策之间存在密切联系的信仰之中，表现在普罗米修斯式的反抗和牺牲之中，表现在"感时忧国"的传统之中，也表现在革命必然导致国家复兴的启示之中。文学创作能够揭露社会丑恶，传播新的进步思想，阐释性别与政治化议题，并构建中国的光明未来。

但是，如同晚清文学改革一样，人们一定会问，这一革命诗学的范式，是否消除了其它的、也可以称之为现代的努力？或者，更值得讨论的是，革命诗学，确实是一种前所未有的事物，因此堪称为现代；还是这只不过是改头换面之后的一种维新冲动，或取法自中国内在资源，或借鉴于西方舶来之物？

关于五四运动的传统叙述，一般始于 1915 年。当时，康奈尔大学的一群中国学生，就文学改革中语言活力的问题展开了一系列辩论。在辩论的高潮阶段，当时主修哲学专业的胡适抛出了"文学革命"的观点。他提出，为了全面革新中国文学的陈旧环境，人们必须接受白话文作为真正具有创造性的工具。这并非什么新鲜事物。胡适认为，在现代之前的文学中，白话文学具有悠远的传统。口头和书面语言融合为一的现象可以远溯至元代。这种倾向如果未曾遭到刻板的儒家话语尤其是八股文的抑制，中国文学或许将选择一个截然不同的发展方向。

晚清知识分子已经开始推崇白话文，并用来开启民智。胡适观点中引人瞩目之处，在于将白话文与文学、文化的整体革新相联系。虽然清代先驱者们已经认为白话文是启蒙普罗大众的有效工具，但他们并没有将文言文视为文化传承和知识生产的标志性系统，而试图加以废除。胡适设想中的白话文改革追随着现成的西方模型，如但丁（Dante）之后的意大利文学，乔叟（Chaucer）之后的英国文学，以及路德（Luther）之后的德国文学。他将自己的文学革命观念与中国复兴相等同，也在情理之中。

语言改革是文学革命的第一阶段，文学革命又是更为宏大的文化革新事业的核心。1916年，在写给陈独秀（1879—1942）的信件中，胡适提到建立新文学的基本步骤需从八事入手：一曰不用典，二曰不用陈套语，三曰不讲对仗，四曰不避俗字俗语，五曰须讲求文法结构，六曰不作无病之呻吟，七曰不摹仿古人，语语须有个我在，八曰须言之有物。

虽然胡适谈论的看似仅是文学革命中的语言问题，但他在此宣扬的白话文体的现代性，对后辈文人理解文学的方式产生了深远的影响。相较于文言文，白话文被视作先天具有民主性，能够清晰地反映普罗大众的思想活动。使用白话文于是具有了政治、审美、观念和心理等各层面的内涵。激进知识分子陈独秀接续胡适之说，在1919年2月号的《新青年》中提出了文学革命的三个原则：推倒雕琢的阿谀的贵族文学，建设平易的抒情的百姓文学；推倒陈腐的铺张的古典文学，建设新鲜的立诚的写实文学；推倒迂晦的艰涩的山林文学，建设明了的通俗的社会文学。

与此同时，胡适发表了《建设的文学革命论》一文，宣扬以"国语的文学，文学的国语"为宗旨。在此文中，他明确地提出了文学革命的两个目标，即语言俗语化和文学俗语化。1921年，教育部确立白话文为初级教育的官方语言，文学革命实现了它的第一个目标。

五四运动前夕，还出现了另一些赞成文学革命的观点。1918

年，周作人在《新青年》发表了《人的文学》一文，认为现代之前的文学充斥着非人的因素，与之相对，现代文学应该颂扬人性，以人道主义为本。在1919年1月发表的另一篇文章中，他进一步总结"人的文学"之说，提出著名的口号"为人生的文学"。中国共产党的创立者李大钊（1889—1927）在1920年写道："我们所要求的新文学，是为社会写实的文学，不是为个人造名的文学；是以博爱心为基础的文学，不是以好名心为基础的文学。"这一论述构成了现代中国文学左派话语体系的基础。

对新文学的强烈呼声在五四之后的十年引发了巨大回响。文学杂志、报纸和社团雨后春笋般遍布全国。至1919年末，各色报纸已多达四百余种。1921至1923年间，全国约有四十个文学团体和五十种杂志，接下来的数年间，这一数量又得到翻倍的增长。《新青年》、《每周评论》、《新潮》、《少年中国》共同构成了推进白话文、现代写作模式和文学革命的联合战线。《新青年》是其中最为流行的杂志，这表明启发青年的潜在创造力，在国族想象、政治力量、教育动能、文化制度和影响力等诸多方面是最为令人激动的。

在1920年代初期成立的文学社团中，文学研究会和创造社是其中佼佼者。它们分别代表了五四运动的两个方向。前者着重于树立"为人生的文学"典范，提倡现实主义，力图以此改变社会不公的现实；后者着重于个人情感，偏爱直觉和灵感的感性表达。在创作实践中，两个社团有所重叠，差异无几。1920年代末，创造社摇身变为革命据点，以推动激进的社会改革为己任。

五四运动之影响，亦波及台湾等海外中国社会。1895年沦为日本殖民地之后，台湾与中国的文化联系依旧十分密切，迟至1920年代，许多台湾青年仍然渡海至大陆接受教育。在北京的学子中，张我军（1902—1955）尤为受到五四运动呼吁通过语言和文学改革以达到文化复兴的启发。1924年，他发表了《致台湾青年的一封信》，对台湾知识界不思改革发出猛烈抨击，鼓励他们对台湾社会的堕落负起应有的责任。张我军采用五四破除成规的典型模式，用传统文学和现代文学、文言文和白话文的对立来展开攻势。1926年，张氏及友人在北京创办了《少年台湾》杂志，宣扬他的改革思想，姗姗来迟地响应王光祈（1892—1936）创办的《少年中国》。

回溯过往，我们不难总结出，五四运动不仅代表了中国现代化运动的开端，同时也是自晚清以来不断发展的文学改革的高潮。在五四作家的笔下，传统秩序，无论是帝王世袭制度，还是家族父权制度，都违逆民主追求，尤有甚者，它们成为压迫制度的合法基础。用鲁迅的话来说，中国有着四千年来吃人的历史。现代中国文学意在打破这一旧体制，奉革命意义的暴力之名，揭露现实，终止过去吃人的历史。

文学革命运动虽在青年群体中广泛流行，却还必须应对保守派的坚决反对。传统上，这些保守派都被视为在时代变革中抱残守缺、冥顽不灵之人。然而更为微妙的观点则认为，保守派虽然遵循着保护文学、文化遗产的准则，却同样热切地寻求改造中国的道路。他们之中不乏浸淫西学、积极接受新鲜事物之人。他们选择保护而不是灭绝国学，因为他们相信国学才是中国现代性之精髓。自然，语言和文学首当其冲，最受关注。

改革派和保守派的斗争，自晚清发端，在五四前夕达到白热化。例如，广受欢迎的翻译家林纾自诩为桐城派护法，尤受到公众嘲笑。但林纾并非势单力薄、孤军奋战。早在1914年，章士钊（1881—1973）已利用《甲寅》杂志宣扬他反对改革的观点。1920年代，章士钊和他的杂志最终成为鲁迅等人的主要攻击对象。1919年3月，五四运动爆发仅仅两个月之前，两位北京大学教授、古文派成员刘师培和黄侃创办了《国故》杂志，鼓吹保存中国固有学术、在研究"国粹"的基础上建设中华民族的必要性。

473　　1921年，以梅光迪（1890—1945）、吴宓（1894—1978）和胡先骕（1894—1968）为首的南京学者创办了《学衡》杂志。这是一本致力于国学研究的刊物。尤为值得记上一笔的是，与林纾不同，梅光迪和吴宓都曾负笈美国，对西方学术传统极为熟稔。受思想家白璧德（Irving Babbitt）启发，他们对知识、文化采取新人文主义的态度。他们的杂志旨在"昌明国粹，融化新知"，以及"以中正之眼光，行批评之职事"。这些观点不过是晚清盛行的"中学为体西学为用"口号的复苏。身为启蒙知识分子，他们的态度并非不激进，只是较之完全反传统的姿态而言，他们选择了一条完善他们观念的中庸之道。

值得关注的是，文学革命的先驱者胡适，在1923年自告奋勇地领导了"整理国故"运动。对许多人来说，鉴于胡适几年前的激进态度，这无疑代表着一种倒退。但是，杜威（John Dewey）的追随者胡适认为，考察经典作品，认识它们的起源和发展，实际是出于去神秘化的实用目的。他对清代白话小说《儒林外史》、《镜花缘》、《海上花列传》、《三侠五义》的研究，均表现出他的目标是将研究题材和范围民主化。

在大众领域的所有事务中，语言和文学对革命者和保守者来说同等重要。这是十分关键的。首先，这证明了他们都具有同样的认知，认为语言和文学决定了现代化的其它形式。从这一点来说，无论是革命派还是保守派都还抱有中国传统观念，认为文学活动的价值只是知识教育和政治活动的表现。

尽管如此，以鸳鸯蝴蝶派为代表的通俗文学作品占据了大量市场份额。在《新青年》等杂志赢得了举国"新青年"关注的时代，悲情故事、侠义传奇、侦探小说和荒诞讽刺闹剧，纷纷改变风格,以适应时代品味,同样也在普罗大众之间大为流行。五四遗产因此并不仅仅在于新文学,而是在于不同声音、形式、地点、议题的集中表达。

现代初期:1920年代的文学和文人文化

1918年5月号的《新青年》登载了一篇不足五千字的短篇小说,标题为《狂人日记》。一位狂人坚信自己生活在一个吃人的社会,并逐日记录自己的见闻。在日记的高潮,他希望还有没吃过人的孩子,并发出"救救孩子!"的呼号。篇首附有一段作者按语,谓狂人在治愈之后重新回到了他曾诅咒的社会云云。

《狂人日记》的作者鲁迅(1881—1936,本名周树人),日后被推崇为现代中国文学和中国意识的奠基者。鲁迅祖籍浙江绍兴,父亲早逝,祖父因科场贿赂案入狱,因此童年即历经人世坎坷。1902年,鲁迅考取官费生,赴日学医。1906年,他自称在观看了一场幻灯片之后,改变了职业规划。幻灯片展现的是1904至1905年的日俄战争场景,其间最让鲁迅震撼的一张画片显示日军在东北处决一名为俄国军队做间谍的中国人时,围观的看客却是一群神情麻木的同胞。鲁迅在震惊之余认识到,欲拯救国人身体,需先拯救国人精神。于是,在行医施药之前,他必须先使用文学这一剂良药,以治愈中国的精神。

从1906年开始,鲁迅写作了一系列文章,包括《摩罗诗力说》和《文化偏至论》,均反映了他试图以象征手法剖析中国人性阴暗面的诸多努力。他渴望找到能够使国人免于行尸走肉地生活的回春魔力。同时,鲁迅和胞弟周作人合作翻译、出版了多部东欧小说,以图唤醒中国大众。但是,鲁迅的文学生涯不断遭遇挫折,直到以《狂人日记》出人意料地获得成功。

批评家们指出，鲁迅或许受到了果戈理同题小说及其它国外作品的启发。同样重要的是，鲁迅笔下的狂人也有着中国本土的文化血缘，他的形象可以追溯至屈原的《离骚》、庄子笔下的孤僻隐士，以及六朝时期放荡不羁的名士狂人。但是，对于五四时期的读者而言，狂人获知的无疑是社会禁忌：儒教仁义道德的表象之下，隐藏着野蛮的本质。

《狂人日记》大获成功之后，鲁迅开始写作一系列短篇小说。《阿Q正传》以拟正史的风格，描绘一个欺善怕恶的小地痞无赖如何用"精神胜利法"求得生存。在他的"回乡"系列小说中，《故乡》描写了不善辞令的农民与心怀内疚的文人的故友重逢，二人交谈中，"一堵看不见的墙"让一切沟通的努力化为泡影。《孔乙己》和《白光》描绘传统文人在变化时代中的困境。《离婚》和《一件小事》讽刺了人性的脆弱和荒诞。这些小说后被编入《呐喊》（1923）和《彷徨》（1926）两部小说集中。

鲁迅现代意识的最佳体现，在于他对待传统的矛盾态度。他以改造国人精神为己任，这印证了林毓生所谓的以"文化/知识手段"解决问题的思维模式。林毓生认为，他们普遍坚信中国的问题来自文化/知识的断裂，因此只能以内在的、整体的方式加以解决。诚然，鲁迅对于这一解决之道持不同意见；在他看来，所谓的中华文明消失已久，或许更糟糕的是，除了为一个高度发达的吃人社会提供借口之外，并不存在什么中华文明。但是，哪怕他具有强烈的反讽意味，他也一再流露出对重新获得意义的统一性的渴望，继而又对这一渴望产生怀疑。他对"改造国民性"的追求，以及日后对其可能性的否定，无不显示出一代知识分子在追寻现代化中面临的根本困境。

无论鲁迅在国民性这一问题中如何滔滔雄辩，他仍对一个人生领域态度暧昧，即解放中的爱情和情色。当然，他并非没有意识到传统社会中对于性的压制所造成的后果,他本人就是一桩传统包办婚姻的牺牲品。虽然如此,考虑到母亲的感受,他一生并未与原配离异,多年来一直单身过活,直到与学生许广平(1898—1968)坠入爱河。相对现实生活中的踌躇,鲁迅在杂文和信件中对传统性观念进行了猛烈的抨击。《娜拉走后怎样》(1923)和《论雷峰塔的倒掉》(1924)均强调改变妇女地位之于社会和道德的必要性。但在小说作品中,鲁迅鲜有触及情爱和性爱。

情爱这一主题在郁达夫(1896—1945)的作品中首次得到完全的展现。和鲁迅一样,郁达夫曾赴日学习,海外经历促使他投身写作。但是,鲁迅选择写作,是因为在观看幻灯片中的斩首场面时,为国家命运饱受心灵创伤;郁达夫则是出于爱情的渴望和性的困惑。他的短篇小说处女作《沉沦》(1921)讲述在日求学的中国青年渴望爱情,却接连受挫,深为爱国主义、忧郁症和低人一等的复杂心病所困。故事结尾,主人公走向海洋深处,并将即将到来的死亡与国家命运勾连:"祖国呀祖国!我的死是你害我的!你快富起来,强起来吧!你还有许多儿女在那里受苦呢。"

《沉沦》甫一出版,因其对毫无掩饰的冲动进行忏悔,对情色幻想、自渎、妓女的详尽描写,令1920年代的中国读者大为震惊。郁达夫塑造了另一个狂人形象,因为自己的色欲而深陷无尽烦恼。色欲之残忍与吃人制度一般无二。小说混杂了各国文学传统,包括日本私小说(I-novel)中的自我忏悔、俄国小说中的"零余者"(如屠格涅夫《罗亭》中的罗亭),和卢梭式小说中的叛逆姿态。同时郁达夫又偏爱中国传统诗歌,尤其是流放和疏离此类题材,让他的作品呈现出对传统精英文化的怀旧风格。

郁达夫本人的人生经历展现出艺术与人生的紧密联系:婚姻不睦、婚外恋情、抗日战争期间自我放逐于新加坡和苏门答腊,随后在战争结束时被日本人秘密暗杀(据称主要因为他的地下爱国活动)。凡此，在将郁达夫塑造为现代中国的一枚多情种子时，都是这一鲜明形象中耀眼的因素。

尽管具有自恋倾向，郁达夫在《春风沉醉的晚上》(1923)和《过去》(1927)等作品中，表现出对社会和性别问题的关注。郁达夫的作品均是作家的自叙传，贯穿着始终一致的主观态度。实际上，郁达夫的精神忧郁无处不在，他赋予所有人物以相同的孤独和悲伤。他用同样的手法重新塑造了一系列历史人物。《采石矶》带有浓厚的失落和漂泊感，小说主人公黄仲则(1749—1783)尤其是郁达夫式精神气质的典型形象。

在鲁迅和郁达夫之间，一时涌现出大量感时忧国的作品。台静农(1902—1990)、王统照(1897—1957)和其他一些作家追随鲁迅，揭露社会不公，促进人道主义。他们参与了二十世纪中国文学的主流，即批评现实主义潮流的兴起。叶绍钧(1894—1988)的创作旨趣在于教育和童年生活，并以朴素的文字风格受到时人瞩目。他的《马铃瓜》(1923)描写一个孩童在1905年第一次也是最后一次参与科举考试的经历。不久后，科举制度就被废除了。《饭》(1921)中，饥荒笼罩下的乡村学校，孩子们面临着日益临近的恐惧威胁。对叶绍钧而言，无论社会现实如何残酷与绝望，仍有一个角落存留着怜悯与同情，可以救赎人性中的冷漠。孩童们纯真无邪，因此得以从人吃人的社会中获得救赎。长篇小说《倪焕之》(1928)栩栩如生地描绘了一个年轻的乡村教师在五四运动的感召之下，试图改变社会现状，却在事业、婚姻、革命和健康中屡屡挫败，死亡成为他的唯一出路。小说可被解读为一部"反教育"作品，针对的是五四"新青年"在情感教育中生发的不切实际的空想。

许地山(1893—1941)来自台湾，出身于虔诚的佛教家庭，却在燕京大学学习期间皈依基督教。他后来旅居南洋，并在缅甸任教。或许因为他的宗教背景和旅行经历，许地山的作品兼有异国情调和宗教意识，呈现出五四运动之后少见的复合主题。他笔下的主人公，大多是身陷逆境的女性，她们展现出坚忍与宽恕等美德；她们显示信仰的力量不在于宗教的教条约束，而在于人类的怜悯之心。《命命鸟》（1921）中的女主人公追求涅槃重生，从容面对死亡。《商人妇》的背景设置在东南亚，女主人公被丈夫抛弃，改嫁印度商人，因而遭受了重重磨难。虽然如此，她仍然具备忍耐和爱的能力。最值得注意的是《春桃》（1934），主人公春桃以拾破烂为生，误信丈夫葬身于战火之中。其夫残废退伍，归乡后发现她已经和另一个男人一起生活。春桃因此面临困境。然而，她相信，三人可以生活在同一屋檐下。这部小说是一篇强有力的宣言，女性完全有权利按照自己的道德准则生活。

许多五四后作家深受鲁迅影响，然而郁达夫的影响也不容忽视，虽然流行观点比较看轻他的颓废风格。如他所言，"小说的表现重在感情"，这一论断成为之后浪漫派作家和浪漫主义者的不二法门。张资平（1893—1959）的作品中充斥着青年男女惊世骇俗的情爱和肉欲；倪贻德（1901—1970）着力刻画在爱情幻想中迷失自我的人物形象；陶晶孙（1897—1952）将日本私小说中的自我放纵和堕落嫁接至中国文本中。其中最为著名的是叶灵凤（1905—1975），他将哥特式主题、浪漫主义幻想、变态性心理与颓废象征主义融为一体。《鸠绿媚》（1928）通过一个恋尸癖与一具骷髅之间的一段对话讲述了一个爱情故事；《流行性感冒》（1933）则将短暂的爱情比喻为感冒的袭击。

狂人之后，狂妇横空出世。晚清以降，女性在文化和社会领域引发越来越多的关注。在前文已加以论述的秋瑾等人之外，陈撷芬（1883—1923）撰写了女性论著，编辑了最早的女性杂志《女学报》；徐自华（1873—1935）因其诗作和教育经历而知名；

单士厘（1856—1943）在1903年从日本至圣彼得堡旅途中创作了游记；薛绍徽（1868—1911）和陈鸿璧（1884—1966）翻译了儒勒·凡尔纳（Jules Verne）、埃米尔·加博里奥（Emile Gaboriau）等多位欧洲小说家的作品。这些女性创作传达女性意识的觉醒，宣扬对教育和就业权利的渴盼，探求女性和国家的联系。她们冲破传统封锁，挖掘想象和体验的空间。

但女性积极参与文学活动是在五四时期。这种现象与清末民初学者所呼吁的，在教育、家庭和社会地位中的女性权利密切相关。对这一时期女性作者的调查表明，她们大多来自于文化底蕴深厚或者经济条件优越的家庭，因此有机会早早接触新学。繁荣的现代教育体系及印刷业有助于"新女性"思想的传播。二十世纪初，大量女性在文学创作领域跃跃欲试，一显身手。

以陈衡哲（1890—1976）和冰心（1900—1999）为例。1917年，陈衡哲在《留美学生季报》中发表了白话短篇小说《一日》，细致描绘了女子学院中一名年轻学生的日常生活。这篇小说问世于《狂人日记》前一年，如胡适所言，倘若它为更多的国内读者所熟知，本有可能被视为现代中国白话文学的先声。但是，在五四运动的主要思潮下，《一日》平静无波，恐怕无法与《狂人日记》振聋发聩的效果相比拟。陈衡哲的创作此后受其个人经历所限。然而，她的小说指出了反映现实的另一路径，即中国读者和作者所置身的平常现实。

冰心身兼诗人、散文家、短篇小说作家和儿童文学作家等多重角色。她出生在福建省，毕业于燕京大学和美国威斯利学院（1923—1926）。1926年回国后，她迅速参与了五四后文学界的活动。冰心的作品大多以感性的基调构建一个乌托邦式的世界。童真、母爱、繁星、花朵、海洋等自然意象，对世界满怀同情之心，都是她所钟爱的主题。哪怕在描绘人生中不愉快的场景之时，她也试图将其理想化。《超人》(1921)中的主人公是尼采式人物,离群索居,希望过上自给自足的生活,最终从贫穷少年那里体会到爱的真谛。

《疯人笔记》(1922)是冰心创作中的一个特例。小说借一名精神受创的人物之口,叙述他对社会及其价值的质疑,充满了关于爱和憎、生与死的杂乱无章的长篇大论。冰心似乎决意尝试熟悉领域之外的所有题材。与鲁迅笔下的狂人相比,冰心塑造的疯人是一个更为模糊的形象,他的笔记看似并无任何讽刺寓意。不过,在小说的流畅风格和混乱逻辑中,冰心采用了与鲁迅相反的叙述模式,这仅适于女性作家:她逃离了传统性别约束,为自己构建了一个想象空间。

与冰心齐名的,还有就读于北京女子师范大学的一群女性作家,包括庐隐(1898—1934)、苏雪林(1897—1999)、冯沅君(1900—1974)和石评梅(1902—1928)。庐隐是其中的佼佼者。她于1919年入学,积极参与校园学生政治运动,并开始发表作品。她一生笔耕不辍,直至1934年因难产身故。如果说,冰心的早期作品展现出女性作家专注抒情意象和人文关怀,庐隐的作品则表明女性苦苦寻求爱情和性的意义。庐隐以擅长运用第一人称叙述而知名,主人公以书信或者忏悔的形式,坦诚地暴露自己内心情绪的波动。《海滨故人》(1923)描述五个大学女生从毕业到团聚的人生经历,以忧郁的笔调展现了思想解放后的女性所遭遇的希望和失望。小说以迂回、伤感的风格,生动地展现了卷入愁海之后作者和人物的情感。庐隐的悲观主义在《胜利以后》(1925)中得到更为充分的表露。一名年轻女子抵抗种种逆境,寻求爱情和教育的机会,在赢取所谓的"胜利"之后,却遭遇全然的幻灭。石评梅是庐隐的密友,与革命家高君宇(1896—1925)恋爱无果,深陷其中无法自拔。庐隐在致石评梅的信函中语气热切,甚至被解读为有同性情谊或者唯我主义的痕迹。

冯沅君在1920年代初期写作了一系列短篇小说，包括《隔绝》（1923）、《旅行》（1924），描写未婚男女的浪漫情事以及由此带来的道德压力。虽然在今天不会引发任何关注，但在当时的北京，这些作品给她带来了赫赫声名。苏雪林是庐隐和冯沅君的大学同窗，1921年至1925年间负笈法国，创作了半自传小说《棘心》（1929）。小说不仅触及了五四后作家的常见主题，一位年轻女子在爱情世界和家庭期望之间苦苦挣扎，而且借助宗教力量寻求救赎之道。在这篇故事中，女主人公最终皈依了天主教。

与上述作家相较，凌叔华（1904—1990）的出色之处在于心理描绘和辞藻精练。凌叔华的作品大多取材于上流妇女社会，也正是作者本人所属的阶层。《绣枕》（1925）中的失恋少女困于闺中，她的未来如同一项财产，交由她的家人代为处置。《酒后》（1925）描写一场宴会结束之后，微醺的已婚少妇被一名醉酒男子所吸引。她在丈夫在场的情况下，异想天开地希望能够亲吻他，反而在心理上微妙地平添了她与丈夫之间的爱和信任。这两篇故事无不展示了凌叔华对于反讽和象征手法的细腻运用。它们和其它作品一起，为她赢得了"中国的凯瑟琳·曼斯菲尔德"的头衔。

现代诗诞生于五四运动前夕。诗歌在传统上占据着文学经典中最高的地位。它为情感表达和美学思想开拓了广泛的空间，并与复杂的文化规则和政治议题息息相关。五四诗人彻底挑战传统诗学，否认传统的格律系统、语言表达、意象典故和思想意识，是一项较之其它文类革命更为艰巨的任务。他们必须重新探讨诗歌的基本问题，譬如诗歌的本质和功能，语言和形式的规则，诗人的角色和潜在读者的关系。与此同时，还需要面对新近介绍到国内的多种外国作品的影响。

现代诗先驱胡适和沈尹默（1883—1971）都曾尝试以自由体写作白话诗。郭沫若（1892—1978）声誉最隆。早在1916年求学日本时，他已经写下了大量热情洋溢的诗作，如《死的诱惑》和《新月与白云》。他是创造社发起人之一，旨在推动浪漫主义创作风格。他深受五四运动熏染，在1919和1920年间发表了一系列作品，包括《凤凰涅槃》《地球，我的母亲》和《天狗》，并获得先锋诗人的声名。1921年，他出版了诗集《女神》，由此成为现代文学中最激动人心的声音。

《女神》是五四运动兴起之后出现的首部现代诗集。人们普遍认为它代表着当时新青年的浪漫主义情怀与活力。《凤凰涅槃》勾勒了一个活力四射的世界。我们的土地和海洋，我们的世界和宇宙，被召唤来庆祝在毁灭和更生中孕育的新生。

诗人借用凤凰涅槃重生的神话表达五四之后热情奔放的时代风景。涅槃，显然具有宗教意味。在郭沫若看来，五四运动不仅是历史事件，更是宗教仪式，呼吁新青年沉浸于自信和自我牺牲的情绪之中。诗人在《天狗》中将自己比作神秘的天狗，"我飞奔，我狂叫，我燃烧"，"我把月来吞了，我把日来吞了，我把一切的星球来吞了，我把全宇宙来吞了。"最后，诗人宣称，"我便是我呀！我的我要爆了！"

郭沫若的诗作，形式不经雕琢，情绪毫无顾忌地喷涌而出。然而，他展现了现代诗人从未表现过的活力。批评者们曾经指出，他受到西方浪漫主义尤其是沃尔特·惠特曼的影响。但是他营造的意象同样也带有晚清诗人如龚自珍末世诗学观念的印记。郭沫若以为大众歌唱的名义塑造了浪漫主义的自我形象，气魄堪与日月寰宇比肩，在这一方面，他预示了国家话语体系中的"崇高形象"的出现。

如果说郭沫若以夸张的辞藻和神秘的意象征服了五四后读者，徐志摩（1897—1931）则攻占了他们的心灵。徐志摩挚爱济慈和雪莱，堪称用中文诗歌形式创作西方浪漫主义诗歌的第一人。他的创作生涯十分短暂,自1922年从欧美留学归国,至1931年因飞机失事离世,在这九年之中,他的浪漫主义精神在诗歌、文学、艺术领域纵横驰骋。徐志摩深受欧美人文主义传统影响,他是新月社(1928)的创始人,早在左翼话语兴起之前,已致力在中国传播自由主义。

徐志摩的诗歌,应该与他的个人经历互相参看。爱情在他的诗歌和人生中都是绝对主角。他的一生与三名女子紧密相连:第一任妻子张幼仪(1900—1988),初恋情人林徽因(1904—1955)和第二任妻子陆小曼(1903—1965)。徐志摩曾说,人生前二十年,他对诗歌一无所知。他在英国求学时结识林徽因,之后开始诗歌创作。徐志摩为了林徽因与前妻离异,却因为林决定嫁给梁启超之子梁思成而心受重创。1926年,他与社交名媛、已为人妻的陆小曼陷入爱河。两人的爱情是1920年代轰动一时的风流韵事。二人婚后生活不如预想,直接导致了徐志摩意外离世。

饱受相思之苦的徐志摩以诗歌抒发自己的愉悦与忧郁。《翡冷翠的一夜》和《再别康桥》因热烈的情感、新颖的韵律和微妙的意象广受欢迎。

> 但我不能放歌,
> 悄悄是别离的笙箫;
> 夏虫也为我沉默,
> 沉默是今晚的康桥!
>
> 悄悄的我走了,
> 正如我悄悄的来;
> 我挥一挥衣袖,
> 不带走一片云彩。

徐志摩的爱情诗作和小说，对后世读者而言显得过于感性。但是在五四运动之后，徐志摩决意追逐爱情并以爱情为唯一追逐目标，不在意所有身外之物，标志着一种彻底的现代姿态。革命批评家认为，徐志摩没有强调任何进步观念，或将昙花一现，但他却因为在诗歌中描述情感的纯净和深邃，在文坛上牢牢占据一席之地。

闻一多（1899—1946）代表着诗歌的另一派别。1922年，闻一多留学美国，主攻艺术和文学。在美期间，他出版了第一部诗集《红烛》。1925年回国后在大学任教，与徐志摩共同创办了《晨报》的诗歌副刊。他也是新月社成员，并撰文主张诗歌应该包括音乐的美、绘画的美和建筑的美。此三美显然在他的第二部诗集《死水》（1928）中有所表现。诗作中充盈着绕梁三日的音乐性，虽然主题是揭露社会不公和腐败，让人心情沉重。《死水》的前两节写道：

>这是一沟绝望的死水，
>清风吹不起半点漪沦。
>不如多扔些破铜烂铁，
>爽性泼你的剩菜残羹。
>
>也许铜的要绿成翡翠，
>铁罐上绣出几瓣桃花。
>再让油腻织一层罗绮，
>霉菌给他蒸出云霞。

对于熟知古诗格律的读者而言，闻一多的九言诗行造成了音节上的灵活和结构上的变化。他也舍弃熟悉意象，往往以"蚯蚓翻泥"

或者"小草的根须吸水"而出人意料。

在闻一多的诗作中，可以看到现代诗人用旧格律和新体裁进行的诗歌实验。以济慈（Keats）、丁尼生（Tennyson）和布朗宁（Browning）为典范，他寻求重获现代之前中国诗歌的象征意象和气质风貌。1931年起，闻一多不再创作诗歌，专注社会批评。抗日战争爆发后，他移居昆明，继续教书并参与政治活动。因对革命持同情态度，他在1946年被暗杀。

1920年代，诗歌象征派逐渐兴起。李金发（1901—1974）在法国留学学习雕塑时，受到欧洲象征派诗人的影响。他与诗人王独清（1898—1940）、穆木天（1900—1971）和冯乃超（1901—1983）一同掀起了中国现代主义第一次浪潮。

1925年，李金发出版了中国第一部象征主义诗集《微雨》。他的诗作大多数选取当时的典型题材，如失意的爱情、自我的沉沦等等。与众不同之处是其独特的意象、生硬的语法、艰涩的修辞和省略的语义，为中国诗歌造成一种陌生化的效果。李金发受到波德莱尔（Baudelaire）和魏尔伦（Verlaine）的启发，尤其喜欢营造颓废的意境。在他最为著名的诗作《弃妇》（1925）中，他将传统弃妇重塑为世界末的女性形象，深陷于孤寂和不可言传的羞恶之中。这些"怪诞"的诗歌正是二十年代中期论战的对象。然而在1927年之后，李金发放弃了他的诗歌探索。

现代中国戏剧改革发祥于日本，受到日本"新戏剧"运动的影响。1906年，一群中国学生在东京成立了春柳社，上演了根据流行小说《茶花女》和《汤姆叔叔的小屋》改编的两出戏剧。社中演员全为男性，他们的表演赢得了观众好评，并非因为演技高超，而是因为题材具有煽动性。《汤姆叔叔的小屋》译作《黑奴吁天录》，尤为受到欢迎。它呼吁抵抗（满人和洋人的）种族压迫，容易被解读为当时的革命寓言。

1911年共和革命之后,剧团蜂拥而起,致力于表演政治或时事题材的戏剧。任天知(生卒年未详)曾是春柳社成员,组织过进化团,排演过支持革命的《黄金赤血》(1911)等戏剧,日后被称为"文明戏"先驱。文明戏剧本大多只是提纲,倚重演员的即兴表演。对习惯于传统戏剧松散结构的中国观众来说,这并非什么缺陷。恰恰相反,当演员们表演时事题材或者打破成规,在舞台上就政治和社会热点发表演讲之时,观众们获得了前所未有的紧迫感和兴奋感。

文明戏主要兴盛在北京和上海等大城市,随着它日益普及,主题也日益宽泛,从社会事件到爱情故事无所不包;演出越来越注重精细的机械装置及制造特殊效果。五四运动前夕,文明戏成为都市观众主要的娱乐方式,早期的教育目的此时仅是绝好的广告宣传。

传统京剧亦面临着转型。新一辈的表演者如梅兰芳(1894—1961),一方面积极在传统剧目中加入现代元素,一方面注重提高编剧和表演水平。作为一名出色的男旦,梅兰芳在剧中加入新的情节、服装、布景和戏剧效果,让观众对他的表演刮目相看。1921年,《霸王别姬》首度登台,一举成为他的代表作。在梅兰芳及同仁的努力下,京剧由流行娱乐转而成为传统中国文化的最佳代表。1930年代,梅兰芳应邀访美,他以非官方的文化大使身份完成了此次访美之行。

与此同时,《新青年》等杂志如火如荼地展开了关于中国戏剧新形式的论争。在1918年特别号中,胡适及其同仁提倡中国戏剧的现代化应该紧随同时代的模范,如易卜生(Ibsen)、萧伯纳(Shaw)、王尔德(Wilde)、契诃夫(Chekhov)、梅特林克(Maeterlinck)和高尔斯华绥(Galsworthy)。这些西方巨匠风格、题材多样,中国仰慕者在其中勾勒出社会批评和知识启蒙的连贯脉络。他们相信这非但是一种新的文学形式,更是人生中一种新的生活模式,故此,现实舞台中他们亦步亦趋、沉迷不已。易卜生的戏剧作品在五四知识分子中影响尤巨。1919年,胡适推出了《终身大事》,女主角即借鉴了易卜生笔下的娜拉,与在日本求学的未婚夫私奔,以此反抗一桩包办婚姻。虽然形式简单,胡适此剧却引导了一股潮流,当时的编剧纷纷以戏剧表现社会问题,促成了"问题剧"的兴盛。

大约在这段时间,一种新式的"话剧"孕育而生。传统中国戏剧尽管由音乐、舞蹈、话白等多种因素构成,采用的却是一种高度写意的表演形式。相较之下,话剧则最为重视对白和表演生活化。它以逼真为目标,源头为十九世纪欧洲现实主义,不过,细读之下即可发现,编剧从未放弃惯用的、夸张的戏剧性效果。

田汉(1898—1968)是此时最为活跃的戏剧家之一。他受到现代西方、日本戏剧和中国传统戏剧的启发,1920年代初期自日本求学归国,致力于改革中国戏剧。1925年,他成立了南国社,实验、推广现代白话戏剧。在繁荣的电影业中,他也分外活跃。这一时期,他的戏剧作品包括《湖上的悲剧》(1928)、《名优之死》(1929)和《南归》(1929)。

洪深(1894—1955)曾留学哈佛大学,1922年归国后立即投身戏剧改革。他导演了自己和其他现代作家创作的戏剧,以及他所翻译的西方作家作品,如1924年导演自译的奥斯卡·王尔德《少奶奶的扇子》(*Lady Windermere's Fan*)。欧阳予倩(1889—1961)幼年嗜好京剧,1910年代,他被誉为南国首屈一指的男旦,堪与北京的梅兰芳相抗衡。五四运动之后,欧阳迈入话剧舞台,他不仅创作剧本,而且导演、表演了自己的和同仁创作的一系列作品。

虽然戏剧主流是用现实主义方式反映与揭露社会问题,此时仍出现了对新形式的尝试,如心理剧、表现主义戏剧、风俗喜剧、讽刺剧等等。田汉的《获虎之夜》(1922)讲述深山猎虎活动背后的爱情悲剧。洪深的《赵阎王》(1923)深受奥尼尔(Eugene O'neill)《琼斯皇》启发，描述一个逃兵的犯罪经过。欧阳予倩的《潘金莲》(1928)取材明代小说《金瓶梅》，刻画了在夫权压迫和爱情向往的双重驱使下谋杀亲夫的女主角形象。丁西林(1893—1974)的《压迫》(1923)和《一只马蜂》(1923)讲述现代男女青年无视社会道德禁忌，王尔德式的游戏爱情。熊佛西(1900—1965)的《洋状元》(1927)讲述留学生利用乡下人的弱点招摇撞骗。

两位女性剧作家对传统题材的颠覆性改编和实验性风格值得引起重视。袁昌英(1894—1973)的《孔雀东南飞》改写了同题著名叙事诗，因婆母逼迫离婚，一对年轻夫妇双双自杀。在她的版本中，袁昌英对这对夫妇的爱情和绝望及婆母的病态性心理，均饱含同情。白薇(1894—1987)在《琳丽》(1926)中描述两姐妹琳丽与璃丽都爱上了年轻的音乐家琴澜，从而展开一场爱情竞争。当得悉璃丽怀有琴澜孩子之后，琳丽自杀身亡。琴澜最终被三只黑猩猩撕为碎片。

鸳鸯蝴蝶派

前文讨论了1910年代至1920年代末期现代中国文学的复杂轨迹。无论流行与否，每一种文学尝试大都融入了五四话语体系之中。然而，在这些文学成就之外，还有大量的文学作品曾在民国时期极为盛行，却被排除于经典之外，文学史家称之为鸳鸯蝴蝶派。这一名称指出它们的感性倾向，与现代之前的言情传统紧密相连。在实际创作中，鸳鸯蝴蝶派从来不是统一的运动。它的主题包罗万象，爱情、侠义、谴责、侦探和喜剧；文体类型亦丰富多样，有短篇小说、多卷本长篇、笔记、译著和剧本。在流行的文学史叙述中，鸳鸯蝴蝶派被视为五四作家的反面典型，因此作家们往往拒绝被贴上鸳鸯蝴蝶派的标签。

"鸳鸯蝴蝶派"一词的起源众说纷纭。虽然可以追溯到晚清小说《花月痕》中的一联诗句，但这一词汇直到民国初年感伤爱情小说如《玉梨魂》出现方才流行。此类小说改写了传统的才子佳人的爱情故事，以适应变革时代的精神风貌。鸳蝴派作家大多来自南方，普遍受到传统文学和新学的共同熏陶，相较五四改革派，他们对世变的态度更为宽容。他们的作品细致描绘中国社会的习俗和道德，而不是摆出一副好战姿态，滥用夸夸其谈的辞藻。他们善于观察过去与现在的时代变迁，采用更为温和的方式处理现代时期的棘手主题。他们的叙事风格明显呈现出传统文学之流风余韵。因此，如果说五四文学代表着朝向现代的鲜明姿态，人们普遍认为鸳蝴派代表着与现代对立的保守和反动。

尽管受到五四话语的偏见，鸳蝴派作品的流行促使我们反思中国文学现代性的多重面向。这一现象至少是三个因素的共同结果。其一，以上海及附近地区为代表的新都市环境的崛起，催生了新阅读群体"小市民"的出现。这些读者来自都市社会的中层或中下阶层，渴望传统形式之外的新型阅读消遣。白话教育的普及和识字率的增长导致了以个体或私人消费为基础的文学创作需求的大喷发。

其二，大众媒介和印刷技术转型始于晚清，以批量生产和市场营销为基础，形成了文化工业的雏形。1900年前后大型出版社相继出现，出版内容日益丰富，由此产生了现代出版文化。新的媒介文化表现为出版商不断增长的商业兴趣，以及读者不断增长的、凌驾于国族意识之上的娱乐消遣需求。

最为重要的是，鸳蝴派作品同时具备全新的又或不那么新的主题与风格，为读者提供了一个缓冲地带，他们得以将个人体验融入现代世界。如果说五四文学旨在为民国读者提供与现状截然不同的阅读体验,鸳蝴派作品则有意让他们重温已经消逝的过往。林培瑞(Perry Link)称其为"温情文学"(literature of comfort),它不仅能够缓和读者面对时代巨变的情绪,还能够唤醒日常生活的平常景象。

对鸳鸯蝴蝶派的攻击早在五四时期即已发端,在1930年代达到顶峰。此时,"革命文学"被赋予进步的现代性。批评者如茅盾、周作人和鲁迅纷纷撰文指责鸳蝴派创作无视政治、自我沉溺及其商业趣味。于是,鸳蝴派小说被认为是一种反动力量,理应被现代文学经典剔除于外。

回溯历史,我们意识到鸳蝴派作品良莠不齐,表达现代体验时所采用的迂回策略也大为不同。形式和主题的含混,反映出中国民众遭遇前所未有的时代变局时的心理矛盾。他们将经典中国文学主题树为榜样,感性地呼吁确立在现代变革表象之下的真理和道德。在其最好的方面,鸳蝴派小说家均是写实主义历史学家,敏锐观察着中国遭遇"现代"冲击时的日常生活。

在1911年至1949年之间出版的文学作品中,逾两千种归入鸳鸯蝴蝶派名下。保守估计,上海至少有一百一十三种杂志和四十多家小报登载鸳蝴派作品。甚至《申报》和《世界日报》等主流报纸的文学副刊也偏爱此类作品。鸳蝴派作家包括多才多艺的作家、编辑和翻译家包天笑(1876—1973),大众杂志《礼拜六》编辑、杰出爱情小说作家王钝根(1888—1950)、陈蝶仙(1879—1940)和周瘦鹃(1884—1968),作家、擅长滑稽闹剧和荒诞讽刺剧的电影出品人徐卓呆(1880—1958),"侦探小说大师"、中国福尔摩斯"霍桑"的创造者程小青(1893—1976),以法国侠盗亚森·罗宾为原型、侠盗鲁平的创造者孙了红(1897—1958),分别在《广陵潮》(1919)和《歇浦潮》(1921)中以小说形式记录扬州和上海社会习俗的李涵秋(1874—1923)和朱瘦菊。

周瘦鹃是鸳鸯蝴蝶派代表人物之一，时人目为"哀情巨子"。他的戏剧作品《自由花》(1911)中，少妇背叛丈夫与军官相爱，在无意中吃掉爱人心脏后自杀身亡。《行再相见》(1914)讲述一名少女爱上了英国驻华官员，却发现他正是义和团运动中杀害自己父亲的凶手。她情非得已，谋杀情人，并向他的尸体发誓将尽快与他团聚。《留声机片》(1921)中，女主角所爱之人只身远赴太平洋中的"恨岛"，她听到留声机片中爱人的遗言后亦心碎而亡。爱情与忠贞，现代心理与现代科技相互纠缠，构成了周瘦鹃笔下情人毁灭的诱因。虽然仍不脱前现代小说的才子佳人模式，小说中人物与命运的斗争反映了现代风俗的变迁。

周瘦鹃不仅富有荡气回肠的小说创作才华，还是一名杰出的编辑，主编有《礼拜六》、《半月》和《紫罗兰》等大众杂志。最重要的是他在1919年至1932年之间担任当时上海最大的报纸之一，《申报》文学副刊《自由谈》的编辑。因此，他有能力为社会批评开辟足够的空间。二十世纪中国最杰出的女作家张爱玲的小说处女作，正是发表在周瘦鹃主编的《紫罗兰》杂志上。

张恨水(1895—1967)是最受欢迎的鸳鸯蝴蝶派作家。他祖籍安徽，出生于江西上流阶层家庭。以新闻记者为职业生涯起点，1917年至1924年间，他曾在安徽、上海和北京等地担任记者和编辑。1924年，他开始在北京《世界晚报》上连载《春明外史》，立刻引起了大众关注。小说讲述一名年轻记者的爱情悲剧。男主人公与两名女子一见倾心，互相爱慕，以诗传情，海誓山盟，最终罹患肺结核病逝。张恨水显然深受清末民初感伤小说的影响，他与前人不同之处在于热衷描写北京的现代和历史景象，以及对现代恋爱男女心理和举止的细致观察。实际上，张恨水熟练运用记者的职业素养，展现了1920年代初期北京城中的鲜活画面。他的叙事，反映了一名外来者对一座古老城市的好奇，以及一名本地人对城市生活的理解。小说《金粉世家》是一部以同样方式模仿《红楼梦》所作的家族史诗，着力描写了女主角对自我价值的寻求。该作品获得了更为重大的成功。

《啼笑因缘》将张恨水带至声誉巅峰。小说从1929年起在当时上海发行量最大的日报《新闻报》上连载，备受上海和外地读者欢迎。小说讲述了求学北京的南国学子樊家树的爱情故事。他与街头卖唱的沈凤喜相爱，凤喜却被军阀霸占为妾并被虐待致疯。与此同时，他结识了与凤喜容貌酷似的富家小姐何丽娜。第三位女主人公关秀姑精于武艺，侠肝义胆。《啼笑因缘》的情节设计展现出鸳蝴派小说的三种基本类型：来自不同社会阶层的爱侣无意酿成的感伤爱情小说；揭露军阀社会之残酷和底层人民之痛苦的社会谴责小说；描绘北京下层社会身负武艺的男女侠客的侠义小说。

《啼笑因缘》甫一问世即大受欢迎，并被改编成电影、舞台剧和电台说书节目。张恨水的作品历经多种媒介传播，以及他在全国上下的赫赫声名，均得益于媒体（报业和出版业）发展、大众文化和资本主义的联袂作用，这是中国前所未有的景观。

向恺然（1890—1957）在武侠小说领域可谓家喻户晓。他祖籍湖南，曾求学日本，以揭露留日学生丑闻的《留东外史》（1916）一举闻名。1923年出版《江湖奇侠传》后，他立即成为现代中国武侠小说创作领域中最受欢迎的作家。他的作品充满激动人心的场景和个性鲜明的形象，由此确立了武侠小说的悠久传统。向恺然自己习武，故而能够逼真地描述动作场景，传统侠义小说于此却付之阙如。另一部作品《近代侠义英雄传》（1923）以动荡的晚清民初为时代背景，主人公霍元甲与友人大刀王五共同向国内外的邪恶势力发起挑战。霍元甲击败了俄国和德国武士，却在与日本柔道好手决斗之后，因日本医生有意延误医治抱恨而亡。小说成功地将现代题材纳入古老叙事传统，并因暗含国族寓言大获成功。

另一位著名武侠小说作家李寿民（1902—1961）自1932年起连载小说《蜀山剑侠传》。此书长达三百九十二回，五百万字。李寿民构建了一个由瑰丽神话、奇妙幻想和侠义传统交织而成的世界，巫道、神仙、剑侠和邪魔历经了无穷无尽的冒险、密谋和爱情。这部小说连载至1949年，之后被迫辍笔中断。

较之其他鸳蝴派小说作者，向恺然和李寿民受到革命思想批评家更为猛烈的批评。正当国民为现代不懈奋斗之时，他们的作品却引发人们逃向一个虚构世界，幻想借助超凡脱俗的武艺和不可思议的情节逆转摆脱历史困境。他们的作品对1949年后香港和台湾的武侠小说影响甚巨。二十世纪下半叶最为著名的武侠小说家金庸（1924—　）不止一次地承认他的小说受益于此二位前辈。

从文学革命到革命文学

1927年4月初，蒋介石及其帮手突然发起攻击，对在上海发起大规模罢工运动的工会成员及左翼活动家进行鲜血淋漓的大屠杀。摇摇欲坠的武汉国共联合政府因此完全崩塌。这次事件，日后被称为第一次国共分裂，或国民党清党运动，或1927年暴动，对五四文学产生了深远影响。它使得文学革命话语体系中附着的政治意味更为增强，要求作者们从理论到实践层面均要身体力行地为主义效忠。一股激进趋势也迫使其他作家在寻觅其它选择时，清晰表明自己的态度。这些声音引发的异调谐声（discordia concors）的现象充斥了接下来的十年，直到1937年7月抗日战争爆发。

现代文学在五四运动之后迅速表露出向左翼转向的早期迹象。文学革命的拥护者如陈独秀、李大钊、茅盾均投身中共革命充任先锋。1923年,新近成立的中国共产党成员邓中夏(1894—1933)和恽代英(1895—1931)在党内刊物《中国青年》中宣布,文学应该成为唤起中国人民革命意识的武器。茅盾(1896—1981)于1921年加入共产党,写下了《大转变时期何时来呢》(1925)一文,批评社会现状已然到了奄奄一息、濒临灭亡的地步。浪漫主义作家郭沫若声称自己早在1924年即已投向马克思主义怀抱。1926年,他在《革命与文学》中鼓吹革命,视之为被压迫者反抗压迫者的斗争。对变革的渴望在成仿吾(1897—1984)的作品中得到最好体现,他呼吁展开一场"从文学革命到革命文学"的变革。

对革命文学不断增长的热情有其外部的因素。尽管五四时期的改革和变化都产生了可观的收效,但中国在1920年代初期已经深陷困境。国民党从未真正掌握全国局势,殖民势力、军阀割据和自然灾害动摇着民国的根基。文学领域亦混杂着期盼和沮丧等复杂情绪。1925年五卅惨案以上海纺织工人和雇主之间的矛盾为导火索,导致了一场暴力行动,大规模的抗议造成了双方的流血冲突。这一事件让作家得以借机宣泄低落的情绪。同时,国民政府北伐,国共两党合作,进一步吸引年轻文人纵身跃入革命狂潮的漩涡之中。

五四作者群体中的浪漫主义阵营是第一波推动文学革命的力量。如前所述,1921年成立的创造社为浪漫派抒发情感、个性和天性提供了平台。但是,这个群体过于受到反对者意见的影响。虽然他们并未涉及当下的政治事件,但是郁达夫在1923年即已接受了"无产阶级精神"和"阶级斗争"等词汇。1920年代末,创造社转变成为革命文学的组织,它的竞争者太阳社在支持革命的态度上更为激进。

蒋光慈(1900—1931)的革命和文学经历堪称典型。他是1920年第一批中国共产主义青年团成员,1921年被派往莫斯科东方大学学习马克思主义和革命理论。他于此时结识了日后的中共书记,1928年后太阳社的领导人瞿秋白(1899—1935)。苏联的生活虽然艰辛,却点燃了蒋光慈的理想主义信念和文学热情。他将在莫斯科期间创作的诗歌结集出版,取名《新梦》(1925)。诗集塑造了一个热烈呼唤国家、母亲和自我的人物形象,并抒发了对西方浪漫主义诗人拜伦、普希金和勃洛克(Blok)的仰慕之情。

浪漫派提出将革命欲望升华成为大众牺牲的崇高精神这一设想,同时也滋生出唯我主义。用蒋光慈的话来说:"革命就是艺术,……诗人——罗曼谛克更要比其他人能领略革命些。"蒋光慈形容人们投身革命几乎如痴迷情色,在革命之中,诗人超脱世俗,到达狂喜境界。他问道:"有什么东西能比革命还有趣些,还罗曼谛克些?"

自1920年代中期开始,鲁迅对革命和文学的关系产生了特别的兴趣。但是怀疑一切的天性让他并没有公开支持蓬勃发展的革命文学运动。1927年4月8日,仅在蒋介石对上海工人运动发动袭击不到一个星期之前,鲁迅在黄埔军校第一次发表了关于革命文学的公开演讲。他肯定了在以革命为首要目的条件下文学的重要性。这是典型的鲁迅式辩证立场,表露了他对文学公式主义的嘲讽态度和对写作与行动辩证关系的关注。在他看来,在血水重于墨水的革命运动中,文学可能暂归沉寂,也可能发声过度。同年,鲁迅也在《革命文学》一文中反复重申:"革命文学家风起云涌的所在,其实是并没有革命的。"

1928年的文学景象印证了鲁迅之言的正确性。革命作家们蜂拥出现之际,革命热潮衰退了。这些年轻作家以解放无产阶级为名进行了大规模的、彻底的革命文学运动。他们嘲笑鲁迅及同仁的小市民品位和政治投机主义。例如,冯乃超(1901—1983)讽刺鲁迅是一个对过去眷恋不忘的中产阶级市民;李初梨(1900—

1994）则将之比作堂吉诃德。钱杏邨（1900—1977）批评他落后于时代，并提出"阿Q时代早已死去"。最具破坏性的控诉来自于署名"杜荃"的文章，它为鲁迅贴上"二重反革命人物"、"封建余孽"和"法西斯蒂"的标签。近年来的研究发现"杜荃"是郭沫若的化名。

在动荡的时代环境中，激进派的控诉定然深化了鲁迅的紧迫感。他一直是苏联文学批评（借助日文译本）如"自由"马克思主义者列夫·托洛茨基和亚历山大·沃隆斯基作品的热心读者。在卷入与批评者的骂战之后，他更为确信艺术的阶级天性，以及建立无产阶级文学统一战线的必然性。换言之，他和反对者们的观点表面存在冲突，实际上却是越来越趋近的。他的思想来源之一，日本马克思主义者、"新写实主义"成员藏原惟人，正是钱杏邨及其支持者们树立的偶像。1928年末，鲁迅将注意力转向"正统的"马克思理论者如普列汉诺夫和卢那察尔斯基，准备宣扬更为左倾的观念。

政党机器至少在某种程度上进行了精心的策划，比如说太阳社和共产党之间的紧密联系。若非如此，文人之间的论争不会出现如此局面。当时党的总书记瞿秋白同时负责太阳社具体事务。瞿秋白身后有共产国际理论家的支持，在社会和文学战线上奉行"激烈革命政策"。是革命作家自身，而不是党，开动了更为攻无不克的机器。郭沫若在1928年声称，革命作家"不要乱吹你们的破喇叭，暂时当一个留声机器罢"。

留声机器代表着一个洪亮的、持之以恒的声音，能够淹没独立的喇叭吹奏出的不和谐音符。喇叭不足以与大量生产的现代工具相抗衡，后者承担的历史使命是无休无止地始终播放单调的声音。可能正是出于这一理解，鲁迅和其他人决定降低各自革命文学理论的声音，在联合战线的旗帜之下与反对者们一同加入了于

1930年3月2日成立的中国左翼作家联盟。

左翼作家联盟是共产党在中心城市创立的组织，目标是联合以鲁迅为代表的左翼活动家和同情者。同性质的另一些组织在这一时期也陆续建立起来，覆盖了戏剧、电影、艺术、教育、报刊和世界语等多种文学类型。鲁迅是左联的挂名领袖，主动权掌握在党手中，著名戏剧编剧和电影导演夏衍便是这一政党机器的代理人。左联成立之后，呼吁成员团结起来，进行"无产阶级解放运动"和"无产阶级艺术生产"。然而，左联并未成功地界定无产阶级文学艺术的范围和意义，因此并未真正给予成员文学创作的动力。

但人们不能低估左联在文学政策这一更为广阔的舞台上做出的贡献。在它的支持下，无数出版机构前仆后继，虽然屡屡被国民党审查机构所查禁，它们的短暂存在却成功地创造了文学创作和阅读的新逻辑：文学的价值在于它能够通过一再强调的相同的革命教条进行自我复制。更为重要的是，左联为阐释党的路线，巩固党的纪律提供了平台。在这一层面上，可以说左联为毛泽东和他的同志们在1940年代提出文学为革命服务提供了基本指导方针：思想正确、组织纪律、教育方式。

在成立初期，左联的主要敌人与其说是国民党的审查机构，不如说是与《新月》杂志相关的人文派和自由派。作为一个文学流派，新月社由徐志摩和友人胡适等在1923年共同创立，成员大多数受过欧美传统教育，视文学为人文主义的一种形式。得体、品位和修辞是他们文学创作的信条。创造社和太阳社的成员有着极为不同的文学纲领。他们大多数曾求学日本，由浪漫派转变为革命者。他们认为文学首先是内心情感和个人情绪的自由表达，其后才是对无产阶级团结和利他主义热情的自由表达。两大阵营之间的敌意在1928年徐志摩创办《新月》杂志后更为加深。徐志摩强调进行健康、有尊严的文学创作，以免受十三种"细菌"侵害，其中包括偏激派、感伤派和标语派。显然，徐志摩意在针对左翼阵营，因此引来了尖锐的反击。

1929年，梁实秋（1902—1987）在《新月》杂志上发表了《文学是有阶级性的吗》和《论鲁迅先生的硬译》二文。梁氏尝受教于哈佛大学白璧德门下，他反对极端浪漫主义，偏爱端庄优雅的文学，并将其近代源头追溯至马修·阿诺德（Matthew Arnold）的理论。梁实秋推崇文学的自主性，认为这是一种"古典"观念，即文学理应凌驾于政治之上，为人性主宰，而并非阶级斗争的工具。他进而以鲁迅对普列汉诺夫和卢那察尔斯基的误译作为让读者难以理解的"硬译"之例。最为重要的是，他认为创造性比思想性更为重要，因此提倡"我们不要看广告，我们要看货色"。

梁实秋的批评打击了左翼革命美学的成果，迎来了鲁迅和左翼同仁的猛烈回击。鲁迅尖锐地指出，梁实秋鼓吹文学无阶级论，恰恰反映出他的资产阶级背景。鲁迅认为左翼不乏精心打造的作品，只是立场目标有异，并提醒梁实秋，要求大字不识的穷苦人民根据中产阶级的品位生产有价值的"货色"，这是不公平的。对于自己的硬译，鲁迅承认在语言知识上的能力不足，但是他更暗示，他的硬译较之信达雅的辞藻反更能忠实原文，也更凸现不同历史状况里语境的落差。

鲁迅与梁实秋及新月派之间的论战恰巧发生在左联成立之前。虽然没有任何一方声称取得了完全的胜利，鲁迅和同仁取得的部分战果在于他们让公众留下这样的印象：新月派都是生活在象牙塔中不食人间烟火的绅士。其后，在左联的支持下，他们在1930年代致力为革命文学定下基调，称之为"血和泪的文学"，吸引了读者和作者的注意。

1930年6月在国民党文人王平陵（1898—1964）和黄震遐

（1907—1974）的领导下，展开了一场针对左联、呼唤反映民族精神和意识的"民族主义文学"运动。这场运动几乎没有引发任何影响，因为参与者都是文学圈子里不足为道的人物，口号既迂腐又苍白。但是，这一小插曲却揭开了中国现代文学批评史上最为精彩的篇章之一，即文学"自由人"和"第三种人"之争。

1931年，留学日本的年轻学者胡秋原（1910—2004）撰文抨击民族主义文学。他的中心论点是，文学不应成为只为政治服务的宣传工具；文学应该反映生活，展现生活的复杂和混沌。他立刻遭到了左联的回击。反讽的是，胡秋原是一位忠诚的马克思主义信徒，并引用普列汉诺夫的艺术理论著作（1932）作为佐证。但是，尽管有这样的意识形态信念，胡秋原却反对马克思主义反映论的"平民"观。他相信，文学创作不应成为政治的留声机。相应地，他希望看到"自由人"的出现。这个自由人并不一定是新月派成员这样的反马克思主义者，或对政治漠不关心的人；而是虽投身政治，却能够在文化和文学的前沿领域展现他的批评力量。

胡秋原的观点得到了苏汶（1906—1964）的响应。苏汶是对左翼思想抱有同情态度的上海现代派阵营作家。他认为，在两派马克思主义者的论争之间，在胡秋原的"自由人"和左联成员"党领导下的不自由"之间，以及共产党阵营和国民党阵营之间，应该存在不愿意卷入论战的"第三种人"。他相信，这一时代的大多数作家，虽然关注政治，却仍属于第三种人，希望诚实地描述眼中所见的现实。

左联对胡秋原和苏汶的攻击浪潮来势汹汹。瞿秋白的批评或许并非最具煽动性，却最具信服力。他指责二人没有抓住马克思主义理论的阶级基础，因此落入了唯美主义的圈套。他沉痛地指出，胡秋原的苏联偶像普列汉诺夫对于文学的审美功能过于理想化，因此也饱受批评。他总结道：胡、苏二人的错误源于他们对

"真正加入"到人民和阶级斗争中的骑墙态度。

在接下来的论战文章中,瞿秋白和左联年轻的理论家冯雪峰(1903—1976)采取了更为温和的方式。瞿秋白受到列宁的影响,再次强调党的组织和党的文化的原则,但是他承认革命文学在创作中不应具有强制性,而是"可争辩的",是"有指导性的",并希望没有加入左联的作家重新认识这一原则。瞿秋白总结说,无论在任何情况下,只要坚持党的领导为总指导方针,创作自由就应该受到尊重。

1932年,左联在文学界巩固了自己的合法性和领导力。徐志摩因飞机失事身故之后,《新月》杂志在1931年被迫停刊。林语堂(1895—1976)随后创办了三种大众杂志《论语》、《人间世》和《宇宙风》,提倡幽默与温和的讽刺,对左联不构成威胁。极为反讽的是,左联此时出现了内部斗争,最终终结了它在思想意识上的统一性。

1932年,瞿秋白抛出了"大众语"这一话题,迅速引发了激烈的争辩。瞿秋白认为,五四文学所使用的白话,以其时新面貌、传统文学余绪,和舶来的欧洲与日本表述,已经形成了一种精英语言,为城市知识分子所掌控。他以无产阶级名义呼吁另一场文学革命,希望在白话之外能够形成真正的、为所有下层人民通晓易懂的民众语言。

在接下来的数年之中,瞿秋白提出的为人民创作"纯净"语言的乌托邦设想,引发了关于新"普通话"生命力的系列论争。茅盾等人认为,当下最为紧迫的任务是尽可能地吸收方言和本土词汇,用以丰富五四语言。然而,鲁迅等人却将论争迅速转向了语言是否应该拉丁化。他们希望推行以北京方言为基础的全新语音系统,取消音调。更为激烈的建议是,他们甚至借鉴传为苏联汉学家发起的试验,希望彻底地废除数千年来沿用的汉字,代之以字母或者拉丁化的中国语音系统。

但是,时至 1935 年,党的路线斗争成为左联大部分成员的当务之急。1933 年末,瞿秋白前往共产党根据地瑞金,左联领导权移交给周扬(1908—1989)及其追随者。他们蔑视鲁迅的权威。1936 年,为响应共产党反对日本入侵、建立全国统一战线的号召,周扬宣布解散左联。在此之前,他甚至没有征询当时仍然是左联名义领导人的鲁迅的意见。

接下来的系列论争被称为"两个口号之争"。周扬方面,或许受到毛泽东最近提出的建立国防政府建议的促使,决定采纳"国防文学"作为正式的口号。周扬认为,面对日本入侵的威胁,无论各自采取怎样的政治态度,国防应该成为所有作家、所有作品的中心议题。这个声明立即遭到了经验丰富的左联成员茅盾和郭沫若的抗议。他们二人一致同意面对迫在眉睫的侵略战争建立统一战线的必要性。但是,他们对周扬的专断持有保留意见,即便它看似已经成为时代的紧迫需要。

左联的突然解散给健康状况不佳的鲁迅以致命一击。"国防文学"的口号,暗含着妥协和极权的危险,代表着自 1920 年代末以来鲁迅为之不懈奋斗的左翼信念的彻底挫败。鲁迅与茅盾和其他友人一同起草了一个新的口号,以"民族革命战争的大众文学"向周扬的"国防文学"提出挑战。鲁迅及其追随者坚持认为,哪怕处于国难在即的危机关头,马克思主义革命的阶级特性也没有丝毫妥协余地。在年轻的马克思主义批评家胡风(1902—1985)的帮助下,鲁迅的反击得以发表。胡风一年前自日本归国,迅速成为鲁迅的门徒。1936 年,胡风发表了题为《人民大众向文学要求什么》一文,直接引发"两个口号"之争。在接下来的几个月中,双方用充斥着谩骂、造谣的文章为武器,几度交火。

在今天的读者看来,两个口号之争更像是一场琐碎的家庭口角。但是细读之下，这场论争是党内路线分歧、权力斗争，以及更为重要的人格冲突的必然结果。无论是鲁迅还是周扬及其同党，包括夏衍、田汉和阳翰笙（1902—1993）等人，都难辞其咎，因为他们没有团结左联成员和支持者，反而用口号作为门派之争的口实。论争逐步升级，行将失控，已经损害了左联成员的团结性。长征之后以延安为根据地的共产党终于介入，进行干涉。于是，在鲁迅去世前不久，两个口号之争在十月初得以终止。鲁迅、茅盾和郭沫若在内的二十名作家在一份呼吁所有作家建立联合战线的共同宣言上签了名。

然而，此次论争的后果一直影响着所有参与者：先是在1940年代的延安，其后是1950年代中期，最后是文化大革命时期。它反映了共产党内部权力斗争中的一个奇特现象：语言和口号的论争往往如此剧烈复杂，甚至攸关生死。自1920年代末至抗日战争前夕的革命文学反映了语言和权力的强烈影响；放大历史眼光，这一现象可以追溯到清末甚至更为久远时代的文学文化中的政治传统。

与现实主义对话

现代中国文学中最为显著的特点在于现实主义的创作实践和想象，以及由此而带来的无休止的论争。如上所述，现代中国文学兴起之时，描述中国现实的主流话语行将崩溃。知识分子和文人无望地寻求国家强盛的道路，如何阅读和写作中国成为亟待解决的重大问题之一。他们以现实主义的名义探索新的叙事模式。这从来不仅是文学问题，也是他们重新想象国家、反映和修正现实的关键组成部分。

事实上，传统中国文学在描述现实及写作策略层面已经相当圆熟。但是，清末民初文人理解的现实主义均来自于十九世纪欧洲，如巴尔扎克、狄更斯、托尔斯泰、左拉和一些东欧作家的经典作品，仿佛只有他们手中掌握着反映现实的秘诀。实际上，十九世纪的欧洲现实主义并非一个统一的运动，甚至并不具备一致的审美和意识源头。在欧洲作家已经完成现代主义多种形式的创作实践之后，中国作家对现实主义的迫切信仰，或可视为中国文学现代性的特殊产物。

然而，作者设想中的行为与他们实际的行为，其间总是存在着巨大的鸿沟。他们期望打破旧的、不现实的传统，每每却又重复着永恒的辩证统一，企图给予不断变化的现实一个固定形式。他们折冲在描述时代的渴望和改变时代的冲动之间、作为审美方式的现实主义和作为意识形态律令的现实主义之间、历史的现实主义和神话的现实主义之间；他们所显现的"现实"如此不协调，反而带给作品巨大的张力。

以鲁迅为例。他采用多种方式描述现实，《孔乙己》中的夸张讽刺，《阿Q正传》中的拟正史风格，《离婚》中的漫画插曲，《故乡》中的抒情笔调，《药》中的国族寓言，不一而足。鲁迅追求一种完备的反映现实的方式，表现思想和身体、语言和现实之间的联系，却又无奈地意识到这一形式内里的断裂。身首分离的躯体、分裂的人格（《药》、《狂人日记》），行尸走肉的人物（《在酒楼上》），无不显示象征体系和意义的错位。鲁迅对于这种断裂的自醒，一方面激发了他对中国现实本体失落的乡愁，一方面又指向他的战斗性。

如果说鲁迅充任了现代中国短篇小说的先锋，茅盾则奠定了现代中国长篇小说的基石。从某种程度而言，现代中国现实主义小说的兴起，并非仅是小说类型的转向，而可视之为时代精神的反映：五四之后的社会政治气氛在1927年的第一次国共分裂中达到顶点。茅盾着手写作处女作《蚀》(1928),即《幻灭》、《动摇》、《追求》三部曲之时,他正处身于革命浪潮失败衰退之际。在理想幻灭之后,茅盾试图用小说来反思革命中本应发生和实际发生之间的不一致现象。《蚀》讲述五四之后一群年轻人对爱情和革命的无望追求。五卅惨案、北伐和第一次国共分裂接踵而至,他们在爱情生活和政治事件中动摇沉浮、无所适从。《蚀》仿效十九世纪欧洲小说,以全面视角描绘巨变中的社会。生活在历史变革时代的芸芸众生,随着时间推移,逐渐克服了道德、情感和思想意识的危机。在《蚀》之外,另一些作品也旨在反映时代景象的巨变和理想主义的动摇,包括叶绍钧的《倪焕之》(1929)、巴金(1904—2005)的《灭亡》(1928)、蒋光慈的《短裤党》(1927)和白薇的《炸弹与征鸟》(1928)。

《蚀》出版之后受到大众欢迎,同时也受到尖锐的批评,尤其来自激进的左派,从而导致了关于现实主义本质的论争。茅盾被指责对革命持有虚无主义观点,沉溺于小资产阶级情感。在《从牯岭到东京》(1928)一文中,茅盾回应道,他笔下的人物在爱情中动摇沉浮,恰恰反映了革命的复杂面向,这正是作为作家应该展现的真实现实。他认为现阶段文学的潜在读者是小资产阶级知识分子。因此,在作品中强调他们关注的事件,目标正是启蒙、唤醒这些读者转向马克思主义。因此,在他看来,现实主义文学扮演着自相矛盾的角色。它记录了革命的兴起和反挫,但它的存在也凸显了个体和群体、历史本然和历史应然之间的差距。这样的现实主义既是时代的病症,同时也暗含着治愈时代痼疾之道。

然而,中国的现实主义创作并不限于教条与口号的论争。1930年代初期,文学创作至少出现了四个方向,即社会批判、"革命加恋爱"、乡土主义和性别政治。它们不仅仅是主要的创作题材,而且是创作形式的争辩。在创作实践中,它们互相重叠,产生了一些重量级作品。

首先，为回应五四所提倡的"为人生的文学"，主流现实主义作家在作品中倾注了浓厚的人文情怀，誓言揭露社会罪恶，为被侮辱被损害者表达正义。左翼阵营特别热衷于表现现实主义的政治能量。"左翼五君子"之一，鲁迅的学生柔石（1902—1931）在1931年被国民政府逮捕和暗杀。他写作了短篇小说如《为奴隶的母亲》（1930），感动了大批读者。小说中母亲抛下亲生骨肉，为富裕的地主生子，最后落得骨肉分离。《二月》（1929）讲述了一名年轻知识分子在中国南方小镇所遭遇到的封建积弊和地方旧俗，叙事低回凄婉，以抒情方式控诉礼教吃人。

在台湾，赖和（1894—1943）弃医从文，写作了一系列小说反映日本殖民统治下的台湾生活。《一杆秤仔》（1926）讲述蔬菜小贩受到日本警察的羞辱，采用最为暴力的方式宣泄自己的愤怒。《蛇先生》（1928）通过寻找中医秘方的故事，微妙地反映出殖民地的现代化和中国传统之间的斗争。赖和是现代台湾文学之父，他因对殖民地台湾的批评及从事文学政治活动，而被誉为"台湾的鲁迅"。

柔石、赖和和其他一些作家的作品，在风格上均呼应了郑振铎（1898—1958）在1930年代初期提出的"血与泪的文学"。他们相信，"血与泪的文学"具有一种力量，既能唤醒叙述题材中被压制的"血与泪"，也能在写作和表现之中引发"血与泪"。但是，"血与泪"并不一定是现实主义唯一的情绪流露。卓越的作家可以使用不同的叙述模式，强调现实社会的辛酸。张天翼（1906—1985）、吴组缃（1908—1994），尤其是老舍（1896—1966）的荒诞现实主义作品中，已经熟练运用讽刺、闹剧、笑剧等多种创作形式。

张天翼善于讽刺伪君子、势利眼和江湖骗子，这些人物在毫无正义可言的社会中随处可见。他的写作风格有着晚清谴责小说的影子。在短篇小说之外,《鬼土日记》(1931)讲述韩士谦("汉世间"的谐音)"走阴"到"鬼土"的故事,难能可贵地展现了地狱般的现代社会。《洋泾浜奇侠》(1933—1934)将通俗的侠义小说和官方鼓励的爱国小说合二为一,以反对日本侵略为背景,讲述一个年轻人立志成为一名侠客的故事。张天翼证明,夸张的笑声比夸张的泪水和夸张的热情更为有力。

吴组缃的作品数量不及张天翼,却在叙事方式中表现出更为过人的天赋。《官官的补品》(1932)中,地主家虚弱的儿子真正用农民的血和奶来延续生命。《樊家铺》(1934)里的农妇杀死自己的母亲,只因为母亲长期在城市帮佣,无法对女儿身处旱灾中的绝望感同身受。《官官的补品》是一出黑色喜剧,《樊家铺》则是一幕暗潮汹涌下的家庭悲剧。短篇小说《一千八百担》(1934)讲述穷苦交加的农民在饥饿的威胁中走投无路,以暴力抢粮,预示了即将到来的革命冲动。吴的语言描述使小说读来像是一场荒诞的残酷戏剧。

老舍(1896—1966)是这一时期最有成就的现实主义作家。老舍的父亲是一名八旗护军,在义和团运动中为保卫紫禁城而身亡。老舍幼时生活于北京一处贫苦的大杂院,在中国和英国磨炼写作后成为职业作家。他刻画北京生活栩栩如生,作品中满怀爱国热情和对底层人民的同情。我们可以将他视为鲁迅式的批判现实主义的接班人。但是,老舍并非将自己置于高高在上的批评者位置,在秩序已经破坏殆尽的世界中,任何以现实主义为名的文学创作,必然暴露它自身在形式和概念上的缺陷。这种自觉萦绕在老舍心头,让他跨越了模仿(mimesis)与戏拟(mimicry)之间的界线,前者亦步亦趋地重现客观现实,后者则以嘲弄和变形来揭示前者的不足。老舍的现实主义体现了比他自己所承认的更为浓厚的虚无主义因素。生活充其量是一出荒诞的闹剧，充斥着错误的认知和荒谬的冲突。苦涩的讪笑，是对此唯一的回应。

老舍的小说总是在极为夸张的催泪形式和极为喧闹的荒谬形式之间摇摆不定，显示出1930年代作家们少有的暧昧性。在《月牙儿》（1935）和《断魂枪》（1935）等感伤作品中，他用悲情的泪水、戏剧化的结局表现人物身不由己的命运。另一方面，在《老张的哲学》（1929）和《牛天赐传》（1936）中，他让群丑跳梁，加之颠倒；丑角、郎中、骗子成了赢家。

老舍的笑声显然是对封闭现实的一种本体性的焦虑。《二马》（1931）表现了处于伦敦困境中的父子之间忧乐参半的关系。《离婚》（1933）中的一群北京小职员追求爱情自由，终究成空。老舍笔下的主人公因为清醒和自尊而成为社会的受害者。这里的笑声既针对邪恶权力和腐败社会，亦针对人类荒谬存在的基本状况。笑声的逻辑推到极致，产生了寓言小说《猫城记》（1933）。小说中类似卡通形象的猫王国展示了狡黠的生物如何走向了自我毁灭之路。

老舍最为杰出的小说是《骆驼祥子》（1937），但如果仅将其视为一部血与泪的文学作品，仍不足以显示老舍的才华和视野。北京的人力车夫骆驼祥子希望通过劳动换来一辆属于自己的人力车，屡起屡仆，终属枉然。老舍在小说中不但注入了痛苦的眼泪，也注入了阴森恐怖的嘲谑。祥子一再受挫，一再不懈求取希望。但希望越大，宿命的嘲笑声就越大。如是反复，让读者对现实主义小说如何伸张正义的命题产生怀疑。

戏剧方面，年轻剧作家曹禺（1910—1996）的作品《雷雨》（1933）1934年在山东济南上演，引发轰动。接下来的两年中，此剧在上海、南京甚至东京频繁演出。1938年，有两部据此改编的电影公映。众所周知，这部戏剧的成功标志着现代中国话剧的黄金时代的到来。

《雷雨》出版时,曹禺仍是清华大学的一名在校学生。话剧讲述了煤矿老板周朴园的发迹和衰落史。他在事业和家庭中建立了一个专制的王国。富丽堂皇的周公馆里隐藏着一个家庭秘密,引发了一系列爆炸性情节:继母与继子之间、同父异母的姐弟之间的乱伦情爱,没人要的孤儿,失踪的兄弟,子孙的反抗,阶级斗争,接踵而至。全剧在一个雷雨天急转直下,在这样一个时刻,所有禁忌都被揭开,周家遽然走向毁灭。

人们不难辨识出曹禺对西方作品的借鉴,其中包括易卜生的《群鬼》、拉辛的《费得尔》、奥斯特洛夫斯基的《大雷雨》和奥尼尔的《榆树下的欲望》。曹禺在剧中植入了一种特别的视角,观照着蹒跚前行中的中国情感、道德和政治体系。他对令人窒息的儒家家庭观念的控诉,对命运和人性弱点的忧虑,对摧毁一切的宿命力量的暗示,都深刻地影响了1930年代的观众——他们何尝不正深陷于历史的雷雨之中。同样值得关注的是剧本的文学性,细腻的舞台描写和精细的文辞出色地展示了话剧对戏剧和文学的影响。

《雷雨》之后,曹禺接连出版了两部更为引人注意的剧本:《日出》(1936)和《原野》(1937)。《日出》通过一个交际花的堕落和死亡展现了五光十色的上海都会中的丛林法则。《原野》挖掘禁忌之爱、家族恩怨、谋杀企图,揭示了原始状态下人类的欲望与冲动。

这一时期其他的著名剧作家还有夏衍和李健吾(1906—1982)。夏衍的《赛金花》(1936)取材于晚清义和团运动中声名远扬的青楼女子赛金花的生平,因其对"国防文学"的政治讽刺引发了激烈的争论。《上海屋檐下》(1937)将"革命加恋爱"演变成为家庭伦理悲欢的正剧,对上海小市民的生活也有深刻着墨。李健吾是一位备受尊敬的戏剧批评家和编剧。《这不过是春天》

（1933）是一部少见的、以革命理想和炽热爱情为主题的喜剧作品。它在戏剧作品中讽刺人性弱点乃至最为严肃的主题，而不是仅仅沉浸在血与泪之中。

由于五四运动和1927年暴动之间的系列事件，"革命加恋爱"一跃成为最有力的小说类型。这一类型小说讲述年轻男女们与政治和爱情理想达成妥协的曲折过程。作家们并非仅以此反映1927年之后支离破碎的革命现实，同时也承载着他们为失败的革命斗争所付出的努力。在这叙述的两极之间存在着一种张力，一方强调凝聚向心力和给出答案，另一方则对此加以推翻，于是，其间扩展开的空间可由更多的故事和随之衍生的情节加以填充。

1927年，上海工人武装起义以彻底失败告终。仅仅两个星期之后，蒋光慈创作了影射小说《短裤党》，讲述失败中的革命党人的故事。小说以解放无产阶级的名义，充斥着对立的道德观念、夸张的文辞和对浪漫爱情及烈士行为的礼赞。1930年代，蒋光慈成为"革命加恋爱"类型小说的代表人物。他的小说《冲出云围的月亮》描述一个年轻女孩蜕变为女人的成长轨迹。主人公在从学生到革命者身份的转变中寻求政治和性别认同。小说出版之后，一年之内重印多达六次。批评家们迅速发现了蒋光慈作品中政治意图以外的吸引力。1932年，瞿秋白批评蒋光慈的同志及追随者华汉（阳翰笙，1902—1993）的小说《地泉》，以其作为"革命的浪漫谛克"的典型例子。瞿秋白认为，华汉自欺欺人地杜撰了一个革命和爱情的世界，用他的浪漫主义情绪掩盖了现实的真实。

茅盾是"革命加恋爱"小说的批评者之一，他本人的创作却也采用这一模式。《虹》（1931）讲述了一名女子在五四时代到五卅惨案间的动荡年月之中寻求自我的故事。小说分为三个部分，主人公梅女士在每一部分都将接受思想意识的考验，这与她对爱情的追求成为小说的两条平行线索。最后，梅将她对爱情的追求升华，附着于政治运动。小说结尾，她参加了反抗五卅惨案的游行示威。

《子夜》（1933）代表着茅盾在抗日战争之前小说创作的最高水平。小说具备广阔的史诗视角，其中心主题是一群民族资本家为创立实业，与外国经济势力及买办在本地证券市场中展开了一场徒劳的殊死搏斗。茅盾着力于创造一个在革命黎明到来之前笼罩在子夜的黑暗之中的世界。他在小说中介绍了神话一般的资本，这是投机倒把和虚假买卖中无法预料的红利。上海的资本主义世界注定要衰落，却只是为了产生一个新的乐园。因此，投机在它的衍生意义上，不仅仅是一个促使世界衰落的强大力量，而且是促成秩序回归的历史中宏伟辩证法的一部分。

在这一条情节线索之下，是对革命加恋爱这一概念的反思。上海上流社会的男男女女们不仅在证券市场孤注一掷，将爱情也视为一种货币交易：无论相爱与否，他们仅仅是以彼此的感情为赌注。茅盾最具有争议性的方面，在于他刻画的革命者在公私领域中也不过是投机者。在李立三路线的指导下，革命者企图建立城市无产阶级组织和从事暴力活动，但他们昧于现实，浪掷精力和行动；他们的努力从开始就注定要失败。《子夜》只是茅盾史诗式小说计划的第一部，开放式的结尾让革命成果充满不确定性。

巴金（1904—2005）将"革命加恋爱"这一小说创作模式推向另一种极致。巴金祖籍四川，是一位无政府主义者，希望以写作来表达他对人性中爱、平等和互助等品质的信仰。然而，他同时也在作品中赞许暴力的暗流。在早期的作品如《爱情三部曲》（1928）中，革命者们仿佛是为无法获得回应的爱情而勇于牺牲自我。《激流三部曲》的第一部《家》出版于1933年，融合了革命加恋爱小说中的所有要素。《家》描写了五四时期四川高家的故事,主要讲述高家三兄弟与封建家族制度不懈斗争,追求爱情,以及他们在面对顺从或背叛家庭时所做的选择。

《家》一直备受读者追捧,在接下来的几十年中,它在所有心怀革命理想和浪漫情怀的年轻人中成为启蒙读物。与同辈作家相比,巴金在写作事业中并非技艺超群,他的文字充满无法自控的热情、过于戏剧化的情节和说教。他的广受欢迎不能仅仅视为一种文学品味,而是这一代读者共同需要一则宣言,以符合他们情绪和思想的宣泄。实际上,巴金将自己的作品和自我形象变成了梁启超和五四先驱所预见的"少年中国"的符号。《家》这样的小说是现实主义的,不仅因为它反映了封建社会的吃人现象,而且以强烈的戏剧化形式表现了对正义、爱情、革命等"真理"的追求。

乡土文学是现实主义小说中最为流行的主题之一。在乡土文学的谱系中,鲁迅仍然是其先驱者之一。鲁迅的大多数小说都发生在与他的故乡绍兴相似的地方。《故乡》、《在酒楼上》和《祝福》直接源自于他对故土的复杂情怀。时光的流逝、新旧价值观的碰撞、追忆童真和童年、与乡间故人的相逢或重逢、对即将发生的变革的焦虑、近乡情怯的复杂情感——凡此种种忧喜参半的体验,正是所谓的乡愁。

鲁迅也是首先观察到乡土小说现实主义表现中的辩证性的批评家之一。以许钦文(1897—1984)和其他作家为例,鲁迅认为,只有在离开故土之后,乡土文学作者才敏锐地体会到自己对故土的关注。他们往往声称从最为熟悉或曾经最为熟悉的事物与时刻中提炼出地方色彩,但在表现这些事物和时刻之时,他们实际上在从事一项"陌生化"的审美工作。在表现对失去童年和远方故土的无望追寻这一主题上,他们扮演了双重角色,反映了现实主义文学试图表现的和他们能够表现的之间的不协调性。现实中的故乡从来不是记忆中——特别是乡土文学作家记忆中的模样；在这层意义上，现实主义文本铭刻的是那已然消失或尚待实现的"现实"。

但是，"五四"之后的乡土作家无意于表现这种辩证性，他们更为关注的焦点是将中国土地视为人道主义和意识形态的标志。乡土文学从1920年代开始表现农民生活的艰辛苦难。这一运动的主要作家包括彭家煌（1898—1933）、台静农和王鲁彦（1901—1944）。对左翼作家而言，乡土文学叙述甚至可以形成一种渴求土地和国族身份的独特文学地形，俨然借由对土地的召唤，他们得以宣扬自己意识的根源。蒋光慈的《咆哮了的土地》（1931）是一个恰当的例子。年轻的革命者并非因为乡愁而踏上回乡旅程，而是准备领导反抗地主的革命，包括反抗自己的父亲。另一个例子是茅盾的"农村三部曲"，包括《春蚕》、《秋收》和《残冬》（1932—1934）三部小说，对衰落的传统乡村文化以及山雨欲来的革命进行了生动的刻画。

1930年代初期，一群飘泊在外的东北作家挖掘了乡土文学更深层面的政治象征意义。九·一八事变之后，日本逐步侵占满洲，并在1934年建立了伪满洲国。作家萧军（1907—1988）和萧红（1911—1942）逃离故乡，旅居上海或他地，创作了多部作品，追忆在侵略者蹂躏下的东北乡村。他们的乡愁在乡土文学叙述中加入了一种国家危亡的紧迫感，由此被纳入到左翼文学的阶级斗争主题之中。

萧军的《八月的乡村》创作于1934年，并立刻在读者之中流行开来。小说描绘了内外交攻的东北大地和当地人民的英勇反抗。萧军对广袤的关外土地的眷恋、对武装行动的号召感动了大批读者。这是第一部翻译成英语的现代中文小说。萧军的妻子萧红是一位更具天赋的作家。《生死场》（1934）虽然在出版时不甚流行，却成为一部更具有生命力的作品。萧红满怀情感地描述了东北地区的风物和当地人民的生活，他们的快乐和伤痛，他们的风俗和道德以及他们重夺土地的决心。另一位作家端木蕻良（1912—1996）在二十一岁时创作的小说处女作《科尔沁旗草原》（1940），描绘了一个东北地主家庭的兴衰史，从早年定居垦殖直至日本侵略前夕。端木作品中丰富的象征主义和对土地的全景视角，赋予小说史诗般的高度。

李劼人（1891—1962）以家乡四川成都为对象，通过描绘都市中变化的风俗和道德，创作了不同模式的乡土想象。他在1919年至1924年间求学法国，因为翻译小说《马丹波娃利》（即《包法利夫人》）而闻名。在1925年至1937年之间，李劼人创作了小说三部曲，包括《死水微澜》、《暴风雨前》和《大波》（第一部）。这三部曲描绘了清末民初的社会政治混乱，从官员腐败到土匪暴行，从立宪运动到共和革命，但让人印象最为深刻之处，是小说对成都日常生活的细腻描摹。混合着感官的素材和鲜明的当地色彩，李劼人致力于将他的三部曲打造成一部古老城市的传记与传奇。

众所周知，沈从文（1902—1988）被誉为二十世纪中国最为杰出的乡土文学作家。沈从文生于湘西军人家庭，少年叛逆，十余岁时入伍，早期生活充满了乡间生活体验和军旅经历。这个小兵和任何一位城市青年一样受到五四运动的影响，1922年，他来到北京，寻求自己的文学道路。1920年代末，他已经成为一名备受欢迎的作家。

在1949年放弃文学创作之前，沈从文创作了数百部作品，包括短篇故事、小说、速写、散文和重回故乡湘西苗族地区的游记。沈从文的早期作品以反讽的角度描绘湘西。他的故乡地处中国边远地区，因少数民族和质朴的生活方式而闻名。但这片土地据说也曾促发屈原的《离骚》和陶潜的《桃花源记》。湘西因此在沈从文的作品中显示出双重意义,包含着如自然景观与想象景观、现实与记忆、历史与神话等等对立主题。沈从文更自如地展现这些主题如何彼此渗透,在表面的对立之下展现出相似性。在一个大多数中国作家都致力于宏伟的现实描写的时代,沈从文的乡土文学视野比表面看来更具先锋性。

沈从文的作品传达的并非简单的乡愁,而是想象之中的乡愁(imaginary nostalgia),一种自我反射的乡愁,它来自于与故土和记忆的独特对话。《边城》(1934)或许是二十世纪中国最受欢迎的乡土文学作品,讲述一个年轻摆渡女孩与两个船家兄弟的爱恋。小说乍看之下是一阙湘西风景的田园牧歌。然而女孩的爱情却最终因为阴暗的家庭记忆、阴错阳差的巧合、始料未及的误会而被打散。沈从文希望在小说中展现故土最为浪漫的部分,但他同时也意识到在时间和历史的洪流之中,这一浪漫追求其实危机重重,充满犹疑不安。

同样值得留意的是1934年沈从文在归乡途中创作的《湘行散记》。离乡十七年之后,沈从文在《湘行散记》中记录了一系列途中见闻,包括夜宿船中、与老友意外重逢、船夫和妓女的白描等等。作者在过去和现在之间、在桃花源式的乌托邦传奇和残酷现实之间穿行,抒写他的感受和深思。在游记最优美的部分,沈从文表达了他的愿望:相对于湘西的现实描述,他希望笔下仍能保留一块未竟之地,以寄托想象的乡愁。

女性作家和反映性别政治的作品构成了这一时期现实主义创作的另一层面。湖南的三位女作家堪为典型。1928年,丁玲(1904—1986)在上海出版了《莎菲女士的日记》,引发了文学圈强烈的反响。小说描写年轻又放荡不羁的莎菲的罗曼史,被视为一大突破。这并不只是因为丁玲对女性性心理的生动描绘,而且因为她用日记体的形式来传达女性主义的风格。丁玲为女主角取名莎菲,或许源于俄国无政府主义女英雄索菲亚·彼罗夫斯卡娅。莎菲居住在北京的一间小公寓里,身染肺结核重症,却不断寻求爱情突破,但她的努力注定化为泡影。

丁玲是来自湖南的叛逆女学生。1920年,她和志趣相投的同学来到上海。1924年,丁玲去北京,希望进入北京大学,未果;同时结识沈从文和胡也频(1903—1931)。她后来与胡也频结为夫妇。《莎菲女士的日记》是丁玲的第二部作品。大获成功之后,她又创作了情节与之类似的系列中短篇小说,无非是当时文艺青年忧郁爱情生活的写照,包括《一个女人和一个男人》(1928)等。她很快厌倦了这一题材,并在左翼革命中找到新的方向。丁玲的转向在小说《韦护》(1930)和《一九三零年春的上海》中已可得见。她借流行的革命加恋爱主题表达她政治观念的变化。同时,胡也频因频繁参与左翼活动,在1931年春天被捕并被杀害。

1931年,胡也频和包括柔石在内的其他四位左联作家的被杀,引起了国际媒体的无比愤怒。对丁玲来说,这一事件标志着她创作和政治生涯的分水岭,她从莎菲女士转变成为左翼无产阶级而奋斗的女战士,或曰从性别心理的现实主义转变成意识形态论争式的现实主义。例如,《水》(1931)作于1931年大洪灾之后,描写自然灾害引发了中国农民反抗现实的政治觉醒。她不再采用描述莎菲女士的奔放浪漫的日记体,代之以性别中立、自我隐退的风格,用以表述大众的集体主体性。

1933年,丁玲被国民党软禁。巧合的是,她同时出版了小说《母亲》。这是一部关于她母亲的生动传记。丁玲的母亲本是传统环境下的寡妇,后来成长为独立的女性和教育者。1936年,丁玲神奇地出现在延安,变身为代表革命女性反抗逆境的国际名人。这仅仅是她人生故事的开端。接下来的数十载岁月中,她为真理及性别化的表达不懈奋斗,甘苦备尝。

谢冰莹（1907—2000）和丁玲一样都是湖南人。1926年，为响应国共联合政府呼吁年轻人加入革命队伍的号召，她进入武汉中央军事政治学院，很快被选为加入革命军的二十名女性之一。谢冰莹作为北伐女兵写作的日记和信件，在1928年以《从军日记》之名出版，重印十九次，并被翻译成多种文字。1936年，谢冰莹又出版了自传，也成为畅销书。她的作品虽然多出自于个人经历，却被普遍看作叛逆女英雄"传奇"。

　　白薇（1894—1987）是一个启蒙学者家庭中的大女儿，父亲曾参加了1911年革命。父亲的革命理想却从未惠及女儿的生活。她被迫接受一段包办婚姻，经历了无数次鞭打、绝食和虐待之后，她逃离家庭，求学日本，并遇到诗人杨骚（1900—1957）。接下来十年间，他们俩暴起暴落的关系带给了白薇无穷无尽的羞辱，还有几乎致命的性病。

　　白薇对父亲和爱人的矛盾感情构成了她作品中的两条主线。与这两个男性形象不断斗争和妥协，她从中了解了"女性"和"革命"的意义。她的戏剧作品《打出幽灵塔》（1928）充斥着乱伦、强奸、压迫和谋杀等因素，以父亲和女儿互相射杀，死于对方枪下为高潮。这部剧作在许多方面预示了曹禺更为著名的作品《雷雨》。似乎为了超过《打出幽灵塔》中的垂死幻想，白薇接着创作了《革命神受难》（1928），描写一个女孩与刚刚镇压了一场革命的丑陋将军进行搏斗。白薇幻想革命是由超人来进行的，从而表达出她的女性理想主义。然而，如剧名所示，戏剧的中心是受难的革命神。这尊革命神正是脱胎于女主角的父亲形象。

　　1928年，白薇出版了首部长篇小说《炸弹与征鸟》，讲述一对姐妹在武汉联合政府时期对革命和爱情徒劳无功的追求。虽然它的审美价值仍有争议，但小说涉及了茅盾和蒋光慈都未曾关注的方面。两姐妹看似有着矛盾的个性，走上了不同的革命道路，然而她们最终获得了一致的认知：女性在革命中扮演的角色只不过是男性革命者的附属而已。1936年，重病的白薇出版了自传体小说《悲剧生涯》，细致描写了她与杨骚因爱致病的悲惨下场。小说展现了女性在文学、爱情、革命和疾病中所受到的磨难，恺切忧愤，可谓前所未见。

对于丁玲、谢冰莹和白薇，我们可以提出如下问题：女性作家寻求真实地反映革命和爱情，在这一方面，现实主义小说如何展现现实？这些女性作家的生命和作品让我们联想到茅盾和蒋光慈笔下的女性角色。尽管这些男性作家借女性塑造的欲望和政治寓言扣人心弦，然而，他们的女性同行却更深入女性的痛苦和挫败，如此暴烈而令人不忍卒读，甚至被认为不可尽信。她们的风格或单刀直入，或千回百转，以致被认为违反了"逼真"的叙事法则。总而言之，她们作品呈现出复杂的情感导向，从病态到病态的超越，从偏执到狂喜，无不显示出对中国现实性别化了的反映。

抒情中国

在现实主义运动之外，现代中国的诗歌、散文、小说和理论中同时也存在着抒情主义话语体系。传统的文学史家对此往往没有给予足够重视，认为它与时代的"历史意识"毫不相关，或者地位远次于现实主义经典作品。无论如何，抒情主义作为一种文学类型，一种审美视角，一种生活方式，甚至一个争辩平台，在中国文人和知识分子对抗现实并形成一种变化的现代视野之时，都理应被认为是一种重要资源。

现代中国抒情话语体系可以在西方（某些情况下的日本）浪漫主义和人文主义中找到原型，其特点是苏醒的情感、对自然和人文世界的独立观点，以及对人类处境的顿悟。同样重要的源头是中国传统观念"诗言志"和"诗缘情"。至为重要的是，现代中国抒情作家自觉地用语言重现世界。现实主义者将语言视作反映现实的一种工具；抒情主义者在精练的词汇形式中，寻找到模仿之外的无限可能性。

面对民国期间无休止的人为暴行和自然灾难，抒情主义反求自我，和现实保持距离，以为因应。但在卓越作家的笔下，抒情也能呈现与现实的辩证对话关系。抒情作家善用文字意象，不仅表达"有情"的愿景，同时也为混乱的历史状态赋予兴观群怨的形式，在无常的人生里构建审美和伦理秩序。抒情因此可以被定义为一种生命境界，一种深具感性的风格。杰出作家如诗人卞之琳（1910—2000）、何其芳（1912—1977）和冯至（1905—1993）；散文家周作人、丰子恺（1898—1975）和朱自清（1898—1948）；小说家废名（1901—1967）、沈从文和萧红；理论家朱光潜（1897—1986）和宗白华（1897—1986），为现代抒情审美体系搭建了框架。

朱光潜的作品如《悲剧心理学》、《谈美》、《文艺心理学》和《诗论》，目标在于用审美的眼光观察中国心灵。朱光潜认为，文学是人性的核心，它所进行的创造性活动，能引起心理的快乐和愉悦。他反对文学的功利性目的。他的理论显露出康德、叔本华和贝奈戴托·克罗齐的影响。同时，朱光潜热衷于重审古典文人——尤其是六朝时代——的审美视角；我们知道，六朝是中国历史上一段长期混乱的时期。

宗白华在德国接受审美教育。他在不少方面接踵朱光潜的思路，致力于文学艺术中的美感层面。1920年至1925年间，宗白华遍游欧洲，这一经历让他总结出西欧文化受到精力和智力的双重驱动。相较之下，他发现中国文化的定位则是"气韵"，这是一种始于六朝的审美观和行为观。宗白华的发现也许被视为文化保守主义对现实以外的寄托。然而，他并非赞扬传统观念，而是提出中国现代文人如何可以通过音乐、绘画和文学哲思来重建文化命脉，以此与现代接轨。因此，他对过去并不抱有太多乡愁，而是为现代中国孜孜以求地寻找"生命的韵律"和"未来的视角"。

梁宗岱是一位杰出的诗人和翻译家，尤其以翻译里尔克和瓦莱里闻名。他在最为著名的论著《诗与真》中热情洋溢地阐述了他的诗学思想。他受到西方象征主义和传统中国"兴"这一概念的启发，认为诗歌是一种"纯形式"。

现代中国抒情主义最早在诗歌中得到了生机勃勃的表现。早期的实践者有上文讨论过的徐志摩、闻一多以及鲁迅称其为"中国济慈"的朱湘（1904—1933）。朱湘诗作的出类拔萃之处在于自然的淳朴意象、精练的语言和悠长的韵律。他最为重要的作品是《石门集》（1934），主题大多是对人生、自然的沉思，记录生命和战争的残酷，以及献给大师如但丁、拉伯雷、奥登和徐志摩的诗歌。1933年，他自溺身亡。

1936年，北京大学的三名学生卞之琳、何其芳和李广田（1906—1968）共同出版了诗歌合集《汉园集》，涵括了抗日战争前夕最有原创性的诗作。卞之琳在三人之中最具天赋，他受到徐志摩、闻一多、沈从文以及艾略特和法国象征主义大师的影响，具备敏锐的感觉，善于观察稍纵即逝的人类和自然景观，试图捕捉其中错综复杂的象征意义。在早期作品如《三秋草》（1933）和《鱼目集》（1935）中，卞之琳已经显示出对诗歌中音乐效果的兴趣，通过掌握韵律因素如诗句中的停顿和句末标点，他重新恢复了传统诗歌的某些显著特征。卞之琳使用平凡生活中的鲜明意象，倾向于挖掘人类情感和思想中含混、多重的层面，由此引发抽象的沉思。1933年的《断章》一诗写道：

你站在桥上看风景，
看风景人在楼上看你。
明月装饰了你的窗子，
你装饰了别人的梦。

此诗如此简单，却承载了视觉和感觉的复杂转移，因此构建了爱、渴望和表达的循环联系。总而言之，卞之琳的诗歌对于人性的不完美和虚幻的本性做出了忧郁的反思，因而别具慧心。

何其芳私淑多位中国和西方大师，包括艾略特、晚唐诗人李商隐、李贺等。他在1930年代的作品生动地展现了他努力融合来自于古典主义、浪漫主义、象征主义、现代主义以及俄国未来主义的素材。他以现代韵律和主题写出了一些非常出色的作品，同时又强烈地透露出传统中国诗歌中的情感和意象。他的诗集《预言》（1933）展现了他对晚唐耽美诗风的兴趣和象征主义的熟稔。他用富于感官而又精练的传统意象描摹现代感性的孤寂境况。1936年，何其芳凭散文集《画梦录》得到《大公报》征文大奖。这部散文集混杂了一个年轻创作者的凄迷幻想和对生命流变难以言传的好奇与惶惑，传统表达和现代感触相互杂糅，动人心弦。

卞之琳、何其芳和李广田在战争中都转向左翼。从北京撤退至中国西南的痛苦经历、亲眼目睹的战争暴行促使他们接受更为激进的策略。相反，冯至无视政治干扰，坚持发展自己的诗歌理论和诗歌创作。他也是北京大学学生，在1920年代已经享誉诗坛，曾被鲁迅称为"中国最杰出的抒情诗人"。冯至早期诗作如《蛇》、《绿衣人》，婉转忧郁，兼有淡淡哲理省思。1929年的《北游》作于他在哈尔滨教学时期，描写了他对腐朽现实的觉醒。随后，冯至在德国度过了五年时光，这一时期他几乎停止了创作。1936年，他取得海德堡大学博士学位回国后，抗战随即爆发。冯至避难大后方，一直到抗战中期才以《十四行诗》再度证明他作为当代杰出抒情诗人的才华和进境。

臧克家（1905—2004）和艾青（1910—1996）是左翼阵营诗人中的佼佼者，对政治的敏感明显强于上述诗人。他们的作品对战争、革命和农民的困境有着极大关怀。然而这些主题并不妨碍他们从事诗歌语言和形式的实验。通过这些实验，他们引领读者进入现实之外的诗境；或者说，他们营造的诗境更让读者体认现实。臧克家在《烙印》（1934）中用粗粝、不加修饰的意象促使读者直视乡土中国的困境。在抗日战争爆发之前，艾青出版了诗集《大堰河》（1936）。诗集中的九首诗歌写于1930年代的狱中，表达了诗人对故土的眷恋、对旧识的缅怀以及对留法期间（1929—1932）往事的怀念。这些诗歌意象生动，情感真诚，颇能引起共鸣，艾青毕生对自由的偏好在这些诗中已有鲜明的体现。

沈从文是横跨抒情诗和小说两界最为著名的人物。他自述起初醉心诗歌，但难以承受诗歌创作中浓烈的情感需求，因而选择了较为舒缓的叙事形式。但他仍孜孜不倦地将诗歌因素纳入小说叙述，以此为阐述人性之中"神性"的关键所在。

此时，沈从文步武废名，提出了具有自我风格的人生观点。废名因对中国乡村生活田园牧歌式的描绘和人生境况转瞬即逝的道家思想而闻名。然而，沈从文的抒情叙述，不仅仅是温和地再现传统的主题和辞藻，他常常处理并非传统意义上的抒情题材，如战争、疯癫、残酷死亡和政治讽刺。在《从文自传》（1933）中，他写自己成长中遭遇的种种冒险，如地方军阀混战、土著叛党的杀戮等等，种种惨况，远非一般少年的成长叙事所能及。在《三个男人和一个女人》（1930）中，一段爱情三角关系以自杀和恋尸而终结。《丈夫》（1930）讲述一个农夫进城看望沦为妓女的妻子，妻子本来许诺与他相见，却因忙于别人的约会，将他冷落一旁；小说最后有着意想不到的结尾。《黄昏》（1934）描写长江畔一个小城里，清白的农夫在黄昏时分被砍头，四周弥漫着炊烟，还有监斩官炉中阵阵的猪肉香。甚至在中篇小说《边城》中，自杀、猝死和时间不可避免的流逝，都让表面的田园诗情变得暧昧起来。

我们因此不能误会沈从文以社会道德为代价，轻描淡写人世间的悲惨和不公。表面看来，当人吃人的主题用抒情的语调来描写，或当人生的不公不义与日常生活的穿衣吃饭交互穿插，沈从文的这种叙述风格必然迫使我们质疑：什么样的社会让残酷的人生成了家常便饭？何以抒情竟然与毫无诗意的生活相提并论？而这正是沈从文的艺术魅力（或者说震骇）所在。在他的抒情作品中，丑恶的事物仍被一一呈现，以作为现实的补充。沈从文并不抹消，也从不逆转那些不堪的事实，而仅仅将它们与生活中其它的现象错落并置，从而在根本上产生一种延绵相属的感觉。绝境的背面是生机。沈从文往往用最具文学性的方式来处理作品中最无人性的部分；而最不刻意着墨的部分，也可能最富有寓言性。

如果人们感受到了沈从文作品中的反讽意味，那么它并非来自沈从文对现实在认知层面的颠覆，而是源于揭露这些现实事物在喻象层面所产生的引譬连类的意义。沈从文将不协调的喻象和主题连接在一起，以凸显人在对抗矛盾，尤其是任何理想化的道德/政治秩序中的固有矛盾之时，造境生情的复杂能力。他的抒情叙事让他得以强调语言绵延连属的潜力，以此人在面对生命无明时，竟能创造意义。他叙事的反讽效果让他融合、而非去除人生中的有情因素。只有当我们意识到沈从文如何让叙事里的人和物互相阐释并发生关联，我们才能够领会他的艺术如何在一切断裂的现实中，找到延续生命存在、赓续的脉络。沈从文以最微妙的方式展现了五四时代的人文精神。

萧红最好的作品，如《生死场》，以同样的方式展现了对现实的抒情关照。这部小说通过场景的描述，以女性视角展现了东北地区的乡间生活。生产、虐待、日常生活中的繁重劳动、战争和死亡的无尽循环，构成了女性周而复始的命运。萧红运用自然和人生的感官意象，将之串联成叙述的场景，在不协调的生命中找到协调的韵律。无论故乡的生活如何不堪回首，她却唤起一种想象中的乡愁，并以此感动读者。

现实如此艰难，萧红的语调却有着一种不可思议的纯真。她娓娓告诉我们一个染坊的女孩因为有双"染了色"的手，在学校备受排挤孤立（《手》，1936）；或是军队中对逃兵草率行刑（《牛车上》，1936）。萧红并不只为叙述的主题使用象征系统，她在主题与从属的经验和情感指向之间，在存在与不存在的事物之间，建立了一种联系。这一联系诉诸一种生命经验的同时性，需要她的读者调动多面的视角与感官印象，方能体会。

对于沈从文和萧红来说，"现实"并不能自我表现，而是需要被表现。这两位作家使用抒情方式描绘中国现实，从而质疑了现实主义在"反映"世界中的特权位置，同时也重新划定了抒情主义的传统边界。他们强调语言和诗化的表达，也同时证明一个作家的根本，就是以语言为世界命名造景。更为激进的是，他们处理文本内外的方式打散了"现实"和"抒情"、诗歌和散文的区别，从而强调语言作为一种人文发明，在根本上都是喻象的，也都内蕴诗意的潜能。

"五四"之后的散文作品试图形成一种新的文类。与直白的应用文字相比，散文作家采用了较为轻松的风格，书写日常生活体验、地方特色和社会习俗，以及现代化之于中国现实的影响。现代中国的散文随笔展现出欧西同类文章的影响，但是也可看出与晚明小品文的一脉相承。

这一时期成就最为卓越的随笔作家是鲁迅的胞弟周作人。和鲁迅一样，他曾在日本求学多年（1906—1911），对文学、文化批评、神话和日本物事等有着极为广泛的兴趣。虽然他支持五四运动不遗余力，但与热衷革命和国家主义的同行相比，周作人显得特立独行。他发展出了另一种现代性，以个人主义、地方情感以及日常生活为出发点，以此作出更广泛的与东方（主要是中日）传统的联系。

周作人以随笔的形式对他的文化和政治理念进行实践。这种看似轻松、随性、个人化的文章，宣扬了他对个人空间的需求。周作人早年曾撰文呼吁语言改革和使用白话文，推动"人"的文学，赞赏西方现实主义作品。随着时间的推移，他更为专注于描写民情风俗、童年体验以及从小吃到散步等闲适生活。从二十年代到三十年代的文集标题，如《自己的园地》、《瓜豆集》、《苦茶随笔》、《看云集》、《雨天的书》中，不难看出他的写作哲学。周作人借助随笔写作的文学和审美体验，建立了一个中国国民的独特视角，肯定个人的重要性，反对甚嚣尘上的国家民族主义。或许出于这一原因，抗日战争爆发之后他选择与日本傀儡政府合作。在民族主义的标准下，周作人无疑是一名叛国者。他在战后被捕入狱，作品曾多年不能公开讨论。

三十年代另一些著名的小品文作家包括林语堂、丰子恺、朱自清，及前述的沈从文和鲁迅。林语堂出生于基督教家庭，曾在中国教会学校读书，后赴美国和欧洲求学。他是文人雅趣和世界主义（cosmopolitanism）的奉行者，最广为人知的事迹是将"幽默"引介到中国的文学和文化中。实际上，现代汉语中"幽默"一词的通用也由他首开其端。1930年代中期，林语堂创立的三本杂志：《论语》、《人间世》和《宇宙风》，形成了一种强烈的小品文风格。此时正值国家危难之际，林语堂和杂志的流行，不出所料地引发了关于文学政治性的激烈争论。

丰子恺是1930年代的一位极有天赋的艺术家和散文家。他的书法和绘画大都以自我表现和同情悲悯为基础。身为虔诚的佛教徒，丰子恺亲近自然和孩童，从中体悟生命和慈悲的意义；他的浪漫倾向其实不乏感时忧国的情怀，此以抗日战争中的漫画最为明显。朱自清是"五四"重要的知识分子和散文能手，以《荷塘月色》和《背影》赢得交口称赞。他的作品用一种引发沉思和易于理解的方式触及了道德和审美领域的普通题材，如家庭关系，自然即景等等。丰子恺和朱自清及前述的朱光潜等作家都属于白马湖派，这是夏丏尊（1886—1946）与同好在1920年代中期所形成的文学批评流派，他们有着共同的启蒙目标，希望通过创作、教育，还有恬淡自律的生活，追求自我和他我的陶冶。无论规模，这是"五四"以后对公民社会众多的憧憬和实验之一。但在客观现实的压力下，白马湖派的烟消云散成为无奈的历史必然。

特别值得一提的是瞿秋白。瞿秋白是早期共产革命的重要人物，他对左翼意识形态的坚持，表现在他的政治活动和文化政策（如汉字拉丁化）等方面。但瞿秋白也是极佳的散文写作者；他笔下的"红色抒情"为上述散文作家所表现的风格与题材，带来强有力的变数。1920年，瞿秋白以《北京晨报》通讯员的身份到莫斯科，他将一路的见闻心得写下，后来结集成《饿乡纪程》。对他而言，整个的中国就像是一个广大黑暗的"黑甜乡"，这个黑甜乡尽管有丰衣美食，但都不能够满足瞿秋白向往革命的心灵。对他而言，他好像在生命的旅程中看到了一个黑影："那'阴影'鬼使神差的指使着我，那'阴影'在前面引着我。"阴影引导着瞿秋白去一个"灿烂庄严，光明鲜艳"的所在——革命的乌托邦。瞿秋白自比为一个疯子，这当然是鲁迅《狂人日记》的一个延伸。他要离开黑甜乡，去找寻一个他称之为"饿乡"的所在。

如果《饿乡纪程》代表了瞿秋白革命事业的开端,《多余的话》就代表他到了生命的最后一刻。1935年中共展开长征,瞿秋白奉命留守,终为国民党逮捕处死。《多余的话》写于瞿就义之前。他蓦然回首,回顾此生颠簸,自剖身世个性,总结革命心路历程。《多余的话》开篇引用了《诗经·黍离》:"知我者谓我心忧,不知我者谓我何求。"一种无可奈何的伤逝感油然而生。我们要问:在什么样的意义上,瞿秋白把这首诗放在《多余的话》的开头?是他在自己经过了近二十年革命后,拖着行将就死的带病之躯,徘徊在精神废墟上的最后告白?还是他在解释革命激情烟消云散后,他个人无怨无悔、视死如归的喟叹?

最后,我们必须对鲁迅的散文再加关照。虽然他的杂文饱含讽刺性和攻击性,鲁迅的散文仍流露出作家的复杂心灵,仿佛总在与难以自拔的黑暗相抗衡。鲁迅的散文中充斥着葬礼、坟墓、刑场、鬼、恶魔和死亡的欲望;他对幽暗世界的沉迷在《野草》(1927)中有着明显的表露。这部散文诗集充满着超现实的情境、噩梦般的遭遇和飘荡的幽灵暗影。《朝花夕拾》(1927)虽然有浓烈的自传色彩,却也不能摆脱阴郁的气氛。家人的死亡、鬼魅萦绕的花园、驱邪招魂的仪式、乡土传说和轶事、目连戏……这一切交织在作品中:这是鲁迅成长的环境,也是日后灵感的泉源。《野草》和《朝花夕拾》都回顾了鲁迅对真实生活的印象,似乎只有通过回顾的视角,他才能确定自己的存在。正统五四话语预设了鲁迅作为革命战士的形象,但他的散文作品中展露出他更为复杂的面向:他总在与矛盾的欲望搏斗,接受他所拒斥的,违背他所信奉的。

"五四"另一种异军突起的文字形式是鲁迅所示范的杂文式散文。杂文充满繁杂的题材与迫切的时间意义,具备处理多变的文类形式的机动性,其批判力为此前"文章"之学所鲜见,因此堪称是现代文学的重要贡献。鲁迅以杂文侵入"高尚的文学楼台";他评说各类世相,横眉冷眼,嬉笑怒骂;鲁迅作为讽世者、愤世者的心情溢于言表;杂文因此可以被视为一种最激烈、也最多变的抒情形式,颠覆了一般文人书写的矜持和自怜。如鲁迅所谓,他的杂文"是在对于有害的事物,立刻给以反响或抗争,是感应的神经,是攻守的手足";是"匕首和投枪"。

现代主义:上海、北京及其它地方

1926年,年轻的台湾人刘呐鸥(1900—1940)来到上海,进入震旦大学学习法语。他在此结识了同窗施蛰存(1905—2003)和戴望舒(1905—1950)。这些年轻人对先锋文学和艺术,特别是法国现代主义和日本新感觉主义有着共同的兴趣。在二位友人的支持下,刘呐鸥创办了杂志《无轨列车》(1928),登载现代派作家如横光利一、川端康成和莫兰德(Paul Morand)的小说作品。《无轨列车》很快被国民党审查机构查禁,他们于是创办了第二本杂志《新文艺》(1929—1930),刊登刘呐鸥、施蛰存的小说,及戴望舒翻译的现代派诗歌和年轻作家穆时英(1912—1940)的作品。穆时英迅速加入了这个圈子,并成为其中最著名的成员。

这些年轻的现代派作家将自己的风格称为新感觉派,这一术语源自日本。他们的目标是构建一种极具刺激性的新语言,唤起读者前所未有的感性。其作品多为短篇小说,共同特点是万花筒般的碎片结构、迅速转换的场景、偶遇的小插曲和浪漫的私情,主题多取自商场、咖啡厅、时尚圈、剧场、赛马场和舞厅中的都市物质文化生活。其中,电影的影响最为显著。感觉、意象和行为都被快速地切割、拼接,形成一种文本中的蒙太奇效果。然而,在他们娴熟的技巧之下，这些作家们为1930年代中国"历史的不安"所困扰，传达了一种兴奋与忧郁的混合情绪。

新感觉派的出现标志着中国现代主义第一次浪潮的到来。在此之前，李金发的诗歌、鲁迅的杂文集《野草》、陶晶孙和叶灵凤（1905—1975）颓废题材的小说，已经对现代主义风格做出若干尝试。但是，正是新感觉派以其独特风格和理论表述界定了中国的现代主义。新感觉派通过描绘危险关系与放荡恋情，暗示这个社会深陷于欲望与成为他人的欲望这两股力量之中。色情是作品中的重要元素，但并非必然产生自淫秽的情节或者露骨的描写。撇开明显的欲望指涉不谈，这些作品传达了其它内容：对物质世界的耽溺，日常生活的虚无倦怠，漫无目的的刺激冒险，变态欲望的争逐。诸此种种，都超越了情色的平常意义。

刘呐鸥的《两个时间的不感症者》（1929）讲述两个花花公子在上海跑马场邂逅一名摩登女郎，在极短时间坠入又跳出情网的故事。穆时英的《夜总会里的五个人》（1933）中，五个身份背景各不相同的人物在一家夜总会萍水相逢，一夜间的狂欢其实是自杀的序曲；舞厅成了"死亡之舞"的场景。施蛰存是新感觉派作家中最为博学者，以心理学眼光审视都市生活，将之看作变态、幻觉和怪诞的结合体。《梅雨之夕》（1929）中，已婚男人在雨夜邂逅了一位神秘女子，由此展开一段充满婚外艳遇、自作多情而又自责的非非之想。《魔道》（1933）讲述一名男子在上海到苏州的火车上，卷入诡谲的吸引和恐惧之中。《在巴黎大戏院》（1933）描绘一对年轻的情侣在电影院的约会变成了一场充满怪癖的施虐和受虐演出。

上海在这些情欲故事中扮演了关键的角色。这是一个充斥着冒险家、花花公子、游手好闲之徒和淫娃荡妇，沉迷于声色犬马的半殖民地城市。的确，在其变幻莫测的命运中，上海可以说在新感觉派世界里扮演了一个无所不在的角色,充满着神秘、诱惑和危险,成为了新感觉派小说最重要的意义所在。用穆时英著名的话来说:"上海,造在地狱上面的天堂!"

1932年,施蛰存、杜衡(1906—1964)和一些友人创办了文学杂志《现代》,登载古尔蒙、马拉美、保尔·福尔、阿波利奈尔、叶芝、艾略特和庞德等象征派、意象派和现代派作家的翻译作品。在1935年停刊之前,《现代》是先锋派作品的主要阵地,作者是一群不同风格的诗人如戴望舒、艾青、林庚(1910—2006)、何其芳和路易士(后改名纪弦,1913—)。

在震旦大学求学期间,戴望舒与刘呐鸥和其他新感觉派成员相识。他的诗歌受到法国象征派诗人波德莱尔和魏尔伦的影响。1929年,戴望舒出版了他的第一部诗集《我的记忆》,其中一首《雨巷》迅速成为他的代表作。这首诗描写诗人在雨巷中神秘邂逅一位女孩,传达了沉醉情感和音乐韵律的微妙融合。1930年代,戴望舒受到诗人梅特林克和雅姆的启发,继续他的诗歌实验。他在第二部诗集《望舒草》(1933)中构建了类似梦境的意象和幻想的风景,同时也关注与现实的联系。《村姑》即是在幻想和现实中搭建桥梁的一次精心尝试。就整体而言,戴望舒早期作品以浪漫忧郁为风格标志,又兼有对时代混沌的不安感受。通感、韵律和意象,共同形成诗人的视野。1940年代,戴望舒的风格出现了显著的转变,他更为坚定地寻觅表现中国现实的方式。

值得注意的是,新感觉派兴盛的时代,中国现实其实危机四伏。国内有天灾人祸,国外有日本虎视眈眈。上海并非只是现代派的乐园,同时也是革命者的发祥地。新感觉派欢迎左翼思想,视之为时髦的思想意识产物,虽然他们口惠而实不至的态度与左翼作家致力于"泪与血的文学"大相径庭。现代主义者和左翼作家之间的互动导致了现代中国文学中最为激烈的若干对话。关于

"海派文学"的争论是其中主题之一。

世纪之交以来,"海派"成为对上海戏剧、绘画和时尚中的浮华风格的贬义描述。自从沈从文1933年在《大公报》上的辩论文章中加以引用后,它成为一个通行的文学术语。沈从文向来自称"乡下人",居住在北京的他批评上海"白相人"没有严肃地对待文学,而将之视为消遣的游戏。沈从文的攻击遭到《现代》长期撰稿人苏汶的回击。苏汶嘲笑沈从文及其同道自以为是的精英意识和保守的思想观念。争吵于是升级为以上海为基地和以北京为基地的地缘政治学和地缘诗学之争。

事实上,海派作家的成分很复杂,既有充满洋味的浪荡子(flâneur)和旧派文人,也混合了风格极为不同的鸳鸯蝴蝶派小说和新印象主义等各类传统。追源溯流,海派文学可以上溯到十九世纪晚期颓废小说作家韩邦庆的《海上花列传》等,并延伸至1910年代鸳蝴派作家朱瘦菊的《歇浦潮》,以迄1920年代张资平和叶灵凤的感伤言情小说。海派作品在商业文化氛围中孕育、壮大,形成了艳丽、易变的风格,以浅薄和轻松为显著商标。作家们在浅俗表象下渴望紧跟时代。揭开文本的表象,我们会看到现代化力量遮蔽下孤独的都市心灵。

施蛰存、刘呐鸥和穆时英创作的新印象派作品,由于其显著的现代性,近年来逐渐引起学界注意。战时上海早熟的年轻作家张爱玲(1920—1995),最早对《海上花列传》和新感觉派作品中颓废耽美的现代性大加赞赏,并将之纳入创作,在沦陷期间付之实践。张爱玲对西方通俗浪漫文学的偏爱,使她对上海俗世的感受更为丰富。论1940年代的海派文风,张爱玲应是其中的最佳代言者。

与上海相比,北京作为多朝古都,总是与传统遗产相提并论,似乎与现代主义不太相干。事实上,北京是晚清改革和五四运动的发生地,现代和现代主义在这一古老城市中留下了印记。上海积极接纳了西方舶来的殖民地和都市色彩；北京的显著风格则表现为在接受和反抗现代生活方式和思想之间的一种张力。实际上，民国时期北京的时代风潮徘徊在传统和现代、中与西、乡村和城市、旧与新之间，成为了地方主义和世界大同、传统和现代的不同寻常的结合体。这里有一种截然不同的现代体验。

京派作家和海派一样是一个松散的文学团体，涵括了不同风格的作家如巴金、卞之琳、老舍、林徽因、林语堂、凌叔华、沈从文、周作人、萧乾（1910—1999）和林庚。他们大多不是北京人，但是长期定居北京，在这座城市中找到相似的精神归宿。如果说海派作家因为趋新好时、世故前卫而闻名，那么，京派作家则给人以遵循英美人文主义、恂恂如也的印象。京派中具有现代意识的作家，受到西欧现代主义从波德莱尔到马拉美，从艾略特到瑞恰慈（他于1929年至1930年间在北京大学执教）的影响，对他们而言，这座古老的城市不妨也是一处中国的"荒原"，一个象征着现代中国的文化荒芜和历史迷失的地方。在京派作家的优雅风格之下，暗藏着对个人命运面对黑暗历史力量的沉思。因此，林庚在《夜》（1933）中写道："夜走进孤寂之乡，遂有泪像酒。"

京派作家根植于"五四"后文人文化中盛行的欧美人文主义，1930年代初期借助于《大公报》（1933）文学副刊、《文学季刊》（1934）、《文学月刊》（1936）和《文学》（1937），成为一股持续的力量。乍看之下，京派作家的作品在情感和主题的表达上近似于上文讨论过的现实主义和抒情主义。但是，其中的主要作家并不希望被冠以想当然的现实主义或者抒情主义的标签，而是期待发出独特的声音，与最为现代的韵律产生共鸣。林徽因就是其中典型的例子。她被朋友们称为现代中国最聪明的女性，曾在国内外受到过良好教育，最终成为了杰出的诗人、小说家、散文家、戏剧家和沙龙女主人，以及现代中国建筑学的奠基人。对大众读者来说，她最为人所知的身份是徐志摩的缪斯女神，他们的恋情是现代早期最为人津津乐道的一段韵事。

也许因为献身于现代建筑学研究，林徽因对任何一个物体都倾向于使用一种空间的描述。在《古城春景》（1937）中，诗人纵观北京，视野从旧都城墙之巅推向远方地平线。她混合了从近及远的色彩、意象，乃至气味，构建了一座感官之城，以描画（或曰具象化）一座身处古今之间的城市。在小说《九十九度中》（1934）中，她切割、重组了北京的日常生活，构建了一个千变万化、纵横交错的模式。从一个富裕女人的聚会到大街上的摊贩生意，从穿过城市的黄包车夫到年轻女性的爱情困境，林徽因的小说完全是用蒙太奇手法对北京生活的生动描述。

1930年代，台湾的少数作家参与了最具现代性的创作实验。在三十余年的日据期间，日本的影响渗透到台湾日常生活的方方面面。青年精英认为，模仿"东京的现代"和经日本调和过的新欧洲潮流是极为时髦的。台湾既是殖民地，又是岛屿，它的现代性不可避免地混合杂糅了日本殖民统治者的霸权、中国的文学遗产以及岛上住民的自我描写。

杨炽昌（1908—1994）1932年在日本学习时接触了超现实主义。回到台湾之后，他组织了风车诗社，掀起了台湾第一次现代主义诗歌浪潮。《毁坏的城市》（1933）用日语创作，主题是老城台南的消亡，诗中充满着关于死亡和腐败的噩梦般的象征寓意。超现实主义在某种程度上赋予他一种特殊但极有影响力的方式，抒发了许多台湾年轻人在殖民制度下共通的郁闷和虚无。

另一位台湾作家龙瑛宗（1910—1999）受到日本新感觉主义和西方世纪末颓废美学的影响。1937年，他因日文短篇小说《植有木瓜树的小镇》荣获一项日本文学奖。小说讲述一个台湾青年在一个荒凉、无聊的小镇中，理想消磨、日益堕落的过程。小说混合了异国情调和自然主义,生动地表现了整整一代台湾知识分子在殖民制度下的精神失落和自我放逐。

1936年,台湾音乐家、诗人江文也(1910—1983)首次访问北京和上海。江文也出生于台湾,在厦门短期求学,十三岁远渡日本,发掘了自己对音乐的热爱。1930年代初期,他已经成为日本现代作曲家的后起之秀,师法拉威尔、巴托克和斯特拉文斯基等西方音乐家,但1936年的中国之行改变了他的人生。江文也深为北京文化所倾倒,并于1938年定居于这座古老的城市,在此度过多舛的后半生。音乐之外,江文也创作了一系列诗赋,如分别用日语和中文创作的《北京铭》(1942)和《赋天坛》(1944)。他在诗歌中用通感手法,糅合各种感官意象,以及来自法国象征主义、日本俳句、中国传统诗歌等前卫和古典资源,表达他对北京文化的沉迷。作为一个音乐家和诗人,江文也认为中国文明正在复苏,终将达到涅槃般的法悦境。但是江文也忽略了他寻求的境界其实笼罩在日本帝国主义的阴影下;他的"现代"的中国音乐和诗歌无论如何不能排除历史的噪音。

IV 翻译文学、印刷文化和文学团体

西方文学和话语之翻译

石静远

十九世纪至二十世纪初翻译至中国的西方小说和其它文本,其折中性在过去二十年中吸引了学者的注意。学者们致力于将中国现代文学的开端推前至在文学史编撰中被极大抑制的一段时期,

新的研究兴趣是这一努力的部分成果。在此过程中，特别是晚清（1880—1910年代）以降的大批文献资料（包括文学及其它领域）本身，就成为引人入胜的研究对象。对文学作品不同层次的再发现，从大众到精英，从舶来到本土，从商业到业余，促使我们不仅要修正二十世纪早期文学现象的传统概念，也要扩大文学研究的角度，以便重新估量翻译文学在学术和文化史中的重要地位。

虽然翻译和文化吸收的过程早在翻译梵文佛经时已有先例，十九和二十世纪却出现了极不相同的局面。对国外大多数素材的翻译过程都充斥着权宜之计和创造性发挥。西方传教士和外国人的大量涌入，其后伴随着数量不断增长的、以商业性为目的的作者和追求新奇的城市阅读群体，形成了文学实验的新条件。学者们估计，1840年至1911年间百分之四十八的小说作品译自于其它语言。虽然这一数据比预估的要低，但它们之中的大部分文本产生于1894—1895年甲午战争之后和1919年五四运动之前，特别是1902年至1908年之间。

然而，这一时期，各色中间人和代理人实际上限制了跨文化交流的长远连续性。早在明朝时期，西方传教士的翻译作品就促成了中国与欧洲之间首次的重要交流。怀着传播宗教教义的野心，基督教徒迅速学会了使用中国人更有兴趣的科学论述以作为媒介。在中国的二百年间，基督教传教士共翻译了四百三十七部作品，一半以上是宗教性著作，三分之一则与科学相关。以利玛窦（Matteo Ricci）、汤若望（Johann Adam Schall von Bell）、金尼阁（Nicholas Trigault）和南怀仁（Ferdinand Verbiest）等人为首，在本土合作者的帮助下，传教士以宫廷读者为首要目标。他们利用西方知识和一些文学作品如金尼阁翻译的《伊索寓言》，作为建立最初文化接触的手段。但是，他们的收获十分有限。譬如，解剖学作为西方科学的分支，由邓玉函（Johann Terrenz Schreck）和南怀仁在明末清初介绍到中国,但是直到1851年合信(Benjamin Hobson)的《全体新论》在广东出版,才获得了更为广泛的关注。

国家危难的日益紧迫,城市阅读兴趣的不断增长,导致现代中国的下一个也是最重要的翻译浪潮不同寻常。十九世纪西方势力的军事力量和殖民统治,以及中国转向西学以救国存亡,引发了巨大的、极不平衡的改变。在鸦片战争和甲午战争之间,国人对西方科技知识的兴趣迅猛增长。以"声光化电"为代表的西学被视为现代世界掌控力量的秘诀,成为广州、抚州和上海翻译馆的主要翻译对象。

合作者,知识机构,中西翻译者

成立于1867年的翻译馆,是附属于上海江南制造局的重要机构。在英国企业家和教育家傅兰雅(John Fryer)的管理下,与其它同等规模的机构相比,除教科书之外,该翻译馆还生产了大量科技译著。它的产量占据了这一时期六百六十种西学译作中的半数之多,覆盖了包括天文、地理、数学、医学、化学、电力、军事科技、地质、爆炸、法医学、冶金和经济学在内的广泛题材。傅兰雅本人翻译了其中过半的书籍。他同时负责《格致汇编》的出版工作,希望这本期刊能成为中文世界的《科学美国人》。《格致汇编》比之前的军事杂志有着更为广泛的读者群,它为普通和专门的读者介绍并阐释了譬如照相机、蒸汽机和潜水装备的原理。为提高杂志普及化的程度,一位作者试图将耶稣头顶的光环解释为一种视觉效果。读者对杂志的热情可以在"问与答"栏目中获悉,它专门登载勤学好问的中国读者在家中实践杂志介绍的技术之后所作的评价。

翻译的进程涉及两个方面,接受原文讯息并转化成目标语言导致了两种语言的变形。大多数学者均赞同翻译的过程促成了没有对话需求的语言学新规则。作为文化交流的经纪人,当本地的助译者和合作者向西方合作者提供建议时，他们实施了一系列的影响，有时甚至改变了文本原意。新教传教士率先在十九世纪中叶细致翻译法律文本、科学著作和小说。美国传教士丁韪良（W.A.P. Martin）在1864年将惠顿（Henry Wheaton）的著作《国际法要素》（Elements of International Law, 1836）译为《万国公法》即是一个例子。交战的不仅是文字，而且是世界观。

虽然传教士在翻译过程中拥有绝对主动权，中国的助译者却具备语言上的优势，能够自行判定在接受文本时将其转化为中国人更为熟悉和接受的术语。在这一普遍的模式中，《圣经》的翻译是一个显著的例外。1820至1860年间，传教士们在中国人的帮助下完成了不少于五种全本《圣经》的翻译。将文本翻译为容易理解的语言以便得到更为广泛的传播和保存上帝的语言，这两种截然对立的翻译观念引起了伦敦布道会和其它社团之间激烈的争论。根据韩南的研究，麦都思（Henry Medhurst）的翻译受到其他传教士的激烈攻击。他们认为麦都思使用符合中国语言习惯的术语是"不规范的"，是为了迎合异教徒的品味。辩论的中心是如何翻译"God"一词。麦都思使用中国人熟悉的"上帝"；更早出现却未被广泛接受的译法是"神"，否认基督教出现之前中国人原有的认识"God"的方式。

虽然学界普遍认为中国在1870年代才第一次大规模翻译外国小说，但是外国传教士至少在1819年已经意识到通过翻译小说建立信任感。他们在中国合作者的帮助下将西方小说翻译为白话文，部分翻译成方言。这些早期尝试通过翻译扩大了世界视野，为日后中国人自己翻译小说以发挥其思想意识形态功能树立了先例。梁启超在他的两篇文章《译印政治小说序》（1898）和《论小说与群治之关系》（1902）中强调小说和翻译的重要性，这个观点既不新颖，也不具革命性。然而，民族主义热潮给予了它新的声势。

1870年代的中国翻译小说，特别是上海报纸《申报》登载的作品标志着翻译小说的下一个阶段。在1872年3月21日至6月15日之间，斯威夫特的《格列佛游记》、华盛顿·欧文的《见闻札记》和马里亚特的《乃苏国奇闻》的节译本被翻译成文言文。相较之下，第一部引发大众兴趣的翻译小说是译成白话文的《昕夕闲谈》（爱德华·利顿的《夜与晨》），在1873至1875年间连载。

传教士们使用小说或者虚构叙事以娱乐、教育和革新中国人民，最终达到改变宗教信仰的目的，正如此后它被用以唤醒国族意识。1867年，傅兰雅举办了一场关于中西交流利弊的征文比赛，当时，他是英国《北华捷报》所设中文报纸的编辑。他在传播广泛的中文基督教杂志《万国公报》中所呼吁的"新小说"，很可能启发了接下来梁启超等人对"新小说"的呼吁，梁氏本人正是报纸及傅兰雅翻译的科学论著的热心读者。

了解到小说的广为流行，新教传教士米怜（William Milne，1785—1822）、郭实腊（Karl Gützlaff，1830—1851）、理雅各（James Legge，1815—1897）和杨格非（Griffith John，1831—1912）甚至致力于创作原创的叙事文学作品。最为著名的传教士翻译小说是宾为霖（William Burns）翻译的约翰·班扬（John Bunyan）的《天路历程》。这是一个经过大量删减的版本，长达十三年之后，才出现了全译本；以及爱德华·贝拉米（Edward Bellamy）的《回头看纪略》，1888年由李提摩太（Timothy Richard）和中国助手译成中文，并在《万国公报》上连载。1894年，它以《百年一觉》之名再版，给予了后来的改革领导者康有为及学生梁启超以深远的影响。康氏创作了乌托邦式的社会著作《大同书》；梁氏在1902年第一次试图进行小说创作，未完稿的《新中国未来记》为二十世纪乌托邦和科幻小说的出现开辟了道路。

卓有影响的学者和改革者的创作广泛利用了日本、西方与中国文学和哲学的资源。因为高速现代化的成功经验，日本必然成为了更有力的西化典范。翻译工作此时更为注重效率，并不一定要忠于原文，人们利用更为便利的日本汉字（kanji）——即中文外来词——而不必精通西方语言或其它陌生文字。虽然中日之间竞争激烈，文化和种族的密切联系却意味着在各自的西化过程中，它们在某些方面面临着共同的困境。梁启超特别受到日本思想家和作家井上圆了、矢野龙溪、柴四郎、末广铁肠的影响，他们的大多数作品都在梁启超1902年创办的季刊《新小说》中加以译介。

在十九世纪末，越来越多的中国学生得到官费资助，留学欧洲、日本和美国。外语学习使得他们更加容易直接接触原文文本，或者至少得以阅读更少润色的英语或日语译本。甲午战争之前，对西学的兴趣主要集中在科技知识的翻译，在中国耻辱性的战败之后，学者和政治改革家们意识到更为严峻的危机感，在科技的落后之外，他们开始关注中国精神的堕落。这个危急的阶段产生了大量新翻译家，他们的作品和各自的努力对新一代现代作者和学者产生了巨大影响。

严复、林纾与晚清文学景观

严复常常被誉为系统译介西方思想第一人。他毕业于福州船政学堂，1877年前往英国深造，1879年回国，对救亡图存有着鲜明的紧迫感。为介绍当代西方思想潮流的基础性著作，他选择翻译了赫胥黎（Thomas Henry Huxley）的《天演论》、亚当·斯密（Adam Smith）的《原富》、孟德斯鸠（Montesquieu）的《法意》、约翰·穆勒（John Stuart Mill）的《群己权界论》、斯宾塞尔（Herbert Spencer）的《群学肄言》和耶方斯（William Stanley Jevons）的《名学浅说》。虽然卷帙不繁，严复的翻译风格却殊为不易。如他所言，精心挑选文本的意图不在于教育白丁而在于启蒙文人。十九世纪晚期实践过的四种主要文体：骈体文、白话文、八股文和桐城派古文，他选择了最后一种，坚持以中国古典思想和书写作为吸收外国文本的方式。与其他译者不同，他并不使用便捷的日本汉字或者传教士使用过的现成术语。相反，他不辞辛苦地从古代经典文本中发掘古老术语。其中部分术语连学识渊博的同代人都不太熟悉，难以理解。他的翻译严谨却晦涩，他在给梁启超的信件中承认，他曾经花费大约三年时间思考怎样翻译权利（right）一词背后隐藏的西方政治观念。

虽然学者们经常为严复艰涩的翻译风格的优点展开激辩，他翻译的社会达尔文主义却提供了一个普遍适用的流行理论"适者生存"。在中国为国家存亡而奋斗的时代背景之下，进化论思想根深蒂固，具有决定性的说服力。

晚清翻译活动中最具有影响力的人物，唯林纾堪与严复比肩。与严复不同，林纾从未迈出国门，并未掌握任何一种外国语言。然而，这并不妨碍他与几位中国合作译者用二十余年的时间令人惊奇地翻译了一百八十余部西方文学作品。林纾对于文本的选择显示出相当广泛的兴趣，涵括了历史和爱情题材，反映出参差不齐的品位。如其译作序言所述，林纾将翻译事业视作"爱国保种之一助"，这正是最初吸引他着手翻译工作的责任感。林纾重视、进而扩充有关中国困境的篇章；当他认为它们适合道德教育，特别是能够表达他对以强凌弱的愤慨之时，甚至不惜改编或者补充原有文本。

与严复一样，林纾致力于使用精练的传统古文以便吸引博学多才的文人读者。他自如运用桐城派古文，却常常混杂着新词及西方语法和句式。他有时也改变原文的叙事技巧以适应更为传统的中国读者的口味和期待。他尤其认为宗教的启示或片段在男女关系上对正统儒家观念大为不敬，必须进行改写。《黑奴吁天录》中"世界得太平，人间持善意"被译成"道气"；"上帝创立的国度"则被译成"世界大同"，以回应康有为具有广泛影响的作品《大同书》。

总而言之，晚清翻译作品的编辑选择并不一定遵从原文神圣不可擅改的观念。地点和人物根据协助者的意见与风格常被转换成中国的环境和姓名，以便让读者易于接受。作者的名字和作品的书名亦常被中国化或者音译。中文翻译常常与原文大相径庭。晚清翻译工作因缺乏规范化指引常常引发一定程度的混乱，一些文本历经多次翻译，译者之间却互不知晓。例如，多年来比彻（Beecher）和斯托（Stowe）一直被认为是两个不同的作者，虽然林纾在1905年译就的《黑奴吁天录》早已蜚声海内。

广告、异国情调、以作者为号召，以及聪明的包装，成为小说商业化的常用伎俩。这些市场策略有助于塑造读者对于外国文学的阅读品位。文学消费与精英品位的联系不再紧密，而是与都市风貌密切相关。在本国仅被视为二流或者三流的西方作品在中国得以大量出版。晚清狂热地翻译外国文学的潮流表明了一种特殊性，不能以简单的文学价值标准加以解释。实际上，翻译背后的动机往往不是赞同伟大文学的普遍价值，而是希望建立一些恰当的表达，通过借助这一普遍主义及其潜在的价值和特色，在中国文本中加以理解和重塑。首部翻译至中国的维多利亚风格的小说是爱德华·利顿的《夜与晨》，而不是英国文学杰作，甚至不是作者更为著名的《一个即临种族》。这是令人极为惊讶的现象。对上海都市读者来说，爱德华·利顿并不比西方学者达尔文更为陌生，他们的作品在1873年刊登在同一份报纸《申报》上。

世纪之交出现了极不平凡的翻译景象，古文或白话文、西方语法、不知名甚至是捏造的作者混杂在一起，为大众消费群体传播了新的思想。原文在翻译过程中常常被篡改，手法五花八门，译者名字旁边常注明"译述"、"编译"或者"演译"。译者草草创造出新术语以便表达新的含义。如此广泛的开放心态不仅体现于翻译的过程，而且表明接受翻译文本过程中创造性意译的可能性，让读者在吸收西方知识时得以自由地驰骋想象。有时候，人们冲动地创造新词的比率要落后于他们意识到的新奇。在从中文里找到同等意义的词汇之前，新术语的出现被视为学者和小说作者语言中的新声。音译词如德莫克拉西（democracy，民主）、烟士披里纯（inspiration，灵感）、来福枪（rifle）和巴力门（parliament，议会）同时出现在追逐新奇之人和政治改革者口中，常常也是更为保守且富有攻击性的作家笔下戏仿的对象。

无论是否翻译作品，描写性别反串角色的文学类型迅猛增长。身着男装的女性杀手，是对十七世纪弹词中常常塑造的女扮男装的人物形象的现代化用，形成了虚无党小说中政治阴谋大受欢迎的一部分。用现代续书的形式重写经典小说，是一种吸引追求新奇的传统读者行之有效的方式。譬如，吴趼人在1905年出版的《新石头记》是续写经典小说《红楼梦》的科幻传奇。在吴趼人的故事中，多愁善感的男主角贾宝玉成为了一名启蒙知识分子，他来到一个科技发达的未来世界，但在那儿文明仍然是令人烦恼的问题。这一段时期内作者和译者制造的小说，范围广阔，主题怪异。著名的言情小说、狎邪小说和谴责小说仅是众多类别中的一小部分，此外还包括有渔业小说、乌托邦小说、航海小说、种族小说、医界小说、数学小说、武器研究小说和广告小说等等。仅有少数翻译者和作者能够横跨如此广阔的题材。作为这一时期的高产作家，陆士谔是一个特例。他创作和翻译了超过一百部小说，包括十六世纪中期小说《水浒传》的现代版本以及科幻小说和武侠小说。

在翻译界的复杂景象和流行文学的消费模式之外，其它一些方面尚有待深入研究，其中之一便是女性翻译家扮演的重要角色。

陈鸿璧是著名杂志《小说林》的定期撰稿人,主要翻译侦探小说,如《113号文件》(埃米尔·加博里奥)和《电冠》,都曾在《小说林》中连载。另一位近期被挖掘出来的人物是薛绍徽,她的进步观念有限,对传统文化和道德观念充满忠诚。她不擅外语,以丈夫陈寿彭口译为基础,用文言文的形式翻译了凡尔纳(Jules Verne)的《八十日环游记》(1900)。这是西方科技小说第一次被翻译至中国。这对夫妻组合还翻译了其它与科学相关的作品,譬如厄冷(Ellen Thorneycroft Fowler)的《双线记》(1903)和物理学教材。在1898年改革运动的背景下,因为关注女性权利问题,薛绍徽还编辑、翻译了《外国列女传》(1906)。她丈夫的兄长陈季同通晓多国语言,尤其精通法语。他毕业于福州船政学堂,旅居海外二十年,先是学生,其后担任官方翻译。陈季同在1884年将《聊斋志异》译成法语,他在西方文学领域的渊博学识不仅对弟弟和弟媳有着重要影响,小说《孽海花》的作者曾朴曾赞许他以一人之力引领他进入阅读和翻译法国文学的世界。

538

  世纪之交虽有条条大路通向外国文学,繁荣发展的报刊却是其中唯一清晰可循的。文学家们创立的多种报刊为展现最新的翻译小说提供了重要平台。梁启超的《新小说》呼吁"小说革命",并以刊载翻译作品导其先路。吴趼人身为晚清最为著名的作家之一,编辑了《月月小说》,吸引了包括儿童小说翻译家周桂笙在内的诸多作者。周氏更为著名的身份是中国翻译侦探小说第一人。《电术奇谈》是一本号称维多利亚式的、关于催眠术的侦探小说,先据1897年日文译本译成文言文,吴趼人又据此在1903年出版了白话节译本。此书作为最好的例子之一,可以说明这一时期通过多种语言媒介进行的复杂翻译过程。翻译小说的英文原本或许根本是子虚乌有的,这一现象反映出翻译小说越来越具有吸引力。译者有时甚至跳出原文,另加一段文字赞扬小说的异国情调。例如,为了利用新市场，1903年小说《自由结婚》的真实作者声称，此书译自美国犹太作者Vancouver的作品，虚构的中国译者是日内瓦一名中国钟表匠的小女儿"自由花"，她与原作者在偶然间相识。

　　许多编辑认识到翻译作品的广受欢迎，于是用它们来塑造社会观点。《紫罗兰》和《礼拜六》的编辑周瘦鹃翻译、出版了一系列欧美短篇小说，受到鲁迅称赞，视其为自己的开拓性译作《域外小说集》的追随者。翻译家陈景韩尤为着迷于虚无党刺客小说，与通俗作家包天笑共同创办了《小说时报》，后者则对翻译与科学相关的"教育小说"极有兴趣。他们二人将如今西方文学批评界极少关注的多产作家如威廉·鲁鸠（William Le Queux）的作品介绍进中国生机勃勃的文化世界。凡尔纳的科学小说和柯南道尔的侦探小说最为流行。通过小说世界的催眠术、时空旅行、种族末日、女性刺客和远方大陆探险，晚清文学翻译在世界的不同角落寻求新的体验。翻译的广阔范围和丰富口味，考验了这一时期的文化想象力，标志着国人以天马行空的热情、好奇、讥讽和特别的热忱来体验社会现实，以其作为现代理性世界的一部分。

意识形态、国家建设与翻译世界

　　晚清的文本和翻译实验挑战了传统和现代文化的敏感性的局限，无法长久存在。林纾坚持使用传统古文的形式和价值，后被批评为冥顽不灵，并在二十世纪初期日益激进的氛围中成为攻击对象。他开放传统古文风格以适应新的语言形式、观念和词汇，这一创新性尝试在五四运动的反传统风潮之中被抛诸脑后。1920和1930年代，现代化和国家建构已经进行，总体而言，翻译的任务如同文学创作一样，被视为唤醒阶级意识的工具，不得不为政治意识形态服务。

　　鲁迅和周作人出版了两部《域外小说集》，悄然宣告了一种严肃而忠实的外国文学的硬译方式。1909年3月和7月，这两本书在两兄弟求学的东京仅各印了一千五百册。在东京和上海两地共售出区区二十余册。抛开商业失败不谈，该翻译的重要性显示在其它方面。它对翻译的力量郑重其事，将其作为一种减轻他国被压迫人民的不公和苦难的方式。这种全球政治意识的转向，需要中国都市读者具备一种全新的接受能力，他们已习惯于根据自己的情感需求来阅读翻译小说。这对改良主义的作家来说是一件悲哀的事情。周氏兄弟预见到社会小说的重要性，用他们的选集打开了一方新天地，介绍了七个国家中十位作家的作品，大多数来自东欧、南欧和北欧。这两部选集打破了自从1897年以来集中翻译美国和西欧文学的状况，带有清晰的俄国1905年白色革命的印记，翻译者试图在汉人排满的情绪中找到共鸣。选集着重于揭露阶级压迫和社会不公之作，特别是同时期波兰和俄国作家——如显克微支（1846—1916）、凯罗连珂、安特莱夫（1871—1919）、莱蒙托夫（1814—1841）、契诃夫（1860—1904）和迦尔洵（1855—1888）——的作品。

重新调整晚清读者的阅读口味，接受新的现代文学作品，绝非易事。《域外小说集》问世之初，普罗大众对此毫无兴趣，他们认为短篇小说在篇幅上有所不足。读者们抱怨故事刚刚开始就已经结束了。但是鲁迅和周作人不同于梁启超将翻译小说作为政治工具的短视，也不同于林纾偏重风格而非精确，他们追求翻译者的社会责任和忠实于原文这两者的同等重要性。林纾在翻译时常常感情用事，且翻且下泪；周氏兄弟则倾向于在翻译中尽可能地对原作不加干涉，字斟句酌，语言朴实无华。他们预示了与主流相反的思想意识方向，这一方向后来成为了二十世纪文学的主流模式，即现实主义。他们关注全世界范围内的人群和种族的叙事作品，因为他们在西方殖民主义和经济不平等之下的苦痛，为接下来几十年的文学翻译和创作定下了基调。现实主义以及它真实反映现实的叙事方式，让中国作家积极地参与社会变革。虽然鲁迅早期翻译的凡尔纳作品和周作人翻译的哈格德作品都受到林纾的强烈影响，这两位作者却宣传了翻译的新方向，并在《域外小说集》序言中宣称，他们的选集将是第一部真正将西方文学艺术引入中国的作品。翻译终于第一次成为了真正的学术，而非追求商业性或轰动效应。

五四时期以降，翻译日益成为作家、学者和国家宣扬意识形态的工具。1920年代的文学革命促发了文学杂志的繁盛，它们致力于介绍外国文学和文学理论，从现实主义到俄国形式主义、意象派、浪漫主义和新浪漫主义。领风气之先的文学杂志如《新青年》和《新潮》登载陈独秀、胡适和其他译者的翻译作品，是潮流的引领者；但为了其它目的而出版的翻译作品也大量增加，其范围扩大至被压迫人民的小说，文学研究会关注左拉、莫泊桑、陀思妥耶夫斯基、泰戈尔和屠格涅夫等作家为了人生的文学作品；创造社的成员郭沫若、郁达夫、成仿吾和田汉则主要致力于译介英国和德国浪漫主义代表人物的作品。《小说月报》一度是晚清通俗小说鸳鸯蝴蝶派的大本营，经茅盾之手出现了意识形态的转向，开始出版刊登俄国和法国文学及"被损害民族的文学"的专号。

1920年代初期到1940年代，翻译活动集中在俄国文学，紧随其后的是英国、美国、法国、德国、日本和其它的语言文学。虽然主要文本仍然来自英文和日文，作家和学者们根据新的文学世界主义开始强调从原文进行翻译。与此同时，巴金的作品被翻译成世界语，语言改革家如钱玄同则仍在努力将中国文字罗马化，这些均提醒我们，通过翻译改变中国语言是现代世界新观念的一部分，旨在与其它的文化和文学建立一种新的联系，而不是仅仅接受它们。鲁迅翻译果戈理的《死魂灵》，成为外国作品影响现代中国文学的重要证明。他认为真正具有俄罗斯生活背景的人，如著名的马克思主义批评家瞿秋白，应该是更为理想的翻译者。甚至当他在1920和1930年代翻译日本文学批评家厨川白村的作品时，仍然关注东欧和北欧文学。

其他翻译者在选择翻译对象时更为专业，反映出早年求学或者旅居海外的影响。耿济之与瞿秋白、郑振铎、巴金齐名，是俄国文学特别是托尔斯泰、屠格涅夫和普希金作品翻译的佼佼者。他的第一部译作是托尔斯泰的《旅客夜谭》（即《克勒采尔奏鸣曲》），后来又翻译了陀思妥耶夫斯基的《卡拉马佐夫兄弟》和《罪与罚》，不过《罪与罚》的校样毁于三十年代初期日军侵华战争中的一场大火。杜甫研究专家冯至与徐志摩和闻一多身处同一时代，他在海德堡求学归国之后，译介了里尔克、歌德、海涅和诺瓦利斯的诗作。1937年，他翻译了里尔克的《致奥尔弗斯的十四行诗》，可视为对他自己创作十四行诗这一中国诗歌新形式的启发。傅雷翻译了三十余种法国文学作品，包括罗曼·罗兰的《约翰·克里斯朵夫》，伏尔泰的《老实人》，巴尔扎克的《于絮尔·弥罗埃》、《欧也妮·葛朗台》、《赛查·皮罗多盛衰记》、《贝姨》、《邦斯舅舅》、《高老头》和《幻灭》。李劼人介绍了福楼拜的作品，他在1925年翻译的《马丹波娃利》（即《包法利夫人》）成为最具影响力的欧洲文学译作。

尽管在五四运动之后，翻译为意识形态服务的观点占据了绝对地位，但过去一个世纪的努力使其获得了新的意义。外国文学和思想的重要性，更为准确地说，是人们借助异域的不同视野重新想象世界。这一新"世界"通过翻译展现出复杂多样的关系，社会的不同层面在翻译中得到表述，这并非仅仅依赖于学者和改革者的作品，也依赖于精英视野得以产生的更为广阔的文化地貌。就此而言，现代文学受惠于国界内外的文学之外的生活。虽然十九世纪文化史还有待被完全理解，但它开拓了不同的道路，无论是否采纳，在中国走向现代的过程中，它在文化巨变时期影响了作者和读者理解自我的方式。正是在这一方面，翻译提供了整个世界而不只是一个国度，现代中国文学从中找到了最为有力的启示。

印刷文化与文学社团

贺麦晓

本书前文已经指出，中国印刷文化在现代之前即已存在。然而，西方商业化印刷技术的重要性在于大量制造低价产品，从而被视为促成十九世纪末以降中国文学生产方式发生改变的关键物质因素。中国和其它地方一样，现代印刷文化为文学产生了新的市场和新的读者，促成了相对独立的文学社群的出现。在二十世纪前数十年间，文学社群的多数参与者都参与了文学社团活动。文人结社同样有着悠久的历史，但是文学社团的活动从此更为普遍，更为独立，而且常常更为专业。印刷文化的媒介和技术与文学社团的活动，两者的互动是这一阶段文学，尤其是所谓"新文学"得以产生的独特背景的一部分。本节内容着重探讨这一背景，以便前文阐述的作者和作品能得到更好的阅读和理解。

印刷文化与文学期刊，1872—1902

十九世纪中叶，传教士将最早的现代印刷机构引入中国。他们最早、最重要的功能自然是印刷《圣经》。但是，传教士们同时也出版文学作品，包括早期的现代西方小说译作。十九世纪末，新技术逐渐为商业性质的印刷机构所掌握。上海的外国租界当仁不让地成为印刷工业中心。上海诸家公司在晚清民国时期生产了、最起码传播了大量中国印刷制品。得到迅猛发展的丰富的文化生活（包括文坛），成为了这一阶段文学表达的新形式和新局面的肥沃基础。

文学期刊作为刊登文学内容的新形式，极有影响力。最早的中国文学杂志《瀛寰琐记》，由上海报业和出版业的领头羊、英国人美查（Ernest Major）所有的申报馆在1872至1875年间发行。文学期刊并没有立即大获成功，世纪之交前，只出现了五种刊物，其中四种由申报馆出版，存在时间都不长。在文学出版方面，早期的现代印刷文化集中于出版书籍，特别是廉价小说。但是，这类小说的流行，以及新印刷技术所提供的前所未有的既广泛又廉价的传播机会，吸引了晚清改革者的注意。这些关注，包括前文讨论过的梁启超对新小说的引介。考虑到梁启超希图以小说作为政治教育的工具，他选择用期刊来扩大影响，获得尽可能的读者群，毫不令人惊奇。而且，他决定使用期刊，可能受到这一事实的影响：他在日本出版第一种文学期刊时，期刊作为文学论坛形式在该国早已十分盛行。

小说期刊，1902—1920

1902年，梁启超的《新小说》出现在上海市场，不仅标志着中国文类等级的关键转变，而且预示了文学内容首要传播的标准形式的转变。1902年之后，以及整个民国时期，几乎每一部文学作品在以书籍形式出版之前，都曾在文学刊物中登载。梁启超发起、后辈发扬的新文学运动完全依靠于文学杂志（及报纸副刊，后文即将讨论）进行推广和维持。在此十年间，文学期刊的市场增长迅速，二十余种新刊物陆续出现，它们大多数以"小说"为名，并以上海为基地。这些"小说期刊"统领市场，直至1920年代，遇到了来自新文化运动的严峻挑战，各种赞同新文化运动议程的刊物均以"文学"为名。在1920年代之后，那些沿用"小说期刊"模式的杂志和作品,有时被轻蔑地称为鸳鸯蝴蝶派的一部分。

尽管是否着重于"小说"成为类型划分的方式,大多数小说期刊提供了不同类型的作品,反映了帝国晚期和民国初年城市精英的口味。梁启超所呼吁的、出于政治动机的写作迅速让位于不同文学类型,包括公开宣称以娱乐、游戏为目标的作品。而且,这些刊物的吸引力并非仅在于文本。最为流行且最为昂贵的,是那些以封面设计和内页配图的方式提供视觉享受的刊物。插图的重要性体现在其标题常常列在目录之中,也标示于刊物广告的醒目位置。

这一时期比较典型的小说刊物,每一期都有彩色封面,封面配有图画(常常是年轻女性)和杂志的中英文标题。一些封面图案具有极高的艺术水准,印刷精良,譬如1909至1917年间发行的《小说时报》。内封及有时候的开头几页都用来刊登广告,随后是几页插图和照片。某些刊物印制上海著名妓女的照片,后来遭到新文化运动发起者的反对。刊物在内文首页登载专栏作者的照片,也成为一种普遍做法。

图片部分之后一般是目录,其后是刊物的不同栏目。栏目一般以类型划分,大多数杂志含有短篇小说、长篇小说连载、戏剧(传统戏剧和新式话剧)、古体诗、笔记或杂俎(或两者兼备)。小说栏目常常被进一步细分成爱情小说、滑稽小说和侦探小说等。这些刊物所登载的不少小说均翻译或改编自不知名的外国作品。大多数刊物同时刊登传统和白话小说。"小说"在这一时期是一个广泛的门类,包括几乎所有形式的虚构散文体作品。这个术语也包含了长篇弹词。值得注意的是,新式话剧在1917年列入新文化运动之前,在小说期刊作者的努力下有所发展。

1910年代,上海的主要商业出版机构都在中国实业家掌控之中。出版文学杂志只是副业,收入主要来自印制报纸或者出版教科书。因为新教育系统已经取代了旧科举考试制度，所以教科书出版尤其成为中心产业，导致了中国三大出版机构商务印书馆（1897年成立）、中华书局（1912年成立）和世界书局（1921年成立）的空前成功。根据芮哲非（Christopher Reed）在《古登堡在上海》中的细致描述，这三大出版机构是拥有全国发行网络的主要商业机构，也是作者、编辑、校对和其他熟练的教科书出版人员的主要雇主。

对任何有志于教科书出版的人而言，上海是获取职业机遇的主要地区。许多最为活跃的小说刊物撰稿人也同时为报纸和非文学类杂志写作，以稿费和版税为生。出于这一原因，第一代现代中国作家常常被认为是"期刊文人"（这一术语最早出自李欧梵）。将写作视为职业，是这些作者和刊物被下一代公开指责的原因之一，因为下一代作者将自己较为实用性的写作动机纳入了"文化启蒙"和"为艺术而艺术"诸如此类的理想之中。

南社，1909—1922

小说期刊的全盛之时，许多"期刊文人"都是大型专门组织南社的成员。南社由同盟会三位成员在1909年发起成立，并在接下来的岁月里发展壮大，成为整个民国时期最为庞大的文学组织。该社团起初与传统文学社团，如它的前驱晚明复社，没有什么不同。南社的目标是为文人定期组织雅集，以便讨论和写作传统文学作品，并且定期出版社稿。然而二者的区别在于，传统文学社团投身于科举考试制度和政治资本；南社则将能量集中于出版经过专业编辑的定期文学刊物。为了达到这一目的，南社开风气之先，建立了一系列民国时期文学社团的活动惯例。

最为重要的现象是南社设立了社团制度，清晰规定了入社条件（包括社费）、选举条例、定期的雅集和刊物出版。最为重要的职务是编辑，负责管理社团刊物《南社丛刻》。《南社丛刻》每期分为文、诗和词三大版块。任何人只要对社团的刊物有所贡献以及被一定数量的本社成员提名，就可以成为南社成员。社团对全国国民开放，因加入社团并非以参与（只在上海举行的）雅集为条件，南社迅速汇聚了来自五湖四海的各色人物。南社定期发表新成员名单，并在全国性报纸上刊登启事，以便进行社团选举。其成员在最高峰时超过了千人。虽然定期出席雅集的成员不过二十余人，但有三百余成员在1917年通过信件方式参与投票，选举了新主任，选举结果也刊登在报纸上。南社变成了具有强烈公众性的全国性文学组织的典型。它使用全国性报纸特别是国民党的《民国日报》来建立公众性，令许多文学社团纷纷效仿。

自相矛盾的是，南社也开创了另一种在1920年之后成为普遍文学现象的文学团体模式。虽然它具备数量庞大的成员和正式的组织结构，社团出版物的实际工作却由一小群成员担任，大多数工作由柳亚子（1887—1958），一个与上海文学圈联系紧密的公众人物，独自承担。

《小说月报》与文学研究会

1910年代末，小说期刊越来越专门化，部分大型刊物只关注一两种特定的题材或类型。最为著名的是《小说画报》，由著名报人包天笑在1917年1月创立。这份刊物只登载现代白话小说，因为，根据它的发刊词，白话文学是中国历史上唯一的真正的文学。包天笑的声明，比以北京大学为基地的《新青年》月刊刊登的白话文学声明还要早。然而，后者的立场宗旨改变了1920年代之后中国文学景象中传统和现代的力量均势。

1920年代初期，北京大学和其它新式高等学堂的毕业生们开始云集上海，在不同的报纸、期刊以及出版机构中组成了新一代的作者和编辑。这些"文人知识分子"(杜博妮和雷金庆的术语)带来他们关于文学的严肃的、纲领性的、西化的理解,与许多"期刊文人"更为休闲的态度并不一致。他们也带来了自己对外国语言和外国事物的知识,对老一代而言显得颇有优越感。他们用这些技巧敲开了出版世界的大门,开始推进新文学运动,逐渐从小说刊物和他们的作者中夺走了部分市场份额。

新文学呼吁者在1921年取得了最初也是最为著名的胜利,文学研究会成员成为了著名小说期刊《小说月报》的编辑和核心作者。《小说月报》已经存世超过十年,由当时上海最大的印书机构商务印书馆出版发行。文学研究会在1920年12月经过仔细的计划和协商后成立。整个过程的参与者包括北京的文学学者(最为著名的是周作人)、北京各大学的年轻文学爱好者(如郑振铎)、上海的同样热情的年轻编辑(如供职商务印书馆的沈雁冰,即后来成为著名作家和批评家的茅盾),以及一些意识到新文学运动的潜在商机、具有商业头脑的商务印书馆的经理们。

为将自己的文学纲领与小说期刊相区分,文学研究会拟将《小说月报》改名为《文学杂志》,但是出版者出于商业因素考虑,对此表示反对。虽然保留了旧有名称(据推测至少有部分的原有订阅者为基础),杂志自1921年起改变了内容和设计,反映了新编辑群更为严肃和精英化的文学观念。杂志不再刊登名妓或者作者的照片,扉页图片一般是著名外国作家或外国城市风景。古体诗、文言或旧白话小说、弹词、传统戏剧和杂俎都不见踪影,代之以现代诗歌、文学批评、文学新闻和读者给编辑的来信。专号致力于介绍特定的外国作家。译作必须是名家名作,并标明原著信息。短篇和长篇(连载)小说仍然是刊物内容的主角。《小说月报》在1921至1932年间成为了新文学运动,特别是小说领域的领导性刊物,却因日军炮轰商务印书馆而被迫停刊。著名作家如丁玲和老舍在此发表了处女作。除《小说月报》外，1920年代没有其它任何一份新文学杂志，得到了如此专业的编辑、印制和发行。

文学研究会和南社一样，设立了清晰的成员规则和出版物编辑条例。它俨然成为了全国文学工作者的"工会"，而实际上仅是一个友人及友人之友人的交往圈。他们均致力于新文化运动，大多数为上海的出版社工作。这个关系网络十分庞大，虽然尚不能与南社相媲美。1920年代初的全盛期，文学研究会共有一百三十一名成员。和南社一样，刊物编辑和维持公众形象的工作实际上是由极少数人来完成的，尤其是郑振铎和沈雁冰。

在定期出版刊物之外，文学研究会还出版了一份有影响力的报纸副刊，名为《文学旬刊》。它攻击传统文学，特别是与小说杂志相关的文学，认为其过于商业化而丧失了严肃立场。文学研究会对现代印刷文化最为重要和长期的贡献是编辑和出版了文学研究会丛书，包括了多部著名的现代小说作品以及外国文学译作。文学研究会因其成员在外语方面的训练而特别受到商务印书馆称许。虽然我们不清楚在1920年代中期之后，文学研究会作为一个文学团体的功能延续到何种程度，但丛书的出版一直持续到1947年。

1920年代的大批新文化刊物，是由几个朋友或者团体以很小的规模进行运作的。他们常常加入一个文学社团，其工作往往得到上海小型出版机构的资助。这些团体为现代中国的文学景观带来了新的实践。

小型新文学团体及其刊物

在文学研究会试图成为所有新文学作者的"工会"后不久，与泰东书局联系密切的、第一批规模不大、自诩为先锋派的文学团体陆续出现，中国文学景观由此更为生动活泼。创造社由著名诗人郭沫若和有争议的短篇小说作家郁达夫创建于日本。两人后来都离开日本,来到上海。他们以名副其实的先锋派精神,发表了一篇颇受关注、措词强硬的宣言,攻击现有的一切中国文学典范,并且宣称他们对艺术的非凡崇拜。创造社的刊物包括季刊、旬刊甚至(短暂的)日刊,迅速与文学研究会形成了竞争。他们的第一种刊物《创造季刊》(1922—1924),试图呈现一种非传统的形式,包括在中国文学期刊中首次使用从左至右的横排印刷方式。在二十年代早期,创造社和文学研究会致力于公开的(以及公开对立的)讨论,论题包括文学的性质,特别是由各自机构所出版的外国文学译作的质量。创造社的策略给他们的成员带来声望,并引起其他上海出版商和报社的兴趣,鼓励他们与其他年轻文学爱好者组成的小团体合作,创办更多的文学刊物和副刊。这些刊物中没有一种能够达到由《小说月报》建立的编辑和印刷的标准,但是他们在商业和技术上的缺陷由他们的热情和浪漫(或革命)的热忱所弥补。创造社最终证明了商业性的支持并非遥不可及。1926年,得益于新获取的声誉,创造社建立了自己的出版公司,部分是自筹资金,部分来自于售卖股份。创造社的出版部包括编辑部、员工宿舍和书店,是上海文化版图的地标,直到1930年被政府取缔。它在这段时期内出版了一系列刊物,譬如这一时期的主要刊物之一《创造月刊》。和文学研究会一样,创造社也出版了有影响力的丛书,其中既包括原创作品也包括译著。

新月社虽然没有使用任何先锋的招牌,却是另一个建立了自己的出版和销售机构的有影响力的团体。新月社由北京的知识分子创立于1923年,其中包括已经闻名遐迩的胡适和正在冉冉升起的徐志摩、闻一多。社团在1926年之前,主要是在北京文坛组织社交性活动和文学性聚会。1926年之后,因多数成员迁居上海,活动的实质已经转变为出版和售卖书籍、杂志。他们用自己的资金建立了新月书店。主要出版物《新月》是一本专业、昂贵的杂志，主要针对知识精英，尤其是对英美文学和文化有兴趣的读者。每一期的重头戏是其诗歌专栏，特别是徐志摩和闻一多著名的浪漫—形式主义的诗歌作品。

《学衡》杂志虽然不具备先锋性，但并不因此欠缺成功或影响力。它是一本采用传统古文形式的保守刊物，其存在时间（1922—1933年）超过了《小说月报》之外的所有新文学刊物。主编吴宓毕业于哈佛大学，是白璧德的学生，强烈主张保护中国伟大的文学传统。《学衡》屡屡批评新文化运动，仅登载文言文，坚持传统的诗、文之分。它也刊登翻译成文言文的外国文学译作及文学批评。吴宓和同道们以南京为基地，与上海文化圈联系甚少，虽然他们的刊物由上海发行商在全国发行。

战前的1930年代

虽然文学刊物和文学社团推广文学思想的西化运动（如上文所示，范围从先锋派到保守派），有助于1920年代以降文学创作的大量增长，同时仍有大量文学刊物延续了1910年代小说期刊的风格，登载更为轻松休闲的作品。这种市场份额现象的最引人瞩目的例子是商务印书馆在出版《小说月报》的同时，也出版了题为《小说世界》的"旧文学"期刊。两种刊物的设计还极为相似，而《小说世界》的生存周期（1923—1929）也相当可观。然而，整个民国时期最为著名和成功的小说刊物是《礼拜六》，自1914至1916年间以周刊形式出版，1921年以周刊形式复刊，此后一直持续到1937年，期间有过短暂的中断。它在抗日战争之后再次复刊，并且在1945至1948年间出版了一百三十五期刊物。

1930至1937年间出版了种类繁多（及数量庞大）的文学刊物。此时，国民党政权完全建立起来（至少在城市中），政治相对稳定，大众教育更为普及，从而确保了印刷业的繁荣。1930年代中期尤被视为现代中国印刷文化,特别是期刊的繁盛期。此时期刊出版利润丰厚,出版商乐此不疲。战前,不同政治观念和思想意识对文化世界的渗透,常常在后来的叙述中受到过于夸大的重视。这些政治化的表述,倾向于关注国民党政府对左翼创作的高压审查制度,它们的问题在于,很少阐述这一时期文学作品前所未见的丰富性。以下试图提供一个较为超然的视角。

在整个战前的三十年代,流通中的文学刊物,大概是之前任何时期的两倍之多。它们的风格如此多样,以至越来越难于将新文学期刊、1920年代之前的小说期刊,和传统文学期刊区分开来。著名作家林语堂编辑的《论语》(1932—1937,1946—1949)就是一个极好的例子。它的休闲风格和版面设计,都模仿旧的小说期刊;而偏爱小品文,又使其与传统文学爱好有所共鸣。就语言和总体的亲西方态度而言,它们必须被视为新文化的一部分。这一时期也见证了传统"茶话"的复兴,画家、诗人和女主人济济一堂,但是,茶话也出现了鲜明的现代变化:画家在巴黎受过训练,诗人用现代语汇写作宋词,女主人自己就是受过良好教育的画家和诗人。而且,大多数茶话在上海的咖啡厅举行。南社的前领导人柳亚子也曾参与相关活动。南社本身也在1935年举办的一些大型纪念会议中短暂复苏。

徐志摩等人在1930年创立国际笔会中国分会,以蔡元培为主席。这是上海一个有影响力的大型组织,包括了多个文学团体成员。中国分会组织了定期晚宴,并接待来访的外国显要。萧伯纳在1933年的来访盛况空前,当时鲁迅也列席参加。中国笔会并不出版刊物,但是它的事务素来享有声望。中国分会不再活跃之后,一些成员在1930年代甚至战时仍然代表中国参加国际笔会。

1930年代出现的另一个大型文学组织左翼作家联盟(1930—1936),有着全然不同的风格和宗旨。左联创立于上海,得到共产党的直接支持。在共产党失去其政治影响力之后，左联致力于在城市文化圈巩固强有力的左翼思想形态。鲁迅亲自主持左联事务，但大多数时候却卷入与党的理论家、代理人的冲突之中。左联起初吸引了许多著名的左翼作家加入，包括创造社的一些成员。其成员数量，包括上海之外的一些分支在内，据称十分庞大。在活动期间，左联是一个地下组织，它的大多数出版物因为草率的编辑、廉价的印刷和有限的传播而只能短暂存在。丁玲主编的《北斗》可能是最为专业的杂志。《北斗》成立于1931年，主要在上海出版，1932年因政府一纸禁令被迫停刊。较之大多数左联出版物，《北斗》更具有文学性，也刊载非左联成员的作品，特别是在最初的几期中。左联在晚期受制于内部问题，损害了它的运转效率和作品质量。

尽管处境危险，左翼创作在1930年代却极为流行。商业出版机构意识到它的受欢迎，特别是在年轻的读者群中。左联的许多著名成员如鲁迅、茅盾和丁玲，从未停止过为商业期刊写作。一些杰出的左联文学作品并非是为自己的刊物写作的。譬如，茅盾的小说《子夜》被誉为最为成功的左翼作品，起初有意在《小说月报》连载。商务印书馆在1932年被轰炸，导致《小说月报》停刊，使得原计划搁浅。茅盾并没有将小说提供给任何左联刊物，而是在1932年直接由开明书局出版成书，立刻成为最为畅销的作品。

1930年代最具有影响力的独立文学杂志《现代》（1932—1935），并不从属于任何文学社团或组织，它的版式类似于《小说月报》，开篇部分刊登许多国外事物的照片。在施蛰存的热情编辑下，《现代》刊登了这一时期最优秀的小说、诗歌和评论，其中包括戴望舒的现代主义诗歌，新感觉派小说，以及左翼、保守派和自由派之间的文学论争，鲁迅亦置身其中。

第六章 1841—1937年的中国文学

战时及战后

1937年日本侵华战争爆发之后，上海不再是中国文坛的中心，其它新的中心陆续出现。沦陷后的上海，出版仍在继续，甚至在1942年大多数出版机构所在的公共租界被占领之后依然如此。一群活跃的作者在期刊上发表无关政治的小品文和喜剧，文体风格类似于林语堂在1930年创办的杂志。战时陪都重庆的文学出版业很是兴盛，昆明也是如此，许多知识分子当时正执教于西南联大。共产党有着自己的文学根据地延安，最为著名的是1942年毛泽东在文艺座谈会上宣讲他的文艺政策。同时，几乎所有信仰各异的作家都加入了中华全国文艺界抗敌协会，这是一个老舍任主席的无党派爱国组织。抗敌协会推动反日作品的创作，组织作家战地访问团，并提倡报告文学等文类。1945年日本投降之后，战前活跃在上海的著名作家，仍然返回上海。抗敌协会更名为中华全国文艺界协会，仍然代表着全国的无党派作家。1949年共产党接管上海之后，它便不复存在了。

554

报纸副刊

有关民国时期印刷文化和文学团体的叙述，若不包括报纸副刊在文学论争和文学创作中的关键角色，将是不完整的。报纸副刊篇幅长短不一，从半页到八页不等，是向全国读者传递特定团体的文学思想的理想媒介。这些副刊是周刊或旬刊，天然适合于刊登短篇作品，尤其是公共辩论。1920年代文学研究会和旧小说杂志鼓吹者之间的论争，席卷了文学研究会的喉舌刊物、上海《时事新报》副刊《文学旬刊》，和包天笑及同仁主导下的《申报》副刊《自由谈》。1930年代，《自由谈》成为左翼新文学倡导者的阵地，鲁迅在此发表了多篇著名杂文。

许多报纸副刊天然就是小众的。他们的定期撰稿人通常以笔名进行创作，真实姓名只有内部人士知晓。大量的版面预留给文学团体的宣言和成员之间的交流。(此类信息常常登载于两页之间的中缝处。民国期间的报纸用中缝登载广告和启事。今天影印这些报纸时，往往也只能印出其中部分内容。)一些报纸副刊与主报分开售卖，并被装订成合订本。

报纸印刷并未完全被上海出版业垄断，重要的文学副刊也出现在其它城市，特别是北京。《晨报》和《京报》的文学副刊是北京文学生活的中心。《晨报》副刊因在1922年连载鲁迅的《阿Q正传》而闻名，不久之后，编辑工作由徐志摩接手，他用来推广新月派作品。

在这两种以北京为基地的副刊之外，上海的两种报纸副刊被认为极富影响力，即《民国日报》副刊《觉悟》，和《时事新报》副刊《学灯》。以上四种副刊被称为"四大副刊"，得到了对新文学和白话文运动有兴趣的读者的广泛阅读。

期刊文学：结束语

晚清民国时期出版的大多数文学作品，无论其风格、写作模式或意识形态，都属于期刊文学。就定义而言，这类文学常常在压力下完成。作者们都清楚写作期限，更清楚他们将因作品字数获得稿酬。虽然除1900年至1910年间的期刊文人之外，这一时期只有极少数作者依靠写作生活，但作者们极为多产，同时为多种杂志、副刊写作的现象仍然十分普遍。文学团体中诸同仁带来的压力是造成作者多产的原因之一。另一个原因则与新文化运动本身的目的有关：它认为尽可能地传播新文化的活力是极为重要的。这一情况导致了一些不可避免的结果：大量的短篇文本和作者在动笔写作之时连他自己都不知道故事结局的连载小说（鲁迅的《阿Q正传》是最经典的例子）；相当多的作品要么草率（因为没有时间校对），要么冗长（因为不提倡简洁）；作者们倾向于立刻出版他们写下的每一个字；倾向于与日常现实紧密相连，并关注期刊订阅者的需求。大多数期刊文学是相当粗糙的，只有在出版成书时再做修订，所以，尽管它是一种更为便捷和持久的方式，这一文学却向读者展现出急迫和热情，虽然有时欠缺周详的考虑。

V 尾声：现代性与历史性

作为一项文学和文化的现代化运动，五四运动的争辩性与影响力来自于激进的反传统主义。新文学倡导者在新旧之间画下楚河汉界，促发了以颓废与启蒙、保守与革命、"吃人"与人道、黑暗与光明为主轴的话语表述。穿过"黑暗的闸门"（鲁迅的修辞），他们渴望建立这样一个现代化工程：强调国族意识，追随走向进步的时间表，并培养完全独立自主的新型公民。

然而，这一设想却不能忽视一个事实：现代中国文学不可能完全与历史割裂。实际上，"五四"之后文人学者消除、再发明，及令人惊奇地复兴中国文学历史性的曲折道路，正是中国文学现代性中最引人瞩目的方面。如果现代性不是被盲目地尊崇为一项直线前进的运动，必然笔直地通往正确的目的，那么，现代的历史性将被不断地质询，以回应如下问题：过去如何对未来作出各种惊奇的想象，以及在现代到来之后，如何发挥、实践历史所曾赋予的各种可能，却又如何在某些时间点上，忽视、僵化甚至终结历史内蕴的驱动力。

这让我们得出一项矛盾的结论，（我们今天所理解的）文学，作为一门学科、创作和阅读方式、审美甚至政教媒介，其实是一种现代的"发明"。在清代末年，传统的知识和教育体系分崩离析,逐渐被西方启发下的训练模式所替代。废除科举,建立新教育制度之后,旧学宣告终结。在人文领域,这促使改革者们努力将传统中国学问纳入欧式教育框架之中。

西方强调的教育内容之一是文学史。这一时期,国族认同与国族历史紧密相连,作家和学者致力于塑造一种叙述,以反映文学是国族遗产的核心内容。从这一点而言,文学史是一项按照既定时间链和国族想象所构建的现代工程。新近认定的最早的一部中国文学史作于1904年,是北京大学前身、京师大学堂的年轻教师林传甲(1877—1922)撰写的《中国文学史》。此书的写作和出版是为了响应当时将"文学"纳入大学教育内容的呼吁。林氏为教学需要匆忙完成了文学史写作,他也考虑到了学校的教学政策,即学习文学的首要目的是服务于文章写作和辞藻训练。虽然以日本学者笹川临风的《支那文学史》(1898)为模板,林氏的版本在文体分类、文献考证和年代分期等方面均是一个折中的实践。这种混合形式反映了林传甲本人对于文学作为美学概念的模糊态度。他着重于自孔子以降思想史的兴衰变迁,描述了"文"这一因应于历史变革的文体的转型。他对诗歌不甚关注,对白话小说和戏剧更是不置一词。最为重要的是,他的文学观和文学史观与"经世致用"的传统文学观念密切相关。与此同时,苏州东吴大学教师黄人(1866—1913)也撰写了《中国文学史》,强调文学欣赏的美学根源,显示了与当时的维新文学话语相当不同的立场。

在林传甲的首次尝试之后,文学史写作随着新文学运动的展开亦得以发展。重建过去变成了维护现代力量的一种方式。例如,胡适在1922年出版了《五十年来之中国文学》,他在此书中用新的、活的文学,反对旧的、死的和半死的文学。他的历史表述中隐含着生物进化论的范式,白话文学被誉为恢复文学活力的起点。与此同时,周作人提出,文学的进步应该建立在与"文以载道"

和"诗言志"两个经典命题不断对话的基础之上。周作人将中国文学现代性的起源追溯至晚明时期，当时的文人在王阳明儒家学说的启发之下寻求表达自我。另一个值得注意的倾向出现于阿英（钱杏邨，1900—1977）的《晚清小说史》（1937）中。此书根据政治和社会题材对晚清小说进行分类，第一次试图从左翼和社会学的角度回看这一段历史。

甚至在文学史作为一项教育内容被制度化地确立之后，仍然兴起了一场试图发现或者否认中国文学和文化"精髓"的运动。对文学中所反映的中国命运，"五四"的作者们感到高度焦虑，从而展现出夏志清在批评现代中国作家时所谓的"感时忧国"的精神。夏志清认为，中国作家与西方同仁们对现代文明的后果有着相同的反感，他们困惑于国家危机和历史骚动，无法或不愿详尽阐释中国人民的命运与"现代世界中人的状态"之间的道德和政治关联。他提出，在其最好的方面，中国作家认为有必要在作品中展示一种高度的道德感，为同时代西方的作家作品中罕见，但是他们为"感时忧国"付出的代价，则是"流为一种狭窄的爱国主义。而另一方面，他们目睹其它国家的富裕，养成了'月亮是外国的圆'的天真想法"。

五四改革者们否认过去，努力创造一种新的中国身份，称之为国族形象、国族文学或者国族文化；保守派则着手保护过去，视之为保存中国遗产的唯一方式。最早和最具有影响力的尝试之一是刘师培发起的国粹运动。他与支持者章炳麟等人一起，对古代中国文化史和学术史进行了一系列宏赡的论述，以此作为新的国学基础。在时代巨变的环境下，通过保护国粹这一激进行为，刘师培展现了晚清民初的改革者和保守者们"感时忧国"情怀的另一种典型。

梁漱溟（1893—1988）是另一位具有文化复兴视野的重要人

物。梁氏是五四时期第一位系统地捍卫儒家传统的杰出学者。他在著作《东西文化及其哲学》(1921)中对于中国、印度和西方的哲学传统及其现代分支提出了重要观点,成为新儒家运动的先声。同时,以梅光迪和吴宓为首的学者们有着相似的教育背景和文化追求,主张古典主义。如前所述,他们在1921年创办了《学衡》杂志,传播以中国传统思想为基础的人文主义、学术正统和文化复兴理想。这些学者大多曾负笈海外,并非传统意义上的保守派,西方学术思想特别是白璧德的新人文主义促使他们重新审视中国文化。他们希望与西方文化中的人文传统展开对话,因此,他们的口号是"昌明国粹,融化新知"。

五四学者也着手重新估量特定历史时期的价值,为中国的现代性寻求另类资源。譬如,鲁迅表现出对于六朝文人文化的特别兴趣。六朝是中国前现代历史中最为混乱和动荡的时期。在《魏晋风度及文章与药及酒之关系》(1927)一文中,鲁迅对六朝文人潇洒不羁的个性和颓废狂诞的生活方式,做出了引人入胜的分析。文章中暗藏他对当代中国的政治风险、文化危机和文人气性的尖锐反思。相对于此,朱光潜则在六朝的混乱中发现了静穆、超脱的审美与思想寄托,因此与鲁迅所见形成精彩对话。除此之外,如前文所论,胡适致力于重新发现从宋至清的白话传统,将其作为现代中国文艺复兴的源泉之一。周作人等重新提出将晚明作为中国人文意识解放的最初时刻。三十年代京派的现代诗人如何其芳等则钟情于晚唐诗风。

反讽的是,五四时期的主流作家和批评家们又纷纷贬低晚清作家,认为自己的时代才是现代的开端。但是贬低晚清文学还存在其它的微妙原因,对五四前卫学者而言,晚清文学不仅过时,也是"现代"话语表象体系必须设定的"传统"的残余物。当深受革命启蒙影响的学者希望赋予他们的现代大计一个清楚的开端时,位居传统之末的晚清文学自然被认为是强弩之末,是除旧立新的症结。更进一步,他们甚至将推动现代大计所遭遇的任何阻力或未如料想的结果,也都一股脑儿地归咎为传统残存的糟粕。这样的做法必然招致如下的矛盾:"现代"成了一个无限上纲的理想源头兼目标,因而被去历史化了。我们不禁要问,这种为强势话语奉为圭臬的"现代"在日后如何成为一种越来越僵化的教条,甚至成为毫无转圜余地的意识形态?如此,不被这一现代典范所认可的种种实验、想象、立场,如何被残暴地归入传统,也就意味着封建、落伍和反动?是否在主流现代话语中,一些不被需要、不受欢迎的因素,未必只是因为落伍,反而可能是因为过于激进,过于走在时代之前或之外?

在文学创作实践中,鲁迅、沈从文等作家之所以精彩,即在于他们的作品不完全盲目地追随主流,而总是在现代和传统内外,体会其间的落差和复杂向度。他们清醒地认识到,在新的、进步的符码之外,总存在着被"包括在外"的事物,它们一样值得思考和铭记。反讽的是,他们不断尝试,努力应对现代文化和政治工程中的种种龃龉,却常常以失败告终,由此产生的希望与怅惘、郁愤与忧伤,反而成为现代中国文学中最惊心动魄的时刻。

俄国学者谢曼诺夫呼吁学界关注鲁迅对晚清文学遗产的创造性转化,特别是谴责小说中的人物和譬喻。例如,《狂人日记》的结构让我们联想到吴趼人的《二十年目睹之怪现状》。鲁迅的确可能借鉴了晚清谴责小说中的荒诞因素,但另一方面,现实主义理论又呼应了严复和梁启超等人的批评。然而,鲁迅对中国现实的不懈观察和批判,使他不能安于任何简单的流派或风格,他的文字显示出尖锐的焦虑感和犹疑性,充满了个人魅力。在鲁迅独特姿态的背后,启蒙与反启蒙、革命与犬儒的心志相互交错。最为重要的是,来自于过去世界的鬼魂总萦绕在鲁迅的作品中,纠缠他的现代视野。除魅与招魂形成鲁迅辩证的现代性。

鲁迅对古典创造性的重新阐释,在《故事新编》(1935)中达到巅峰。这部短篇小说集以古喻今,又以今释古。鲁迅唤醒了神话人物(如女娲)和历史人物(如孔子),让他们处于古今时间的交汇点上。通过这一方式,鲁迅揭示了过去和现代之间的交锋,以及它们矛盾的相似性。这些故事表面充满了夸张和讪笑,但内里的讽刺和郁愤则扣人心弦。《故事新编》开创了其后数十年间流行的故事新编的潮流。

1930年初期,茅盾创作了《大泽乡》(1931),重新编写了秦代陈胜和吴广的故事,作为现代社会农民起义的寓言。《石碣》(1931)重写了《水浒传》英雄发现天罡地煞聚义的石碑,成为唤醒左翼革命的天启寓言。与之相对,新感觉派作家施蛰存从颓废角度重写了传统的故事。如在《将军的头》(1930)中,吐蕃将军深深迷恋汉朝女孩无果,竟然发展出一个以斩首(或象征性阉割)为高潮的诡异传奇。《石秀》(1932)取材于《水浒传》中淫妇潘巧云被丈夫及其义兄石秀杀死的故事;但施蛰存的改写从石秀视角进行了重新叙述,揭露了他暴力冲动下仇恨女人的情结和压抑的性欲。

在新文学形式的实验之外,一些五四作家也对前现代文学中最为著名的文学类型进行实践,创作了各种形式的古体诗。事实上,他们成长于传统文学经典的最后一段时期,即使在转向反传统之后,也没有失去根深蒂固的文学情感。例如,鲁迅的古体诗因其对政治的辛辣批评,及对传统主题和格律的反讽性使用而广为读者接受。现代诗先驱者郭沫若以龚自珍为典范,创作了同样以"少年忧患"为主旨的古体诗。在作家郁达夫的手中,古体诗用以记录变革时代稍纵即逝的印象,以及由于文化、政治和情感基础的失落而造成的疏离感,并由此找到了现代的共鸣。

捷克汉学家普实克（1906—1980）曾经将抒情和史诗形容为促发现代中国文学活力的两股力量。抒情指的是个人主体性的发掘和解放的欲望，史诗指的是社会团结和革命意愿。据此，"抒情"与"史诗"指的并非文类特点，而是叙述模式、情感动力，以及最为重要的，社会政治想象。这两种模式激发了整整一代中国作家为现代性而奋斗的动力。

"抒情"或许被认为是西方浪漫主义和个人主义的特色，普实克痛心地指出，它最为鲜明的特点同时也来自现代之前中国的诗学情感。这就是说，虽然现代中国文人具有反传统的姿态，但他们实际上根植于现代之前的文学，尤其是诗歌和诗学叙述，这同样也是他们塑造现代主题的特定风格。在这个方面，现代和传统之间形成了一种联系，虽有敌对的必要，却也处于对话之中。

甚至对现代主义者来说，抒情的影响，在他们对传统诗歌主题、修辞和想象的创造性转型之中也有微妙的反映。戴望舒《雨巷》中的核心意象"丁香花"来自唐诗，如果对此不了解则无法欣赏。李金发的《弃妇》提醒我们，弃妇是前现代文学中最为主要的譬喻。尽管何其芳和卞之琳仰慕西方现代主义，当他们幻想自己视野中的中国荒原时，也采用了晚唐繁复、颓废的意象。

在新文学的潮流之中，传统诗人仍然创作不辍。特别是在殖民地台湾，古体诗在二十世纪前二十年中甚至还经历了一次复兴。对文人而言，古体诗是维持他们和中国文化联系的一种工具；对日本殖民者而言，古体诗同样也是日本文学传统的一个重要部分，它成为了笼络台湾知识分子的便利方式。

古体诗作者虽然形似保守，却可能以一种对话方式，展现出他们与时代的关联。1927年6月2日，王国维自沉于北京颐和园。他留有遗书："五十之年，只欠一死。经此事变，义无再辱。"王国维之死显然是出于国内局势和心理焦虑、他对叔本华哲学思想的沉迷、他的末世观，以及他对于清朝的遗民心态。多少年来，识者也思考其它原因，如陈寅恪就指出，王的自杀彰显了他对"独立之精神，自由之思想"的追寻。也有研究认为，王国维的自沉其实是在历史文化危机中保持一己清白和纯粹本体性的壮烈之举。无论如何，这些说法都让王国维之死成为充满辩证意义的现代事件。

陈三立（1859—1937）是清末民初宋诗派的领衔人物之一，被誉为现代中国最后一位才华横溢的诗人。1937年反抗日本入侵之际，陈三立忧愤绝食而死。陈早年曾对维新充满热情，但在认清民国现实之后，他宁可成为"神州袖手人"。然而这一位旧派诗人却为了他宁愿袖手旁观的新中国而身亡。热衷于革命维新的论者可以指责陈三立和王国维等执著不前的保守姿态，然而他们"生不逢辰"的心态，也许是一种时代意识的错乱(anachronism)，但又何尝不在表明一种知其不可为而为的意志！他们捍卫世人皆反对的"保守"理想，其激进处，可能并不亚于那些自诩为时代先锋的人。

除了王国维、陈三立和前述的柳亚子外，著名女词人吕碧城（1883—1943）也值得引起关注。清末民初之时，吕碧城已成为一个声名远播的女诗人，1920年代末1930年代初，她在旅居欧洲时达到了创作巅峰。她在作品中描摹阿尔卑斯山和其它壮观的自然景象，不仅扩大了往往局限于国内主题的传统诗歌题材，而且产生了现代女性视野的庄严感。吕碧城关注空间联系和女性关系，越过地理和诗学的边界，以女性的意识重新塑造了整个词学领域。

1937年7月7日，日本军队向北京郊区卢沟桥的中国驻军开火。这一事件直接导致了第二次中日战争的爆发。接下来的八年中，中国人民进行了艰苦卓绝的抵抗运动，重要事件包括南京大屠杀，北京、南京傀儡政府建立，血腥镇压，延安崛起，超过两千万中国人迁移至大后方。

战争使方兴未艾的文学运动戛然中止。1930年代中期,中国文学在不同的方面、不同的流派中经历了飞速的发展。写实文学与鸳鸯蝴蝶派、现代主义和古典主义、"幽默和笑声"和"血与泪"纵横交错,相互影响。历史的动荡吊诡地造就了这一众声喧哗的现象。有鉴于此,我们有理由揣测,如果战争没有爆发,将会出现更为丰富和更有创造性的文学。果如是,今天文学的面貌又将如何?但历史不能逆转,文学发展亦然。

鲁迅在1936年底辞世,其时他所倾心的左翼理想,他所批判的革命现实,还有日益危殆的外患威胁,都在混沌不明的状况下蛊惑着搅扰着同辈文人作家。中国共产党已经完成了长征,将中国西北作为战时根据地。革命号召吸引了胸怀抱负的作家如丁玲、艾青、萧军等纷纷加入。与此同时,《现代》杂志在1935年停刊,标志着中国现代性实验暂时告一段落。在战争爆发前夕,林语堂前往美国。他的幽默文学与英美人文主义的理想,在战时难以为继。

1937年老舍完成了《骆驼祥子》。在小说结尾处,叙述者谴责曾经努力争取理想的黄包车夫祥子是"堕落的,自私的,不幸的,社会病胎里的产儿"。这样的嘲讽与小说前半部同情的语调大相径庭,也似乎暗示了曾经遵奉人文主义的作家在山雨欲来的前夕,感时愤世,发出了无奈甚至尖消的声音。战争爆发后,老舍和多名作家如沈从文、萧红、张恨水、冯至,与成千上万的难民一道奔徙逃亡于西南、西北和海外。周作人选择留在北京,后与傀儡政府合作,他将为自己的抉择在战后付出相当的代价。上海新感觉派的两位核心成员刘呐鸥和穆时英,因为参与日本侵华势力,分别于1939年和1940年被暗杀。战争的艰辛凶险让许多作家或投笔从戎,或蹉跎蛰伏,或英年早逝。最为显著的例子是萧红和王鲁彦在战时赍志以没。

大约在一百年前，龚自珍在辞官归乡途中，写下了一首关于中国面对巨变的诗作，诗曰：

> 九州风气恃风雷，万马齐喑究可哀。
> 我劝天公重抖擞，不拘一格降人才。

这首诗作于第一次鸦片战争前夕，诗人想象天地无明，向往一种自然和超自然的力量来打破凝滞，再造九州。龚自珍对人才与新声的呼吁，预示了现代中国文学意识的即将到来。诗人言志抒情，语意激切，跃然纸上，但字里行间对于诗歌作为一种文化信仰，一种介入世变的有力形式，却似乎不无犹豫。如诗歌的前半段暗示，当举国喑哑无言之际，一介诗人感时忧国的呼吁，能够改变历史江河日下的宿命么？

在龚自珍身后大约一百年之后，同样的关注仍然萦绕在中国作家心中。面对迫在眉睫的中日战争，他们在国家危亡和文化革新、文人传统和个人才具、历史和它的现代对立面之间寻寻觅觅，找寻出路。他们笔下所及，是龚自珍所谓的"情"，是梁启超所谓的"新民"，是胡适、陈独秀的文学与革命，是鲁迅的"呐喊"和"彷徨"，是沈从文的想象的乡愁。知我者，谓我心忧；不知我者，谓我何求！现代中国文学和他们所铭刻的现代中国文学，正要跨入历史的另一个更为艰难的阶段。

（李芳译，王德威、贺麦晓校）

第七章
1937—1949年的中国文学

奚密

引言

1937年7月7日，日军在北平城西南约十五公里的卢沟桥一带举行军事演习，并称有一名士兵于演习时失踪，要求进入宛平县内搜查。当他们遭到驻守宛平国军的拒绝时，竟以武力进犯。吉星文团长（1908—1958）下令还击，点燃了长达八年的抗日战争，永远改变了中国的历史。

这场军事冲突来得并不突然。1931年爆发"九一八事件"，日本发动侵华，占领了东北，两国之间全面战争的可能性即不断上升。国民党的不抵抗政策遭到来自多方的反对。1936年12月12日，张学良（1901—2001）将军扣留蒋介石（1887—1976）委员长以交换他"停止剿共，改组政府，出兵抗日"的承诺，史称"西安事变"。卢沟桥事件后十天，蒋介石宣布中国已面临"最后关头"，发动全面抗日。

日本声称三个月内征服中国。抗日战争之初，对华北的侵略几乎没有遭受任何阻力。一个月内北平、天津先后沦陷。8月13日日本进攻上海。面对敌方强大的武力，国军英勇抵抗，长达三个月之久。10月26日至11月1日，"八百壮士"在四行仓库进行保卫战，牵制日军以争取时间让国军撤退。此役于11月27日结束，国军死伤惨重（估计二十五万人阵亡），但阻止了日军进攻青岛的原计划，更重要的是，它打破了日本速亡中国的野心。

上海沦陷后，日军西进。12月7日向南京开炮，13日国军撤退，南京失守。在以后的一个半月里，在陆军中将柳川平助（1879—1945）和中岛今朝吾（1881—1945）指挥下的日军，以竞赛的方式，对中国军民进行了惨无人道的屠杀、轮奸、活埋……根据1946年2月南京政府军事法庭的数据，三百四十万的中国百姓被杀害，远东国际军事法庭的数据是二十万。除了种种暴行，还有财物的掳掠。仅举一例，从南京图书馆掠夺的八十余万册书籍被运到日本。这场"南京大屠杀"令人发指，震惊世界。

1938年9月国民政府迁到武汉。一个月后武汉沦陷，不久广州相继沦陷。国民政府西迁至重庆，成立临时首都。至此日本控制了华北、华中、东北和东南，并于1940年3月30日在南京成立傀儡政权，汪精卫（1883—1944，辛亥革命英雄，卢沟桥事变后的国民党副总裁）担任"行政院长兼国民政府主席"。1941年12月香港沦陷，1944年11月桂林沦陷。

I 抗战文艺

比起此前的侵略行为，日本全面侵华战争直接威胁着中国之存亡。它对中国文学也造成了巨大影响，其冲击既是当下的也是长远的。种种文化体制——从大学和博物馆到报业和出版社——遭到破坏或被迫迁移，无以数计的作家也开始了流亡的生活。抗日战争带来的是一次大离散，其范围遍及全国各个角落。无论集体还是个别，作家不得不面对这些无法逆转的冲击，重新规划他们的现实生活和创作生涯。一方面其状况可以地理的割裂与心理的动荡来形容；另一方面文学在战争期间提供了一个慰藉与希望的重要来源。当战前的文艺活动被迫中止的同时，新的网络在建立，新的旅程在展开。

作家们对抗日战争的立即反应是，不分意识形态，大家必须团结一致，为抗战文学的创作推广而动员起来。1938年3月27日，"中华全国文艺界抗敌协会"（简称"文协"）在汉口成立，由老舍担任总务部主任。1939年2月文协设立"国际文艺宣传委员会"，以赢取国际声援为目标，并聘林语堂（1895—1976）等为驻法代表，熊式一（1902—1991）和蒋彝（1903—1977）为驻英代表，肖三（1896—1983）为驻苏俄代表，胡天石为驻日内瓦代表。

文协也在各大城市成立分会，提出"文学下乡！文学入伍！"的口号来鼓舞士气，号召爱国。旗舰杂志《抗战文艺》成为抗日战争期间最持久的刊物。青年作家被组织起来，担任"文艺通讯员"，报道地方性的文化活动。通过种种方式，文学——还有木刻与漫画——不仅见证了这场战争，更凝聚了全国人民为保卫国土而战。

话剧以其口语和大众化在此时进入了一个新的黄金时代，当不算意外。1937年8月，十二支"救亡演出队"在上海成立，在全国各地巡回演出剧目如《保卫卢沟桥》（1937）和《放下你的鞭子》（1936）。《保卫卢沟桥》于1937年8月7日在上海首演，离"七七事变"整整一个月。《放下你的鞭子》以其简单却感人的情节广受欢迎。抗战期间许多话剧以"街头剧"的方式演出，此形式从1931年起即开始普及。

同样地，抗战诗歌多半使用容易记诵的口语和押韵。所谓"街头诗"，顾名思义是在公共空间进行朗诵。其它类似的口语诗还有"传单诗"、"口号诗"、"墙头诗"等。田间（1916—1985）和臧克家（1902—1966）可谓此类诗歌的佼佼者。

田间出生于安徽乡下，1938年抵达延安，在抗战诗歌方面担任重要角色。他的作品多由一至三字的短行组成，有时呈现马雅可夫斯基（1893—1930）式的"楼梯体"，表现出一股阳刚的力量。闻一多推崇田间为"时代的鼓手"。《假使我们不去打仗》是其佳作之一：

> 假使我们不去打仗
> 敌人用刺刀
> 杀死了我们，
> 还要用手指着我们骨头说：
> "看，
> 这是奴隶！"

这首诗没有直接的教训，而是透过戏剧场景来挑战读者，提醒他们不抵抗的后果不仅仅是个人的死亡，更是集体的羞辱。最后两行以对白的形式呈现敌人的傲慢和藐视。我们不难想象当这首诗在街头被大声朗诵出来时，是如何的激动人心。

除了大众化的话剧和诗歌，报导文学也蓬勃起来。报导文学又称"报告"、"速写"或"通讯"文学。它既回应分秒变化的战局的需要，也是个人经验的自然产物。报章杂志以相当大的篇幅来刊登报导文学，并结集成书。无数作家都发表了报导文学，其中如丘东平（1910—1941，阵亡）、曹白、骆宾基（1917—1994）等，对此文类的发展做出了很大的贡献。报导文学融合叙述、人物和对白，建立了一个扣人心弦的写作模式。

不同地区受到战争冲击的情况也有所不同。以下将针对不同的地区分别讨论：1，国民党统治的大后方，包括重庆、昆明、桂林等城市；2，以北京和上海为代表的沦陷区；3，共产党的西北基地，统称为"三边"；4，沦陷前后的香港；和5，被日本殖民的台湾。本章也试图阐明，战争固然是无可遁逃的现实，它却并非作家描写的唯一对象。相反地，抗战时期的文学不论在题材还是风格上是多元多面向的，亦不乏一流的优秀作品。固然不少名家在此时期达至其创作巅峰，我们更看到许多新作家的崛起，他们都在文学史上留下了不可磨灭的足迹。当我们对照第二次世界大战时期的欧洲时，中国文学的蓬勃堪称是个奇迹。

II 统一战线：重庆

重庆因多位剧作家聚集在此而成为战时的一个戏剧中心。1937年吴祖光（1917—2003）发表话剧处女作《凤凰城》，接着推出民族英雄文天祥的故事《正气歌》。其它广受欢迎的作品包括：《风雪夜归人》（1942）、《林冲夜奔》、《牛郎织女》等。

以电影剧本著称的夏衍（1900—1995）发表了话剧《法西斯细菌》、《复活》（根据托尔斯泰的小说改编）、《芳草天涯》。《法西斯细菌》探讨理想与现实、知识与爱国之间的矛盾。男主角是一位留学日本、娶了日本妻子的科学家。卢沟桥事变后他毅然回国，从事医学研究。面对日本法西斯主义他觉悟到，要中立地追求知识，必须先消灭"法西斯细菌"。

以《雷雨》一举成名的曹禺（1910—1997）抗战爆发后随着国立戏剧学校迁徙到重庆。几年内他发表了《蜕变》、《北京人》、《家》（根据巴金小说改编）、改译的《罗密欧与朱丽叶》等。1941年的《北京人》被公认为曹禺最好的作品，它继承了五四运动启蒙与现代化的理想，其细腻的心理描写和含蓄的笔调让人联想到俄国作家契诃夫（1860—1904）。

《北京人》刻画了一个北平曾氏大家庭的分崩离析，尖锐批判旧社会的虚伪与不人道。老太爷曾浩多年来为自己准备的一副棺材，被一道又一道地精心上漆，正象征了中国的旧社会。在这家庭中成长的儿女，虽然生活在压抑的痛苦中，却没有勇气去反抗，去改变，去爱。长子曾文清和孙子曾霆沉浸在品茶养鸟抽大烟中；媳妇思懿自私狠毒，伪善多疑。相对之下，其他女性人物显得独立而勇敢。外甥女愫芳在对文清失望之后毅然地离开了曾家（文清最后选择自杀）。长孙媳妇瑞贞挣脱封建婚姻的牢笼去追求自己的新生活。所有角色中，只有研究北京人的人类学家袁任敢和他的女儿袁圆没有受到封建传统的污染。在最后一幕里，体现着"充沛丰满的生命和人类日后无穷的希望"的北京人，和他沉沦的人类后代形成强烈对比。

国共统一阵线成立后，郭沫若担任国民党军事委员会政治部第三厅厅长，负责抗日宣传工作。随着国共之间的矛盾再起，他的权力也被削弱。1941年1月4日到14日期间，国民革命军与驻皖南的共产党新四军发生冲突，共军受到重大损失。这次"皖南事变"为短暂的统一战线画上了句点。重庆方面，国民党加强了对左翼言论的审查。

中国文学本有以古喻今的悠久传统。它既反映儒家思想赋予历史及史学的道德权威，同时也提供士大夫逃避文字治罪的自保之道。因此，身处重庆的作家通过历史剧来批判社会政治现实，并不令人意外。例如郭沫若在1941年12月到1942年2月间一口气写了《棠棣之花》、《屈原》、《虎符》历史剧。《屈原》一上演就赢得佳评。这出五幕剧通过忠贞的诗人和阴险的楚王后两个人物，表现善与恶之间的冲突。阳翰笙（1902—1993）创作了关于洪秀全的《天国春秋》及关于晚清农民起义领袖的《草莽英雄》。两部剧中的主角都由于个性和内斗而以悲剧收场。

有些作家创作政治讽刺剧。宋之的（1914—1956）的《雾重庆》（1940）用雾的意象（这座山城每年10月到次年5月间都笼罩在大雾中）来象征腐蚀青年的环境。陈白尘（1908—1994）的《升官图》讥讽国民党官员的丑态。老舍的《残雾》（1939）以生动的语言和鲜明的人物来描写腐败的官僚。

老舍也创作小说，如由《惶恐》、《偷生》、《饥荒》三部曲组成的《四世同堂》。《四世同堂》的写作部分根据作者在沦陷后的北平的凄惨经验，描写了祁老人顽固地维持四代同堂的传统模式，然而悲剧不断地降临在这个祁家，包括儿子的冤死和孙子的夭亡。小说再现老北平的胡同生活，对传统家族社会多所批评。1946年老舍和曹禺接受美国国务院的邀请，赴美访问一年。后由于国共内战滞留美国，直到1949年才回国。

巴金（1904—2005）的小说创作取得了很高的成就。1938年的《春》和1939年的《秋》是1933年《家》的续集，共同构成了"激流三部曲"。《秋》描述了高氏家族的分崩离析和年轻世代的臻于成熟，既不滥情，也无教条。它的强度超过了前两部小说。巴金也写了中篇《第四病房》、《憩园》，及其最后一部小说《寒夜》。《寒夜》写于1944年至1946年，1947年出版。故事围绕着重庆一个中产阶级的四口之家，三位主角——夫妻和婆婆——之间的矛盾导致了最后的悲剧。每个人的生活都充满了无力感，尤其是男主角，夹在母亲和妻子之间，无所适从。主角里没有一个"坏人"，他们不过是受制于自己的个性及不同的需要和期望。妻子最终离开她的上司回到家庭，但是丈夫已因肺结核去世，婆婆也带着儿子搬走了。

当时文坛最精彩的现象之一就是青年作家的崛起。路翎（本名徐嗣兴，1923—1994）中学时被退学，投稿左翼作家、理论家胡风（原名张光人，1902—1985）主编的杂志《七月》和《希望》。

1943年发表《饥饿的郭素娥》，1945—1948年间发表了两部短篇小说集和两部长篇小说。路翎十八岁开始写《财主底儿女们》，故事围绕着苏州蒋家的三个儿子，勾勒了这个殷实家族的衰亡。长子英俊聪慧，但是他无法面对妻子的贪婪无度。最后他精神失常，放火烧了家宅后投河自尽。次子在家产之争里输给嫂子后变成了一个文化保守主义者。幼子是个理想主义者，他试图为自己寻找一条新的途径，结果却是幻灭和失恋。最后他死在重庆的一个村子里。

《财主底儿女们》颠覆了"成长小说"（Bildungsroman）的模式，描写了国难期间失落的青年，呈现的是一幅黯淡凄凉的图像。在胡风的影响下，路翎扬弃了肤浅的浪漫主义和模式化的写作，以尖锐的笔触描写人物。他特别对社会下层寄予同情。十九岁创作的《饥饿的郭素娥》，写一个农村女性如何成为野蛮的父权制度的牺牲品。素娥的丈夫年纪大，好抽鸦片。她不顾道德规范，和一位工人有了感情，以致下场悲惨。纵然虚伪的传统社会将她这种行为视为不道德，作者却正面看待她那份对生命的无法压抑的渴求，用"疯狂"一词来开始和结束描写素娥和情人做爱的一段文字。这个词既形容男女之间的激情，也隐射他们深刻的绝望。素娥拒绝认罪的结果是备受丈夫和村人的凌虐后死去。

抗战期间，爱情小说依然广受读者欢迎，并在新兴作家的笔下呈现变化。有趣的是，此现象恰恰发生在鸳鸯蝴蝶派代表作家张恨水（1895—1967）不再写爱情转而创作二十多部社会政治小说之际。新的爱情小说可以徐訏（1908—1980）和无名氏（1917—2002）为代表。

徐訏毕业于北大哲学系，并修习了一些心理学的研究所课程。1934年他搬到上海，在林语堂主持的《人间世》双月刊担任编辑。1936年赴法深造，在巴黎大学获得哲学博士学位。抗日战争爆发后，他回到上海。1942年到重庆，任教于国立中央大学师范学院。

1943年徐訏的《风萧萧》在重庆出版。小说背景是战时的上海，故事围绕着男主角和三位美丽而个性迥然不同的女主角。白苹优雅大方，梅瀛子热情豪放，海伦天真纯洁。可以预期的，男主角和她们三位都发生了感情。情节变得更为复杂的是，原来白苹和梅瀛子分别是中国和美国的地下情报人员。她们联手合作，取得日方情报。在此过程中，白苹牺牲了，梅瀛子也为她报了仇。最后男主角和海伦跑到重庆，献身于抗战工作。

以上海洋场为背景，《风萧萧》结合了爱情小说的缠绵和情报小说的惊险。它的轰动使得1943年被称为"徐訏年"。1944年赴美，在《扫荡报》任特派员，后移居香港。

比徐訏小九岁的无名氏，本名卜乃夫，1917年生于南京。十七岁还是个中学生时，他就辍学，只身跑到北京。在北京他阅读了大量的五四文学和世界文学的翻译作品，并自学英文和俄文。他认为影响他最大的作家是罗曼·罗兰（1866—1944）、托尔斯泰（1828—1910）和尼采（1844—1900）。第一篇小说《崩溃》（1938）即取材于哲学家尼采的真实人生。

长篇小说《北极风情画》的灵感来自无名氏在重庆结交的韩国朋友李范奭。1943年11月到1944年1月间，它以《北极艳遇》的名字在《华北新闻》上连载。故事写一位曾在东北和中国游击队并肩抗日的韩国军官，东北沦陷后撤退到西伯利亚。一个除夕的晚上，他遇到一位去世的波兰将军的女儿，两人坠入情网。然而不久男主角接到命令，立即回国。途经意大利时，他接到女友母亲的来信，告知他女友自杀的噩讯和遗言。女友希望他在他们相识十周年的晚上，登山眺望北极，来纪念他们的爱情。

《北极风情画》和续篇《塔里的女人》都非常畅销。续篇里，同一位叙述者述说的是小提琴家罗圣提的故事。罗氏的婚姻是父母安排的，但是为了道义他毅然放弃了真爱。他不但和心爱的女人分手，而且成全她和另一个男人的婚姻。当他发觉那个男人原来是个凌虐妻子的恶人时，悔之已晚。怀着深深的愧疚，他出家做了和尚，在山上度过残生。

徐讦和无名氏所创造的新爱情小说吸引读者的，不仅是离奇的爱情悲剧，还有那充满异国风情的场景和细节。《风萧萧》的一位女主角是中美混血儿，另一位有个英文名字，小说也多处提及西方哲学。《北极风情画》的男女主角都是外国人，而《塔里的女人》中的男主角弹的是西方乐器，书名可能来自欧洲中世纪传奇，蕴含着受难公主等待白马王子前来拯救的经典意象。对中国读者来说，这类爱情小说想必为黯淡艰难的战时生活提供了一份抒解和慰藉。

抗战结束后，无名氏搬到杭州并开始了一部六卷的大型写作计划，书名为《无名书稿》。1946至1950年间完成了前二卷，后四卷在五十年代写完，但是直到八十年代初期这部书才在香港出版。即使在"文革"期间作者身陷囹圄，他写于抗战时期的爱情小说仍以手抄本的形式得以暗中流传。

Ⅲ 日趋成熟的现代主义：昆明与桂林

如前所述，抗日战争造成了许多文化体制的迁徙。1937年11月，北方的三所精英大学——北大、清华、南开——迁到长沙，1938年春再迁到云南昆明。三者合并为"西南联合大学"（简称西南联大），成为后方一个重要的文化学术据点。许多杰出的学者和作家都先后在这里任教过，作家如闻一多（1899—1946）、朱自清（1898—1948）、沈从文（1902—1988）、冯至（1905—1993）、李广田（1906—1968）、卞之琳（1910—2000）、钱锺书（1910—1998）等；学者如陈寅恪（1890—1969）、吴宓（1894—1978）、金岳霖（1895—1984）、冯友兰（1895—1990）、钱穆（1895—1990）、汤用彤（1893—1964）等。著名英国文学批评家、诗人燕卜荪（William Empson，1906—1984）也于1938—1939年间在西南联大任教。

在昆明任教期间，燕卜荪讲授了不少英美现代诗人，诸如：霍普金斯（1844—1889）、叶芝（1865—1939）、艾略特（1888—1965）、奥登（1907—1973）、狄伦·托玛斯（1914—1953）等等。艾略特早在1923年就被介绍到中国来。三十年代叶公超（1904—1981，1926年与诗人在剑桥大学结识）、卞之琳、赵萝蕤（1912—1998）等均曾翻译过他的诗和诗论。叶芝和奥登的少数作品在战前也曾被翻译过。奥登的机智反讽和政治参与，对生活在战争阴影下的青年学生来说，尤其具有吸引力。

1938年奥登和衣修伍德（1906—1986）到中国访问。绕路美国回到英国后，他们在电台上发表其中国见闻。这些言辞构成了他们1939年合著的《战争之旅》。书的封面用的是一幅中国木刻，画一位母亲背着孩子逃难；她一边奔跑一边用充满恐惧的眼睛望着猩红天空里的四架日本战斗机。

去西南联大之前，沈从文在1938年回了趟湘西老家，在那儿住了三个多月。这段经验启发了他1939—1942年间写的《长河》。虽然这还是一个河的故事，却不同于他早期作品中的田园世界，它思考的是传统如何向现代转型的问题，交错了两种论述，或说两个空间：相对于结合本土地域性的当地文化和口述传统，我们也看到了现代印刷所建构的民族国家。以1934年蒋介石提倡的新生活运动为背景，这部小说流露出对现代化和国族主义的犹豫。

人才荟萃的昆明提供了一个激发思想和想象力的特殊环境。

虽然物质匮乏，且须时时面对敌机轰炸的威胁，许多作家却在这段期间达到了创作的巅峰。试举一例，在停笔十二年后，冯至在1941—1942年间完成了《十四行集》。这组二十七首十四行诗堪称现代文学史上的里程碑，不仅由于它是第一本以中文创作的十四行诗集，更由于它的精湛艺术和深刻思想。

早在二十年代初"十四行"诗已被介绍到中国。闻一多将它命名为"商籁体"。除了闻一多，戏剧家郑伯奇（1895—1979）和诗人陆志韦（1894—1970）可说是最早实验十四行的作家。二十年代晚期到三十年代初的新月派诗人，如徐志摩（1897—1931）、朱湘（1904—1933）、卞之琳、梁宗岱（1903—1983）等，也都曾以此形式创作过。

冯至的《十四行集》完美体现了形式与内容的有机结合。二十七首诗大致符合意大利体的格律，对生命作为一不断变化的过程有深邃的反思。诗人1930—1935年在德国留学期间曾翻译过两位德语诗人——歌德（1749—1832）和里尔克（1875—1926）的诗歌。他们的影响也多少反映在这组十四行诗里。在体认人生相对于自然的脆弱和无常的同时，他也呈现了生命的悖论。物质和精神，存有和潜在，形式和内容之间有着相辅相成的关系：后者必须依赖前者才得以彰显。正如容器和风旗赋予水和风以形式和面貌，透过诗，生命的意义才得以彰显。

生命的意义也是冯至《伍子胥：从城父到吴市》（1942—1943）的主题。小说铺陈伍子胥逃离楚国为父兄报仇的心路历程。作者着眼于主人翁如何和自然与音乐合一而有所蜕变升华。他关注的不是事件和情节，而是伍子胥的灵魂之旅。这个美学取向不是浪漫主义而是现代主义，不是自然主义而是存在主义。

当冯至这样的著名诗人达到创作高峰的同时，年轻一代的诗人也走上舞台，其中不少是西南联大的学生：外文系的穆旦

（1918—1977）、袁可嘉（1921—2008）、王佐良（1916—1995）、赵瑞蕻（1921—1999）、杨周翰（1915—1989）、俞铭传（1915年生）、沈季平（1927年生）、缪弘（1927—1945）等；其他如哲学系的郑敏（1920年生）、社会学系的何达（1915—1994）、中文系的周定一（1913年生）、历史系的陈时（1916年生）、经济系的罗寄一（1920年生）和马逢华（1922年生）等。

穆旦、郑敏、杜运燮当时被称为"西南联大三星"。虽然郑敏并不认识另外两位，他们却拥有共同的校园氛围和文学导师，对英美现代主义与西方哲学具有共同的兴趣。现代主义对内心世界、深层现实、避免滥情，以及具体意象的强调，明显使他们的作品一方面有别于战前唯心的浪漫主义，另一方面也有别于大众化的抗战诗歌。

抗日战争结束后，大量的文学报刊涌现，例如郑振铎（1898—1958）和李健吾（1906—1982）主编的《文艺复兴》、臧克家和曹辛之（1917—1995）主编的《诗创造》、沈从文主持的《大公报》副刊等。上海的一群青年诗人，包括辛笛（1912—2004，1936—1941年在爱丁堡大学进修时结识艾略特、史蒂芬·史本德等诗人）、唐湜（1920—2005）、唐祈（1920—1990）、陈敬容（1917—1989）、杭约赫（曹辛之笔名，1917—1995）等创办了《中国新诗》月刊。这份刊物吸引了不少西南联大的青年诗人，尤其是穆旦、郑敏、袁可嘉，英美现代主义的共同取向将他们聚集在一起。

虽然这份诗刊因为经济问题短短五个月就停刊了，但是它的核心诗人群被冠以"中国新诗派"的名号。1949年以后他们沉默了，直到八十年代初才重新受到重视。1979年当出版社筹划一本作品的合集时，据说是辛笛为这群诗人命名为"九叶派"，因为他幽默地说，总不能自称九朵花呀！《九叶集》自1981年出版以来，九叶派已进入了文学史，其代表作已成为经典，对当代诗人造成深远的影响。

作为身后才得到肯定的诗人，穆旦年轻时在战火中受到洗礼。1942年3月，日军登陆英国殖民地缅甸。中国远征军前往支援，保护滇缅公路。两年前才从大学毕业的诗人穆旦，以志愿军的身份参加远征，担任杜聿明（1904—1981）将军的英文翻译。（同学杜运燮也参加远征和担任翻译。）由于盟军调度失算，后援不足，国军退路被堵。孙立人（1899—1990）将军遂带领一支队伍撤退，辗转抵达印度后和英军会合。五万官兵随杜将军北上，穿越野人山。野人山方圆两百余英里，皆是崇山峻岭，热带丛林。山洪暴雨、毒蛇野兽、饥饿疟疾使得国军死伤过半，白骨遍地。穆旦从这趟"死亡之旅"中幸存下来，写了《森林之歌——祭野人山上死难的兵士》。这首长诗以对话的形式，描写了拟人化的森林欢迎旅人进入它的怀抱，褪尽"所有的血肉"，直到剩下的只有"眼睛"、"无言的牙齿"和永恒的虚无。

醇郁的语言、吊诡的意象，穆旦的《诗八首》组诗（1942）反思灵与肉、对爱情的渴望与无可避免的幻灭之间的冲突。爱情只是语言照亮的世界的一瞥，环绕着世界的是巨大无形的黑暗。

> 那窒息着我们的
> 是甜蜜的未生即死的言语，
> 它底幽灵笼罩，使我们游离，
> 游进混乱的爱底自由和美丽。

人们永远不可能"拥有"爱情，因为每个人本身永远不完整。他们不过是无常世界里无足轻重的棋子，在"死亡的子宫里成长"。《诗八首》彻底打破了对爱情、生命、自我的浪漫幻想，刻画了人类存在的困境。

除了上述诗人，年轻小说家汪曾祺（1920—1997）也在文坛崭露锋芒。1939—1943 年汪氏就读西南联大，是沈从文的学生。1944 年的短篇小说《复仇》写一个无名剑客立志要找到杀父仇人，为父报仇。一个老和尚收留他，住在庙里。有一天他无意间看到老和尚手臂上刻着他父亲的名字。故事结尾，剑客将他的剑收入剑鞘，和老和尚一起敲碎石头。《复仇》的文字既口语又抒情，既意象化又简洁。老和尚手臂上的刺字让剑客觉悟到，他们两人已被对复仇的渴望紧紧绑在一起。表面上那是他们生命的目的，但是最终又毫无意义。这个关于化解和超越的故事充满了佛道哲思。

抗日战争爆发后，著名物理学家兼戏剧家丁西林（1893—1974）搬到昆明，后来迁至桂林。1939 年他写了独幕剧《三块钱国币》和四幕剧《等太太回来的时候》。1940 年在香港参加了蔡元培（1868—1940）追思礼拜之后，他创作了四幕剧《妙峰山》来纪念这位伟大的教育家兼学者。与他战前的喜剧不同的是，这些剧本皆以战时的严峻现实为背景，以难民、汉奸、民团等为人物。

1920 年代末期，闻一多即从新诗创作转向古典文学研究，但是他对年轻诗人的发掘和支持并未中断。1943 年他与英国外交官和西南联大同事白恩（Robert Payne, 1911—1983）合作编译了一本新诗选。闻氏也同时将原诗编成《现代诗抄》一册，收录了六十五位诗人，一百八十四首诗。

闻一多却来不及看到这本英文诗选 *Contemporary Chinese Poetry*（1947）的出版。1945 年 8 月 15 日，日本投降，长达八年的抗战结束，举国欢腾。但不久中国又再度陷入混乱。战后迁移和复员过程中，官员贪腐，物价飞涨，币值下跌。这些问题使得民生艰难，人心惶惶。与此同时，国共两党之间的冲突亦不断上升，有风雨欲来之势。面对动荡不安的局面，国民党却应之以镇压与暗杀。1946年7月11日，中国民主同盟中央委员李公朴（1902年生）因其直言而遭到暗杀。四天之后，闻一多（1944年加入中国民主同盟并任中央委员）在云南大学主持了李公朴的追悼会后，又召开了一场记者招待会，谴责国民党的卑鄙行径，甚至不惜以性命向其挑战。在回家途中，遭到埋伏的特务枪杀。

桂林也是抗战期间内地的一个文化中心。从1938年10月到1939年上半年，估计上千的作家、学者、艺术家曾寄居此地，如茅盾（1896—1981）、欧阳予倩（1889—1962）、艾芜（1904—1992）、周立波（1908—1970）、艾青（1910—1996）、郭沫若（1892—1978）、巴金、夏衍（1900—1995）、田汉、胡风等。根据赵家璧（1908—1997）的说法，抗战期间内地的出版书籍百分之八十来自桂林。

艾青可说是抗战时期最著名的诗人。他1938年写的《雪落在中国的土地上》、《我爱这土地》、《北方》等作品对那充满灾难的土地和饱受凌虐的人民表达深刻的同情和真挚的歌颂。艾青也在桂林写了几首长诗，如《吹号者》、《他死在第二次》、《火把》。1939年他出版《诗论》，汇集了他对诗的一些想法。一般文学史对这本书比较忽略，也许因为它不符合长期以来艾青作为一位爱国诗人的形象。《诗论》对诗作为一种手艺，一种特殊艺术形式的定义，更接近西方现代主义。诗人认为内容决定形式，诗的价值取决于经验（而非感情）与（将经验重组的）想象力。艾青将诗人比作普罗米修斯，他从天神宙斯那儿盗来的是语言，而不是希腊神话里的火。他的现代主义倾向也见于他和戴望舒（1905—1950）1938年在桂林合编的杂志《顶点》。但是，我们无从想象艾青会成为什么样的现代主义诗人。1941年他抵达延安。在那儿他将会发现普罗米修斯为其叛逆所必须付出的代价。

Ⅳ 沦陷北京的文坛

卢沟桥事变发生后的第三天,《新诗》杂志上发表了这首诗:

> 行到街头乃有汽车驰过,
> 乃有邮筒寂寞。
> 邮筒 PO,
> 乃记不起汽车号码 X,
> 乃有阿拉伯数字寂寞,
> 汽车寂寞,
> 大街寂寞,
> 人类寂寞。

根据废名(1901—1967)的说法,这首诗是他在北京的护国寺散步时构思的。诗中飞驰而去的汽车让诗人既惊异又困惑。不见的汽车和街头的邮筒(引申为驻足的诗人)之间的对比加深了他的寂寞感。其中悖论在于:现代物质文明的长足发展让现代人和其周遭世界更疏离,更异化。

这份寂寞或可描述古都在日据下的苍凉无奈。这首诗写成不久,日本于12月14日在北京成立"中华民国临时政府"(又称"华北临时政府"),由王克敏(1879—1945)担任"行政委员会委员长兼行政部总长"。1940年3月后改名为"华北政务委员会",由南京傀儡政府管辖。

废名的《水边》于1944年4月在北平出版。这本薄薄的诗集收入他的十六首诗和好友开元的七首诗。开元本名沈启无(1902—1969),曾任《文学集刊》编辑。但是这本诗集的出版似乎废名并不清楚,因为他早在1937年12月就回到了湖北老家。他的文论大多写于他在北京大学任教时间，后收入《谈新诗》，1944年在北京出版。《谈新诗》讨论的范围兼容新诗和古典诗。废名超越了新旧诗之间在形式、语言、修辞等方面的差异，强调诗的本质应放之四海而皆准，它取决于想象力的品质。《谈新诗》增订版于1984年出版，其重要性得到诗人和学者的普遍肯定。

相对于废名，他的文友周作人（1885—1967）选择留在北京。1939年元旦，三名年轻人企图刺杀不遂，他仅受到轻伤。事件发生后不久，他接受伪北京大学图书馆馆长的职务，后亦兼任文学院院长。1941年他出任汪伪政府华北教育总署督办，两年后解职。抗战胜利后周氏以汉奸罪名被判刑十四年（后减为十年）。1967年5月6日逝世。

在日本占据的北京，周作人的小品文写作不辍。在他的笔下，散文作为一种文体得到提升，内容和风格多所开阔。他的题材古今、中外、雅俗兼容，其文笔冲淡洒脱，友人喜以"苦"字来形容。"苦"在这里不是负面的描述，而是表达一份"先苦后甜"的甘美和隽永。因此，周氏不但不以此为忤，反而欣然用之。他以"苦茶"和"苦竹"作为书名。战时出版的散文集如《药堂语录》（1941）、《药味集》（1942）、《药堂杂文》（1944）、《苦口甘口》（1944）等，也都有"苦"的意思。周氏散文流露的是一种对文学对人生的态度：自然，中庸，真。

当周作人在北京写小品文时，林语堂却在法国回忆古都。《京华烟云》（英文原名 Moment in Peking）的背景涵盖了1900年的义和团和八国联军到1937年的日本侵华，呈现了一部家族的血泪史。1939年此书在美国出版，六个月内卖出五万本，并被《时代杂志》誉为"了解中国的经典小说"。其中文译本也同样受到读者的欢迎。接着林语堂又出版了《中国与印度的智慧》（原名 The Wisdom of China and India，1942）及《泪与笑之间》（原名 Between Tears and

Laughter，1943）。抗战期间林氏曾数次返国，但大部分时间寓居海外。1954年以后他再也没有回过中国。

沦陷地区的出版业素有"南玲北梅"之说。"玲"是上海的张爱玲（1920—1995），"梅"则是北京的梅娘（1920年生）。这个说法源自1942年的一次读者调查，这两位被选为最受欢迎的女作家。"梅娘"本名孙嘉瑞，出身东北豪门，其父为爱国企业家孙志远，其母为妾室。当她两岁时，母亲被正室驱出家门，从此了无音信。多年后孙嘉瑞得知此真相，为自己取了个笔名"梅娘"，正是"没娘"的谐音。1936年当她中学毕业时，已出版了第一本小说集《小姐集》。父亲去世后她到日本留学（1938—1942），回国后定居北京，为《妇女杂志》写稿。

梅娘的"水族系列"由三个中篇故事组成：《蚌》、《鱼》、《蟹》。这三个意象象征了现代妇女的命运：她像水族般总被渔网网住，而张开蚌壳的结果只是被吃掉罢了。梅娘以优美的文字描写女性如何因为社会根深蒂固的不平等观念，在两性关系中始终处于弱势的地位。

沦陷的北京也见证了另一位年轻诗人的崛起。吴兴华（1921—1966）1937年还不满十六岁时就进入了燕京大学西语系。他研习英、法、德、意大利、拉丁、希腊语，并开始写诗及翻译西方文学。同年他在《新诗》上发表处女作《森林的沉默》。他出版的翻译作品包括1944年的《黎尔克诗选》。

在内容和形式双方面，吴兴华企图融合古典与现代。他常常取材于中国古代历史，但却赋予充满现代心理学洞见的诠释。他对新诗毫无节制的自由多所批评，并进一步提倡形式的严谨，创造格律整齐的现代"绝句"：

  一轮满月滑移下无垢的楼台

微步起落下东风使桃李重开
仿佛庭心初舒展孔雀的丽尾
万人惊叹的眼目都被绣上来

好比一幅缤纷的绣毯，意象相互融入的结果是召唤而非界定，是暗示而非白描。在一个满月的春夜，花园里的桃李开得灿烂好比孔雀开屏。"眼目"的意象具有双重的意义：字面上它指的是孔雀羽毛上的"眼"，但同时也暗示观赏者赞美的眼光。通过交感式的意象，字面与比喻、现实与想象、视觉与触觉之间的界限变得模糊。

可以理解的是，在日寇占领下的北京，文坛由于大批作家的迁离而相当萧索。若干在北京的台湾作家填补了这个空间，担任了特殊的角色，例如张我军（1902—1955）、洪炎秋（1899—1980）、张深切（1904—1965）、钟理和（1915—1960）等。张我军曾就读于北京师范大学，洪炎秋就读于北京大学。剧作家张深切1938年为了逃避台湾殖民政府的追捕而逃到北京。三位作家都和战前曾作为师长的周作人有密切的来往。沦陷期间，张我军和洪炎秋均在北京大学担任日文教授。在当时的文坛上他们被称为"台湾三剑客"，其主要活动围绕着《中国文艺》这份1939年由张深切创办的杂志。其他两位是重要的投稿者，也担任过客座编辑。由于种种兴趣和经济因素，他们也翻译多种日本作品，且不仅限于文学。

相对来说，钟理和属于较年轻的一代，而且他来自劳工阶层。他的故乡是南台湾的屏东，只受过小学教育。1940年他和未婚妻钟台妹私奔，因为当时客家习俗不允许同姓结婚。在沈阳小住后，1940年他们定居北京，直到1946年才回到台湾。在北京钟理和靠卖木炭及日文翻译为生。他的第一本——也是唯一在北京出版的——短篇小说集《夹竹桃》，于1945年4月面世。

小说集的同名故事写于1944年7月7日，描述十六家人家同住的大杂院里的生活。故事开始的意象是一盆盛开的夹竹桃，和与其形成强烈对比的是奄奄一息的石榴树。古都到处可见夹竹桃，它不仅象征了一般的老百姓，也影射了"适者生存"的残酷现实。穿插在弱肉强食的情节之间的，是一位"来自南方"的年轻知识分子和一位哲学系学生的对话。随着故事的发展，知识分子的理想主义和人道主义渐渐被失望幻灭和愤世嫉俗所取代。

钟理和也留下了一本日记，记载1945年9月9日到1946年1月16日之间发生的事情。以实在而反讽的笔调，他记录了战后北京的片段。作者一方面厌恶那些骄傲的日本人声称他们在中国是胜利的，只是输给了其它的同盟国；另一方面，他也批判那些借爱国之名，将暴力加诸任何日本人和试图阻止他们的中国人身上的北京市民。再者，钟理和的写作也流露了台湾人在中国的疏离处境。《白薯的悲哀》（1945）感慨大陆的中国人用贬义的"白薯"来称呼台湾人。从小居住在北京的台湾作家林海音（1918—2001）也写过一篇文章《番薯人》，描写台湾人在大陆的心酸。此外，洪炎秋和张深切也在文章中谈到台湾人在北京受到的歧视。悲哀的是，这份疏离感并没有随着台湾光复而消失。光复反而成为另一种历史创伤的前奏，留下了深远的政治、社会和文化震撼。

584

V 上海孤岛

从1937年11月12日上海沦陷到1941年12月8日珍珠港事变，随着太平洋战争的爆发，日本全面占领了上海的国际租界。除了英租界和法租界之外，上海笼罩在日本势力之下，被称为

"孤岛"。然而孤岛为文学提供了一块丰沃的土壤。其间的吊诡在于，上海的政治地理情势比起国民党统治的内地和共产党的"三边"基地，反而享有更多的自由。经过了沦陷初期出版社和书店关门的萧条之后，上海反倒见证了文学的蓬勃，多达一百份以上的刊物涌现出来，《杂志》（1938—1945）和《万象》（1941年7月创刊）等拥有广大的读者群。

虽然日本一再干预，上海孤岛却为来自不同的政治立场和文学派别的许多作家提供了一个庇护所。如对共产党基地最早的有系统的报告《西行漫记》即出现在上海；南社诗人如柳亚子（1887—1958）等的古典诗也很兴盛；左翼作家阿英（本名钱杏邨，1900—1977）则创作了关于郑成功的四幕剧《海国英雄》，该剧后来被改编成电影。

商业剧场——尤其是上演的现代话剧和古装剧——备受欢迎。最卖座的四出戏是《秋海棠》、《清宫怨》、《家》（改编自巴金小说）、《文天祥》。其中三出都是古装剧。除了古代的舞台背景，它们也融合了中国传统戏剧的若干元素。其它古装剧还包括《离恨天》、《楚霸王》、《美人计》（根据《三国演义》的故事改编）等，其主题多半不出忠孝节义。

1941年姚克（本名姚莘农，1905—1991）写了《清宫怨》，以1877至1900年为时代背景，写珍妃（1876—1900）敢于向权威挑战，鼓励光绪皇帝（1871—1908）实行新政。故事以珍妃和光绪的爱情以及她被慈禧太后（1835—1908）处死为主轴。剧中珍妃的形象忠贞、勇敢、直言、开明。《清宫怨》人物生动，情节细腻，它对历史人物的通俗想象，影响甚巨。这出戏由费穆（1906—1951）导演，7月首演，连续演出四个月。

《秋海棠》在上海孤岛时期创造了卖座纪录。剧本由黄佐临、顾仲彝（1903—1965）、费穆三位根据秦瘦鸥（1908—1993）1941

年在《申报》连载的小说改编而来。故事的背景是民初的天津，描写京戏演员秋海棠和军阀三姨太罗湘绮之间的爱情悲剧。全剧长达近四小时，演员据称有五十二名，京戏占着相当重的分量。从1942年12月24日到1943年5月9日，《秋海棠》在上海卡尔登大戏院连续演出一百三十五场，赢得"民国第一悲情戏"的美称。其受欢迎的情况持续到五十年代，甚至更长。这从后来的多种改写版本即可见一斑。

除了通俗剧，"风尚喜剧"（Comedy of Manners）也颇受欢迎。杨绛（本名杨季康，1911年生）是此文类作家中的佼佼者。从东吴大学和清华大学毕业后，她和夫婿钱锺书赴英深造，就读于牛津大学。在友人的鼓励下，她写了《称心如意》、《弄真成假》、《风絮》等剧本，以讽刺知识分子为主调。

《七月》是一份重要的抗战文艺刊物。1937年9月创刊于上海，后迁至武汉，由胡风主编，发表作家来自全国各地。该刊的主要撰稿诗人被合称为"七月派"，包括：阿垅、冀汸（1920年生）、牛汉（1923年生）、鲁藜（1914—1999）、曾卓（1922—2002）、绿原（1922—2009）、邹荻帆（1917—1995）、孙钿、罗洛、贾植芳（1916—2008）等人。他们在艾青和田间的影响下，喜用白话和自由体，常出现的主题包括对母亲的爱、被战争蹂躏的祖国、乡村生活、爱国情怀等。七月诗派以其清新单纯受到读者的喜爱。绿原的《小时候》是这样开始的：

> 小时候
> 我不认识字，
> 妈妈就是图书馆。
> 我读着妈妈——

> 有一天
> 这世界太平了：
> 人会飞……
> 小麦从雪地里出来……
> 钱都没有用……

相对于七月派，有一批现代主义诗人围绕着施蛰存、戴望舒、杜衡主编的《现代杂志》（1932—1935）。其中路易士（本命路逾，1913年生）在抗战期间写了不少好诗。诗人在苏州艺术学院学习西画。三十年代他常在上海，成为《现代杂志》的主要撰稿人之一。1938—1940年间他在各地奔波，除了逗留过武汉、长沙、贵阳、昆明等地之外，也长期生活在香港和上海。他在香港担任《国民日报》副刊《新垒》的编辑，也在国际通讯社从事日文翻译。回到上海后，1944年3月创办了《诗领土》月刊。两个月后，他的个人诗集《出发》出版；次年2月和4月连续出版了《夏天》及《三十年集》。这三本诗集都没有再版，但是其中大部分作品在五十年代的台湾结集出版。

路易士诗中的"我"接近真实生活中的他：瘦长个儿，爱叼根烟斗，手里拿着拐杖，他的爱憎，喜爱的猫……多次出现在诗里。然而，他的诗既非告白也不内省，擅长以戏剧性的语气，张力的语言，及重复的节奏来处理这些私人题材。他心仪于超现实主义，屡有奇诡的意象，自嘲的幽默，亲切的戏拟（包括自我戏拟）。路易士作品中呈现的是一个坚定的个人主义者：他憎恨现代社会里的艺术商业化，且不屑于文学为政治服务。

虽然戏剧和诗歌都有相当优秀的成就，孤岛时期最突出的表现仍然是小说，其中的两位代表是气质和风格皆有极大差异的张爱玲与钱锺书。

1920 年出身于显赫世家（外婆是李鸿章之女）的张爱玲——中文名字来自她的英文名 Eileen Chang——是孤岛时期最畅销的作家。根据 1939 年的自传文章《天才梦》，她三岁就能背诵唐诗，七岁写第一篇小说，八岁开始创作第一部长篇小说。1939 年她接到了伦敦大学的入学许可，但是由于战争她选择去香港大学。1942 年日本占领香港，她辍学回到上海。她的小说和散文刊登在上海最畅销的杂志上，包括《紫罗兰》（主编是著名鸳鸯蝴蝶派作家周瘦鹃［1895—1968］）、《万象》、《杂志月刊》、《天地》等。第一本短篇小说集《传奇》1944 年由《杂志月刊》出版，四天内就卖完了。散文集《流言》1945 年出版，也得到佳评。二十五岁的张爱玲俨然是上海的畅销作家与文化偶像。

张爱玲笔下的男女都是身陷家庭及其它关系网络中的社会动物。他们的关系主要建立在交换、"供需"和不断改变的需求与欲望的"经济"层面上。即使是爱情，也不存在"纯洁"的动机。因此，我们在她的故事里看不到英雄式的人物并不意外。在揭露人类弱点和卑琐的同时，她对这些奋力追求却永远无法得到爱情和幸福的男男女女寄了一份同情。"生命是一袭华美的袍，上面爬满了虱子"——用她的小说和散文，张爱玲捕捉到了人生的悖论：既华美又颓废，既美丽又苍凉。

女性在张爱玲的作品里占据着中心地位，她们的弱势来自其环境和对爱的渴望。1943 年的中篇小说《金锁记》（英文版由作者自译）里，女主角曹七巧出身于开麻油铺子的市井人家，嫁给了富有的姜家有残疾的老二。她的身世，加上伶牙俐齿和脾气急躁，使得姜家上下都不喜欢她，连佣人也瞧不起她。她渴望风流倜傥的老三季泽能给她爱情，他却只图在金钱上占她便宜。失望和羞辱让七巧满怀报复。她成了一个变态的暴君，只在乎钱财，而且亲手毁了一双儿女的幸福，把他们也变得一样的寂寞和颓废。

在七巧身上我们看到了虐待的恶性循环：感情上的被虐者最终变成亲生骨肉的施虐者。故事前段的一个场景里，七巧向季泽倾吐她的委屈。作者是这样描写她的：

> 她睁着眼直勾勾朝前望着，耳朵上的实心小金坠子像两只铜钉把她钉在门上——玻璃匣子里蝴蝶的标本，鲜艳而凄怆。

这个隐喻呼应故事的中心象征——金锁。七巧鬼魅般的存在不是中年才开始的。从她离开那简单平凡却自由自在的市井生活，嫁入豪门的那一刻起，她就已经死了。

相比之下，同样写于1943年的《倾城之恋》里的白流苏，就幸运多了。流苏是个二十八岁的离异妇人，急于找个丈夫来养活自己。她看中的对象范柳原是个出身华侨富家的花花公子。两人的交往大多发生在香港，双方都不愿意轻易付出：她有所保留因为她不肯降低身份做他的情妇；他似即似离因为他怕她只是在找一张饭票。当香港沦陷时，他们巧遇，一起幸存，并结为夫妇。故事暗示爱情就是在安全感、虚荣心和算计之间寻找平衡。反讽的是，最后爱情占了上风，竟是源于突发的灾难，而让其它考量暂时悬宕罢了。

虽然故事的背景是战争，《倾城之恋》并不属于当时宣扬爱国和牺牲的主流的抗战文学。张爱玲关注的是乱世中男女的私人世界与人际关系。自我定位为畅销作家的她（张恨水是她最欣赏的作家之一），坦承生命的意义——与快乐——存在于"不相干"的琐碎东西中：时尚、饮食、音乐、跳舞、绘画、室内装潢——城市的一切声色味道。她也告诉我们《红楼梦》和《金瓶梅》对她的影响。其小说和散文充满了敏锐的观察，生动的描述，暗示性的细节，独创的隐喻，出人意外的睿智，以及心理学的洞见。

这些特色共同构成了张爱玲独一无二的风格。

写《倾城之恋》的那年，张爱玲嫁给了胡兰成（1905—1981）。胡是作家，也是汪精卫伪政府统治下的《中华日报》的主编。婚后三年离异。1952年张爱玲离开上海，移居香港，1955年远走美国。她再也没有回过中国。

张爱玲和钱锺书之间有若干相似之处。他们都拥有显赫的家世，在创作上都脱离了民族主义论述的主流，也都采取一种冷峻讽刺的角度来看待婚姻。但是，两位作家的焦点和语气有明显的不同。身为一位杰出学者，钱锺书在他的小说里主要着眼于现代知识分子——他们的虚伪、愚昧和崇洋。如果两位作家都对作为社会动物的男女有深入的剖析，钱氏比张氏显然要少些同情。

1933年从清华大学毕业后，钱锺书赴牛津和巴黎深造。1938年回国，在西南联大任教。1941年他在上海时正好碰上太平洋战争爆发而滞留于此。同年他出版了散文集《写在人生边上》，展现了其博学与机智。1946年出版了短篇小说集《人·兽·鬼》。1948年出版了《谈艺录》，以文言文写文学评论，获得很高的评价。

钱锺书长篇小说的书名《围城》借用了法国谚语对婚姻的比喻：婚姻"是被围困的城堡；城外的人想冲进去，城内的人想逃出来"。主角方鸿渐在感情方面总是纠缠不清，难以脱身。虽然他基本上是个善良的人，他和家庭、同事、妻子的关系却每况愈下，因为他既拙于表达又不能坚持立场。在琐碎生活的背景下，他日渐孤立，充满了无力感。方氏在上海和内地之间的往返暗示"围城"的另一个面向即是绕圈子。在存在意义的层面上，这部黑色幽默小说可视为对现代人困境的评点。

《围城》的讽喻对象无所不在，即使儿童也不放过。作者广泛使用比喻，包括将西方俗谚转化为寓有新意的比喻。例如衣着暴露的鲍小姐被戏称为"局部的真理"，因为真理"是赤裸裸的"。

双关语也大量出现，如："假使订婚戒指是落入圈套的象征，钮扣也是扣住不放的预兆。"《围城》于1944—1946年在《文艺复兴》上连载，1947年全书出版，两年内印了三版。1949年以后小说长期被禁，八十年代之后卷土重来，极受欢迎，1990年被改编为电视连续剧。

苏青（1914—1982，本名冯允庄）在上海和张爱玲齐名，代表作是自传体小说《结婚十年》，1943年先以连载方式在《风雨谈》刊出，次年结集出版，半年内印了九版，到1948年则印了十八版。故事以苏怀青和徐崇贤的结婚启事开始，以两人离异结束。十年婚姻让怀青备受折磨，她和小姑们处不来，又发现做律师的丈夫有了外遇。离婚后的她以写作为业，相当成功。小说风格朴实，尤其受到女性读者的喜爱。她的好友张爱玲说她的作品展现着"伟大的单纯"。1947年苏青写了续集，但是过于说教。1949年以后，她一直住在上海，写了不少越剧。

VI 香港避难所

抗战期间，不少作家避难到香港。有些往返于此英殖民地和内地之间，也有少数定居在香港，例如新感觉派作家叶灵凤（1905—1975）和学者兼作家许地山（1893—1941）。这群作家不论在写作风格还是政治立场上都相当多元：左派，右派，中间派，甚至也有来自汪精卫伪政权的。除了来自内地的作家，当地文坛也因为报纸杂志的创办或重刊而充满活力，这些报纸杂志有《大公报》《星岛日报》《华声报》《大风》《笔谈》（茅盾主编）、《时代文学》（端木蕻良［1912—1996］主编）、《耕耘》（郁风主编）等。从卢沟桥事变到日本占领这段期间，香港文学，尤其是诗歌，相当蓬勃。

香港诗人如鸥外鸥（1911—1995）、陈江帆（1910—1970）、李心若（1912—1982）、林英强（1913—1975）、侯汝华（1910—1938）等，三十年代初期已在《现代》上发表诗歌。抗战期间，戴望舒、徐迟（1914—1996）、路易士等都在香港停留过。除了现代派之外，左派诗人提倡写实主义，并组织诗社，代表人物如黄药眠（1903—1987）、陈残云（1914—2002）、黄宁婴（1915—1979）、邹荻帆（1917—1995）、刘火子（1911—1990）、袁水拍（1916—1982）、吕剑（1919年生）等。其他活跃的诗人还包括柳木下、彭耀芬（1923—1942？）、李育中（1911年生）、侣伦（1911—1988，也写小说和电影剧本）等。诗歌种类也相当多元，如抗战诗歌、城市诗、田园诗、浪漫抒情诗等。

鸥外鸥本名李宗大，他可能是中国新诗史上第一位实验图像诗（concrete poetry）的诗人。《第二次世界讣闻》的头六行，同一个英文字出现七次：

> WAR！
>
> WAR！
>
> WAR！
>
> WAR！
>
> WAR！
>
> WAR！ WAR！

利用字体的排列，鸥外鸥创造的视觉和听觉效果，好比一个卖报仔在街上吆喝着头条新闻。这首诗写于1937年，仿佛在预兆抗日战争的降临。

戴望舒主编《星岛日报》的副刊《星座》。日本占领后，他被监禁并遭到刑求。《我用残损的手掌》是1942年7月3日在牢里写的。诗人想象他的手从南到北，抚摸着中国大地，回忆着秀丽山河。诗中多触觉意象，创造了可感的质地。这些写于战时的作品后来结集在《灾难的岁月》里，1948年在上海出版。

1941年，茅盾从重庆抵达香港，担任邹韬奋主编的《大众生活》周刊的编委。应邹氏的邀约，茅盾创作了《腐蚀》。与他此前作品不同的是，这是一本日记体小说。主人翁赵惠明在国民党特务的威胁利诱下，为他们效命。虽然过着罪恶的生活，她的灵魂并没有完全被腐蚀，从国民党手中救出了一个年轻女性。这部长篇小说在《大众生活》连载，广受欢迎。1950年在大陆被改编成电影。

战时香港最重要的作家之一是萧红（1911—1942）。1938年和第一任丈夫萧军（1907—1988）离异后，她嫁给了端木蕻良。1940年，夫妻俩抵达香港，住在九龙尖沙咀乐道路八号。在这儿她完成了《呼兰河传》、《马伯乐》等作品。

《呼兰河传》透过一个地主家庭的小女孩的眼光，描写了东北村庄老百姓的生活如何因为迷信和守旧而经历的苦难。这个不幸世界里唯一的喜悦是小女孩和慈爱的爷爷共度的时光；他教她写字读书，教她如何待人处世。

不幸似乎总是跟随着萧红。她在香港得了肺结核，靠友人接济维生。她被误诊喉头患有肿瘤，接受手术后只能插管呼吸，身体益发虚弱。1942年1月22日在临时医院里去世，年仅三十一岁。1944年11月20日，好友戴望舒写下这首《萧红墓畔口占》：

走六小时寂寞的长途，
到你头边放一束红山茶，
我等待着，长夜漫漫，

你却卧听着海涛闲话。

如同许多悼亡诗，诗人并不直接提到死亡。萧红只是静静地躺着听潮水起落。然而，她对诗人的视若不见，以及颜色（红山茶／黑夜，黑浪涛）与声音（静／响）的对比，暗示了生死之间无法跨越的距离。历经了短暂而动荡痛苦的一生，萧红终于可以安息了。

Ⅶ 延安与整风运动

以延安作为中心的文艺活动，遍及山西、河北、察哈尔、热河、辽宁等省的乡村地区。他们被统称为"三边"：晋（山西东北部），察（察哈尔西南部），冀（热河南部和河北大部分）。1938年，鲁迅艺术学院和抗战大学在延安成立。《解放日报》作为共产党官方报纸，创办于1941年。歌舞队和剧团下乡表演，呼吁抗日，宣扬共产党。新诗和传统歌谣多发表在《大众文艺》、《新诗歌》、《诗建设》、《诗战线》等杂志上，主要撰稿人被称为"晋察冀诗派"。1941年7月3日，同名诗社成立；田间担任主席，邵子南、魏巍、陈辉等担任执行委员，会员有三十余人。

三边地区最受欢迎的诗歌当属青年诗人李季（1922—1980）的《王贵与李香香》。1946年9月，此诗首次发表在《解放日报》上，说的是农村一对年轻恋人如何被恶霸地主和腐败官僚迫害，最终争取到解放和胜利的故事。如果说故事本身相当老套，值得注意的则是它的形式。这首将近一千行的叙事诗采用的是陕西北部的歌谣形式"信天游"：以两行为单位，第一行的意象通常是一个明喻或隐喻，第二行揭示比喻的喻旨。

1941年5月，毛泽东发动延安整风运动来巩固政治权力和意识形态掌控。凡是对马克思主义有不同诠释，或对抗战政策有异议的党员，都受到整肃。这场运动持续到1945年4月，它的第一位受害者是王实味（1906—1947）。

王实味是小说家兼散文家，也是胡风在北大的同学。1937年他抵达延安。1942年在《解放日报》发表《野百合花》，在《谷雨》发表《政治家，艺术家》。两篇文章批评党对高级干部的特殊待遇（例如制服和粮票的分配）。在王实味看来，艺术家远比政治家纯洁；艺术家有权揭露腐败官僚，为政府提供治理蓝图。

周扬带头批判王实味，认为王在提倡文学服务于抽象的"人性"，偏离了共产党的文艺理论。1947年王实味被以"托洛斯基派"的罪名秘密处决。

1936年，丁玲被共产党从国民党监狱救出，护送到延安。她1937年发表小说《一颗未出膛的枪弹》，后又相继出版了《我在霞村的时候》（1940）和描写土改的长篇小说《太阳照在桑干河上》（1948）。《我在霞村的时候》的叙述者是一位女作家，她到北方一个遥远的山村去养病两个星期。贞贞是女主人刘二妈的侄女，她遭到日本兵强奸，却志愿回到日本军营以探取情报。故事开始不久，村民们聚集在刘二妈家门外等贞贞露面；他们肆意窥探议论，甚至当面嘲笑她，因为她被敌人沾污了。无论男女，这些村民的偷窥狂和虚伪如出一辙："尤其那一些妇女们，因为有了她才发生对自己的崇敬，才看出自己的圣洁来，因为自己没有被人强奸而骄傲了。"故事里唯一的例外是叙述者和夏大宝，贞贞青梅竹马的恋人。然而，贞贞拒绝了大宝的求婚，离开家去治病和求学。她可能永远不会再回到这个山村了。

1942年3月8日妇女节，丁玲在《解放日报》上发表了题为《三八节有感》的社论，批评对女性不公平的双重标准。文章劈头就问:"'妇女'这两个字,将在什么时代才不被重视,不需要特别的被提出呢?"作者感慨女性在延安生活的困难,并提出四点建议:不要让自己生病;使自己愉快;用脑子;下吃苦的决心,坚持到底。因为这篇社论,丁玲受到批评。她和王实味、萧军都以直言而被冠上"暴露狂"的帽子。要不是毛泽东相挺,她也会遭到迫害。

有感于种种异议,毛泽东在1942年5月召开了作家艺术家座谈会。他的引言(5月2日)和结论(5月23日)合称为《在延安文艺座谈会上的讲话》,或简称《讲话》。他认为文艺必然而且无一例外地反映了阶级和意识形态。超越阶级、独立于政治的艺术在现实里是不存在的。他引用列宁的话,将文艺比喻为革命机器的齿轮和螺丝钉,明确地以文艺为政治之附庸。《讲话》呼吁文艺的泛政治化,奠定了共产党未来几十年的文化政策。

相对于《讲话》,在重庆负责国民党文化宣传的张道藩(1896—1968),1942年9月1日在《文化先锋月刊》创刊号上发表了《我们所需要的文艺政策》。他驳斥文学的阶级性,强调儒家道统和民族主义。反讽的是,虽然国民党和共产党的政策可谓南辕北辙,但它们都认为文学应该为政治服务。10月20日,梁实秋(1903—1987)发表了《关于"文艺政策"》一文,扬弃共产党标榜的阶级斗争。1943年9月国民党通过文化活动准则,两个月后发起了文化运动。

受到《讲话》的启发,新的歌剧描写被迫害的人民如何起来反抗,获得胜利。其中《白毛女》最受欢迎。剧本由诗人贺敬之(1924年生)和戏剧家丁毅(1921年生)合写,由马可和张鲁谱曲,取材于四十年代初流行于河北阜平一带的民间故事:女主角被地主强奸,父亲被逼自杀。她逃到山里,由于长期缺少阳光和盐,满头长发变得雪白。为了生存,她下山偷庙里的供品。

当地人看到她的身影以为她是鬼。故事的最后，她被八路军救了。剧本融合了不同风格的地方戏曲，经过多次修改，1945年5月在延安首次演出后，立刻成为三边地区最受欢迎的歌剧，这一状况一直延续到1949年以后。

赵树理（1906—1970）是契合《讲话》精神最成功的小说作家。他是山西本地人，1943年以描写两位农民反抗父母落后思想、追求爱情的《小二黑结婚》奠定了自己的声誉。在这部作品以及其它作品如《李有才板话》（1943）中，赵树理捕捉到了山西农民方言土语的韵味，避免了五四文学中常见的欧化汉语。

赵树理的作品得到茅盾、周扬的高度评价，被誉为以"民族形式"写作"人民文学"的先河。1946年新造的"赵树理方向"一词，代表了一种新的创作范式，激励了大批追随者。1950年代末，赵树理与西戎（原名席诚正[1922—2001]）、马烽（原名马书铭[1922—2004]）、李束为（1918—1994）、胡正（1924—2011）、孙谦（原名孙怀谦[1920—1996]）形成了"山药蛋派"。"西李马胡孙"五人都是山西农村土生土长的作家（李束为出生于山东农村，但青年时代即从军山西）。

VIII 台湾

不论在大陆还是在台湾，1937年都标志着历史新的一页。抗日战争期间，在台湾的日本殖民政府征召了数十万台湾男性，号称"志愿军"，前往南洋为日军卖命。台湾（韩国及中国大陆）妇女被强迫做"慰安妇"，遭到日军的蹂躏摧残。审查制度日益严厉，汉语被禁。唯一的例外是报纸的汉诗版，表明汉诗在日本文化里的崇高地位。虽然在汉语被禁之前，许多台湾作家已经用日文写作，但从 1937 年到抗战结束，台湾的所有文学都是用殖民者的语言创作的。这也反映了日本的"皇民化"政策旨在改造台湾人民。

对台湾作家而言，完全远离政治并非易事。张文环（1909—1978）是战争期间最多产的作家之一。如同许多同代人，他曾留学日本，在那里就读高中及大学。回台后，他加入皇民奉公会并参加了 1942 年的大东亚作家会议。战后他被认为是汉奸，但他的文学活动却显示出不同的立场。1941 年张氏创办《台湾文学》，和在台日本作家西川满（1908—1999）创办的《文艺台湾》（原名《华丽岛》）相抗衡。在企业家王井泉的资助下，《台湾文学》在两年半内共出了十期，直到 1943 年在政治压力下停刊。它为许多拒绝配合殖民政策的台湾作家提供了一个重要的平台。

《山茶花》是张文环最重要的小说，从 1940 年 1 月 23 日到 5 月 14 日连载于《台湾新民报》。配合成功的宣传和美丽的插图，这本小说十分畅销；甚至有一家茶馆以此为名。这是一本半自传体的成长小说，围绕着一个年轻人在从南方乡村北上都市的旅途中，如何面对两种语言（中、日）和生活方式（传统和现代，田园和城市）之间的矛盾。

张文环还创办了厚生演剧研究会。这是战时最重要的剧团，演出具有浓厚本地色彩和乡土意识的剧本，例如由林博秋（1920—1998）根据张氏中篇小说改编的《阉鸡》。由于它表达的台湾认同，此剧团被殖民政府取缔。

吕赫若（1914—1951）有"台湾第一才子"的美称。他的第一篇短篇小说《牛车》写于 1935 年，次年在日本发表，胡风将它收入《山灵：朝鲜台湾短篇集》。吕赫若和杨逵（1905—1985）是最早被介绍到中国大陆的两位台湾作家。1939 年，吕赫若赴日学习声乐一年，并在舞台上演唱。这段期间他也写了两部中篇小说

《季节图鉴》和《蓝衣少女》，及一部长篇小说《台湾女性》。后者对传统女性的苦难表达深刻的同情。1942年吕氏返台，从事记者工作，并协助张文环编辑《台湾文学》。他的小说和剧本合集为《清秋》。

战后，吕赫若在《人民导报》担任记者，并开始以中文创作小说。他的最后一篇短篇小说《冬夜》（1947）揭露了政府的腐败和官僚作风。"二二八事件"后，吕氏对国民党政府彻底失望，转而编辑左倾报纸《光明报》，并开了一家印刷厂宣扬社会主义。1949年，国民党撤退到台湾后，开始追捕岛上的左翼分子。吕氏当时在台北一所高中担任音乐老师，逃到鹿窟山上，不幸被毒蛇咬伤而去世。直到今天，吕赫若的名字仍然深植人心；台北市的人行道上刻着许俊雅教授的纪念词。

银铃会成立于1942年，由三位台中一中的同班同学合创。他们是张彦勋（笔名红梦，1925—1995）、朱实、许清世（笔名晓星）。到1944年，已有三十多位会员加入。银铃会出版《缘草》杂志，主要刊登旧体诗和新诗，还有文学批评。战后，银铃会暂停活动，1948年以新面貌复出，承继的新人包括林亨泰（笔名亨人，1924年生）、詹冰（笔名绿炎，1921—2004）、萧翔文（笔名淡星）、许龙深（笔名子潜）等。该会杂志改名为《潮流》，刊登中日文作品。《潮流》出了五期后于1949年春停刊。银铃会的部分会员被捕，其中某些人被判刑坐牢。

吴浊流（1900—1976），本名吴建田，新竹客家人，日据时代任教于小学。1940年，他抗议殖民政府的歧视政策，辞掉教职，到南京从事新闻工作。两年后返台，继续当记者。吴氏三十六岁才写第一篇短篇小说。《先生妈》讲一个视财如命的台湾医生如何为了名利而拼命做个"皇民"，一心想做个日本人。在盲目模仿的同时，他丧失了自己的根，和象征本土传统的母亲日益疏远。母亲去世后，他偏要用日本式葬礼来安葬她，虽然母亲走前交代他万万不可如此。

1945—1946年，吴浊流完成了以日文写作的长篇小说《亚细亚的孤儿》。台湾仿佛一个被中国在1895年抛弃的孤儿，当1945年台湾光复，重回母亲怀抱时，大陆和台湾之间的语言和文化都存在着巨大的差异。1946年4月，国语普及委员会成立，全台各县成立分会。报章杂志如雨后春笋，多达两百余份，其中许多都以中日文两种语言出版。但是这个现象未能持久。1946年10月24日，在台湾光复一周年的前夕，国民党宣布"再中国化"和"去殖民化"政策，全面禁用日文。对本地人来说，这个政策造成资讯传达的困难，也加深了政府和人民之间的不信任。

战后的种种问题，诸如通货膨胀、货币贬值、资源贫乏、失业率高等，加上国民党的陈仪（1883—1950）将军接管台湾后的不善管理，终于引爆了民众的不满。1947年2月28日，烟酒公卖局的视察员在台北拘捕一非法贩卖烟酒的老妇人时，和围观的群众发生争执，开枪误杀了一个旁观者，引起众怒。此事一发不可收拾，暴乱如野火一般烧遍全岛，国民党从大陆派兵镇压，很多无辜的本地人和新移民的内地人被杀害。国民党也趁机逮捕左翼知识分子，或关或杀。陈仪3月22日被撤职，遣返大陆。国共内战结束，国民党撤退台湾，陈仪以企图投共罪在台北被枪决。

"二·二八"事件在本地人（"本省人"）和国民党（引申为所有从大陆来的新移民或"外省人"）之间留下了一道深刻的裂痕。此后四十年，这出历史悲剧是个不可言说的政治禁忌，直到1987年戒严法解除后才公开。它对台湾的政治、社会和文化等方方面面造成了巨大的冲击。

（奚密译）

英文版参考书目

Chapter 1: Literature of the early Ming to mid-Ming (1375-1572)

Barr, Allan H. "The Later Classical Tale." In *The Columbia History of Chinese Literature*, ed.Victor H. Mair. New York: Columbia University Press, 2001, 675-696.

Birch, Cyril, ed. *Anthology of Chinese Literature, Vol. 2: From the 14th Century to the Present Day*. New York: Grove Press, 1972.

Brokaw, Cynthia J., and Kai-wing Chow, eds. *Printing and Book Culture in Late Imperial China*. Berkeley: University of California Press, 2005.

Brook, Timothy. *The Confusions of Pleasure: Commerce and Culture in Ming China*. Berkeley: University of California Press, 1998.

Brook, Timothy, Jérôme Bourgon, and Gregory Blue. "*Lingchi* in the Ming Dynasty." In their *Death by a Thousand Cuts*. Cambridge, MA: Harvard University Press, 2008, 97-121.

Bryant, Daniel. *Great Recreation: Ho Ching-ming (1483-1521) and his World*. Leiden: Brill, 2008.

——. "Poetry of the Fifteenth and Sixteenth Centuries." In *The Columbia History of Chinese Literature*, ed. Victor H. Mair. New York: Columbia University Press, 2001, 399-409.

Buck, Pearl S., trans. *All Men Are Brothers*. 2 vols. New York: John Day, 1933. Repr. New York: Grove, 1957.

Chan, Hok-lam. *Legends of the Building of Old Peking*. Hong Kong and Seattle: The Chinese University of Hong Kong and University of Washington, 2008.

Chan, Wing-tsit. *Instructions for Practical Living and Other Neo-Confucian Writings by Wang Yang-ming*. New York: Columbia University Press, 1963.

Chang, Kang-i Sun. "The Circularity of Literary Knowledge between Ming China and Other Countries in East Asia: The Case of Qu You's *Jiandeng Xinhua*." In *NACS Conference Volume: On Chinese Culture and Globalization*, ed. Lena Rydholm. Stockholm: University of Stockholm Press, forthcoming.

———. "Gender and Canonicity: Ming-Qing Women Poets in the Eyes of the Male Literati." In *Hsiang Lectures on Chinese Poetry, vol. 1*, ed. Grace S. Fong. Centre for East Asian Studies Research, McGill University, 2001, 1-18.

Chang, Kang-i Sun, and Haun Saussy, eds. *Women Writers of Traditional China: An Anthology of Poetry and Criticism*. Stanford: Stanford University Press, 1999.

Chaves, Jonathan, ed. and trans. *The Columbia Book of Later Chinese Poetry*. New York: Columbia University Press, 1986.

Ch'en Hsiao-Lan and F. W. Mote. "Yang Shen and Huang O: Husband and Wife as Lovers, Poets, and Historical Figures." In *Excursions in Chinese Culture: Festschrift in Honor of William R. Schultz*, ed. Marie Chan, Chia-lin Pao Tao, and Jing-shen Tao. Hong Kong: The Chinese University Press, 2002, 1-32.

Chia, Lucia. *Printing for Profit: The Commercial Publishers of Jianyang, Fujian (11th-17th Centuries)*. Cambridge, MA: Harvard University Asia Center, 2002.

Chow, Kai-wing. *Publishing, Culture, and Power in Early Modern China*. Stanford: Stanford University Press, 2004.

Chu, Hung-lam. "Textual Filiation of Li Shimian's Biography: The Part about the Palace Fire in 1421." *East Asian Library Journal* 13, no. 1 (2008): 66-126.

Dent-Young, John, and Alex Dent-Young, trans. *The Broken Seals: Part One of The Marshes of Moung Liang, A New Translation of the Shuihu Zhuan or Water Margin*. By Shi Nai'an and Lo Guanzhong. Hong Kong: The Chinese University Press, 1994.

———. trans. *The Tiger Killers: Part Two of the Marshes of Mount Liang.* By Shi Nai'an and Lo Guanzhong. Hong Kong: The Chinese University Press, 1997.

———. trans. *The Gathering Company: Part Three of the Marshes of Mount Liang.* By Shi Nai'an and Lo Guanzhong. Hong Kong: The Chinese University Press, 2001.

———. trans. *Iron Ox: Part Four of the Marshes of Mount Liang.* By Shi Nai'an and Lo Guanzhong. Hong Kong: The Chinese University Press, 2002.

Dreyer, Edward. *Early Ming China: A Political History.* Stanford: Stanford University Press, 1981.

Dudbridge, Glen. *The His-yu chi: A Study of Antecedents to the Sixteenth-Century Chinese Novel.* Cambridge: Cambridge University Press, 1970.

Ebrey, Patricia Buckley. *Cambridge Illustrated History of China.* Cambridge: Cambridge University Press, 1996.

Elman, Benjamin. *A Cultural History of Civil Examinations in Late Imperial China.* Berkeley: University of California Press, 2000.

Fei, Faye Chunfang, ed. and trans. *Chinese Theories of Theater and Performance from Confucius to the Present.* Ann Arbor: University of Michigan Press, 2002.

Fong, Grace S. "Poetry of the Ming and Qing Dynasties." In *How to Read Chinese Poetry: A Guided Anthology,* ed. Zong-qi Cai. New York: Columbia University Press, 2008, 354-378.

Ge, Liangyan. *Out of the Margins: The Rise of Chinese Vernacular Fiction.* Honolulu: University of Hawai'i Press, 2001.

Goodrich, L. Carrington, and Chaoying Fang., eds. *Dictionary of Ming Biography, 1368-1644.* 2 vols. New York: Columbia University Press, 1976.

Hanan, Patrick. *The Chinese Short Story: Studies in Dating, Authorship, and Composition.* Cambridge, MA: Harvard University Press, 1973.

———. "The Early Chinese Short Story: A Critical Theory in Outline." *Harvard Journal of Asiatic Studies* 27 (1987): 168-207.

Hansen, Valerie. *The Open Empire: A History of China to 1600.* New York: Norton, 2000.

Harmon, Coy L. "Trimming the Lamp: The Literary Tales of Ch'ü Yu." In *Excursions in Chinese Culture: Festschrift in Honor of William R. Schultz*, ed. Marie Chan, Chia-lin Pao Tao, and Jing-shen Tao. Hong Kong: The Chinese University Press, 2002,125-148.

Hayden, George A. "A Skeptical Note on the Early History of *Shui-hu chuan*."*Monumenta Serica* 32 (1976): 374-399.

Hegel, Robert E. *Reading Illustrated Fiction in Late Imperial China*. Stanford: Stanford University Press, 1998.

Hsia, C. T. *The Classic Chinese Novel: A Critical Introduction*. New York: Columbia University Press, 1968.

Hucker, Charles. *A Dictionary of Official Titles in Imperial China*. Stanford: Stanford University Press, 1985.

Idema, Wilt L. *The Dramatic Oeuvre of Chu Yu-Tun*. Leiden: Brill, 1985.

———. "Male Fantasies and Female Realities: Chu Shu-chen and Chang Yu-niang and Their Biographies." In *Chinese Women in the Imperial Past: New Perspectives,* ed. Harriot T. Zurndorfer. Leiden: Brill, 1999, 19-52.

———. "Traditional Dramatic Literature." In *The Columbia History of Chinese Literature,* ed. Victor H. Mair. New York: Columbia University Press, 2001, 785-847.

Idema, Wilt L., and Stephen H. West. *Chinese Theater 1100-1450: A Source Book*. Wiesbaden:Franz Steiner, 1982.

Irwin, Richard G. *The Evolution of a Chinese Novel: Shui-hu chuan*. Cambridge, MA: Harvard University Press, 1953.

———. "Water Margin Revisited." *T'oung Pao* 58 (1960): 393-415.

Johnson, Linda Cooke, ed. *Cities of Jiangnan in Late Imperial China*. Albany, NY: State University of New York Press, 1993.

Kroll, Paul W., trans. "The Golden Phoenix Hairpin." By Qu You. In *Traditional Chinese Stories,* ed. Y. W. Ma and Joseph S. M. Lau. New York: Columbia University Press,1978, 400-403.

Ku Chieh-kang. "A Study of Literary Persecution during the Ming." Trans. L. Carrington

Goodrich. *Harvard Journal of Asiatic Studies* 3 (1938): 254-311.

Li, Peter. "Narrative Patterns in San-kuo and Shui-hu." In *Chinese Narrative: Critical and Theoretical Essays*, ed. Andrew H. Plaks. Princeton: Princeton University Press, 1977, 73-84.

Li, Wai-yee. "Full-length Vernacular Fiction." In *The Columbia History of Chinese Literature*, ed. Victor H. Mair. New York: Columbia University Press, 2001, 620-658.

Liu, Wu-chi, and Irving Yucheng Lo, eds. *Sunflower Splendor: Three Thousand Years of Chinese Poetry*. New York: Anchor Books, 1975.

Lo, Andrew Hing-bun. "*San-kuo chih yen-i* and *Shui-hu chuan* in the Context of Historiography." Ph.D. diss., Princeton University, 1981.

Lowry, Kathryn A. *The Tapestry of Popular Songs in 16th- and 17th-Century China: Reading, Imitation, and Desire*. Leiden and Boston: Brill, 2005.

Lynn, Richard John. "Mongol-Yüan Classical Verse (Shih)." In *The Columbia History of Chinese Literature*, ed. Victor H. Mair. New York: Columbia University Press, 2001, 383-398.

——. "Tradition and the Individual: Ming and Ch'ing Views on Yüan Poetry." *Journal of Oriental Studies* (University of Hong Kong) 15 (1977): 1-19.

Ma, Y. W., and Joseph S. M. Lau, eds. *Traditional Chinese Stories: Themes and Variations*. New York: Columbia University Press, 1978.

Mackerras, Colin, ed. *Chinese Theater: From Its Origins to the Present Day*. Honolulu: University of Hawai'i Press, 1983.

Mair, Victor H., ed. *The Columbia Anthology of Traditional Chinese Literature*. New York: Columbia University, 1994.

——. *The Columbia History of Chinese Literature*. New York: Columbia University Press, 2001.

Mair, Victor H., Nancy S. Steinhardt, and Paul R. Goldin, eds. *Hawai'i Reader in Traditional Chinese Culture*. Honolulu: University of Hawai'i Press, 2005.

Marmé, Michael. "Heaven on Earth: The Rise of Suzhou, 1127-1550." In *Cities of Jiangnan in Late Imperial China*, ed. Linda Cooke Johnson. Albany, NY: State

University of New York Press, 1993,17-45.

Metzger, Thomas A. *Escape from Predicament: Neo-Confucianism and China's Evolving Political Culture.* New York: Columbia University Press, 1977.

Mote, F. W. "The Ch'eng-hua and Hung-chih Reigns, 1465-1505." In *The Cambridge History of China, Vol. 7, pt. 1: The Ming Dynasty, 1368-1644,* ed. Frederick W. Mote and Denis Twitchett. Cambridge: Cambridge University Press, 343-402.

———. *Imperial China: 900-1800.* Cambridge, MA: Harvard University Press, 1999.

———. *The Poet Kao Ch'i.* Princeton: Princeton University Press, 1962.

Murck, Christian F. "Chu Yün-ming and Cultural Commitment in Suchou." Ph.D. diss., Princeton University, 1978.

Naquin, Susan. *Peking: Temples and City Life, 1400-1900.* Berkeley: University of California Press, 2000.

Nienhauser, William H. Jr., ed. and comp. *The Indiana Companion to Traditional Chinese Literature.* 2 vols. Bloomington: Indiana University Press, 1986-1998.

Ong, Chang Woei. *Men of Letters within the Passes: Guanzhong Literati in Chinese History, 907-1911.* Cambridge, MA: Harvard University Asia Center, 2008.

———. "The Principles are Many: Wang Tingxiang and Intellectual Transition in Mid-Ming China." *Harvard Journal of Asiatic Studies* 66, no. 2 (2006): 461-493.

Paludan, Ann. *The Imperial Ming Tombs.* Foreword by L. Carrington Goodrich. New Haven: Yale University Press, 1981.

Plaks, Andrew H. *The Four Masterworks of the Ming Novel.* Princeton: Princeton University Press, 1987.

Rexroth, Kenneth, and Ling Chung, ed. and trans. *Women Poets of China.* New York: New Directions, 1972.

Roberts, Moss, trans. *Three Kingdoms: A Historical Novel.* Attributed to Luo Guanzhong. Berkeley: University of California Press, 1991.

Robinson, David M. "Images of Subject Mongols under the Ming Dynasty." *Late Imperial China* 25, no. 1 (2004): 59-123.

Rolston, David L., ed. *How to Read the Chinese Novel.* Princeton: Princeton University

Press,1990.

———. *Traditional Chinese Fiction and Fiction Commentary: Reading and Writing between the Lines.* Stanford: Stanford University Press, 1997.

Santangelo, Paolo. "Urban Society in Later Imperial Suzhou." Trans. Adam Victor. In *Cities of Jiangnan in Late Imperial China,* ed. Linda Cooke Johnson. Albany, NY: State University of New York Press, 1993, 81-116.

Schlepp, Wayne, trans. "Lament for a Song Girl." By Tang Shi. In *Hawai'i Reader in Traditional Chinese Culture,* ed. Victor H. Mair, Nancy S. Steinhardt, and Paul R.Goldin. Honolulu: University of Hawai'i Press, 2005, 456-457.

———. *San-ch'ü: Its Technique and Imagery.* Madison:University of Wisconsin Press, 1970.

Tan, Tian Yuan. *Songs of Contentment and Transgression:Discharged officials and Literati Communities in Sixteenth-century North China.* Cambridge, MA:Harvard University Asia Center,2010.

———. "The Wolf of Zhongshan and Ingrates: Problematic Literary Contexts in Sixteenth-Century China." *Asia Major* series 3, 20, pt. 1 (2007): 105-131.

Tong, James W. *Disorder under Heaven: Collective Violence in the Ming Dynasty.* Stanford:Stanford University Press, 1991.

Tsai, Shih-shan Henry. *Perpetual Happiness: The Ming Emperor Yongle.* Seattle: University of Washington Press, 2001.

Tu, Ching-i. "The Chinese Examination Essay." *Monumenta Serica* 31 (1974-1975): 393-406.

Tu Wei-ming. *Neo-Confucian Thought in Action: Wang Yang-ming's Youth (1472-1509).* Berkeley:University of California Press, 1976.

Waley, Arthur, trans. *Monkey.* London: John Day, 1942. Repr. New York: Grove Press, 1958.

Waltner, Ann. "Writing Her Way out of Trouble: Li Yuying in History and Fiction."In *Writing Women in Late Imperial China,* ed. Ellen Widner and Kang-i Sun Chang. Stanford: Stanford University Press, 1997, 221-241.

West, Stephen H., and Wilt L. Idema, ed. and trans. *The Story of the Western Wing.*

By Wang Shifu. Berkeley: University of California Press, 1995.

Wixted, John Timothy. "Poetry of the Fourteenth Century." In *The Columbia History of Chinese Literature,* ed. Victor H. Mair. New York: Columbia University Press, 2001,390-398.

Wu, Yenna. "Outlaws' Dreams of Power and Position in *Shuihu zhuan.*"*Chinese Literature: Essays, Articles,* Reviews 18 (1996): 45-67.

Ye, Yang, trans. *Vignettes from the Late Ming: A Hsiao-P'in Anthology.* With annotations and introduction by Yang Ye. Seattle: University of Washington Press, 1999.

Yoshikawa Kōjirō. *Five Hundred Years of Chinese Poetry, 1150-1650.* Trans. John Timothy Wixted. Princeton: Princeton University Press, 1989.

Yu, Anthony C. "History, Fiction, and Reading of Chinese Narrative." *Chinese Literature: Essays, Articles, Reviews* 10 (1988): 1-19.

———. ed. and trans. *The Journey to the West.* 4 vols. Chicago: University of Chicago Press,1977-1983.

———. ed. and trans. *The Monkey and the Monk: A Revised Abridgment of the Journey to the West.* Chicago and London: University of Chicago Press, 2006.

Yu, Pauline. "Formal Distinctions in Chinese Literary Theory." In *Theories of the Arts in China,* ed. Susan Bush and Christian Murck. Princeton: Princeton University Press,1983, 27-53.

Chapter 2: The literary culture of the late Ming (1573-1644)

Barr, Allan H. "The Wanli Context of the 'Courtesan's Jewel Box' Story." *Harvard Journal of Asiatic Studies* 57 (1997): 107-141.

Birch, Cyril, trans. *Mistress and Maid.* By Meng Chengshun. New York: Columbia University Press, 2001.

———. trans. *The Peony Pavilion: Mudan ting.* By Tang Xianzu. Bloomington: Indiana University Press, 2002.

——. trans. *Stories from a Ming Collection: Translations of Chinese Short Stories Published in the Seventeenth Century*. Bloomington: Indiana University Press, 1958.

Brokaw, Cynthia J., and Kai-wing Chow, eds. *Printing and Book Culture in Late Imperial China*. Berkeley: University of California Press, 2005.

Carlitz, Katherine. *The Rhetoric of Ch'in p'ing mei*. Bloomington: Indiana University Press, 1986.

Chang, Kang-i Sun. *The Late-Ming Poet Ch'en Tzu-lung: Crises of Love and Loyalism*. New Haven: Yale University Press, 1991.

Chang, Kang-i Sun, and Haun Saussy, eds. *Women Writers of Traditional China: An Anthology of Poetry and Criticism*. Stanford: Stanford University Press, 1999.

Chia, Lucille. "Of Three Mountains Street: The Commercial Publishers of Ming Nanjing." In *Printing and Book Culture in Late Imperial China*, ed. Cynthia J. Brokaw and Kai-wing Chow. Berkeley: University of California Press, 2005, 107-151.

Chou, Chih-p'ing. *Yuan Hong-tao and the Kung-an School*. Cambridge: Cambridge University Press, 1988.

Chow Kai-wing. *Publishing, Culture, and Power in Early Modern China*. Stanford: Stanford University Press, 2004.

Clunas, Craig. *Superfluous Things: Material Culture and Social Status in Early Modern China*. Cambridge: Polity Press, 1991.

Dardess, John W. *Blood and History in China: The Donglin Faction and Its Repression, 1620-1627*. Honolulu: University of Hawai'i Press, 2002.

Guo Qitao. *Ritual Opera and Mercantile Lineage: The Confucian Transformation of Popular Culture in Late Imperial Huizhou*. Stanford: Stanford University Press, 2005.

Hanan, Patrick. *The Chinese Vernacular Story*. Cambridge, MA: Harvard University Press, 1981.

——. "The Making of The Pearl-Sewn Shirt and The Courtesan's Jewel Box." *Harvard Journal of Asiatic Studies* 33 (1973): 124-153.

———. "Sources of the *Chin Ping Mei*." *Asia Major*, new series 10, no. 2 (1963): 23-67.

———. "The Text of the *Chin P'ing Mei*." *Asia Major*, new series 9, no. 1 (1962): 1-57.

Hegel, Robert. *The Novel in Seventeenth-Century China*. New York: Columbia University Press, 1981.

———. *Reading Illustrated Fiction in Late Imperial China*. Stanford: Stanford University Press,1998.

Huang, Martin, ed. *Snakes' Legs: Sequels, Continuations, Rewritings, and Chinese Fiction*. Honolulu: University of Hawai'i Press, 2004.

Idema, Wilt L., and Beata Grant. *The Red Brush: Writing Women of Imperial China*. Cambridge, MA: Harvard University Asia Center, 2004.

Kafalas, Philip A. *In Limpid Dream: Nostalgia and Zhang Dai's Reminiscences of the Ming*. Norwalk, CT: Eastbridge, 2007.

Ko, Dorothy. *Teachers of the Inner Chambers: Women and Culture in Seventeenth-Century China*. Stanford: Stanford University Press, 1994.

Li, Wai-yee. *Enchantment and Disenchantment: Love and Illusion in Chinese Literature*. Princeton: Princeton University Press, 1993.

McLaren, Anne E. "Constructing New Reading Publics in Late Ming China." In *Printing and Book Culture in Late Imperial China*, ed. Cynthia J. Brokaw and Kai-wing Chow.Berkeley: University of California Press, 2005,152-183.

Mote, F. W., and Denis Twitchett, eds. *The Cambridge History of China, Vol. 7, pt. 1: The Ming Dynasty, 1368-1644*. Cambridge: Cambridge University Press, 1988.

Owen, Stephen. "Salvaging Poetry: The 'Poetic' in the Qing." In *Culture and State in Chinese History*, ed. Theodore Huters, R. Bin Wong, and Pauline Yu. Stanford: Stanford University Press, 1997,105-125.

Plaks, Andrew. *The Four Masterworks of the Ming Novel*. Princeton: Princeton University Press, 1987.

Rolston, David L. *Traditional Chinese Fiction and Fiction Commentary: Reading and Writing between the Lines*. Stanford: Stanford University Press, 1997.

Roy, David Tod, trans. *The Plum in the Golden Vase or, Chin Ping Mei: Volume One,*

The Gathering. Princeton: Princeton University Press, 1997.

——. *The Plum in the Golden Vase or, Chin P'ing Mei: Volume Two, The Rivals.* Princeton:Princeton University Press, 2006.

——. *The Plum in the Golden Vase or, Chin P'ing Mei: Volume Three, The Aphrodisiac.* Princeton:Princeton University Press, 2006.

Shang Wei. "*Jin Ping Mei* and Late Ming Print Culture." In *Writing and Materiality in China: Essays in Honor of Patrick Hanan*, ed. Judith T. Zeitlin, Lydia Liu, and Ellen Widmer.Cambridge, MA: Harvard University Asia Center, 2003, 187-238.

Sieber, Patricia. *Theaters of Desire: Authors, Readers, and the Reproduction of Early Chinese Song-Drama, 1300-2000.* New York: Palgrave Macmillan, 2003.

Tian, Xiaofei. "A Preliminary Comparison of the Two Recensions of 'Jinpingmei.'"*Harvard Journal of Asiatic Studies* 62 (2002): 347-388.

Volpp, Sophie. "The Literary Consumption of Actors in Seventeenth-Century China." In*Writing and Materiality in China: Essays in Honor of Patrick Hanan*, ed. Judith T. Zeitlin,Lydia Liu, and Ellen Widmer. Cambridge, MA: Harvard University Asia Center, 2003,133-186.

Ward, Julian. *XuXiake (1587-1641): The Art of Travel Writing.* London: Routledge, 2000.

West, Stephen H. "A Study in Appropriation: Zang Maoxun's Injustice to Dou E." *Journal of the American Oriental Society* III (1991): 283-302.

Widmer, Ellen, and Kang-i Sun Chang, eds. *Writing Women in Late Imperial China.* Stanford: Stanford University Press, 1997.

Wu, Laura Hua. "From Xiaoshuo to Fiction: Hu Yinglin's Genre Study of Xiaoshuo."*Harvard Journal of Asiatic Studies* 55 (1995): 339-371.

Yang, Shuhui, and Yunqin Yang, trans. *Stories Old and New: A Ming Dynasty Collection.* By Feng Menglong. Seattle: University of Washington Press, 2000.

——. trans. *Stories to Caution the World: Ming Dynasty Collection, Volume 2.* By Feng Menglong.Seattle: University of Washington Press, 2005.

Ye, Yang, trans.*Vignettes From the Late Ming: A Hsiao-p'in Anthology.* With annotations and introduction by Yang Ye. Seattle: University of Washington Press,1999.

Chapter 3: Early Qing to 1723

Barr, Alan. "Disarming Intruders: Alien Women in *Liaozhai zhiyi*." *Harvard Journal of Asiatic Studies* 49, no. 2 (1989): 501-517.

——. "The Early Qing Mystery of the Governor's Stolen Silver." *Harvard Journal of Asiatic Studies* 60, no. 3 (2000): 385-412.

Bryant, Daniel. "Syntax, Sound, and Sentiment in Old Nanking: Wang Shih-chen's (Wang Shizhen) 'Miscellaneous Poems on the Ch'in-huai (Qinhuai).'" *Chinese Literature: Essays, Articles, Reviews* 14 (1992): 25-50.

Chang, Kang-i Sun. "The Idea of the Mask in Wu Wei-yeh (1609-1671). *Harvard Journal of Asiatic Studies* 48, no. 2 (1988): 289-320.

——. *The Late-Ming Poet Ch'en Tzu-lung: Crises of Love and Loyalism*. New Haven: Yale University Press, 1991.

Chaves, Jonathan. "Moral Action in the Poetry of Wu Chia-chi (Wu Jiaji, 1618-1684)."*Harvard Journal of Asiatic Studies* 46, no. 2 (1986): 387-469.

——. "The Yellow Mountain Poems of Ch'ien Ch'ien-i (Qian Qianyi): Poetry as Yu chi."*Harvard Journal of Asiatic Studies* 48, no. 2 (1988): 465-492.

Epstein, Maram. *Competing Discourses: Orthodoxy, Authenticity, and Engendered Meanings in Late Imperial Chinese Fiction*. Cambridge, MA: Harvard University Asia Center, 2001.

Fong, Grace. "Inscribing Desire: Zhu Yizun's Love Lyrics *in Jingzhiju qinqu*." *Harvard Journal of Asiatic Studies* 54, no. 2 (1994): 437-460.

——. "Writing from Experience: Personal Records of War and Disorder in Jiangnan during the Ming-Qing Transition." In *Military Culture in Imperial China*, ed. Nicola Di Cosmo.Cambridge, MA: Harvard University Press, 2009, 257-277.

Hanan, Patrick. *The Invention of Li Yu*. Cambridge, MA: Harvard University Press, 1988.

Hegel, Robert. *The Novel in Seventeenth-Century China*. New York: Columbia University Press, 1981.

——. *Reading Illustrated Fiction in Late Imperial China.* Stanford: Stanford University Press,1998.

Huang, Martin. *Desire and Fictional Narrative in Late Imperial China.* Cambridge, MA: Harvard University Asia Center, 2001.

——. ed. *Snakes' Legs: Sequels, Continuations, Rewritings, and Chinese Fiction.* Honolulu: University of Hawai'i Press, 2004.

Idema, Wilt, Wai-yee Li, and Ellen Widmer, eds. *Trauma and Transcendence in Early Qing Literature.* Cambridge, MA: Harvard University Asia Center, 2006.

Kafalis, Philip Alexander. *In Limpid Dream: Nostalgia and Zhang Dai's Reminiscences of the Ming.* Norwalk, CT: Eastbridge, 2007.

Ko, Dorothy. *Teachers of the Inner Chambers: Women and Culture in Seventeenth-Century China.* Stanford: Stanford University Press, 1994.

K'ung Shang-jen (Kong Shangren). *Peach Blossom Fan (Taohua shan).* Trans. Chen Shih-hsiang and Harold Acton, with the collaboration of Cyril Birch. Berkeley: University of California Press, 1976.

Li, Wai-yee. *Enchantment and Disenchantment: Love and Illusion in Chinese Literature.* Princeton: Princeton University Press, 1993.

——. "Full-length Vernacular Fiction." In *Columbia History of Chinese Literature,* ed. Victor H. Mair. New York: Columbia University Press, 2001, 620-658.

——. "Heroic Transformations: Women and National Trauma in Early Qing Literature." *Harvard Journal of Asiatic Studies* 59, no. 2 (1999): 363-443.

——. "The Representation of History in the Peach Blossom Fan." *Journal of the American Oriental Society* 115, no. 3 (1995): 421-433.

Li Yu. *The Carnal Prayer Mat (Rou putuan).* Trans. Patrick Hanan. Honolulu: University of Hawai'i Press, 1996.

——. *Silent Operas (Wushengxi).* Trans. Patrick Hanan. Hong Kong: Chinese University Press,1990.

——. *A Tower for the Summer Heat (Shi'er lou).* Trans. Patrick Hanan. New York: Columbia University Press, 1998.

Lu, Tina. *Persons, Roles, and Minds: Identity in* Peony Pavilion *and* Peach Blossom Fan. Stanford: Stanford University Press, 2001.

Lynn, Richard John. "Orthodoxy and Enlightenment: Wang Shih-chen's Theory of Poetry and Its Antecedents." In *Unfolding of Neo-Confucianism,* ed. William Theodore de Bary and the Conference on Seventeenth-Century Chinese Thought. New York: Columbia University Press, 1975, 217-257.

McCraw, David. *Chinese Lyricists of the Seventeenth Century.* Honolulu: University of Hawai'i Press, 1990.

McMahon, Keith. *Causality and Containment in Seventeenth-Century Fiction.* Leiden: Brill,1988.

Meyer-Fong, Tobie. *Building Culture in Early Qing Yangzhou.* Stanford: Stanford University Press, 2003.

———. "Packaging the Men of Our Times: Literary Anthologies, Friendship Networks, and Political Accommodation in the Early Qing." *Harvard Journal of Asiatic Studies* 64,no. 1 (2004): 5-56.

Owen, Stephen. *Readings in Chinese Literary Thought.* Cambridge, MA: Council on East Asian Studies, Harvard University, 1992.

———. "Salvaging Poetry: the 'Poetic' in the Qing." In Theodore Huters, R. Bin Wong, and Pauline Yú, eds. *Culture and State in Chinese History.* Stanford: Stanford University Press, 1997,105-125.

Pastreich, Emmanuel. "The Pleasure Quarters of Nanjing and Edo as Metaphor: The Records of Yu Huai and Narushima Ryūhoku." *Monumenta Nipponica* 55, no. 2 (2000):199-224.

Peterson, Willard. *Bitter Gourd: Fang I-chih and the Impetus for Intellectual Change.* New Haven: Yale University Press, 1979.

Plaks, Andrew. "After the Fall: *Hsing-shih yin-yuan chuan (Xingshi yinyuan zhuan)* and the Seventeenth-Century Chinese Novel." *Harvard Journal of Asiatic Studies* 45, no. 2 (1985):543-580.

Pu Songling. *Strange Stories from a Chinese Studio (Liaozhai zhiyi).* Trans. John

Minford.London: Penguin Books, 2006.

Rolston, David, ed. *How to Read the Chinese Novel.* Princeton: Princeton University Press,1990.

———. *Traditional Chinese Fiction and Fiction Commentary: Reading and Writing between the Lines.*Stanford: Stanford University Press, 1997.

Shang Wei and David Wang, eds. *Dynastic Crisis and Cultural Innovation: From the Late Ming to the Late Qing and Beyond.* Cambridge, MA: Harvard University Asia Center,2005.

Spence, Jonathan. *The Death of Woman Wang.* New York: Viking Press, 1978.

———. *Emperor of China: Self-Portrait of Kang Hsi.* New York: Vintage Books, 1988.

———. *Return to Dragon Mountain: Memories of a Late Ming Man.* New York: Viking, 2007.

Strassberg, Richard. *The World of K'ung Shang-jen: A Man of Letters in Early Qing China.* New York: Columbia University Press, 1983.

Struve, Lynn. "History and the *Peach Blossom Fan.*" *Chinese Literature: Essays, Articles, Reviews* 2, no. 1 (1980): 55-72.

———. "Huang Zongxi in Context: A Reappraisal of His Major Writings." *Journal of Asian Studies* 47, no. 3 (1988): 474-502.

———. *The Ming-Qing Conflict, 1619-1683: A Historiography and Source Guide.* Ann Arbor: Association for Asian Studies, 1998.

———. *Voices from the Ming-Qing Cataclysm: China in Tiger's Jaw.* New Haven: Yale University Press, 1993.

Tung Yüeh. *The Tower of Myriad Mirrors: A Supplement to Journey to the West.* Trans. Shuen-fu Lin and Larry L. Schulz. 2nd edn. Ann Arbor: Center for Chinese Studies, University of Michigan, 2000.

Volpp, Sophie. "The Literary Circulation of Actors in Seventeenth-Century China." *Journal of Asian Studies* 61, no. 3 (2002): 949-984.

Wakeman, Frederic Jr. *The Great Enterprise: The Manchu Reconstruction of Imperial Order in Seventeenth-Century China.* Berkeley: University of California Press, 1985.

———. "Romantics, Stoics, and Martyrs in Seventeenth-Century China." *Journal of Asian Studies* 43, no. 4 (1984): 631-655.

Wang, John. *Chin Sheng-t'an*. New York: Twayne, 1972.

Widmer, Ellen. "The Epistolary World of Female Talent in Seventeenth-Century China."*Late Imperial China* 10, no. 2 (1989): 1-43.

———. "The Huanduzhai of Hangzhou and Suzhou: A Study in Seventeenth-Century Publishing." *Harvard Journal of Asiatic Studies* 56, no. 1 (1996): 77-122.

———. *Margins of Utopia: Shui-hu hou-chuan and the Literature of Ming Loyalism.* Cambridge, MA:Council on East Asian Studies, Harvard University, 1987.

Widmer, Ellen, and Kang-i Sun Chang, eds. *Writing Women in Late Imperial China.* Stanford:Stanford University Press, 1997.

Wu Pei-yi. *The Confucian's Progress: Autobiographical Writings in Traditional China.* Princeton:Princeton University Press, 1990.

Wu Yenna. *The Chinese Virago: A Literary Theme.* Cambridge, MA: Council on East Asian Studies, Harvard University, 1995.

———. *The Lioness Roars: Shrew Stories from Late Imperial China.* Ithaca: East Asian Program, Cornell University, 1995.

Yim, Lawrence C. H. "Qian Qianyi's Theory of Shishi during the Ming-Qing Transition."*Occasional Papers* (Institute of Chinese Literature and Philosophy, Academia Sinica) 1(2005): 1-77.

Yu, Pauline. "Canon Formation in Late Imperial China." In *Culture and State in Chinese History*, ed. Theodore Huters, R. Bin Wong, and Pauline Yu. Stanford: Stanford University Press, 1997, 83-104.

Zeitlin, Judith T. *Historian of the Strange: Pu Songling and the Chinese Classical Tale.* Stanford:Stanford University Press, 1993.

———. *The Phantom Heroine: Ghosts and Gender in Seventeenth-Century Chinese Literature.*Honolulu: University of Hawai'i Press, 2007.

———. "Shared Dreams: The Story of the Three Wives' Commentary on the *Peony Pavilion*."*Harvard Journal of Asiatic Studies* 54, no. 1 (1994): 127-179.

Chapter 4: The literati era and its demise (1723-1840)

Brokaw, Cynthia. *Commerce in Culture: The Sibao Book Trade in the Qing and Republican Periods.* Cambridge, MA: Harvard University Asia Center, 2007.

Brokaw, Cynthia, and Kai-wing Chow, eds. *Printing and Book Culture in Late Imperial China.* Berkeley: University of California Press, 2005.

Cao Xueqin. *The Story of the Stone: Volume 1, The Golden Days.* Trans. David Hawkes. Harmondsworth, Middlesex: Penguin Books, 1973.

——. *The Story of the Stone: Volume 2, The Crab-Flower Club.* Trans. David Hawkes. Harmondsworth, Middlesex: Penguin Books, 1977.

——. *The Story of the Stone: Volume 3, The Warning Voice.* Trans. David Hawkes. Harmondsworth, Middlesex: Penguin Books, 1980.

Cao Xueqin and Gao E. *The Story of the Stone: Volume 4, The Debt of Tears.* Trans. John Minford. Harmondsworth, Middlesex: Penguin Books, 1982.

——. *The Story of the Stone: Volume 5, The Dreamer Wakes.* Trans. John Minford. Harmondsworth, Middlesex: Penguin Books, 1986.

Chan, Leo Tak-hung. *The Discourse on Foxes and Ghosts: Ji Yun and Eighteenth-Century Literati Storytelling.* Honolulu: University of Hawai'i Press, 1998.

Chang, Kang-i Sun. "Ming-Qing Women Poets and the Notions of 'Talent' and 'Morality.'" In *Culture and State in Chinese History,* ed. Theodore Huters, R. Bin Wong, and Pauline Yu. Stanford: Stanford University Press, 1997, 236-258.

Chang, Kang-i Sun, and Haun Saussy, eds. *Chinese Women Poets: An Anthology of Poetry and Criticism from Ancient Times to 1911.* Stanford: Stanford University Press, 1999.

Chaves, Jonathan, ed. and trans. *The Columbia Book of Later Chinese Poetry.* New York: Columbia University Press, 1986.

Chow, Kai-wing. "Discourse, Examination, and Local Elite: The Invention of the T'ung-ch'eng School in Ch'ing China." In *Education and Society in Late Imperial China,*

1600-1900, ed. Benjamin Elman and Alexander Woodside. Berkeley: University of California Press, 1994, 183-220.

———. *The Rise of Confucian Ritualism in Late Imperial China: Ethics, Classics, and Lineage Discourse*. Stanford: Stanford University Press, 1994.

Duara, Prasenjit. "Superscribing Symbols: The Myth of Guandi, Chinese God of War." *Journal of Asian Studies* 47, no. 4 (1988): 778-795.

Elman, Benjamin. *Classicism, Politics, and Kinship: The Ch'ang-chou School of New Text Confucianism in Late Imperial China*. Berkeley: University of California Press, 1990.

———. *A Cultural History of Civil Examinations in Late Imperial China*. Berkeley: University of California Press, 2000.

———. *From Philosophy to Philology: Intellectual and Social Aspects of Change in Late Imperial China*. Cambridge, MA: Harvard University Press, 1990.

Fei, Faye Chunfang, ed. and trans. *Chinese Theories of Theater and Performance from Confucius to the Present*. Ann Arbor: University of Michigan Press, 1999.

Fong, Grace S. *Herself an Author: Gender, Agency, and Writing in Late Imperial China*. Honolulu: University of Hawai'i Press, 2008.

Guy, Kent. *The Emperor's Four Treasures: Scholars and the State in the Late Ch'ien-lung Era*. Cambridge, MA: Harvard University Press, 1987.

Hanan, Patrick. *Chinese Fiction of the Nineteenth and Early Twentieth Centuries*. New York: Columbia University Press, 2004.

Hegel, Robert. *Reading Illustrated Fiction in Late Imperial China*. Stanford: Stanford University Press, 1998.

Hsia, C. T. *The Classic Chinese Novel: A Critical Introduction*. New York: Columbia University Press, 1968.

Hua, Wei. "How Dangerous Can the *Peony* Be? Textual Space, *Caizi Mudan ting*, and Naturalizing the Erotic." *Journal of Asian Studies* 65, no. 4 (2006): 741-762.

Huang, Martin. *Literati and Self-Re/Presentation: Autobiographical Sensibility in the Eighteenth-Century Chinese Novel*. Stanford: Stanford University Press, 1995.

———. ed. *Snakes' Legs: Sequels, Continuations, Rewritings, and Chinese Fiction*. Honolulu: University of Hawai'i Press, 2004.

Idema, Wilt, and Beata Grant. *The Red Brush: Writing Women of Imperial China*. Cambridge, MA: Harvard University Asia Center, 2004.

Ko, Dorothy. *Teachers of the Inner Chambers: Women and Culture in Seventeenth-Century China*. Stanford: Stanford University Press, 1994.

Kuhn, Philip. *Origins of the Modern Chinese State*. Stanford: Stanford University Press, 2002.

Li, Wai-yee. *Enchantment and Disenchantment: Love and Illusion in Chinese Literature*. Princeton: Princeton University Press, 1993.

Lin, Shuen-fu. "Chia Pao-yü's First Visit to the Land of Illusion: An Analysis of a Literary Dream in an Interdisciplinary Perspective." *Chinese Literature: Essays, Articles, and Reviews* 14 (1992): 77-106.

Mackerras, Colin P., ed. *Chinese Theater: From Its Origins to the Present Day*. Honolulu: University of Hawai'i Press, 1983.

———. *The Rise of the Peking Opera 1770-1870; Social Aspects of the Theater in Manchu China*. Oxford: Oxford University Press, 1972.

Mair, Victor H., ed. *The Columbia History of Chinese Literature*. New York: Columbia University Press, 2001.

Mann, Susan. *Precious Records: Women in China's Long Eighteenth Century*. Stanford: Stanford University Press, 1997.

Miles, Steven B. *The Sea of Learning: Mobility and Identity in Nineteenth-Century Guangzhou*. Cambridge, MA: Harvard University Asia Center, 2006.

Naquin, Susan, and Evelyn S. Rawski. *Chinese Society in the Eighteenth Century*. New Haven: Yale University Press, 1987.

Owen, Stephen. "Salvaging Poetry: The 'Poetic' in the Qing." In *Culture and State in Chinese History*, ed. Theodore Huters, R. Bin Wong, and Pauline Yu. Stanford: Stanford University Press, 1997, 105-125.

Platt, Stephen R. *Provincial Patriots: The Hunanese and Modern China*. Cambridge,

MA:Harvard University Press, 2007.

Roddy, Stephen John. *Literati Identity and Its Fictional Representations in Late Imperial China*.Stanford: Stanford University Press, 1998.

Rolston, David L., ed. *How to Read the Chinese Novel*. Princeton: Princeton University Press,1990.

——. *Traditional Chinese Fiction and Fiction Commentary: Reading and Writing between the Lines*.Stanford: Stanford University Press, 1997.

Ropp, Paul. *Dissent in Early Modern China: Ju-lin wai-shih and Ch'ing Social Criticism*. Ann Arbor: University of Michigan Press, 1981.

Rowe, William T. *Saving the World: Chen Hongmou and Elite Consciousness in Eighteenth-Century China*. Stanford: Stanford University Press, 2001.

Schmidt, J. D. *Harmony Garden: The Life, Literary Criticism, and Poetry of Yuan Mei(1716-1798)*. New York: RoutledgeCurzon, 2003.

Shang Wei. *Rutin waishi and Cultural Transformation in Late Imperial China*. Cambridge, MA:Harvard University Press, 2003.

Shen Fu. *Six Records of a Floating Life*. Trans. Leonard Pratt and Su-hui Chiang. Harmondsworth, Middlesex: Penguin Books, 1983.

Waley, Arthur. *Yuan Mei: Eighteenth Century Chinese Poet*. London: George Allen & Unwin Ltd, 1956.

Wan, Margaret Baptist. "The Chantefable and the Novel: The Cases of *Lümudan* and *Tianbaotu*." *Harvard Journal of Asiatic Studies* 64, no. 2 (2004): 367-388.

Widmer, Ellen. *The Beauty and the Book: Women and Fiction in Nineteenth-Century China*.Cambridge, MA: Harvard University Asia Center, 2006.

WuJingzi. *The Scholars*. Trans. YangHsien-yi and Gladys Yang. Beijing: Foreign Language Press, 1957. Repr. New York: Columbia University Press, 1992.

Yee, Angelina C. "Self, Sexuality, and Writing in *Honglou meng*." *Harvard Journal of Asiatic Studies* 55, no. 2 (1995): 373-407.

Yu, Anthony. *Rereading the Stone: Desire and the Making of Fiction in* Dream of the Red Chamber. Princeton: Princeton University Press, 1997.

Yu, Ying-shih. "The Two Worlds of *Hung-lou Meng*." *Renditions* 2 (1974): 5-21.

Zeitlin, Judith T. "Shared Dreams: The Story of the Three Wives' Commentary on *The Peony Pailion.*" *Harvard Journal of Asiatic Studies* 54, no. 1 (1994): 127-179.

Chapter 5: Prosimetric and verse narrative

Altenburger, Roland. "Is It Clothes that Make the Man? Cross-dressing, Gender, and Sex in Pre-twentieth-Century Zhu Yingtai Lore." *Asian Folklore Studies* 64 (2005), 165-205.

Bender, Mark. *Plum and Bamboo: China's Suzhou Chantefable Tradition*. Urbana: University of Illinois Press, 2003.

Bender, Mark, and Victor Mair, eds. *The Columbia Reader in Chinese Folk and Popular Literature*.New York, Columbia University Press, forthcoming.

Børdahl, Vibeke, ed. *The Eternal Storyteller. Oral Literature in Modern China*. London: Curzon,1999.

——. *The Oral Tradition of Yangzhou Storytelling*. London: Curzon, 1996.

Børdahl, Vibeke, and Kathryn Lowe, eds. *Storytelling. In Honor of Kate Stevens*. *Chinoperl Papers* 27 (2007).

Børdahl, Vibeke, and Jette Ross. *Chinese Storytellers: Life and Art in the Yangzhou Tradition*.Boston: Cheng and Tsui, 2002.

Chen, Li-li. *Master Tung's Western Chamber Romance (TungHsi-hsiangchu-kung-tiao), A Chinese Chantefable*. Cambridge: Cambridge University Press, 1976.

Chiang, William W. *We Two Know the Script; We Have Become Good Friends: Linguistic and Social Aspects of the Women's Script Literacy in Southern Hunan, China*. Lanham, MD:University Press of America, 1995.

Ding Yaokang. "Southern Window Dream." Trans. Wilt L. Idema. *Renditions* 69 (2008),20-33.

Doleželová-Velingerová, M., and J. I. Crump. *Ballad of the Hidden Dragon: Liu Chih-yuan chu-kung-tiao*. Oxford: Clarendon Press, 1971.

Dudbridge, Glen. "The Goddess Huayue Sanniang and the Cantonnese Ballad *Chenxiang Taizi.*" In his *Books, Tales, and Vernacular Culture: Selected Papers on China.* Leiden: Brill, 2005, 303-320.

Eberhard, Wolfram. *Cantonese Ballads (Munich State Library Collection).* Taipei: Oriental Cultural Service, 1972.

——. *Taiwanese Ballads: A Catalogue.* Taipei: Oriental Cultural Service, 1972.

Elliott, Mark C., trans. "The 'Eating Crabs' Youth Book." In *Under Confucian Eyes: Writings on Gender in Chinese History,* ed. Susan Mann and Yu-yin Cheng, Stanford: Stanford University Press, 2001, 263-281.

Frankel, Hans H. "The Chinese Ballad 'Southeast Fly the Peacocks.'" *Harvard Journal of Asiatic Studies* 34 (1974): 248-271.

——. "The Formulaic Language of the Chinese Ballad 'Southeast Fly the Peacocks.'" *Lishi yuyan yanjiusuo jikan (Bulletin of the Institute of History and Philology, Academia Sinica)* 39, no. 2 (1969): 219-244.

Grant, Beata. "The Spiritual Saga of Woman Huang: From Pollution to Purification." In *Ritual Opera, Operatic Ritual: "Mulian Rescues His Mother" in Chinese Popular Culture,* ed. David Johnson. Berkeley: Chinese Popular Culture Project, 1989, 224-311.

Idema, Wilt L. "Guanyin's Parrot: A Chinese Animal Tale and Its International Context." In *India, Tibet, China: Genesis and Aspects of Traditional Narrative,* ed. Alfredo Cadonna. Orientalia Venetiana VII. Florence: Leo S. Olschki Editore, 1999, 103-150.

——. *Heroines of Jiangyong: Chinese Nanative Ballads in Women's Script.* Seattle: University of Washington Press, 2009.

——. *Judge Bao and the Rule of Law: Eight Ballad Stories from the Period* 1250-1450. Singapore: World Scientific, 2009.

——. *Meng Jiangnü Brings down the Great Wall: Ten Versions of a Chinese Legend.* With an essay by Haiyan Lee. Seattle: University of Washington Press, 2008.

——. *Personal Salvation and Filial Piety: Two Precious Scroll Nanatives of Guanyin and Her Acolytes.* Honolulu: University of Hawai'i Press, 2008.

——. *The White Snake and Her Son: A Translation of* The Precious Scroll of Thunder Peak, *with Related Texts*. Cambridge, MA: Hackett, 2009.

Idema, Wilt L., and Beata Grant. *The Red Brush: Writing Women of Imperial China*. Cambridge, MA: Harvard University Asia Center, 2004.

Johnson, David. "Mu-lien in *Pao-chüan:* The Performance Context and the Religious Meaning of the *Yu-ming pao-ch'uan.*" In *Ritual and Scripture in Chinese Popular Religion: Five Studies*, ed. David Johnson. Berkeley: Chinese Popular Culture Project, 1995, 55-103.

King, Gail Oman, trans. *The Story of Hua Guan Suo*. Tempe: Center for Asian Studies, Arizona State University, 1989.

Leung, K. C. "Chinese Courtship: The *Hua jianji* in English Translation." *Chinoperl Papers* 20-22 (1997-99): 269-288.

Liu, Lydia H. "A Folksong Immortal and Official Popular Culture in Twentieth-Century China." In *Writing and Materiality in China: Essays in Honor of Patrick Hanan*, ed. Judith Zeitlin, Lydia Liu, and Ellen Widmer. Cambridge, MA: Harvard University Asia Center, 2003, 553-609.

McLaren, Anne E. *Chinese Popular Culture and Ming Chantefables*. Leiden: Brill, 1998.

Mair, Victor H. *T'ang Transformation Texts: A Study of the Buddhist Contribution to the Rise of Vernacular Fiction and Drama in China*. Cambridge, MA: Harvard University Press, 1989.

Overmyer, Daniel L. *Precious Volumes: An Introduction to Chinese Sectarian Scriptures from the Sixteenth and Seventeenth Centuries*. Cambridge, MA: Harvard University Asia Center, 1999.

Pian, Rulan Chao. "The Use of Music as a Narrative Device in the Medley Song: The Courtesan's Jewel Box." *Chinoperl Papers* 9 (1979-1980): 9-31.

Pimpaneau, Jacques. *Chanteurs, conteurs, bateleurs*. Paris: Université Paris 7, Centre de publications Asie Orientale, 1977.

Průšek, Jaroslav. "Chui-tzŭ-shu- Folk-Songs from Ho-nan." In his *Chinese History and Literature*. Prague: Academia, 1970, 170-198.

Qiu Jin, "Excerpts of *Stone of the Jingwei Bird."* In *Writing Women in Modern China: An Anthology of Women's Literature from the Early Twentieth Century*, ed. Amy Dooling and Kristina M. Torgesen. New York: Columbia University Press, 1998, 39-78.

Scott, Mary, trans. "Three *Zidishu* on *Jin Ping Mei*, By Han Xiaochuang." *Renditions* 44(1995): 33-65.

Shi Yukun and Yu Yue. *The Seven Heroes and Five Gallants*. Trans. Song Shouquan. Beijing:Chinese Literature Press, 1997.

Stent, George Carter. *Entombed Alive and Other Songs, Ballads, etc. (from the Chinese)*. London:William H. Allen, 1878.

———. *The Jade Chaplet in Twenty-four Beads: A Collection of Songs, Ballads, etc. (from the Chinese)*.London: Trübner and Co., 1874.

Stevens, Kate. "The Slopes of Changban: A Beijing Drumsong in the Liu Style." *Chinoperl Papers* 15 (1990): 69-79.

Sung, Marina H. *The Narrative Art of Tsai-sheng-yüan: A Feminist Vision in Traditional Chinese Society.* Taipei: CMT Publications, 1994.

Thoms, Peter Perring. *Chinese Courtship, In Verse*. London: Parbury, Allen and Kingsbury,1824.

Wan, Margaret Baptist. "The *Chantefable* and the Novel: The Cases of *Lümudan* and *Tianbaotu*." *Harvard Journal of Asiatic Studies* 64, no. 2 (2004): 367-388.

Widmer, Ellen. *The Beauty and the Book: Women and Fiction in Nineteenth-Century China.*Cambridge, MA: Harvard University Asia Center, 2006.

Wimsatt, Genevieve, and Geoffrey Chen, trans. *Meng Chiang Nü (Chinese Drum Song),The Lady of the Long Wall: A Ku Shi or Drum Song from China*. New York: Columbia University Press, 1934.

Chapter 6: Chinese literature from 1841 to 1937

A Selective Guide to Chinese Literature, 1900-1949, Vol. 1: The Novel, ed. Milena

Doleželová-Velingerová. Leiden: Brill, 1988.

A Selective Guide to Chinese Literature, 1900-1949, Vol. 2: The Short Story, ed. Zbigniew Slupski.Leiden: Brill, 1988.

A Selective Guide to Chinese Literature, 1900-1949, Vol. 3: The Poem, ed. Lloyd Haft. Leiden:Brill, 1989.

A Selective Guide to Chinese Literature, 1900-1949, Vol. 4: The Drama, ed. Bernd Eberstein.Leiden: Brill, 1990.

Acton, Harold, and Ch'en Shi-hsiang, trans. *Modern Chinese Poetry*. London: Duckworth,1936.

Anderson, Marston. *The Limits of Realism: Chinese Fiction in the Revolutionary Period*. Berkeley: University of California Press, 1990.

Braester, Yomi. *Witness against History: Literature, Film, and Public Discourse in Twentieth-Century China*. Stanford: Stanford University Press, 2003.

Chang, Hao. *Chinese Intellectuals in Crisis: Search for Order and Meaning (1890-1911)*. Berkeley:University of California Press, 1987.

Chow, Rey. *Woman and Chinese Modernity: The Politics of Reading between West and East*.Minneapolis: University of Minnesota Press, 1990.

Daruvala, Susan. *Zhou Zuoren and an Alternative Chinese Response to Modernity*. Cambridge,MA: Harvard University Asia Center, 2000.

Denton, Kirk, ed. *Modern Chinese Literary Thought: Writings on Literature, 1893-1945*. Stanford:University of Stanford Press, 1996.

Denton, Kirk A., and Michel Hockx, eds. *Literary Societies of Republican China*. Lanham,MD: Lexington Books, 2008.

Dikötter, Frank. *Exotic Commodities: Modern Objects and Everyday Life in China*. New York:Columbia University Press, 2006.

Doleželová-Velingerová, Milena, ed.*Tjie Chinese Novel at the Turn of the Century*. Toronto:University of Toronto Press, 1980.

Doleželová-Velingerová, Milena, and Oldřich Krái, eds. *The Appropriation of Cultural Capital: China's May Fourth Project*. Cambridge, MA: Harvard University Asia

Center,2001.

Dooling, Amy D. *Women's Literary Feminism in Twentieth-Century China*. New York: Palgrave Macmillan, 2005.

Dooling, Amy D., and Torgeson, Kristina M., eds. *Writing Women in Modern China: An Anthology of Women's Literature from the Early Twentieth Century*. New York: Columbia University Press, 1998.

Eber, Irene. *Voices from Afar: Modern Chinese Writers on Oppressed Peoples and Their Literature*.Ann Arbor: Center for Chinese Studies, University of Michigan, 1980.

Elman, Benjamin. *On Their Own Terms: Science in China, 1550-1900*. Cambridge, MA: Harvard University Press, 2005.

Galik, Marian, ed. *Interliterary and Intraliterary Aspects of the May Fourth Movement 1919 in China*. Bratislava: Veda, 1990.

Gimpel, Denise. *Lost Voices of Modernity: A Chinese Popular Fiction Magazine in Context*. Honolulu: University of Hawai'i Press, 2001.

Goldman, Merle, ed. *Modern Chinese Literature in the May Fourth Era*. Cambridge, MA:Harvard University Press, 1977.

Gunn, Edward M. *Rewriting Chinese: Style and Innovation in Twentieth-Century Chinese Prose*. Stanford: Stanford University Press, 1991.

Han Bangqing. *The Sing-Song Girls of Shanghai*. Trans. Eileen Chang. Rev. and ed. by EvaHung. New York: Columbia University Press, 2005.

Hanan, Patrick. *Chinese Fiction of the Nineteenth and Early Twentieth Centuries: Essays*. New York: Columbia University Press, 2004.

Hockx, Michel. *Questions of Style: Literary Societies and Literary Journals in Modern China,1911-1937*. Leiden: Brill, 2003.

Hsia, C. T. *A History of Modern Chinese Fiction*. New Haven: Yale University Press, 1971.

———. *C. T. Hsia on Chinese Literature*. New York: Columbia University Press, 2004.

Hsia, T. A., *The Gate of Darkness: Studies of the Leftist Literary Movement in China*. Seattle:University of Washington Press, 1968.

Hu, Ying. *Tales of Translation: Composing the New Woman in China, 1898-1918.* Stanford:Stanford University Press, 2000.

Huang, Nicole X. *Women, War, Domesticity: Shanghai Literature and Popular Culture of the1940s.* Leiden: Brill, 2005.

Huters, Theodore. *Bringing the World Home: Appropriating the West in Late Qing and Early Republican China.* Honolulu: University of Hawai'i Press, 2005.

Karl, Rebecca E., and Peter Zarrow, eds. *Rethinking the 1898 Reform Period: Political and Cultural Change in Late Qing China.* Cambridge, MA: Harvard University Asia Center,2002.

Keulemans, Paize. "Listening to the Printed Martial Arts Scene: Onomatopoeia and the Qing Dynasty Storyteller's Voice." *Harvard Journal of Asiatic Studies 67,* no. 1 (2007):51-87.

Kinkley, Jeffery C. *The Odyssey of Shen Congwen.* Stanford: Stanford University Press, 1987.

Kowallis, Jon. *The Subtle Revolution: Poets of the "Old Schools" during Late Qing and Early Republican China.* Berkeley:Center for Chinese Studies, University of California, 2006.

Lackner, Michael, Iwo Amelung, and Joachim Kurtz, eds. New *Terms for New Ideas: Western Knowledge and Lexical Change in Late Imperial China.* Leiden: Brill, 2001.

Larson, Wendy. *Literary Authority and the Modern Chinese Writer: Ambivalence and Autobiography.* Durham, NC: Duke University Press, 1991.

——. *Women and Writing in Modern China.* Stanford: Stanford University Press, 1998.

Lau, Joseph S. M., and Howard Goldblatt, eds. *The Columbia Anthology of Modern Chinese Literature.* New York: Columbia University Press, 1995.

Lau, Joseph S. M., C. T. Hsia, and Leo Ou-fan Lee, eds. *Modern Chinese Stories and Novellas,1919-1949.* New York: Columbia University Press, 1981.

Laughlin, Charles A. *Chinese Reportage: The Aesthetics of Historical Experience.* Durham, NC:Duke University Press, 2002.

——. *The Literature of Leisure and Chinese Modernity.* Honolulu: University of Hawai'i

Press, 2008.

Lee, Haiyan. *Revolution of the Heart: A Genealogy of Love in China, 1900-1950.* Stanford: Stanford University Press, 2006.

Lee, Leo Ou-fan. *The Romantic Generation of Modern Chinese Writers.* Cambridge, MA: Harvard University Press, 1973.

———. *Shanghai Modern: The Flowering of a New Urban Culture in China, 1930-1945.* Cambridge, MA: Harvard University Press, 1999.

———. *Voices from the Iron House: A Study of Lu Xun.* Bloomington: Indiana University Press, 1987.

Link, Perry. *Mandarin Ducks and Butterflies: Popular Fiction in Early Twentieth-Century Chinese Cities.* Berkeley: University of California Press, 1981.

Liu, Lydia He, ed. *Tokens of Exchange: The Problem of Translation in Global Circulations.* Durham, NC: Duke University Press, 1999.

———. *Translingual Practice: Literature, National Culture, and Translated Modernity-China, 1900-1937.* Stanford: Stanford University Press, 1995.

McDougall, Bonnie S. *Fictional Authors, Imaginary Audiences: Modern Chinese Literature in the Twentieth Century.* Hong Kong: The Chinese University Press, 2003.

McDougall, Bonnie S., and Kam Louie. *The Literature of China in the Twentieth Century.* London: Hurst, and New York: Columbia University Press, 1997.

McLaren, Anne E. *Performing Grief: Bridal Laments in Rural China.* Honolulu: University of Hawai'i Press, 2008.

Modern Chinese Literature and Culture Resource Center, http://mclc.osu.edu.

Mostow, Joshua, ed. *The Columbia Companion to Modern East Asian Literature.* New York: Columbia University Press, 2003.

Pollard, David. *The Chinese Essay.* New York: Columbia University Press, 2000.

———. ed. *Translation and Creation: Readings of Western Literature in Early Modern China, 1840-1918.* Philadelphia: J. Benjamins, 1998.

Průšek, Jaroslav. *The Lyrical and the Epic: Studies of Modern Chinese Literature.* Ed. Leo Ou-fan Lee. Bloomington: Indiana University Press, 1981.

Rankin, Mary. *Early Chinese Revolutionaries: Radical Intellectuals in Shanghai and Chekiang, 1902-1911*. Cambridge, MA: Harvard University Press, 1971.

Reed, Christopher A. *Gutenberg in Shanghai: Chinese Print Capitalism, 1876-1937*. Vancouver and Toronto: UBC Press, 2004.

Semanov, V. I. *Lu Hsun and His Predecessors*. Trans. Charles J. Alber. New York: M. E.Sharpe, 1980.

Shih, Shu-mei. *The Lure of the Modern: Writing Modernism in Semi-colonial China*. Los Angeles and Berkeley: University of California Press, 2001.

Starr, Chloë F. *Red-Light Novels of the Late Qing*. Leiden: Brill, 2007.

Tang, Xiaobing. *Chinese Modern: The Heroic and the Quotidian*. Durham, NC: Duke University Press, 2000.

Tsu, Jing. *Failure, Nationalism, and Literature: The Making of Modern Chinese Identity, 1895-1937*.Stanford: Stanford University Press, 2005.

Wang, Ban. *The Sublime Figure of History: Aesthetics and Politics in Twentieth-Century China*.Stanford: Stanford University Press, 1997.

Wang, David Der-wei. *Fin-de-Siècle Splendor: Repressed Modernities of Late Qing Fiction, 1849-1911*. Stanford: Stanford University Press, 1997.

Wang, David Der-wei, and Shang Wei, eds. *Dynastic Crisis and Cultural Innovation: From the Late Ming to the Late Qing and Beyond*. Cambridge, MA: Harvard University Asia Center, 2005.

Wong, Timothy C, trans. *Stories for Saturday: Twentieth-Century Chinese Popular Fiction*. Honolulu: University of Hawai'i Press, 2003.

Wong, Wang-chi. *Politics and Literature in Shanghai: The Chinese League of Left-Wing Writers, 1930-1936*. Manchester: Manchester University Press, 1991.

Wright, David. *Translating Science: The Translation of Western Chemistry into Late Imperial China, 1840-1900*. Leiden: Brill, 2000.

Yeh, Catherine Vance. *Shanghai Love: Courtesans, Intellectuals, and Entertainment Culture, 1850-1911*. Seattle: University of Washington Press, 2006.

Yeh, Michelle, ed. and trans. *Anthology of Modern Chinese Poetry.* 2nd edn. New Haven: Yale University Press, 2003.

———. *Modern Chinese Poetry: Theory and Practice since 1917.* New Haven: Yale University Press,1991.

Zeitlin, Judith T., Lydia Liu, and Ellen Widmer, eds. *Writing and Materiality in China: Essays in Honor of patrick hanan.*Cambridge MA:Harvard University Asia Center,2003.

Chapter 7: Chinese literature from 1937 to 1949

Anderson, Marston. *The limits of Realism:Chinese Fiction in the Revolutionary Period.* Berkeley: University of California Press, 1990.

Berry, Michael. *A History of Pain: Trauma in Modern Chinese Literature and Film.* New York: Columbia University Press, 2008.

Braester, Yomi. *Witness against History:Literature, Film, and Public Discourse in Twentieth-Century China.* Stanford: Stanford University Press, 2003.

Chang, Eileen. *Written on Water.* New York: Columbia University Press, 2005.

Chang, Eileen. *Love in a Fallen City.* New York Review of Books Classics, 2006.

Chen, Xiaomei, ed. *The Columbia Anthology of Modern Chinese Drama.* New York: Columbia University Press, 2010.

Cheung, Dominic. *Feng Chih.* Boston: Twayne Publishers, 1979.

Chow, Rey. *Woman and Chinese Modernity:The Politics of Reading between West and East.* Minneapolis: University of Minnesota Press, 1990.

Crespi, John. *Voices in Revolution: Poetry and the Auditory Imagination in Modern China.* University of Hawai'i Press, 2009.

Daruvala, Susan. *Zhou Zuoren and an Alternative Chinese Response to Modernity.* Cambridge, MA: Harvard University Asia Center, 2000.

Denton, Kirk A. ed. *Modern Chinese Literary Thought:Writings on Literature, 1893-1945.* Stanford: Stanford University Press, 1996.

Denton, Kirk A., Michel Hockx, eds. *Literary Societies of Republican China*. Lanham, MD: Lexington Books, 2008.

Denton, Kirk A. *The Problematic of Self in Modern Chinese Literature: Hu Feng and Lu Ling*. CA: Stanford University Press, 1998.

Dooling, Amy D., Torgeson, Kristina M., eds. *Writing Women in Modern China:An Anthology of Women's Literature from the Early Twentieth Century*. New York: Columbia University Press, 1998.

Dooling, Amy D.. *Women's Literary Feminism in Twentieth-Century China*. New York: Palgrave Macmillan, 2005.

Eber, Irene. *Voices from Afar:Modern Chinese Writers on Oppressed Peoples and Their Literature*. Ann Arbor: Center for Chinese Studies, University of Michigan, 1980.

Eberstein, Bernd, ed. *A Selective Guide to Chinese Literature 1900-1949,Vol. 4:The Drama*. Leiden: Brill, 1990.

Feuerwerker, Yi-tsi Mei. *Ding Ling's Fiction: Ideology and Narrative in Modern Chinese Literature*. Harvard University Press, 1982.

Gunn, Edward M. *Rewriting Chinese:Style and Innovation in Twentieth-Century Chinese Prose*. Stanford: Stanford University Press, 1991.

Gunn, Edward M. *The Unwelcome Muse: Chinese Literature in Shanghai and Peking, 1937-1945*. New York: Columbia University Press, 1980 .

Haft, Lloyd. *Pien Chih-lin:A Study in Modern Chinese Poetry*. Dordrecht: Foris, 1983.

Hockx, Michel. *A Snowy Morning: Eight Chinese Poets on the Road to Modernity*. Leiden: CNWS, 1994.

Hsia, C. T. *C. T. Hsia on Chinese Literature*. New York: Columbia University Press, 2004.

Hsia, C. T. *A History of Modern Chinese Fiction*. New Haven: Yale University Press, 1971.

Hsia, T. A. *The Gate of Darkness:Studies on the Leftist Literary Movement in China*. Seattle: University of Washington Press, 1968.

Hsu, Kai-yu, ed. and trans. *Twentieth-Century Chinese Poetry: An Anthology*. Garden

City, New York: Doubleday, 1963.

Hsu, Kai-yu. *Wen I-to*. Boston: Twayne Publishers, 1980.

Huang, Nicole X. *Women, War, Domesticity:Shanghai Literature and Popular Culture of the 1940s*. Leiden: Brill, 2005.

Huters, Theodore. *Qian Zhongshu*. Boston: Twayne Publishers, 1982.

Kinkley, Jeffery C. *The Odyssey of Shen Congwen*. Stanford:Stanford University Press, 1987.

Larson, Wendy. *Women and Writing in Modern China*. Stanford:Stanford University Press, 1998.

Larson, Wendy. *Literary Authority and the Modern Chinese Writer:Ambivalence and Autobiography*. Durham, NC: Duke University Press, 1991.

Lau, Joseph S.M., et al ed. and trans. *Modern Chinese Stories and Novellas, 1919-1949*. New York:Columbia University Press, 1981.

Lau, Joseph S.M., and Howard Goldblatt, eds. *The Columbia Anthology of Modern Chinese Literature*. New York:Columbia University Press, 1995.

Lau,Joseph S. M., Hsia C. T., and Lee, Leo Ou-fan, eds. *Modern Chinese Stories and Novellas, 1919-1949*. New York:Columbia University Press, 1981.

Laughlin, Charles A. *Chinese Reportage:The Aesthetics of Historical Experience*. Durham, NC:Duke University Press, 2002.

Laughlin, Charles A. *The Literature of Leisure and Chinese Modernity*. Honolulu: University of Hawai'i Press, 2008.

Lee, Haiyan. *Revolution of the Heart:A Genealogy of Love in China, 1900-1950*. Stanford:Stanford University Press, 2006.

Lee, Leo Ou-fan. *Shanghai Modern:The Flowering of a New Urban Culture in China, 1930-1945*. Cambridge, MA:Harvard University Press, 1999.

Lee, Leo Ou-fan. *The Romantic Generation of Modern Chinese Writers*. Cambridge, MA:Harvard University Press, 1973.

Lin, Julia C., Kaldis, Nicholas, eds. *Twentieth-Century Chinese Women's Poetry: An Anthology*. M.E. Sharpe, 2009.

Lin, Julia C. *Modern Chinese Poetry: An Introduction.* University of Washington Press, 1972.

Link, Perry. *Mandarin Ducks and Butterflies: Popular Fiction in Early Twentieth-Century Chinese Cities.* University of California Press, 1981.

Lloyd Haft, ed. *A Selective Guide to Chinese Literature 1900-1949,Vol. 3:The Poem.* Leiden:Brill, 1989.

McDougall, Bonnie S. Kam Louie. *The Literature of China in the Twentieth Century.* London: Hurst; New York:Columbia University Press, 1997.

McDougall, Bonnie S. *Fictional Authors, Imaginary Audiences:Modern Chinese Literature in the Twentieth Century.* Hong Kong:The Chinese University Press, 2003.

Milena Dolezelová-Velingerová, ed. *A Selective Guide to Chinese Literature 1900-1949,Vol.1:The Novel.* Leiden:Brill, 1988.

Mostow, Joshua S. ed. *The Columbia Companion to Modern East Asian Literature.* New York:Columbia University Press, 2003.

Payne, Robert, ed. and trans. *Contemporary Chinese Poetry.* London:Routledge, 1947.

Qian Zhongshu. *Humans, Beasts, and Ghosts: Stories and Essays.* New York:Columbia University Prses, 2010.

Slupski, Zbigniew ed. *A Selective Guide to Chinese Literature 1900-1949,Vol. 2:The Short Story.* Leiden:Brill, 1988.

Tang, Xiaobing. *Chinese Modern:The Heroic and the Quotidian.* Durham, NC:Duke University Press, 2000.

Wang, David Der-wei. *Fictional Realism in Twentieth-Century China: Mao Dun, Lao She, Shen Congwen.* New York:Columbia University Press, 1992.

Wang, David Der-wei. *The Monster That Is History: History, Violence, and Fictional Writing in Twentieth-Century China.* University of California Press, 2004 .

Wang, Ban. *The Sublime Figure of History: Aesthetics and Politics in Twentieth-Century China.* Stanford:Stanford University Press, 1997.

Wong, Timothy C., trans. *Stories for Saturday:Twentieth-Century Chinese Popular Fiction.* Honolulu:University of Hawai'i Press, 2003.

Yeh, Michelle. *Modern Chinese Poetry:Theory and Practice since 1917.* New Haven:Yale

University Press, 1991.

Yeh, Michelle, ed. and trans. *Anthology of Modern Chinese Poetry*, 2nd edn. New Haven:Yale University Press, 2003.

Yeh, Michelle, Malmqvist, Goran, eds., *Frontier Taiwan: An Anthology of Modern Chinese Poetry*. New York: Columbia University Press, 2001.

Yip, Wai-lim, ed. and trans. *Lyrics from Shelters: Modern Chinese Poetry 1930-1950*. New York:Garland Publishing, 1992.

索 引

（按汉语拼音排序，页码为本书边码）

A

阿城，657
  《棋王》，658
阿英（钱杏邨），447, 579, 584
  《晚清小说史》，557
艾尔曼，本杰明，252, 253
艾衲居士
  《豆棚闲话》，201—203
艾南英，79
艾青，579, 584, 586
  《大堰河》，519, 523
《安邦志》，385

B

八股文，3, 14, 24—25, 76—77, 79, 95, 112, 159, 160, 210, 252, 277, 279, 420, 422—423, 468
巴金，455, 509—510, 527, 541, 571, 579
  《爱情三部曲》，509
  《寒夜》，571, 585
  《激流三部曲》，509, 571
  《家》，509—510, 569, 571
  《灭亡》，503
巴黎，71, 437, 438, 467, 552, 572, 589
白璧德，473, 497, 550, 558
白居易，85, 86, 174, 239, 262, 304
  《琵琶行》，200, 347—386, 389
  《长恨歌》，178, 200, 236, 347—386
《白毛女》，595
白朴
  《梧桐雨》，57, 236, 238
《白蛇传弹词》，376
白蛇故事，317—319, 345, 375—377, 401
《白兔记》，137, 354
白薇，514—515
  《悲剧生涯》，515

《打出幽灵塔》，514

《革命神受难》，514

《琳丽》，487

《炸弹与征鸟》，503，515

与杨骚，514

《白雪遗音》，378

百日维新，422，441，446，452，456

班扬，约翰

《天路历程》，533

梆子戏，298—315，320—321，323

包公（包拯），323，327，356，392，398，434—435，545

《龙图耳录》，372—373

包天笑，489，538，547，554

宝卷，157，302，349，350—354，355，359，364，366，367，385—386，390，395，399—401，407—408

报章文人，434—435，545

报纸和小报，446，554—555，598

《大公报》，525，527，590

《京报》，555

《民国日报》，546

《申报》，439，446，489，491，532，536，554，590

《时事新报》，554，555，631

《世界日报》，489

《循环日报》，438

《瀛寰琐记》，446

《游戏报》，446

《指南报》，446

增刊，401

《北斗》，552—553

北伐，494，503，514

北方戏曲（杂剧），见"戏曲"

北京，1，3，17，18，19，21，22，31，59，71，85，89，91，105，128，136，142，153，165，179，180，185，187，190，194，217，236，250，251，257—258，259，273，274，277—278，282，297，310，320—321，323，327，328，333，338，340，345，354，364，365，369，370，372，373，401，406，418，440，450，466，491，492，505，506，513，518，525，526—529，547，550，555，563，564，565，569，570，579—584

与"文明戏"，485

与五四运动，466，467，470，500

《北游记》，102

贝拉米，爱德华

《回头看纪略》，453，533

笔记，20—21，254—256，545，581

碧荷馆主人

《新纪元》，454—455

卞赛，145，180

卞之琳，516，517—518，527，561，574，575

《弁而钗》，126

变文，346-350

宾为霖，533

冰心，479-480

薄伽丘，乔万尼，4

C

才子佳人，121, 207, 219-220, 271-272, 327, 333, 391, 429, 453, 488

《才子书》，87, 191, 220, 357

蔡琰，191, 220

　《悲愤诗》，346

曹春江，379

曹汉阁，366

曹溶，165

曹雪芹，261, 266, 267, 269-270, 271, 273, 282-283, 286-287, 295, 311, 314, 315, 317, 319-320, 433, 440, 454

　另见"《石头记》"

曹禺

　《北京人》，569-570

　《雷雨》，506-507, 514

　《日出》，507

　《原野》，507

曹贞吉，175, 230

曹植，347, 402

《草诏敲牙》，372

插图，22, 23, 67, 88, 103, 125, 147, 162, 210, 211, 400, 596

茶话，512, 552

柴四郎，533

长城，18, 179, 371, 405-408, 511

常州学派，337, 338, 340, 419

唱本，366

超现实主义，528, 586

潮州歌册，395-399, 411

《潮州柳知府全歌》，398-399

车王府

　车王府藏抄本，345

　车王府藏俗文学，345, 364, 368

沉香，392-393

陈忱，357

陈大康，101

陈蝶仙，489

陈独秀，466, 540

　与胡适，469

　与中国共产主义革命，493

陈端生

　《再生缘》，334-335, 382-384

陈恭尹，166

陈衡哲

　《一日》，479

陈鸿璧，478, 537

陈季同，537-538

陈继儒，94, 96, 120, 125-150, 206

陈景汉，538, 541

陈起

《江湖集》,259

陈去病,462

　《二十世纪大舞台》,445

陈三

　与五娘,395,397

陈三立,420,462,562

　绝食,562

　与陈宝琛,419

陈森

　《品花宝鉴》,385,427,428-429,447

陈士斌,211

陈士奇,376

陈维崧,189,224

　词,155,199,225-226,228,231

　豪放,225

　阳羡派,163

陈撷芬

　《女学报》,478

陈寅恪,155,182

陈与郊,133

陈遇乾,376,378

陈圆圆,145,179-180,418

陈兆仑,382

陈子龙,74,75,97,120,155,169,223

　《杜鹃行》,196

　《凤双飞》,385

　加入文社,75,78

　批评竟陵派,161

　与柳如是,146

成仿吾,494,541

程琼

　与吴震生,306-307

《重订欣赏篇》,138

重庆,553,566,569-574,591,594

《仇史》,460

褚人获

　《隋唐演义》,218-220

褚圣邻,356-357

传奇,8,428

创造社,470,550

词,12,44-46,49-50,61,146,169,181,183,184-185,199,200,211,223-229,230-231,254-338,347,419-420,444,462,463,467-473,546,552

词话,349,354-361,368,390,401

丛书,162-163

崔述,253

D

大鼓,363,373

《大明混一图》,12

《大明兴隆传》,368

戴名世

　处决,228

　《南山集》,168

戴望舒，523, 553, 586, 590–592
　《望舒草》，525
　《我的记忆·雨巷》，525, 561
戴震，253
蛋家
　与木鱼书，390, 394
道情，353–354, 373
邓汉仪
　《诗观》，166
邓玉函，530
狄平子，443
地府，9, 129, 132, 233, 356, 360, 393–394, 396, 410
　宝卷描写，352–353, 400, 401
　《唐仙记》，394
第二次世界大战，569, 587
第一次世界大战，413, 467
《琱玉集》，405, 406
丁玲，455, 515, 548, 552, 553, 563, 593–594
　《母亲》，513–514
　《莎菲女士的日记》，513
　《水》，513, 514
　《韦护》，513
丁西林
　《压迫》，487
　《一只马蜂》，487
丁耀亢，163, 218
　《东郭记异》，358, 370

《化人游》，230
《西湖扇》，236
《续金瓶梅》，168, 215–216, 270, 354–358, 397
东林，75–76, 78, 92, 123, 161, 172, 175, 183
《东游记》，354
《东游记异》，34
董白，145, 193–195
董解元，349
董其昌，105
《意中缘》，149–151
董说
《西游补》，107, 142, 374
董永，402–403
董越，19–20
杜博妮，547
杜德桥，393
杜甫，11, 28, 30, 33, 60, 68, 83, 84, 87, 174, 176, 177, 181, 200, 258, 264, 311–312, 339, 518
杜衡，525, 586
杜牧，183, 186, 193, 428
杜运燮，576, 577
杜赞奇，268
端木蕻良
《科尔沁旗草原》，511
敦煌文本，347–348, 351, 393, 399, 402, 403, 406

E

二二八事件，597, 599
《二荷花史》，391
《二十四孝》，366

F

《法国女英雄弹词》，387
法海，317, 319, 375–376
翻译，268, 341–342, 371, 372, 391, 454, 465, 574–575, 582
  传教士，529–534
  西方小说，426–427, 442, 447, 478, 497–498, 511, 534–550
  《新约》，438
凡尔纳，447, 478, 537, 538, 540
凡尔赛和约，467
樊增祥
  与晚唐派，418–419
方苞，228–229, 244
  《南山集》案，228–229, 244
  文法，229
  与桐城派，339, 422, 424
  《狱中杂记》，229
方东树，424
方孝孺
  子弟书，372
方以智，77, 100, 182, 184, 193, 197

废名（冯文炳），516, 519, 579–580
丰子恺，516, 522
《风月梦》，251, 328–329
《封神榜》，368
《封神演义》，101–102, 103
冯梦龙，10, 81, 101, 105, 113, 115, 117, 118–120, 121–127, 139, 305, 339, 389
  《蒋兴哥重会珍珠衫》，116–117
  《警世通言》，122
  《卖油郎独占花魁》，145
  《情史类略》，49, 126, 144–145
  "三言"，124, 125, 357, 373, 375–376
  《山歌》，124, 129
  《醒世恒言》，122, 317
  与李玉英故事，50
冯沅君，479, 480
冯至，516, 541, 564, 574, 575–576
  《北游》，518
《凤凰山》，385
佛经，55–56, 217, 347, 352–353, 390, 400
  释经文，347, 400
《芙蓉洞》，379
复古，21, 28–36, 37, 38–39, 42, 58–62
复社，75, 77–78, 91, 123, 142, 161, 164, 165, 166, 172, 187, 192, 240, 242–243, 546
傅汉思，346, 370
傅兰雅，530–531, 532–533, 541, 554

《格致汇编》, 529, 531
傅雷, 530-531, 541, 554
傅山, 258
赋, 17-18, 19-21, 25, 29, 35, 36-37, 43, 183, 196, 529, 531

G

盖博坚, 251
干宝
　《搜神记》, 346
高棅, 10-11, 28
　《唐诗品汇》, 10-11, 59-60
　《唐诗正声》, 11, 59-60
高濂, 138
高启, 4-7, 15, 36, 38, 39, 40
歌仔册, 362, 366, 367, 395-399
歌仔戏, 396
"革命的浪漫蒂克", 508
葛嫩, 193
耿济之, 532-533, 541
公安派, 85, 100
公安三袁, 76, 84-86, 89, 91-92, 94-96, 98, 99, 100, 105-106, 113, 122, 125, 138, 140, 161
公案小说, 431-435, 439-462
　《包公案》, 见 "包公"
　《刘公案》, 360, 369, 396
　《尼姑庵》, 360, 369, 396

《施公案》, 327, 432
　晚清, 431-435
公羊学（今文经学）, 336-339, 342, 416, 417, 436
龚鼎孳, 165, 177-178, 200
龚自珍, 201-207, 415-418, 482, 494, 561, 564
　《己亥杂诗》, 339, 417-418
　情, 415, 416-417, 564
　与公羊学, 338, 417
《姑妇曲》, 359
古文, 92, 229, 340, 422-425
鼓词, 326, 349, 358, 359, 365, 367-370, 373, 374, 386
　包公故事, 298-324, 327
　孔子, 366
鼓书, 368-370
《鼓掌绝尘》, 125
鼓子词, 349, 359, 370, 373
顾春（顾太清）, 333, 439-440
　《红楼梦影》, 333, 381
顾颉刚, 406
顾起元, 127-128
顾宪成, 75, 78, 183
顾炎武, 75, 78, 157-159, 174, 228, 258
顾贞观, 228, 231
顾贞立, 183-184, 228
　《楚黄署中闻警》, 183
观音, 351-352, 355, 400-401

广东话，155, 166, 357
　　木鱼书，367, 389–394
《广东新语》，377–390
归有光，61, 92, 94, 201, 229, 239
归庄，94, 201
桂馥，244
　　《后四声猿》，304
郭继春，见"苏六娘与郭继春"
郭良蕙，629
郭沫若，481–482, 494–496, 500, 501,
　　541, 549, 561, 570, 579
　　创造社，540, 549
　　《革命与文学》，482, 494
　　《女神》，481–482
郭实腊，533
郭嵩焘，426
　　《使西纪程》，437
国际笔会中国分会，552
国民党，345, 566, 570, 571, 578–579,
　　584, 591, 593, 594, 597, 598–599,
《国色天香》，73
《国语》，346

H

"海派"，525–526
海瑞，42
《海上花列传》，328, 428, 430–431,
　　439, 473, 526
　　长篇连载，439
　　心理写实主义，430
　　另见"吴语"
海天独啸子
　　《女娲石》，455
函可，166–167
韩邦庆，526
　　《海上奇书》，439, 446
　　《太仙漫稿》，439
　　另见"《海上花列传》"
韩南，201, 532
韩少功，574
韩湘子，354
韩小窗，371–372, 373
　　《长坂坡》，372, 373
　　《得钞傲妻》，372
韩愈，354
汉魏六朝诗派
　　与邓辅纶，418
　　与王闿运，418
汉学，78, 248, 250, 252–256, 257, 292,
　　336, 339–340, 416, 423
《汉园集》，517
杭州，8, 69, 71, 89, 97–98, 126, 149,
　　163, 185, 202, 258–259, 278, 301,
　　317, 324, 331, 332, 348, 374–376,
　　377, 381, 382, 383, 386, 401, 411,
　　417, 440, 574
　　与妙善公主传说，351

《合欢图》(《九美图》), 379
合信
   《全体新论》, 530
何谷理, 66, 106, 162, 218, 267
何景明, 28–31, 418
何其芳, 516, 517, 518, 525, 561
   《画梦录》, 518
   《预言》, 518
何诹
   《碎琴楼》, 462
赫胥黎
   《天演论》, 426, 454, 534
鹤侣, 371
横滨, 442, 461, 464
红卫兵, 581
洪亮吉, 338
洪榠, 117, 123, 298, 302
洪昇, 164, 210, 236–239, 298
   《长生殿》, 157, 236–239, 371
   《四婵娟》, 236
      与《牡丹亭》, 236
      逐出国子监, 168
洪秀全, 245, 448, 570
侯方域, 228
   黄宗羲论侯方域, 187
   《桃花扇》, 240
侯芝, 335, 386
   《再造天》, 384
后七子, 21, 45, 58–62, 78, 85, 91

与前七子相比较, 59
胡风, 571, 579, 586, 593, 596
胡秋原, 498–499
胡适, 204, 459, 466, 473, 481, 485–486, 497, 540, 550, 559
   《文学改良刍议》, 466
   《五十年来之中国文学》, 557
   与陈独秀, 469
   与五四运动, 467, 468–469
   《终身大事》, 486
胡文楷, 88
胡先骕
   《学衡》, 473
胡也频, 513
胡应麟, 68, 71, 72, 93, 121
胡志德, 424
《糊涂世界》, 460
《蝴蝶杯》, 369–370
花关索, 355
华汉, 见"阳翰笙"
华岳三娘, 392–393
《欢喜冤家》, 126
荒江钓叟
   《月球殖民地小说》, 454
皇帝
   洪武（朱元璋）, 1, 4, 5–6, 7–8, 9, 11–12, 13–14
   永乐（朱棣）, 1–3, 8, 12, 13, 14–15, 16, 17, 19, 173, 192, 201, 244,

273, 302, 368, 372

英宗，3, 10, 18, 50

正德（明武宗），22, 25, 31, 34, 42, 359, 360-361

嘉靖，3, 42-43, 50, 56

弘光，180, 190, 242

康熙，153, 167, 223, 239, 241, 244, 245, 256, 360

乾隆，154, 167, 175, 178, 245, 249-252, 256, 260, 274, 307, 311, 320, 323, 324, 325, 333, 360, 367-386, 415

雍正，245, 247, 250-251, 270, 282, 311

黄道周，159

黄景仁，259-261

黄侃，465

与《国故》，472

黄摩西，442, 444

黄卫总，258, 288

黄翔，596

《黄绣球》，448, 449

黄媛介，203

黄周星

点评《西游记》，211

黄宗羲，77, 78, 83, 157-158, 173-174, 258, 288

柳敬亭传，200

黄遵宪，420-422

《人境庐诗草》，421

《日本杂事诗》，421

与百日维新，422

与日本文人，436-437

《绘图列女传》，147

惠栋，252

惠顿

《万国公法》，428, 531

混合歌，373-374

《活地狱》，460

《货郎旦》，349-350

货郎儿，349-350

霍克斯，50, 284, 286, 287

J

纪弦，586

纪昀，250, 254-256, 257

《阅微草堂笔记》，254

妓女，35, 69, 97, 111, 117, 119, 120, 127, 133, 141, 142, 144-149, 162, 169, 170, 176, 177, 179, 180, 186, 187, 188, 189, 191-195, 196, 198, 207, 240, 243, 263, 303, 331, 332, 360, 361, 369, 391, 396, 417, 418, 421-435, 439-459, 462, 507, 544, 548, 569, 574, 581

另见"青楼小说"

季布，347

《济公案》，375

贾岛，102, 258

贾凫西（贾应宠），358, 368

贾仲明，14

江彬，360

江文也

    《北京铭》，528–529

    《赋天坛》，528–529

江盈科，100

江左樵子，172

蒋光慈

    《冲出云围的月亮》，508

    《短裤党》，503, 508

    《咆哮了的土地》，510

    《新梦》，494–495

蒋介石，493, 495, 565, 575

蒋景祁，224

蒋士铨，313

    《临川梦》，307–310

蕉园诗社，163

"借妻"，315–316

《今古奇观》，93, 127

《今天》，574–575

金堡（今释澹归）

    《题骷髅图》，230

金尼阁，530

《金瓶梅》，51, 101, 104–111, 114, 123, 139–140, 142, 210, 211, 212–214, 216–218

    另见《续金瓶梅》

金圣叹，86–87, 93, 107, 109, 112, 162, 212–213, 357, 367

    评点《西厢记》，210, 391

    70回本《水浒传》，53, 54, 76, 113–114, 115–116, 211, 269, 391, 432

金兆藩

    《宫井篇》，462

锦歌，396

京剧，69, 129, 299, 320–321, 323–324, 328, 367, 370, 428, 445, 485, 486, 569, 585

"京派"，见"巴金"、"卞之琳"、"老舍"、"林徽因"、"林语堂"、"凌淑华"、"沈从文"、"周作人"、"萧乾"、"林庚"

井上圆了，533

竟陵派，见"钟惺"

静观子

    《六月霜》，456

《九松亭》(《珍珠塔》)，377–390

九叶诗派，577

剧场

    商业，579, 585

    实验，486–487, 512

    五四时期的改革，444–445, 484–487

    另见"戏曲"、"京剧"

K

康海，21, 28–35, 200

康有为，338, 419, 441
  《大同书》，337–338, 436, 533, 535
  《孔子改制考》，337–338

科幻，见"小说"

科举考试，3, 5, 14–15, 17, 24, 26, 31, 38, 43, 59, 74, 75, 76–78, 83, 85, 89, 91–92, 94, 98, 99–100, 122, 124, 129, 143, 203, 219, 232, 233, 252, 253, 258, 274, 275, 277, 279, 282, 289, 291, 296, 314, 318, 326, 333, 344, 439, 464, 474, 546, 556

客家话，394, 583, 598
  与口头文学，394–395, 410–411

孔飞力，325

《孔雀东南飞》，346–347

孔三传，348, 379

孔尚任，163–164, 235, 298
  《桃花扇》，157, 201, 239–244, 307, 358
  《小忽雷》，240
  与康熙皇帝，239

《哭城》，371

《苦社会》，448, 460–461

《苦学生》，448

快板书，373

快书，373

况周颐，419

昆明，383, 484, 553, 574–579, 589

昆曲，127–138, 236, 298–299, 300, 302, 312, 313–314, 316, 320–322, 323–324

L

《拉面者》，581

赖和
  《蛇先生》，504
  《一杆秤仔》，504

老舍，367, 505–506, 527, 548, 554, 567
  《断魂枪》，506
  《二马》，506
  《离婚》，506
  《骆驼祥子》，506, 563–564
  《猫城记》，506
  《牛天赐传》，506
  《四世同堂》，570–571
  《月牙儿》，506

《雷峰塔》，317–319

黎庶昌，425–426
  《卜来敦记》，437
  与外交，437

李昂
  《杀夫》，353

李白，11, 84, 236, 260, 264

李百川
  《绿野仙踪》，291, 292–293

李碧华，376
李伯元（李宝嘉），366
　《庚子国变弹词》，387
　《官场现形记》，449, 450, 452, 458
　《文明小史》，452
　　与小报，446
李昌祺，46
　《剪灯余话》，9
李定夷
　《新华春梦记》，459, 489
李东阳，7, 27–28, 33, 39
　《怀麓堂诗话》，27
李斗，388
李桂玉，385–386
李含章，382
李涵秋
　《广陵潮》，434–435, 545
李鸿章，341, 438, 587
李惠仪，288
李健吾，576
　《这不过是春天》，507
李劼人，542
　《暴风雨前》，511
　《大波》，511
　《死水微澜》，511
李金发，524
　《弃妇》，484, 561
　《微雨》，484
李开先，34, 56–58, 62, 104

《宝剑记》，57–58
《改定元贤传奇》，57
"嘉靖八才子"之一，56
李梦阳，28–36
李欧梵，438, 545
李攀龙，59–61, 84, 91
李清照，47, 194
李汝珍，296
　《镜花缘》，296–298, 386, 430, 473
李三娘，349, 354
李时勉，10, 17
李寿民
　《蜀山剑侠传》，493
李提摩太，533
李雯，155
李宪噩
　与高密诗派，258
李香，145
李香君，240
　《桃花扇》，240–241, 243–244
　余怀论李香君，193
李因，181
　论虞姬，181
李永平
　《吉陵春秋》，594
李渔，156, 168, 201, 203–210, 263
　《肉蒲团》，203, 208
　《闲情偶寄》，208–210
李玉（李玄玉），130, 131, 134, 138

《两须眉》,172–173

《千忠戮》,173

《清忠谱》,172–173

《万里圆》,172–173

《万民安》,172–173

《占花魁》,236

李兆洛

《骈体文钞》,340

李贽,51, 76, 78, 79, 82, 85, 86, 109, 122, 126, 140, 159, 160, 161, 213, 262, 416

《焚书》,81, 212

《水浒传》序,112–113, 159, 212, 213

李自成,172

理雅各,360, 483, 533, 545

厉鹗,244, 258–259

《宋诗纪事》,259

利玛窦,530

利顿,爱德华

《昕夕闲谈》(《夜与晨》),532, 536

梁辰鱼,117, 127, 300, 357

梁德绳,334, 383–384, 440

梁佩兰,165, 166

梁启超,337, 387, 416, 419, 441–445, 447, 457, 458, 482, 509, 533, 534, 540, 543, 559, 564

《告小说家》,445

《论小说与群治之关系》,442, 532

《少年中国》,436, 453

诗、文、小说革命,326, 420, 422, 441, 457

《新小说》,442, 449, 464, 533, 538, 543–545

《新中国未来记》,533

与百日维新,441

梁清标,165, 236

梁山伯

与祝英台,345, 362, 394, 401, 408–412

《梁山伯歌》,409–411

梁实秋,594

《论鲁迅先生的硬译》,497–498

《文学是有阶级性的吗》,497–498

梁漱溟,558

《梁天来告御状》,394

梁小玉,148

梁宗岱,575

翻译里尔克、瓦莱里,517

《诗与真》,517

《列女传》,402

《列士传》,402

林庚,525, 527

《夜》,527

林海音,584

林亨泰,598

703

林鸿，10, 11
　与张红桥，49
林徽因，482, 527
　《古城春景》，527–528
　《九十九度中》，528
林培瑞，488
林纾，471, 473, 534–535, 539, 540
　小仲马《茶花女》，427, 460
　《剑腥录》，462, 465
　与桐城派，427, 466
林语堂，93, 522, 527, 553, 563, 567, 581
　《论语》，499–500, 551
　《人间世》，499–500, 572
　《宇宙风》，499–500
临川派，139, 142
凌濛初，10, 51, 62, 121, 123, 125–127, 133, 139
凌淑华，527
　《酒后》，480–481
　《绣枕》，480–481
刘大櫆，244, 422
刘东生
　《娇红记》，14
刘鹗，458, 460, 466
　《老残游记》，449, 450–451, 483, 493–502, 552, 554
　论大鼓表演，363
刘逢禄，337, 338

刘复（刘半农），345
刘基，4
刘呐鸥，525, 526, 564
　《两个时间的不感症者》，524
　《无轨列车》，523
刘三姐，390
刘师培
　与国粹运动，471, 558
刘淑，182–183, 184–185
刘统勋，369
刘向，402, 404
《刘秀走国》，393
刘墉，369
刘震云
　《一地鸡毛》，569
刘知远，见"诸宫调"
《榴花梦》，349, 359, 385–386
柳敬亭，117, 122, 146–147, 199–200, 241, 243, 358
柳如是，150, 162, 182, 184
　遗民抵抗，197
　与陈子龙，117, 146, 169
　与钱谦益，122, 146–147, 149, 176–177
柳亚子，462, 547, 552, 584
柳宗元，93, 95, 229
龙瑛宗
　《植有木瓜树的小镇》，528
龙舟，390

《露泪缘》，372
庐隐
　　《海滨故人》，479-480
　　《胜利以后》，479-480
　　写给石评梅的书信，479-480
鲁迅，212, 234, 376, 436, 464, 471, 474-479, 489, 502-505, 517, 518, 521, 538, 541, 552-556, 558-560, 563-564
　　《阿Q正传》475, 555
　　《故事新编》，559-561
　　《呐喊》，475
　　《彷徨》，475
　　《野草》，522-523, 524
　　与马克思主义，495-498, 500-501
　　与乡土主义，510
　　《域外小说集》，538, 539-540
　　《朝花夕拾》，522-523
陆大伟，112
陆澹安，380
陆卿子，147-148
陆树声，96
路翎，571-572
吕碧城
　　词，562
吕洞宾，400
吕赫若，596-597
吕坤，366
吕蒙正，370

吕天成，139, 307
　　《曲品》，96, 138
吕熊
　　《女仙外史》，210, 273
《乱柴沟》，368
乱弹，314, 315, 317, 319-320
《论语》，24, 158, 160, 254, 358
罗贯中，51, 53
罗兰女士，387, 449
罗普
　　《东欧女豪杰》，455
罗松窗
　　《出塞》，371
　　《翠屏山》，371
　　《鹊桥密誓》，371

M

马关条约，440
马克思主义，467, 494, 504, 593
马如飞，377-378
马士英，172, 240
马湘兰，148
马中锡
　　《中山狼传》，33
麦都思
　　翻译《新约》，438, 532
《满汉斗》，369
满人，92, 152-185, 196, 204, 220, 226,

227–228, 229, 242, 371, 433, 439, 462, 465, 484, 505–511, 520, 539, 581, 591

与子弟书，364, 370–371, 382, 387

毛晋，68, 162–163

毛纶，211

毛泽东，42, 285, 436, 497, 500, 553, 593–595

《在延安文艺座谈会上的讲话》，594–595

毛宗岗，45, 211

茅盾，489, 493, 494, 500, 501, 515, 548, 553, 560, 579, 590, 595

《腐蚀》，591

《虹》，508

《农村三部曲》，510

《蚀》，503–504

《子夜》，508–509, 553

冒襄，198–199, 241

《同人集》，166

《影梅庵忆语》，193–195

梅鼎祚，126

《青泥莲花记》，145

梅光迪，473

与《学衡》，558

梅兰芳，486

《霸王别姬》，485

梅维恒，347

美查，543

孟称舜，118, 133, 138, 146, 155–156

孟德斯鸠

《法意》，534

孟姜女，345, 371, 376, 401, 403–408

孟丽君，382–385

米怜，533

米列娜，450

民歌，592, 593

民间文学，见"文学"

民俗运动，406

民族主义政权，450–451, 483, 493–502, 504, 514, 523, 546, 551, 563, 566

闵齐伋，68, 90, 125

《明儒学案》，158, 162

《明史》，273, 301, 307

《明文海》，162

《明夷待访录》，161

《鸣凤记》，117

《磨难曲》，360

末广铁肠，533

牟复礼，7, 44

《谋夫杀子阴阳报》，393–394

《牡丹亭》，118, 301, 302, 428

改编，124, 206–236, 308–309, 371

浪漫爱情，138–143, 289

《三妇评牡丹亭》，210, 306–307

性内容，135

影响，104-111, 142, 303, 304, 307

早期传播，101, 139-140

作为儒家理想的反面，304

另见"吴吴山"

木鱼书，366, 367-368, 389-394, 395, 411

目连（目犍连），350-351

穆旦，576, 577

穆勒

《名学》，534

《群己权界论》，534

穆时英，523, 524, 526, 564

《夜总会里的五个人》，524

N

纳兰性德，167, 231

词，228

王国维论纳兰，227

《赠梁汾》，212, 228

《乃苏国奇闻》，532

《南窗梦》，358, 365

南词，366, 377, 381

南怀仁，530

南京，5, 55, 63, 69-72, 78, 90, 115, 142, 153, 173, 175, 176, 180, 185, 191, 198, 201, 225, 242, 261, 264, 275, 278-280, 282, 311-312, 324, 331, 332, 340, 369, 372, 384, 473, 506, 550, 563, 566, 573, 580, 598

南京大屠杀，566

南戏（传奇），见"戏曲"

南音，390

牛郎，见"牛郎织女"

牛郎织女，401-403, 410, 569

钮琇

《觚賸》，232

女书，367, 377, 406, 410

女性，296-297, 363

读者，65

晚清文学，455-456

作者，47-51, 88, 146-149, 154, 162-163, 181-185, 189-193, 263-264, 331-335, 366, 367, 377, 380-388, 397-399, 429-430, 439-440, 462-463, 478-481, 487, 513-515, 581-582, 586-589, 593-594

O

欧阳修，27, 93, 229

欧阳予倩，486, 579

《潘金莲》，487

欧文，华盛顿

《见闻札记》，532

鸥外鸥，590-591

P

潘之恒，121, 138

《亘史》，121

《螃蟹段儿》，358, 370

《琵琶记》，13

平话，355

《平妖传》，115, 124

评点，10, 14, 24, 27, 41, 47, 48, 51, 53, 56, 77, 82, 92, 210–216, 258, 348, 355, 358–391, 581

  女性评点，210, 306

  戏曲，83, 135, 357

  小说，101, 109, 111–116, 123, 126, 281, 283, 284, 348, 355

蒲松龄

  《聊斋志异》，10, 157, 229, 231–235, 244, 254, 362

    与俚曲，358–360

    与说唱文学，358–361

浦安迪，109, 212

普明禅师，351

普实克

  《抒情与史诗》，561

Q

《七侠五义》，353–354, 373, 432

祁彪佳，34, 35, 125, 128, 129, 137, 138, 163, 198

齐皎瀚，7

《齐景公待孔子五章》，358

前七子，28–36, 91

钱秉镫

  与诗证，174

钱彩

  《说岳全传》，215, 386, 396

钱谦益，60, 92, 141, 146–147, 149, 155, 163, 174, 175–178, 182, 185, 195, 197, 221, 223

钱希言，120

钱玄同，466, 541

钱锺书，574, 585, 586

  《围城》，588–589

《墙头记》，359–360

乔叟，4, 468

《樵史》，172, 242

秦桧，215–216, 386

情教，305

丘处机，211–212

丘逢甲，463–464

丘浚，19, 23, 29, 301

丘心如

  《笔生花》，384, 439

秋瑾，455, 478

  《精卫石》，366, 387, 462–463

  《满江红》，462–463

牺牲，462-463

与静观子的《六月霜》，456

屈大均，155, 166, 174, 198, 230

屈复，258

屈原，43, 99, 165, 196, 258

《离骚》，30, 87, 190, 486-487, 512

女性效仿，48

瞿秋白，494, 496, 499-500, 508, 541

瞿佑，7-10, 11, 12, 374

《剪灯新话》，50-51, 121, 268

《全明诗》，83, 87, 135

《全唐诗》，83

全祖望，168, 197

"拳乱"，387, 413, 418, 422, 452, 454, 456, 462, 465, 491, 505, 507

R

《人海照妖镜》，459

任天知

与春柳社，485

与进化团，485

任兆麟

《吴中女士诗钞》，332

与张滋兰，332

柔石，504, 513

《二月》，504

《为奴隶的母亲》，504

《儒林外史》，226, 265, 266, 271, 272, 273-282, 291, 297, 308, 311-312, 330, 449, 473

创作，274

第一部现代中国小说，276

结构，276

礼，279

抒情性，333

阮大铖，131, 142-143, 172, 199, 240, 242

《燕子笺》，131, 148

芮哲非，545

S

《三宝太监西洋记通俗演义》，15, 102

《三国志演义》，45, 51-54, 56, 268, 269, 323, 355, 359, 362, 369, 372, 373, 388, 397, 585

"三侠五义"故事，372, 432

《三笑新编》，379

《三笑姻缘》，378, 379

散曲，16, 21-22, 31, 32-33, 46, 58, 61, 95

散文，5, 40, 61, 80, 81, 143, 160, 198, 262, 284, 340, 437, 442-443, 445, 469-470, 474, 475-476, 483, 498, 501, 518, 580, 581, 587, 589, 593

现代中国，521-523, 561

小品，92-99, 521

709

杂文，521, 530-531, 541, 554
丧鼓，403
山东，75, 163, 170, 201, 215, 217, 220, 232, 257, 258, 270, 506
 明末清初的说唱文学，358, 366, 369
 山东快书，373
《珊瑚扇金锁鸳鸯记》，391-392
善书，65
商景兰，163
上海，75, 83, 251, 281, 324-325, 328-329, 333, 344, 354, 363, 396, 397, 430, 438, 439, 448, 450, 463, 485, 488, 489, 491, 492, 493, 494, 495, 499, 506, 507, 508, 530, 532, 536, 539, 564, 565-566, 567, 572-573, 576, 584-590, 591
 大众文学生产中心，365, 543-554, 555
 现代派作家，509, 511, 513, 523-530
《尚书》，252
邵灿
 《香囊记》，23
邵景詹
 《觅灯因话》，50-51
社会进化论，426, 442, 534
申时行，144, 379

申元宰，379
沈从文，513, 516, 517, 521, 522, 527, 559, 564, 574, 576, 577
 《边城》，512-513
 《长河》，575
 《从文自传》，519-520
 《黄昏》，519-520
 《湘行散记》，512-513
 与"海派"，525-526
 与湘西，512-513
沈德符，105, 123
 论《中山狼》，34, 35
沈德潜，167, 244, 256-258, 261-262, 303, 313
沈复
 《浮生六记》，330-331, 447
沈璟，131, 134, 137, 139
沈起凤
 《报恩缘》，302
沈泰，138
沈雁冰，见"茅盾"
沈宜修，171
沈尹默，481
沈周，36
 论高启，7, 38-39
 《咏钱五首》，37
审查制度，3-11, 56, 167-169, 196, 251-252, 551, 570, 595
《蜃楼记》，328

圣谕，364, 407

诗歌，6-7, 10-11, 15-17, 19-21, 26-31, 37-42, 46, 49, 58-62, 175-186, 220-223

  古典

    晚明，82-92, 159

    晚清，416-422, 462-464, 481-484

    乾隆时期，258-265, 331-332

    民国时期，560-561

    现代，517-519, 525, 561-563, 576-580

  政治，567-568, 586, 590-591

  宣传，567-568

  散文，523

    商籁体（十四行诗），541, 575-576

    街头，567-568

  另见"台阁体"、"选本"

《诗经》，29-30, 48, 59, 346

施耐庵，4, 53, 113

施闰章，164, 220

  《浮萍菟丝篇》，220-221

  礼，220-221

施蛰存，523, 526, 553

  《将军的头》，560

  《梅雨之夕》，524-525

  《魔道》，524-525

  《石秀》，560

《在巴黎大戏院》，524-525

《石点头》，125

石敬瑭，388

《石头记》（《红楼梦》），50, 108, 297, 308, 363, 372, 385, 388, 428, 433

  版本，35, 42, 261-266, 282-291

  续书，297, 329-330, 333, 440

  研究与接受，109, 265, 271-273, 330

  与现代文化，443, 447, 491, 537

  另见"曹雪芹"

石印，365-366

石玉昆，327, 372-373

  《三侠五义》，434-435

史可法，186, 243

矢野龙溪，533

《市声》，448

抒情性，15, 28-30, 38, 39, 60, 204, 212, 234, 279, 280, 299, 515, 527

耍孩儿，353, 359

《水浒传》，51, 53-54, 76, 87, 107, 113-114, 117, 211, 251, 268, 269, 356, 362, 537, 560

  《后水浒传》，294

  《水浒后传》，212-215

  其它改编，57, 314, 323, 371, 388, 432, 447, 569

说唱，107, 348, 356, 357, 358, 360, 364, 368-369, 371, 372, 374, 375, 377,

395, 398–399, 401, 403
司马迁，181, 233
《史记》，87, 346, 416
《思旧录》，187
斯宾塞尔
　《群学肄言》，534
斯密，亚当
　《国富论》，534
斯威夫特，532
四库，168, 175, 178
　《四库全书》，249–250, 333
　《四库全书总目提要》，254
宋濂，4, 53
宋懋澄，97, 121
　南戏，119–121
　晚明尊情论，145
宋诗派
　与同光体，419, 545–547
宋琬，163, 220
苏蕙
　《璇玑图》，47–48
苏昆生
　清初文学记忆，200
　《桃花扇》，199, 201, 241, 243
苏六娘
　与郭继春，396
苏曼殊
　《断鸿零雁记》，462
苏青

《结婚十年》，589–590
苏轼，85, 225, 304
苏州，4–8, 26–28, 36–42, 60–61, 67, 69, 122, 124, 128, 130, 172–173, 175, 210, 218, 252, 299, 311, 318, 320, 324, 331, 332, 354, 363, 364–365, 376, 377, 378–380, 389, 407, 438, 571, 586
俗文学，见"文学"
俗语化，469
《隋炀帝艳史》，102
随缘乐，373
孙德英
　《金鱼缘》，385
孙康宜，88
孙临，182, 184, 193
孙逸仙，456, 465
索菲亚，455

T

台阁体，15–17, 26–28, 29, 33, 39, 40–62
台静农，477, 510
台湾，440–441, 477, 493, 504, 522, 528, 582–584, 586
　古体诗，463–464, 561–562
　日据时代，595–598
　五四运动影响，470–471

《台湾民主歌》, 397

台湾民主国, 433–434, 463

《太平广记》, 77, 100

太平天国起义, 413, 425, 429, 433, 438, 447, 448

《太平御览》, 405

《太师挚适齐》, 358

泰州学派, 79, 158

弹词, 326, 327, 331, 333–335, 357, 363–366, 367, 368, 374–389, 395, 398, 401, 411, 412, 536, 545

谭元春, 88–91, 120

汤若望, 530

汤显祖, 91, 104, 120, 125, 131, 132, 137, 357

《临川四梦》, 见"《牡丹亭》"

唐汝询

《唐诗解》, 84

唐顺之, 56, 92

《唐仙记》, 390, 394

唐寅, 36–39, 41–42

科场舞弊者, 310

唐英

《十字坡》与《天缘债》, 314–317

陶潜(陶渊明), 26, 41, 92, 512, 552

陶佑曾, 443

陶贞怀, 382

《天雨花》, 382

《梼杌萃编》, 459

天花藏主人, 168, 219

田汉, 376, 501, 541, 579, 585

《湖上的悲剧》, 486

《获虎之夜》, 486

《名优之死》, 486

与南国社, 486

田汝成

《西湖游览志》, 374–375

通俗文学, 见"文学"

同性恋, 126, 136, 290, 323, 385, 412

桐城派, 228, 244, 257, 336, 339–342

与八股文, 422–423

与古文, 257, 339–342

与文学现代性, 422–427, 437, 441, 464–466, 471, 534–535

另见"戴名世"、"方苞"、"刘大櫆"、"姚鼐"、"曾国藩"

屠隆, 95, 96

屠绅

《蟫史》, 295–296

土木之变, 3, 18, 20, 37

W

外来语, 533, 534

挽歌, 362, 403

晚唐派, 418–419

《万年青》, 359, 360

万喜良，349, 407

汪道昆，73, 100, 113

汪端，332, 440

汪精卫，566

汪琬，162, 228

汪象旭，211–212

汪笑侬

　《二十世纪大舞台》，445

汪曾祺，577–578

王鏊，24–27, 38, 40–41

王伯成，349

王端淑，203

　《悲愤行》，181–182

　《名媛诗纬》，49, 163

　《失扇诗》，184

王尔德，485–487

王艮，78

王国维，227

　《红楼梦》阐释，284, 443–444

　境界，443–444

　《颐和园词》，462

　自杀，563

王骥德，134

　曲论家、曲选家，128–129, 132, 137

王九思，21, 28–29, 32–35, 58, 200

　《杜甫游春》，15, 33, 60

　《中山狼》，34

王筠

《繁华梦》，333

王闿运

　汉魏六朝诗派，418

　文选派，465

　《圆明园词》，418

王冕

　《儒林外史》，276–277

王妙如

　《女狱花》，455–456

王鹏运，419

王少堂，364

王实甫，23, 116, 349

王实味，593

王士骐，79

王士禛，162–164, 167, 168, 170, 187, 189, 210, 220, 239, 244, 256–257, 416, 444

　《秦淮杂诗二十首》，221–223

　《秋柳诗》，170

　《冶春绝句》，186

　扬州，166

王世贞，45, 69, 79, 83, 91, 104, 118

　"后七子"之一，58–59, 61, 85

　论李开先，58

王韬，438–439

王同轨

　《耳谈》，120

王拓，526

王微（扬州妓），97

王维，45，60，84，221

王阳明，39，56，78，79-80，122，152，158，557

　　对复古运动的影响，30，31-32

王猷定，228

韦庄，49，347

《未来教育史》，448

魏爱莲，214，384

魏长生，320-321

魏耕，198

魏汉英，378

魏良辅，127

　　《曲律》，137

魏禧，228

魏忠贤，74，76，102，142，172-173，197

　　《梼杌闲评》，172

魏子安

　　《花月痕》，428-430，439-440，531

韦利，阿瑟，55，261

文，422-427，546，557

文化革命，345，569，574，581

文康

　　《儿女英雄传》，433-434，463

文盲，67，80，81，88，103，116，147，204，326，344，362，367，498

文学

　　报告文学，554，568

　　革命文学，450-451，483，493-502

　　讲唱文学（说唱文学），348

　　口头文学，344

　　民间文学，343-344

　　俗文学，344-345，412

　　通俗文学，344

文学的

　　历史，343-345，556-558

　　期刊杂志，445，447，470，471，486，491，529，531，532，533，538-539，540-541，543-553，555，558，567，576-577，590，592-593，598

　　审查，4-11，154，168，247，250-252，258

　　文坛，543

　　增刊，见"报纸"

文学革命，440-445，457-459，466

　　与五四运动，462

　　另见"梁启超"、"胡适"、"陈独秀"

文学社团，75-79，85，89，164-167，256，331-332，542-555，586，592，596，597-598

　　创造社，449，470，550，552，554

　　春柳社，484-485

　　南社，419，462，545-547，548，552

　　文学研究社，470

　　新月社，483，493-502，550，555

文徵明，36-41，58，61

闻一多，517

暗杀，483-484

《死水》，483-484

新月社，483-484

翁方纲，167, 253, 259, 261-262

 肌理派，257-258

《倭袍记》，378-380

《乌开山与倪高来情史》，348

无名氏，572

 《北极风情画》，573-574

无生老母，351, 359

吴炳

 《绿牡丹》，142-143

吴焯，259

吴嘉纪，166

 诗史，174, 186

吴趼人

 《二十年目睹之怪现状》，449-450, 458, 560

 《吴趼人哭》，460

 《新石头记》，452-454, 537

 与小报，446, 538

吴江派，139

吴敬梓，264, 266, 267, 269-270, 295, 315

 另见"《儒林外史》"

吴宓，473, 550, 558, 574

吴汝纶

 与桐城派，425

 与严复，426-427

吴双热

 《孽冤镜》，462

吴伟业，78, 155, 162, 165, 166, 172, 197, 200, 221, 236, 418

 诗史，177-181

 扬州诗四首，185-186

 与娄东派，163

吴吴山

 《三妇评牡丹亭》，210, 306-307

吴兴华（梁文星），582

吴炎，167

吴应箕，187

吴语，69, 389, 407, 408, 447

 《海上花列传》，430

 弹词，367, 381

吴毓昌，379

吴藻，332, 439-440

 《乔影》，333

吴兆骞

 与流放，166

吴浊流

 《亚细亚的孤儿》，598

吴组缃，505

 《一千八百担》，505

吴祖光，569

《五部六册》，351

《五伦全备记》，301

五卅运动，494, 503, 508

五四运动，93, 127, 211, 212, 282, 342,

345, 388, 413—415, 423, 466, 475, 477, 478—479, 481—482, 486, 487—489, 500, 502, 504, 507—510, 520, 521, 526, 539, 540, 556, 557—559, 560, 569, 573, 595

 与文学革命，467—473, 493—494, 546

武松，54, 107, 111, 117, 315

武侠小说，445, 492—493, 505

 另见"鸳鸯蝴蝶派"、"向恺然"、"李寿民"

武则天，47

X

《西湖二集》，126

《西湖游览志余》，374

《西湖缘》，376

西南联合大学，553

《西厢记》，14, 22—23, 30, 41, 62, 87, 113, 116, 131, 210, 213, 358—391

 1498年刊本，23

《西游补》，374

《西游记》，51, 54—56, 102, 105, 107, 109, 117, 212, 233, 269, 359, 373

戏曲，11, 21—23, 30, 33—36, 52, 56—58, 65—66, 73, 87, 96, 124, 164, 168, 172—173, 197, 199, 205, 206—208, 210—211, 235—244, 251, 298—324, 327, 328—329, 344, 346, 370, 389, 444—445, 484—487

案头剧，130

南北戏曲，55, 127—133, 151, 358, 374

戏班，199, 311—312, 339, 484—485, 567, 592, 596

现代，489, 496, 506—507, 569—570, 584—585

 话剧，486, 545, 567

 "文明戏"，485

 另见"剧场"

侠，5, 69, 129, 184, 197—198, 219, 228, 243, 314, 473, 505

下半身写作，584

夏敬渠

 《野叟曝言》，272, 274, 291, 293—295

夏纶，244

《无瑕璧》，301—302

夏丏尊

 与白马湖派，522

夏衍，496, 501, 579

 《上海屋檐下》，507

夏志清，54, 291, 436, 557—558

闲斋老人，274, 291

弦词，388

《现代》，429, 525, 526, 553, 563, 586, 590

现代主义，484, 502, 518, 523—529, 563, 574—579
现实主义，388, 430—431, 467, 469—470, 477, 496, 502—515, 521, 527, 540—541, 590
　"革命加恋爱"，504, 507—515
　荒诞，559
　社会揭露，449—451, 458, 492, 504
　十九世纪欧洲模式，486
《襄妒咒》，360
乡土主义，504, 510—513
相保歌，354—397
香港，391, 412, 438, 450, 493, 566, 573, 574, 578, 588, 590—592
向恺然
　《江湖奇侠传》，492—493
　《近代侠义英雄传》，492—493
　《留东外史》，492—493
象征派运动，484
萧伯纳，485, 552
萧红，516, 564
　《呼兰河传》，591—592
　《生死场》，511, 520
　《手》，520
萧军，594
　《八月的乡村》，511
萧统
　《文选》，464
小青，141, 144, 148, 305, 319, 375—377, 391
《小青记》，391
小说，3, 50—56, 66, 87, 105, 168, 219, 370, 381—382, 427—440, 442—444, 445—446, 458, 465—466, 474—481, 487—493, 502—506, 507—515, 532—533, 536—539, 543—545, 577—578, 587—590, 593—594, 595, 596—597, 598
　白话，99—127, 157, 201—207, 210—220, 229—235, 265—298, 326, 328—330, 333, 344, 473
　"黑幕"，445, 459—460
　科幻，295, 537
　青楼小说
　　与晚明才子佳人小说，429, 488, 525
　　晚清，427—431
　文言，7—10, 46, 99—127
　武侠，327, 537
　虚无党，536
　续书，213—218, 329—330
　狭邪小说，445, 459, 526, 537
　艳情，251—252
　侦探，489, 538
　　另见"公案小说"
《小说画报》，547
《孝子传》，402
《笑中缘》，348, 379

谢冰莹，515
  《从军日记》，514
谢曼诺夫，560
谢肇淛
  《五杂组》，120
辛笛，576，577
《新编东调大双蝴蝶》，411
《新编金蝴蝶传》，411
新感觉派，523-530，560，564
《新列国志》，124
《新青年》，469-470，473-474，485，540，547
新儒家，3，23，30，52，78，93，252，253，254，255，271，293，298，301，305，308，336，339，341-342，415，558
新文化运动，544-545，548，550，552，555
新文学，419，465-473，542，544，547-555，556，557
《新小说》，464，533，538，543
《新笑史》，460
新写实主义，585
新月社，482，497，550，555
邢昉，165
《醒世姻缘传》，216-218
熊佛西
  《洋状元》，487
《绣榻野史》，124
徐灿，181

《吊古》，181-182
  与陈之遴，154
徐复祚
  《红梨记》，137
  《曲论》，137
徐弘祖（徐霞客），98
徐念慈，442，444
  《新法螺先生谭》，454
徐渭，30，46，95，98-99，104，126，132，136-137，197，244，300，304，323
徐燨，303-304，313
徐訏
  《风萧萧》，572-573
徐枕亚
  《玉梨魂》，460-461
徐志摩，517，550，552，555
  《翡冷翠的一夜》，482-483
  《再别康桥》，482-483
许地山，590
  《春桃》，477-478
  《命命鸟》，477-478
许广平，475
宣讲，407
选本，10-11，17，21，22，44，59-60，69，79，82，89，90，94，100，124，125-127，135，136，138，145，147，162-163，166，167-168，169，229，232，251，256-257，259，262，266，313，315，317，340，

719

357, 424, 539–540, 578

明诗，84, 92

明文，77, 94, 123–124, 125, 135, 394, 422

清初词，223, 327

清初诗，155

女作家作品，48–50, 88, 147, 162–163, 331, 332, 335

薛福成，425–426, 466

《观巴黎油画记》，437

《薛仁贵征东》，355

薛绍徽，478

《外国列女传》，537–538

《学灯》，555

《学衡》，473, 550, 558

Y

鸦片战争，245–246, 324–326, 338, 339, 413, 415, 417, 422, 424, 425, 530, 564

涯词，348, 355

烟水散人，157, 219

延安整风，592–595

严复，442–443, 457–458, 466, 534–539, 559

　　翻译赫胥黎《天演论》，426–427, 454

严羽，11, 29, 85, 221–222

阎若璩，252

燕卜荪，574

扬州，69, 166, 170, 185–186, 216, 221, 223, 241, 251, 253, 258, 259, 263, 297, 316, 320, 327, 328–329, 340, 362, 364, 388–389, 489

《扬州画舫录》，388

扬州清曲，388–389

《扬州十日记》，170

阳翰笙（华汉），570

杨潮观

　　《吟风阁杂剧》，303–304

杨炽昌

　　风车诗社，528

　　《毁坏的城市》，528

杨格非，533

杨贵妃（杨玉环），236–239, 349, 371

杨绛，585

《杨乃武与小白菜》，380

杨慎，43–46, 58, 60, 62, 211, 357

　　论唐诗，58, 60

　　与贬谪文学，43–46

　　与妻子黄峨，44, 45–46, 47

杨士宏

　　《唐音》，11

杨万里，262

杨维桢，8, 9, 357, 390

姚克
  《清宫怨》,585
姚鼐
  《古文辞类纂》,422
  与桐城派,424
耶方斯
  《名学浅说》,534
叶灵凤
  《流行性感冒》,478
叶绍钧
  《倪焕之》,477,503
叶绍楏,382
叶绍袁,141
  《甲行日注》,171
叶盛
  《水东日记》,20-21,37
叶树亭,370-374
叶宪祖,133
叶小鸾,44,141,148,171
叶小纨,148
叶昼,113
伊维德,13,23,136,230
遗民,199,213,463-464,471,569
  明,78,153-162,164-200,214,221,226,228,230,232,241,258,294,449,585
  清,433,436,456,462,464
《义妖传》,376
《义贼廖添丁》,355,397

弋阳腔,320-321
银铃会,597-598
印刷出版,21,22,44,46,47,49,55,58-62
  商业,163,218,267-270,326,365-366,380,446-447,488,543-555,584
  印刷业,63-143
《永乐大典》,15,55,65,66,86,87,103,136,302,355
永历朝,175-176,197,229
尤侗,201,211
  《读离骚》,196
  《钧天乐》,230
余国藩,56,212
余怀
  《板桥杂记》,191-193
  《三吴游览志》,160-198
余秋雨,562
余象斗,103
俞万春
  《荡寇志》,432-433
  忠君,432-433
俞秀山,376
俞樾,372,432
渔鼓,354
宇文所安,4,23,136
《玉钏缘》,383,384,395
《玉谷新簧》,313

721

《玉龙太子走国阴阳宝扇》，393

《玉蜻蜓》，378–379

郁达夫，476–477, 478, 494, 541, 549, 561

鸳鸯蝴蝶派，462, 473, 487–493, 526, 544, 563, 572

 与大众传媒、印刷术，488

 与小市民，488

元稹

 《莺莺传》，349

原住民，246, 342, 427, 561

袁昌英

 《孔雀东南飞》，487

袁可嘉，576

袁枚，261–265, 303–304, 340, 416

 《随园女弟子诗》，332

 《随园诗话》，263–264

 《子不语》，254–255

 与女诗人，263–264

袁世凯，456, 459, 465

袁于令，125, 218

 《隋史遗文》，218

岳飞，345, 386–387

《乐府补题》

 序，223–224

 1679 年刊刻，169

《云门传》，357, 401

Z

杂剧，见"戏曲"

《再生缘》，334–335, 382–384, 395

赞，351, 354, 357, 381, 401

臧克家，519, 576

臧懋循，390

 《元曲选》，357

曾国藩，154, 438

 与桐城派，341–342, 425–426

曾朴，387, 455, 537

 《孽海花》，449, 451–452

《增补幸云曲》，351, 359

查慎行（查嗣琏），168, 244, 258

《阴阳判》，230

湛若水，20

张爱玲，431, 581, 586–589, 590

 与上海，526

 与《紫罗兰》，491

张潮

 《幽梦影》，162

 《虞初新志》，232

张春帆

 《九尾龟》，459

张岱，69, 94, 97–98, 129

 《陶庵梦忆》，187–189

 《西湖梦寻》，189

张读

 《宣室志》，409

张恨水，363, 564, 572, 588
 《春明外史》，491–492
 《啼笑因缘》，380, 491–492
张惠言，338, 340
张津
 《乾道四明图经》，409
张南庄
 《何典》，447
《张七姐下凡槐荫记》，403
张天翼，505
张文环，596–597
张问陶，264–265
张我军，582–583
 《少年台湾》，470–471
《张协状元》，302
张竹坡
 评点《金瓶梅》，106, 211, 212–214, 292
章炳麟，558
 与文选派，465
章学诚，253, 332, 417
赵令畤，349
《赵氏孤儿》，346, 393
赵树理
 《小二黑结婚》，595
赵翼，7, 264–265, 307
赵执信，164, 168, 244
《正德游江南》，360
郑澹若
 《梦影缘》，367–386
郑和
 小说，15, 102
郑燮，244
 与扬州八怪，263
郑振铎，376, 504, 541, 547, 548, 576
郑之珍，129
殖民主义，325
志怪，256, 439
中国共产党，470, 494, 496, 500, 501, 552, 553, 563, 565, 570, 571, 578, 584, 593, 594
 第一次国共内战（1927），493
《中国黑幕大观》，459
中国左翼作家联盟，496–497
中日战争，434, 530, 565–566, 574–578, 591, 595
钟理和，582–584
钟惺，88–92, 94, 113, 126, 159, 213, 223
 《名媛诗归》，49–50, 88
 批评，159, 161, 213
 选本，90
周京，258, 338
周立波，579
周亮工，166
周启荣，77, 252
周琼，183, 184
周瘦鹃，489–491, 538

周扬，500–501, 593, 595

周颖芳

　《精忠传》，386–387

周作人，93, 466, 474, 489–491, 516, 527, 539–540, 547, 557, 559, 564, 583

　散文，469–470, 521–522, 580–581

朱楚生，122, 189

朱光潜，516, 559, 574

朱卉，264

朱权，11–14

朱瘦菊

　《歇浦潮》，489, 526

朱素仙

　《玉连环》，380

朱棣，8

朱熹，3, 14, 23, 24, 30, 126, 229, 255

朱湘

　《石门集》，517

朱彝尊，159, 164, 167

　　词，223–226

　　明诗选，162

　　与浙西派，163

朱有燉，11–14, 16, 21, 23

朱自清，261, 516, 522, 574

朱祖谋，419, 420

诸宫调，348–349, 357, 371

　《刘知远诸宫调》，348–349

　《天宝遗事诸宫调》，349

竹板歌，362, 394–397

竹琴，354

祝英台，见"梁山伯与祝英台"

祝允明，36, 37, 39–40, 46, 52

庄存与，337

庄一拂，128

《庄子》，87, 158–159, 160, 230, 290, 353–354, 403, 474

坠子，373

《缀白裘》，313, 315, 319

卓人月，21

子弟书，326–327, 363, 372

自我审查，7–10

《自由谈》，554

宗白华，516–517

《醉月缘》，358, 374

左联，496–501, 552–553